DAS LICHT IN DIR
IST DUNKELHEIT

Diese Geschichte ist frei erfunden, daher sind auch jedwede Ähnlichkeiten zwischen den Romanfiguren und real existierenden Personen rein zufällig. Die verschiedenen Orte in und um Gryon herum sind hingegen real, auch wenn sich der Autor hier und da kleine künstlerische Freiheiten erlaubt hat.

Für die Übersetzung der evangelischen Bibelzitate wurde die Zürcher Bibel (2007, Theologischer Verlag Zürich), für die katholischen Bibelzitate eine Bibel aus dem Verlag Herder (Freiburg im Breisgau, 1965) verwendet.

Marc Voltenauer

DAS LICHT IN DIR IST DUNKELHEIT

Kriminalroman

*Aus dem Französischen
übersetzt von Franziska Weyer*

emons:

Bibliografische Information der Deutschen Nationalbibliothek
Die Deutsche Nationalbibliothek verzeichnet diese Publikation
in der Deutschen Nationalbibliografie; detaillierte bibliografische
Daten sind im Internet über http://dnb.d-nb.de abrufbar.

Die Originalausgabe erschien 2015 unter dem Titel »Le Dragon du
Muveran« bei Les Éditions Plaisir de Lire, Lausanne.

© Marc Voltenauer
© 2016 Slatkine & Cie
© der deutschsprachigen Ausgabe: Emons Verlag GmbH
Alle Rechte vorbehalten
Umschlagmotiv: shutterstock.com/David Marti
Umschlaggestaltung: Nina Schäfer
Gestaltung Innenteil: César Satz & Grafik GmbH, Köln
Druck und Bindung: CPI – Clausen & Bosse, Leck
Printed in Germany 2021
ISBN 978-3-7408-1153-2

Unser Newsletter informiert Sie
regelmäßig über Neues von emons:
Kostenlos bestellen unter
www.emons-verlag.de

*Und ich werde Wunderzeichen wirken
am Himmel und auf der Erde:
Blut und Feuer und Rauchsäulen.
Die Sonne wird sich in Finsternis verwandeln
und der Mond in Blut,
bevor der Tag des HERRN kommt,
der große und furchtbare.*
Prophetenbücher, Joel 3, 3–4

PROLOG

Freitag, 7. September

Der Mann, der kein Mörder war, stand auf der Terrasse seiner Alphütte in Gryon. Allein. Ringsherum war niemand zu sehen. Die Wanderer, die den sonnigen Nachmittag genutzt hatten, waren bereits in ihre Städte zurückgekehrt. Lediglich einige grasende Kühe auf den Weiden, die mit ihrem Glockengeläut die Stille des Augenblicks störten. Die Sonne war kurz davor, hinter den Gipfeln zu verschwinden. Er beobachtete, wie sich die Bergflanke Miroir d'Argentine rosa färbte, während sich der Himmel langsam verdunkelte. Zu seiner Linken lag das zerklüftete Bergmassiv der Diablerets. Beeindruckende Berglandschaften hatte er viele gesehen, doch diese hier hatte er nie vergessen.

Er entkorkte eine Flasche Rotwein, schenkte sich ein Glas ein und ließ seinen Blick auf den Alpweiden der Tour d'Anzeindaz ruhen. Wie viele Wochenenden hatte er dort mit der Familie verbracht? Glückliche, unschuldige Zeiten. Er drückte die Play-Taste seines Handys und schob den Lautstärkeregler hoch.

Während er mit Zunge und Gaumen die Aromen des Weins erforschte, versank er in Mozarts Requiem. »Lacrimosa«. Seine Musik, die ihn inspirierte und seine Trauer in Zuversicht verwandelte. Die ihn all die Jahre am Leben gehalten hatte. Mit deren Hilfe er seiner Verzweiflung ein wenig Hoffnung entgegenzusetzen vermocht hatte.

Tag der Tränen, Tag der Wehen,
Da vom Grabe wird erstehen
Zum Gericht der Mensch voll Sünden;
Lass ihn, Gott, Erbarmen finden.
Milder Jesus, Herrscher Du,
Schenk den Toten ew'ge Ruh.

Sein Blick schweifte über den Horizont und blieb am Grand Muveran hängen. Er schloss die Augen. Vierzig Jahre ... Er wurde von Emotionen übermannt. Tränen stiegen in ihm auf und wollten nicht fließen. Er wollte schreien, brachte aber keinen Ton heraus. Seine Seele war vertrocknet.

Erinnerungen drangen an die Oberfläche. Eine Silhouette erschien vage vor seinem inneren Auge und nahm langsam Gestalt an. Ein Funken Wärme traf sein kaltes, erstarrtes Herz. Seine Großmutter.

Sie war eine einfache, zurückhaltende Frau gewesen, die sich nie vor etwas gedrückt hatte. Stets voller Pflichtgefühl allem gegenüber. Ihrem Mann, der Molkerei, den Kindern. Ihrer Arbeit in der Gemeinde. Ihr wohlwollender Blick ließ ihren inneren Frieden und die ihr innewohnende Stärke erkennen. Sie trug einen Dutt und eine kleine Nickelbrille. Trotz tiefer Falten, die die Zeit und ihr Leben im Dienst der anderen in ihr sanftes Gesicht gegraben hatten, strahlte sie Harmonie aus. Meist trug sie eine fliederfarbene Bluse mit weißen Blumen, einen grauen Rock und darüber eine violette Schürze, die sie niemals ablegte. Ihre Gegenwart und ihr Duft nach dem Alpchalet und nach Kaminfeuer hatten ihn als Kind getröstet. Sie war die Einzige gewesen, die ihn verstand. Damals war er zehn Jahre alt gewesen und gerade mit seinen Eltern nach Gryon gezogen.

In einer Vollmondnacht wie der, die gerade hereinbrach, hatte sie ihm auf dieser Terrasse eine Legende erzählt, die sich Wort für Wort in sein Gedächtnis eingegraben hatte. Seine Großmutter und er hatten hier nebeneinandergestanden und sich an das Geländer gelehnt. Sie hatte ihm den Arm um die Schulter gelegt und folgende Geschichte erzählt.

»Siehst du dahinten den Grand Muveran?«, hatte sie mit gedämpfter Stimme gefragt und dabei mit dem Finger in die Ferne gezeigt. »Erkennst du diese Farben, Orange und Rot? Nun, hinter diesem Berg lebt ein Drache. Bevor eine Vollmondnacht anbricht, während die Sonne untergeht, fliegt er los und speit Feuer in den Himmel. Riesige Flammen, die das Gebirge umzüngeln. Im Frühjahr lässt er den Schnee und das

Eis der zugefrorenen Seen schmelzen. Manchmal fliegt der Drache sogar über das Dorf Gryon hinweg.«

Es war ihm kalt den Rücken hinuntergelaufen. Und er hatte damals nicht geahnt, dass dieser Drache eines Tages mehr als nur eine Mär sein würde.

Er öffnete die Augen wieder. Gern hätte er die Zeit zurückgedreht. Gern wäre er stärker gewesen als damals, an jenem schicksalhaften Tag im September – dem Tag, der sein Leben verändert, der alles zum Einsturz gebracht hatte. An dem geschehen war, was ihn zu dem gemacht hatte, was er heute war: eine verfluchte, dem Untergang geweihte Seele.

Er holte eine Postkarte aus seiner Tasche. Auf ihr war ein Gemälde des Grand Muveran von Ferdinand Hodler zu sehen. Das einzige Andenken, das er sich von Gryon bewahrt hatte. Um niemals zu vergessen.

Er entflammte ein Streichholz und setzte die Karte in Brand. Die Flammen fraßen sie fast vollständig auf. Er war so in den Anblick des Feuers vertieft, dass er den Kartenrest erst fallen ließ, als ihm die Hitze die Finger verbrannte.

Morgen würde der Tag sein. Morgen würde er in die Tat umsetzen, was er über all die Jahre geplant hatte. Morgen würde das Ende seiner Geschichte beginnen.

1

Sonntag, 9. September

Andreas Auer war mit dem ersten Licht des Tages aufgestanden. Wie jeden Morgen bereitete er sich an der Küchentheke einen Milchkaffee zu. Zwei Löffel lösliches Kaffeepulver, zwei Drittel heißes Wasser und ein Drittel Milch in seiner mit einem Elch verzierten Lieblingstasse. Durch das Fenster betrachtete er den Miroir d'Argentine, und er fühlte sich gut.

Vor sechs Monaten hatten Mikaël und er sich in Gryon niedergelassen. Ein Traum war Wirklichkeit geworden. Sie hatten sich sofort in dieses alte Chalet verliebt, das zwar ein wenig renovierungsbedürftig war, aber viel Charme besaß und völlig abgeschieden auf einer Lichtung stand. Ein kleines Paradies. Nach Jahren, die sie in einer Wohnung in Lausanne verbracht hatten, waren sie des Stadtlebens überdrüssig. Dieser Ort war es, an dem sie leben wollten.

Als Erstes hatten sie das Holzschild mit der Aufschrift »Chalet Edelweiß« über der Eingangstür abgehängt. Auch wenn das Gebäude den Namen seit seiner Erbauung mit Stolz getragen hatte und Mikaël die in den Schweizer Alpen immer seltener zu findende Wildblume sehr mochte, hatte er befunden, dass der Name zu sehr nach einer Touristenfalle klänge. Egal ob in Los Angeles, im Val-d'Isère, in Genf, in Lissabon oder sogar in New Glarus, einem gottverlassenen Kaff in Wisconsin – bei einem »Chalet Edelweiß« handelte es sich in aller Regel um ein typisch schweizerisches Restaurant mit übertrieben folkloristischer Ausstattung. Oder hinter dem Namen verbarg sich eines dieser großen, unästhetischen Gebäude für Jugendfreizeiten. Und ihr neues Zuhause sollte weder mit dem einen noch dem anderen in Verbindung gebracht werden. Da sie jedoch die Identität ihres Chalets nicht hatten verfälschen wollen, hatten sie es in »L'Étoile d'argent« umgetauft, den französischen Namen der mythischen Pflanze.

Im kommenden Jahr würde Andreas seinen vierzigsten Geburtstag feiern. Sein braunes Haar war schon vor Jahren ergraut, und Mikaël nahm ihn deswegen häufig auf den Arm. Andreas erinnerte sich an einen Wortwechsel des Vorabends: »Das macht doch meinen Charme aus, oder?« – »Wenn dich das beruhigt …« – »Schau dir Sean Connery an, je älter er wird, desto sexyer wirkt er!«

Brauchte er eine Beruhigung? Andreas hatte das Gefühl, dass er mit zunehmendem Alter immer mehr mit sich im Reinen war. Als hätte er einen Zustand der Reife erreicht, in dem er von seinen Errungenschaften und seiner Erfahrung profitieren konnte. Nur eine Sache plagte ihn. Vor seinem inneren Auge tauchte die Lebenskurve auf. Kindheit, Reife und Verfall. Der Gedanke, demnächst den Höhepunkt überschritten und damit den Anfang vom Ende erreicht zu haben, ließ ihn nicht los. Sein Verstand sagte ihm, dass noch viele schöne Jahre vor ihm lägen, aber auf einer emotionalen Ebene war er sich dessen nicht so sicher. Bis vor Kurzem war ihm nie in den Sinn gekommen, dass ihm einmal etwas zustoßen könnte. Er hatte sich unverwundbar gefühlt. Doch dann war ein Kollege bei der Polizei mit zweiundvierzig Jahren plötzlich an einem Herzinfarkt gestorben. Einer seiner Jugendfreunde hatte erfahren, dass er Krebs im Endstadium hatte. Langsam hatte es Andreas gedämmert, dass er nicht unsterblich war. Für sein überdurchschnittlich großes Ego war dies ein harter Schlag gewesen, den er noch nicht verdaut hatte.

Andreas war derart in Gedanken versunken, dass er nicht gehört hatte, wie Mikaël und ihr imposanter Bernhardiner die Küche betreten hatten. Sie hatten Minus letztes Jahr aus dem Tierheim geholt, nachdem er dreijährig seine endgültige Größe und ein Gewicht von fünfundsechzig Kilo erreicht hatte und daraufhin ausgesetzt worden war. Hatte man ihn davongejagt, weil er mehr als ein Kilo Fleisch pro Tag fraß? Mikaël und Andreas waren der charmanten Tollpatschigkeit und dem Schlafzimmerblick des großen Hundes jedenfalls sofort erlegen.

»Woran denkst du?«

»An das Glück, dich zu haben ... na ja, euch zu haben«, fügte Andreas hinzu, weil Minus kurz und so passend gebellt hatte.

»Begleitest du uns auf einen Spaziergang?«

»Du weißt, dass ich mitten in einer wichtigen Ermittlung stecke. Und dass uns der Staatsanwalt im Nacken sitzt.«

Mikaël nahm keinerlei Anstoß an seinem leicht schroffen und unwirschen Tonfall. Seit ein paar Wochen war Andreas nervöser als gewöhnlich. Seine Arbeit hatte schon immer einen wichtigen Platz eingenommen und beschäftigte ihn manchmal bis zur Besessenheit.

»Wann, meinst du, bist du zurück? Ich könnte dir für heute Abend etwas Leckeres kochen«, sagte Mikaël. »Wir könnten einen Film gucken. Was hältst du davon, wenn wir uns mal wieder ›Breakfast at Tiffany's‹ anschauen? Du weißt, der Film mit Audrey Hepburn.«

»Willst du nicht lieber einen alten Krimi gucken?«

Andreas umarmte Mikaël und beugte sich dann hinunter, um sich von Minus zu verabschieden, indem er ihm eine Hand auf den Nacken legte. Der Hund fuhr ihm mit der Zunge durchs Gesicht, als sei er eine Windschutzscheibe, die gerade mit einem Reinigungsprodukt behandelt wurde, nur dass das Fenstertuch in diesem Fall eine große, raue Zunge voller Sabber war.

Wir hätten einen Malteser oder einen Chihuahua nehmen sollen, dachte Andreas zärtlich.

Mikaël Achard hatte vor wenigen Wochen seine Festanstellung als Journalist bei der Tageszeitung »24 Heures« gekündigt, um mit fünfunddreißig Jahren seine Zukunft selbst in die Hand zu nehmen. Als Freiberufler konnte er jetzt in aller Ruhe von zu Hause aus arbeiten, sich um den Hund kümmern, um den Garten und zu Andreas' großer Freude auch um die Küche. Immer wieder überraschte er seinen Freund mit neuen Gerichten, deren Geheimnis er allein kannte.

Sie waren gerade von ihrem morgendlichen Spaziergang zurückgekehrt, und Mikaël trocknete die Pfoten des Hundes, der es sich mal wieder nicht hatte nehmen lassen, in die Fluten des nahe gelegenen Wildbachs Avançon zu springen. Lässig schlenderte Minus zu seinem Lieblingsplatz – ein grauweißes Schafsfell, das sie letzten Sommer aus Gotland mitgebracht hatten und das nun vor dem Kamin lag – und ließ sich dort flach auf dem Bauch nieder, den Kopf zwischen den Vorderpfoten, die er mit Ohren und Lefzen bedeckte. Man hätte meinen können, die Schwerkraft habe ihn am Boden festgenagelt oder dass all die Sorgen dieser Welt auf seinen Schultern ruhten. Minus seufzte und schloss die Augen.

Mikaël stieg die knarzende Holztreppe zu seinem Arbeitsplatz hinauf, den er sich auf der oberen Etage eingerichtet hatte. Er schaltete seinen Computer ein.

Den Mittelpunkt des Zimmers bildeten zwei alte sich gegenüberstehende Schreibtische, die er auf dem Flohmarkt erstanden hatte. Ein Teil der weiß verputzten Wand wurde von einem vollbestückten Bücherregal verdeckt. Daneben hingen einige in Öl gemalte Landschaften, die sie bei einem Ferienaufenthalt in Bordeaux in einer Ausstellung entdeckt hatten. Sie hatten sich von den Emotionen, die diese Gemälde ausstrahlten, sofort angesprochen gefühlt und am Ende sogar mehr Bilder als Wein gekauft. Das größte Gemälde zeigte einen Strand, der durch die im Vordergrund stehenden Pinien nur zum Teil sichtbar war, auf dem zweiten Bild waren Weinberge und ein Bauernhaus auf einem Hügel zu sehen und auf dem dritten eine hübsche Kirche, umgeben von einer Steinmauer und Bäumen. Das letzte Gemälde war ein Stillleben: ein Obstkorb, ein Tonkrug und einige Äpfel und Trauben auf einem Holztisch. Die mit Spachteln aufgetragenen Farben sorgten für Bewegung und vermittelten den Eindruck eines Reliefs. Durch die unterschiedlich dicken Schichten lebhafter und frischer Farben wohnte den Bildern ein subtiles Lichtspiel inne.

Mikaël liebte die antiquierte, authentische Atmosphäre des Arbeitszimmers, die von dem alten Holzparkett, seinen Möbeln und seinen Bildern herrührte, allerdings durch seine Macs, die durchaus eines Jüngers von Steve Jobs würdig waren, einen modernen Anstrich bekam. Und dann dieser unglaubliche Blick ins Grüne, den er durch die Glastür, die zum Balkon führte, genießen konnte.

Mikaël hatte an der Universität von Neuenburg seinen Master in Journalismus gemacht und sich anschließend auf die Ressorts Wirtschaft und Politik spezialisiert. Als fest angestellter Redakteur war er jedoch das Gefühl nicht losgeworden, die Quellen zu bestimmten Themen nicht frei wählen zu dürfen. Nur selten hatte man ihm wirklich Spielraum bei seiner Herangehensweise an ein Thema gelassen. Seine Vorgesetzten hatten ihm vorgeworfen, zu kritisch und zu vorlaut zu sein, doch sein

Gewissen hatte sich nicht von den Erwartungen einer konformistischen Gesellschaft beschränken lassen. Er brauchte mehr Freiheit, um an die öffentliche Meinung appellieren zu können und sie bei Grundsatzfragen, die ihm am Herzen lagen, aufhorchen zu lassen.

Gerade war er von einer Reise nach Angola zurückgekehrt, wo er eine Reportage über eine brandneue, von Chinesen errichtete Stadt in der Nähe der Hauptstadt Luanda geschrieben hatte. Siebenhundertfünfzig Hochhäuser auf fünftausend Hektar Land. Wohnmöglichkeiten für mehr als fünfhunderttausend Menschen. Als er durch diese Betonwüste gelaufen war, deren Gebäude sich nur durch die Nummern über dem Eingang unterschieden, hatte er sich über die dort herrschende Stille gewundert. Kaum Autos und noch weniger Menschen. Ein apokalyptisches Gefühl. Hatte er eine Fata Morgana gesehen? Waren die Menschen geflohen? Nein. Eine Geisterstadt, die schon tot war, bevor sie überhaupt erblühen konnte. In einem Jahr waren lediglich zweihundertzwanzig Apartments verkauft worden, und die Erklärung dafür lag auf der Hand. Die Reichen konnten es sich leisten, nicht in einer tristen Satellitenstadt leben zu müssen, und die Armen konnten es sich nicht leisten, dort zu leben. Hundertzwanzigtausend Dollar für die günstigste Wohnung, obwohl ein Großteil der Bevölkerung mit zwei Dollar pro Tag auskommen musste. Die Chinesen hatten über drei Milliarden investiert und im Gegenzug dafür einen bevorzugten Zugriff auf die Bodenschätze des Landes erhalten, darunter natürlich vor allem Rohöl. In der vergangenen Woche hatte Mikaël seinem Artikel den letzten Schliff gegeben und Fotos hinzugefügt.

Während er auf Antworten der Zeitungen wartete, denen er den Text angeboten hatte, wollte er sich ein bisschen in die Geschichte Gryons vertiefen, insbesondere was die Herkunft der Bürger des Dorfes und seiner eigenen Vorfahren betraf. Die Familie seiner Mutter ließ sich bis ins 15. Jahrhundert zurückverfolgen. Väterlicherseits fanden sich Wurzeln bei den Waadtländern des Piemont, die Ende des 17. Jahrhunderts unter dem Druck König Ludwig XIV. vom Herzog von Savoyen verfolgt worden und in die Schweiz geflohen waren. Mikaël wollte wissen, woher er kam.

2

Erica Ferraud, die Pfarrerin von Gryon, saß im Arbeitszimmer des Pfarrhauses und bearbeitete die letzten Zeilen ihrer Predigt, die sie im Zehn-Uhr-Gottesdienst halten würde. Sie hatte die berühmte Bibelstelle zum Jüngsten Gericht aus dem Matthäusevangelium gewählt. Einer der Bibelverse enthielt eine besondere Aufforderung.

Geht weg von mir, ihr Verfluchten, in das ewige Feuer, das bereitet ist für den Teufel und seine Engel.

Wie ließ es sich heutzutage noch rechtfertigen, dass einigen das Reich Gottes offenstand, während andere zu ewiger Verdammnis verurteilt waren? Verzieh Gott etwa nicht allen Menschen?

Als sie gestern über diese Frage nachgedacht hatte, war ihr ein schmerzhaftes Erlebnis aus ihrer Kindheit hier in Gryon in den Sinn gekommen, das ihr damals viele Nächte lang den Schlaf geraubt hatte. Verdiente dieser Mensch es, zur Hölle zu fahren? Eine Frage, die sich nicht so leicht beantworten ließ. Hatte sie damals alles in ihrer Macht Stehende getan, um zu verhindern, was sich zugetragen hatte? Obwohl sie damals erst zwölf Jahre alt gewesen war, hatte sie sich selbst nie vergeben können.

Aufgrund der damaligen Erlebnisse hatte sie beschlossen, Pfarrerin zu werden. Gutes zu tun war für sie die einzige Antwort auf all die existenziellen Fragen, die sie quälten. Der theologische Diskurs war nicht gerade ihre Stärke, was jedoch durch ihr offenes Ohr und den Zuspruch, den sie anderen gab, mehr als wettgemacht wurde. Sie war von mittlerer Statur, und die paar Kilo zu viel, die sich in den letzten Jahren auf ihren Hüften angesammelt hatten, rührten eher von den zahlreichen Einladungen nach den Gottesdiensten her als von der Küche ihres Mannes. Mit ihrem aschblonden Haar, ihrem rundlichen rosigen Gesicht und ihrem Lächeln strahlte sie Sanftmut und Güte aus.

Ericas Liebe zu den Menschen war aufrichtig und zärtlich. Stets bemühte sie sich, ihren Mitmenschen Trost zu spenden und ihnen zu helfen, den Sinn ihres Daseins zu erkennen. Sie in wichtigen Momenten ihres Lebens zu begleiten, egal, ob sie glücklicher oder schmerzlicher Natur waren. Ihre Empathie und ihr wohlwollender Blick hatten ihr stets große Anerkennung eingebracht. Ihr wohnte eine Melancholie inne, die sie in gewisser Weise schätzte und daher gern kultivierte. Oft stellte sie ihre eigenen Bedürfnisse und Vorlieben zugunsten der Gemeinde hintenan und konnte es so vermeiden, sich den Schatten ihrer Existenz zu stellen.

Als im vergangenen Jahr die Pfarrstelle in Gryon neu besetzt werden musste, war es ihr gelungen, ihren Ehemann, der gerade in den Vorruhestand gegangen war, zu überreden, sich mit ihr hier niederzulassen. Sie war froh gewesen, in ihre alte Heimat zurückzukehren. Nachdem ihre beiden Kinder das Elternhaus verlassen hatten, konnte sie sich nun mit Herz und Seele ihrem geistlichen Amt widmen.

Sie musste noch die letzten Vorbereitungen für den Gottesdienst treffen. Brot und Wein für das Abendmahl bereitstellen und den Tisch decken. Die Gesangbücher herausholen. Wie viele Menschen wohl kommen würden? Seit ihrer Ankunft war die Besucherzahl der sonntäglichen Gottesdienste deutlich gestiegen, was sie sehr freute, ohne sie hochmütig werden zu lassen.

Erica verließ den Schreibtisch und ging in die Küche, aus der ihr ein angenehmer Duft von frisch gebackenem Brot entgegenwehte. Für ein Abendmahl backte sie es stets selbst, nach dem Rezept einer alten Freundin, die im vergangenen Jahr im

Alter von dreiundneunzig Jahren gestorben war. Auf Wunsch der Verstorbenen hatte Erica, ein paar Monate bevor sie die Pfarrstelle übernommen hatte, den Trauergottesdienst gehalten. Die Freundin hatte dieses Brot viele Jahre für die Gottesdienste gebacken, denn es war ihre Art gewesen, Gott zu dienen. Ein ganz einfaches Rezept: Mehl, Hefe, lauwarmes Wasser und eine Prise Salz. Erica hatte diese Aufgabe nun übernommen, um die Erinnerung an ihre Freundin wachzuhalten und ihr auf diese Weise weiterhin einen Platz in den Gottesdiensten zu schenken, die in ihrem Leben eine so große Rolle gespielt hatten. Dieses Brot würde gleich während des Abendmahls gebrochen und geteilt werden. Das Brot des Lebens. Sie wiederholte im Geiste die Worte, die sie dabei sprechen würde.

Als es Abend wurde, begab Jesus sich mit den zwölf Jüngern zu Tisch. Während des Mahls nahm er das Brot und sprach den Lobpreis, dann brach er das Brot, reichte es den Jüngern und sprach: Nehmt und esst, das ist mein Leib.

Erica nahm das Brot und eine Flasche Rotwein und verließ das Pfarrhaus. Es war ein strahlender Morgen, und sie hätte sich nicht besser fühlen können. Die Stunden vor dem Gottesdienst erfüllten sie stets mit großer Freude. Sie konnte es kaum erwarten, die Gemeindemitglieder auf der Kirchenschwelle zu begrüßen, als seien sie ihre Gäste, die sie zu einem selbst zubereiteten Festmahl eingeladen hatte. Begleitet von den Geräuschen ihrer Schritte auf dem knirschenden Kies und dem Klopfen eines geschäftigen Buntspechts im Kastanienbaum, durchquerte sie den Hof.

Nicht einmal in ihren schlimmsten Alpträumen hätte sie sich ausmalen können, was sie hinter der Tür im Inneren der Kirche erwartete.

3

Gryon, 1960

An jenem sonnigen Sonntag im September nahm Albert seinen Sohn in den Arm und verspürte ein unbeschreibliches Gefühl des Stolzes. Der kleine Nachzügler. In der dreiunddreißigsten Woche als Frühchen zur Welt gekommen, wog er mittlerweile zweieinhalb Kilo. Er hatte ihn vom ersten Augenblick an geliebt. Das kleine Näschen und die niedlichen rosa Pausbäckchen. Der winzige herzförmige Mund. Die glänzenden blaugrauen Augen. Die leicht abstehenden Ohren und der weiche Haarflaum auf dem Schädel. Ein ganz normaler Säugling, aber sein Kind. Er vernahm ein leichtes Aufstoßen, und kurz darauf lief etwas Milch aus dem Mundwinkel, die er mit einem Lätzchen behutsam abtupfte. Zärtlich betrachtete er seinen Sohn.

Albert war fünfundzwanzig, und dies war sein drittes Kind. Sechs Jahre zuvor hatte er Louise geheiratet, die er auf einem vom Jugendring in Bex organisierten Festabend kennengelernt hatte. Sofort war er ihrem Charme erlegen. Drei Monate später war sie schwanger gewesen. Die Eltern hatten darauf bestanden, dass sie so schnell wie möglich heirateten, was sie auch taten. Schon bald hatte er unter ihrer Fuchtel gestanden und den Eindruck gewonnen, dass der Charme seines Schneewittchens vergänglich war und sie sich unter dem Deckmantel der Bauersfrau in die böse Königin verwandelt hatte. Dennoch hatten sie eine fünfjährige Tochter, einen vierjährigen Sohn und hatten nun den kleinen Nachzügler bekommen.

Albert stammte aus Gryon, war aber in das Bauernhaus seiner Schwiegereltern nach Bex gezogen. Er war sogar erleichtert gewesen, Gryon und damit dem Regiment seines strengen und anspruchsvollen Vaters zu entkommen. Niemals hätte er es gewagt, ihm zu widersprechen.

Sein Schwiegervater ließ ihn an der Leitung des landwirtschaftlichen Betriebes teilhaben, in der Hoffnung, in ihm seinen

Nachfolger zu finden. Sie hatten gut zwanzig Kühe, einige Ziegen, zwei Schweine und Hühner. Albert hegte das Gefühl, sich nützlich machen zu können, wohl wissend, dass er immer der kleine Junge bleiben würde, der niemals eine eigene Meinung haben oder diese gar kundtun durfte und nie unabhängig sein würde. Er meinte, zwischen seinem Schwiegervater und seiner Frau in der Falle zu sitzen. In ihrer Ehe war sie es, die entschied. Mehrfach hatte er versucht, sich gegen sie durchzusetzen. Ein echter Mann zu sein! Doch gegen ihren gestählten Willen kam er nicht an, sodass er sich längst kampflos ergeben hatte.

Wie jeden Sonntag waren er und seine Familie auch heute nach dem Melken nach Gryon hochgewandert, um den Tag mit seinen Eltern zu verbringen. Vor allem im Frühjahr und im Herbst war dieses Familientreffen auf der Alphütte zur Tradition geworden, nur im Sommer hatte die Heuernte Vorrang.

Trotz der Gegenwart seines Vaters Edmond, der keine Gelegenheit ausließ, ihn zu erniedrigen oder seine Art, die Kinder zu erziehen, zu tadeln, genoss Albert diese Momente. Vor allem die Gesellschaft seiner Mutter Odile, die sich stets bemühte, ihn vor den Wutanfällen seines Vaters zu schützen. Als er klein gewesen war, hatte sie ihm vor dem Einschlafen oft eine Geschichte erzählt, um ihn zu trösten. Auch als Erwachsener beglückten Albert diese seltenen intimen Augenblicke mit seiner Mutter. Eine Blase der Unbeschwertheit, in der er sich wohlfühlte und in die die Außenwelt nicht einzudringen vermochte.

Während Odile und Louise in der Küche das Essen vorbereiteten und Edmond mit den beiden größeren Kindern bastelte, bewunderte Albert auf der Terrasse des Chalets das Bergpanorama. Er liebte diesen Ort.

4

Sonntag, 9. September

In seinem alten silbernen BMW 635 CSi fuhr Andreas durch den Dorfkern von Gryon. Obwohl sein Auto unzählige Kilometer auf dem Buckel hatte, konnte er sich nicht entschließen, es gegen ein neues einzutauschen. Er liebte den besonderen Charakter alter Autos, während er bei neuen Fahrzeugen häufig ein gewisses Temperament vermisste. Ihm gefielen das sportliche Aussehen des Wagens mit der haiförmigen Schnauze, das sanfte Schaukeln und das Schnurren des Sechszylinder-Reihenmotors auf seinen täglichen Fahrten.

Andreas war dem Charme Gryons bereits erlegen, als Mikaël ihn vor ein paar Jahren zum ersten Mal dorthin mitgenommen hatte. Mikaël hatte in dem Dorf seine ersten zehn Lebensjahre verbracht, bevor sein Vater in Leysin eine Arbeit gefunden hatte und mit der Familie umgezogen war. Für den jungen Mikaël war es ein traumatisches Erlebnis gewesen, den Ort seiner Kindheit und seine Freunde verlassen zu müssen. Das kleine, immer noch ursprüngliche Gryon mit seinen pittoresken Gässchen lag an einer Bergflanke und ragte weit in die von den Wassern des Avançon gegrabene Schlucht hinein. Der Dorfkern bestand aus dunklen Holzchalets auf Steinsockeln, die zum Teil bereits im 17. Jahrhundert errichtet worden waren, und man hatte das Gefühl, dass jeder dieser Steine eine Geschichte erzählen konnte.

Gerade als Andreas das Dorf in Richtung Les Posses verließ, kamen ihm zwei Polizeifahrzeuge mit blinkendem Blaulicht entgegen. Sein Handy spielte dazu die Titelmelodie von »Indiana Jones«, die er seiner abenteuerlustigen und mutigen Kollegin Karine Joubert zugewiesen hatte. Seit fast fünf Jahren bildeten sie ein perfekt eingespieltes Ermittlerteam der Kriminalpolizei von Lausanne.

»Hallo, meine Liebe! Vermisst du mich?«

»Na ja, das hält sich in Grenzen. Hör auf mit dem Geplänkel.

Wo bist du gerade? Wir haben einen Anruf von der Polizeidienststelle in Bex erhalten. In Gryon wurde eine Leiche entdeckt. Wir sind auf dem Weg.«

»In Gryon? Wo?«

»In der Kirche.«

Andreas' Herz schlug schneller. Er wendete sofort.

Ein paar Minuten später erreichte er Fond de Ville, die Dorfmitte Gryons, die sich in großem Aufruhr befand. Mindestens zwanzig Menschen hatten sich auf der Straße versammelt, offenbar hauptsächlich Kirchgänger und ein paar Schaulustige. Einige kannte er vom Sehen. Weitere Personen blickten von ihren Balkonen herunter.

Andreas parkte sein Auto mitten auf der Straße direkt am Dorfbrunnen, stieg aus und schlug die Wagentür zu. Alle Blicke richteten sich auf ihn.

Obwohl er erst vor Kurzem nach Gryon gezogen war, hatte die Nachricht, dass sich ein Kriminalbeamter in der Gegend niedergelassen hatte, sofort die Runde gemacht. Mit seinem Äußeren fiel er in dem kleinen Bergdorf ja auch etwas aus dem Rahmen und blieb nirgends unbemerkt. Ihm war bewusst, dass er ein gewisses Charisma besaß, das ihm häufig, auch in dringenden Fällen, weiterhalf. Sein Gang und seine Haltung strahlten Selbstsicherheit aus. Die grauen, sehr kurzen Haare und die Sommerbräune seiner Haut betonten seine stahlblauen Augen, die an Gletschereis oder an die Augen eines Huskys erinnerten. Der graue Dreitagebart verlieh ihm markante, aber zugleich auch harmonische Gesichtszüge, die Fältchen um die Augenwinkel wirkten geradezu charmant. Wie immer trug er eine verwaschene und leicht abgewetzte Jeans und Cowboystiefel, die mit ihren eckigen Spitzen und verzierten Metallbeschlägen aus einem Sechziger-Jahre-Western zu stammen schienen. Um den Stil des Bad Boy zu vervollständigen, den er sorgfältig kultivierte, trug er dazu ein weißes T-Shirt ohne Aufdruck, eine goldene Halskette und eine Lammfelljacke.

Er genoss es, im Zentrum der Aufmerksamkeit zu stehen, und war vermessen genug, sich manchmal sogar über die Menge erhaben zu fühlen. Dabei war er sich seines Hangs zur Egozentrik und seines Narzissmus durchaus bewusst, der ihm in der Vergangenheit oft angekreidet worden war und seine Beziehungen zu Freunden und Partnern nicht selten aufgemischt hatte. Dank einer Psychoanalyse, die drei Jahre gedauert und ihn eine ganze Stange Geld gekostet hatte, konnte er sich selbst und andere besser verstehen und war vor allem inzwischen in der Lage, die Welt nicht nur von seinem eigenen Standpunkt aus zu betrachten. Dass er und Mikaël vor zehn Jahren ein Paar geworden waren, verdankte er sicherlich auch dieser Therapie.

Zwei Polizisten hatten den Eingang zur Kirche, einem der ältesten Gebäude des Dorfes, mit Plastikbändern abgeriegelt, die die Aufschrift »Polizei – Zutritt verboten« trugen. Unter dem Vorbau des Portals sprach ein Polizist mit einer Frau, die Andreas sofort als die Pfarrerin Erica Ferraud erkannte.

Die Glocken begannen zu läuten. Die Zeiger der Kirchturmuhr zeigten zehn Uhr an. Andreas hielt dem auf dem oberen Treppenabsatz stehenden Beamten seine Dienstmarke hin.

»Kein schöner Anblick.«

Der Polizist bewahrte Ruhe, doch Andreas konnte seinem Blick entnehmen, wie sehr ihn das Gesehene bewegte. »Wer hat den Leichnam entdeckt?«, fragte er ihn.

»Die Pfarrerin.«

»Ist noch jemand drinnen?«

»Nein. Wir haben den Tatort abgesichert.«

»Gut. Ich schaue es mir an. Bitten Sie die Pfarrerin zu warten. Ich werde gleich mit ihr sprechen. Und lassen Sie niemand sonst rein.« Während Andreas eilig auf die Kirchentür zuschritt, drehte er sich noch einmal um. »Und nutzen Sie die Zeit, die Namen aller Umstehenden zu erfassen.«

Andreas stieß die massive Holztür auf, die dies mit einem Knarzen quittierte, und betrat die kleine Vorhalle, die als Schleuse zwischen dem Draußen und Drinnen, dem Vorher und Nachher diente. Es herrschte Totenstille. Bevor er die zweite Tür öffnete, die ihn direkt ins Kirchenschiff führen würde, hielt er kurz inne. Er wollte allein sein. Er wusste aus Erfahrung, wie wichtig der erste Eindruck für die anschließende Ermittlung sein würde. Ein Tatort glich einem aufgeschlagenen Buch. Er musste es betrachten, es lesen, es studieren und den Worten lauschen. Er musste versuchen, eins mit der Umgebung zu werden, um sie vollständig zu erfassen.

Kaum hatte er die Schwelle überschritten, umgab ihn ein Gefühl der Ruhe und der Wärme. Der Raum war schlicht, ohne Schnörkel oder irgendwelche prunkvollen oder morbiden Darstellungen. Die einfachen Holzbänke legten Zeugnis ab von Gemeindemitgliedern vieler Generationen. Das runde Gewölbe aus Tannenholz, das nach einem Brand im Jahr 1719, der auch große Teile des Dorfes zerstört hatte, wiederaufgebaut worden war, trug zu der Ruhe bei, die dieser Raum ausstrahlte. Hinten rechts befand sich die Kanzel. Wie viele weise oder unsinnige Predigten waren in den letzten achthundert Jahren von dort oben wohl zu hören gewesen?

Während Andreas den Gang weiter entlangschritt, wurde sein Blick von einem bunten Kirchenfenster im Gemäuer des Chores angezogen. Es stellte Jesus mit einem Heiligenschein dar, dessen Gesicht von zusätzlichen Lichtstrahlen erhellt wurde. Kein Licht ohne Schatten, dachte er. Auf dem sehr viel kleineren Fenster darüber erkannte er die Darstellung einer Friedenstaube. Hatte der Mörder oder die Mörderin inneren Frieden gefunden? Hatte der Mord mit einer unbändigen Wut auf Gott zu tun?

Andreas war noch ein paar Schritte weitergegangen. Die nackte Leiche lag ausgestreckt auf dem Altar. Mit den waagerecht ausgebreiteten Armen und den mit einem Seil zusammengebundenen Beinen erinnerte der Tote an den gekreuzigten Jesus. Ein Mann. Vermutlich um die fünfzig. In seinem Herzen steckte ein langes Messer. Um die Wunde herum hatte sich das inzwischen getrocknete Blut wie ein Netz aus kleinen Rinnsalen von der Brust bis zu seinem Geschlechtsteil ausgebreitet. Man hatte ihm die Augen entfernt. Die Augenhöhlen sahen aus wie zwei schwarze Löcher. Am Messergriff hing ein mit einer kleinen Kordel befestigtes Stück Papier.

Andreas streifte sich seine Latexhandschuhe über, nahm den Zettel ab und las die folgenden Zeilen:

Wenn nun das Licht, das in dir ist, Finsternis ist, wie groß ist dann die Finsternis!

5

Nachdem Andreas sich viel Zeit in der Kirche gelassen hatte, trat er wieder nach draußen. Zu der Gruppe auf dem Platz waren inzwischen neue Gesichter hinzugekommen.

Die dort herrschende Unruhe, die er im Kircheninneren nicht hatte wahrnehmen können, vermittelte ihm kurz das Gefühl, aus einem Traum zu erwachen. Die Leiche auf dem Altar. Die Schaulustigen auf dem Kirchplatz. War das real? Die schwere Tür fiel laut ins Schloss. Alle drehten sich zu ihm um, und eine bedrückende Stille breitete sich auf dem Platz aus. Alle Blicke waren auf Andreas gerichtet, die Leute erwarteten eine Bestätigung. Doch sein Gesichtsausdruck sagte schon alles.

Es stimmte also.

Hier war ein Mord geschehen.

Andreas schaute die Straße hinunter, aber sein Team war noch nicht in Sicht. Er kannte Karine gut genug, um zu wissen, dass sie bereits den Gerichtsmediziner kontaktiert und einen Leichenwagen bestellt hatte. Er musste nur warten, bis sie eintrafen.

Er beschloss, mit der offensichtlich sehr aufgewühlten Pfarrerin zu sprechen. Sie saß etwas abseits der Menschenmenge auf einer an die Kirchenmauer gelehnten Holzbank. Ihr Ehemann Gérard Ferraud hielt sie in den Armen. Ein sehr zurückhaltender und unauffälliger Mann in beigefarbener Hose und grün kariertem Hemd. Eine lange Haarsträhne bedeckte die beginnende Glatze. Auf der Nasenspitze saß eine kleine Brille mit rechteckigen Gläsern. Er wirkte älter als seine Frau.

Andreas bot ihnen an, ins Haus zu gehen, um mehr Ruhe zu haben, und folgte ihnen dann in das Pfarrhaus hinter der Kirche. Es war ein altes Gebäude mit rot-weiß gestrichenen Fensterläden und einem Türrahmen aus Stein, neben dem sich eine ebenfalls alte Scheune befand.

Kaum hatte Andreas die Diele betreten, wurde sein Blick auf das Zimmer zu seiner Rechten gelenkt. Dort brannte eine Kerze auf einem riesigen Schreibtisch aus massiver Eiche. Offenbar das Arbeitszimmer der Pfarrerin. Unter einer Bibel lag ein Stoß Blätter. Vermutlich die heutige Predigt. Worüber hatte sie reden wollen? Rechts davon ein imposantes Bücherregal mit zahlreichen theologischen Werken.

An der Wand ein Bild des gekreuzigten Jesus, das einen starken Gegensatz zu dem darstellte, was er gerade in der Kirche erlebt hatte. Andreas erkannte das Bild als eine Kopie eines Gemäldes des spanischen Malers Velázquez. Er hatte es im Prado gesehen, als er und Mikaël im Frühling ein Wochenende in Madrid verbracht hatten. Die dunkle Leinwand rückte das Leiden Jesu in den Vordergrund. Von den Füßen und Händen tropfte Blut. Der Kopf war leicht nach vorn geneigt. Die Haare verdeckten die Hälfte des Gesichts. Dieser Mensch schien resigniert zu haben. Im Geiste hörte Andreas jene Worte, die Jesus am Kreuz gesprochen hatte: »Mein Gott, warum hast du mich verlassen?« Hatte Gott auch Erica Ferraud verlassen? Die Vorstellung beunruhigte ihn.

»Hier entlang, Monsieur le Commissaire.«

Andreas wandte sich um und folgte Gérard Ferraud bis zur Küche am Ende des Flurs. Dort bot man ihm einen Platz an dem Holztisch an, der mitten im Raum stand. Er setzte sich Erica Ferraud gegenüber. Sie wirkte abwesend. Tränen liefen ihr über die Wangen. Gérard Ferraud schaltete die Kaffeemaschine ein und setzte sich mit an den Tisch.

Andreas schaute sich aufmerksam um, bevor er das Wort ergriff. Zwischen den beiden Fenstern, die zum Garten hinausgingen, befand sich eine antike Anrichte, auf der Zinnkannen und Postkarten mit alten Schwarz-Weiß-Motiven von Gryon standen. Eine der Karten zeigte das Dorf mit dem Bergmassiv der Dents du Midi im Hintergrund. Auf einer anderen Karte waren die Kirche und der Grand Muveran zu sehen, und auf einer dritten saßen zwei alte Männer auf einer Bank vor einem historischen, mit zahlreichen Holzschnitzereien verzierten Chalet und unterhielten sich vielleicht über vergangene Zeiten.

Andreas ließ seinen Blick weiter durch die Küche schweifen. Neben dem Herd stand ein antiker Holzofen, auf dem »Le Rêve« zu lesen war. Seine Großmutter hatte ebenfalls einen Herd dieser Schweizer Traditionsmarke besessen, den er ein paar Jahre lang in seiner ersten Schweizer Wohnung aufgestellt hatte. Der Herd hatte trotz seiner mehr als sechzig Jahre treu seine Dienste getan. Obwohl Andreas die sentimentale Angewohnheit hatte, solche Dinge aufzubewahren, hatte er sich widerstrebend davon getrennt, als er mit Mikaël zusammengezogen war.

Auf dem Kühlschrank klebten alle möglichen Magneten. Offenbar Urlaubssouvenirs. Ein Londoner Doppeldeckerbus. Der Eiffelturm. Das Kolosseum. Ein gelbes Taxi aus New York. Nicht besonders originell, dachte Andreas. Einige Magneten fixierten Postkarten, die jüngeren Datums zu sein schienen, da es sich um Farbfotografien handelte. Auf dreien waren typische New Yorker Ansichten zu sehen: die Freiheitsstatue, das Empire State Building und der Central Park.

Als Andreas das Geräusch eines Streichholzes hörte, das entzündet wurde, richtete er den Blick nach vorn auf die unbehandelte alte Holzplatte des Tisches, auf der man die Maserung und all die Risse erkennen konnte, die die Zeit hinterlassen hatte. In der Mitte stand eine dicke runde Kerze, die Gérard Ferraud gerade entflammt hatte.

»Kennen Sie das Opfer?«

Erica Ferraud schien Andreas nicht gehört zu haben, doch nach einem kurzen Moment löste sie sich aus ihrer Starre, wandte den Kopf, stieß einen tiefen Seufzer aus und beantwortete die Frage, die er ihr etwas abrupt gestellt hatte.

»Ja. Ich kannte ihn. Es ist schrecklich. Alain Gautier, der

Leiter der Immobilienagentur im Dorfzentrum, direkt neben dem Café Pomme, wenn Ihnen das etwas sagt. Unvorstellbar. In der Kirche!«

Wieder rannen ihr Tränen über die Wangen. Sie nahm das Taschentuch, das ihr Ehemann ihr reichte.

»Ich weiß, wie schwer das für Sie ist. Sind Sie damit einverstanden, mir jetzt ein paar Fragen zu beantworten? Wenn nicht, hat das auch Zeit bis später.«

»Nein, nein. Ich bitte Sie, Monsieur le Commissaire.«

»Könnten Sie mir berichten, wann und wie Sie die Leiche gefunden haben?«

»Mein Mann und ich haben wie immer gegen sieben Uhr dreißig gefrühstückt. Gegen acht Uhr habe ich mich in mein Arbeitszimmer zurückgezogen, um meine Predigt fertig zu schreiben. Und so gegen neun Uhr bin ich dann rüber zur Kirche.«

»Ist Ihnen beim Betreten der Kirche etwas Ungewöhnliches aufgefallen?«

»Nein, nichts ... bis zu dem Moment, als ...«

Erica Ferraud brach erneut in Tränen aus. Sie trocknete ihre geröteten Augen und ihre Wangen, bevor sie den Kopf hob. Ihre Mascara war verlaufen.

»Sie trinken doch einen Kaffee, Monsieur le Commissaire?« Ohne Andreas' Antwort abzuwarten, wandte sich Gérard Ferraud zur Kaffeemaschine, deren Kontrollleuchte auf Grün umgesprungen war.

»Gestern Abend oder heute Nacht, haben Sie da etwas Ungewöhnliches gehört oder gesehen?«

»Nein, ich glaube nicht ... Nein, nichts.«

»Was haben Sie gestern Abend gemacht? Sind Sie noch mal rüber zur Kirche gegangen?«

»Ja, in der Tat. So gegen zwanzig Uhr, unmittelbar vor dem Abendessen. Ich habe mich in eine Kirchenbank gesetzt und einen Moment meditiert und gebetet. Und ich habe schon mal die Nummern der Kirchenlieder angeschlagen. Nach dem Essen bin ich noch mal ins Arbeitszimmer gegangen, um den

Gottesdienst vorzubereiten. Gérard hat Fernsehen geschaut. Er ist so gegen zweiundzwanzig Uhr ins Bett. Nicht wahr, Liebling?«, fragte sie ihren Mann, der inzwischen die dritte Tasse Espresso eingeschenkt hatte.

Gérard Ferraud setzte sich wieder zu ihnen. Auf dem Tablett, das er auf den Tisch gestellt hatte, standen neben den drei Kaffeetassen eine Flasche Aprikosenschnaps und zwei kleine Gläser. Er schob eines der Gläser in Andreas' Richtung, der es jedoch mit einer Handbewegung ablehnte. Danach füllte er sein eigenes Glas bis zum Rand. Andreas bemerkte die Schweißflecken unter seinen Achseln und die Tropfen auf seiner Stirn.

»Nehmen Sie Milch oder Zucker?«

»Nein danke, ich trinke ihn schwarz.« Obwohl Andreas seinen Kaffee meist mit Milch aus einer großen Tasse trank, freute er sich ab und zu über einen echten Espresso.

»So gegen zweiundzwanzig Uhr fünfzehn. Nach dem Ende der Fernsehsendung, die ich geschaut habe. Ich habe dir noch eine gute Nacht gewünscht«, fügte er hinzu, wobei er auf einen bestätigenden Blick seiner Frau wartete. »Danach bin ich zu Bett gegangen.«

Er nahm das Schnapsglas und leerte es in einem Zug. Danach schenkte er sich ein zweites Glas ein, was Andreas erstaunt beobachtete, während Erica offensichtlich mit den Gedanken woanders war.

»Ich selbst habe mich gegen halb eins schlafen gelegt«, sagte sie.

»Das stimmt. Ich bin nämlich noch mal aufgewacht. Und wenn ich jetzt darüber nachdenke ... habe ich kurz darauf das Geräusch eines Autos gehört, das nicht weit von hier abgestellt wurde. Ich habe dabei sogar noch auf meine Uhr geschaut. Genau um zehn vor eins.«

Andreas wollte sein Notizheft aus der Innentasche seiner Jacke ziehen, um die Angaben aufzuschreiben, doch er hatte es in der Eile im Auto liegen lassen.

»Gehörte Alain Gautier zu Ihren Gemeindemitgliedern?«

»Nein. Er ist nur einmal auf einer Beerdigung gewesen,

wenn ich mich recht entsinne«, sagte Erica. »Er gehörte nicht zu den regelmäßigen Besuchern der Kirche. Außerdem war er katholisch.«

»Kannten Sie ihn gut?«

»Er war mein Jahrgang. Wir sind zusammen zur Schule gegangen. Hier in Gryon. Aber danach haben wir uns aus den Augen verloren. Ab und zu habe ich ihn im Dorf getroffen, und dabei haben wir dann ein paar Worte gewechselt. Mehr nicht. Schon als Kinder hatten wir nicht viel miteinander zu tun.«

Für einen kurzen Moment hatte Andreas ein bestimmtes Bild vor Augen, das aber sofort wieder verschwand. Er versuchte, ihm nachzuspüren. Was hatte er da gerade zwischen Erica Ferrauds Worten vernommen? Hatte sie Gautier besser gekannt, als sie zugeben wollte? Oder lag es am Verhalten ihres Ehemanns?

Irgendetwas entging ihm hier.

Er beschloss, es vorerst dabei zu belassen. Erica Ferraud war ganz offensichtlich mit den Nerven am Ende, auch wenn sie seine Fragen ruhig und sachlich beantwortet hatte.

»Ich danke Ihnen. Ich möchte Sie allerdings bitten, niemandem zu erzählen, was Sie wissen. Für die Ermittlungen ist es wichtig, dass diese Informationen den Raum hier nicht verlassen. Falls Ihnen noch etwas einfällt, mag es Ihnen auch noch so unbedeutend erscheinen, dann zögern Sie nicht, mich anzurufen. Hier ist meine Karte.«

Gérard Ferraud begleitete Andreas zur Haustür und gab ihm die Hand. Sie war feucht.

6

Auf dem Platz mit dem Brunnen oberhalb der Kirche traf Andreas auf seine Kollegin Karine und auf Christophe von der

Spurensicherung, dicht gefolgt vom Gerichtsmediziner, der ebenfalls gerade eingetroffen war.

Der Dorfkern war mit den unterschiedlichsten Wagentypen zugeparkt. Immer mehr Schaulustige waren hinzugekommen und ergänzten den ungewöhnlichen Anblick. Der blaue Schein der Warnleuchten spiegelte sich in den Fensterscheiben der umstehenden Chalets.

Nachdem Andreas ein neues Notizheft aus dem Handschuhfach seines Autos geholt hatte, winkte er seinen Kollegen zu und gab ihnen ein Zeichen, ihm ins Innere der Kirche zu folgen.

Sie bildeten einen Halbkreis um den Altar und betrachteten die Szene, die sich ihnen dort bot.

»Oh mein Gott!«, rief Karin entsetzt.

»Du weißt gar nicht, wie recht du damit hast«, erwiderte Andreas.

Christophe hatte die Augen aufgerissen. Der Gerichtsmediziner schaute ihn fragend an und kratzte sich dabei mit der rechten Hand am Kopf.

Andreas brachte sie kurz auf den neuesten Stand.

Ohne Zeit zu verlieren, zückte Christophe seinen Fotoapparat und begann, den Tatort aus allen Blickwinkeln zu fotografieren. Der Gerichtsmediziner wartete sichtlich ungeduldig darauf, dass er damit fertig wurde, damit er selbst die Leiche näher untersuchen konnte.

»Das ist ja wie im ›Da Vinci Code‹«, sagte Karine, die spürte, wie ihr Puls schneller schlug.

Karine war sechsunddreißig Jahre alt. Ihr Vater, ebenfalls ein Polizist, hatte sie, da er keinen Sohn hatte, von klein auf Kampfsportarten trainieren lassen, daher besaß sie den höchsten Gürtelgrad, den roten Gürtel, im Jiu-Jitsu. Ihr nicht ganz ebenmäßiges Gesicht war ausdrucksstark und ihr Blick durchdringend. Mit ihrer Präsenz und ihrer entschlossenen Haltung beeindruckte sie selbst mutige Männer. Ihre größte Freude bestand darin, den Gegner zu beherrschen. In Situationen, die Körpereinsatz erforderten, war sie stets die Schnellste, was

Andreas durchaus recht war, denn trotz seiner Machoallüren vermied er nach Möglichkeit den Nahkampf.

»Der Mörder hat eine regelrechte Inszenierung gewählt. Wie im Theater oder wie auf einem Gemälde. Ja, wie ein Gemälde«, wiederholte Andreas.

War das Kunst? War der Mörder ein Künstler? Der ganze Tatort wirkte, als sollte alles einen bestimmten Sinn, eine Symbolik haben. Nichts schien dem Zufall überlassen worden zu sein. Hier hatte jemand eine Botschaft hinterlassen.

Andreas holte Notizheft und Stift hervor und schrieb auf die erste Seite »Gryon, Mord in der Kirche« und das Datum. Er blätterte um und machte mitten auf der nächsten Seite eine Anmerkung, die er zweimal energisch unterstrich. »Eine Botschaft für wen?«

Für uns?

Für die Pfarrerin?

Für die Gesellschaft?

Für Gott?

Andreas hatte die Angewohnheit, bestimmte Ideen sofort niederzuschreiben, damit sie sich nicht im Wirrwarr seiner Gedankengänge verflüchtigten. Dinge, die ihm wichtig erschienen. Entscheidende Fragen, die er beantworten musste, um weiterzukommen. All das schrieb er auf und benutzte daher auch für jeden Fall ein neues Notizheft.

Andreas unterbrach den sehr konzentriert wirkenden Gerichtsmediziner bei der Arbeit. »Was meinst du, wann war der Todeszeitpunkt, Doc?«

Doc war ein merkwürdiger, sehr interessanter Mensch. Merkwürdig, weil er mit seinen struppigen, ungekämmten Haaren und seinen dicken Brillengläsern wie ein verrückter Wissenschaftler wirkte, der fernab der Gesellschaft in seiner ganz eigenen Welt zu leben schien. Und genau das machte ihn auch so interessant. Er stürzte sich mit der Gier einer ausgehungerten Hyäne auf jeden neuen Fall, als sei dies sein einziger Lebensinhalt.

Über die Leiche gebeugt, hob er den Kopf, griff sich mit der linken Hand ans Kinn, legte den Zeigefinger auf den Mund

und murmelte eine Antwort. »Mmh, die ganze Leiche ist steif wie eine Statue. Die Kiefer sind fest aufeinandergepresst. Kopf und Hals sind nach hinten überstreckt. Die rechte Hand wirkt verkrampft. Die Beine sind gestreckt. Der *Rigor mortis* ist also voll ausgeprägt. Daher muss der Tod vor mindestens zwölf Stunden eingetreten sein.«

Doc verwandte gern wissenschaftliche Begriffe, um sich wichtigzumachen, und er hatte Spaß daran, in die betretenen Gesichter der Polizeibeamten zu gucken, die vorgaben, seine Fachausdrücke zu verstehen. Bei Andreas und Karine war das jedoch etwas anderes, denn sie arbeiteten schon seit ein paar Jahren mit ihm zusammen. Es war zu einer Art Spiel zwischen ihnen geworden.

»Die *Livores* ... ähm, die Totenflecken, für all diejenigen von euch, denen die lateinische Sprache für immer ein Mysterium bleiben wird«, präzisierte er mit verschmitztem Lächeln, »lassen sich noch wegdrücken. Hier, die violetten Flecken, die man an verschiedenen Körperstellen sehen kann. Ich konnte mit meinem Daumen das Blut in den Adern noch bewegen, sodass die Haut an dieser Stelle wieder hell geworden ist. Nach etwa fünfzehn bis achtzehn Stunden ist das Blut bereits so eingedickt, dass die Flecken unter dem Druck meines Fingers nicht mehr verblassen.«

Der Arzt hatte einen diebischen Spaß daran, jedes Mal aufs Neue die Grundlagen der forensischen Medizin zu erklären und genau zu erläutern, auf welchen Anzeichen seine Schlussfolgerungen basierten. Das gehörte einfach zu seiner Arbeitsmethode.

Er blickte auf die Anzeige eines Thermometers, mit dem er gerade die Temperatur des Leichnams gemessen hatte.

»Siebenundzwanzig Grad. Die *Algor mortis* ...«

»Die Leichenkälte«, übersetzte Karine, um zu zeigen, dass sie bei seinen Ausführungen aufgepasst hatte.

»... ist eine Angleichung der Körpertemperatur an die Umgebung. Wenn man davon ausgeht, dass die Temperatur ab zwei Stunden nach Eintritt des Todes in den ersten zehn Stunden stündlich um ein Grad und danach um ein halbes Grad sinkt ...

dann würde ich sagen, dass der Todeszeitpunkt mindestens zehn bis zwölf Stunden zurückliegt. Also ist der Mann vermutlich gestern Abend gestorben.«

»Könntest du dich da etwas präziser festlegen?«

»Nicht wirklich. Die Totenkälte hängt von verschiedenen Faktoren ab, unter anderem von der Umgebungstemperatur. Und hier in der Kirche ist es verhältnismäßig kühl. Achtzehn Grad etwa. Je niedriger die Außentemperatur, desto schneller kühlt die Leiche aus. Zumal diese hier auch noch vollkommen nackt ist. Allerdings wurde sie erst nach dem Tod hier abgelegt. Das erschwert die Berechnung, denn wir wissen nicht, wo sie getötet wurde und was für Bedingungen geherrscht haben, bevor sie hergebracht wurde.«

»Woher weißt du, dass der Mann nicht hier getötet wurde?«

Doc richtete sich auf, hob den Kopf und faltete die Hände über dem Bauch, als wolle er eine öffentliche Rede halten. »Die Todesursache ist zweifelsfrei der Messerstich ins Herz gewesen. Angesichts der geringen Menge Blut auf dem Leichnam ist es jedoch offensichtlich, dass der Mord woanders stattgefunden haben muss. Außerdem sind nirgends Blutspuren zu finden, weder auf dem Altar noch auf dem Boden. Und auch die Totenflecken beweisen eindeutig, dass die Leiche umgelagert wurde. Ich würde sogar behaupten, dass sie sechs bis zwölf Stunden nach Eintritt des Todes transportiert wurde.«

»Erklär das genauer.«

»Mit dem Eintritt des Todes hört das Blut auf zu fließen. Ein Herzstillstand verursacht einen sofortigen Durchblutungsstopp. Die Kapillaren werden durchlässig für die roten Blutkörperchen, die sich im Gewebe unter der Haut ablagern. Durch die Schwerkraft bilden sich Totenflecken an den am tiefsten liegenden Teilen der Leiche. Dort, wo sich das Blut ansammelt, wird es unter der hellen, durchscheinenden Haut sichtbar. Hier hinten haben wir einen dorsalen Dekubitus, der uns zeigt, dass die Leiche auf dem Rücken liegend gelagert wurde. In diesem Fall bilden sich auch im Nacken, am Gesäß und auf der Unterseite der Schenkel Totenflecken, und genau das können wir hier erkennen. Allerdings sehen wir auch Totenflecken auf dem Bauch, auf den Schenkelvorderseiten und im Gesicht.«

»Dann würde man von einem ventralen Dekubitus sprechen«, kam Andreas Doc zuvor.

»Ganz genau. Die Leiche hat also zunächst einige Zeit auf dem Bauch gelegen, bevor sie auf den Rücken gedreht wurde. Wird jedoch eine Leiche mehr als zwölf Stunden nach Eintritt des Todes umgelagert, bilden sich keine neuen Totenflecken mehr aus. In diesem Fall würde man also eine auf dem Rücken liegende Leiche mit Totenflecken auf dem Bauch oder eine auf dem Bauch liegende Leiche mit Totenflecken auf dem Rücken finden. Wird eine Leiche jedoch innerhalb der ersten sechs Stunden nach ihrem Tod transportiert, verändern sich die Totenflecken entsprechend der neuen Lage.«

»Und in diesem Fall würde man also die Totenflecken der letzten Stellung der Leiche sehen, und man könnte nicht mehr sagen, ob sie vorher transportiert wurde.«

»Ganz genau. In der nächsten Phase, im Zeitraum von sechs bis zwölf Stunden nach dem Tod, bleiben die Totenflecken allerdings bestehen, und neue können hinzukommen. Also genau wie in unserem Fall hier. Auf dem Rücken und auf dem Bauch.«

»Wenn wir also davon ausgehen, dass der Todeszeitpunkt mindestens zwölf Stunden, also gegen zweiundzwanzig Uhr gestern Abend, und höchstens fünfzehn Stunden zurückliegt, also gegen neunzehn Uhr, dann glaubst du, dass die Leiche zwischen ein und vier Uhr morgens hierhertransportiert worden sein könnte.«

»Stimmt.«

»Und was kannst du uns zu diesem Zeitpunkt noch erzählen?«

»An den Handgelenken konnte ich leichte Verbrennungsmale auf der Haut feststellen. Womöglich wurde der Mann an den Händen gefesselt. Genaueres kann ich euch aber erst nach der Autopsie sagen.«

»Und was ist mit seinen Augen?«

»Da möchte ich mich noch nicht genau festlegen, aber nach

meinen ersten Erkenntnissen könnten ihm die Augen bei lebendigem Leibe entfernt worden sein.«
»Wie furchtbar«, rief Christophe.
»Um sicher zu sein, sind weitere Untersuchungen erforderlich. Hämorrhagische Verletzungen können nur bei Lebenden entstehen. Nach dem Stillstand des Blutes können bei einem Toten keine inneren Blutungen mehr ausgelöst werden. Aber ...«
»Bei dir gibt es immer ein Aber ...«
»Das stimmt, das Aber ist in diesem Fall die Supravitalität.«
»Die Supra-was?«, hakte Karine nach.
»Die Supravitalität. Nach dem klinischen Tod sterben nicht alle Zellen sofort ab, deshalb kann eine unmittelbar nach dem Tod zugefügte Verletzung einer ähneln, die einem Lebenden zugefügt wurde. Man weiß nicht genau, in welchem Zeitraum eine derartige Reaktion noch möglich ist. Doch eine mikroskopische Untersuchung kann hier Klarheit schaffen.«

7

Andreas stand schon auf der Schwelle der Tür, als er sich noch einmal umdrehte. Irgendetwas meinte er im Inneren der Kirche noch bemerkt zu haben, aber das Bild in seinem Kopf blieb verschwommen. Irgendetwas hatte er übersehen. Es war, als würde ihm eine innere Stimme zuflüstern: *»Andreas, du hast hier noch nicht alles gesehen und noch nicht alles verstanden!«* Es war nur so ein diffuses Gefühl. Er würde zurückkommen.

Draußen überreichte ihm einer der Polizisten eine Liste mit den Kontaktdaten all derer, die sich vor der Kirche aufhielten.

»Monsieur le Commissaire, hätten Sie eine Minute Zeit für mich?« Aus der Menschenmenge trat ein Mann hervor.

Der schon wieder! Dieser sensationslüsterne Aasgeier, dachte Andreas. Fabien Berset verfolgte sämtliche Kriminalfälle der Region und hatte die unangenehme Angewohnheit, immer als einer der Ersten zur Stelle zu sein. Andreas hegte den Verdacht, dass er den Polizeifunk mithörte oder eine Freundin in der Telefonzentrale hatte. Auch wenn ihm dieser Kerl nicht gerade das Leben erleichterte, bewunderte Andreas dennoch seinen Kampfgeist.

»In der Kirche wurde eine Leiche gefunden. Mehr kann ich Ihnen in diesem Stadium der Ermittlungen noch nicht sagen.«

»Kommissar! Bei dem Toten handelt es sich doch um Alain Gautier, oder? Wie ist er denn gestorben?«

Andreas antwortete nicht und bahnte sich einen Weg durch die Menge. Berset folgte ihm.

»Angeblich wurde bei der Leiche eine Botschaft gefunden?«

Andreas blieb unvermittelt stehen, drehte sich um und musterte den Journalisten feindselig.

»Handelt es sich um eine satanische Tat?«, fügte Berset sensationslüstern hinzu.

Andreas packte ihn, zog ihn dicht zu sich heran und flüsterte ihm gereizt ins Ohr: »Hören Sie, Monsieur Berset. Ich weiß nicht, woher oder von wem Sie das haben, aber wenn ich morgen irgendetwas davon in Ihrem Schmierblatt lese …«

Karine legte Andreas eine Hand auf die Schulter, um ihm zu bedeuten, nicht zu weit zu gehen. Sie war es nicht gewohnt, dass er so heftig reagierte. Hatte er das Gefühl, unter Druck zu stehen? Ein Verbrechen hier in Gryon, in dem Dorf, in dem er wohnte …

»Soll das eine Drohung sein, Monsieur le Commissaire?«

»Nein, nur eine Warnung«, antwortete Andreas und ließ ihn los.

Fabien Berset sah Andreas auf dem Weg zu seinem Auto hinterher und grinste zufrieden. Dass der Mann der Pfarrerin bereitwillig mit ihm geredet hatte, war sein Glück gewesen.

Als Andreas am Wagen angelangt war, erwartete ihn bereits ein etwa fünfzig Jahre alter Mann.

»Guten Tag, Monsieur le Commissaire, mein Name ist Maurice Fournier. Ich bin der Gemeinderat von Gryon.«

»Ja, ich weiß, wer Sie sind. Wir sind uns hier im Dorf schon ein paarmal über den Weg gelaufen«, sagte Andreas kurz angebunden.

»Ich wollte den Gottesdienst besuchen. Erica, die Pfarrerin, hat mir erzählt, dass Alain getötet worden ist. Das ist schrecklich. Falls ich Sie in irgendeiner Form unterstützen kann …«

»Monsieur Fournier, danke für Ihr Angebot. Zu diesem Zeitpunkt können Sie allerdings nichts tun. Ich melde mich, sollten wir Ihre Hilfe benötigen.«

Karine und Andreas setzten sich ins Auto. Dann wählte Andreas Mikaëls Nummer.

»Ich bin's. Ich wollte dir nur sagen, dass man in der Kirche eine Leiche entdeckt hat.«

»In der Kirche? In welcher Kirche?«

»Hier in Gryon. Den Leiter der Immobilienagentur.«

»Alain? Unmöglich.«

Über seine Agentur hatten sie ihr Haus in Les Pars gekauft.

»Ich erzähle dir später, was passiert ist. Könntest du mir erst mal einen Gefallen tun?«

»Ja, klar.«

»Wir haben eine vom Mörder verfasste Botschaft gefunden. Hast du etwas zu schreiben?«

»Ja, einen Moment.«

Andreas öffnete sein Notizheft und las vor.

»›Wenn nun das Licht, das in dir ist, Finsternis ist, wie groß ist dann die Finsternis!‹ Das scheint mir ein Bibelzitat zu sein. Kannst du das bitte überprüfen? Ich komme vermutlich erst spät nach Hause und bringe dann Karine mit. Bis dann.«

8

Mikaël nahm die Einkaufstasche und verließ das Haus. Er schloss die Tür ab und versteckte den Schlüssel wie immer unter einem

Stein auf der Fensterbank. Dann fuhr er mit dem Auto die Straße von Les Pars nach Rabou entlang, wo der historische Dorfkern Gryons begann und der Weg sich zwischen den Häusern hindurchschlängelte. Er hielt vor der Käserei. Der Immobilienmakler, der gegenüber sein Büro hatte, war ermordet worden. Hier, in Gryon. Völlig sinnlos ... Die Neuigkeit vom Mord an Alain Gautier ließ ihn nicht kalt. Vom Tod eines Menschen zu erfahren, den man kannte, brachte einen an sich schon durcheinander, aber hier handelte es sich noch dazu um ein Verbrechen!

Er parkte gegenüber dem Lebensmittelgeschäft des Dorfes, genau unter dem Schaukasten mit den öffentlichen Bekanntmachungen, der von der Gemeindeverwaltung angebracht worden war. Darin wurden die Todesanzeigen der Einwohner von Gryon angeschlagen, meistens ältere Leute. Hier würde auch die Anzeige von Gautier hängen. Zweifellos würde dieses Verbrechen die Gemüter beschäftigen und in der nächsten Zeit das zentrale Gesprächsthema sein.

Das Bibelzitat ging ihm durch den Kopf. Als Andreas ihm die Worte am Telefon vorgelesen hatte, hatte er sofort gewusst, dass es sich dabei um einen Vers aus der Bergpredigt, einer der wichtigsten Lehren Jesu, handelte. Alte Erinnerungen kamen in ihm hoch ...

Vor seiner Ausbildung zum Journalisten hatte er ein paar Semester Theologie studiert. Er war in einem von Religion und strengen Moralvorschriften geprägten familiären Umfeld aufgewachsen und hatte als junger Erwachsener zunächst nicht gewusst, was er mit seinem Leben anfangen sollte. Das Einzige, dessen er sich sicher gewesen war, war, dass er aus Leysin fortgehen wollte. So weit weg wie möglich. Er hatte das Gefühl gehabt, in diesem Bergdorf zu ersticken, wo jeder jeden kannte und wo er sich nicht wohlfühlte. Auslöser für seine Entscheidung war der Pfarrer der Region gewesen, den Mikaël wegen seiner Empathie sehr schätzte. Als er eines Abends bei ihm zum Essen eingeladen gewesen war, hatte dessen Mutter mitten im Gespräch ausgerufen, dass er doch Theologie studieren und Pfarrer werden solle. Der Pfarrer hatte die Gelegenheit beim

Schopf ergriffen und enthusiastisch von seinem Studium und seinem Beruf erzählt. Warum sollte er es nicht probieren? Mikaël hatte darin die Verwirklichung seines Traumes gesehen, das Elternhaus zu verlassen und gleichzeitig noch den Segen seiner Mutter zu bekommen.

In Lausanne angekommen, konnte er endlich sein Leben leben. Seine Mutter hatte darauf bestanden, dass er jedes Wochenende nach Hause kam, und im ersten Jahr hatte er das bis auf wenige Ausnahmen auch brav getan. Doch am Ende der Sommerferien traf er eine Entscheidung. Bevor er nach Lausanne zurückfuhr, hatten sie sich alle zum sonntäglichen Mittagessen um den Tisch versammelt, und seine Mutter bat ihn, das Tischgebet zu sprechen. Das sei eine gute Übung für einen zukünftigen Pfarrer, hatte sie gesagt. Daraufhin hatte er die Chance genutzt, seinen Eltern zwei Neuigkeiten zu verkünden: dass er schwul sei und dass er nicht mehr so oft nach Hause käme. Die zweite Neuigkeit war aufgrund der ersten Mitteilung anstandslos durchgegangen. Sein Vater verließ den Tisch, ohne seinen Teller anzurühren, und seine Mutter sagte kein Wort mehr. Er selbst genoss das köstliche Essen.

Obwohl sich Mikaël mit großem Interesse auf die Theologie gestürzt hatte, musste er sich irgendwann eingestehen, die falsche Wahl getroffen zu haben. Seine Berufung war der Journalismus.

Und nun war er mit fünfunddreißig Jahren zurück in Gryon, dem Dorf, das er als Heranwachsender verlassen und das ihm so gefehlt hatte. Zusammen mit Andreas. Der Kreis hatte sich geschlossen.

Mikaël stieg die Stufen zur Gemeindeverwaltung hoch, denn er hatte vom Bürgermeister die Erlaubnis erhalten, das Gemeindearchiv für seine Recherchen zu nutzen.

Einige Zeit später kam er mit einem eindrucksvollen Stapel Fotokopien unter dem Arm wieder heraus: Ahnentafeln, Gerichtsprotokolle und andere Dokumente, die wichtige Ereignisse des Gemeindelebens bezeugten. Außerdem Informationen, die er zu den Ursprüngen seiner Familie zusammengetragen hatte, denn er hoffte, dahinter Geschichten zu entdecken, die ihm als Grundlage für einen Roman dienen konnten. Schon seit einiger Zeit verspürte er Lust, sich auf das Abenteuer des Romanschreibens einzulassen. Er besaß eine gewisse Begabung, Fakten miteinander zu verknüpfen und Themen weiterzuentwickeln, aber war er kreativ genug, Intrigen zu ersinnen und entsprechende Figuren zu konstruieren? Einen Kriminalroman zu schreiben? Aber genau das reizte ihn. Gryon war die perfekte Umgebung für einen etwas bärbeißigen Kommissar und einen eiskalten Mörder: die einzigartige Atmosphäre des kleinen pittoresken Dorfes. Die besondere Lebensart der Bergbewohner. Die gemütliche Atmosphäre der Chalets vor der eindrucksvollen Bergkulisse. Die harten Winter. Doch die Realität schien gerade die Fiktion eingeholt zu haben.

Nachdem er die zwei mit Dokumenten gefüllten Taschen ins Auto gestellt hatte, betrat er die Metzgerei gegenüber der Gemeindeverwaltung. Er kaufte hier regelmäßig ein, denn das Fleisch war exzellent und nicht zu vergleichen mit den eingeschweißten Produkten der Discounter. Der Metzger kaufte bei den Landwirten der Umgebung ein und hatte erst kürzlich beschlossen, seinen Laden auch sonntagvormittags zu öffnen, denn die Zahl der Touristen und der Ferienhausbesitzer war merklich gestiegen. Die Türklingel holte ihn nun aus seinem Hinterzimmer hervor.

»Hallo, Mikaël. Was darf es denn heute sein?«

»Einen dicken Streifen Speck bitte, René.«

René nahm ein großes Stück durchwachsenen Speck mit einer ordentlichen Fettschicht aus der Auslage. Genau von der Art, wie ihn Mikaël besonders liebte. Er nahm sein großes Messer, führte die Klinge am Wetzstein entlang und hielt sie dann ans Fleisch.

»Ist es so recht?«

»Perfekt.«

Während er den Speck schnitt, hob René den Kopf. »Schrecklich, diese Geschichte!«

Die Neuigkeit war ganz offensichtlich schon bis zu ihm

vorgedrungen. Bevor Mikaël antworten konnte, erklang die Türklingel erneut, und zwei weitere Kunden betraten den Laden. Mikaël zahlte und ging.

Draußen stand er plötzlich Fabien Berset gegenüber, der gerade aus dem Lebensmittelgeschäft nebenan kam.

»Das hätte ich mir denken können. Immer als Erster am Ball, wie ich sehe«, sagte Mikaël zur Begrüßung.

»Ich hab meine Verbindungen …«

Bevor Berset zum »Le Matin« gewechselt war, waren sie Kollegen gewesen. Ein ehrgeiziger Mensch, der nicht gezögert hatte, seine Ellbogen einzusetzen, ganz im Gegenteil zu dem stets wohlwollenden Mikaël, der sich in der Zeitungswelt mit Kompetenz und Berufsethos einen Namen gemacht hatte. Trotz ihrer unterschiedlichen Persönlichkeiten verkehrten sie gern miteinander und respektierten sich gegenseitig.

»Ich nehme an, dass du ein Weilchen hierbleiben wirst.«

»Gut möglich, in der Tat. Vielleicht können wir abends mal einen trinken gehen.«

»Ja, gern. Und ich bringe dich dann auf den neuesten Stand der Ermittlungen …« Mikaël grinste.

»Aber nein, Mikaël, darum geht es nicht. Einfach mal wieder über die guten alten Zeiten schwätzen. Ein, zwei Gläser trinken. Und wenn du mir dann ein paar Auskünfte geben willst, ist das deine Sache.«

»Vergiss es, mein Lieber. Andreas erzählt mir eh nichts, und ich frage auch nicht nach. Da macht jeder sein Ding.«

»Und das soll ich dir glauben?«

»Auf jeden Fall erfährst du von mir nichts. Da musst du dich schon direkt an Andreas wenden.«

»Das habe ich ja versucht …«

Fabien Berset berichtete ihm von dem Streit, den er am Morgen mit Andreas gehabt hatte. »Er muss mich ja nicht gleich als seinen Feind betrachten. Ich mache einfach meinen Job, das ist alles. Und du kannst ihm ausrichten, dass ich bereit wäre, mit ihm zusammenzuarbeiten. Schließlich könnte ein Informationsaustausch für uns beide nützlich sein.«

»Ich werde mich nicht in eure Geschichten einmischen. Das musst du ihm schon selbst sagen.«

Sie gaben sich zum Abschied die Hand, und jeder ging seines Weges.

Mikaël betrat das Lebensmittelgeschäft. Berset mochte sich denken, dass er und Andreas über den Fall sprachen, was er aber nicht wusste, war, dass er bei den Ermittlungen nicht nur Zuschauer war, sondern eine viel wichtigere Rolle spielte. Berset und er waren also am selben Fall dran. Nur dass er die Informationen aus erster Hand bekam. Allerdings musste er dafür im Verborgenen bleiben. Seine Ergebnisse waren nicht für die Presse, sondern für Andreas bestimmt.

Mikaël stand inzwischen in der Gemüseabteilung. Er nahm einen Salatkopf in die Hand, legte ihn dann aber wieder hin. Er wollte möglichst schnell das Bibelzitat recherchieren. Alles andere konnte warten.

9

Andreas und Karine fuhren die Straße nach Les Pars entlang, um die Mutter des Opfers aufzusuchen. Alice Gautier lebte allein, seitdem ihr Mann gestorben war. Andreas parkte den Wagen so geschickt am Rand der engen Straße, dass er den Verkehr nicht behinderte.

Das Chalet lag etwas unterhalb von Andreas' und Mikaëls Haus am Hang. Umgeben von Bäumen wirkte das Gebäude einerseits geschützt, andererseits auch sehr abgeschieden.

Andreas und Karine betraten das Grundstück durch das Gartentor. Dahinter schien sich die Natur ihr angestammtes Recht zurückzuerobern, die Blumenbeete waren von Unkraut überwuchert. Sie schritten über den Kiesweg auf das Chalet zu. Die obere Hälfte des Hauses bestand aus dunklen Holzbalken, der verputzte untere Teil musste früher einmal weiß gewesen sein. Die Steinplatten auf der Terrasse waren zum Teil zerbrochen. Nur die am Geländer aufgehängte Wäsche verriet, dass hier jemand lebte.

Andreas stand auf der Schwelle der Haustür. In solchen Fällen blieb Karine im Hintergrund. Die Nachricht vom Tod eines geliebten Menschen zu überbringen fiel auch ihm schwer und gehörte zu den Aufgaben seines Berufes, die er am wenigsten mochte. Er empfand Mitgefühl, konnte aber nicht umhin, solche Situationen stets auf sich selbst zu beziehen, was wiederum bei ihm manchmal Schuldgefühle und Unwohlsein hervorrief.

Er hatte Angst vor dem Tod. Oder war es vielleicht nur die Angst, nicht mehr zu existieren? Wenn er den Himmel und die Sterne betrachtete, hatte er den Eindruck, die Unendlichkeit auszuloten. Und das machte ihn ganz schwindelig und löste tief in ihm ein Gefühl der Beklommenheit aus. Als würde er eines Tages in eine unermessliche Leere stürzen. Was bliebe dann von seiner Existenz übrig? Nichts? Er konnte sich weder mit der Vorstellung abfinden, dass der Tod das Ende eines Lebens bedeutete, noch mit dem Konzept, das Leben vollbracht zu haben. Seine Seele und sein Verstand fochten in seinem Innersten Kämpfe miteinander aus, dabei verfolgten sie das gleiche Ziel. Den Tod nicht einfach als sinnlosen Stichtag zu sehen. Andreas hatte seine ersten vierzig Lebensjahre damit zugebracht, sein Ego zu entwickeln, was ihm ziemlich gut gelungen war. Doch jetzt musste er lernen, sich von sich selbst zu lösen, um sich zwar nicht mit dem Tod im Allgemeinen, aber mit der Vorstellung seiner eigenen Sterblichkeit zu versöhnen. Und damit gleichzeitig sein Leben zu akzeptieren. Das war jedoch einfacher gesagt als getan.

Dachte er ernsthaft darüber nach, gelang es ihm. Dann schaffte er es, theoretische Antworten zu konstruieren, auch wenn seiner Seele eine tiefe Angst innewohnte. Das hinderte ihn natürlich nicht daran zu leben, aber die Angst war stets präsent und verbarg sich nur unter einer dünnen Haut, die er all die Jahre sorgsam gepflegt hatte. Ganz gleich, was geschah, er hatte im Laufe der Zeit ein perfekt ausgeklügeltes System entwickelt, die Bilder seiner eigenen Sterblichkeit, kaum dass sie auftauchten, sofort wieder in der Versenkung verschwinden zu lassen. Das funktionierte gut. Meistens jedenfalls. Manchmal beschlich ihn das Gefühl, zu gleichgültig zu sein und nicht genügend Empathie zu zeigen. Hielten ihn einige Menschen womöglich für kalt und unsensibel? Er atmete tief ein und drückte den Klingelknopf.

Eine alte Dame öffnete langsam die Tür und blickte sie misstrauisch an. Sie musste mindestens achtzig Jahre alt sein. Sehr gepflegtes Äußeres. Sie stützte sich auf einen Stock, hielt sich jedoch gerade.

Eine sehr bestimmende Frau, vermutete Andreas und zeigte ihr seine Dienstmarke. »Guten Tag, Madame Gautier. Kriminalkommissare Auer und Joubert. Von der Polizei.«

»Von der Polizei? Was wollen Sie von mir?«

»Dürften wir kurz hereinkommen?«

Sie öffnete die Tür, kehrte ihnen den Rücken zu und ging in ein muffig riechendes Wohnzimmer vor. Der beigefarbene Teppich hatte bessere Zeiten gesehen. Sämtliche Gegenstände schienen ihren angestammten Platz auf den Regalen zu haben und waren, der Staubschicht nach zu urteilen, schon seit Ewigkeiten nicht mehr verrückt worden.

»Setzen Sie sich«, bat sie und zeigte dabei auf das abgewetzte Ledersofa, während sie selbst in einem Sessel Platz nahm, über den eine rot karierte Decke gelegt worden war.

Andreas setzte sich neben Karine. Das Zimmer war mit Jagdtrophäen dekoriert. Er betrachtete den ausgestopften Kopf eines Steinbocks, der an der gegenüberliegenden Wand hing. Auf einer Anrichte standen Pokale, die er dank des Wappens mit den zwei gekreuzten Gewehren dem Schützenverein Abbaye de Gryon zuordnen konnte. An der anderen Wand hing ein altes Holzgewehr, daneben das Porträt eines Mannes, der seine Flinte geschultert hatte und stolz in die Kamera blickte. Vermutlich Madame Gautiers verstorbener Ehemann. Andreas schaute dem Tier gegenüber erneut in die Augen. Der Blick war starr. Er ertrug keine ausgestopften Tiere. Er liebte sie, solange sie lebendig waren.

»Möchten Sie etwas trinken?«, fragte Alice Gautier.

»Sehr liebenswürdig von Ihnen, aber nein danke.«

Alles an der alten Dame war grau. Ihre Haare. Ihre Kleidung. Ihr Teint. Einzig ihre blauen Augen verliehen ihrer äußeren Erscheinung etwas Farbe. Andreas holte Luft, bevor er begann.

»Wir müssen Ihnen leider eine traurige Mitteilung machen, Madame Gautier. Ihr Sohn Alain ...«

Die alte Dame richtete sich auf und blickte Andreas direkt in die Augen. Er meinte, auf ihren Lippen den Anflug eines Lächelns gesehen zu haben, aber da musste er sich getäuscht haben. Vermutlich hatte sie nur das Gesicht verzerrt.

»... ist tot.«

Ein kurzer entsetzter Blick, doch dann fasste sie sich sofort wieder. Stille senkte sich über den Raum. Schließlich ergriff Madame Gautier völlig emotionslos das Wort. »Tot, sagen Sie? Wer hat ihn umgebracht?«

Andreas hielt kurz inne: Hatte er »umgebracht« gesagt?

Nein.

»Er ist tot«, hatte er gesagt.

Merkwürdig.

Er beschloss, so zu antworten, als sei ihm das nicht aufgefallen. »Das wissen wir noch nicht. Wir haben ihn heute Morgen gefunden. In der Kirche.«

Detailliert schilderte Andreas ihr die Begleitumstände vom Fund der Leiche ihres Sohnes. Er war völlig perplex über ihre Reaktion – beziehungsweise über ihre fehlende Reaktion. Angesichts ihres unergründlichen Schweigens fühlte er sich unwohl. Doch schließlich fuhr sie fort.

»Ich habe immer gedacht, dass diesem Jungen mal etwas zustoßen würde.«

»Warum sagen Sie das?«, wollte Karine wissen.

»Wissen Sie, ich bin zutiefst gläubig«, antwortete Alice Gautier ruhig und bedächtig. »Deswegen gehe ich praktisch jeden

Sonntag in die Kirche. Heute bin ich nicht gegangen, weil meine Hüfte schmerzt und der Weg zu Fuß für mich sehr weit ist. Mein Sohn lebte in Sünde. Ich habe ihm nie etwas Schlechtes gewünscht, das dürfen Sie nicht denken. Vielmehr habe ich immer gehofft, dass er sich ändert und eines Tages wieder zu mir zurückkehrt. Und zu Gott.«

»Sie hatten keinen Kontakt mehr?«, erkundigte sich Karine.

»Doch, aber nur noch selten. Seit dem Tod meines Mannes kam er immer seltener vorbei, um nach mir zu sehen. Unser Verhältnis war recht angespannt. Jede unserer Begegnungen mündete in einem Disput. Irgendwann haben wir uns nur noch gesehen, wenn es sich nicht umgehen ließ. Worüber wir uns gestritten haben?«, ergänzte sie, nachdem sie Andreas' fragenden Blick bemerkt hatte. »Seine Lebensweise.«

»Was haben Sie ihm denn vorgeworfen? Sie sagten eben, er habe in Sünde gelebt. Könnten Sie das ein wenig erläutern?«

Die alte Dame starrte Andreas an. Er erkannte in ihrem Blick eine Härte und eine Selbstbeherrschung, die ihm das Blut in den Adern gefrieren ließen.

»Er war wie sein Vater. Besaß eine absolut egoistische Moralvorstellung. Mein Sohn liebte Geld, schöne Autos und Mädchen, und ich glaube, dass er auch in Geschäfte verwickelt war, die nicht ganz sauber waren.«

Sie seufzte.

»Wissen Sie, ob er Feinde hatte? Leute, die wütend auf ihn waren?«

»Oh, natürlich. Eifersüchtige Ehemänner. Verletzte Frauen. Unzufriedene Kunden. Was weiß ich? Ich kann Ihnen jedoch keine Namen nennen. Er hat mit mir nicht über seine Affären gesprochen.«

»Sie erwähnten auch Geschäfte, die nicht ganz sauber waren. Was für Geschäfte waren das?«

»Ich bin nicht sicher. Ich weiß, dass er kurz vor einer Insolvenz stand und diese dann wie durch ein Wunder doch noch abwenden konnte. Nicht erstaunlich, bei seinem Lebensstil. Seiner Wohnung, seinen Autos, seinen Reisen und dem ganzen

Rest ... Ich vermute, dass er Schmiergelder kassierte und auch selbst welche zahlte, wenn er einen Gefallen brauchte.«

»Woher wissen Sie das?«

»Ich habe keine Beweise, aber sehen Sie ... der Sohn einer Freundin ist Bauträger. Sie hat mir einmal erzählt, dass Alain ihm unter der Hand Geld zuschiebt, um sich das Verkaufsrecht an gewissen Chalets zu sichern.«

»Könnten Sie mir seinen Namen nennen?«

»Er heißt Jacques Charrier.«

Andreas machte sich eine Notiz. »Wann haben Sie Ihren Sohn zum letzten Mal gesehen?«

»Er war letzte Woche hier. Er ist vorbeigekommen, um mich davon zu überzeugen, eine neue Gebäudeversicherung für das Haus abzuschließen. Seit dem Tod meines Mannes kümmert er sich um meine Finanzen. Er ist höchstens eine halbe Stunde geblieben.«

»Haben Sie ihn in den letzten Tagen noch gesprochen?«

»Er hat mich gestern Morgen angerufen. Ich hatte bei seiner Sekretärin eine Nachricht für ihn hinterlassen. Ich hatte mir Sorgen wegen der Heizung gemacht. Als er zurückrief, hat er mir gesagt, dass der Installateur Montag vorbeikäme. Also morgen.«

»Was für einen Eindruck machte er da auf Sie? Wirkte er besorgt?«

»Nein, nur in Eile, wie immer.«

»Gut. Vielen Dank, dass Sie uns unsere Fragen beantwortet haben. Falls Ihnen noch irgendetwas einfällt, zögern Sie nicht, uns zu kontaktieren.«

Andreas reichte ihr seine Visitenkarte und stand auf. Alice Gautier begleitete sie bis zur Tür. Bevor sie sich verabschiedeten, bekundeten Andreas und Karine ihr Beileid, auch wenn der Tod ihres Sohnes die alte Dame offensichtlich nicht sehr berührte.

10

Das Gespräch mit Alice Gautier hatte einen merkwürdigen Eindruck bei Andreas hinterlassen. Natürlich hatten sie etwas mehr über die Persönlichkeit des Toten erfahren, aber die Haltung der Frau hatte ihn doch sehr verblüfft. Wie konnte der Tod des eigenen Sohnes eine Mutter so kaltlassen? Selbst wenn das eigene Kind nicht so lebte, wie man es sich wünschte, spürte man nicht trotzdem noch einen Funken Liebe oder zumindest einen Mutterinstinkt? Andreas fragte sich, was wohl aus ihm geworden wäre, hätte ihn eine Frau wie diese großgezogen.

Inzwischen waren er und Karine auf dem Weg zu Alain Gautiers Apartment. Dabei handelte es sich um einen Wohnkomplex im Chalet-Stil direkt am Ende der Barboleuse in Richtung Aiguerosse. Christophe erwartete sie dort schon mit einem Mann vom Schlüsseldienst.

Der achtundzwanzigjährige Christophe Joly hatte einen Stil gefunden, der gut zu ihm passte. Die Mischung aus Rock bohème und Grunge schien weniger der pessimistischen Philosophie der neunziger Jahre noch deren Verweigerungshaltung gegenüber dem Materialismus, sondern vielmehr seinem Wunsch zu entspringen, sich von der jüngeren Generation zu unterscheiden. Er trug eine Wollmütze, die er bis zu den Augenbrauen heruntergezogen hatte. Die halblangen kastanienbraunen Haare, die ein wenig zottelig unter der Mütze hervorlugten, und die Brille mit den abgerundeten Gläsern und dem dicken schwarzen Woody-Allen-Gestell verliehen ihm ein zugleich intellektuelles und kreatives Flair. Über einem rot-weiß gestreiften T-Shirt trug er eine beigefarbene Wildlederjacke und dazu eine verwaschene Jeans. Sein ganzes Äußeres und sein bartloses Gesicht strahlten etwas Jugendliches aus. Vielleicht wollte er mit seiner Art, sich zu kleiden, den endgültigen Eintritt in die Welt der Erwachsenen noch ein wenig hinauszögern? Vor zwei Jahren hatte er seinen Master in Forensik gemacht. Bei ihrer ersten Begegnung war Andreas skeptisch gewesen angesichts Christophes offensichtlicher Nonchalance, doch sehr schnell hatte er in ihm einen außergewöhnlich begabten und scharfsinnigen jungen Mann erkannt.

Alain Gautier hatte im obersten Stock unter dem Dach gewohnt. Andreas wies den Mitarbeiter vom Schlüsseldienst mit einer Handbewegung an, die Tür zu öffnen. Der Mann stellte seine Tasche ab und drückte die Klinke hinunter, bevor er sein Werkzeug auspackte. Reine Angewohnheit. Die Tür war unverschlossen.

Andreas trat als Erster in das riesige Zimmer ein, eine Art Loft, das zugleich als Wohn- und Arbeitszimmer und als Küche diente. Ein modernes Apartment. Einzig die Holzbalken erinnerten daran, dass man sich in einem Chalet befand. Alles andere war entweder in Schwarz und in Weiß gehalten oder aus Metall gefertigt. Vor der Küchenzeile zur Linken stand eine riesige aus Stein gearbeitete Theke mit einer schwarzen Marmorplatte, an der Wand dahinter ein gut gefülltes Weinregal. Rechts davon befand sich ein voluminöses weißes Ledersofa mit einem Glastisch. An der Wand hing ein ultramoderner Flachbildfernseher. Im Raum waren einige zeitgenössische Kunstobjekte und Bilder verteilt. Nicht Andreas' Geschmack. Vielmehr fragte er sich, wie man in solch einer sterilen und unpersönlichen Umgebung wohnen konnte. Am anderen Ende des Raumes stand ein Esstisch vor der Glastür, die zum Balkon führte. Andreas fiel sofort auf, dass einer der sechs Stühle fehlte.

»Der muss ja einen Putzfimmel gehabt haben«, sagte Christophe. »Kein einziges Staubkörnchen. Nichts. Man kann gar nicht glauben, dass hier irgendwer gelebt hat. Nicht mal eine Zeitung, die auf dem Tisch rumliegt, alles blitzblank.«

»Oder er hatte eine Putzfrau«, sagte Andreas.

Karine war hinter die Bar gegangen. »Komm her und sieh dir das an, Andreas!«, rief sie.

Hinter der Theke stand der fehlende Stuhl. Der weiße Stoff der Rückenlehne war rotbraun getränkt. Auf dem Boden lagen zwei Stricke und Kleidungsstücke in einer riesigen eingetrockneten Blutlache.

Andreas und Karine betrachteten schweigend die Szene und

stellten sich vor, welche unvorstellbaren Qualen Alain Gautier hier erlitten haben musste.

Karine fuhr zusammen. »Wo sind eigentlich die Augen?«

Andreas starrte auf den Stuhl. Christophe begann den Tatort zu fotografieren. Nach einer kleinen Weile reagierte Andreas auf Karines Frage.

»Wenn wir sie nicht noch hier in der Wohnung finden, dann müssen wir wohl davon ausgehen, dass der Mörder sie mitgenommen und vielleicht sogar behalten hat. Das ist nicht unüblich für … Serienmörder.«

Andreas erstarrte, nachdem er diese Worte ausgesprochen hatte.

»Du glaubst, dass wir es hier mit einem Sammler zu tun haben?«, fragte Christophe.

»Es ist noch etwas früh, um wirklich Schlussfolgerungen zu ziehen.«

»Das stimmt natürlich, aber wenn es hier in der Gegend bereits ähnliche Fälle gegeben hätte, würde das die Vermutung bestärken.«

»Oder dieser Mord ist erst der Anfang.«

Während Christophe sich an die Arbeit machte, nahmen Andreas und Karine die Wohnung weiter unter die Lupe. Im Eingangsbereich lagen auf einer Kommode eine Brieftasche, ein Schlüsselbund und ein Handy ordentlich nebeneinander. Andreas streifte sich Handschuhe über und öffnete die Brieftasche. Sie war eindeutig von Gautier. Eine Bankkarte. Eine Mastercard. Gold, versteht sich. Visitenkarten von der Immobilienagentur. Zwei Hundert-Franken-Scheine. Ein Zwanziger. Sein Personalausweis und sein Führerschein. Alles in allem nichts Ungewöhnliches. Andreas leerte das Lederetui. Eine Krankenversicherungskarte. Je eine Kundenkarte von einem Bekleidungsgeschäft und einer Apotheke. In einem weiteren Fach zwei Quittungen. Eine vom Sternerestaurant »Denis Martin« in Vevey: zwei Menüs »Évolution« für je dreihundertsechzig Franken, eine Flasche Wein für hundertachtzig Franken. Auch hier ein teurer Geschmack. Die zweite Quittung vom »Fairmont Montreux Palace«: sechshundertneunundneunzig Franken für die Suite und eine Flasche Champagner für zweihundertzwanzig Franken.

Das alles klang nach einem romantischen Abend, dachte Andreas. Er schaute auf das Datum der Belege. Beide waren am 7. September dieses Jahres ausgestellt worden. Dem Tag vor Gautiers Ermordung. In einem anderen Fach der Brieftasche entdeckte er ein weiteres Puzzleteil. Das Foto einer Frau. Andreas schätzte sie auf etwa fünfundvierzig Jahre. Sie besaß ein strahlendes Lächeln. Wer war sie?

Karine und er betraten das weiß gekachelte Bad, der Boden war mit grauem Marmor ausgelegt. In der Ecke ein großer Jacuzzi für zwei Personen, an der Wand ein riesiger Spiegel. Auch noch ein Narzisst, dachte Andreas. Neben dem Waschtisch ein Regal mit perfekt gefalteten Handtüchern, daneben eine Schiebetür, die direkt ins weiträumige Schlafzimmer führte. Ein Kleiderschank nahm eine ganze Wand ein. Ein Bett von beeindruckender Größe. Vermutlich konnte man hier zu viert schlafen, ohne sich zu berühren. An der Wand ein abstraktes Bild mit bunten Quadraten auf weißem Hintergrund. Sicherlich eines dieser schweineteuren Werke. Andreas musste daran denken, was Alain Gautiers Mutter erzählt hatte.

»Diese Wohnung stinkt nach Geld …«

»Schau dir das an!« Karine zeigte auf den Schrank, der dem Bett gegenüberstand. »Eine winzige Kamera.«

»… und nach Sex«, vollendete Andreas seinen Satz.

Sie kehrten ins Wohnzimmer zurück. Andreas suchte einen Computer, jedoch ohne Erfolg. Schließlich entdeckte er eine kleine schwarze Box, die auf dem Gestell unter dem Fernseher stand. Apple TV. Mit ihrer Hilfe ließen sich mit dem Computer aufgezeichnete Filme auf dem großen Bildschirm wiedergeben. Andreas schaltete den Fernseher ein und drückte die Menü-Taste der Fernbedienung. Dann wählte er »Filme« aus, danach den ersten Vorschlag auf der angezeigten Liste, der den Namen »Adeline« trug. Auf dem Bildschirm erschien ein hübsches junges, vermutlich knapp achtzehnjähriges Mädchen, das nackt auf dem Bett lag. Über sie gebeugt konnte man einen Mann von hinten erkennen ... aber es war nicht Alain Gautier. Andreas erkannte ihn wieder. Er hatte ihn am Morgen noch gesehen.

11

Andreas war nach diesem langen, anstrengenden Tag ziemlich ausgelaugt. Er musste sich ausruhen und ein wenig Abstand gewinnen, um das weitere Vorgehen in dem Fall zu entscheiden. Für die darauffolgenden Tage waren viele Termine angesetzt. Sie hatten beschlossen, ihr Hauptquartier im Sitzungssaal der Gemeindeverwaltung von Gryon einzurichten, den sie dafür bereits reserviert hatten. Die Büros der Kriminalpolizei befanden sich in Lausanne, mit dem Auto also gut anderthalb Stunden von Gryon entfernt. Vor Ort zu bleiben war daher in diesem Stadium der Ermittlungen die beste Option. Andreas hatte deshalb Karine, die in Lausanne lebte, vorgeschlagen, solange bei ihnen zu wohnen.

Andreas öffnete die Haustür, und Minus kam, gefolgt von Mikaël, sofort zu ihrer Begrüßung herbei.

Mikaëls strubbeliges braunes Haar, sein Dreitagebart, seine buschigen dunklen Brauen und seine tiefdunklen Augen verliehen ihm eine etwas rebellische Erscheinung, die durch den silbernen Ring im Ohr noch verstärkt wurde. Auch die kleine Stupsnase und der Schönheitsfleck auf der linken Wange verfehlten ihre anziehende Wirkung nicht. Am liebsten trug er dunkle Jeans, einen Blazer und darunter meistens ebenfalls dunkle T-Shirts oder Pullis, die je nach Laune auch mal grau oder anthrazit sein konnten. Diskret und distinguiert.

»Also das ist ja wirklich unglaublich. Was für Neuigkeiten. Ihr müsst mir alles erzählen!«

»Du weißt, dass das vertraulich ist, mein Lieber«, sagte Karine mit einem angedeuteten Lächeln.

Andreas hatte mit der Zeit gelernt, dass Mikaël ihn nie in

Ruhe ließ, bevor er ihm nicht alle Details der laufenden Ermittlungen entlockt hatte. Dieses Mal war sein Interesse besonders groß, da der Mord in Gryon geschehen war und sie beide das Opfer kannten. In der Vergangenheit hatte sich Mikaël mit der ihm angeborenen Neugierde und seinem analytischen Verstand bei einigen Recherchen allerdings auch schon als sehr nützlich erwiesen. Doch das musste ein Geheimnis zwischen ihnen bleiben. Nur Andreas' engste Kollegen wussten davon.

Kaum hatten sie sich gesetzt, klingelte Andreas' Telefon.

»Pst! Das ist der Staatsanwalt.«

Andreas fuhr mit dem Finger über das Display seines Handys, um den Anruf anzunehmen. »Ja, natürlich. Aber … Ich notiere mir das. Genau, bis morgen.«

Die Unterhaltung endete so abrupt, wie sie begonnen hatte. Der Staatsanwalt und er hatten schon vor langer Zeit aufgehört, Höflichkeitsfloskeln auszutauschen, nicht, weil sie überflüssig gewesen wären, sondern aus dem schlichten und einfachen Grund, dass Höflichkeiten nicht zu der Art ihrer Beziehung passten.

»Was wollte er denn, dieser Idiot?«, fragte Karine, die diesbezüglich mit Andreas einer Meinung war.

»Ihm sitzen schon die Journalisten im Nacken. Einige Hinweise sind wohl durchgesickert. Sie sprechen von einem Satansmord. Er hat für morgen früh eine Pressekonferenz angesetzt, um zu versuchen, die Informationen unter Kontrolle zu halten und den Arbeitseifer der Medien zu zügeln.«

»In Lausanne?«

»Nein, im Gemeindesaal.« Andreas machte eine Pause. »Ach ja, und unsere Chefin hat uns von den anderen Ermittlungen befreit, damit wir uns ganz auf diese Sache hier konzentrieren können. ›Rund um die Uhr‹, meinte der Staatsanwalt.«

Mikaël brachte eine Karaffe, die mit Rotwein gefüllt war. Er füllte ein Tulpenglas mit Wein bis zur breitesten Stelle, damit der Wein genügend Luft bekam, und reichte es Andreas zum Probieren. Im letzten Jahr hatten sie gemeinsam ein Weinverkostungsseminar besucht und sich danach angewöhnt, Weine blind zu verkosten, um ihre Sinne diesbezüglich zu schärfen. Mikaël war der Fleißigere von ihnen gewesen, da Andreas wegen beruflicher Verpflichtungen ein paarmal gefehlt hatte. Auch wenn Mikaël wusste, dass Andreas aufgrund seiner Arbeit oft keine andere Wahl hatte, war er diesbezüglich manchmal genervt. Wie oft schon hatten sie etwas absagen müssen, das sie sich gemeinsam vorgenommen hatten? Wie oft schon hatte Mikaël allein zu Hause am gedeckten Tisch gewartet?

Andreas fasste das Glas am Stiel an, schwenkte den Wein, beobachtete dabei seine Farbe und hielt sich dann das leicht geneigte Glas unter die Nase. Die dunkle Farbe. Ein subtiles Bouquet mit Anklängen von Himbeere. Oder Kirsche? Er trank einen Schluck. Sehr angenehm. Weich. Ausgewogen.

»Ein Pinot noir?«

Mikaël lenkte das Gespräch jedoch auf ein Thema, das Andreas so sehr interessierte, dass er seine Degustation abbrach und sein Glas abstellte.

»Was die Worte betrifft, die ihr bei der Leiche gefunden habt, so kenne ich jetzt die Quelle«, sagte Mikaël mit einem zufriedenen Lächeln. »Es ist in der Tat ein Zitat aus der Bibel. Aus dem Matthäusevangelium. Kapitel 6, Verse 22 und 23, um genau zu sein. Am Telefon hast du nur das Ende des Verses zitiert. Vollständig lautet er folgendermaßen.«

Mikaël legte ein Blatt Papier auf den Tisch. Andreas las den Text laut vor: »Das Licht des Leibes ist das Auge. Wenn dein Auge lauter ist, wird dein ganzer Leib von Licht erfüllt sein. Wenn dein Auge böse ist, wird dein ganzer Leib finster sein. Wenn nun das Licht, das in dir ist, Finsternis ist, wie groß ist dann die Finsternis!«

Am Tisch wurde es still. Sie alle ließen die Sätze auf sich wirken und versuchten, sie zu verinnerlichen.

Karine brach das Schweigen als Erste. »Was soll diese Geschichte mit dem Auge? Warum zum Teufel sie erst entfernen und ihn dann töten?«

»Er wollte ihn vielleicht nicht nur töten, sondern ihn auch in die Finsternis stürzen …«

»Definitiv, denn dem Vers zufolge trug das Opfer ja bereits die Dunkelheit in sich und nicht das Licht«, ergänzte Mikaël.

»Wieso das denn?« Karine schien angesichts des ihr fremden Vokabulars etwas hilflos zu sein.

»Das Auge ist das Organ der Wahrnehmung. Du öffnest die Augen – du siehst das Licht. Du schließt sie – alles wird dunkel. Angenommen, du bist blind, aber deine Seele ist erleuchtet, dann nimmst du diese Erleuchtung weiter wahr. Hat aber in deiner Seele die Dunkelheit das Licht verdrängt, kannst du nichts mehr wahrnehmen, dann befindest du dich in der absoluten Finsternis. Physisch und psychisch.«

»Und was sagt uns das jetzt über den Mörder?«

Karine und Mikaël sahen Andreas an.

»Der religiöse Aspekt erscheint mir entscheidend. Darauf deutet nicht nur der Text hin, sondern auch die Kirche als Fundort des Toten und, nicht zu vergessen, die Inszenierung der Leiche, die an den gekreuzigten Jesus erinnert.«

Er machte eine Pause.

»Die Frage, die sich hier stellt, ist, warum der Mörder seinem Opfer die Augen herausgeschnitten hat, ohne andere Körperteile zu verletzen. Wenn uns Doc bestätigt, dass ihm die Augen bei lebendigem Leibe entfernt wurden, dann denke ich, dass der Mörder seinem Opfer auf diese Weise klarmachen wollte, warum es getötet werden würde. Dass sich die Dunkelheit schon vor dem Tod über das Opfer gesenkt hat, als eine Art Vorgeschmack auf das Jenseits.«

»In der Bibel geht es um die spirituelle Erfahrung des Glaubens. Wer im Licht ist, erkennt Gott und lebt mit dem Glauben. In der Finsternis ist hingegen derjenige, der sich dem Glauben verweigert und in Sünde lebt«, erklärte Mikaël.

»Hält sich der Mörder für Gott?«, fragte Karine.

»Schon möglich … oder für ein Instrument der göttlichen Vergeltung«, sagte Andreas. »Uns haben sich heute zwei sehr unterschiedliche Bilder geboten. Zunächst die Demonstration religiöser Verweise in der Kirche und anschließend die Symbole der Hybris und des Luxus in Gautiers Apartment. Oder anders ausgedrückt, ein Tempel des Glaubens und ein Tempel der Perversion.«

Stille. Mikaël und Karine warteten darauf, dass Andreas fortfuhr, doch dieser hatte die Angewohnheit, immer wieder kleine Denkpausen einzulegen.

»An beiden Orten hatte ich das Gefühl, dass hier hauptsächlich Macht und Kontrolle in Szene gesetzt wurden, aber irgendwie gelingt es mir nicht, die beiden Bilder in Einklang miteinander zu bringen.«

»Vielleicht war es eines dieser Mädchen. Um sich für das zu rächen, was ihr angetan wurde. Sie könnte ihm die Augen entfernt haben, damit er nicht mehr seine amateurhaften Videos anschauen kann. Oder vielleicht war es der Mann, den wir im Film gesehen haben. Alain Gautier hat vielleicht versucht, Geld von ihm zu erpressen?«, sagte Karine.

»Ich kann mir eigentlich nicht vorstellen, dass eine junge Frau zu so einem Mord fähig ist. Eine Tat, die so viel Gewalt erfordert, und dann noch diese Inszenierung. Der Tathergang. Und die Augen. Das entspricht eher einer männlichen Vorgehensweise. Die Tatsache, dass hier eine Trophäe einbehalten wurde, spricht für ein Bedürfnis nach Macht, ein Verlangen, jemanden zu beherrschen. Ein Verhalten, das wir von weiblichen Tätern eher nicht kennen. Ich wäre jedenfalls sehr erstaunt, wenn eine Frau eine solche Tat begangen hätte.«

Andreas hatte vor ein paar Jahren noch einen Master in Psychologie gemacht und sich anschließend in den USA von einigen der bekanntesten Profilern schulen lassen. Unter anderem hatte er in der Behavioral Science Unit hospitieren dürfen, einer Einheit des FBI, die auf das Verhalten und die Motivationen von Kriminellen spezialisiert war. Mit Begeisterung hatte er damals die Fälle der größten Serienmörder in der Geschichte Amerikas studiert. Ihm gefiel die Herangehensweise, sich in die Rolle eines Kriminellen hineinzuversetzen, um dessen Motiv zu verstehen. Die Identität eines Mörders zu erkunden, seiner dunklen Seite näher zu kommen, sein Unterbewusstsein zu erfassen.

Auch wenn er es nicht laut aussprechen würde, so musste er sich doch eingestehen, dass ihn dieser Fall sehr reizte. Dass ihn die dunkle Seite faszinierte. Die des Mörders. Aber auch seine eigene.

»Und dass es um Geld und Erpressung ging, glaube ich auch nicht. Irgendetwas passt hier nicht zusammen. Ich habe eher das Gefühl, dass der Mörder eine gequälte, verwirrte Person ist. Das Motiv muss tief in seiner Seele verankert sein. Aber ich kann mich auch täuschen«, sagte Andreas, um nicht zu selbstsicher zu klingen.

»Und warum, glaubst du, hat er die Hälfte des Bibelverses als Botschaft beim Opfer hinterlassen?«, fragte Mikaël.

»Der Mörder liefert uns Hinweise, um ihn zu verstehen. Aber er teilt uns nicht alles mit. Er hält es offenbar für ein Spiel und lädt uns ein, daran teilzunehmen.«

»Momentan ist er uns einen Schritt voraus«, meinte Mikaël.

»Hoffen wir, dass die Partie zu Ende gespielt ist«, sagte Karine.

Minus machte sich an der Tür bemerkbar. Andreas stand vom Tisch auf, überließ den anderen beiden die weitere Diskussion und schnappte sich im Flur seinen iPod und die Hundeleine, die an der Garderobe hing. Er wollte allein sein und nachdenken. Er ging raus und spazierte in Richtung des Flusses Avançon. Minus liebte es, sich die Pfoten nass zu machen. Andreas wählte die »Carmina Burana« als Gegengewicht zu den religiösen Bildern aus, die ihn seit diesem Morgen verfolgten. Nichts half da besser als die profanen mittelalterlichen Gesänge über menschliche und universelle Themen. Das Glück, den Luxus, körperliche Freuden. Das Spiel. Die Rache. Andreas fragte sich, welches davon den Mörder motiviert haben könnte.

Er holte eine Zigarre aus seiner Tasche. Eine Partagas D4, die er besonders gern mochte. Er befühlte ihre glatte Oberfläche. Das ölige Deckblatt. Mit seiner kleinen Edelstahlguillotine, die ihm Mikaël geschenkt hatte, trennte er den Zigarrenkopf sauber und sorgfältig ab. Dann entzündete er ein langes Streichholz, neigte die Vitola zur Flamme und drehte die Zigarre so lange um ihre Achse, bis der Zigarrenfuß rot glomm. Er nahm einen Zug. Der Einstieg brannte im Gaumen. Nach den ersten Zügen schmeckte er die feinen Aromen von Leder, lieblichem Tabak, bitterem Kakao und Gewürzen.

Minus' Gebell riss ihn aus seinen Gedanken. Andreas setzte sich in Bewegung.

Er hoffte, dass er sich täuschte, aber irgendwie hatte er das Gefühl, dass das Ganze noch nicht zu Ende war … Hatte er es mit einem Serientäter zu tun? Der Mörder hatte eine Botschaft übermittelt, die Augen herausgeschnitten, die Leiche in einer bestimmten Position zur Schau gestellt, ins Herz seines Opfers gestochen und das Messer in der Wunde stecken lassen.

Eine Handschrift.

Seine Handschrift.

Allerdings kannten Serienmörder ihre Opfer in der Regel nicht persönlich. Alain Gautier war jedoch nicht zufällig ausgewählt worden. Das glaubte Andreas zumindest nicht. Es wäre schon ziemlich weit hergeholt anzunehmen, dass dieser Mörder sein Opfer für das getötet hatte, für das es stand.

Menschen wie Gautier? Sexuell Perverse?

Ein Religionsfanatiker, der beschlossen hatte, Menschen auszulöschen, die im Luxus und in Sünde lebten?

Und wenn das der Fall war, warum hatte er gerade Gautier auserkoren? Nein, entschied Andreas. Die Tat war vermutlich im Leben oder in der Vergangenheit des Opfers begründet. Es handelte sich hier weder um einen Mord aus Leidenschaft noch um ein gewöhnliches Verbrechen, sofern man einen Mord überhaupt als gewöhnlich bezeichnen konnte.

Als Andreas eine Dreiviertelstunde später zurückkam, war das Abendessen fertig. Spaghetti Carbonara. Mikaël servierte die al dente gekochten Nudeln mit der sämigen Soße in tiefen Tellern mit breitem Rand. Über die Nudeln hatte er kleine Speckwürfel und einige schwarze aromatische Kampot-Pfefferkörner gestreut und das Ganze mit einem Eigelb in einer halben Eierschale garniert. Als i-Tüpfelchen hatte er zum Schluss etwas weißen Trüffel darübergehobelt, dessen charakteristischer Geruch die Küche erfüllte und ihnen in die Nase stieg. Mikaël entkorkte eine Flasche sardischen Rotwein. Seine rubinrote Farbe und sein vollmundiger, mit saftigen Tanninen abgerundeter Geschmack waren ein außerordentlicher Genuss. Den Rest des Abends sprachen sie über Belanglosigkeiten und versuchten das Thema, das sie die nächsten Tage in Beschlag nehmen würde, für ein paar Stunden zu vergessen.

12

Der Mann, der kein Mörder war, stand auf der Terrasse seiner Alphütte und betrachtete den Muveran. Er war zufrieden, denn der gestrige Tag war ein Freudentag gewesen. Er hatte die Panik und das Entsetzen Alain Gautiers gespürt, als dieser das Bewusstsein wiedererlangt hatte. Er hatte ihm bei lebendigem Leib die Augen herausgeschnitten. Und sich unbesiegbar gefühlt. Derjenige zu sein, der Macht über einen anderen ausübte, hatte ihn in Hochstimmung versetzt. Danach hatte er seinem Opfer mit sanfter, ruhiger Stimme den Grund für seine Tat ins Ohr geflüstert und ihm dann das Messer direkt ins Herz gestoßen.

Heute Morgen hatte er im Café Pomme gefrühstückt. In den letzten Wochen war er in dem kleinen Lokal im Herzen von Gryon zum Stammgast geworden. Er hatte einen Café renversé, ein Croissant und ein Pain au chocolat bestellt. Während er die neuesten Zeitungsmeldungen in der »24 Heures« gelesen hatte, waren die Polizeisirenen zu hören gewesen. Kurz vor zehn war er den Vieux Chemin in Richtung Kirche hinuntergegangen. Beim Brunnen hatte er sich unter die Kirchgänger gemischt, die den Gottesdienst besuchen wollten. Einer der Polizisten hatte ihn nach seinem Namen und seiner Anschrift gefragt. Das war in seinem Plan nicht vorgesehen gewesen. Bis der Kriminalkommissar auf ihn kommen würde, hätte er sein Werk jedoch längst vollbracht ...

13

Gryon, 1970

Albert, Louise und ihre drei Kinder trafen im Sommer in Gryon ein. Dieses Mal jedoch weder für ein Wochenende noch für die Ferien. Dieses Mal würden sie hierbleiben. Ein paar Tage zuvor hatte Alberts Mutter Odile angerufen, um ihm mitzuteilen, dass sein Vater gestorben sei. Völlig emotionslos, als ob sie ihm irgendetwas Belangloses berichtete, hatte sie erzählt, dass er einen Herzinfarkt gehabt hatte, und Albert den Termin der Beerdigung mitgeteilt.

Odile hatte daraufhin beschlossen, in das Chalet auf der Alp umzuziehen. Albert würde die Käserei seines Vaters im Zentrum von Gryon übernehmen.

Das einzige Gefühl, das Albert bei der Nachricht vom Tod seines Vaters verspürt hatte, war die Befreiung von einer Last. Jetzt konnte er endlich darauf hoffen, unabhängig zu werden. Sein eigener Herr zu sein und über sein Leben selbst zu bestimmen.

Die Beerdigung hatte in der Kirche von Gryon stattgefunden. Edmond war ein in der Region geschätzter und respektierter Mann gewesen. Es war daher nicht verwunderlich, dass die Kirchenbänke gut gefüllt waren. Der Pfarrer hatte ihn als außerordentlichen Menschen beschrieben, der nur für die Gemeinde und seine Familie gelebt habe. Ein integrer und aufrechter Mann. Albert hatte das Gefühl gehabt, auf der falschen Beerdigung zu sein. Was für eine Heuchelei! Das Schlimmste waren nicht die Schläge gewesen, die er und seine Mutter hat-

ten erdulden müssen, wenn der Vater betrunken war, sondern die Worte, mit denen sein Vater ihn erniedrigt und gedemütigt hatte. Schließlich hatte er selbst geglaubt, nichts wert zu sein. Während Albert half, den Sarg zu tragen, hatte er mit großem Groll an seinen Vater gedacht. Am liebsten hätte er auf den Sarg gespuckt, anstatt eine Handvoll Erde ins Grab zu werfen.

Albert hoffte inständig, seinen Kindern ein besserer Vater zu sein. Er wollte nicht, dass sie das Gleiche wie er durchmachen müssten. Albert liebte seine drei Kinder, allerdings fiel es ihm immer schwerer, zu dem Jüngsten, der inzwischen zehn Jahre alt war, eine Beziehung aufzubauen. Der extrem schüchterne und sensible Junge nässte trotz seines Alters nachts immer noch ein und kroch häufig bei seinen Eltern ins Bett, wenn er einen Alptraum hatte. Manchmal war es, als existiere niemand um ihn herum. Albert hatte den Eindruck, dass sich sein Sohn eine Phantasiewelt erschaffen hatte. Sein Bruder und seine Schwester nahmen viel Platz ein, eigentlich den ganzen Platz. Im Gegensatz zu ihrem kleinen Bruder waren sie sauer, ihre Freunde in Bex zurücklassen zu müssen. Der Jüngste freute sich hingegen darauf, in Gryon zu wohnen, denn er hatte es schon immer gemocht, viel Zeit mit seiner Großmutter Odile zu verbringen, die ihn über alles liebte.

14

Montag, 10. September

Ein Alptraum riss Andreas aus dem Schlaf. Er schwitzte. Ein Bild blieb ihm einen Moment im Kopf, bevor es sich auflöste: Er stand auf der Kirchenkanzel. Von den Bänken aus starrten ihn blutige Augen an.

Er fuhr hoch und drehte sich um. Seine Uhr zeigte vier Uhr morgens. Er schmiegte sich an Mikaël, der tief und fest schlief.

Gegen sechs stand er auf, um das Frühstück vorzubereiten. Er ließ Minus in den Garten, nachdem er ihm zuvor eine riesige Schüssel hochwertiges und besonders bekömmliches Trockenfutter für erwachsene Hunde mit empfindlichem Verdauungssystem hingestellt hatte. Eine Empfehlung des Tierarztes. Das Frühstück für den Hund war mit Sicherheit teurer als sein eigenes. Er briet Rühreier mit Speck und Röstis, toastete das Brot, stellte selbst gemachte Marmelade auf den Tisch.

Er schaltete sein Tablet ein und gab die Webadresse des »Le Matin« ein. Auf der Startseite konnte er Folgendes lesen:

Ein außergewöhnlicher Mord erschüttert Gryon!

Der 52-jährige Besitzer einer Immobilienagentur wurde gestern in der Kirche von Gryon ermordet aufgefunden. Angeblich hinterließ sein Mörder eine Botschaft bei der Leiche. Gefunden wurde der Tote kurz vor Beginn des Gottesdienstes von der Pfarrerin des Dorfes. Das aus Gryon stammende Opfer war in der Gemeinde bekannt. Der mit den Ermittlungen betraute Kriminaloberkommissar Auer verweigert jeden Kommentar. Die Inhaberin des genau gegenüber der Immobilienagentur gelegenen Café Pomme äußerte sich wie folgt:
»Es ist schrecklich. Monsieur Gautier gehörte zu unseren Stammgästen. Ein freundlicher Mann. Ich verstehe das nicht. Wer hätte ihm so etwas antun können?« Das ganze Dorf ist in Aufruhr. Der Mörder ist immer noch auf freiem Fuß.

Als Autor des Artikels wurde Fabien Berset genannt. Wer auch sonst? Offensichtlich war es ihm nicht gelungen, Genaueres in Erfahrung zu bringen. Oder war der Kerl einsichtiger, als er dachte? Andreas blätterte noch weitere Zeitungen durch, die den Mord zwar ebenfalls erwähnten, die Meldung aber noch nicht auf ihre Titelseiten gesetzt hatten.

Um sechs Uhr dreißig stellte er etwas klassische Musik an

und drehte die Lautstärke voll auf, um die Langschläfer zu wecken. Er hatte dafür die Ouvertüre aus »Also sprach Zarathustra« ausgewählt. Ein sanfter Start in den Tag ... Die Orgel ließ einen langen tiefen Ton erklingen. Wie ein Grollen aus dem Erdinneren. Die Dunkelheit ist noch nicht gewichen. Das Einsetzen der Trompeten evoziert die ersten Sonnenstrahlen, gefolgt von Paukenschlägen. Zum Ende hin nimmt die Dynamik beeindruckend zu, mit Blechbläsern und Trommelwirbeln. Das Orchester scheint in einer Art kollektivem Orgasmus zu explodieren, verlangsamt sein Tempo dann und endet mit einem Beckenschlag. Der Akkord wird noch ein paar Sekunden von der Orgel gehalten, als hinge er in der Leere. Der Sieg des Lichts über die Nacht.

Wirkungsvoll. Ein paar Minuten später tauchten Karine und Mikaël in der Küche auf, während Richard Strauss' Geigen dank der vielen im Haus verteilten Lautsprecher überall erklangen und die tiefen Basstöne der Orgel den Boden vibrieren ließen.

»Kannst du das nicht ausschalten? Nietzsches Musik gewordene Hirngespinste, während wir gerade erst Morpheus' Armen entflohen sind ... Das geht noch gar nicht für mich!« Mikaëls Haar war zerzaust, und sein Gesichtsausdruck brachte deutlich zum Ausdruck, was er davon hielt, so radikal aus dem Schlaf gerissen worden zu sein.

»Ja, das ist schon eine etwas düstere Musik zum Wachwerden, oder?«, sagte Karine, die weder mit klassischer Musik noch mit Philosophie vertraut war.

Andreas tippte auf seinem Smartphone herum und wechselte das Genre. Nachdem die ersten unverwechselbaren von Roger Hodgson auf dem Klavier gespielten Töne erklungen waren, ließ eine Reaktion nicht lange auf sich warten.

»Nette Überleitung ...«

»Was ist das?«, fragte Karine.

»Supertramp, nie gehört? ›Crime of the Century‹.«

»Äh, nein, tut mir leid. Ich höre nur Musik, deren Texte ich verstehe.«

»Übersetzt bedeutet der Songtitel ›Das Verbrechen des Jahrhunderts‹.«
»Ah, verstehe ... wie passend.«
Während sich Karine und Mikaël bei Tisch angeregt unterhielten, war Andreas gedanklich abwesend. Vor seinem geistigen Auge tauchten die Bilder aus der Kirche wieder auf.
Jesus von Sonnenstrahlen umgeben auf dem Kirchenfenster.
Die Leiche Gautiers in ewiger Finsternis.
Eine erstaunliche Szene.
Beunruhigend.
War die Lösung in der Vergangenheit oder im Leben Gautiers zu finden, das dieser geführt hatte? Andreas hatte zwar eine Ahnung, aber erst einmal musste er den Spuren folgen, die sich ihm anboten, ohne irgendwelche Hinweise auszuschließen. Gautiers Vergangenheit? Hier zählte er auf Mikaël. Vielleicht würde er etwas herausfinden.
Um elf Uhr fand die Pressekonferenz statt. Sie hatten beschlossen, sich im Vorfeld mit dem Gerichtsmediziner und Christophe kurzzuschließen. Nicht, dass Andreas die Absicht hatte, irgendwelche Details an die Presse weiterzugeben. Aber er wollte ein bisschen klarersehen und vor allem in dem Fall einen gewissen Vorsprung behalten. Er ertrug es nicht, wenn einer dieser Journalisten, die ihre Nase überall hineinsteckten, mit Informationen aufwarten konnte, die er selbst nicht hatte oder, noch schlimmer, wenn der Staatsanwalt sie über andere Kanäle erfuhr. Er wollte immer derjenige sein, der die Situation beherrschte.

Nachdem Andreas und Karine aufgebrochen waren, schaltete Mikaël seinen Computer ein. Was er über Alain Gautier erfahren hatte, beschäftigte ihn. Ein Mann Anfang fünfzig, der auf seine äußere Erscheinung achtete, der häufig Designeranzüge trug. Dessen Manschettenknöpfe zur Krawattennadel passten. In dessen glänzenden schwarzen Lackschuhen sich das Licht spiegelte. Als Gautier ihn und Andreas empfangen hatte, damit sie den Kaufvertrag für das Haus unterschrieben, hatte er sein

Jackett abgelegt. Darunter waren Hosenträger zum Vorschein gekommen. Eine Art blasser Abklatsch von Michael Douglas' Rolle in »Wall Street«. Aber einige Details passten nicht zusammen. Eine gewisse Korpulenz ließ ihn etwas schwammig aussehen. Das war das Risiko, wenn man Sport durch regelmäßige Restaurantbesuche und den Genuss von Alkohol ersetzte. Außerdem hatte er sich die wenigen noch auf dem Kopf verbliebenen Haare gefärbt, was Mikaëls Meinung nach nicht besonders gelungen aussah.

Wer war dieser Alain Gautier wirklich gewesen? Mikaël wollte mehr über ihn in Erfahrung bringen und machte sich an die Recherche.

15

Eine knapp fünfzigjährige, auffällig elegant gekleidete Dame öffnete die Tür der Immobilienagentur. Andreas erinnerte sich, ihr damals die Hand geschüttelt zu haben, als er und Mikaël den Kaufvertrag für das Chalet unterschrieben hatten. Marie Pitou, die stellvertretende Geschäftsführerin der Agentur, bat sie herein und lud sie ein, ihr zu folgen. Ihr Gang war vornehm. Mit ihren schmalen, hochhackigen schwarzen Lacklederpumps überragte sie Karine um fast einen Kopf.

Wie konnte man sich in solchen Schuhen nur wohlfühlen?, fragte sich Karine.

Marie Pitou stieß die Tür zu einem der Besprechungszimmer auf und bedeutete ihnen mit einer Handbewegung, sich zu setzen. Sie selbst nahm gegenüber Platz und schlug die Beine übereinander. Sie strahlte eine gewisse Selbstgefälligkeit, wenn nicht sogar Herablassung aus. Ihre Lippen hatte sie leuchtend rot geschminkt. Ihre Haare waren schwarz, ihr Gesicht war makellos glatt. Offensichtlich hatte hier das Skalpell eines Schönheitschirurgen sämtliche Spuren des Alterns entfernt.

Ihre dunkelblauen Augen wurden von ihrer Mascara betont, doch der erste Schein trog. Bei genauerem Hinsehen wirkten ihre Augen müde, und Ringe zeichneten sich darunter ab.

Ohne Umschweife ergriff sie das Wort. »Es ist schrecklich. Ich bin am Boden zerstört. Der arme Alain!«

»Überrascht Sie sein Tod?« Andreas hatte das Gefühl, in eine schlecht gespielte Theaterszene geraten zu sein.

Die Frage erstaunte Marie Pitou offenbar, deren Selbstsicherheit schwand, während sie auf ihrem Stuhl leicht zurückwich.

»Ähm … ja, natürlich bin ich überrascht. Wie könnte ich das nicht sein?«

Andreas verzog keine Miene und schaute ihr weiter direkt in die Augen. Brüskiert von seinem Schweigen, wandte Marie Pitou den Blick ab und senkte den Kopf. Sie schien etwas sagen zu wollen, atmete stattdessen aber nur tief ein.

»Hatte er Feinde?«

»Nein. Nicht dass ich wüsste«, antwortete sie ohne Umschweife, als läge dies auf der Hand.

»Hat er mit Ihnen über sein Privatleben gesprochen? Seine Liebesbeziehungen?«

Marie Pitou musterte Andreas. Offensichtlich fragte sie sich, worauf er hinauswollte. »Wir haben eine reine Geschäftsbeziehung gepflegt«, erwiderte sie empört.

Alain war tot. Doch sie konnte eine gewisse Wut ihm gegenüber nicht verbergen. Er war ein guter Makler gewesen, dennoch hatte er mit seinem Verhalten die finanzielle Situation der Agentur aufs Spiel gesetzt. Sie hatte die ganze Zeit hinter ihm her sein müssen. Probleme lösen, während er in einer Blase der Leichtfertigkeit lebte, in der nur sein eigenes Vergnügen zählte. Er und Verantwortung, das waren zwei Paar Schuhe. Doch das würde sich nun ändern. Von nun an konnte sie nach eigenem Gusto handeln. Ein Lächeln huschte über ihr Gesicht, bevor sie wieder ihren seriösen Gesichtsausdruck aufsetzte.

»Sie können mir doch sicherlich noch ein bisschen mehr erzählen«, hakte Andreas nach. »Immerhin waren Sie Geschäftspartner.«

Die Antwort kam prompt. »Ich weiß, dass er Junggeselle war und diesen Status sicherlich ausnutzte. Aber er hat mir nie von seinen Affären erzählt. Wir hatten zusammen das Wirtschaftsdiplom abgelegt. Vor einigen Jahren hat er mich kontaktiert. Sein Unternehmen lief gut und wuchs beständig. Er wollte, dass ich einsteige, und ich habe das Angebot angenommen. Wir haben uns nie außerhalb der Arbeit getroffen. Ab und zu sind wir vielleicht mal essen gegangen, aber immer nur, um geschäftliche Dinge zu besprechen. Ich glaube nicht, dass ich Ihnen irgendwie nützlich sein kann.«

Marie Pitou ist eine schlechte Schauspielerin, dachte Andreas. Alles an ihr erschien unecht. Ihre Haltung. Ihr Blick. Ihre Worte.

Jemand klopfte an die Tür. Die Assistentin Julie Berthoud, eine junge, ausgesprochen attraktive Frau, brachte ihnen einen Kaffee. Sie stellte das Tablett auf dem Tisch ab und wollte gerade einschenken, als sie von ihrer Chefin wortlos mit einer kurzen Handbewegung wieder hinausgeschickt wurde. Andreas fragte sich, ob sie wohl eine von Gautiers Eroberungen war.

»Was wird denn jetzt aus der Agentur?«, fragte Karine.

»Der Vertrag sieht im Falle des Ablebens eines Partners vor, dass der andere Vorkaufsrecht an den Anteilen erhält. Ich werde also zwangsläufig mit Alains Mutter in Verhandlung treten müssen, die seine Alleinerbin ist.«

»Und Sie glauben, dass sie Ihnen die Anteile verkaufen wird?«

»Ja, ich denke schon. In ihrem Alter wird sie dafür keinerlei Verwendung haben. Und sie braucht Geld.«

»Warum sagen Sie das?«

»Soweit ich weiß, lebt sie von einer kleinen Witwenrente. Und ich weiß auch, dass Alain nicht sehr großzügig gegenüber seiner Mutter war.«

»Also war ihre Beziehung so schlecht?«

»Zumindest war sie alles andere als herzlich. Nach dem, was Alain mir erzählt hat, hat es immer Spannungen zwischen den beiden gegeben. Sie waren wie Hund und Katze.«

»Und Sie haben die finanziellen Mittel, die Anteile zu kaufen?«, fragte Andreas unvermittelt.

»Wie bitte? Ich glaube nicht, dass Sie das etwas angeht.«

»Zum jetzigen Zeitpunkt der Ermittlung geht uns *alles* etwas an«, erwiderte Andreas. »Also, beantworten Sie die Frage.«

»Oh, natürlich.« Marie Pitou zuckte mit den Schultern. »*Ich* für meinen Teil habe keine finanziellen Sorgen.«

»Wollen Sie damit andeuten, dass Alain Gautier finanzielle Probleme hatte?«

Marie Pitou merkte, dass sie etwas zu viel preisgegeben hatte. Warum konnte sie nicht einfach den Mund halten? Wie dem auch sei, wenn die Kommissare es nicht von ihr erfuhren, würde es ihnen früher oder später jemand anderes verraten. Daher konnte sie es ihnen ebenso gut selbst sagen …

»Alain hatte Mühe, sein Vermögen zu verwalten. Er hatte einen teuren Geschmack, und sein Lebensstil überstieg seine finanziellen Mittel.«

»War dadurch der Fortbestand der Agentur gefährdet?«

»Nein. Hier habe ich über die Finanzen gewacht.«

»Doch wenn ich Sie richtig verstehe, gefiel Ihnen sein Verhalten nicht?«

»In der Tat. Die Summe, die wir als unser Gehalt festgesetzt hatten, war ihm zu niedrig. Er forderte ständig mehr Geld. Vorschüsse und noch mehr Vorschüsse.«

»Mit anderen Worten, er hatte Schulden bei der Agentur?«

»Ja, das ist richtig.«

»Sein Tod kommt Ihnen also gelegen?«

Marie Pitou zog die Augenbrauen hoch und richtete ihren Blick auf Andreas. »Was wollen Sie mir unterstellen, Monsieur le Commissaire? Das verbitte ich mir!«

»Ich unterstelle gar nichts. Fakt ist jedoch, dass Sie Gautiers Mutter die Anteile ihres Sohnes abkaufen werden und Madame Gautier dabei für die Schulden ihres Sohnes aufkommen muss. Unterm Strich ist die Agentur wieder flott und gehört Ihnen.«

»Ich habe absolut nichts mit Alains Tod zu tun, falls es das ist, was Sie denken!«

»Zum jetzigen Zeitpunkt denke ich überhaupt nichts. Ich stelle lediglich Fragen in alle Richtungen.«

»Wir möchten Einsicht in sämtliche Immobiliengeschäfte der Agentur und in die Bilanzen nehmen. Sowohl in die aktuellen Geschäfte wie auch in die älteren Akten«, schaltete sich Karine ins Gespräch ein.

»Und in den Computer, der in seinem Büro steht«, ergänzte Andreas, dem einfiel, dass er beim Unterzeichnen des Kaufvertrags für das Chalet »L'Étoile d'argent« dort einen Computer gesehen hatte.

»Ich werde Sie bestimmt nicht einfach nach Lust und Laune hier herumschnüffeln lassen. Das sind vertrauliche Dokumente.«

»Auf die eine oder andere Art werden wir Zugang erhalten. Das ist Ihre Entscheidung. Entweder Sie gewähren uns aus freien Stücken Einsicht in die Unterlagen, die wir benötigen, oder wir kommen mit einem Durchsuchungsbeschluss zurück«, sagte Karine.

Gibt es in den Unterlagen der Agentur irgendetwas zu entdecken?, fragte sich Andreas. Alain Gautiers Mutter schien das zu denken.

Marie Pitou spürte eine gewisse Wut in sich aufsteigen. Sie blickte die Kommissarin mit einer Mischung aus Gereiztheit und Verachtung an. Sie war das genaue Gegenteil von ihrer Vorstellung einer Frau. Keinerlei Eleganz. Keine Klasse. Unweiblich. Am liebsten hätte sie sie einfach nicht beachtet, doch das ließen die Umstände nicht zu. Ihr blieb keine andere Wahl, als sich zu ergeben. Sie musste den Kommissaren geben, was sie wollten, damit sie von ihnen in Ruhe gelassen wurde.

Marie Pitou fügte sich in ihr Schicksal. »Meine Assistentin wird Ihnen zeigen, wo Sie die gewünschten Informationen finden.« Sie schrieb das Passwort für den Zugang des Computers auf einen Notizblock und riss wütend das Blatt ab. »Hier«, sagte sie und reichte Karine widerwillig den Zettel.

»Danke.« Karine lächelte zufrieden. »Wir würden jetzt gern mit Madame Berthoud sprechen.«

Marie Pitou erhob sich wortlos und verließ das Zimmer, um ihre Assistentin zu suchen. Andreas hörte, wie sie gereizt mit ihr sprach, konnte aber den Inhalt des Gesprächs nicht verstehen.

Julie Berthoud betrat den Raum. Sie war höchstens fünfundzwanzig, mit halblangen braunen Haaren und mandelförmigen grünen Augen. Sie schien verängstigt zu sein. Ihre Kleidung und ihr Make-up wirkten deutlich weniger provokant als bei ihrer Chefin, und sie besaß ganz im Gegenteil zu ihrer Vorgesetzten einen natürlichen Charme.

»Setzen Sie sich«, bat Karine und übernahm die Gesprächsführung. »Und keine Sorge, wir möchten Ihnen nur ein paar Fragen stellen. Reine Routine.«

Die junge Frau lächelte schüchtern, wirkte aber weiterhin angespannt.

»Wie benahm sich Alain Gautier Ihnen gegenüber?«

»Er war freundlich. Charmant. Ab und zu brachte er mir morgens eine Schachtel Pralinen oder Croissants mit.«

»Was für eine Art Vorgesetzter war er?«

»Nun, er wusste, was er wollte. Er war anspruchsvoll. Er war der Chef. Häufig hatte er es eilig.«

»Und sein Verhältnis zu Marie Pitou?«

»Oh, das war sehr gut.«

Ihre Antworten waren kurz. Kein Wort zu viel. Hatte ihr Marie Pitou Anweisungen gegeben, was sie sagen durfte und was nicht? Machte ihr irgendetwas Angst?

»Hatten Sie auch privat zu ihm Kontakt?«

»Oh, nein! Wir sahen uns nur während der Arbeitszeiten.«

Die junge Frau hatte zum ersten Mal seit Beginn der Unterhaltung ihre bisher sehr kontrollierte Stimme erhoben.

»Er hat Ihnen nie Avancen gemacht?«, frage Karine.

»Avancen? Nein, nie. Er war immer sehr korrekt. Er wusste, dass ich einen Freund habe. Und außerdem war er dreißig Jahre älter. Er hätte mein Vater sein können.«

Ihre Antwort wirkte ehrlich. Im Gegensatz zu Marie Pitou, an der alles unecht gewirkt hatte, strahlte die junge Frau Aufrichtigkeit gepaart mit einer gewissen Unschuld aus. Man hatte das Gefühl, ihr vertrauen zu können.

»Kennen Sie jemanden, der etwas gegen ihn gehabt haben könnte?«, hakte Karine noch einmal nach.

Julie Berthoud neigte den Kopf zur Seite und starrte ins Leere, bevor sie antwortete. »Jemand, der etwas gegen ihn gehabt haben könnte … Diese Frage habe ich mir natürlich auch gestellt, nachdem ich von seinem gewaltsamen Tod erfahren habe. Er kannte sehr viele Menschen. Aber …«

Schweigen breitete sich im Zimmer aus. Stand sie kurz davor, etwas zu enthüllen?

»Nein, ehrlich. Da fällt mir niemand ein«, sagte sie schließlich.

Andreas und Karine verabschiedeten sich. Sie waren sich jedoch sicher, dass sie wiederkommen würden.

16

Ein paar Meter von der Immobilienagentur entfernt, gingen sie eine überdachte Treppe hinunter, die bis auf eine Esplanade reichte. Zu ihrer Rechten lag das Gebäude, in dem die Gemeindeverwaltung ihre Sitzungen abhielt und das einst als Anbau zu dem ehemaligen »Hotel de la Poste« gehörte. Zur Linken der Saal, den sie zu ihrem Hauptquartier auserkoren hatten. Sie traten ans Geländer. Da das Dorf an einem Berghang lag, hatte man von hier aus einen atemberaubenden Blick über das Tal von Frenières. Und erst das Bergpanorama. Die Diablerets, die Felswand Miroir d'Argentine, der Muveran. Dazu der blaue wolkenlose Himmel.

Andreas zündete sich eine Zigarre an, eine Robusto von Cohiba. Eine Marke, die ursprünglich für Fidel Castro und die Führungsriege der kommunistischen Partei Kubas kreiert worden war. Heutzutage ein Luxus, den sich die Würdenträger des Liberalismus gönnten. Was für eine Ironie! Und er selbst? Wozu zählte er sich? War er ein Kommunist? Nein, dafür waren ihm die Werte der individuellen Freiheit zu wichtig. Ein Liberaler? Dafür stand er den sozialen Werten zu nahe. Die Politik? Interessierte ihn nur als Zuschauer. Andreas hatte derartige Kategorien stets abgelehnt. Vor allem für sich selbst. Er glaubte von sich, in keine Schublade zu passen, und hatte keine Angst, seine Widersprüchlichkeiten zur Schau zu stellen. Konformität war ihm zuwider, und so bemühte er sich, ein möglichst kontrastreiches Bild von sich abzugeben.

Weder schwarz.

Noch weiß.

Viele Grautöne.

Warum rauchte er Zigarren? Er war ein Genussmensch. Er genoss das Leben mit allem, was es ihm an Schönem und Gutem bot. Die Zigarre stand für Genuss und Wohlbefinden. Genuss, denn mit ihrer unendlichen Palette an Aromen bot die Zigarre unglaubliche Geschmacksempfindungen. Und Wohlbefinden, denn eine Zigarre nach allen Regeln der Kunst zu rauchen war eine sinnliche, vor allem aber beruhigende Tätigkeit. Für Andreas war sie ein Hort des Friedens inmitten seines von der Hektik der Ermittlungen aufgewühlten Lebens. Eine Zigarre zu rauchen bedeutete zwar nicht, dass sich der Stress auf wundersame Weise in Luft auflöste, doch es half ihm, seinen Kopf freizubekommen und sich auf das zu konzentrieren, was wirklich wichtig war. Ein kurzer Moment, in dem alles um ihn herum stillstand. Ein Moment, in dem sein Herzschlag ruhiger wurde. Ein Moment, in dem seine Gedanken allein auf das Hier und Jetzt fokussiert waren. Dabei spielte das Ritual an sich eine wesentliche Rolle. Die Zigarre in die Hand zu nehmen. Sie zu betasten, ihren Duft einzuatmen, sie anzuschneiden, sie anzuzünden. Den Rauch einzuatmen, auszuatmen.

Nachdem sie zu ihrem Auto zurückgekehrt waren, um ihre Sachen zu holen, richteten sie sich im Gemeindesaal ein.

Karine begann, sämtliche Küchenschränke nacheinander zu öffnen. Schließlich fand sie, wonach sie gesucht hatte. Ein Glas Nescafé. Sie holte einen Topf heraus und setzte Wasser auf. Eine Teambesprechung ohne Koffein war undenkbar.

Andreas schaltete seinen Laptop an und wählte sich bei Skype ein. Er rief Christophe an, der sich für diverse Analysen nach Lausanne begeben hatte.

»Gut geschlafen?«, fragte Andreas. Eine rein rhetorische Frage, denn die Ringe unter seinen Augen und sein strubbeliges Haar sprachen Bände.

»Gerade mal zwei Stunden … auf meiner Campingliege, die ich für besondere Gelegenheiten in meinem Büro stehen habe.«

Christophe drückte sich nie vor der Arbeit. Man musste ihm nicht sagen, dass es eilig war, denn auf seinem Fachgebiet brachte er sich immer voll ein. Er war ehrgeizig. Nicht der Wunsch, die Erfolgsleiter der Polizei hinaufzuklettern, trieb ihn an, sondern das glühende Verlangen, Probleme, die an ihn herangetragen wurden, zu lösen und maßgeblich dazu beizutragen, Ermittlungen voranzutreiben.

»Zuerst zum Messer: Ich konnte keinerlei Fingerabdrücke darauf entdecken. Ein amerikanisches Modell mit einer achtzehn Zentimeter langen Klinge. Ein Rambo III. Findet man im Internet. Die gute Nachricht ist, dass es sich um ein Messer einer limitierten und nummerierten Serie handelt, die schlechte, dass davon weltweit fünftauschend Stück verkauft wurden. Ich werde beim Hersteller anfragen, ob es möglich ist, so ein Messer zurückzuverfolgen.«

»Super.«

»Und sonst nicht der kleinste Fingerabdruck! Der Mörder hat …«

Nachdem der Ton weg war, verpixelte das Bild, und der Kontakt brach ab. Das Wi-Fi-Signal war zu schwach. Andreas beendete die Verbindung und versuchte einen erneuten Anruf aufzubauen. Nachdem es ein paarmal geklingelt hatte, erschien Christophe wieder auf dem Bildschirm.

»Wir sind mitten in deinem letzten Satz unterbrochen worden.«

»Ich habe nur gesagt, dass der Mörder außergewöhnlich gewissenhaft vorgegangen ist. Keine Fingerabdrücke. Keine DNA. Nichts. Das Blut in der Küche und auf dem Stuhl konnten wir allerdings Alain Gautier zuordnen. Er wurde also tatsächlich in seinem Apartment ermordet.«

»Das ist ja kaum zu glauben«, sagte Karine. »Er wurde bei sich ermordet und dann in die Kirche gebracht, ohne dass irgendjemand etwas gesehen hat.«

»Der Mörder muss durch die Garage rausgefahren sein. Der Aufzug führt direkt in die Tiefgarage. Wir haben Gautiers Wagen abholen lassen, um Proben zu entnehmen. Im Kofferraum haben wir eine große Plastikplane voller Blut entdeckt. Die Techniker arbeiten daran. Vermutlich hat der Mörder ihn mit diesem Fahrzeug, einem schwarzen Mercedes ML, durch das Dorf transportiert. Das Opfer war in der Plane eingewickelt. Das erklärt auch, warum wir in der Kirche nicht einen Tropfen Blut gefunden haben. Meiner Meinung nach hat der Täter die in Plastik eingewickelte Leiche hinter sich her durch die Kirche gezogen und sie dann auf dem Altar drapiert.«

»Derjenige, der das getan hat, muss also relativ kräftig sein«, meinte Karine.

»Oder sie waren zu zweit.« Christophe trank einen Schluck Kaffee, bevor er mit seinen Ausführungen fortfuhr. »Am Spülbecken standen zwei Weingläser. Aber auch hier keine Fingerabdrücke. Allerdings …«

»Ja?« Andreas trat ungeduldig von einem Fuß auf den anderen.

»… habe ich im Mülleimer eine leere Weinflasche gefunden. Das war übrigens alles, was darin war. Und auf der Flasche haben wir Fingerabdrücke von zwei verschiedenen Menschen sicherstellen können. Von Gautier und einer zweiten, bislang nicht identifizierten Person.«

»Hat er noch ein Glas Wein zusammen mit seinem Mörder getrunken?«, überlegte Karine.

»Oder mit seiner geheimnisvollen Begleiterin«, ergänzte Christophe.

Er hatte die Angewohnheit, Karine ins Leere laufen zu lassen. Das nervte sie zwar ein wenig, half aber, den Gedankenspielraum zu erweitern. Seitdem Christophe ihr neuer Teamkollege geworden war, hatte Karine das Gefühl, mit ihm konkurrieren zu müssen. Nicht dass Andreas sie ausgrenzte oder seine Haltung ihr gegenüber verändert hatte, doch er schien den Neuankömmling sehr zu schätzen und ihm immer mehr Verantwortung zu übertragen. Sie musste zugeben, dass Christophe sehr effizient zur Lösung der Fälle beitrug und sich gut ins Team integriert hatte.

»Ich nehme an, dass das Opfer seinen Mörder kannte und ihn bereitwillig in die Wohnung gelassen hat«, führte Christophe seinen Gedanken fort.

»Oder der Mörder hatte Zugang zur Wohnung und hat dort in aller Ruhe auf sein Opfer gewartet.« Karine war sichtlich erfreut, Christophe widersprechen zu können.

»Das auseinanderzuhalten scheint mir zu diesem Zeitpunkt schwierig zu sein, aber es ist wahrscheinlich, dass sich die beiden kannten«, meinte Andreas. »Eine Tat wie diese begeht man nicht, ohne sein Opfer zu kennen. Alles andere wäre aus meiner Sicht zumindest völlig unverständlich.«

»Und die Videos?«, fragte Karine.

»Ich werde versuchen, sie mir heute anzusehen. Auf Gautiers Laptop, den wir schließlich doch noch in der Wohnung gefunden haben, waren jede Menge Filme und Fotos gespeichert. Und zwar ganz schön schlüpfrige.«

»Hast du den Inhalt seines Handys ausgewertet?«, fragte Andreas.

»Also …« Christophe durchsuchte die vor ihm liegenden Blätter. »Hier. Die Liste der Anrufe reicht zurück bis zum 25. August. Zwei Wochen und mehr als dreihundert Telefonverbindungen. Er scheint ein viel beschäftigter Mann gewesen zu sein. Ich habe mir bereits die häufigsten Verbindungen angesehen. Zahlreiche Anrufe kamen von Marie Pitous Handy.

Aber auch die Nummer der Agentur steht auf der Anrufliste. Mehrfach hat er Maurice Fournier angerufen, und auch ein gewisser Jacques Charrier tauchte in der letzten Woche öfter auf. Und schließlich die am häufigsten gewählte Nummer: Sie gehört einer gewissen Nicole Barbey. Da er ihr auch zahlreiche SMS geschickt hat, kann ich ziemlich sicher sagen, dass es sich bei ihr um seine Geliebte gehandelt hat.«

Andreas schrieb in sein Notizheft: »Gautier und die Frauen: Adeline, Pitou, Berthoud, Barbey«. Außerdem unterstrich er den Namen von Jacques Charrier, den er sich bereits zuvor notiert hatte. »Und am Samstag?«, fragte er.

»Samstag ... wenige Anrufe. Er hat Nicole Barbey mehrere Nachrichten geschickt. Offensichtlich haben sie sich an diesem Tag nicht gesehen. Nicole Barbey schreibt ihm in einer SMS, dass ihr Mann zu Hause sei und sie das ganze Wochenende mit ihm verbringen werde. In einer weiteren Nachricht schlägt sie vor, sich Montag im Laufe des Tages zu treffen. Gegen zehn Uhr hat Gautier mit Maurice Fournier telefoniert. Das war der erste Anruf an jenem Morgen. Danach hat er gegen elf Uhr mit seiner Mutter gesprochen.«

»Was ihre Aussage bestätigt.«

»Nachmittags gab es praktisch nichts. Außer einem Anruf gegen sechzehn Uhr vom Festnetzanschluss des Bahnhofsrestaurants.«

»Vom Bahnhofsrestaurant«, wiederholte Andreas.

»Ja, der Liste zufolge, die ich von der Swisscom erhalten habe, hat das Gespräch eine Minute und zehn Sekunden gedauert. Ich habe euch eine E-Mail mit der Telefonliste und der Abschrift der Nachrichten geschickt.«

»Vielleicht war das der Mörder«, überlegte Karine.

»Der sich mit seinem Opfer verabredet hat? Das würde die Tatsache bestätigen, dass die beiden sich kannten.«

»Und falls er es war, dann war er schlau genug, nicht sein eigenes Handy zu benutzen«, fügte Karine hinzu.

»Vielleicht nicht ganz so pfiffig ... Ein Angestellter des Restaurants kann ihn bestimmt identifizieren.«

»Jetzt dreht nicht gleich durch. Erst mal müssen wir die Inhaberin fragen, ob tatsächlich ein Gast ihr Telefon benutzt hat. Vielleicht hat sie ja selbst aus irgendeinem Grund angerufen. Falls die Zeit reicht, fahren wir dort noch vor der Pressekonferenz vorbei und klären das. Vielleicht sind wir hier ja auch auf dem Holzweg«, sagte Andreas.

»Übrigens hatte Gautier auf seinem Handy eine App installiert, um Sexbekanntschaften zu machen. Beim Öffnen erschien der Benutzername, aber das Passwort fehlte.«

»Und ich schätze, dass du es gefunden hast?«

»In der Tat.« Christophe lächelte zufrieden. »Das war allerdings auch nicht schwierig. In einer anderen App hat er alle seine Zugangscodes aufbewahrt. Eine Art Schlüsselbund, um Passwörter abzulegen. Für den Zugriff darauf ist ein aus sechs bis acht Zeichen bestehendes Passwort notwendig, also unendlich viele Möglichkeiten. Ich habe einige mögliche Kombinationen ausprobiert, bevor ich die banalste und zugleich unsicherste Folge eingegeben habe. Sein Geburtsdatum. 02 für den Tag, 11 für den Monat und 60 für das Jahr. Hat nicht funktioniert. Danach habe ich die Zahlen in umgekehrter Reihenfolge eingegeben und mit dem Jahr angefangen. Immer noch nichts. Schließlich habe ich vorn noch seinen Vornamen hinzugefügt und die Buchstaben zunächst kleingeschrieben. Nichts. Danach habe ich seine Initialen in Großbuchstaben, gefolgt von der gleichen Zahlenfolge, eingegeben, und bingo! Dort waren sogar die Geheimzahlen seiner Bankkarten hinterlegt – und auch das Zauberwort für die App. Und Simsalabim …« Er mimte die Handbewegung eines Zauberers. »Zahlreiche Chats mit Frauen, deren Inhalt ziemlich eindeutig ist und die er nicht gelöscht hatte. Ich habe so natürlich auch Zugang zu seinem Profil bekommen. Wenn ihr wollt, schicke ich euch die Liste seiner geheimsten Wünsche«, sagte er mit einem amüsierten Lächeln.

Ohne eine Antwort abzuwarten, fuhr er mit seinen Ausführungen fort. »Er liebte Sex mit Minderjährigen und Gruppensex. In einem Chat erwähnte er, dass er sich gern dominieren und schlagen lässt. Wie dem auch sei, mit Hilfe der App sollte ich wenigstens die Frauen identifizieren können, mit denen er sich tatsächlich getroffen hat, und so auch herausfinden, wer diese berühmte Adeline ist, die wir in Gautiers Video gesehen haben.«

Es klingelte erneut bei Skype. Andreas nahm den Anruf an und schaltete auf Konferenz.

»Hallo, Doc.«

»Einen wunderschönen Tag, Commissaire. Eure Leiche …«, er räusperte sich, als wolle er die Spannung erhöhen, »… wurde in der Tat durch den Messerstich ins Herz getötet, der eine massive innere Blutung verursacht hat. Und nach weiteren Analysen kann ich bestätigen, dass das Opfer tatsächlich Samstagabend, vermutlich zwischen achtzehn und zweiundzwanzig Uhr, starb. Aber wie ihr wisst, lässt sich das nicht genauer bestimmen.«

»Und die Augen?«

»Die sind ihm bei lebendigem Leibe entnommen worden. Ich konnte dort, wo der Mörder die Haut eingeschnitten hat, Einblutungen in die umliegenden Gewebe nachweisen. Das sind Zeichen von Vitalität. Unter dem Mikroskop konnte ich gut erkennen, dass die Verletzungen Zellreaktionen ausgelöst haben.«

»Zellreaktionen, was ist das denn?«, fragte Karine.

»Das sind Reaktionen des Gewebes auf eine Läsion, die sozusagen einen Heilungsprozess einleiten. Das bestätigt, dass das Opfer noch lebte, als ihm die Verletzungen zugefügt wurden. Ich habe allerdings noch drei weitere Entdeckungen gemacht, die durchaus erwähnenswert sind.« Der Gerichtsmediziner legte eine kurze Pause ein. Er zog seine kleine Brille mit den runden Gläsern aus und drehte sie an einem Bügel zwischen den Fingern. »Die toxikologische Blutanalyse hat ergeben, dass das Opfer eine beachtliche Menge Chloroform inhaliert hat.«

»Chloroform? Wie ist der Mörder denn dadran gekommen? Ist der Verkauf nicht verboten?«, fragte Karine erstaunt.

»Richtig, der Verkauf von Chloroform ist verboten beziehungsweise nur auf Rezept erlaubt oder an Ärzte, die den Verwendungszweck nachweisen. Aber ich bin sicher, dass man sich das Zeug auch im Internet besorgen kann.«

»Und die zweite Entdeckung?«

»Ihm wurde eine beachtliche Dosis Curare injiziert.«

»Curare? Erstaunlich«, sagte Andreas verdutzt.

»Ja, denn das zu beschaffen ist sicherlich noch schwieriger als Chloroform.«

»Und wozu dient das?«, wollte Karine wissen.

»Curare ist ein Extrakt aus verschiedenen südamerikanischen Lianenarten, das Muskellähmungen hervorruft. Die indigene Bevölkerung Südamerikas verwendet es daher als Pfeilgift, um Beutetiere zu töten. Curare wird in der Medizin unterstützend bei Narkosen eingesetzt, ist aber auch Bestandteil der tödlichen Cocktails, die man in den Vereinigten Staaten den zum Tode Verurteilten injiziert. Einige Minuten nach der Injektion tritt eine schlaffe Muskellähmung ein.«

»Aber aus welchem Grund wurde ihm diese Substanz injiziert?«

»Ich nehme an, um dem Opfer die Augen herausschneiden zu können, ohne dass es zu Abwehrreaktionen kommt. Auf diese Weise bekommt es ganz genau mit, was mit ihm geschieht. Es spürt den Schmerz, ohne reagieren zu können. Es kann weder sprechen noch sich bewegen, bis die Wirkung der Substanz verfliegt oder bis die Atemmuskulatur gelähmt wird und das Opfer erstickt. Das hängt ganz von der injizierten Dosis ab.«

»Das ist ja grauenvoll«, sagte Karine.

»Und die dritte Entdeckung?«

»Im unteren Bereich des Rückens war eine leicht gerötete Stelle erkennbar. Bei näherer Untersuchung konnte ich zwei winzige nebeneinanderliegende Einstichstellen ausmachen von der Größe von Mückenstichen. Ich musste dabei sofort an Thomas A. Swift's Electric Rifle denken.«

»An was?«, fragte Karine aus, die große Schwierigkeiten mit der Sprache Shakespeares hatte.

»An einen Taser, eine Elektroimpulswaffe. Meist sind die

elektrischen Impulse zu schwach und der Stromschlag hinterlässt keine sichtbaren Spuren. Je nachdem, wie stark die Nadelelektroden jedoch abgefeuert werden, können sie kleine Verbrennungen hinterlassen, so wie die, die ich an der Leiche entdeckt habe. Ohne diese kleine Hautrötung hätte ich die winzigen Einstichstellen der Nadeln überhaupt nicht entdeckt.«

»Wie genau funktioniert dieser Elektroimpuls?«

»Offensichtlich muss man euch ja alles erklären … Dringt der Strom durch die Nadelelektroden in den Körper ein, trifft er auf Widerstand. Genau genommen auf Motoneuronen, die die Elektronen ausbremsen. Dadurch wird Wärme freigesetzt. Je intensiver dieser Effekt ist, desto mehr Wärme entsteht und desto größer ist das Risiko sichtbarer Hautverbrennungen. Habe ich das deutlich genug erklärt? Oder muss ich euch mein Physikbuch für Anfänger leihen?«

»Schon gut, danke. Es können halt nicht alle so gelehrte Affen sein wie du«, grinste Karin.

Andreas war so in seine Gedanken versunken, dass er Docs Ausführungen gar nicht gefolgt war. Eine Frage war ihm noch in den Sinn gekommen: »Gab es Spuren von Alkohol im Blut?«

»Nein, nicht die geringste Spur.«

»Sonst noch etwas, das wir wissen sollten?«

»Nein, nichts. Ich schicke euch eine Kopie des Berichts im Laufe des Tages zu.«

Nachdenklich beendete Andreas das Gespräch.

17

Das »Buffet de la Gare« befand sich in einem riesigen, direkt neben den Bahngleisen gelegenen Chalet. Andreas und Karine hörten das Quietschen des Zugs, der gerade in den Bahnhof einfuhr und direkt vor dem Restaurant hielt. Es war der BVB:

Bex-Villars-Bretaye. Seine Fahrt hatte unten im Tal in Bex begonnen und führte nun über Villars, einen beliebten Ferienort in den Waadtländer Alpen, hoch bis auf die Alp von Bretaye, wo man im Sommer gut wandern und im Winter hervorragend Ski fahren konnte.

Andreas und Karine gingen über die umzäunte Terrasse bis zur Tür, die direkt in das Bistro führte. Am vergangenen Sonntag hatten Andreas und Mikaël hier noch mit Freunden aus Lausanne in der Sonne ein Fondue gegessen. Der Blick von der Terrasse auf den Grand Muveran war atemberaubend. Im gemütlichen Speisesaal standen Sitzbänke und Tische aus hellem Holz. An den Fenstern Vorhänge mit alpenländischen Motiven, Gämsen, Berge und Tannen. Links eine Holztheke mit drei hohen Stühlen davor. Balken, die ein falsches Dach mit Schindeln stützten, sollten den Eindruck einer Alphütte erwecken. Es war einer dieser Orte mitten im Dorf, an denen sich die Stammgäste morgens zur Kaffeepause trafen. Überwiegend Rentner. Aber auch Arbeiter in ihrer Montur. Auf der anderen Seite saß ein japanisches Pärchen. Hatten sie sich verlaufen? Gryon war in der Tat ein typisches, charmantes waadtländisches Dorf, aber es lag mit Sicherheit nicht an der üblichen Route asiatischer Touristen.

Andreas und Karine setzten sich an den einzigen freien Tisch in der hinteren linken Ecke. Karine bestellte einen Espresso und Andreas ein Croissant und einen Café renversé. Ihr Erscheinen blieb nicht unbemerkt. Von einem Tisch am Eingang aus schienen drei ältere Frauen sie aus den Augenwinkeln zu beobachten. Es war nicht schwer, sich auszumalen, worüber sie sich wohl gerade unterhielten.

Gilbert, einer der Stammgäste, saß an der Theke und unterhielt sich mit der Bedienung und einem weiteren Gast. Die Leiche in der Kirche hatte die Ruhe im Dorf gestört, und die Neuigkeiten machten schnell die Runde. Jeder spekulierte, wer der Mörder sein könnte. Alte Geschichten wurden wieder hervorgekramt …

»Erinnerst du dich noch … Ich weiß nicht mehr, wann das

war. Ist mindestens zwanzig Jahre her. Damals war eine Frau erhängt aufgefunden worden.«

»Ja, stimmt. Das war die Frau von der Post. Am Ende wurde ihr Mann festgenommen und für schuldig erklärt.«

»Er muss inzwischen wieder aus dem Gefängnis raus sein.«

»Und seine Kinder, was ist aus denen geworden?«

»Wenn ich mich richtig erinnere, sind sie zu ihren Großeltern ins Wallis gezogen.«

Andreas erblickte die Inhaberin Géraldine, die aus der Küche kam. Er wandte seine Aufmerksamkeit von dem Gespräch an der Theke ab und winkte sie heran.

»Guten Tag, Monsieur le Commissaire. Ich muss wohl nicht fragen, wie es geht.«

»In der Tat ... Guten Tag«, erwiderte er. »Hätten Sie ein paar Minuten Zeit für uns?«

Géraldine setzte sich an den Tisch. Sie hatte das Lokal vor beinahe zwanzig Jahren übernommen. Ihr Ehemann war Koch, und sie kümmerte sich um den Service. Sie hatten sich an der Hotelfachschule in Lausanne kennengelernt und kurz nach dem Ende ihrer Ausbildung geheiratet. Als Kind hatte Géraldine mehrfach an Skifreizeiten in Gryon teilgenommen und immer davon geträumt, in den Bergen zu leben. In Gryon. Daher hatte sie nicht eine Sekunde gezögert, als das Bahnhofsrestaurant zum Verkauf gestanden hatte. Inzwischen war sie fester Bestandteil des gesellschaftlichen Lebens im Dorf. Dass sie gerade in den Gemeinderat gewählt worden war, hatte niemanden überrascht, und das dritthöchste Stimmergebnis hinter zwei Dinosauriern der Lokalpolitik konnte sich durchaus sehen lassen.

»Kommt es vor, dass einer Ihrer Gäste Ihr Telefon benutzt?«

»Immer seltener. Fast jeder besitzt ja heute ein Mobiltelefon. Selbst mein zehnjähriger Sohn hat eines. Übrigens finde ich das nicht gut, aber alle seine Freunde haben ein Handy, was soll ich da machen? Einen Aufstand gegen die moderne Gesellschaft proben? Nein! Schließlich haben wir nachgegeben, allerdings bin ich nicht stolz darauf.«

Géraldine war sehr kontaktfreudig und redete gern und viel. Sicherlich kamen deshalb gerade jene Dorfbewohner, die sich einsam fühlten, regelmäßig hierher. Niemand blieb hier anonym. Sie kannte die Namen der meisten ihrer Gäste und hatte die Gabe, Menschen zusammenzubringen. Alles in allem nahm sie hier mehr die Rolle einer gesellschaftlichen Animateurin ein als die einer Wirtin.

»Doch wenn Sie jemand darum bitten würde, dürfte er Ihr Telefon benutzen?«

»Ja, natürlich. Zumindest, wenn es sich um ein Ortsgespräch handelt«, fügte sie hinzu.

»Ist das in der letzten Zeit vorgekommen?«

»Lassen Sie mich nachdenken … Soweit ich weiß, nein.«

»Waren Sie Samstag gegen sechzehn Uhr hier?«, fragte Karine.

»Gegen sechzehn Uhr? Nein, ich bin gegen vierzehn Uhr nach Beendigung des Mittagstischs gegangen. Ich bin kurz hoch nach Hause, um dann abends wiederzukommen.«

»Wer hatte Dienst?«

»Mathieu. Der, der Sie gerade bedient hat.«

Auf Andreas' Bitte hin holte sie ihren Kollegen, bat ihn, sich zu setzen, und erklärte ihm, was die beiden Kommissare wissen wollten.

»Ja, ein Gast hat tatsächlich das Telefon benutzt.«

»Können Sie ihn beschreiben?«

»Ein Mann. Etwa zwischen fünfzig und sechzig, schätze ich. Er wirkte ein wenig seltsam.«

»Seltsam?«

»Ja, er trug eine Kappe. Eine Art Baskenmütze. Und eine Brille. Mit sehr dicken Gläsern. Ich erinnere mich daran, weil es nicht einfach war, ihm in die Augen zu blicken.«

»Eine Verkleidung?«, überlegte Karine.

Der Kellner hob den Kopf, starrte ins Leere und schlug sich eine Hand vor den Mund. »Hm … Nein, nicht unbedingt. Er wirkte halt nur etwas merkwürdig.«

»Und Sie haben ihn zuvor noch nie gesehen?«

»Nein. Noch nie. Daran hätte ich mich erinnert.«
»Wir kennen unsere Gäste hier sehr gut. Die meisten sind Stammgäste«, fügte Géraldine hinzu.
»Ist Ihnen noch etwas anderes aufgefallen?«
»Er trug einen Mantel. Braun, glaube ich. Aus Wolle, so eine Art Kaschmir. Und er hatte schwarzes Haar. Ja, rabenschwarz.«
»Und seine Stimme? Irgendein besonderer Akzent?«
»Nein, da ist mir nichts Besonderes aufgefallen.«
»Ist er lange hiergeblieben? Hat er irgendetwas getrunken?«
»Nein, er ist nur kurz geblieben. Er hat an der Theke einen Kaffee bestellt und mich gefragt, ob er das Telefon benutzen könnte. Ich bin kurz in die Küche gegangen. Als ich wiederkam, lagen ein paar Münzen auf der Theke, und er war bereits fort.«

Karine und Andreas bedankten sich bei beiden und gingen zu Fuß runter ins Dorf zurück.

»Was sagst du dazu?«, fragte Karine, als sie auf dem Weg waren.

»Dass es sich um einen schlauen Mörder handelt, antwortete Andreas. »Er hat Gautier weder von zu Hause aus noch mit seinem Handy angerufen, was wir leicht hätten zurückverfolgen können. Mittlerweile wette ich, dass er auch unsere Schritte vorausplant. Er hat nicht nur sein Verbrechen perfekt ausgeführt, sondern hat auch die Konsequenzen seiner einzelnen Handlungen bedacht. Er ist überdurchschnittlich intelligent. Deswegen bin ich überzeugt, dass er auch hier alles getan hat, um nicht erkannt zu werden. Dass er sich tatsächlich verkleidet hat.«

18

Der Staatsanwalt fuhr in seiner brandneuen schwarzen Limousine Modell »Shooting Brake« vor, die mit ihren dunkel getönten Scheiben an einen Leichenwagen erinnerte. Er stieg aus und öffnete die hintere Tür, um sein Jackett herauszuholen, das dort auf einem Bügel hing. Knitterfalten ertrug er nicht. Bevor er seinen Aktenkoffer hinter dem Fahrersitz hervorholte, rückte er seine Krawatte zurecht. Dann warf er energisch die Tür zu. Während er sich von seinem Wagen entfernte, verriegelte sich dieser automatisch.

Charles Badoux war groß gewachsen, schlank, knapp fünfunddreißig und trug sein mit Pomade geglättetes Haar nach hinten gekämmt. Sein Maßanzug wirkte zugleich schlicht und elegant. Seine schwarzen Schuhe glänzten mit seinem Wagen um die Wette, wobei er Letzteren vor der Pressekonferenz extra noch hatte waschen lassen. Man kannte Badoux nicht anders. Er hatte Mühe, sein Ego zu beherrschen, und besaß einen grenzenlosen Ehrgeiz. Nicht umsonst war er bei der Armee hochdekoriert worden. Andreas und er begegneten sich mit gegenseitiger Antipathie. Und keiner von beiden bemühte sich, das zu verbergen.

Vor dem Gebäude hatten sich bereits mehrere Journalisten versammelt, als der Staatsanwalt den Gemeindesaal betrat.

»Haben Sie einen oder mehrere potenziell Verdächtige?«, zischte er, ohne jede Höflichkeitsformel.

»Noch nicht. Ist noch zu früh«, erwiderte Andreas mürrisch und kurz angebunden, ohne sich umzudrehen.

Der Staatsanwalt schritt auf das Ermittlerteam zu, baute sich genau vor Andreas auf, beugte sich dann vor und stützte sich mit beiden Händen auf dem Tisch ab.

»Commissaire, hier heißt es schnell arbeiten. Ich will Resultate sehen! Das kann doch nicht so schwierig sein, in so einem kleinen Dorf wie diesem einen Mörder zu finden, oder?«

»Wir tun unser Möglichstes«, erwiderte Karine, während Andreas weiter über seinen Unterlagen brütete und den Staatsanwalt ignorierte.

»Ich spreche mit Ihnen, Monsieur le Commissaire. Schauen Sie mich an!«

Der Ton des Staatsanwalts verriet eine gewisse Gereiztheit.

Andreas hob den Kopf und starrte ihm direkt in die Augen. »Bitte schön. Ich schaue Sie an«, sagte er spöttisch lächelnd.

»Ich werde die Pressekonferenz leiten. Nach meinen Grußworten lasse ich Sie die Lage erklären.« Der Staatsanwalt sprach das »Ich« aus, als müsse es in einem Text in Großbuchstaben und fett gedruckt stehen.

»Wie immer«, murmelte Andreas.

»Wie bitte?«, rief Badoux.

»Nein, nichts. Ich sagte nur ...«

»Wir müssen anfangen«, unterbrach sie Karine.

Sie verließen den Gemeindesaal, um sich nach nebenan in den Ratssaal zu begeben. Karine öffnete die Tür und ließ die Journalisten eintreten. Die Pressekonferenz würde pünktlich beginnen. Andreas erkannte ganz hinten Fabien Berset. Etwa ein Dutzend Vertreter von Fernsehen, Rundfunk und Presse hatten sich eingefunden.

Der Staatsanwalt zog seine Krawatte fester und rückte das Mikrofon zurecht, das an einem Ständer angebracht war. Er tippte mit dem Finger dagegen, um sicherzugehen, dass es eingeschaltet war. Ein schriller Ton ertönte aus den Lautsprechern und ließ alle zusammenzucken. Er stand aufrecht wie eine Säule und schien sich ein wenig unwohl zu fühlen, denn es gab kein Stehpult, an dem er sich hätte festhalten können. Er räusperte sich.

»Mesdames, Messieurs. Ein beispielloses Verbrechen ist in Gryon verübt worden. Seit gestern arbeiten wir unablässig an seiner Aufklärung. Ich bin überzeugt, dass wir den Schuldigen schnellstmöglich finden werden. Ich habe beschlossen, diesem Fall oberste Priorität einzuräumen und den Ermittlern alle notwendigen Ressourcen zur Verfügung zu stellen, um Licht in diese Geschichte zu bringen. Ich übergebe jetzt das Wort an Kriminaloberkommissar Auer, damit dieser Ihnen die Details näher erläutern kann.«

Der Staatsanwalt liebte es, mit der Presse zu turteln, und ließ nie eine Gelegenheit aus, sich zu profilieren. Er trat zurück, um Andreas Platz zu machen, der sich von seinem Stuhl erhoben hatte und auf das Mikrofon zuschritt.

»Guten Tag. Wir haben in der Tat eine Leiche in der Kirche

gefunden. Dabei handelt es sich um Alain Gautier, den Leiter der Immobilienagentur hier in Gryon. Zum jetzigen Zeitpunkt kann ich Ihnen noch nicht mehr sagen, um unsere Ermittlungen nicht zu behindern. Falls Sie Fragen haben, wird sie Ihnen der Staatsanwalt gern beantworten. Ich habe noch jede Menge zu tun ...«

»Angeblich wurde eine Botschaft auf der Leiche gefunden«, fragte eine junge Frau aus der zweiten Reihe.

Andreas war bereits von der Bühne abgetreten und ging auf den Ausgang zu.

»Liegt dem Verbrechen ein religiöses Motiv zugrunde?«, rief jemand aus dem hinteren Teil des Saals.

Andreas antwortete nicht und verließ den Raum. Karine sah ihm nach und konnte sich ein Lachen nicht verkneifen. Der Staatsanwalt ergriff erneut das Mikrofon und zwang sich zu einem Lächeln.

19

Gryon, August 1970

Vor einer Woche war er in Gryon eingeschult worden. Seine älteren Geschwister gingen bereits in Bex zur Schule und mussten früher aus dem Haus, da sie mit dem Zug fuhren. Seine Schule befand sich auf der Talseite am Eingang des Dorfes – das rosafarbene Gebäude war nicht zu übersehen. Von der Käserei aus musste er fünfhundert Meter auf der Hauptstraße entlang bis zur Kreuzung gehen und danach weitere zweihundert Meter der Straße nach Bex folgen.

Am ersten Schultag hatte ihn sein Vater bis zum Klassenzimmer begleitet. Er rief sich diesen Moment wieder ins Gedächtnis. Die anderen Schüler saßen bereits auf ihren Plätzen. Die Lehrerin stellte ihn als den Neuen vor. Er stand aufrecht vor der Tafel. Er spürte, wie sich sämtliche Blicke auf ihn richteten und ihn von oben bis unten prüften. Ganz hinten in der Klasse flüsterte ein Junge seinem Nachbarn etwas ins Ohr, woraufhin dieser lachte.

Er spürte, wie in diesem Moment Hitze in ihm aufstieg. Er errötete. Als sei er nackt. Ein Gefühl der Scham überkam ihn. Anschließend zeigte ihm die Lehrerin einen freien Platz in der Mitte des Klassenzimmers. Er ging mit gesenktem Haupt darauf zu, um den Blicken der anderen Schüler auszuweichen. Der Weg erschien ihm endlos. Sekunden, die Stunden glichen. An seinem Pult angekommen, hob er den Kopf und sah einen anderen Schüler im hinteren Teil des Raumes mit einem Pusterohr im Mund. Eine kleine, von Spucke aufgeweichte Papierkugel traf ihn mitten ins Gesicht. Während er sich setzte, sah er das Lächeln eines anbetungswürdigen blonden Mädchens, das ihn anschaute. Man hätte meinen können, sie sei eine Prinzessin.

Die nächsten Tage verliefen ohne besondere Vorkommnisse. Er schätzte seine neue Lehrerin sehr, die ihm ganz besonders viel Aufmerksamkeit schenkte. Lag es daran, dass er der Neue war oder dass er tatsächlich ernsthaft daran interessiert war, etwas zu lernen, und deshalb viele Fragen stellte? Er war schon immer gern zur Schule gegangen. Er war ein neugieriger und wissensdurstiger Junge und verbrachte daher seine Zeit lieber mit Erwachsenen. Mit ihnen konnte er richtige Gespräche führen. Freundschaften zu anderen Jungen in seinem Alter gestalteten sich da schon schwieriger. Ihm gefielen ausschließlich ruhige Spiele, da er weder Fußball noch sonst irgendeine sportliche Aktivität mochte. Er war eher klein und schmächtig für sein Alter, daher wurde er von Anfang an von den Jungen seiner Klasse ausgeschlossen.

Stattdessen hatte er sich mit seiner Pultnachbarin angefreundet. Ihr blondes Haar war wunderschön. Meistens trug sie es zu Zöpfen geflochten. Sie hatte ihm erzählt, dass ihre Mutter ihr die Haare frisierte. In seinen Träumen war sie die schönste Prinzessin, die er sich vorstellen konnte. Seine Prinzessin. Er

wollte sie heiraten. Doch er fühlte sich nicht wie ein Prinz. Niemals würde er sich trauen, ihr einen Antrag zu machen, aus Angst, abgewiesen zu werden.
In den Pausen stand er immer mit ihr zusammen. Die anderen Jungen nahmen ihn deswegen auf den Arm und schimpften ihn einen Weichling, einen Versager, einen Schwuli und noch viel mehr, was er jedoch an sich abprallen ließ. Er ignorierte sie einfach. Nach der Schule wurde die Prinzessin von ihrer Mutter abgeholt. Sie wohnte in Les Posses. Jedes Mal sah er dem Auto hinterher, bis es hinter der ersten Kurve verschwand. Erst danach machte er sich auf den Heimweg.

20

Montag, 10. September

Sie ließen sich in der Küche nieder, und Karine fasste für Mikaël den Verlauf der Pressekonferenz zusammen.

»Also, Andreas, du hast wirklich keine Hemmungen«, sagte Mikaël grinsend. Dann wechselte er sofort das Thema. Andreas würde von seinem Vorgesetzten eine Verwarnung kassieren, daher wollte er nicht noch Salz in die Wunde streuen. »Apropos, deine Schwester hat angerufen und gefragt, ob es immer noch bei Sonntag bliebe. Ich habe ihr gesagt, dass sie gern kommen kann, es aber angesichts der Umstände gut möglich sei, dass du dann nicht hier bist.«

»In der Tat lässt sich das schwer voraussagen, aber ich muss ja auch etwas essen. Daher werde ich versuchen, hier zu sein, auch wenn ich vermutlich nicht lange bleiben kann.«

Mikaël stellte das Essen auf den Tisch. Hähnchen mit einer Senfsoße, Ofenkartoffeln mit Rosmarin und ein Kürbispüree mit Möhren aus dem eigenen Garten, auf das er besonders stolz war. Nachdem sich alle genommen hatten, ergriff Mikaël als

Erster das Wort: »Und, habt ihr zum jetzigen Zeitpunkt schon irgendwelche Verdächtigen?«

Andreas legte sein Besteck beiseite und stand auf, um das Notizheft aus seiner Jacke zu holen, die an der Garderobe im Flur hing. Auf einer Seite hatte er Namen von Personen notiert, die seiner Meinung nach in diesem Fall eine Rolle spielen könnten. Er war überzeugt, dass der Mörder ein Mann war. Dennoch wollte er die Frauen auf seiner Liste nicht ausschließen, da der Schein ja manchmal trog. Und zum jetzigen Zeitpunkt ließ sich überhaupt nicht sagen, ob sie einen Einzeltäter oder mehrere Personen suchten.

Er setzte sich und schlug das Notizheft auf der richtigen Seite auf. Ganz oben auf der Liste standen Erica Ferraud und ihr Ehemann Gérard. Zum jetzigen Stand der Ermittlungen schienen sie weder ein Motiv zu haben, noch deutete sonst etwas Konkretes darauf hin, dass sie zum Kreis der Verdächtigen gehörten. Trotzdem hatte er ihre Namen auf die Liste gesetzt, denn momentan waren sie die Einzigen, die eine direkte Verbindung zum Tatort und einen Bezug zur Religion hatten, die in dem Fall eine wichtige Rolle zu spielen schien. Außerdem kannte Erica Ferraud das Opfer. Hatte ihre Rückkehr nach Gryon die Schatten der Vergangenheit heraufbeschworen? Und Gérard Ferrauds Verhalten während der Befragung hatte ihn überrascht. Er hatte auf ihn den Eindruck gemacht, als stünde er irgendwie unter Druck.

Außerdem hatte Andreas sich den Namen Jacques Charrier notiert, der Alain Gautier in der Woche vor dessen Tod mehrfach angerufen hatte. Gautiers Mutter vermutete, dass die beiden zusammen undurchsichtige Geschäfte machten. Er musste ihn kennenlernen.

Schließlich: Marie Pitou. Sie schien deutlich mehr über Gautiers Lebenswandel zu wissen, als sie zugeben wollte. Hatte sie die Nase voll gehabt von seinen Eskapaden? Hatte er das finanzielle Polster der Agentur aufs Spiel gesetzt? War sie eifersüchtig auf seine weiblichen Eroberungen gewesen?

Bei der Auswertung von Gautiers Mobilfunkdaten war der

Name Nicole Barbey aufgetaucht. Seine Geliebte. Die SMS deuteten weder auf eine Trennung noch auf einen Streit hin, ganz im Gegenteil. Andreas hatte sich auch den Namen ihres Ehemanns Serge Barbey notiert, obwohl sie ihn noch nicht kennengelernt hatten. Hatte er Gautier aus Eifersucht getötet? Wusste er über das Verhältnis Bescheid?

Als nächster Name stand Maurice Fournier auf der Liste. Er war gestern vor der Kirche auf Andreas zugekommen. Warum? Ein Versuch, die Nähe zu der Ermittlung zu suchen, um die Aufmerksamkeit von sich abzulenken? Jemand, der den Behörden helfen will, kann nicht der Schuldige sein … War das seine Strategie? Aus Andreas' Sicht machte ihn genau das zu einem interessanten Kandidaten. Er beschloss, ihm einen Höflichkeitsbesuch abzustatten.

Und schließlich hatte er sich die Worte »Ein noch unbekannter Mörder« notiert.

»Ein unbekannter Mörder?«, hakte Mikaël nach.

»Ja, zumindest zum jetzigen Zeitpunkt. Das Leben Alain Gautiers scheint mir kein Vorbild an Tugendhaftigkeit gewesen zu sein. Es sieht aus, als hätte er einige Kardinalsünden begangen. Hochmut, zweifelsohne. Unzucht, mit Sicherheit. Geiz, vielleicht? Lässt sich hier das Motiv finden? Mehrere Personen könnten etwas gegen ihn gehabt haben. Aber ihn deswegen umbringen … Wir müssen uns weiter durchackern, ohne irgendeine Spur auszuschließen. Ein Mörder, den wir noch nicht kennen, hält sich vielleicht hier ganz in der Nähe auf.«

»Denkst du da an jemand Bestimmtes?«, fragte Karine.

»Ja, tatsächlich. Von allen interessiert mich eine Person ganz besonders. Nur so eine Intuition …«

»Hältst du diese ganze Inszenierung für ein Ablenkungsmanöver? Um uns auf eine falsche Fährte zu locken?«, wollte Mikaël wissen.

»Auch hier können wir bisher nur spekulieren. Allerdings muss ich sagen, dass mir die Inszenierung dafür zu grauenvoll erscheint. Für eine solche Tat muss man sein Opfer zutiefst hassen. Oder psychisch schwer gestört sein.«

»Oder beides«, ergänzte Karine.

Andreas lächelte schwach. »Doch zumindest eine Sache erscheint mir sicher. Es handelt sich um einen vorsätzlichen Mord. Sorgfältig und präzise ausgeführt. Ich kann mir nicht vorstellen, dass Gautier impulsiv getötet wurde. Er lebte, als der Täter ihm die Augen entfernte. Und die Botschaft nicht zu vergessen. All das, um die Tat zu vertuschen und uns auf eine falsche Fährte zu locken?«

Andreas' Handy, das auf dem Tisch lag, spielte eine James-Bond-Melodie. Eine unbekannte Nummer.

»Andreas Auer. Ja, einverstanden. Keine Sorge. Dreizehn Uhr dreißig. In der Bäckerei an der Barboleuse. Bis gleich.« Andreas beendete das Gespräch und wandte sich zu Karine um. »Das war die Assistentin von Gautier. Sie will mich sehen, wollte aber am Telefon nicht sagen, worum es geht.«

»Interessant, jetzt kommt Bewegung in die Sache!«, sagte Karine.

»Wir sollten nicht zu viel erwarten, aber es ist zumindest ein positives Zeichen. Eine Ermittlung gleicht immer einem Ameisenhaufen. Wenn man einen Zweig hineinwirft, beginnen alle Ameisen herumzuwuseln.«

»Dann hoffen wir mal, dass wir den Zweig an der richtigen Stelle hineingeworfen haben ...«

»Hast du etwas Neues über Gautier in Erfahrung gebracht?«, fragte Andreas.

Mikaël lächelte und begann zu erzählen, was er herausgefunden hatte.

Alain Gautier hatte 1960 in Gryon das Licht der Welt erblickt. Bis zum zwölften Lebensjahr hatte er hier die Schule besucht, danach ging er in Bex zur Schule. Mit fünfzehn hatte er in Monthey in einer Immobilienagentur eine Ausbildung zum kaufmännischen Angestellten begonnen und war nach Abschluss der Lehre von dem Unternehmen übernommen worden. Ein paar Jahre später hatte er sich für den Vorbereitungslehrgang zum eidgenössisch geprüften Immobilienfachwirt eingeschrieben. Dort hatte er 1985 Marie Pitou kennengelernt.

In der Folge war er 1990 zum stellvertretenden Geschäftsführer der Immobilienagentur aufgestiegen. 1992 hatte er eine junge Frau aus Monthey geheiratet. Zwei Jahre später war die Ehe wieder geschieden worden. Keine Kinder. 1995 war er nach Gryon zurückgekehrt. Ein Freund seines Vaters, der kurz vor der Rente stand und dem die Immobilienagentur in Gryon gehörte, hatte ihn eingestellt und ihm später sein Unternehmen verkauft. Im selben Jahr war sein Vater an einem Herzinfarkt gestorben. 2002 war Marie Pitou in die Agentur eingestiegen. Es schien, als hätte er damals kurz vor der Insolvenz gestanden und Marie Pitou ihn mit ihren Geldeinlagen davor bewahrt.

»Und ich habe auch noch einige Auskünfte bezüglich seines Vorstrafenregisters eingeholt. Er war mit Sicherheit kein Unschuldslamm«, fügte Mikaël hinzu.

»Wie hast du das denn angestellt?«, wollte Karine wissen.

»Ähm … ich habe einen Freund, der im Eidgenössischen Justiz- und Polizeidepartement arbeitet.« Mikaël lächelte amüsiert.

Andreas war es etwas unangenehm, dass er selbst bisher noch nicht die Zeit gefunden hatte, diese Informationen einzuholen.

»Und was kam dabei heraus?«

»Gautier musste wegen Trunkenheit und überhöhter Geschwindigkeit mehrere Male den Führerschein abgeben. Letztes Jahr hatte er sechs Monate lang keinen Lappen.«

»Und das ist alles?«

»Das Beste kommt noch. 1993 wurde er zu fünf Jahren Haft wegen Vergewaltigung einer Siebzehnjährigen verurteilt, davon musste er vierundzwanzig Monate absitzen. Ich habe ein paar Zeitungsartikel von damals gefunden. Gautiers Anwalt hatte einen Freispruch gefordert, weil das Mädchen angeblich wegen ihres Alters gelogen und außerdem freiwillig mit ihm Sex gehabt haben soll. Doch das Gericht blieb beim Tatbestand der Vergewaltigung einer Minderjährigen. Nachdem Gautier entlassen worden war, hatte sein Vater ganz offensichtlich seinen Jugendfreund überredet, ihn in seiner Firma in Gryon einzustellen.«

»Dieser Gautier wird ja immer unsympathischer«, sagte Karine.

»Und ich habe das Opfer ausfindig gemacht. Sie wohnt immer noch in Monthey und ist inzwischen sechsunddreißig Jahre alt. Sie arbeitet als Friseurin im Einkaufszentrum von Collombey. Ihre Eltern leben ebenfalls in Monthey.«

»Sollten wir diese Vergewaltigungsgeschichte weiterverfolgen?«, fragte Karine.

»Ja, das erscheint mir interessant. Ruf die Frau an und sag ihr, dass wir vorbeikommen, um sie zu treffen«, erwiderte Andreas und wandte sich an Mikaël. »Und was seine Kindheit in Gryon betrifft, hast du da auch irgendetwas?«

»Er war Mitglied im Tennisclub und im Blasorchester, hat aber alles aufgegeben, als er nach Monthey gezogen ist. Das ist erst mal alles, was ich gefunden habe.«

»Könntest du die Liste der Personen durchgehen, die zum Zeitpunkt der Entdeckung der Leiche vor der Kirche standen, während ich mich mit Julie Berthoud treffe?«, bat Andreas Mikaël.

»Gibt es da nicht Wichtigeres?«

»In diesem Stadium dürfen wir nichts außer Acht lassen. Auf diese Weise können wir uns einen Überblick von der Gesamtsituation verschaffen. Beim Abgleich dieser Namensliste mit der Liste von Gautiers Telefonverbindungen, seinen Kontakten und den Namen aus den Akten der Agentur werden wir mit Sicherheit auf Überschneidungen stoßen, die uns weiterbringen.«

Karine nickte zustimmend.

»Ich hoffe, dass ich spätestens bis fünfzehn Uhr zurück bin. Bis dahin sollte Nicolas auch hier sein.«

»Nicolas Bertin!«, sagte Karine verärgert. »Du hast ihn angerufen?«

»Ja, Nicolas Bertin. Und ja, ich habe ihn angerufen. Wir brauchen Hilfe, und er kann uns nützlich sein.«

»Wobei kann uns denn dieser unverbesserliche Faulpelz nützlich sein?«

Dem vierundfünfzigjährigen Nicolas Bertin fehlten noch

drei Jahre bis zu seinem Vorruhestand, den er mit wachsender Ungeduld erwartete. Es war nicht zu übersehen, dass ihn seine Arbeit nicht mehr motivierte und er Experte darin geworden war, kompliziertere Aufgaben zu vermeiden, um so wenig wie möglich zu tun zu haben. Seine einzige Leidenschaft galt dem Segeln. Als Rentner würde er seine ganze Zeit auf dem Wasser verbringen. Er hatte sich sogar das Ziel gesetzt, seinen Sportbootführerschein See zu machen.

»Ich möchte, dass Nicolas alle Leute abklappert, die in der Nähe der Kirche wohnen, und dass er mit den Nachbarn von Gautier spricht. Außerdem werde ich ihn bitten, sich in die Akten der Immobilienagentur zu vertiefen.«

»Na, da bin ich ja mal gespannt.«

21

Andreas betrat die Bäckerei Charlet mit ein paar Minuten Verspätung. Julie Berthoud saß bereits an einem der Tische in der hinteren Ecke des Ladenlokals. Als sie Andreas erblickte, winkte sie ihm zu.

Nachdem er sie begrüßt hatte, setzte er sich ihr gegenüber an den Tisch. Ihm fiel auf, dass sie nervös war. Ihre Hand hatte sich gleichzeitig feucht und verkrampft angefühlt. Sie begann sich stotternd dafür zu entschuldigen, dass sie morgens im Büro nichts erzählt hatte. Sie bestellten beide einen Cappuccino. Andreas bemühte sich, ihr zu versichern, dass sie gut daran getan hatte, ihn anzurufen. Schließlich fing sie an, ohne Punkt und Komma zu reden.

Nachdem Andreas ein paarmal nachgehakt und ihr einige Fragen gestellt hatte, bedankte er sich für die Informationen, stand auf, schüttelte ihr die Hand und ging. Er hatte möglicherweise den richtigen Riecher gehabt. Doch gleichzeitig erschien ihm dies beinahe zu einfach, zu offensichtlich.

Bevor er zurück zu seinen Kollegen fuhr, entschied er sich, noch einmal in der Kirche vorbeizuschauen und sich seine Eindrücke vom Vortag erneut zu vergegenwärtigen. Er hatte etwas gesehen … aber er konnte immer noch nicht sagen, was das gewesen war. Er wollte ganz sichergehen.

Andreas hielt vor dem Eingang der Kirche und löste die Plastikbänder, die darauf hinwiesen, dass es sich hier um einen Tatort handelte. Nachdem er die Tür mit dem Schlüssel, den er einbehalten hatte, aufgeschlossen hatte, trat er ein und ging vor bis zum Altar, auf dem die Leiche gefunden worden war.

Er betrachtete erneut das Kirchenfenster und drehte sich dann so weit um, dass er das Kirchenschiff und die Empore mit der Orgel am anderen Ende des Raumes zusammen im Blick hatte. Dann setzte er sich in die erste Bank auf der rechten Seite, genau unter die Kanzel. Was hatte er wohl gesehen? Einen Moment lang schloss er die Augen. Dann öffnete er sie wieder.
Das Fenster.
Jesus.
Das Licht.
Er senkte den Blick und stellte sich alles noch einmal vor.
Der Altar.
Ein geopferter Mensch.
Die Dunkelheit.
An der Wand hinter dem Altar befand sich eine Darstellung der vier Evangelisten. Johannes, dargestellt als Adler, Lukas als geflügelter Stier, Markus als geflügelter Löwe und Matthäus als Mensch, der ebenfalls Flügel besaß. Er schaute sich die Fresken interessiert an. Danach beschloss er, Mikaël anzurufen, um ein bisschen mehr darüber zu erfahren.

»So werden die vier Evangelisten in der biblischen Ikonografie dargestellt. Sie bilden ein *Tetramorph*.«

»Ein was?«

»Nach dem Griechischen ›tetra‹ für ›vier‹ und ›morph‹ für ›Gestalt‹. In der Apokalypse sind sie die einzigen lebendigen

Wesen, die um den Thron Christi herumstehen. Jeder von ihnen versinnbildlicht eine der Eigenschaften Jesu. Der Löwe ist die Stärke Christi, der Stier das Opfer, der Mensch seine menschliche Geburt und der Adler sein Streben nach Höherem.«

»Hm, das ist interessant … Und in welchem Kapitel steht das?

»Ziemlich am Anfang. Im vierten oder fünften Kapitel, glaube ich. Warum willst du das wissen? Für deine Ermittlung? Oder um deine Wissenslücken auf diesem Gebiet etwas zu füllen?«

Andreas reagierte nicht auf die Provokation seines Freundes. »Ich weiß nicht. Nein. Ich gerate auf Abwege. Ich wollte es nur wissen.«

Er beendete das Gespräch. Auch wenn er kein fleißiger Kirchgänger war und sich nicht für Religion in der Praxis interessierte, faszinierten ihn dennoch die Texte der Bibel. Er mochte das Alte Testament mit seinen düsteren und gewalttätigen Bildern. Der zürnende Gott. Der Gott, der Babylon zerstört. Ein Gott, der ihn deutlich mehr fesselte als Jesus, der seinen Nächsten liebt und ihm die rechte Wange hinhält. Mikaël und er hatten über dieses Thema hitzige Debatten geführt, und er hatte sich vorwerfen lassen müssen, dass seine Meinung nicht fundiert sei und seine Ansichten einen Mangel an Bildung bewiesen. Zwei Dinge, die Andreas überhaupt nicht vertrug: im Unrecht zu sein und der eigenen Unzulänglichkeit überführt zu werden. Sein Stolz war verletzt, und er hatte daraufhin beschlossen, die Bibel komplett zu lesen. Nach Abschluss der Lektüre hatte er mehr Fragen als zuvor, was ihn zunächst frustriert, sehr schnell aber auch neugierig gemacht hatte, mehr zu erfahren.

Er liebte es zu verstehen. Er musste alles analysieren.

Andreas hatte seine Lektüre fortgesetzt. Dafür hatte er nur ins heimische Bücherregal greifen müssen, denn Mikaël hatte sich während seines Studiums eine derartige Sammlung theologischer Schriften zugelegt, dass vermutlich jeder Pfarrer blass vor Neid geworden wäre. Mit der Zeit hatte Andreas auf diesem

Gebiet einiges dazugelernt, ohne jedoch Mikaëls Wissensstand zu erreichen. Vor allem hatten ihn der Symbolismus und die Psychologie in der Bibel interessiert. Es war wie eine Forschungsreise zu den Ursprüngen der Menschheit.

Er zückte sein Handy und startete eine Google-Suche nach dem vierten Kapitel der Apokalypse.

Und mitten auf dem Thron und rings um den Thron herum
sind vier Wesen, die mit Augen übersät sind, vorn und hinten.
Das erste Wesen gleicht einem Löwen,
das zweite gleicht einem Stier,
das dritte hat das Gesicht eines Menschen,
das vierte gleicht einem Adler im Flug.
Und die vier Wesen haben, jedes einzelne, sechs Flügel,
und außen herum und innen sind sie mit Augen übersät,
und sie rufen ohne Unterlass Tag und Nacht:
Heilig, heilig, heilig ist der Herr Gott,
der Herrscher über das All,
der war und der ist und der kommt.

Gestern war hier auf dem Altar ein nackter toter Mensch ohne Augen unter den Blicken der vier von Augen bedeckten Kreaturen zur Schau gestellt worden. Andreas fand diese Koinzidenz erstaunlich, aber er war im Begriff, sich da in etwas zu verrennen.

Zur Linken ein Klavier. Direkt daneben ein Chorstuhl, früher der Platz des Kantors mit der schweren Aufgabe, den Gesang der Gemeinde zu leiten, damit die Stimmen, die sich in der Kirche erhoben, als würdige Hymne an Gott erschallten.

Auf einem Holzbrett an der Wand wurden die Kirchenlieder angeschlagen. Lediglich zwei Liednummern standen darauf: 579 und 616. Vor dem Altar standen zwei große holzgeschnitzte Kerzenleuchter in Form von Flammen. Andreas hielt inne und blickte erneut zu den angeschlagenen Liednummern.

579.
616.
Er stand auf und ging Richtung Eingang, wo er ein Gesangbuch fand. Das letzte Lied darin trug die Nummer 459. Woher stammten diese beiden Zahlen?

Als er sich wieder auf die Bank in der ersten Reihe setzte, fiel sein Blick auf die große Bibel, die vor ihm auf einem Ständer lag. Er dachte an den Bibelvers, den sie bei der Leiche gefunden hatten.

Er stand auf und ging zur Bibel. Warum nicht? Einen Blick war es wert.

Er schlug die Seite 579 auf, und bingo! Ein Vers war dort mit Kugelschreiber unterstrichen worden. Er las die folgenden Worte:

Er wurde bedrängt, und er ist gedemütigt worden,
seinen Mund aber hat er nicht aufgetan
wie ein Lamm, das zur Schlachtung gebracht wird,
und wie ein Schaf vor seinen Scherern verstummt.

Es handelte sich um einen Vers aus dem dreiundfünfzigsten Kapitel des Buches des Propheten Jesaja. Andreas übertrug die Zeilen in sein Notizbuch, genau unter den Vers, den der Täter am Tatort hinterlassen hatte. Er las ihn ein zweites Mal. Und ein drittes Mal. Der Mörder will, dass wir den Grund seines Handelns verstehen, dachte er. Gab es hier noch andere Botschaften? Er blätterte erneut durch die Bibel. Seite 616.

Nichts.

22

Mit der ihm eigenen Gemächlichkeit öffnete Nicolas Bertin die Tür und betrat den Gemeindesaal. Er war so klein, dass Karine ihn um einen halben Kopf überragte. Er hatte eine beginnende Glatze. Zu den blau-weißen Segelschuhen trug er eine klassisch geschnittene Hose und ein weißes Hemd mit einem kleinen gestickten Anker auf der Brusttasche. Es fehlten ihm nur noch der Bart und die Kapitänsmütze, um als Kapitän Haddock aus »Tim und Struppi« durchzugehen.

Er begrüßte Karine mit einer Handbewegung. »Hallo. Ist der Kaffee schon fertig?«

Karine zeigte auf eine Thermoskanne auf dem Tisch in der Nähe der Küche und murmelte ein paar Worte, die sich auf die Entfernung hin wie Grußworte anhören mochten. Nicolas öffnete mehrere Hängeschränke, bevor er eine Tasse fand. Dann durchstöberte er sämtliche Schubladen auf der Suche nach einem Teelöffel. Er öffnete und schloss sie genauso grob, wie er es mit den Wandschränken gemacht hatte, allerdings gerade so energisch, dass man ihm nicht unterstellen konnte, er versuche absichtlich, seine Kollegen zu nerven. Schließlich goss er sich in aller Ruhe einen Kaffee ein.

»Nicht sehr heiß, der Kaffee. Gibt es irgendwo Milch?«

Karine drehte sich um und warf Nicolas einen vernichtenden Blick zu. »Du musst einfach mal in den Kühlschrank schauen!«

Er setzte sich an den Tisch, an dem Karine bereits in einen Berg von Papieren versunken war, stützte einen Ellbogen auf und legte das Kinn in seine Hand. Selbst seine Gestik konnte seine mangelnde Motivation nicht verbergen. »Also, was soll ich machen?«

Karine biss sich auf die Lippen, um nicht etwas zu erwidern, was sie später bereuen würde. Sie fasste die Lage so detailliert wie möglich zusammen und erklärte ihm, was von ihm erwartet wurde. Dabei betonte sie ihre Ausführungen, indem sie nach jedem Satz ein »Hast du verstanden?«, »Bist du sicher?«, »Willst du dir das nicht aufschreiben?« oder ein »Ist das klar genug?« anfügte.

Nicolas stellte keinerlei Fragen und wartete das Ende ihrer Erläuterungen ab, um zu beweisen, dass sein Vokabular mehr Wörter beinhaltete als das Ja, das er währenddessen ständig wiederholt hatte. »Ich verstehe. Ihr wollt, dass ich die absolut langweiligsten Aufgaben übernehme, mich durch tonnenweise Akten durchwühle und den Klinkenputzer spiele. Super!«

Karine wollte gerade etwas erwidern, als Andreas den Raum betrat. Er zog seine Jacke aus, legte sie über die Rückenlehne eines Stuhls, schüttelte Nicolas die Hand und setzte sich an den Tisch.

»Und? Was hat dir Julie Berthoud erzählt?«, fragte Karine ungeduldig.

»Das erzähle ich später. Erst mal möchte ich, dass wir detailliert auflisten, wie Gautier den Samstag verbracht hat.«

Karine wusste, dass Andreas gelegentlich Informationen zurückhielt und sie erst enthüllte, wenn es ihm angemessen erschien. Doch das steigerte ihre Neugier nur. Dennoch hakte sie nicht nach, denn ihr war klar, dass sie dieses Spiel verlieren würde. Sie nahm einen Stift und schrieb ihre Notizen auf ein Blatt Papier, das an der Wand befestigt war.

10 Uhr Telefonat mit Fournier
11 Uhr Telefonat mit seiner Mutter
16 Uhr Anruf vom Bahnhofsrestaurant (vom Mörder?)
18–22 Uhr Tod in seiner Wohnung
24–4 Uhr Leiche Gautiers wird transportiert
9 Uhr Leichenfund in der Kirche

»Das ist alles, was wir bis jetzt haben.«

»Nicolas, wenn du die Nachbarn abklapperst, möchte ich, dass du auch in den Läden, Cafés und Restaurants vorbeischaust. Vielleicht hat jemand Gautier im Laufe des Tages gesehen.«

»Sonst noch was?«

»Und das Ganze so schnell wie möglich. Aber das ist noch nicht alles. Wir wissen, dass der Mörder die Leiche zwischen zwanzig Uhr abends, also dem Zeitpunkt des letzten Kirchenbesuchs der Pfarrerin, und neun Uhr morgens, als sie die Leiche in der Kirche entdeckt hat, transportiert hat. Dank Docs rechtsmedizinischer Erkenntnisse können wir die Zeitspanne auf zwischen Mitternacht und vier Uhr morgens eingrenzen. Ein Uhr morgens wäre eine Möglichkeit, denn zu diesem Zeitpunkt behauptet Gérard Ferraud ein Fahrzeug gehört zu haben, das in der Nähe geparkt hat. Drei Komma zwei Kilometer sind es von der Wohnung Gautiers bis zur Kirche. Der Mörder könnte die Route de Villars genommen haben, dann die Avenue de la Gare und schließlich den Vieux Chemin bis zur Kirche gefahren sein. Das ist die kürzeste Route. Allerdings sind auch andere Wege möglich. Um weniger aufzufallen, könnte er auch den Chemin de la Rote gewählt haben.«

»Um dann von Rabou aus das ganze Dorf zu durchqueren?«, fragte Karine, die sich bereits mit der lokalen Geografie und den umliegenden Orten der Region vertraut gemacht hatte.

»Stimmt, das wäre in der Tat auffälliger. Wir wissen inzwischen, dass er Gautiers Auto benutzt hat, einen schwarzen Mercedes mit Allradantrieb. Nicolas, versuch du herauszufinden, ob jemand das Fahrzeug gesehen hat. Das würde uns helfen, den Ablauf räumlich nachzuvollziehen.«

Nicolas zeigte keinerlei sichtbares Interesse an der Aufgabe, doch Andreas wusste, dass er sich auf ihn verlassen konnte. Er war ein erfahrener Polizist. Andreas hoffte nur, dass er Geschmack an der Sache bekommen und etwas mehr Eigeninitiative entwickeln würde.

»Karine, wo hast du die Liste mit den Personen, die vor der Kirche standen?«

Karine stand auf und schlug auf dem Flipchart das große Blatt auf, auf das sie die entsprechenden Namen geschrieben hatte. Neben jeden Namen hatte sie die Funktion und den Familienstand der Person notiert. Bei solch komplexen Fällen wie diesem hatte sie es sich zur Angewohnheit gemacht, sämtliche verfügbaren Informationen für alle sichtbar an der Wand anzuschlagen, denn so konnten sie gemeinsam diskutieren und die Fortschritte in den Ermittlungen sichtbar machen. Sie las die Namen vor.

- *Alfred und Germaine Jaccard: Rentnerehepaar aus Genf mit Zweitwohnsitz in Gryon*
- *Nicole Barbey: Gautiers Geliebte, Assistentin, arbeitet in Bex im Unternehmen von Jacques Charrier, und ihr Ehemann Serge, Automechaniker. Wohnhaft in Bex*
- *Gertrude Santchi: Rentnerin, Gryon*
- *Fabien Berset: Journalist, Lausanne*
- *Maurice Fournier: Unternehmer und Gemeinderat, Gryon*
- *John Holder: amerikanischer Staatsbürger, Zweitwohnsitz in Gryon*
- *Alain Murier: mit seiner Frau und zwei Kindern, Gryon; Mitglied im Blasorchester*
- *Gisèle Martineau: Lehrerin, Gryon*
- *Jacques Charrier: Investor, Les Posses*
- *Marguerite Dubois: Gemeindesekretärin und Mitglied des Presbyteriums, Gryon*
- *Madeleine Germanier: Rentnerin, Gryon*
- *Jules und Andrée Demont: Rentnerehepaar, wohnen gegenüber der Kirche in Gryon*
- *Gilles Pidoux: Lebensmittelhändler in Gryon, Vorsitzender des Presbyteriums*
- *Claude Magne: Landwirt, und seine Frau Charlotte, Krankenschwester, Gryon*
- *Éric Rivoire: Berufssoldat im Ruhestand, Gryon*
- *Niklas Albright: britischer Staatsbürger, Exbanker; wohnt seit Antritt seines Ruhestands in Gryon*

Karine hatte die Liste noch um zwei Namen ergänzt, die die Polizisten nicht aufgenommen hatten.

- *Erica Ferraud: Pfarrerin, und ihr Ehemann Gérard, Gryon*

»Hier, bitte schön!«
Aufmerksam lasen sie sich die Namen durch.

»Da sind ja schon mal einige dabei, die wir bereits kennen«, sagte Andreas.

»Darunter drei Personen, die eine enge Verbindung zu Gautier hatten«, fügte Karine hinzu.

»Nicole Barbey, Jacques Charrier und Maurice Fournier.«

»Genau.«

»Ist jemand darunter, der nicht ins Bild gehört? Jemand, der nicht hierherpasst?«, fragte Andreas.

»Glaubst du, dass der Mörder auch anwesend war?«, fragte Karine.

»Das ist nicht unmöglich.«

»Aber doch etwas verwegen, oder?«

»Ja, aber er ist ja bereits eine Menge Risiken eingegangen. Vor allem indem er die Leiche durch das Dorf geschleppt hat. Vielleicht ist das Teil seines Spiels.«

»Wer nicht hierherpasst …«, überlegte Karine. »Die beiden Ausländer«, sagte sie schließlich. »Ein Amerikaner. Es wird nicht viele Amerikaner geben, die in Gryon ein Chalet besitzen. Und ein Engländer. Aber was könnten sie mit Gautier gemeinsam haben?«

»Und dann auch noch der Soldat«, bemerkte Nicolas.

»Warum passt er nicht zu den anderen?«

»Ich weiß nicht genau. Ich wollte es nur erwähnen. Nur so eine Idee. War Gautier bei der Armee? Kannten sie sich?«

Andreas und Karine waren überrascht, dass Nicolas sich so redselig zeigte. Das passte eigentlich nicht zu ihm.

»Ein Punkt, den wir überprüfen müssen. Gute Anmerkung. Davon abgesehen: Wer sonst hat eine Verbindung zu Gautier, außer denjenigen, die wir schon kennen?«

»Ich hatte keine Zeit, hier weiterzubohren. Wir könnten die Frage an …«

Karine schluckte Mikaëls Namen herunter, den sie gerade hatte aussprechen wollen. Auf keinen Fall sollte Nicolas erfahren, inwieweit Mikaël hier involviert war.

»Ein Name taucht bei den Ermittlungen immer und immer wieder auf. Maurice Fournier. Ich denke, es ist an der Zeit, dass wir unseren freundlichen Gemeinderat kennenlernen«, schlug Karine vor.

»Da bin ich einverstanden. Vor allem nach dem, was mir Julie Berthoud vorhin erzählt hat«, sagte Andreas.

»Komm schon, spuck es aus!«

»Sie hat einen heftigen Wortwechsel zwischen Maurice Fournier und Alain Gautier mitbekommen. Letzten Freitag ist Fournier ohne Termin in der Agentur aufgetaucht. Laut Julie Berthoud war er ziemlich gereizt. Sie hat gehört, wie das Gespräch der beiden Männer lauter wurde, allerdings konnte sie nicht verstehen, was sie sagten. Nach etwa zehn Minuten ist er wieder rausgestürmt und hat die Tür hinter sich zugeknallt.«

»Das wird ja immer besser. Aber warum hat sie das nicht schon heute Vormittag erwähnt? Und warum hat Madame Pitou es uns nicht selbst erzählt?«

»Marie Pitou hat zur selben Zeit mit Kunden ein Chalet besichtigt. Berthoud hat ihr von dem Vorfall berichtet, nachdem sie vom Tod Gautiers erfahren hatte, und ihre Chefin hatte ihr befohlen, es der Polizei gegenüber nicht zu erwähnen. Sie wolle nicht ins Gerede kommen. Es sei eh schon kompliziert genug, hätte sie ihr erklärt.«

Sie würden Marie Pitou erneut befragen, das war sicher. Doch momentan hatte Maurice Fournier Vorrang. Er musste einiges erklären. Und seine Frau ebenfalls.

Sie beschlossen, sich zu trennen. Während Andreas Maurice Fournier in seinem Büro aufsuchen würde, hoffte Karine, Janine Fournier zu Hause anzutreffen.

23

Das imposante Chalet der Fourniers lag in Frasses direkt an der Skipiste zwischen La Barboleuse und der Ferienhaussiedlung Mazots de Gryon. Karine hielt vor dem elektrischen Tor. Nachdem sie die Gegensprechanlage betätigt und sich vorgestellt hatte, öffnete es sich, und sie konnte in den Hof fahren und ihren Wagen dort abstellen.

In der ersten Etage des Hauses befand sich ein Balkon mit einer riesigen Fensterfront. Von dort hat man vermutlich einen großartigen Blick, dachte Karine.

Karine befand sich in einer schwierigen Lebensphase, da ihr Mann nach zehn Jahren Ehe die Scheidung eingereicht hatte. Er war normaler Streifenpolizist und ertrug es nicht mehr, dass ihre Beziehung von den unregelmäßigen Arbeitszeiten ihrer Berufe bestimmt wurde. Er wollte eine Familie gründen und wünschte sich Kinder. Karine wollte das nicht, allein schon aufgrund der Unvereinbarkeit dieses Lebensentwurfs mit ihrem eigenen Lebensstil. Für sie war es undenkbar, ihren Beruf an den Nagel zu hängen, um Mutter und Hausfrau zu werden. Zumindest hatte sie dies immer behauptet. Doch nun war sie mit sechsunddreißig Jahren plötzlich wieder Single. Hatte sie die richtige Wahl getroffen? Sie war sich da nicht mehr so sicher. Natürlich liebte sie ihren Beruf. Doch diese Begeisterung hatte auch Schattenseiten. Und diese bittere Erfahrung hatte sie gerade gemacht. Paradoxerweise stürzte sie sich deswegen noch mehr in die Arbeit. Um sich weniger allein zu fühlen und auf andere Gedanken zu kommen. Und um zu überleben.

Karine ging auf das Chalet zu. Der Eingang befand sich im Erdgeschoss auf der linken Seite des Hauses. Die Tür ging auf. Eine elegante Frau erschien auf der Schwelle. Sie trug ein dunkelblaues Kostüm und eine weiße Bluse mit zartem Blumenmuster, deren großer Kragen über das Jackett reichte. Diamantenbesetzte Ohrringe. Waren sie echt? Eine Kette aus perlmuttfarbenen und schwarzen Perlen, dazu ein passendes Armband. Karine schätzte, dass der Wert des Schmucks und der Kleidung Madame Fourniers den Wert ihrer gesamten eigenen Garderobe überstieg.

Sie präsentierte ihre Dienstmarke. »Guten Tag, Madame Fournier, darf ich kurz hereinkommen?«

»Ich nehme an, Sie möchten meinen Mann sprechen, doch er ist nicht hier. Er arbeitet«, sagte sie spürbar von oben herab.

Karine fiel es schwer, Frauen zu ertragen, die ihre Erscheinung derart zur Schau stellten und den Rest der Welt geringschätzig musterten, nur weil sie eine Handtasche von Louis Vuitton, Schuhe von Louboutin oder Schmuck von Chanel besaßen. Oder hatte sie ein Problem mit ihrem eigenen Selbstwertgefühl? Fühlte sie sich diesen Frauen unterlegen, nur weil sie selbst maskuliner war? Auf jeden Fall war sie einer Straßenkatze näher als einer Perserkatze.

»Nein, ich würde Ihnen gern ein paar Fragen stellen, Madame Fournier.«

Die Dame des Hauses schien überrascht zu sein und büßte dadurch etwas an Selbstsicherheit ein. Sie bat Karine mit einer Handbewegung, ihr zu folgen.

Sie stiegen eine lange Treppe hinauf und standen in einem riesigen Zimmer mit einem Kamin aus Natursteinen in der Mitte. Auf einer Seite eine moderne, luxuriöse offene Küche. Am anderen Ende führte eine weitere Treppe auf eine großzügig geschnittene, sehr gemütliche Empore.

Karine blickte durch die riesige Fensterfront nach draußen. »Wie heißt dieser Berg?«

»Das ist der Grand Muveran«, erwiderte Janine Fournier.

»Ihr Chalet hat eine perfekte Lage. Was für eine großartige Aussicht.«

»Danke, wir sind hier sehr zufrieden.«

Janine Fournier bat Karine, auf dem weißen Ledersofa Platz zu nehmen, und ging in die Küche, um zwei Tassen Kaffee vorzubereiten.

Währenddessen ließ Karine den Blick durch den riesigen Salon schweifen. Die Großzügigkeit gefiel ihr. Und das Panorama. Doch angesichts des ganzen Luxus fühlte sie sich unwohl. Sie bevorzugte eine einfache und praktische Inneneinrichtung.

Janine Fournier kehrte mit dem Kaffee zurück, den sie in zwei sehr elegante Tassen gefüllt hatte. Sie setzte sich und schlug die Beine übereinander. »Was kann ich für Sie tun, Madame Joubert?«

»Meine Kollegen und ich ermitteln im Mordfall Alain Gautier …«

Noch bevor Karine ihren Satz beenden konnte, unterbrach Janine Fournier sie mit harschem Tonfall. »Und wieso betrifft mich das?«

»Das müssen Sie schon mir überlassen«, entgegnete Karine genauso schroff.

»Ich höre …«

Der Beginn dieser Unterhaltung überraschte Karine so sehr, dass sie beinahe den Faden verlor. Ihr Gegenüber schien von der Situation nicht im Mindesten eingeschüchtert zu sein und benahm sich, als wolle sie das Gespräch beherrschen und *sie* einschüchtern.

Doch Karine fing sich wieder. Sie war schon mit ganz anderen Kalibern fertiggeworden. »In welcher Beziehung stand Ihr Mann zu Alain Gautier?«

»Es war eine rein professionelle Beziehung. Mein Mann ist Bauunternehmer. Er renoviert und baut Chalets. Monsieur Gautier verkaufte sie.«

»Verkehrten sie auch privat miteinander? Kam Alain Gautier Sie besuchen?«

»Nein. Er ist nie hier gewesen. Ich vermute, dass sie sich im Büro meines Mannes oder auf Baustellen trafen.«

»Ich würde Ihnen jetzt gern ein paar Fragen zum Tagesablauf am Samstag stellen, zu Ihrem und dem Ihres Mannes. Reine Routinefragen«, sagte Karine, doch Janine Fournier schien sich nicht täuschen zu lassen.

»Wird mein Mann verdächtigt?«, fragte sie halb geschockt, halb überrascht und beugte sich dabei auf dem Sofa zu Karine vor.

»Was denken Sie? Sollten wir ihn verdächtigen?«

»Natürlich nicht!«, erwiderte Janine Fournier wie aus der Pistole geschossen und wich leicht zurück. »Stellen Sie mir Ihre Fragen. Wir haben nichts zu verbergen.«

»Wunderbar. Am Samstag, wo waren Sie da nachmittags und abends?«

»Nachmittags habe ich bei einer Freundin in Villars einen Kaffee getrunken. Sie können sie gern fragen. Sie wird Ihnen das bestätigen. Und den Abend habe ich hier verbracht.«

»Und Ihr Mann?«

»Maurice ist nach dem Mittagessen in unser Chalet nach Taveyanne gefahren und zum Abendessen zurückgekommen.«

»Wann genau war das?«

»Gegen neunzehn Uhr dreißig. Ich habe mir gerade die Ziehung der Lottozahlen angeschaut. Kurz vor den Nachrichten.«

»Was hat er in Taveyanne gemacht?«

»Er fährt fast jeden Samstag um diese Zeit dorthin. Er ist dabei, das Schlafzimmer zu renovieren.«

»Wie ist Ihr Abend abgelaufen?«

»Wir haben uns auf TF1 die französischen Nachrichten angeschaut und dabei gegessen. Danach habe ich auf France 2 das Quiz ›Les enfants de la télé‹ angeschaut. Mein Mann ist in sein Arbeitszimmer im ersten Stock gegangen. Ich glaube, er musste noch einige Akten für die Gemeinderatssitzung durchgehen. Nach der Fernsehsendung bin ich schlafen gegangen. Maurice kam kurz danach auch ins Schlafzimmer.«

»Hätte er das Haus verlassen können, ohne dass Sie das bemerkt hätten?«

»Nein, ich schlafe schlecht ein. Ich habe ihn noch gehört. Er hat das Zimmer nicht mehr verlassen. Das kann ich beschwören. Er hat sich kurz nach mir schlafen gelegt, wie ich es Ihnen bereits sagte.«

»Ihr Mann ist Sonntag zur Kirche gefahren, um den Gottesdienst zu besuchen. Die Pfarrerin sagte mir, dass Sie regelmäßige Kirchgänger seien und meistens zusammen kämen. Warum dieses Mal nicht?«

Janine Fournier schien etwas zu zögern. Offensichtlich hatte sie diese Frage nicht erwartet.

»Äh ... ich fühlte mich nicht gut.«

»Waren Sie krank?«

»Nein, nicht wirklich.«

Karine schwieg und verfolgte den ausweichenden Blick Janine Fourniers, die die bleierne Stille schließlich selbst unterbrach, ohne dass Karine hatte nachhaken müssen.

»Wir hatten einen Streit. Und plötzlich hatte ich keine Lust mehr mitzugehen.«

»Worum ging es dabei?«

Karine ließ ihre Frage im Raum stehen und schaute ihre Gesprächspartnerin direkt an. Die Stille schien Janine Fournier aus dem Gleichgewicht zu bringen. Sie hatte etwas angedeutet. Ein Rückzug war unmöglich. Sie versuchte verzweifelt, sich eine plausible Antwort auszudenken, aber ihr fiel nichts ein.

»Ich wiederhole meine Frage. Worum ging es?«

»Ein ganz normaler Streit unter Eheleuten, verstehen Sie?«

»Ich frage noch einmal, Madame Fournier. Worum ging es?«

Dann rückte Janine Fournier mit der Sprache heraus. Ihre arrogante, angriffslustige Haltung war gewichen und hatte Unsicherheit und Angst Platz gemacht. Sie würde der Kommissarin einen Brocken hinwerfen, auf den sich diese wie ein Geier stürzen würde.

»Um Gautier«, verkündete sie.

»Ja, und weiter?«

»Ich habe eine Nachricht auf dem Mobiltelefon meines Mannes gefunden, die von Gautier stammte.« Janine Fournier wirkte verlegen und errötete zusehends. »Ab und zu schaue ich da nach. Einfach um zu sehen … Verstehen Sie?«

Sie erhoffte sich von Karine offenbar weibliche Solidarität, die sie von ihrem eifersüchtigen Handeln, ihrer krankhaften Neugier freisprechen würde. Doch Karine war dafür völlig unempfänglich.

»Was stand in der Nachricht?«

»Gautier forderte meinen Mann auf, im Gemeinderat für ein Bauprojekt zu stimmen, bei dem er der Bauträger sein würde, und versprach ihm dafür, den Verkauf über seine Immobilienagentur abzuwickeln, und zusätzlich zwanzigtausend Franken. Und am Ende schrieb er: ›Enttäusche mich nicht‹.«

»Sie glauben, dass er Ihren Mann erpresst hat.«
»Ich habe keine Ahnung. Die beiden arbeiten seit Jahren zusammen. Sie sind sogar hier in Gryon zusammen aufgewachsen. Doch als ich meinen Mann darauf angesprochen habe, hat er sich sehr merkwürdig verhalten. Er wollte nicht mit mir darüber sprechen. Als ich darauf bestanden habe, hat er mich angeschnauzt und mir gesagt, ich solle mich gefälligst um meine eigenen Angelegenheiten kümmern.«
»An welchem Tag wurde die Nachricht geschickt?«
»Er hat sie, glaube ich, Donnerstagabend erhalten.«
»Perfekt. Ich danke Ihnen. Das wäre für den Moment alles.«
Janine Fournier begleitete Karine bis zur Tür. Als Karine ihr im Gehen den Rücken zuwandte, sprach sie sie noch einmal an. »Glauben Sie, dass er etwas mit dem Mord an Gautier zu tun hat?«
Karine wandte sich um. »Sie scheinen es zumindest zu glauben, oder?«
Janine Fournier antwortete nicht, sondern verharrte reglos auf der Türschwelle.
Karine ging zu ihrem Wagen und setzte sich hinein. Bevor sie den Motor startete, warf sie noch einen letzten Blick in Richtung des Hauses. Hinter der Fensterfront bemerkte sie einen Schatten. Jemand beobachtete sie. Janine Fournier? Das elektrische Tor glitt auf. Sie drückte auf das Gaspedal, sodass der Kies beim Wegfahren aufspritzte und sie eine Spur hinterließ.

Janine Fournier sah dem Wagen der Kommissarin hinterher und trat auf die Terrasse. Sie brauchte frische Luft. Sie atmete tief durch und holte eine Zigarette aus ihrem Krokodillederetui. Sie zündete sie an und nahm einen tiefen Zug. Ein Zweifel meldete sich bei ihr, den sie sofort wieder beiseiteschob. Aber natürlich nicht! Ihr Mann hatte in der Nacht das Haus nicht verlassen.

24

Andreas parkte vor den Gebäuden von »Fournier Constructions SA«. Er wurde von Fourniers Sekretärin begrüßt, da dieser sich gerade auf einer Baustelle befand. Er würde jedoch bald zurück sein.

Andreas beschloss, in der Zwischenzeit gegenüber in der Bäckerei Charlet einen Kaffee zu trinken. Er setzte sich an einen Tisch am Fenster, das zur Route de Villars und der Haltestelle der kleinen Bahn hinausging. Von dort würde er Fournier kommen sehen.

Der Inhaber erblickte Andreas und kam an den Tisch, um ihn zu begrüßen, und Andreas nutzte die Gelegenheit, um ein paar Worte mit ihm zu wechseln. Fournier war hier Stammgast und kam fast jeden Morgen, um in der Frühstückspause gegen neun Uhr einen Kaffee zu trinken. Wann er ihn das letzte Mal gesehen hatte? Samstagnachmittag gegen vierzehn Uhr, in Begleitung von Alain Gautier. Sie blieben relativ lange. Vielleicht eine Klarstellung nach dem Disput vom Vortag?

Der Inhaber brachte ihm seinen Kaffee und dazu ein kleines Gebäckstück. »Ich meine mich zu erinnern, dass Sie diese *Bouchons vaudois* lieben, oder?«

Andreas nahm das Mandelgebäckstück in Form eines Weinkorkens und biss hinein. »Danke. Ja, in der Tat, und es schmeckt ausgezeichnet. Ich liebe diesen knusprigen Teig einfach, den Mandelgeschmack und das leichte Alkoholaroma. Woher stammt das noch mal?«

»Vom *Bitter des Diablerets*. Einem Schnaps aus Enzian und anderen Alpenkräutern. Man sagt, dass der Teufel, der dem Bergmassiv seinen Namen gegeben hat, in der Flasche stecke.«

Andreas sah, wie Fournier mit seinem grauen Jeep vorfuhr, der durchaus schon ein paar Jährchen auf dem Buckel hatte. »Tut mir leid Sie zu unterbrechen, aber ich muss gehen.«

Es war siebzehn Uhr. Er zahlte seinen Kaffee und überquerte die Straße. Maurice Fournier sprach vor der Werkhalle mit einem Arbeiter. Er war groß und von beeindruckender Statur.

Trotz seines Bauchs, der nach Winterspeck aussah, wirkte er eher hünenhaft. Breitschultrig. Er hätte die Leiche sicherlich ohne Probleme tragen können. Im Gegensatz zum gestrigen Tag, wo er einen Anzug zum Kirchgang angehabt hatte, trug er nun bequeme Arbeitskleidung. Andreas hatte den Eindruck, dass ihm das mehr behagte und er sich darin wohler fühlte. Eine blaue Latzhose, ein kariertes Hemd, Sicherheitsschuhe mit hohem Schaft. Trotz seines Status als Chef des Unternehmens gehörte er ganz offensichtlich nicht zu denen, die ihre Arbeitszeit hinter dem Schreibtisch verbrachten und ihre Angestellten für sich schuften ließen. Fournier war ein bodenständiger Mann und in erster Linie ein Handwerker.

Als der Arbeiter Andreas kommen sah, gab er seinem Chef ein Zeichen, worauf dieser sich umdrehte.

»Guten Tag, Monsieur le Commissaire.«

»Guten Tag, könnte ich Sie ein paar Minuten sprechen?«

Fournier nickte und gab seinem Gegenüber noch ein paar Anweisungen. Dann bat er Andreas in seine riesige Werkstatt, in der alles drunter und drüber zu gehen schien. Holzbretter und Balken lehnten an den Wänden. Auf dem Arbeitstisch in der Mitte wurde anscheinend gerade eine Wendeltreppe gebaut. Der Boden war mit Holzspänen und Sägemehl bedeckt. Mehrere riesige Maschinen füllten den Raum. Andreas erkannte eine davon als große Säge, fragte sich aber, welchem Zweck die anderen wohl dienten. Das Handwerk und das Heimwerken waren nicht seine Welt. Dabei hatte er es öfters probiert, vor allem bei der Renovierung des Hauses. Aber am Ende hatte er immer einen Profi anrufen müssen. Er hatte zwei linke Hände und hätte sich beinahe mal einen Finger mit der Stichsäge abgetrennt. Unnötig zu erwähnen, dass auch die Ergebnisse sehr zu wünschen übrig gelassen hatten. Für diese Art von Arbeiten besaß er weder die Geduld noch ausreichend Gespür für Details. Aber im Grunde genommen mochte er das Heimwerken einfach nicht.

»Darf ich Ihnen ein Glas Weißwein anbieten? Schließlich ist es ja schon Zeit für einen Aperitif, oder?«

Andreas nahm das Angebot an. Nicht dass er wirklich Lust darauf gehabt hätte, aber er hatte auch nicht widersprechen wollen. Fournier bat ihn in einen kleinen Raum hinter der Werkstatt, in dem er sich ein für die Region typisches Carnotzet, eine rustikale Weinbar, eingerichtet hatte. In einem Regal wurden zahlreiche Weinflaschen zur Schau gestellt. In der Mitte des Raumes standen vier Holzhocker um einen runden Tisch, dessen Platte aus einem alten, mit einer Glasscheibe abgedeckten Wagenrad bestand. Hatte er hier mit Gautier seine Betrügereien ausgeheckt? Und mit Charrier? Offensichtlich mochte Fournier Antiquitäten, denn der Raum war mit zahlreichen rustikalen Objekten geschmückt, die ursprünglich sicherlich von einem Bauernhof stammten. Antikes Werkzeug, Harken, Äxte, Holzbottiche, in denen früher Sahne hergestellt wurde, Butterformen. In einer Ecke stand eine mit Kühen bemalte Milchkanne. In einer anderen Ecke ein Butterfass. An der Wand hingen ein paar alte Holzskier und eine Käseharfe, mit der bei der traditionellen Käseherstellung die geronnene Milch geschnitten wurde.

Fournier unterbrach Andreas' Gedanken.

»Was verschafft mir die Ehre Ihres Besuchs, Monsieur le Commissaire?«, fragte er mit einer Selbstsicherheit, die Andreas überraschte.

Andreas hatte im Laufe seines Berufslebens schon einige Verdächtige kennengelernt. Doch dieser hier wirkte nicht ansatzweise nervös. Entweder hatte er sich nichts vorzuwerfen, oder es handelte sich bei ihm um einen Meister der Selbstbeherrschung. Andreas beschloss, mit seiner Attacke noch ein wenig zu warten.

»Gestern vor der Kirche haben Sie mir Ihre Unterstützung angeboten. Deswegen bin ich heute hier. Als Gemeinderat und Unternehmer gehören Sie zu den Personen, die viel über den Ort und seine Geschichten wissen. Daher können Sie mir bestimmt dabei helfen, hier etwas klarerzusehen.«

»Selbstverständlich, Monsieur le Commissaire«, sagte Fournier selbstgefällig. Er kam direkt auf Alain Gautier zu sprechen.

Wie alle Politiker, die etwas auf sich hielten, hörte er sich gern selbst reden. Er sagte, es tue ihm unendlich leid um seinen Freund. Alain Gautier sei ein angesehener Geschäftsmann gewesen, der viel für die wirtschaftliche Entwicklung Gryons geleistet habe. Fournier war voll des Lobes über ihn. Schließlich beendete er seinen Monolog und fragte Andreas: »Haben Sie schon irgendwen im Verdacht?«

»Es gibt einige interessante Spuren. Eine davon erscheint mir sehr vielversprechend. Sie werden jedoch verstehen, dass ich mit Ihnen nicht darüber sprechen darf.«

Fournier nickte. Nach einigen Gläsern Weißwein schien sein Gesprächspartner so entspannt zu sein, dass Andreas den Moment für eine Offensive nutzte. »Und Sie? Haben Sie eine Idee, wer ihn getötet haben könnte? Und aus welchem Grund?«

»Ich habe nicht die geringste Idee, Monsieur le Commissaire.«

»Geld- oder Sexgeschichten?«

»Er hat mit mir nie über irgendwelche besonderen Probleme gesprochen.«

»Was wissen Sie über sein Privatleben? Liebesbeziehungen? Sexuelle Vorlieben?«

Maurice Fournier wirkte ein wenig verlegen. Offensichtlich näherte sich Andreas einer sensiblen Zone. Die Antwort ließ etwas auf sich warten.

»Ich wusste über seine Geliebte Bescheid«, erklärte Fournier schließlich. »Er hat diesbezüglich Andeutungen gemacht, aber mehr weiß ich nicht.«

»Wann haben Sie sich zum letzten Mal gesehen?«

»Samstagnachmittag. Wir haben zusammen bei Charlet einen Kaffee getrunken.«

»Und wie wirkte er da? Haben Sie bemerkt, dass er angespannt war? Nervös?«

»Nein, er wirkte wie immer.«

»Und worüber haben Sie gesprochen?«

»Über ein Bauprojekt. Er wollte mich bitten, die Bauaufsicht zu übernehmen.«

Andreas beschloss, zum Angriff überzugehen. Ein Überraschungsangriff. Ohne Vorwarnung, frontal.

»Wir haben herausgefunden, dass Alain Gautier ein intensives und hemmungsloses Sexualleben führte. Wir konnten ermitteln, dass er Beziehungen zu minderjährigen Mädchen pflegte. Wussten Sie darüber Bescheid?«

Fournier erstarrte. Sein Verstand war in Aufruhr. Konnte der Kommissar etwas wissen? Woher? Er musste sich rasch etwas einfallen lassen. Er beschloss, alles abzustreiten. »Nein. Das höre ich jetzt von Ihnen zum ersten Mal.«

»Sind Sie da sicher? Hat er niemals mit seinen Eroberungen geprahlt?«

»Nein. Ich weiß absolut nichts über seine Bettgeschichten, Monsieur le Commissaire.«

Auf Fourniers Stirn bildete sich der erste Schweißtropfen. Obwohl es im Raum nicht warm war. Ganz im Gegenteil.

»Noch nicht mal nach ein paar Gläsern Wein hier in Ihrer Bar?«

»Nein, nie. Das habe ich Ihnen doch bereits gesagt!« Fourniers Stimme wurde lauter.

Andreas sah, dass er eine Faust ballte und rot wurde. Der Schweißtropfen lief ihm mittlerweile die Wange herunter.

»Vielleicht hat er Sie sogar zu einer seiner abendlichen Orgien in sein Apartment eingeladen?«

»Das reicht, Monsieur le Commissaire. Was sollen diese Unterstellungen? Das verbitte ich mir!«, schrie Fournier, sprang von seinem Stuhl auf und drohte Andreas mit der Faust. »Wissen Sie überhaupt, mit wem Sie hier reden?«

»Setzen Sie sich, Monsieur Fournier«, befahl Andreas ruhig, aber bestimmt.

Fournier gehorchte. Andreas spürte, dass er kurz davor war, die Wahrheit zu sagen. Die Mauer gab dem Druck nach. Doch er hatte sich das Beste bis zum Schluss aufgehoben.

»Ach ja. Übrigens habe ich hier etwas, das ich Ihnen zeigen möchte.«

Maurice Fournier schien überrascht zu sein und beobachtete, wie Andreas sein Tablet hervorholte und es auf den Tisch legte.

»Drücken Sie hier auf ›Start‹«, wies ihn Andreas an.

Fournier starrte auf das Tablet und näherte sich mit einem Finger dem Bildschirm. Dann hielt er inne und schaute ihn fragend an. Andreas nickte.

Fournier spielte den Film ab und sackte bei seinem Anblick förmlich zusammen. Er hatte die Kontrolle verloren. Tausend Bilder schossen ihm durch den Kopf. Er wusste nicht mehr, wie er reagieren sollte.

Seine Welt stürzte in sich zusammen.

Er senkte den Blick. »Ich weiß nicht, was ich Ihnen sagen soll, Monsieur le Commissaire«, stotterte Fournier. »Ich gebe zu, ich habe ein paarmal an solchen Abenden teilgenommen.«

»Und er hat Sie erpresst? Haben Sie sich deswegen letzten Freitag gestritten? Wollte er Geld, um seine Agentur zu retten? Hat er gedroht, Ihrer Frau das Video zu schicken?«

»Nein, ich habe ihn nicht getötet. Damit habe ich nichts zu tun. Ich wusste nicht, dass er mich gefilmt hat. Das schwöre ich!« Fournier brach in Tränen aus.

Andreas beobachtete ihn aufmerksam. Seine Überraschung war nicht gespielt. Vielleicht wusste er gar nicht, dass Gautier ihre Liebesspiele gefilmt hatte. »Monsieur Fournier, ich will jetzt alles wissen.«

Maurice Fournier packte aus. Er erzählte, wie alles angefangen, wie oft es stattgefunden hatte. Er offenbarte ihre kleinen geschäftlichen Absprachen – und wie er einige Kommunalratsentscheidungen zu ihren Gunsten gelenkt hatte. Samstag? War er nach dem Mittagessen von zu Hause losgefahren, um Gautier zu treffen. Er bestätigte, dass sie sich am Vortag gestritten hatten. Alain Gautier hatte ihn wegen einer Baugenehmigung unter Druck gesetzt, die die Gemeinde bislang verweigert hatte. Er hatte ihm erklärt, dass er in dieser Angelegenheit nicht viel tun könne, weil seine Kollegen im Gemeinderat ansonsten vermutlich beginnen würden, an seiner Unparteilichkeit zu zweifeln. Alain Gautier hatte sich von ihm beruhigen lassen. Nachdem sie gegen fünfzehn Uhr gemeinsam einen Kaffee getrunken hatten, war er wie jedes Wochenende zu seinem Chalet nach Taveyanne gefahren, um dort das Schlafzimmer zu renovieren. Gegen neunzehn Uhr dreißig war er zum Abendessen nach Hause gekommen und hatte das Haus danach nicht mehr verlassen.

»Monsieur Fournier, ich würde gern Ihre digitalen Fingerabdrücke nehmen. Sind Sie damit einverstanden?«

»Kein Problem. Wie ich schon sagte, ich habe nichts zu verbergen.«

Andreas legte sein Tablet flach auf den Tisch. Erst kürzlich hatten sie eine App installiert, mit deren Hilfe sich Fingerabdrücke scannen ließen. Er bat Fournier, seine Finger nacheinander auf eine bestimmte Stelle auf dem Bildschirm zu drücken. Manchmal hatte der Fortschritt auch sein Gutes. Er würde sie Christophe gleich zuschicken und bekäme quasi sofort eine Antwort.

»Monsieur le Commissaire, bitte erzählen Sie nichts von alldem meiner Frau. Ich flehe Sie an. Das würde alles zerstören«, fügte Fournier hinzu, obwohl er ganz genau wusste, dass alles bereits am Ende war.

»Ich rate Ihnen, Ihre Frau selbst davon zu unterrichten. Ich fürchte, dass wir gezwungen sind, uns bald weiterzuunterhalten.«

Andreas verließ die Werkstatt mit gemischten Gefühlen. Warum, wusste er nicht. Schließlich war ihm der ideale Verdächtige in die Hände gefallen. Und ein Motiv. Allerdings war er überzeugt, dass der Mörder ein intelligenter, gut organisierter und strukturierter Mann war, der ganz genau wusste, was er tat. Kaltschnäuzig und berechnend. Und Fournier passte nicht in dieses Bild. Andreas glaubte nicht, dass der Bauunternehmer zu so einem Verbrechen fähig war. Er hatte sogar das Gefühl, dass er ihm gegenüber sehr aufrichtig gewesen war.

25

Der zweite Tag der Ermittlungen neigte sich dem Ende zu. Andreas hatte seinem Team vorgeschlagen, gemeinsam in ein Restaurant zu gehen. Mikaël würde nicht zu Hause sein, denn er war von seinem alten Arbeitgeber in Lausanne zu einer Feier eingeladen worden, was bedeutete, dass er spät zurückkommen würde. Sie hatten sich um neunzehn Uhr dreißig im »Refuge de Frience« verabredet. Trotz Karines Vorbehalten hatte Andreas Nicolas Bertin dazugebeten.

Im vergangenen Jahr war das Chalet, in dem sich das Restaurant befand, bis auf die Grundmauern niedergebrannt. Seit der Neueröffnung war Andreas noch nicht wieder da gewesen. Das »Refuge« war aus massiven Rundstämmen konstruiert und komplett wiederaufgebaut worden. In der Mitte des Speisesaals stand ein großer Kamin, dessen Rauchfang ebenfalls holzverkleidet war. Der offene, über zwei Etagen gebaute und mit einer Galerie versehene Raum war geschmackvoll eingerichtet und wirkte sehr großzügig. Doch Andreas vermisste die heimelige und rustikale Atmosphäre des alten Lokals mit seinen dunklen Holzbalken und der niedrigen Decke.

Andreas hatte um einen etwas abseits stehenden Tisch gebeten, damit sie sich ungestört unterhalten konnten. Daher saßen sie nun gegenüber der massiven hölzernen Eingangstür in einer Art Separee, von den anderen Gästen durch eine halbhohe Holzwand getrennt.

Als Aperitif bestellten sie eine Flasche Chardonnay aus Ollon und einen Teller mit Bündner Fleisch. Karine und Andreas berichteten von ihren Treffen mit den Eheleuten Fournier.

»Glaubst du, dass es Maurice Fournier war?«, fragte Nicolas.

»Einiges spricht zwar dafür, trotzdem glaube ich nicht, dass er es gewesen ist.«

»Und warum nicht?«, fragte Karine.

»Das kann ich nicht mit Sicherheit sagen. Es ist nur so ein Gefühl. Ich sehe keine Verbindung zwischen dieser ganzen Inszenierung und Fourniers möglichen Motiven. Und ich traue es ihm nicht zu.«

»Du traust ihm nicht zu, getötet zu haben?«

»Das vielleicht schon. Aber nicht auf diese Art. Jemanden impulsiv zu töten, ist eine Sache. Jemandem mit Vorsatz das Leben zu nehmen, eine andere. Und jemanden so brutal umzubringen und dabei solche Risiken einzugehen, ist noch mal etwas ganz anderes. Ich glaube, dass unser Mörder eine schwere Persönlichkeitsstörung hat, was sein abnormales Verhalten belegt. Dass er ein Mensch ist, dessen Taten in keinerlei gesellschaftliche Norm passen.«

»Du bist gerade dabei, das Bild eines Psychopathen zu zeichnen.«

»Richtig. Er ist ein Sadist. Seine Taten bringen ihm einen Lustgewinn. Er hat keinerlei schlechtes Gewissen. In seiner Welt gibt es weder Schuld noch Verbote. Ihm fehlt jegliche Form der Empathie, Gefühle anderer Menschen sind ihm fremd. Dafür fühlt er sich überlegen.«

»Wovon leitest du das alles ab, wo wir doch bislang nichts weiter als eine Leiche haben?«, wollte Nicolas wissen.

»Ein durchaus berechtigter Einwand. Was mich zu diesen Annahmen bringt, ist die Art und Weise, wie das Verbrechen verübt und danach zur Schau gestellt wurde. Der Mörder hat sich nicht damit begnügt, sein Opfer mit einem Schuss in die Schläfe zu töten, sondern er hat ihm sorgfältig und bei lebendigem Leibe die Augen entfernt. Wenn das nicht der Inbegriff des Sadismus ist, dann weiß ich es auch nicht. Stell ihn dir vor, wie er mit dem Skalpell die Augen herausgeschnitten hat … Das muss ihm ein außerordentlich intensives Vergnügen bereitet haben. Vermutlich hat er dabei mehr Lust verspürt als bei einem Orgasmus.«

»Du machst mir ein wenig Angst«, sagte Nicolas.

»Die Tatsache, dass er in Form von Botschaften kommuniziert und mit uns eine Art Schnitzeljagd spielt, vermittelt mir das Gefühl, dass er sich unbesiegbar und über uns erhaben fühlt. Dass er stolz, eitel und von sich selbst überzeugt ist, um die Liste seiner ihm eigenen Qualitäten zu vervollständigen. Er kann es sich erlauben, mit uns zu spielen, da er die Möglichkeit, dass wir ihn schnappen könnten, überhaupt nicht in Betracht zieht. Ihn interessiert allein die Macht, die er über sein Opfer hat und die er meint auch über uns zu haben.«

»Das ist mir alles ein wenig zu hoch. Früher hat man uns auf der Polizeischule noch beigebracht, mit Beweisen und Fakten zu arbeiten. Und nicht mit irgendwelchen neumodischen Psycho-Hypothesen …«, sagte Nicolas.

»Ja, zum Glück gehst du ja bald in Rente …« Andreas schenkte diesem Generationenkonflikt keinerlei Beachtung und fuhr mit seinen Ausführungen fort. »Und die Inszenierung in der Kirche ist die Frucht seiner Phantasien und seiner Emotionen. Sie drückt die profunde Störung aus, die ihm innewohnt. Sie ist seine Signatur. Sie muss für ihn eine sehr intime Bedeutung haben, die nur er allein kennt beziehungsweise die ihm mehr oder weniger bewusst ist. Da also liegt der Schlüssel. Wenn es uns gelingt, die verschiedenen Aspekte dieser Inszenierung zu interpretieren, finden wir einen Zugang zum Mörder. Warum die Augen? Warum in der Kirche? Warum das Messer im Herzen? Warum die Bibelzitate? Nichts davon ist zufällig. Alles ergibt für ihn einen Sinn. Deshalb sind das die Fragen, die wir beantworten müssen.«

Bevor Andreas fortfuhr, blickte er seine beiden Kollegen an, die ein bisschen ratlos wirkten. »Aber stellen wir uns ruhig einmal vor, Fournier sei der Mörder. Wie wäre er vorgegangen?«

»Nachdem sie bei Charlet einen Kaffee getrunken haben, ist Fournier nach Taveyanne gefahren. Das hat uns ein Nachbar bestätigt. Er hat sogar ein paar Worte mit ihm gewechselt. Danach könnte Fournier zwischen siebzehn und neunzehn Uhr nach Gryon zurückgefahren sein und Gautier aufgesucht haben. Dieser hätte die Tür geöffnet, ohne Fragen zu stellen. Sie trinken eine Flasche Wein zusammen. Fournier bringt ihn um, fährt dann um neunzehn Uhr dreißig nach Hause, um mit seiner Frau zu essen, und gibt anschließend vor, noch arbeiten zu müssen. Während seine Frau schläft, verlässt er das Haus.

Vielleicht hat er ihr sogar ein Schlafmittel in den abendlichen Kräutertee getan. Er fährt zu Gautier, holt dessen Wagen aus der Tiefgarage und stellt dafür seinen eigenen solange hinein. Danach lädt er Gautiers Leiche in den Kofferraum und fährt zur Kirche, fährt dann wieder zurück, tauscht die Autos aus, fährt nach Hause und legt sich schlafen«, erklärte Karine.

»So weit ist alles plausibel. Aber es gibt einen Haken. Nachdem ich bei Fournier war, bin ich zum Bahnhofsrestaurant gefahren und habe noch einmal mit dem Kellner gesprochen. Er kennt Fournier sehr gut und schwört, dass er den Telefonanruf nicht getätigt hat. Selbst verkleidet hätte er ihn erkannt.«

»Vielleicht hatte der Anruf nichts mit dem Verbrechen zu tun«, sagte Nicolas.

»Das könnte sein. Aber wenn es nicht der Mörder war, wer war dann diese mysteriöse Person, die Gautier kurz vor dessen Tod angerufen hat? Und wenn Gautier die Filme benutzt hätte, um Druck auf Fournier auszuüben und ihn zu erpressen, glaubt ihr dann wirklich, dass sie vorher noch einen miteinander getrunken hätten?«

»Warum nicht? Vielleicht war ihre Begegnung zu Beginn noch freundschaftlich. Dann haben sie bei einem Glas Wein miteinander diskutiert, und schließlich ist die Situation dank des Alkohols eskaliert. Fournier lässt sich nicht einschüchtern. Gautier zeigt ihm daraufhin den Film und droht, ihn Fourniers Frau zu schicken, sollte dieser nicht mit ihm kooperieren. Fournier bringt ihn um«, sagte Karine.

»Oder es war doch nicht Fournier«, unterbrach Nicolas sie. »Vielleicht hatte das Motiv nichts mit einer Erpressung zu tun. Vielleicht sind wir auf der falschen Fährte …«

»Das ist wahr. Momentan haben wir nichts außer Vermutungen«, sagte Andreas. »Es gibt nichts Konkretes, auf das wir uns stützen könnten. Auch wenn deine Hypothese verführerisch ist, glaube ich nicht, dass es sich so abgespielt hat. Fournier hätte ihn spontan aus Wut oder aus Erregung getötet, aber ich bin überzeugt, dass dieser Mord minutiös geplant wurde. Damit ist deine Theorie hinfällig.«

Die Diskussion war hitziger geworden. Andreas und Karine verteidigten ihre Szenarien mit Zähnen und Klauen, während Nicolas den Schiedsrichter mimte – jedoch nicht immer unparteiisch war.

»Fournier ist unsere einzige greifbare Fährte, und ich bin überzeugt, dass hier irgendetwas nicht ganz sauber ist. Außerdem haben wir konkrete Beweise für die Erpressung, die momentan das realistischste Motiv darstellt.« Karine zeigte den anderen den Inhalt einer SMS von Gautier an Fournier, von der dessen Frau berichtet hatte.

»Das will ich gern glauben, aber erstens hast du diese Nachricht nicht gesehen, und zweitens bedeutet die Tatsache, dass Gautier ›Enttäusche mich nicht‹ geschrieben hat, nicht, dass er Fournier erpresst hat. Meiner Meinung nach müssen wir tiefer in Gautiers Leben graben. Irgendwann werden wir auf etwas stoßen. Eine seriöse Spur, versteht sich.«

Als er Karines deutlich irritierten Gesichtsausdruck sah, beschloss Andreas, die Situation etwas zu entschärfen. Normalerweise ging er aus Wortgefechten mit Karine als Sieger hervor, aber gelegentlich war er auch schon über das Ziel hinausgeschossen. Und Karine konnte ganz schön aufbrausend werden. Andreas zog es vor, dann lieber nicht in ihrer Nähe zu sein. Um ihrem Schwall blumigster Beschimpfungen zu entgehen, hatte er sich angewöhnt zu deeskalieren, sobald er spürte, dass eine gewisse Grenze erreicht war. »Selbstverständlich ohne Fournier auszuschließen.«

»Selbstverständlich«, wiederholte Nicolas.

Der Anflug eines Lächelns umspielte Karines Lippen. Die Bombe war also rechtzeitig entschärft worden …

»Was hat Janine Fournier für einen Eindruck auf dich gemacht?«, fragte Andreas Karine.

»Sie hat den Verlauf des Abends sehr klar umrissen. Sie hat bestätigt, dass ihr Mann das Haus nicht mehr verlassen hat. Allerdings hatte ich das Gefühl, dass sie ein wenig ins Wanken geraten ist. Als ob sie Zweifel hätte.«

»Zweifel?«

»Ja. Ich bin nicht sicher, ob sie über all die Machenschaften ihres Mannes auf dem Laufenden ist. Vielleicht hat sie das Gefühl, dass er etwas vor ihr verheimlicht. Was seine Beziehung zu Gautier betrifft, zum Beispiel. Vor allem, seit sie diese SMS entdeckt hat. Momentan bestätigt sie allerdings noch sein Alibi.«

»Wir werden sehen, ob das so bleibt. Ich habe mit Christophe gesprochen, bevor ich zu Fournier gefahren bin. Er hat drei der Mädchen aus den Videos identifizieren können. Das Mädchen aus dem Film mit dem Titel ›Adeline‹ ist minderjährig. In Wirklichkeit heißt sie Christelle Mounard. Sie ist siebzehn und wohnt in Monthey. Der Staatsanwalt hat eine Beamtin hingeschickt, die mit ihr reden wird. Selbst wenn das Mädchen keine Anzeige erstattet, will er Fournier wegen sexuellen Missbrauchs einer Minderjährigen strafrechtlich verfolgen. Und als i-Tüpfelchen wird Fournier morgen aufgrund des dringenden Tatverdachts, Gautier ermordet zu haben, festgenommen.«

»Er wird festgenommen? Aber auf welcher Grundlage denn?«, fragte Nicolas überrascht.

»Ach ja, das habe ich euch ja noch gar nicht erzählt. Christophe hat mich auch darüber informiert, dass die Fingerabdrücke, die man auf der Weinflasche gefunden hat, von Fournier stammen. Daher gibt es eine direkte Verbindung zwischen Fournier und dem Tatort.«

»Aha. Siehst du, meine Intuition war also am Ende gar nicht so verkehrt«, sagte Karine.

»Eine Sache beschäftigt mich allerdings.«

»Logisch … Und die wäre?«

»In Gautiers Blut ließ sich kein Alkohol nachweisen. Hast du überprüft, ob er eine Putzfrau hatte?«

»Ich habe seine Mutter angerufen. Er hatte eine. Ich habe ihren Namen und eine Telefonnummer notiert.«

»Und du hast sie noch nicht kontaktiert?«, fragte Andreas etwas irritiert.

»Nein, dazu hatte ich noch …

»Ruf sie sofort an!«, unterbrach Andreas sie unwirsch.

Karine gehorchte. Glücklicherweise hob die Putzfrau ab. Sie erzählte, Freitagnachmittag habe sie wie immer die Wohnung sauber gemacht. Alain Gautier habe gewollt, dass alles für das Wochenende bereit sei. Sie habe sämtliche Mülleimer geleert.

»Also war diese Flasche das Einzige, was zwischen Freitagabend und Samstag im Mülleimer gelandet ist«, sagte Karine, nachdem sie das Gespräch beendet hatte. »Findet ihr das nicht merkwürdig?«

»Ja, und noch etwas anderes. Die beiden Weingläser, die wir gefunden haben, sind absolut sauber. Wenn der Mörder sie gesäubert hat, um seine Fingerabdrücke zu entfernen, warum zum Teufel sollte er dann die Flasche mit den Fingerabdrücken in den Mülleimer geworfen haben, anstatt sie mitzunehmen?«, dachte Nicolas laut.

»Vielleicht weil darauf eben nicht die Fingerabdrücke des Mörders sind«, meinte Andreas.

»Glaubst du, dass jemand anders die Flasche dort hineingelegt hat? Eine dritte Person? Der Mörder? Aber wie sind dann die Fingerabdrücke von Fournier und Gautier beide zusammen auf die Flasche gekommen? Deine Geschichte ist nicht schlüssig«, warf Karine ein.

»Stellt euch Folgendes vor. Ich bin der Mörder. Ich habe die Flasche bei Fournier gestohlen. Also sind dessen Fingerabdrücke schon darauf. Nachdem Gautier tot ist, nehme ich seine Hand und drücke sie auf die Flasche. Ein perfektes Täuschungsmanöver.«

»Interessant!«

»Ja, nur der Staatsanwalt sieht das nicht so. Ich habe ihm vorhin von meiner Theorie erzählt. Ich wollte ihn gern davon abbringen, Fournier jetzt schon zu verhaften, denn ich glaube, dass das zu früh ist. Wir haben nichts anderes. Doch der Staatsanwalt geht davon aus, dass Fournier zusammenbricht und alles gestehen wird, wenn er ihn morgen auf der Wache in die Zange nimmt. Er ist bereits dabei, den Haftbefehl auszustellen und den Durchsuchungsbeschluss für Büro und Wohnhaus zu erwirken.« Andreas hielt einen Moment inne. »Wir verhaften ihn also morgen früh. Danach begleite ich ihn zum Verhör auf die Wache nach Bex. Und ihr beiden durchsucht anschließend erst sein Haus und dann sein Büro.«

»Woher wissen wir, wo sich Fournier aufhalten wird?«

»Seit heute Abend werden beide Gebäude von Beamten in Zivil observiert.«

Der Kellner brachte ihnen die Speisekarte. Andreas schlug vor, gemeinsam ein Fondue zu essen, was auf allgemeine Zustimmung traf.

»Ich bin heute Nachmittag noch einmal zur Kirche zurückgekehrt«, fuhr Andreas fort.

Nicolas und Karine schauten ihn an und warteten darauf, dass er weiterreden würde.

»Ich hatte das Gefühl, gestern irgendetwas übersehen zu haben. Das hat mich die ganze Nacht beschäftigt.«

»Und, hast du es gefunden?«, wollte Nicolas wissen.

Andreas holte sein Notizheft hervor und las den Vers vor, den er aus der Bibel abgeschrieben hatte:

»Er wurde bedrängt, und er ist gedemütigt worden,
seinen Mund aber hat er nicht aufgetan
wie ein Lamm, das zur Schlachtung gebracht wird,
und wie ein Schaf vor seinen Scherern verstummt.«

»Und du bist sicher, dass der Mörder die Nummern angeschlagen und den Vers in der Bibel unterstrichen hat?«, fragte Nicolas.

»Ja, das ist unbestreitbar. Die Pfarrerin hat mir bestätigt, dass die Zahlen nicht denen entsprechen, die sie Samstagabend angebracht hatte. Übrigens ergänzt dieser Vers den ersten.«

»Diese biblische Geschichte vom Blutbad erscheint mir ein bisschen verworren«, sagte Karine.

»Ich lese zunächst einmal daraus, dass der Mörder bedrängt und gedemütigt wurde. Aber steckt noch mehr dahinter? Das kann ich nur schwer einschätzen. Es liest sich, als habe er mit diesem Vers seine Tat rechtfertigen wollen.«

»Er wollte sein Opfer in die Finsternis stürzen, weil er selbst misshandelt wurde«, folgerte Karine.

»Genau.«

»Und was ist mit der 616?«, fragte Nicolas.

»Keine Ahnung. Das ist weder eine Seite aus der Bibel noch ein Lied aus dem Gesangbuch.«

»Aber das alles passt nicht zu Fournier, oder täusche ich mich da?«, fragte Nicolas.

»Das werden wir morgen erfahren. Aber wenn es nicht Fournier ist, wer ist es dann?«

Andreas ließ diese Frage im Raum stehen.

26

Mikaël parkte sein Auto kurz vor Mitternacht vor dem Haus. Er sah Andreas, der in eine dicke Jacke gehüllt draußen auf der Terrasse eine Zigarre rauchte. Nachts wurde die Luft bereits frisch.

Andreas hatte sich zu seiner Zigarre einen Whisky eingeschenkt. Einen Ardbeg Uigeadail. Auf dem Etikett stand, dass es »oog-a-dal« ausgesprochen würde. Es war der gälische Name des Sees, der die Destillerie mit Wasser speiste und der übersetzt »dunkler, geheimnisvoller Ort« hieß. Bevor Andreas vor einigen Jahren eine Reise durch Schottland unternommen hatte, waren seine Whiskykenntnisse sehr bescheiden gewesen. Er hatte Whisky getrunken, ohne wirklich zu wissen, was er da im Mund hatte, und ohne sich die Zeit zu nehmen, das Getränk zu genießen. Schottland hatte ihn fasziniert, und er hatte erkannt, wie sehr die Natur, die eine Destillerie umgab, den göttlichen Nektar prägte. Indem er sich die Erinnerungen an diese Reise ins Gedächtnis rief, fühlte er sich wieder nach Schottland versetzt. Die Destillerie lag auf der pittoresken Insel Islay an der Meeresküste. Der stürmische Wind hatte die Gerüche des

Meeres, allen voran den Jodgeruch der Algen, bis in seine Nase geweht. Die Fässer wurden Tag für Tag, Jahr für Jahr unter den gleichen Gegebenheiten gelagert. Er nahm sein Glas in die Hand. In seiner Nase mischten sich süße Aromen von Honig und Karamell mit dem von frisch gemahlenem Kaffee. Er trank einen Schluck und bewegte die Flüssigkeit im Mund hin und her. Die weiche, beinahe ölige Note des Whiskys streichelte seine Zunge. Dann tauchte die süße Würze von Melasse auf, bevor eine Geschmacksexplosion in seinem Mund stattfand und Anklänge von Rauch, Malz und Torf hervorbrachte.

Mikaël umarmte ihn von hinten. Andreas schrak zusammen. Er war so in seine Gedanken versunken gewesen, dass er ihn nicht gehört hatte.

»Noch nicht im Bett, mein Liebster?«

»Nein, ich habe auf dich gewartet. Wie war dein Abend?«

Mikaël setzte sich, und Andreas schenkte ihm ein Glas ein.

»Sehr nett. Wie immer haben sie sich ihr jährliches Tingeltangel ganz schön was kosten lassen. Ich habe eine Menge alter Kollegen wiedergetroffen. Allerdings hat mir das nur bestätigt, wie richtig meine Entscheidung war, mich selbstständig zu machen. Du kannst dir diesen ganzen Klatsch nicht vorstellen. Diese Journalisten sind wirklich ein Volk für sich«, sagte er lachend.

»Höre ich da eine Selbstkritik?«

»In der Tat zähle ich zwar dazu, aber ich bin anders. Nicht so wie sie. Und du, wie ist es dir ergangen?«

Andreas erzählte ihm ausführlich von seinem Tag. Mikaël war ein exzellenter Zuhörer. Er wusste, wann er sich einmischen musste und wann besser nicht. Für Andreas war es wichtig, dass er ihm sein Ohr schenkte, damit er seine von der Ermittlung aufgewühlten Gedanken in geordnete Bahnen lenken und sich alle Einzelheiten noch einmal ins Gedächtnis rufen konnte. Andreas gehörte zu denen, die sich ständig das Gehirn zermarterten und häufig nicht abschalten konnten. Seine Ermittlungen beschäftigten ihn weit über den Feierabend hinaus. Manchmal bis zum Wahnsinn.

»Aber je weiter wir kommen, desto mehr habe ich das Gefühl, dass wir in der Vergangenheit graben müssen. Falls du Zeit dafür hast, dann versuche doch noch mal, Gautiers Leben zu durchleuchten und deine Suche dabei auszudehnen. Vielleicht findet sich ja irgendetwas in der Geschichte des Ortes.«

Die Zigarre war quasi aufgeraucht. Rauchen war für Andreas ein Mittel, einen Gang runterzuschalten. Etwas Druck rauszunehmen. Um eine Zigarre zu genießen, musste man sich Zeit nehmen. Musste man ruhig werden und den sich entfaltenden Aromen Aufmerksamkeit widmen. Das half ihm, dem Stress zu entfliehen und seine Ermittlungsarbeit ein wenig distanzierter zu betrachten. Sex hingegen ließ ihn vollständig abschalten.

Ihre Blicke kreuzten sich. Mikaël und er erhoben sich wortlos und gingen ins Schlafzimmer.

27

Gryon, September 1970

Anfang September begann sein Konfirmandenunterricht. Jeden Freitag trafen sie sich zwischen achtzehn und neunzehn Uhr dreißig im Pfarrhaus neben der evangelischen Kirche. Der Pfarrer von Gryon erteilte den Religionsunterricht. Ihre Gruppe bestand aus zehn Kindern, die alle in seiner Klasse waren. Fünf Mädchen, darunter seine Prinzessin, und vier Jungen, die zu denen gehörten, die ihn ständig hänselten. Inzwischen unterschied er sich in höchstem Maße von seinen Kameraden, die sich absolut nicht für das interessierten, was der Pfarrer erzählte, und denen es vor allem hämische Freude bereitete, den Unterricht zu stören.

Er selbst ging gern zum Konfirmandenunterricht. Noch lieber als zur Schule. Sie hatten angefangen, über die Genesis und den Exodus zu sprechen. Adam und Eva. Abraham. Noah.

Ganz besonders interessierte ihn die Geschichte von Moses. Der brennende Busch, die Tafeln mit den Geboten, die zehn Plagen in Ägypten, der Auszug des Volkes Israel aus Ägypten. Das Meer, das sich teilte, um sie hindurchziehen zu lassen. Das Heer der Pharaonen, das in den Fluten ertrank. Seine Eltern hatten ihm erlaubt, den Fernsehfilm mit Charlton Heston zu sehen. Der Pfarrer hatte ihm erzählt, dass der Film nicht ganz realitätskonform sei. Dass es eben ein amerikanischer Spielfilm sei, in dem alles ein wenig übertrieben würde. Weiter hatte der Pfarrer ihm erklärt, dass die Bibeltexte häufig eher symbolisch und nicht so sehr historisch zu deuten seien. Er hatte den Unterschied nicht so ganz verstanden. Hatte sich das Meer nun wie im Film in der Mitte geteilt oder nicht? Waren die Geschichten in der Bibel etwa nicht wahr? Waren sie am Ende erfunden?

Der Pfarrer hatte ihm vorgeschlagen, freitags nach der Schule zu ihm zu kommen, da er ihm während des Unterrichts nicht all seine Fragen beantworten konnte. Er hatte gemeint, dass die anderen in Glaubensfragen noch nicht so weit fortgeschritten seien wie er. Diese Bemerkung hatte ihn mit großem Stolz erfüllt, da er in allen anderen Fächern nie der Beste war.

Der Pfarrer rief seine Eltern an, um seine Idee mit ihnen zu besprechen.

28

Dienstag, 11. September

Der Mann, der kein Mörder war, saß wie jeden Morgen im Café Pomme. Er liebte diesen fröhlichen und angenehmen Ort. Tische und Stühle waren aus hellem Holz. Als Farbe herrschte Grün vor, denn schließlich hatte der Apfel dem Café ja seinen Namen gegeben. Die Kissen und die Vorhänge waren in verschiedenen Abstufungen der Farbe gehalten. Die Theke mit einer massiven Holzplatte war apfelgrün lackiert.

Von seinem Tisch aus konnte er die Straße überblicken. Direkt nebenan befanden sich die Büroräume der Immobilienagentur von Gautier. Am Vortag hatte er gesehen, wie der Kriminalkommissar und seine Kollegin hier vorbeigegangen waren. Die Situation amüsierte ihn, allerdings musste er aufpassen, nicht zu sehr mit dem Feuer zu spielen. Gegenüber stand die Käserei von Gryon. Ein typisches altes Chalet mit einem Sockel aus Stein, dem Erdgeschoss, und einer oberen Etage aus Holz. Rechts schützte ein Bogengang den Eingang des Geschäfts. Jeden Morgen beobachtete er, wie die Milchbauern dort ihre Milch anlieferten. Er würde gleich vorbeigehen, um etwas zu kaufen. Er mochte besonders den Käse aus Frience, aber auch den von der Alpe des Chaux, denn diese beiden erinnerten ihn an den Käse seiner Großmutter. Von dort aus, wo er saß, konnte er das Zimmer sehen, das einst sein Schlafzimmer gewesen war.

Der Mordfall hatte für fette Schlagzeilen in der Presse gesorgt. »Verbrechen in der Kirche von Gryon«, überschrieb die »24 Heures« in neutralem Tonfall ihren Artikel. Im »Le Matin« hieß es etwas plakativer »Ein teuflisches Verbrechen in der Kirche«, und gleich auf der ersten Seite konnte man ein Foto von der Kirche Gryons mit ihrem typischen Glockenturm aus Stein sehen. Er blätterte bis zur Seite 3 und begann, den Artikel zu lesen.

In dem friedlichen in den Waadtländer Alpen gelegenen Dorf Gryon wurde ein teuflisches Verbrechen begangen. Vergangenen Sonntag entdeckte die Pfarrerin des Ortes kurz vor Beginn des Gottesdienstes in der Kirche die verstümmelte Leiche eines bekannten Immobilienmaklers aus der Region. Im Herzen der Leiche steckte ein Messer, und die Augen waren herausgeschnitten worden. Der Staatsanwalt erklärte, dass er alles veranlasst habe, damit die Polizei dieses schändliche Verbrechen so schnell wie möglich aufklären werde. Er äußerte die Vermutung, dass der Mord von einem Psychopathen verübt worden sein könnte.

Ein Psychopath! Er beendete seine Lektüre und faltete die Zeitung zusammen. Er spürte Wut in sich aufsteigen. Sie hatten nichts verstanden. Das war keine schändliche Tat gewesen. Er war kein Mörder. Hier war einzig und allein das Gottesurteil vollstreckt worden, um über das Böse zu triumphieren. Hatten sie seine Botschaft nicht begriffen?

29

Andreas hatte weitergeschlafen, obwohl sein Wecker geklingelt hatte. Anstatt sofort aufzustehen, hatte er auf »Schlummern« drücken wollen, um noch ein paar Minuten unter der Decke liegen bleiben zu können. Stattdessen hatte er jedoch auf »Okay« getippt und damit sein Smartphone zum Schweigen gebracht.

Eine halbe Stunde später brachte ihm Mikaël eine Tasse Kaffee ans Bett. Andreas zuckte zusammen. Als er jedoch seinen Lebensgefährten sah, erinnerte er sich lächelnd an die Freuden und die geteilten Gefühle der vergangenen Nacht. Dann durchfuhr es ihn wie ein Blitz. »Wie spät ist es?«

»Keine Sorge. Es ist sieben Uhr fünfzehn. Du hast noch Zeit. Karine ist in der Küche und wartet da auf dich.«

Andreas trank ein paar Schlucke Kaffee, stand auf, eilte direkt unter die Dusche und putzte sich dort gleichzeitig die Zähne. Nachdem er sich kurz abgetrocknet und etwas Deo unter den Armen verteilt hatte, zog er sich rasch an. Er war keiner dieser Typen, die sich lange im Bad aufhielten. Er kämmte sich die Haare. Ein paar Spritzer Parfum. Ein kurzer Blick in den Spiegel.

Zehn Minuten später stand er in der Küche. Mikaël war zu einem Spaziergang mit Minus aufgebrochen.

»Na endlich«, neckte ihn Karine grinsend. »Nicht genug geschlafen?«

Andreas errötete ein wenig und fragte sich, ob sie etwas gehört haben könnte. Dann wechselte er schnell das Thema. »Hast du schon Neuigkeiten von den Kollegen, die Fournier überwachen?«

»Ja, ich habe sie angerufen. Fournier hat sein Haus noch nicht verlassen. Aber sie geben mir sofort Bescheid, wenn er losfährt.«

Andreas schenkte sich einen zweiten Kaffee und dazu ein Glas frisch gepressten Grapefruitsaft ein und setzte sich neben Karine. Er schnitt sich eine dicke Scheibe von dem hellen Bauernzopf ab und bestrich sie mit reichlich Butter und Aprikosenmarmelade. Er verschlang das Brot mit wenigen Bissen und schmierte sich eine zweite Scheibe. Karine, die ihn beobachtete, konnte sich einen Kommentar nicht verkneifen.

»Sehr ›light‹, dein Frühstück. Du weißt, dass sich das ab vierzig hier ablagert. Du solltest mit mir zum Sport gehen.« Sie hatte dabei auf das Röllchen gezeigt, das sich an Andreas' Bauch abzeichnete.

»Das wird dich auch noch ereilen!«

Karines Handy klingelte. Es war sieben Uhr fünfundvierzig, und Fournier fuhr von zu Hause los. Andreas zog sich die Jacke über und nahm den Schlüsselbund vom Garderobenschränkchen. Sie stiegen ins Auto, und Andreas brauste los. Er wollte verhindern, dass Fournier das Büro verließ. Er musste ihn jetzt sofort festnehmen.

Als Andreas vorfuhr, stiegen Christophe und Nicolas aus ihrem Wagen aus, den sie vor der Bäckerei geparkt hatten. Christophe brachte sie kurz auf den neuesten Stand. Fournier hatte vor fünf Minuten seine Werkstatt betreten und sie seitdem nicht verlassen. Vier Arbeiter waren ebenfalls eingetroffen. Eine Zivilstreife parkte auf dem großen Parkplatz gegenüber, eine weitere entlang der Straße, ein paar Meter von Fourniers Werkstatt entfernt.

Andreas informierte die Polizisten, dass er jetzt mit Karine hineingehen würde. Anschließend würde Fournier nach Bex gefahren werden.

Alle gingen zu ihren Fahrzeugen zurück. Andreas gab das Signal, worauf sich die vier Autos mit eingeschaltetem Blaulicht in Bewegung setzten und die Zugänge des Firmengebäudes zuparkten.

Karine stieg als Erste aus, dicht gefolgt von Andreas. Sie betraten die Werkstatt und sahen durch eine Glasscheibe, dass Fournier hinter seinem Schreibtisch im Büro saß. Er machte den Eindruck, als hätte er sie erwartet. Karine trat vor und klopfte gegen die Glastür. Fournier drehte sich um und starrte sie an. Karine trat ein, während sich Andreas ein wenig im Hintergrund hielt.

»Wir möchten Sie bitten, uns zu folgen, Monsieur Fournier. Sie sind aufgrund des Verdachts, Alain Gautier ermordet zu haben, und wegen des sexuellen Missbrauchs einer Minderjährigen vorläufig festgenommen.«

Fournier sprang vom Stuhl hoch. Karine zögerte keinen Moment. Im Bruchteil einer Sekunde war sie bei ihm, packte seinen Arm und drehte ihn auf seinen Rücken, ohne dass er Zeit gehabt hätte zu reagieren. Ihre Bewegungen waren präzise und schnell. Sie legte ihm Handschellen an und drückte ihn zurück auf den Stuhl.

»Monsieur Fournier, Sie haben das Recht zu schweigen. Machen Sie von diesem Recht keinen Gebrauch, kann alles, was Sie sagen, gegen Sie verwendet werden. Sie haben das Recht auf einen Anwalt …«, sagte Karine.

Maurice Fournier wandte sich an Andreas. »Ich bin unschuldig, Monsieur le Commissaire, das habe ich Ihnen doch gesagt.«

»Wir haben Beweismittel sichergestellt, die Sie mit dem Verbrechen direkt in Verbindung bringen. Wir werden Sie jetzt zur Befragung mit auf die Wache nehmen.«

»Aber ich verlange meinen Anwalt. Jetzt sofort.«

»Sie können ihn von der Wache aus anrufen.«

Fournier schien sich damit abzufinden. Er erhob sich von seinem Stuhl. Karine begleitete ihn unter den verdutzten Blicken seiner Mitarbeiter zum Ausgang. Sie sorgte dafür, dass er auf der Rückbank eines der Zivilstreifenwagen Platz nahm und sich ein Polizist neben ihn setzte. Karine klopfte auf das Dach des Autos, um dem Fahrer zu signalisieren, dass er losfahren konnte.

Christophe und Nicolas fuhren nach Frasses, um das Haus der Fourniers zu durchsuchen. Andreas kehrte mit Karine in die Werkstatt zurück, um die Arbeiter über die Situation zu informieren und sie zu bitten, das Gelände zu verlassen. Ein paar Minuten später standen die Maschinen still, und die Gebäude waren menschenleer.

»Wonach suchen wir?«, fragte Karine.

»Ich weiß es nicht. Kämm du das Büro durch. Ich kümmere mich um die Weinbar.«

Andreas nahm als Erstes die Weinflaschen unter die Lupe. Er war gespannt, Fourniers Geschmack kennenzulernen. Das meiste waren Weine der Region. Aus Aigle, Ollon, Yvorne, aber auch aus dem Wallis. Rot- und Weißwein. Keine einzige Flasche aus dem Ausland. Sein Blick wurde von einem Etikett mit einem schwarzen Vogel vor einem roten Hintergrund angezogen. Er nahm die Flasche aus dem Regal, überlegte kurz und rief dann Christophe auf dem Handy an. Ja, das war sie. Er verweilte noch etwas in der Weinbar. Auf der Kommode thronte stolz eine sehr große Flasche Wein. Sechs Liter. Eine Jeroboam. Nein, wenn er sich richtig erinnerte, fasste die Jeroboam den Inhalt von vier normalen Weinflaschen, also insgesamt drei Liter. Also eine Methusalem? Er hatte immer Mühe, die Namen dieser Großflaschen den richtigen Füllmengen zuzuordnen.

Anschließend durchsuchte er alle Behälter, die herumstanden. Nichts.

Die Kommode besaß mehrere Schubladen, die er nacheinander aufzog. In der ersten befanden sich in einem kunterbunten Durcheinander unterschiedliche Korkenzieher und diverse Gegenstände, die einen Weinliebhaber auszeichneten. Eine

Bacchus-Kette. Ein Weinausgießer. Silberne Tropfringe, aber kein einziger Korken. Vermutlich trank man in diesem Hause die geöffneten Flaschen immer aus. In der zweiten Schublade lagen Stifte, Postkarten und aller möglicher Kleinkram. In der letzten Schublade befand sich Jagdmunition. Neben der Kommode lehnte ein Jagdgewehr an der Wand.

Andreas setzte sich einen Moment und schaute sich um, bevor er den Raum verließ. Am anderen Ende der Werkstatt sah er zu seiner Rechten eine Holztür. Sie war verschlossen, und nirgends war ein Schlüssel zu sehen. Ein einfaches Buntbartschloss, das man jedoch ohne Schlüssel nicht so leicht aufbekam. Er beugte sich hinunter, um das Schloss näher zu untersuchen. Auf der Metallplatte, die in der gleichen Farbe gestrichen war wie die Tür, entdeckte er vier Schrauben, um die herum die Farbe abgeblättert war. Als hätte sie jemand kürzlich abgeschraubt und dabei mit dem Schraubenzieher Kratzspuren hinterlassen. Andreas beschloss, nichts anzufassen. Christophe würde nach Fingerabdrücken suchen. Dennoch durfte nichts außer Acht gelassen werden, auch wenn er nicht hoffte, hinter der Tür irgendetwas Besonderes zu finden. Der Mörder, sollte er hier eingedrungen sein, hatte mit Sicherheit nichts dem Zufall überlassen.

Er ging zu Karine, die im Büro alles gründlich durchsucht, dabei aber nichts Auffälliges gefunden hatte. Sie hatte sich die Papiere auf dem Schreibtisch angesehen. Hauptsächlich Rechnungen. In den Schubladen Kostenvoranschläge, weitere Rechnungen und Bauzeichnungen. Nichts, was ihre Aufmerksamkeit auf sich gelenkt hätte oder hervorgestochen wäre.

30

Während sie die enge, kurvige Straße hinabfuhren, die mitten durch das Dorf Le Chêne führte, war Andreas in Gedanken versunken. Am Ausgang einer Haarnadelkurve in Höhe des Weinkellers eines Winzers musste er auf die Bremse treten, um nicht mit einem entgegenkommenden Auto zusammenzustoßen. Auch der Fahrer des anderen Wagens musste einen Schlenker fahren und dankte es Andreas mit einer sehr deutlichen Geste.

Seit sie in Gryon losgefahren waren, überlegte Andreas, wie er das Verhör mit Fournier führen würde. Er würde ihn unter Druck setzen müssen. Er hatte keine Wahl. Der Staatsanwalt erwartete von ihm, das Kapitel abzuschließen. Aber was würde er ihm schon entlocken können?

Als sie auf der Polizeiwache in Bex ankamen, wurde er davon unterrichtet, dass Fourniers Anwalt, ein gewisser Monsieur Bordier, bereits anwesend sei. Er würde ihn im Warteraum vorfinden, wo dieser sich allein die Beine in den Bauch stand.

Nach den üblichen Vorstellungsfloskeln schlug Bordier sofort einen harscheren Ton an, was Andreas jedoch nicht im Mindesten einschüchterte. Er hörte ihm zu, ohne darauf einzugehen, und erklärte ihm anschließend die Lage. Andreas gab zu, dass die Beweislast momentan noch nicht erdrückend sei, aber durchaus ausreiche, um Fournier zu befragen. Und abgesehen davon würde sein Mandant in jedem Fall für den sexuellen Missbrauch einer Minderjährigen angeklagt.

Andreas und Bordier betraten das Verhörzimmer. Fournier saß in sich zusammengesunken am Tisch, hatte die Ellbogen aufgestützt und den Kopf in die Hände gelegt. Sein Anwalt setzte sich neben ihn, Andreas nahm ihnen gegenüber Platz.

Fournier richtete sich auf. Er wirkte völlig kraftlos. Der eigentlich große, stattliche Mann schien durch die Umstände geschrumpft zu sein. Als Andreas ihn in seiner Werkstatt befragt hatte, war es ihm mühelos gelungen, ihm für alles bis auf den Mord ein Geständnis zu entlocken. Andreas hatte jedoch immer noch das Gefühl, dass Fournier nicht der Schuldige war.

Der echte Mörder würde sich überlegen fühlen, arrogant sein und selbst in so einer Situation keine Demut an den Tag legen. Er stellte sich den Mörder als einen echten Gegner vor, mit dem er sich messen konnte wie bei einer Pokerpartie. Ein Kampf zwischen zwei Größenwahnsinnigen mit übergroßem Selbstbewusstsein, die nach Macht und Ruhm strebten und für die einzig der Sieg über den anderen zählte. Größenwahn war unter Pokerspielern eine weitverbreitete Charakterschwäche, doch wer das Bluffen beherrschte, für den wurde diese Selbstüberhöhung zur wichtigsten Trumpfkarte.

Andreas hatte das Pokerspiel in den Vereinigten Staaten von seinen Kollegen beim FBI gelernt. Er war zunächst sehr reserviert gewesen, da er keine Spiele mochte, bei denen das Glück eine wesentliche Rolle spielte. Er bevorzugte Strategiespiele, hatte jedoch schnell seine Meinung geändert, nachdem er die Ähnlichkeiten zwischen einer Pokerpartie und einem Polizeiverhör bemerkt hatte. Um zu gewinnen, musste man feinste Signale der anderen Spieler wahrnehmen und zugleich seine eigenen perfekt beherrschen und in eine bestimmte Richtung lenken können. Beim Pokern wurden diese unbewussten Botschaften, die man an seine Gegenüber aussendet, »Tells« genannt, frei nach Paul Watzlawicks berühmtem Ausspruch »Man kann nicht nicht kommunizieren«. Diese Signale galt es zu entdecken und zu interpretieren. Hatte der andere Spieler erweiterte Pupillen? Einen schweren Atem? Schwellten die Halsvenen an? All das konnten Anzeichen für Angstzustände sein. Einer wendet seinen Blick ab. Er hat Angst, dass man darin etwas erkennen könnte. Befürchtet er, dass sein Bluffen entdeckt wird? Er beißt sich auf die Lippen. Vermutlich ist er angespannt. All diese Zeichen hatten eine bestimmte Bedeutung. Die Körperhaltung, die Bewegungen, der Atem, der Blick, der Gesichtsausdruck. Angewohnheiten. Wie hält er seine Karten? Was macht er mit seinen Jetons. All diese Details zu erkennen schärfte die Beobachtungsgabe. Der Interpretierende musste das Spiel des anderen über eine gewisse Zeitspanne analysieren. Im Rahmen eines Verhörs gestaltete sich das als deutlich schwieriger als beim Pokern, denn hier galt es, sehr schnell zu begreifen, wie der Gegenspieler reagiert. Ein erfahrener Spieler schaffte es, seinen Rivalen zu verwirren. Zu destabilisieren. Einen Moment zu kreieren, in dem der Gegner am ehesten geneigt war, Fehler zu begehen. Sind die Tells, die ich wahrnehme, Signale, die mein Gegner unbewusst ausgesandt hat, oder setzt er sie bewusst ein, um mich in die Irre zu leiten? Blufft er oder blufft er nicht? Das war die berühmte Frage. Man beginnt zu zweifeln. Am Ende ist derjenige der Hinterlistigste, der sich dessen bewusst ist, was er dem anderen zeigen will, und dabei seine eigenen Emotionen perfekt im Griff hat. Motivation, Ruhe und Selbstkontrolle sind die wichtigsten Waffen. Egal, welches Blatt man in der Hand hat. Am Ende kassiert derjenige, der auf psychologischem Niveau am geschicktesten agieren kann, den Gewinn. In Fourniers Fall hatte Andreas es jedoch mit einem Amateur zu tun. Also kein Grund zur Freude. Die Partie war bereits gewonnen, bevor sie überhaupt angefangen hatte.

Bevor Andreas wichtige Fragen stellte, die seine Ermittlungen voranbringen würden, stellte er für gewöhnlich ein paar Fragen, deren Antwort er schon kannte. Fragen, bei denen er sicher sein konnte, dass sein Gesprächspartner die Wahrheit sagen würde, und welche, bei denen er glaubte, dass der andere lügen würde. Auf diese Weise konnte Andreas sowohl das verbale als auch das nonverbale Verhalten des Verdächtigen studieren. Das war natürlich keine exakte Wissenschaft. Es war eher, als würden sie »Kopf oder Zahl« spielen. Log er oder log er nicht? Im Laufe der Zeit und mit wachsender Erfahrung hatte er jedoch ein gewisses Gespür auf diesem Gebiet entwickelt. Fakt war allerdings, dass ein einziges Signal niemals ausreiche, um Schlüsse daraus zu ziehen. Die Gestik war häufig eng verknüpft mit Verhaltensgewohnheiten, und die waren bei jedem anders. Ihre Interpretation musste im Gesamtzusammenhang gesehen werden. Während eines Polizeiverhörs reagierte ein Verdächtiger häufig anders als in einem anderen Kontext. Zum Beispiel musste jemand, der sich die Hand vor den Mund hielt, nicht unbedingt etwas zu verbergen haben.

»Monsieur Fournier, sind Sie sich bewusst, wessen Sie beschuldigt werden beziehungsweise was zu Ihrer Verhaftung geführt hat?«

Fournier senkte den Kopf ein wenig, wich Andreas' Blick aus und antwortete nach einem kurzen Seufzer resigniert: »Ja.«

Die moralische Verfassung seines heutigen Gegners schien auf dem Tiefpunkt zu sein. Man hätte meinen können, Fournier trüge die Last der Welt auf seinen Schultern. Als stürze sein ganzes Leben in sich zusammen.

»Bekennen Sie sich zu dem Vorwurf des sexuellen Missbrauchs einer Minderjährigen?«

Fournier hob den Kopf, vermied es jedoch erneut, Andreas anzusehen, sondern blickte zunächst nach links ins Leere und dann in Richtung Fenster. Er räusperte sich, bevor er antwortete. »Ja.«

Nicht eine Silbe mehr. Doch das Ja sprach Bände. Sein ausweichender Blick deutete nicht auf eine Lüge hin, sondern eher auf Scham und Unbehagen.

Sich die eigenen Taten einzugestehen war für ihn als Geschäftsmann und Politiker, der im Fokus der Öffentlichkeit stand, besonders erniedrigend. Er hatte nicht sofort geantwortet. Jedoch nicht, um sich eine Lüge auszudenken, dafür war es zu spät. Vielmehr hatte er an seine Lage gedacht. An sein Geständnis. An seine düstere Zukunft. Fournier schaute aus dem Fenster. Er lehnte sich leicht zurück gegen die Rückenlehne seines Stuhls. Ein Wunsch, den Raum zu verlassen, der ihm Beklemmungen verursachte. Die Luft war drückend und schwer geworden. Sein Herz schlug heftig. Sein Atem ging schnell und stoßweise. Er spürte, wie sich seine Muskeln verkrampften. Sein einziger Wunsch war es, der Realität und allem, was damit zusammenhing, zu entfliehen.

»Geben Sie zu, sich des Mordes an Alain Gautier schuldig gemacht zu haben?«

Fournier tauchte aus seinem abwesenden Zustand auf, indem er sich mit einer brüsken Bewegung vorbeugte und die Hände auf den Tisch stützte. Dieses Mal blickte er Andreas direkt in die Augen. »Nein, ganz bestimmt nicht. Ich habe ihn nicht getötet. Das habe ich Ihnen bereits gesagt. Damit habe ich nichts zu tun!«, rief er so laut und nachdrücklich aus, als ließe er seiner ganzen angestauten Wut freien Lauf.

Andreas ließ sich davon nicht aus der Ruhe bringen und formulierte seine Frage um. »Sie haben also Alain Gautier nicht getötet?«

Fournier ballte die Faust und hielt sie knapp über der Tischplatte. Seine Hand lief rot an. Er sah aus, als hätte er am liebsten mit aller Kraft auf den Tisch eingeschlagen, doch er besann sich. »Nein. Wie oft muss ich das noch wiederholen?« Er öffnete die Faust und holte tief Luft, bevor er ruhig hinzufügte: »Monsieur le Commissaire, ich habe ihn nicht getötet. Alain war mein Freund. Ich hatte überhaupt keinen Grund, ihn umzubringen.«

Zum zweiten Mal hatte Maurice Fournier mit der Antwort nicht gezögert, keine widersprüchliche Gestik gezeigt und Andreas dabei direkt angeschaut. Andreas war überzeugt, dass er die Wahrheit sagte. Er legte einen durchsichtigen Plastikbeutel auf den Tisch, in dem sich eine leere Weinflasche befand.

»Erkennen Sie diese Flasche?«

Fournier beugte sich vor, um die Flasche aufmerksam zu betrachten. Natürlich kannte er sie. Er legte seine Hand in den Nacken und ließ sie über die Wange vor den Mund gleiten. Aber warum zum Teufel lag die Flasche hier in diesem Plastikbeutel? Er verstand nicht, was das mit dem Mord an Gautier zu tun haben sollte. Er musterte den Kommissar. Ohne zu überlegen, verneinte er die Frage.

»Nein.«

Fournier lehnte sich wieder zurück gegen die Stuhllehne. Dieses Mal starrte er auf einen Punkt an der Decke, um dem Blick des Kommissars auszuweichen, der ihn in Verlegenheit brachte. Vor allem in den Pausen, in denen sein Gegenüber schwieg, hatte Fournier das Gefühl, minutiös beobachtet zu werden. Er wollte gern den Eindruck von Selbstsicherheit erwecken, verspürte jedoch ein starkes Gefühl der Sorge und der Angst. Hatte der Kommissar dies bemerkt? Vermutlich. Er wollte diesem eindringlichen Blick entfliehen, der auf ihn wie ein Magnet wirkte.

Andreas suchte wieder Blickkontakt, schaffte es jedoch nicht, ihn lange genug zu halten, um daraus etwas ablesen zu können.

»Das ist ein Milan noir, ein in den Salzminen von Bex gereifter Pinot aus dem Jahr 2010. Ein sehr guter Wein, ganz nebenbei. Und das sagt Ihnen immer noch nichts?«

»Natürlich kenne ich den Wein. Er ist ja hier aus der Gegend.« Fournier hatte keine Ahnung, worauf der Kommissar hinauswollte, doch zumindest war er jetzt neugierig, was da noch kommen würde.

»Besitzen Sie diesen Wein?«

Natürlich. Es war sein Lieblingswein aus der Region. Doch nicht die Vernunft, sondern die nackte Angst diktierte seine Worte. Fournier zog es vor, sich nicht noch mehr aus dem Fenster zu lehnen. Eine vage, neutrale Antwort würde es ihm ermöglichen, sich im Nachhinein immer noch in die eine oder andere Richtung zu korrigieren, je nachdem, von wo der Wind wehte. »Schon möglich. Ich erinnere mich nicht an alle Flaschen, die ich in meinem Weinkeller habe«, sagte er schließlich.

»Ja oder nein, Monsieur Fournier? Ich bitte um eine eindeutige Antwort.«

»Ja!«, rief Fournier. »Ja, ja, ja«, wiederholte er. »In der Tat habe ich immer einige Flaschen davon in meiner Weinbar.«

»Ich werde Ihnen helfen. In der Weinbar in Ihrem Unternehmen befinden sich exakt sieben weitere Flaschen desselben Jahrgangs. Dazu zwei von 2009 und eine Flasche von 2008. Die Weingenossenschaft von Bex hat mir bestätigt, dass Sie jedes Jahr sechs Kisten von diesem Wein bestellen.«

»Worauf wollen Sie hinaus, Monsieur le Commissaire?«, mischte sich Fourniers Anwalt ein.

»Diese Flasche wurde in Alain Gautiers Wohnung gefunden. Im Mülleimer. Auf der leeren Flasche befinden sich sowohl die Fingerabdrücke Ihres Mandanten als auch die des Opfers.«

»Wie sind Sie an die Fingerabdrücke meines Mandanten gekommen?«, fragte Bordier empört.

»Ich habe ihn gestern darum gebeten.«

»Haben Sie ihn darüber informiert, dass er das hätte verweigern können? Dass Sie dafür einen richterlichen Beschluss benötigen?«

»Ich habe ihn lediglich um seine Erlaubnis gebeten, und er hat eingewilligt.«

»Das ist absolut unzulässig, Monsieur le Commissaire. Ich ...«

Andreas unterbrach ihn und antwortete trocken: »Er ist hier der Beschuldigte und nicht ich. Sollten Sie Zweifel an der Vorgehensweise haben, dann sprechen Sie mit dem Staatsanwalt.«

Das Einmischen seines Anwalts hatte Fournier etwas Zeit gegeben, durchzuatmen und sich wieder zu fangen, doch die Atempause war von kurzer Dauer.

»Monsieur Fournier, können Sie mir erklären, warum sich diese Flasche in der Wohnung von Alain Gautier befand?«

»Ich habe keine Ahnung. Vielleicht hatte ich sie ihm geschenkt.«

»Wann? Monsieur Fournier, es ist an der Zeit, dass Sie uns etwas präzisere Antworten geben! Wollen Sie mir etwa suggerieren, dass Sie sich nicht daran erinnern? Es reicht. Hören Sie auf mit den Spielchen. Die Putzfrau hat keine Zweifel aufkommen lassen. Sie hat den Mülleimer Freitag geleert. Die Flasche muss also zwischen Freitag und Sonntag dort hineingelangt sein. Sie haben mir erzählt, dass Sie sich Samstagnachmittag mit Alain Gautier getroffen haben. Hatten Sie sich da mit ihm für den Abend verabredet? Sie sind gegen neunzehn Uhr aus Taveyanne zurückgekommen. Haben Sie zusammen einen Aperitif getrunken und Gautier dann umgebracht?«

»Eine schöne Theorie, doch leider fehlt dazu jegliches Tatmotiv! Welchen Grund sollte mein Mandant gehabt haben, dieses Verbrechen zu verüben?«, fragte der Anwalt.

»Täuschen Sie sich nicht. Es gibt durchaus ein Motiv.« Andreas starrte Fournier an. Dieser hatte nicht mehr den Mut, ihm die Stirn zu bieten. Vielmehr senkte er den Kopf und schloss die Augen.

»Alain Gautier hat Sie erpresst. Gautiers Assistentin Madame

Berthoud hat uns darüber informiert, dass Sie sich vergangenen Freitag in der Agentur gestritten haben. Ihre Frau hat uns wissen lassen, dass sie auf Ihrem Mobiltelefon eine Nachricht mit einer Drohung von Gautier gefunden hat. Und dann haben wir ja auch noch den Film, mit dem er Sie in der Hand hatte.«

Maurice Fournier richtete sich auf und schlug heftig mit der Faust auf den Tisch. »Nein, nein, nein! Ich war es nicht. Ich habe ihn nicht getötet!«

Andreas beschloss, das Verhör zu beenden. Mehr konnte er hier für den Augenblick nicht erreichen. Diese Befragung war viel zu früh angesetzt worden. Er konnte kein weiteres Ass mehr aus dem Ärmel schütteln.

31

Karine war zu ihren beiden Kollegen ins Chalet der Fourniers nach Frasses gefahren. Bei ihrem Eintreffen saß Janine Fournier auf dem Sofa im Salon. Christophe durchsuchte gerade das Arbeitszimmer. Nicolas beschäftigte sich mit den anderen Räumen. Wonach suchten sie? Sie wussten es selbst nicht genau. Karine nahm gegenüber von Janine Fournier in einem Sessel Platz.

Neben Janine Fourniers Kaffeetasse stand ein Glas Alkohol. Sie leerte das Glas in einem Zug und stellte es mit einer abrupten Bewegung wieder auf den Tisch. »Tut mir leid, aber ich habe einen kleinen Muntermacher gebraucht. Ihre Kollegen haben mir gerade erklärt, wessen Maurice beschuldigt wird«, sagte sie. Sie nahm die Flasche Wodka vom Tisch, schraubte den Deckel ab und wollte sich gerade ein weiteres Glas eingießen, als sie plötzlich ihre Meinung änderte. Sie verschloss die Flasche wieder und stellte sie neben dem Sofa auf den Boden, sodass sie nicht mehr zu sehen war. »Verdammter Alkohol. Das ist er nicht wert, dieser Mistkerl.«

Karine schwieg. Vor ihr saß eine ganz andere Frau als die, die sie am Vortag erlebt hatte. Gestern hatte Karine den Eindruck gehabt, von einer Schauspielerin eine gründlich einstudierte Rolle vorgespielt zu bekommen, während heute anscheinend ihre wahre Natur die Oberhand gewonnen hatte. Ihre gepflegte Sprache und ihre guten Manieren hatte sie an der Garderobe abgegeben. Ihr Make-up und ihren protzigen Schmuck ebenfalls. Janine Fournier trug eine alte Jeans und einen Wollpullover, der die Form eines Kartoffelsacks hatte. Ihre Erscheinung hatte sich komplett gewandelt.

»Ich weiß, dass mein Mann schon immer ein Faible für das weibliche Geschlecht hatte und mich auch schon betrogen hat. Oft betrogen hat. Ich habe es akzeptiert und mich dafür dem Alkohol hingegeben. Trotzdem habe ich immer die perfekte Ehefrau gespielt. Für ihn. Für seine Karriere, sein Unternehmen. Aber damit ist jetzt Schluss. Ich glaube nicht, dass ich ihm das je vergeben kann. Ich kann mich ja jetzt nicht mehr aus dem Haus trauen, ich kann noch nicht mal im Ort meine Einkäufe erledigen. Stellen Sie sich das nur mal vor. Alle Welt weiß Bescheid. Die Frauen, die mich bisher um meine Situation beneidet haben, werden mich nun verspotten. Die Leute werden meinem Mann keine Aufträge mehr geben. Er wird in Konkurs gehen. Er wird nicht mehr zum Gemeinderat gewählt. Es ist aus. Für ihn, aber auch für mich.«

Janine Fournier tupfte einige Tränen weg, die aus ihren geröteten Augen quollen. Karine hatte fast ein wenig Mitleid mit ihr, konnte aber nicht umhin, daran zu denken, dass sie es ja auch darauf angelegt hatte. Jahrelang hatte sie davon profitiert, dass der Wind so günstig gestanden hatte. Und nun, in stürmischen Zeiten, brach die ganze Fassade zusammen.

»Aber eines kann ich Ihnen sagen. Er hat Gautier nicht umgebracht.«

»Warum sind Sie sich da so sicher?«

»Weil ich ihn nicht für fähig halte, so eine Tat zu begehen. Mich zu betrügen, ja. Klüngeleien zu betreiben, ja. Aber jemanden zu töten, nein.«

»Gestern wirkten Sie ein wenig verlegen, als wir über den Samstagabend sprachen. Sind Ihnen da Zweifel gekommen?«

Janine Fournier schien überrascht und zögerte mit der Antwort.

»Ich hatte ein Schlafmittel genommen. Als er sich hinlegte, hat er mich aufgeweckt, aber ich war total benommen und bin sofort wieder eingeschlafen. Ich kann Ihnen nicht sagen, wann das war. Daher kann ich auch nicht mit Sicherheit sagen, ob er hiergeblieben ist oder nicht.«

»Wenn ich Sie richtig verstehe, ziehen Sie das Alibi zurück, das Sie ihrem Mann gestern gegeben haben?«

Janine Fournier schwieg ein paar Sekunden und blickte durch die Glasfront hinaus in die Landschaft. Schließlich wandte sie sich zu Karine um und schaute ihr direkt in die Augen. »Was mich betrifft, so kann er gern den Rest seines Lebens im Gefängnis verbringen, aber ich wiederhole noch einmal, dass er nicht mutig genug ist, jemanden einfach so kaltblütig umzubringen.«

32

Karine rief Andreas an, um ihm zu sagen, dass sie in Fourniers Haus nichts Kompromittierendes gefunden hatten, und erzählte ihm von dem Gespräch mit Janine Fournier. Nach dem Telefonat begab sich Andreas in den Konferenzraum der Polizeiwache in Bex, in dem bereits Staatsanwalt Charles Badoux und Viviane Bourgeaux warteten.

Andreas schätzte seine Chefin sehr, auch wenn er anfangs Vorurteile gegen sie gehabt hatte. Die zweiundvierzigjährige sehr bestimmt auftretende Frau hatte nie als Polizistin gearbeitet, sondern vor drei Jahren mit einem Doktortitel in Kriminalwissenschaften in der Tasche die kriminaltechnische Polizeieinheit übernommen und hatte dadurch den Rang einer

Polizeihauptkommissarin erreicht. Inzwischen kannten sie sich gut und hatten schon öfter zusammengearbeitet. Dass sie zur Leiterin seiner Dienststelle aufgestiegen war, hatte nichts an ihrer Haltung ihm gegenüber geändert. Sie machte ganz im Gegenteil sogar häufig von Andreas' Erfahrung Gebrauch.

Ohne dem Staatsanwalt die Hand zu geben, nahm Andreas Platz und zwinkerte Viviane zu. »Er ist unschuldig.«

»Wie können Sie da sicher sein?«, fragte der Staatsanwalt.

»Das ist mein Gefühl.«

Andreas drückte sich absichtlich so gleichmütig aus, weil er wusste, dass er ihn dadurch auf die Palme bringen konnte.

»Ihre Gefühle interessieren mich nicht, Monsieur le Commissaire! Ich brauche Fakten.«

»Ja, genau. Die Fakten reichen nicht aus.«

»Seine Fingerabdrücke auf der Flasche?«

»Haben Sie auch nur einen Moment lang in Erwägung gezogen, dass jemand anders die Flasche in den Mülleimer gelegt haben könnte, um uns auf eine falsche Fährte zu locken? Oder um es anders auszudrücken: Warum sollte er eine Flasche mit seinen Fingerabdrücken am Tatort zurückgelassen haben?«

Der Staatsanwalt schwieg. Diese Runde hatte Andreas gewonnen.

»Und falls ihn Gautier erpresst haben sollte, warum hat Fournier dann nicht die Videos beseitigt?«, fragte Andreas weiter.

»Charles, wir müssen einsehen, dass wir noch keine handfesten Beweise haben. Nichts, was es uns erlauben würde, Fournier des Mordes zu beschuldigen«, sagte Viviane.

»Und außer der berühmten SMS auf seinem Handy haben wir weder in seinem Haus noch in seinen Büroräumen irgendetwas gefunden, mit dem sich eine Erpressung als mögliches Tatmotiv belegen ließe. Und die SMS wurde noch nicht einmal gelöscht.«

Andreas holte sein Notizheft hervor und las vor: »›Du musst die Baubewilligung durchwinken. Es gibt inzwischen kaum noch etwas, das ich mir unter den Nagel reißen kann. Die Lex Weber hat mit ihrem Bauverbot für Zweitwohnungen harte

Zeiten anbrechen lassen. Ich erteile dir den Bauauftrag. Plus zwanzigtausend. Wir haben doch immer zusammengehalten, oder? Enttäusche mich nicht!‹« Andreas räusperte sich. »Diese Nachricht beweist meiner Meinung nach, dass sich hier ein Mensch Sorgen um seine berufliche Zukunft macht und versucht, seinen Freund zu überreden, ihn zu unterstützen. Sie klingt aber nicht wie die eines Erpressers, der massiven Druck ausübt, oder?«

»Das ist Ihre Interpretation. Für mich kann das ›Enttäusche mich nicht‹ genauso gut eine Drohung darstellen. Wenn du nicht tust, worum ich dich bitte, werde ich enthüllen, dass du dich an einer Minderjährigen vergangen hast …«

»Herr Staatsanwalt, angenommen, Sie wären der Mörder, würden Sie dann nicht sämtliche Beweise verschwinden lassen, die Ihnen später zur Last gelegt werden könnten? Und angenommen, Sie wären der Erpresser, würden Sie dann schriftliche Nachrichten hinterlassen, die man gegen Sie verwenden könnte? Außerdem scheinen Sie zu vergessen, dass das Video nicht nur für Fournier, sondern auch für Gautier kompromittierend ist.«

Der Staatsanwalt gab sich geschlagen. Andreas hatte auch diese Runde gewonnen. Sie diskutierten den weiteren Ablauf. Nachmittags würde Maurice Fournier dem Richter vorgeführt werden. Die Anklage lautete auf sexuellen Missbrauch einer Minderjährigen. Vermutlich würde er am nächsten Tag bis zur Gerichtsverhandlung auf freien Fuß gesetzt werden.

Andreas stand auf und schüttelte dem Staatsanwalt die Hand, zufrieden, seine Meinung durchgesetzt zu haben. Andererseits war noch alles offen. »Ich bin überzeugt, dass wir uns mit Fournier auf der falschen Fährte bewegen«, sagte er. »Ich kann den Mörder bis hierher lachen hören. Er hat uns auf ein Abstellgleis gelenkt. Und in der Zwischenzeit läuft er immer noch frei herum …«

33

Andreas verließ die Polizeiwache mit dem Gefühl, dort seine Zeit vergeudet zu haben, aber immerhin sah er sich darin bestätigt, dass Fournier unschuldig war. In gewisser Weise waren Fournier und Gautier die Idealbesetzung für einen Fernsehkrimi, in dem es um Macht, Geld und Sex ging – unverzichtbare Zutaten für eine hohe Einschaltquote: Freunde seit der Kindheit, einflussreiche Positionen, dubiose Geschäfte. Frauengeschichten, teure Geschmäcker, finanzielle Probleme. Drohungen, Erpressung, ein Verbrechen.

Allerdings … war dies eben kein normales Verbrechen.

Beim Anblick der Leiche und der Inszenierung in der Kirche hatte Andreas sehr intensive Empfindungen verspürt. Als habe er in die geistige Welt des Mörders eindringen können.

Der Schmerz.
Die Wut.
Der Hass.

All das war besonders stark zu spüren gewesen, weil es in so deutlichem Kontrast zu der ruhigen und friedlichen Atmosphäre der Kirche stand. Wie ein für das Licht undurchdringlicher Schatten. Wie eine Finsternis, die sich über die Sonne legte. In der Dunkelheit hatte Andreas eine Silhouette ausgemacht. Einen durch die Wucht eines traumatischen Schocks zerstörten Mann. Einen unbändigen Schmerz, der ihn von innen auffraß. Wut und Hass als einzige Antworten auf die Leere einer geschundenen Seele. Eine gebrochene Persönlichkeit, die einen Weg sucht, wieder zu funktionieren. Den inneren Frieden wiederzufinden. Seinem Leben einen Sinn zu geben. Für die es nur einen Ausweg gibt, um nicht im Wahnsinn zu versinken: Rache. Das Objekt des Hasses zu zerstören.

Andreas setzte sich in seinen Wagen, fuhr aber nicht sofort los. Er holte sein Notizheft hervor und ging noch einmal die Namen durch, die er sich notiert hatte. Jacques Charrier. Sein Büro lag in Bex. Er beschloss, spontan vorbeizufahren.

Andreas parkte auf dem Marktplatz genau gegenüber der Post. Das Büro von Charrier befand sich keine zwei Schritte entfernt in einem Gebäude an der Rue Centrale. Er klingelte. Eine gut vierzigjährige Frau mit mandelförmigen grünen Augen und halblangen braunen Haaren öffnete die Tür. In ihrem Blick lag eine tiefe Traurigkeit. Andreas erkannte sie sofort. In Gautiers Portemonnaie hatte ein Foto von ihr gesteckt. Er zeigte ihr seine Dienstmarke und bat darum, eintreten zu dürfen.

Die Räumlichkeiten waren nicht sehr groß, aber mit Geschmack eingerichtet worden. Der Arbeitsplatz der Sekretärin war zugleich die Rezeption. Zur Rechten blickte er durch eine offene Tür in den Konferenzraum. Am anderen Ende des Flurs war eine verschlossene Tür, hinter der sich sicherlich das Büro Charriers verbarg. Die Sekretärin, offenbar die einzige anwesende Person, erklärte ihm, dass sich Jacques Charrier gerade auf einer Baustelle in Gryon aufhielte.

»Sie sind Madame Barbey?«

»Ja, das bin ich.«

»Ich würde mich gern kurz mit Ihnen unterhalten.«

»Nehmen Sie im Konferenzraum Platz. Ich komme gleich.«

Nicole Barbey hatte mit einem Besuch von der Polizei gerechnet. Sie hatte bereits beschlossen, nichts zu verbergen. Das würde nichts nutzen. Sie nahm gegenüber von Andreas Platz.

»Ich nehme an, dass Sie mit mir über meine Beziehung zu Alain sprechen möchten.«

»In der Tat.«

»Alain kam häufig hierher, um Jacques zu sehen. Er war sehr charmant und ließ bei seinen Besuchen mir gegenüber jedes Mal seinen Charme spielen. Meine Ehe lief nicht mehr gut. Mein Mann und ich sind wegen der Kinder zusammengeblieben, verstehen Sie?«

Nicole Barbey bemühte sich mit einem entschlossenen Blick, Andreas' Zustimmung zu gewinnen. Andreas schlug die Augen nieder und senkte den Kopf.

»Nachdem meine Kinder aus dem Haus waren, spürte ich

eine große Leere. Mein Mann konnte meine Erwartungen nicht mehr befriedigen.«

Andreas konnte ihre Aufrichtigkeit spüren. Sie war eine attraktive Frau. Er konnte nicht umhin zu denken, dass sie Besseres verdient hatte als Gautier. Aber jetzt war nicht der Moment für Vorurteile.

»Vor etwa sechs Monaten ist Alain hier ohne Vorankündigung aufgetaucht. Jacques war nicht da. Er bot mir an, mich zum Essen einzuladen. Ich habe seine Einladung angenommen. In der Woche darauf waren wir wieder zusammen essen. Mein Mann hat unregelmäßige Arbeitszeiten und arbeitet häufig auch noch abends. Wir haben uns wiedergesehen. Alain hat mich zu sich nach Gryon eingeladen, um keinen Verdacht zu erregen. Gemeinsam ins Restaurant zu gehen und dort gesehen zu werden war keine Option mehr. Seitdem trafen wir uns so oft wie möglich. Und nun ist er tot.« Sie wischte sich ein paar Tränen weg.

»Waren Sie verliebt?«

Die direkte Frage überraschte sie. »Ich glaube schon. Er war wirklich sehr reizend mir gegenüber. Bevor ich ihn näher kennenlernte, hielt ich ihn für etwas zu selbstgefällig. Und oberflächlich. In Wirklichkeit war er jedoch sehr sensibel. Und mir gegenüber war er wirklich aufmerksam.«

»Wir haben Rechnungen über eine Nacht im Hotel und einen Restaurantbesuch vom vergangenen Freitag gefunden. Kann es sein, dass ...«

Nicole Barbey unterbrach ihn. »Da war er mit mir. Die letzten Momente, die wir gemeinsam verbracht haben. Es war wundervoll.« Sie schloss die Augen, und Tränen liefen ihr über die Wangen.

»Hatten Sie Pläne?«

»Pläne?«

»Pläne eine gemeinsame Zukunft betreffend? Hatte dieser luxuriöse Abend einen besonderen Anlass?«

»Ah, ich verstehe. Nein, wir hatten keine Heiratspläne. Wir lebten einfach in der Gegenwart, ohne einander Fragen zu stellen.«

Zum ersten Mal seit Beginn der Unterhaltung hatte Andreas das Gefühl, dass sie nicht ganz aufrichtig war. Lag es am Tonfall ihrer Stimme? Oder an ihrem Blick? »Hat er Ihnen gegenüber je von seiner Vergangenheit erzählt? Ereignisse, die er bereut oder durchlebt hat?«

»Einmal hat er mir erzählt, dass er wegen einer Vergewaltigung vorbestraft sei, und hat dabei in meinen Armen geweint. Er hat mir auch erklärt, dass er die Vergangenheit gern vergessen würde und Richtung Zukunft blicken möchte. Er hat mir versichert, wie wohl er sich in meiner Gegenwart fühlte, und das war gegenseitig.«

»Wie haben Sie sein Geständnis aufgenommen?«

»Ich wusste, dass er nicht sein ganzes Leben vor mir ausbreiten würde. Er sprach nur ungern über sich selbst. Aber an jenem Tag hat er mir sein Herz ausgeschüttet. Er bedauerte seine Tat. Ich war berührt, dass er mir davon erzählt hat, und hatte Mühe, mir vorzustellen, dass er so etwas getan haben könnte. Und natürlich hat mich das alles nachdenklich gestimmt. Aber diese Person war er nicht mehr. Zumindest nicht in meiner Gegenwart.«

»Haben Sie eine Ahnung, wer ihn getötet haben könnte?«

»Nein, nicht die geringste. Ich verstehe das alles nicht.«

Jetzt begann sie, hemmungslos zu weinen. Andreas reichte ihr ein Taschentuch, das er in seiner Jackentasche gehabt hatte. Er ließ ihr etwas Zeit, bevor er fortfuhr.

»Madame Barbey, ich habe noch ein paar Fragen ...«

»Dann fragen Sie, Monsieur le Commissaire.«

»Wusste Ihr Mann von Ihrem Verhältnis mit Gautier?«

»Nein, ich habe es ihm erst gestern gestanden.« Nicole Barbey schwieg einen Moment und atmete tief ein, dann sagte sie: »Ich habe erst gestern Morgen hier im Büro durch Jacques von Alains Tod erfahren. Ich bin zwar Sonntag zur Kirche gefahren, um den Gottesdienst zu besuchen, aber ich hätte mir niemals vorstellen können, dass es sich bei dem Opfer um Alain handeln würde. Ich stand so unter Schock, dass Jacques mir angeboten hat, nach Hause zu gehen. Mein Chef wusste über unsere Beziehung Bescheid. Ich hatte ihm davon erzählt. Als ich nach Hause kam, war mein Mann bereits von der Nachtschicht zurück. Und dann habe ich ihm alles erzählt.«

»Und wie hat er reagiert?«

»Er hat mich ›Schlampe‹ genannt, eine Vase vom Wohnzimmertisch genommen und sie mit aller Wucht auf den Boden geknallt. Dann ist er raus und hat die Tür hinter sich zugeschlagen.«

»Und Sie sind sich sicher, dass er über Ihr Verhältnis nicht Bescheid wusste?«

»Ja, da bin ich sicher. Aber ich glaube, dass er durchaus geahnt hat, dass ich etwas mit einem anderen Mann angefangen haben könnte.«

»Was veranlasst Sie dazu, das zu glauben?«

»Das lässt sich schwer in Worte fassen. Es sind solche Dinge, die man spürt, wenn man schon sehr lange mit einer Person zusammen ist. Als er zum Beispiel den Eindruck hatte, dass ich mich noch weiter von ihm entferne, begann er, mir Blumen zu schenken und mich zum Essen einzuladen. Aber er hat nie etwas gesagt oder mir Fragen gestellt. Er verhielt sich, als ob nichts sei. Sicherlich hatte er Angst, sich der Wahrheit zu stellen und zugeben zu müssen, dass unsere Ehe am Ende war.«

»Und jetzt?« Diese letzte Frage stammte eher nicht aus dem Handbuch des perfekten Ermittlers. Andreas konnte jedoch nicht verhindern, dass er Mitleid mit ihr hatte. Der Mann, den sie liebte, war ermordet worden, und der Ehemann hatte die Tür hinter sich zugeworfen.

»Er ist gestern Abend zurückgekommen. Er hatte sich beruhigt. Wir haben geredet. Er hat mich gefragt, ob ich bei ihm bleiben will, und hat mir gesagt, dass er mich liebt.«

Sie ließ die Worte in der Luft hängen.

»Ich habe ihm jedoch geantwortet, dass ich Abstand bräuchte, um darüber nachzudenken. Und um zu trauern.«

34

Andreas fuhr zurück nach Gryon. Nach seinem Gespräch mit Nicole Barbey hatte sich das Bild, das er sich von Gautier gemacht hatte, ein wenig verändert. Was sie erzählt hatte, passte nicht zu dem Typen, der hinter allen Röcken her war, junge Mädchen vergewaltigte und seine Sexorgien filmte. Abgesehen davon hatten sie bei ihm weder Videos noch irgendwelche Fotos von Nicole Barbey gefunden. Andreas hatte den Ehemann von Barbey in Klammern zu der Liste der Verdächtigen in seinem Notizheft hinzugefügt. Er konnte ihn nicht einfach übergehen, doch auch hier hatte er das Gefühl, dass ihn diese Spur nicht weiterführen würde.

Nachdem er das kleine Dorf Fenalet durchquert hatte, wählte er Jacques Charriers Mobilfunknummer, die er von Nicole Barbey erhalten hatte. Vielleicht war er ja in seinem Haus in Les Posses? Charrier ging schnell dran und schlug ein Treffen für den späten Nachmittag vor, da er noch auf einer Baustelle zu tun hatte. Sechzehn Uhr. Im Bahnhofsrestaurant.

In Gryon angekommen, fuhr Andreas den Chemin des Écoliers hinunter und parkte neben dem Brunnen an der Absperrung, die um die Kirche herum errichtet worden war. Zu behaupten, es ginge hier jetzt ruhiger zu als vergangenen Sonntag, wäre noch untertrieben gewesen. Nicht eine Menschenseele weit und breit. Er ging an der Kirche vorbei und klingelte an der Tür des Pfarrhauses. Keine Reaktion. Er blickte durch das Fenster ins Arbeitszimmer. Niemand zu sehen. Dabei stand das Auto der Pfarrerin im Hof. Er klingelte erneut. Schließlich vernahm er ein »Ich komme« und das Rauschen einer Wasserspülung.

Die Tür ging auf, und Erica Ferraud stand vor ihm. Er hatte den Eindruck, dass sie sich etwas unbehaglich fühlte. Weil er geklingelt hatte, als sie gerade auf der Toilette gesessen hatte? Oder weil sie etwas zu verbergen hatte? Andreas wusste nicht so genau, was er von der Pfarrerin halten sollte. Sie schien über jeden Verdacht erhaben, dennoch hatte er das unbestimmte

Gefühl, dass es eine Verbindung zwischen ihr und dieser Geschichte gab. Der Fundort der Leiche in der Kirche. Die Bibelzitate.

Erica Ferraud führte ihn ins Arbeitszimmer, bat ihn, auf dem Sofa Platz zu nehmen, und setzte sich ihm gegenüber. Ihr Mann schien nicht zu Hause zu sein. »Das trifft sich gut, dass Sie vorbeischauen, Monsieur le Commissaire. Ich muss Ihnen eine wichtige Frage stellen«, sagte sie.

»Ich höre.«

»Ich habe heute früh mit dem Presbyterium gesprochen. Wir haben uns getroffen, um die Situation zu besprechen, und sind einstimmig übereingekommen, dass nächsten Sonntag wieder ein Gottesdienst stattfinden sollte. Hier in der Kirche. Ist das möglich?«

»Die Spurensicherung hat ihre Arbeit noch nicht abgeschlossen, aber ich denke, dass das klappen sollte. Vermutlich können wir die Kirche zum Wochenende wieder freigeben. Haben Sie denn auch über die Möglichkeit nachgedacht, den Gottesdienst woanders abzuhalten?«

»Wissen Sie, Monsieur le Commissaire, das Leben der Gemeinde sollte zur Normalität zurückkehren. Je eher, desto besser. Außerdem haben die Gemeindemitglieder nach solch einem Ereignis das Bedürfnis, zusammenzukommen, gemeinsam zu beten und das Wort Gottes zu hören. Hier in ihrer Kirche, in der jeden Sonntag Gottesdienste abgehalten wurden. Seit Jahrhunderten. Das sollte selbst unter diesen Umständen nicht aufhören. *Vor allem* nicht unter diesen Umständen.«

»Das verstehe ich, und ich werde alles dafür Notwendige veranlassen.«

»Vielen Dank, Monsieur le Commissaire.«

»Wissen Sie denn schon, worüber Sie predigen werden? Haben Sie schon eine Bibelstelle ausgewählt?«

»Darüber habe ich gestern Abend lange nachgedacht.« Sie machte eine Pause. »Ich werde über die ›Bergpredigt‹ aus dem Matthäusevangelium sprechen …«

»… die den Vers enthält, den der Mörder gewählt hat«, sagte

Andreas. Zum ersten Mal, seit er hier war, lächelte Erica Ferraud, und ihre Gesichtszüge entspannten sich.

»Ganz genau. Ich bin erstaunt, dass Sie sich auch auf diesem Gebiet auskennen.«

Andreas hatte diese Antwort erwartet, denn er hatte bemerkt, dass Erica Ferraud nicht der Typ war, der sich versteckte oder einer Sache auswich, sondern der sich den Dingen stellte. Er erwiderte ihr Lächeln. »Ich gestehe, dass mir die Bibel durchaus vertraut ist. Ich habe sie sogar von der ersten bis zur letzten Seite gelesen.«

»Sind Sie ein gläubiger Mensch? Ich habe Sie auf jeden Fall noch nie sonntags im Gottesdienst gesehen.«

»Ich glaube an Gott, und ich bin tief verbunden mit der menschlichen Seite der Bibel, mit ihren Werten und der christlichen Kultur. Allerdings muss ich gestehen, dass mich der kirchliche Rahmen und die antiquierte Sprache der Liturgie nicht wirklich ansprechen. Und auch das Gemeindeleben interessiert mich nicht. Ich bin lieber ein alter, einsamer Wolf als ein Schaf, wenn Sie verstehen, was ich damit sagen möchte. Außerdem passt die spirituelle Dimension nicht zu meinem unabhängigen und individualistischen Charakter. Ich bete lieber im stillen Kämmerlein. Pflege sozusagen eine privilegierte und private Beziehung.«

»Ich verstehe.«

»Ich hoffe, dass ich Sie jetzt nicht vor den Kopf gestoßen habe.«

»Nein, absolut nicht. Im Laufe meines Amtes habe ich alle möglichen Menschen kennengelernt. Jeder sollte seinen Glauben nach seiner Fasson leben oder eben nicht. Das respektiere ich vollkommen.«

»Die wenigen Male, die ich einen Gottesdienst besucht habe, war ich meist enttäuscht von den Predigten. Ich verstehe nicht, warum die Pfarrer so verbissen an ihrem theologischen Kauderwelsch und an einer veralteten Sprache festhalten, die nichts mit der Realität zu tun hat, in der wir leben.«

Erica Ferraud lachte aus vollem Herzen. »Das ist ja mal ein

sehr erfrischendes Gespräch. Ich habe immer den Eindruck, dass die meisten Menschen mir das sagen, von dem sie annehmen, dass ich es gern hören würde, anstatt mir zu sagen, was sie wirklich denken. Ich würde diesen theologischen Schlagabtausch gern mit Ihnen fortsetzen, denn ich bin überzeugt, dass sich diese Gespräche als sehr interessant herausstellen könnten. Doch bevor Sie über mich urteilen, sollten Sie erst einmal einen meiner Gottesdienste erleben.«

»Ich werde Sonntag kommen.«

»Ich schätze allerdings, dass es Ihnen dann weniger darum geht, meine Predigt zu hören oder mit den anderen zu beten. Aber egal. Glauben Sie, dass der Mörder auch kommen wird?«

»Rein intuitiv glaube ich tatsächlich, dass er da sein wird. Oder sie. Denn wir können bislang nicht sicher sagen, ob es sich um einen Mann oder eine Frau handelt …«

Er ließ den letzten Satz nachhallen.

»Warum sollte er zum Tatort zurückkehren? Das wäre doch ein bisschen riskant, oder?«, fragte Erica Ferraud.

»Riskant vielleicht. Aber er fühlt sich uns überlegen. Er hat das Gefühl, unbesiegbar zu sein. Er muss einfach anwesend sein. Die Stimmung sondieren, die Konsequenzen seiner Tat selbst wahrnehmen. Er will erfahren, was die Leute sagen. Vermutlich möchte er mich auch verhöhnen. Er wird da sein. Da bin ich sicher.«

»Wie können Sie da so sicher sein?«

»Ich bin kein Pfarrer, aber ich habe ein gutes Gespür für die menschliche Natur. Ganz besonders für die Psyche von Kriminellen. Und Bestandteil meiner Arbeit ist es, ein Persönlichkeitsprofil des Mörders zu konstruieren. Um ihm so nahe wie möglich zu kommen.«

»Und was wissen Sie über ihn, dass sie eine so präzise Vorstellung davon haben können, was in seinem Kopf vorgeht?«

»Zum jetzigen Zeitpunkt? Nichts. Aber ein Tatort ist ein offenes Buch. Er ist wie ein biblisches Gleichnis. Eine dreidimensionale Erzählung, die auf einer anderen Ebene eine Wahrheit vermittelt, zu der der Mörder eine mehr oder weniger komplexe

Beziehung hat. Alles hat einen Symbolwert und ergibt einen Sinn. Der Tatort ist ein profunder Ausdruck des psychologischen Zustands unseres Mörders. Und als Sahnehäubchen kommuniziert er auch noch mit uns, mit Hilfe der Bibelzitate.«

»Interessant. Sehr interessant.«

Erica Ferraud hatte beinahe mechanisch geantwortet. Sie stieß nun keine neue Diskussion an, sondern schien völlig in Gedanken versunken zu sein. Als ob sie ganz woanders sei. Welche seiner Worte hatten diesen Zustand wohl ausgelöst? Er beobachtete sie aufmerksam, doch weder ihre Gestik noch ihre Körperhaltung verrieten, was in ihrem Kopf vorging.

»Kommen wir zur Sache zurück. Was inspiriert Sie an dem Text, den Sie für die Predigt am Sonntag ausgewählt haben?«

Erika Ferraud bewegte den Kopf ganz leicht hin und her, als wolle sie ihre Gedanken an den rechten Platz rücken. »Also für mich ist die ›Bergpredigt‹ einer der entscheidendsten Texte der Evangelien. Zu Beginn wird erzählt, wie Jesus auf den Berg steigt, um mit seinen Jüngern zu reden. Ich stelle mir dann immer den Gipfel der Alpe des Chaux vor, auf dem sich eine Menschenmenge versammelt, die seine Worte in sich einsaugt. Einen Berg zu besteigen bedeutet ja immer auch, Abstand zu gewinnen. Das wiederum bedeutet, dass die folgenden Worte sehr wichtig sind. Im Verlauf des Textes finden wir das ›Vaterunser‹. Die goldene Regel. Sie wissen schon, ›Alles, was ihr also von anderen erwartet, das tut auch ihnen!‹ Der Umkehrschluss ist hier natürlich bereits impliziert. Außerdem findet sich hier ein Kommentar der Zehn Gebote. Jesus lässt die großen Glaubensprinzipien in einer zentralen Botschaft Revue passieren. Alles, was wichtig ist, muss nicht außen, sondern innen gesucht werden. Es reicht nicht, etwas zu machen und einen Anschein zu erzeugen, sondern es muss von Herzen kommen. Zu Beginn der Predigt erklärt Jesus all jene für selig, die von den gewöhnlichen Sterblichen beschimpft und verleumdet werden. Es geht nicht darum, ob man arm ist, trauernd oder ob man verfolgt wird. Wichtig ist allein die innere Freude, die durch keinen äußeren Umstand getrübt werden kann. Und das bietet uns der Glaube. Selbst dem Blinden wird das Licht leuchten, solange er offen ist und die Worte Jesu wie eine geistige Nahrung empfängt, die unser Leben lenken kann.«

»Was bei Alain Gautier nicht der Fall war?«

»Da erlaube ich mir kein Urteil. Dazu kannte ich ihn nicht gut genug. Er gehörte nicht zu unseren Gemeindemitgliedern.«

»Haben Sie über den Vers nachgedacht, den ich in der Bibel gefunden habe? Den über das Lamm, das zur Schlachtbank geführt wird?«

»Ja, ich habe ein bisschen recherchiert. Dieser Vers wird häufig als Prophezeiung ausgelegt. Mit anderen Worten ist es ein Text, der verkündet, dass etwas Neues bevorsteht. Die Christen denken, dass er das Kommen und das Leiden Christi voraussieht. Die Juden meinen, dass es hier um das Volk Israels geht und um das Leid, das man ihm all die Jahrhunderte angetan hat. Und dass die Prophezeiung auf das Ende des Exils und auf die triumphale Rückkehr der Israeliten nach Zion hindeutet. Doch rein faktisch erzählt der Vers von einem Diener, der von Gott für eine spezielle Mission auserwählt worden ist. Der Rest ist reine Interpretation. Das sogenannte ›Vierte Lied vom Gottesknecht‹ beginnt folgendermaßen.«

Erica Ferraud reichte ihm die aufgeschlagene Bibel, und Andreas las den Beginn des Liedes aus dem zweiundfünfzigsten Kapitel des Propheten Jesaja:

Sieh, mein Diener wird Erfolg haben, er wird emporsteigen,
wird hoch erhoben und sehr erhaben sein.

»Was können wir daraus ableiten?«, fragte Andreas, der ihre Meinung dazu hören wollte.

»Auf jeden Fall, dass der Mörder die Bibel gut kennt.«

»Das glaube ich auch. Meiner Meinung nach hat er nichts zufällig ausgewählt.«

»Allerdings scheint mir seine Auslegung der Texte eine sehr persönliche zu sein.«

»Wie meinen Sie das?«

»Er entreißt die Verse ihrem Kontext und verwendet sie, wie es ihm gerade passt, um sein eigenes Leben zu illustrieren. Mit dem zweiten Vers will uns der Mörder meiner Meinung nach auf sein eigenes Leid aufmerksam machen. Wie jeder Dienende ist er der Ansicht, misshandelt und unterdrückt worden zu sein. Gott kümmert sich um jene, die leiden. So weit, so gut. In der Bibelstelle werden wiederum das Schlechte und die Gewalt zugunsten der Barmherzigkeit und der Freude verbannt. Ich verstehe nicht, wie der Mörder auf die Idee kommt, seine schändliche Tat auf diese Weise rechtfertigen zu können.«

»Glauben Sie, dass er meint, Gott würde seine Taten legitimieren?«

»Das ist durchaus möglich. Vermutlich hegt er insgeheim die Hoffnung, dass sein Leben erhöht wird, wenn er die Mission vollbringt, für die er sich auserwählt fühlt.«

»Und die Zahl 616, die auf der Tafel angeschlagen war? Sagt sie Ihnen irgendetwas?«

Erica Ferraud dachte kurz nach und stand dann schweigend auf, um einen Stapel Zeitschriften durchzusehen, die auf ihrem Schreibtisch lagen. Sie blätterte erst das oberste und dann das darunterliegende Heft durch. »Ah, hier. Ich wusste es doch.« Sie setzte sich wieder und legte eine aufgeschlagene Zeitschrift auf den Tisch.

Andreas las die Überschrift des Artikels: »Oxyrhynchus Papyri dechiffriert«.

»Oxyrhynchus ist ein historischer Ort in Ägypten. Im 19. Jahrhundert fand man dort im Rahmen archäologischer Ausgrabungen eine ganze Sammlung auf Papyrus geschriebener altgriechischer Manuskripte. 2005 gelang es Wissenschaftlern dank neuer Technologien, einige der Fragmente, die aus dem 3. Jahrhundert stammen, zu dechiffrieren, darunter einen Auszug aus dem Buch der Apokalypse. Und dabei entdeckten sie zu ihrer Überraschung, dass die Zahl 666 darin durch die Zahl 616 ersetzt worden war. Ich muss mich korrigieren …

Einige Theologen halten die 616 für die ursprüngliche Zahl des Antichristen.«

»Unglaublich. Der Mörder kennt sich wirklich gut aus auf diesem Gebiet.«

»Er wollte es Ihnen offenbar nicht zu leicht machen. Aber ich schätze, wenn Sie im Internet danach gesucht hätten, wären Sie ebenfalls mühelos darauf gestoßen.«

Erica Ferraud hatte Andreas dabei ertappt, dass er dies versäumt hatte. Warum hatte er nicht selbst daran gedacht? Er hatte sich auf die Zahl konzentriert, ohne darüber nachzudenken, dass sie womöglich eine symbolische Bedeutung hatte.

»Warum hat er Ihrer Meinung nach die Zahl des Teufels angeschlagen?«, fragte Andreas.

»Die ersten Christen verwendeten eine Technik der Interpretation von Worten mit Hilfe von Zahlen, die sich ›Gematrie‹ nannte. Dabei hatte jeder Buchstabe aufgrund seiner Stellung im Alphabet einen entsprechenden Zahlenwert, und die Gesamtzahl eines Namens entsprach der Summe seiner Buchstaben. Die 666 deutet auf die Transkription des griechischen Namens für Kaiser Nero hin, der erste Kaiser, der die Christen verfolgen ließ. Die Christen konnten mittels der Zahlencodes also ganz offen über jemanden reden, ohne seinen Namen zu nennen. Angeblich bezog sich die 616 auf Caligula, einen weiteren blutrünstigen römischen Kaiser. Im Gegensatz zur Zahl 7, die für Vollkommenheit steht, symbolisieren die 666 und die 616 die Mangelhaftigkeit. Das leibhaftige Böse.«

»Und der Mörder weist diese Zahl Gautier zu. Das Gute hat über das Böse gesiegt.«

35

Nachdem sie das Haus der Fourniers vergeblich durchsucht hatten, hatte Nicolas noch Gautiers Nachbarn befragt. Von den dreizehn Apartments des Mehrfamilienhauses wurden nur vier ganzjährig bewohnt, darunter das Apartment Gautiers und das des Hausmeisters. Alle anderen waren Ferienwohnungen, die hauptsächlich über die Weihnachtsfeiertage und im Winter von Städtern bewohnt wurden, die den Schnee genießen wollten.

Niemand hatte etwas gesehen. Niemand hatte etwas gehört.

»Kaum zu glauben«, murmelte Nicolas vor sich hin, als er im Fahrstuhl zurück in die Tiefgarage fuhr, in der sein Auto stand.

Der Hausmeister hatte ihm erklärt, dass achtzig Prozent der Wohnungen in Gryon als Zweitwohnsitz genutzt wurden. In der Garage angekommen, zählte er über dreißig Parkplätze. Mehr als ein Parkplatz pro Wohnung. Außer seinem eigenen Fahrzeug parkten dort noch drei weitere. Es wirkte, als sei dieses Haus mehr oder weniger verlassen. Einen Großteil des Jahres glich Gryon einer Geisterstadt, aber im Winter verwandelte es sich in ein wahres Goldgräberstädtchen. Nur dass das Gold hier nicht gelb, sondern weiß war und die Goldgräber statt Schaufel und Spitzhacke Skier und Skistöcke auf dem Rücken trugen. Und zu guter Letzt fuhren statt der typischen Planwagen des amerikanischen Westens funkelnde Limousinen durch die Straßen, die vorzugsweise aus deutschen Fabriken stammten. Nicolas verließ frustriert das Gebäude.

Ein Mann auf der Liste der Personen, die letzten Sonntag vor der Kirche gestanden hatten, ließ ihm keine Ruhe. Der Soldat. Er wohnte in einem Chalet auf der Alpe des Chaux. Bevor Nicolas die Haustüren in Gryon weiter abklapperte, wollte er ihn befragen, egal, was Andreas dazu sagen würde. Nicolas wollte seinem Chef beweisen, dass er durchaus selbst die Initiative ergriff und ein guter Polizist war.

Das Chalet des Soldaten wirkte eher gewöhnlich, hatte aber eine phantastische Lage. Nicolas kannte sich hier oben nicht gut aus, denn er bevorzugte Meer und Seen gegenüber den Bergen, er musste aber zugeben, dass dieses Panorama sehr beeindruckend war. Er konnte sich gut vorstellen, auf einer Terrasse wie dieser gemütlich seinen Aperitif einzunehmen.

Nicolas stieg die Stufen zum Eingang hinauf und klingelte. Er hielt dem Mann, der die Tür öffnete, sofort seine Dienstmarke unter die Nase.

»Monsieur Rivoire, ich würde Sie gern sprechen.«

»Ich habe Ihren Besuch erwartet. Treten Sie ein.«

Nicolas wurde gebeten, am Küchentisch Platz zu nehmen. Der Ausblick war auch hier wirklich atemberaubend.

Éric Rivoire war schlank, fast hager und hatte ein kantiges Gesicht mit eingefallenen Wangen. Er war tadellos rasiert und trug das weiße Haar kurz geschnitten. Der Prototyp eines makellosen Soldaten. Nicolas bekam ein Glas Weißwein gereicht.

»Sie haben Besuch von der Polizei erwartet?«

»Ja. Als ich Sonntag den Gottesdienst besuchen wollte, hat ein Polizeibeamter meine Kontaktdaten aufgenommen. Daher habe ich mir gedacht, dass Sie bei mir vorbeikommen würden.«

Das klang in der Tat logisch. »Kannten Sie Alain Gautier?«, fragte Nicolas.

»Ja, aber wir pflegten keinen Kontakt miteinander. Er hat die Rekrutenschule in der Kaserne von Saint-Maurice absolviert, in der ich seinerzeit gearbeitet habe.«

»Wie haben Sie auf die Nachricht von seinem Tod reagiert?«

»Sein Tod hat mich nicht besonders berührt, Monsieur le Commissaire. Wie ich schon sagte, wir hatten keinerlei Kontakt.«

Seine Antworten waren kurz und beschränkten sich auf das Wesentliche.

»Stammen Sie aus Gryon?«

»Nein. Ich habe in der Rhône-Ebene gewohnt und bin erst vor zwei Jahren nach meiner Pensionierung hierhergezogen. Das Chalet war bereits in Familienbesitz.«

»Leben Sie hier allein?«, fragte Nicolas gewohnt unsensibel.

»Ja. Meine Frau ist vor fünf Jahren gestorben. Ein Verkehrsunfall. Wir hatten keine Kinder.«

Nicolas spürte eine gewisse Verlegenheit, was jedoch weniger daran lag, dass er meinte, eine Unhöflichkeit begangen zu haben, sondern vielmehr an dem durchdringenden, musternden Blick seines Gesprächspartners. Ab und zu wich er ihm aus, indem er hinausschaute oder den Blick auf die Tischplatte senkte, doch selbst dann hatte er das Gefühl, von Rivoire beobachtet und angestarrt zu werden. »Das tut mir leid.«

»Nein, das tut es Ihnen nicht, aber trotzdem danke.«

Eigentlich hätte er bei einer Befragung eines Verdächtigen psychologisch die Oberhand behalten müssen. Nie das Zepter aus der Hand geben dürfen. Doch er musste zugeben, dass Rivoire und er nicht in der gleichen Liga spielten und dass sie das beide wussten. Nicolas schlug einen etwas anderen Ton an, um seine Position in diesem Gespräch neu zu definieren.

»Was haben Sie Sonntagvormittag vor der Kirche gemacht?«

»Ich habe im Dorf einen Kaffee getrunken und ein paar Lebensmittel eingekauft. Während ich getankt habe, konnte ich die Polizeisirenen hören und bin dann runtergefahren, um zu sehen, was passiert ist.«

»Warum?«

»Aus reiner Neugier. Schließlich kommt es nicht häufig vor, dass hier etwas Besonderes passiert.«

»Und, wurde Ihre Neugier befriedigt?«, fragte Nicolas mit leicht sarkastischem Ton.

»Monsieur, wie war noch gleich Ihr Name?«

»Commissaire Bertin.«

»Bis jetzt waren Sie mir sympathisch, aber diese Frage ist unverschämt. Ich habe alles offen und ehrlich beantwortet, falls Sie jedoch keine weiteren Fragen mehr haben, bitte ich Sie, mich in Ruhe zu lassen. Ich wollte gerade spazieren gehen.«

Während Nicolas das Chalet verließ, dachte er darüber nach, dass er keine Ahnung hatte, was er von Rivoire halten sollte. Gefühle schienen für diesen Mann ein Fremdwort zu sein. Er wirkte genauso gleichmütig und kalt wie ein Reptil. Auf jeden Fall war er jemand, der seine Emotionen perfekt unter Kontrolle hatte und nichts ungewollt durchschimmern ließ. Überbleibsel von seiner Karriere bei der Schweizer Armee? Oder das Verhalten eines kaltblütigen Mörders? Nicolas schauderte. Und er fühlte sich erneut frustriert. Er war einfach nicht der Polizist, der er so gern gewesen wäre. Er hatte mal wieder das Gefühl, gescheitert zu sein. Natürlich hatte er einiges von Rivoire erfahren, zum Beispiel, dass er Gautier gekannt hatte, aber eben nichts Konkretes.

Er beschloss, in den Ort zurückzufahren und sich die Häuser um die Kirche herum vorzunehmen. Morgen Vormittag würde er den Engländer und den Amerikaner besuchen, in der Hoffnung, dass sie ein wenig Französisch sprachen. Vielleicht konnte er ihnen etwas entlocken.

36

Andreas und Karine saßen in der Sonne auf der Esplanade vor dem Gemeindesaal, tranken Mineralwasser und aßen ein Sandwich, das Karine in der Bäckerei gekauft hatte. Andreas berichtete von Fourniers Verhör, dem Treffen mit seiner Vorgesetzten und den Gesprächen mit Nicole Barbey und Erica Ferraud.

Karine hörte ihm aufmerksam zu und genoss dabei die Sonnenstrahlen, die ihr Gesicht wärmten. Im Gegensatz zur Rhône-Ebene, die häufig im Nebel lag, war Gryon eine Art Lichtoase oberhalb der Wolken. Aber auch wenn es ihr in Gryon immer besser gefiel, je länger sie hier war, so vermisste sie doch das Stadtleben. In Lausanne stieg sie nachts manchmal im menschenleeren Park von Sauvabelin auf den fünfunddreißig Meter hohen Turm, um von oben auf die Stadt mit ihren Lichtern herabzuschauen und sich vorzustellen, was da unten gerade alles vor sich ging. Die Dealerszene im Borde-Viertel. Die Polizeistreifen, die die Umgebung des Chauderon-Platzes überwachten. Wo würden die Diebe in dieser Nacht zuschlagen? Wurde irgendwo da unten gerade ein Verbrechen verübt?

Nachdem Andreas seinen Monolog beendet hatte, fragte Karine: »Und jetzt?«

Andreas holte sein Notizheft hervor und schlug die Seite mit den möglichen Verdächtigen auf. »Es bleibt nur noch Jacques Charrier übrig, den ich gleich treffen werde.«

»Und der Ehemann von Nicole Barbey?«

»Den habe ich nur der Vollständigkeit halber aufgeschrieben. Ich halte es nicht für notwendig, diese Richtung weiterzuverfolgen.«

»Wie kommst du darauf?«

Andreas stand auf und bat Karine, ihm ins Gebäude zu folgen.

Im Gemeindesaal hatten sie auf eines der Plakate an der Wand die Bibelverse und die beiden Zahlen 579 und 616 geschrieben.

»Mit dem ersten Vers erklärt uns der Mörder, was er getan hat. Indem er seinem Opfer die Augen entfernt hat, hat er es in die Finsternis gestürzt«, sagte Andreas und deutete auf das Plakat.

Karine nickte zustimmend.

»Mit dem zweiten Vers nennt er uns den Grund für seine Tat. Er wurde misshandelt und unterdrückt. Das ist eine Rechtfertigung. Er tötet nicht aus reiner Lust, sondern um sich für das, was er irgendwann erlitten hat, zu rächen. Kannst du meiner Argumentation folgen?«

»Ja. Aber warum diese berühmte Zahl des Tieres? Was hat der Teufel hier zu suchen?«

»Die 616 stand direkt unter der 579, die sich auf den Vers Jesajas von dem Lamm, das zur Schlachtbank geführt wird, und von dem Schaf, das sich ohne Widerspruch scheren lässt, bezieht. Er stellt dem Lamm, dem Opfer – also sich selbst –, den Teufel als Schlächter gegenüber, der nun selbst Opfer geworden ist.«

Andreas riss einen Bogen Papier vom Flipchart ab, klebte ihn mit Tesafilm an die Wand und schrieb darauf: »Was wissen wir über den Mörder?«

Andreas und Karine notierten ihre Antworten auf dem Blatt und setzten sich anschließend hin, um das Ergebnis zu begutachten.

Er hat gute Bibelkenntnisse.
Er kannte sein Opfer.
Er kennt sich gut in Gryon aus.
Er hat ein Trauma erlitten.
Er ist sehr gewissenhaft.
Er hält seine Taten für legitim.
Er ist (mit ziemlicher Sicherheit) evangelisch.
Sein Motiv ist die Rache.

Karine brach das Schweigen als Erste. »Alles, was wir aufgeschrieben haben, sind reine Vermutungen. Wir haben weder Fakten noch Indizien. Es gibt keinerlei gesicherte Informationen.«

»Das stimmt. Allerdings bin ich inzwischen davon überzeugt, dass wir die Vergangenheit Gautiers durchforsten müssen. Dort muss die Lösung irgendwo stecken. Ich glaube nicht, dass das Motiv mit irgendeiner Geschichte aus der letzten Zeit zu tun hat.«

»Warum bist du dir da so sicher?«

»Aus zwei Gründen. Aufgrund der Auslegung der Bibelbotschaften, die uns der Mörder hinterlassen hat, und weil das Verbrechen mit unerhörter Gewalt begangen wurde. Ich versuche, mich in den Mörder hineinzuversetzen. Der Mordplan war überlegt und ausgereift und wurde sorgfältig in die Tat umgesetzt. Er muss seinen Hass auf Gautier jahrelang kultiviert haben.«

»Wenn das stimmt, warum hat er dann gerade jetzt gehandelt?«

»Das ist eine der wesentlichsten Fragen. Gab es ein auslösendes Moment?«

»Oder ist es ihm vorher einfach nicht möglich gewesen?«

»Woran denkst du?«

»Weil er zum Beispiel die letzten Jahre im Gefängnis verbracht hat.«

»Oder einfach nicht hier war. Er hat Gryon verlassen und ist zurückgekehrt. Oder hat er vielleicht ein symbolisches Datum abgewartet? Er hat Gautier mit der erdrückenden Last seiner Taten in ständiger Angst leben lassen wollen.«

»Und etwas anderes dürfen wir auch nicht aus dem Blick verlieren: Welches Ereignis hat den Mörder geprägt? Und wann ist das geschehen? In seiner Kindheit, seiner Jugend? Oder erst im Erwachsenenalter?«

Immer mehr Fragen fielen ihnen ein. Andreas hängte einen weiteren Papierbogen neben den ersten und schrieb darauf: »Fragen in Bezug auf den Mörder«. Bevor er sich wieder setzte, unterstrich er die Überschrift und notierte darunter einige Punkte, die ihm wichtig erschienen.

Traumatisches Ereignis in seiner Kindheit? In seiner Jugend?
Warum hat er ausgerechnet jetzt getötet?
Auslösendes Element?
Symbolisches Datum?
Welche Verbindung besteht zu Gautier?
Welches Verhältnis besteht zur Religion?

Karine stand auf und griff zum Filzstift, um die Liste um eine letzte Frage zu ergänzen.

Wird er weiter töten?

37

Jacques Charrier saß an einem Tisch im »Buffet de la Gare« in der Nähe des Eingangs. Er trug einen dunkelblauen Anzug. Ein distinguierter Herr. Die goldfarbene Krawatte mit den kleinen blauen Blümchen und das dazu passende Einstecktuch waren jedoch nicht ganz so geschmackvoll. Mit seinem grauen nach hinten gegelten Haar erinnerte er ein wenig an Vito Corleone. Nur die Fliege und der Schnurrbart fehlten, ansonsten hätte man ihn für einen Mafioso aus einem Scorsese-Film halten können.

Seine Sekretärin Nicole Barbey hatte Andreas erzählt, dass seine Frau ihn vor drei Jahren verlassen und die beiden gemeinsamen Kinder mitgenommen hatte. Er lebe allein. Sie hatte ihn als einen Geschäftsmann beschrieben, der so viel beschäftigt sei, dass ihm die Zeit für eine Beziehung fehle. Er sei ein sehr guter Chef, aber um nichts in der Welt hätte sie ihn als Ehemann haben wollen. Ein Schürzenjäger? Nein. Letztes Jahr habe er sich ab und zu einmal mit einer Frau getroffen, die sie allerdings nie kennengelernt habe. Charrier habe sie ein paarmal um Rat gebeten, wenn es darum ging, ihr etwas zu schenken. Sie habe sich sogar um die Buchung seiner romantischen Wochenenden gekümmert. Und dann plötzlich nichts mehr. Von einem Tag auf den anderen habe die Frau nicht mehr in der Agentur angerufen, um mit Charrier zu sprechen. Nicole Barbey habe sich nicht getraut, ihren Chef zu fragen, was passiert sei.

Andreas schüttelte Jacques Charrier die Hand und setzte sich ihm gegenüber. Sie bestellten zwei Espressos.

»Also, Monsieur le Commissaire, was kann ich für Sie tun?«

»Im Zuge der Ermittlungen zum Tod von Alain Gautier tauchte ihr Name gleich mehrfach auf.«

»Mein Name? Wieso das?« Charrier reagierte überrascht und nervös.

»Zum einen waren Sie Sonntag vor der Kirche anwesend. Warum?«

»Das hat einen einfachen Grund. Ich bin ein regelmäßiger Kirchgänger. Ich habe sogar einige Jahre dem Presbyterium vorgestanden.«

»Wie haben Sie auf die Nachricht vom Tod Gautiers reagiert?«

»Ich war geschockt. Ich kannte ihn sehr gut. Er war ein Freund.«

»Können Sie mir Ihre Verbindung zu ihm beschreiben?«

»Wir hatten geschäftlich miteinander zu tun. Ich als Bauträger und er in seiner Funktion als Verkäufer. Wir haben zusammen Geschäfte abgewickelt.«

»Und auch mit Maurice Fournier, nehme ich an.«

»Ja, in der Tat. Das ist richtig. Haben Sie ihn verhaftet? Einer seiner Angestellten hat mich darüber informiert, dass Sie ihn heute Morgen mitgenommen haben. Wessen wird er denn beschuldigt? Sie glauben doch nicht, dass er Gautier getötet hat, oder?«

»Dazu kann ich Ihnen momentan nichts sagen. Wie ist denn Ihre Meinung dazu?«

»Meine Meinung? Ich wüsste nicht, aus welchem Grund er ihn getötet haben sollte. Sie waren Freunde.«

»Seit wann kennen Sie sich?«

»Wir kommen alle drei aus Gryon. Wir sind schon zusammen zur Schule gegangen. Nicht in dieselbe Klasse. Wir waren zwei, drei Jahre auseinander. Aber wir waren alle drei Mitglied im Jugendring.«

»Und was bedeutete es, in Gryon Mitglied im Jugendring zu sein?«

»Wie überall im Waadtland ist das ein Verein für die Dorfjugend, der verschiedene Aktivitäten und Feste plant, die in Verbindung mit dem Dorfleben stehen. Man findet dort Freunde fürs Leben.«

»Und seitdem haben Sie immer Kontakt gehalten?«

»Ja, immer.«

»Trafen Sie sich auch privat mit Gautier und Fournier?«

»Ab und zu haben wir mal miteinander gegessen. In der Regel aber, um über Geschäfte zu sprechen.«

»Ausschließlich, um über die Arbeit zu sprechen?«

»Natürlich nicht. Wir sind hier geboren und haben die Region nie verlassen. Na ja, fast. Gautier hat ein paar Jahre in der Rhône-Ebene gearbeitet, ist dann aber wieder zurückgekommen. Daher haben wir natürlich auch über Gryon geredet, den neuesten Klatsch und die Geschichten, die zum Leben in einem kleinen Ort dazugehören.«

Andreas spürte, wie sein Handy in seiner Tasche vibrierte. Er holte es unauffällig hervor. Eine SMS von Fabien Berset. Er öffnete sie und las: *Rufen Sie mich an. Wir müssen uns treffen! Dringend!*

»Haben Sie mit Ihren beiden Freunden manchmal auch feuchtfröhlich gefeiert?«

»Ja. Ab und zu bei Dorffesten. Zum Beispiel beim Mittsommerfest. Oder wir haben abends schon mal ein wenig länger in einem der Bistros hier gehockt.«

»Und in Gautiers Apartment? In charmanter Begleitung?«

Charriers Tonfall, der gerade noch offen und jovial gewesen war, änderte sich. »Was wollen Sie damit andeuten, Monsieur le Commissaire?«

»Wussten Sie, dass Ihre beiden Freunde Sexorgien mit jungen Mädchen organisierten?«

Jacques Charrier schien über Andreas' Frage keineswegs entsetzt zu sein.

»Hören Sie, Monsieur le Commissaire. Ich wusste in der Tat davon. Alain hat mir mal davon erzählt. Er hat mir sogar vorgeschlagen, daran teilzunehmen. Aber ich habe abgelehnt. Ich bin zu alt für solchen Blödsinn.«

»Also früher hätten Sie durchaus mitgemacht?«

»Das wollte ich damit nicht sagen, das verstehen Sie doch, Monsieur le Commissaire. Wenn man jung ist, muss man seine Erfahrungen machen. Und wer intelligent ist, lernt aus seinen Fehlern.«

»Was auf Gautier und Fournier nicht zutraf?«

»Nein, aber jeder nach seiner Fasson. Allerdings habe ich mich deshalb ein wenig von ihnen distanziert.«

»Aber weiterhin Geschäfte mit den beiden gemacht?«

»Ja. Schließlich ist hier in Gryon die Auswahl an Partnern nicht gerade groß. Und außerdem herrschte eine Art stillschweigendes Übereinkommen.«

»Mit anderen Worten, Sie haben zusammen auch Mauscheleien betrieben?«

»Mauscheleien? Ich bitte Sie, Monsieur le Commissaire. Zweifeln Sie etwa an meiner Integrität?«

»Das beantwortet nicht meine Frage, Monsieur Charrier.«

»Seit gut zehn Jahren leite ich hier in der Region meine Firma. Hätte ich tatsächlich krumme Geschäfte getätigt, wie Sie es mir unterstellen, würde ich schon lange keine Aufträge mehr bekommen.«

»Es sei denn, alle Beteiligten sind gleichermaßen darin verstrickt.«

»Hören Sie, Monsieur le Commissaire …«

»Ich bin ganz Ohr.«

Jacques Charrier schien ein wenig an Selbstsicherheit und Ruhe einzubüßen. Sein Ton wurde aggressiver. Allerdings wandte er nie den Blick ab.

»Wir haben hier in Gryon eine einzige Immobilienagentur, die zudem auch noch von einem Freund geführt wurde. Natürlich habe ich mit ihm zusammengearbeitet. Das Gleiche gilt für Fournier. Warum soll man nicht Leute bevorzugen, die man kennt? Das ist doch kein Verbrechen.«

»Nein, aber Schmiergelder zu zahlen schon.«

»Das sind absolut haltlose Unterstellungen. Das stimmt nicht, und sie haben keinerlei Beweise. Und zwar aus einem einfachen Grund: Ich habe so etwas nie gemacht.«

»Nie?«

»Nein, nie. Aber da spreche ich ausschließlich für mich. Ich kann Ihnen nicht genau sagen, was Alain und Maurice eingefädelt haben.«

»Sie scheinen da über etwas Bescheid zu wissen?«

»In letzter Zeit hat sich Alain auf den Verkauf von Grundstücken und Liegenschaftsvermögen konzentriert und direkt mit Fournier verhandelt.«

»Dann hat er Ihnen also Konkurrenz gemacht?«

»Nein, ich hatte genug Aufträge unten in der Ebene und habe ihm hier sozusagen das Feld überlassen. Mit Inkrafttreten des neuen Gesetzes wird in Gryon übrigens eh nicht mehr groß gebaut werden dürfen.«

»Sie meinen das Gesetz, das die Zahl der Zweitwohnsitze in den Berggemeinden limitiert?«

»Ja. Nur noch maximal zwanzig Prozent der Immobilien dürfen Zweitwohnsitze sein. In Gryon ist dieser Prozentsatz bereits jetzt weit überschritten. Ich habe das kommen sehen und mich breiter aufgestellt. Alain hatte angefangen, sich große Sorgen zu machen, und ich weiß, dass er Fournier mehr und mehr bedrängt hat.«

»Aus welchem Grund?«

»Um den Gemeinderat zu überzeugen, noch weitere Baugenehmigungen vor Inkrafttreten der sogenannten Lex Weber am 1. Januar zu erteilen.«

»Erklären Sie mir, wie das funktioniert. Ich habe immer Mühe mit Bauträgern, Immobilienmaklern …«

»Das ist ganz einfach. Ich kaufe die Baugrundstücke. Maurice baut die Chalets, und Alain als Vermittler verkauft die Liegenschaften. Dieses Gesetz wird natürlich großen Einfluss auf unser Business haben. Gut, aber man muss auch sagen, dass wir in den letzten Jahren gute Gewinne erzielt haben …«

»Und wie liefen die Geschäfte mit Gautier normalerweise ab? Hat er Ihnen Probleme bereitet?«

»Nein, nicht direkt. Aber ich musste ihn bei bestimmten Gelegenheiten zur Ordnung rufen. Manchmal war er mit einer Zahlung an mich im Rückstand. Er hatte einige Schwierigkeiten, seine Finanzen zu verwalten. Seine persönlichen Vorlieben brachten sein Unternehmen in Gefahr.«

»Und Sie waren so etwas wie sein großer Bruder? Fühlten Sie sich für ihn verantwortlich?«

»In gewisser Weise ja. Als junger Mann hat er mich häufig um Rat gebeten. Schon damals habe ich ihm des Öfteren die Leviten gelesen.«

»Wussten Sie von seinem Verhältnis zu Nicole Barbey?«

»Ja, und ich war nicht glücklich darüber. Ich habe sie mehrfach gebeten, auf der Hut zu sein. Ich konnte nicht akzeptieren, dass er sie ausnutzt. Außerdem ist sie verheiratet. Aber Nicole war verliebt. Sie wollte nicht auf mich hören und behauptete, er hätte sich geändert.«

»Haben Sie auch mit Gautier darüber gesprochen?«

»Ja. Vor ein paar Monaten hatten wir ein Gespräch unter vier Augen. Er hat mir versichert, sich geändert zu haben. Und dass es ihm dieses Mal ernst sei.«

»Und haben Sie das geglaubt?«

»Na ja, wie sagt man so schön? Im Zweifel für den Angeklagten. Allerdings muss ich anerkennen, dass Nicole einen guten Einfluss auf ihn ausgeübt hat.«

»Monsieur Charrier, haben Sie eine Idee, wer etwas gegen Alain Gautier gehabt und ihn umgebracht haben könnte?«

Charrier senkte den Blick. Nach kurzem Schweigen antwortete er mit fester Stimme: »Nein. Ich weiß es wirklich nicht.«

Andreas beendete das Gespräch und verabschiedete sich von ihm.

Draußen rief er Fabien Berset an, doch dieser wollte am Telefon nichts sagen. Sie verabredeten sich für den nächsten Morgen.

Andreas hatte das Gefühl, dass Charrier größtenteils ehrlich ihm gegenüber gewesen war. Er war überzeugt, dass die drei Freunde nicht immer ganz saubere Geschäfte miteinander gemacht hatten, aber er glaubte nicht, hier die Antwort zu finden. Nichtsdestotrotz blieb der Eindruck zurück, dass ihm Charrier nicht alles erzählt hatte.

38

Andreas hatte das Gefühl, dass sein Gehirn überkochte. All diese Gespräche. All diese Informationen, die er auswerten musste. All diese Puzzleteile, die zusammengefügt werden wollten, um das Motiv erkennen zu können.

Das Motiv?
Das Motiv!
Momentan war alles noch verschwommen. In seinem Verstand formte sich kein präzises Bild.

Als er zu Hause ankam, saßen Karine und Mikaël auf der Terrasse. Trotz der vorgerückten Stunde war es an diesem Septembertag noch sonnig und warm. Auch Minus genoss das schöne Wetter und räkelte sich in der Sonne.

Andreas begrüßte sie und ging ins Haus. Er öffnete seinen Zigarrenschrank, der an einer Wand im Wohnzimmer stand. Einige begnügten sich mit einer größeren Kiste, Andreas hatte jedoch einen ein Meter hohen luxuriösen Humidor aus Nussbaumholz mit mehreren verstellbaren Regalböden gewählt. Wenn es um seine Leidenschaften ging, dann zählte nur das Vergnügen und nicht der Preis. Mit der Zeit hatte sich der Humidor mit allen möglichen, jedoch ausschließlich kubanischen Zigarrenkisten gefüllt. Er wusste genau, welche er jetzt rauchen wollte, und holte eine Sir Winston aus dem Hause Upman heraus. Ein Longfiller für einen etwa zweistündigen Smoke.

Andreas ging hinaus in den Garten zu den beiden anderen, lauschte mit einem Ohr ihrer Unterhaltung, die sich natürlich um die Ermittlungen drehte, und zündete gleichzeitig seine Zigarre an, die er im Schein der nun langsam untergehenden Sonne genoss. Kurz bevor die Sonne hinter dem Horizont verschwand, tauchte sie die gegenüberliegende Bergwand, den Miroir d'Argentine, in ein sanftes rosaorangefarbenes Licht.

Nach einigen Zügen entfaltete die Zigarre ein angenehm weiches, dezent süßliches Aroma, bevor langsam Noten von gegerbtem Leder, dunkler Schokolade und Honig hervortraten und seinen Gaumen umspielten. Dies war ein Moment des puren Genusses.

39

Gryon, November 1970

Albert war sehr glücklich, dass sich sein Sohn so für Religion begeisterte, denn er selbst war von einer sehr frommen Mutter erzogen worden. Jeden Sonntag hatten sie zusammen den Gottesdienst besucht. Vor jeder Mahlzeit und vor dem Schlafengehen hatten sie zusammen gebetet. Allerdings hatte er sich im Gegensatz zu seinem Sohn nie ernsthaft mit spirituellen oder existenziellen Fragen beschäftigt. Für ihn war der Glaube einzig und allein mit seiner Mutter verbunden gewesen und zu einer Art Gewohnheit geworden. Vertraute Rituale. Der Duft des Brotes, das sie sonntagmorgens im Ofen backte. Ihre sanfte Stimme, wenn sie zu ihm sprach. Ihre warmen Hände, wenn sie die seinen zum gemeinsamen Gebet umfasste.

Zwischen ihm und seiner Frau Louise hatte das Thema sehr schnell Streit ausgelöst. Sie empfand es als Zeitverschwendung, in die Kirche zu gehen. Schließlich gab es auf dem Bauernhof Arbeit, die wichtiger war als dieses leere Gerede. Mit der Geburt der Kinder war dieser Konflikt noch größer geworden. Vor allem Louises Schwiegermutter Odile hatte nicht akzeptieren können, dass die Kinder nicht im christlichen Glauben erzogen wurden. Louise konnte der Religion jedoch überhaupt nichts abgewinnen und weigerte sich kategorisch, mit Ausnahme von Beerdigungen, auch nur einen Fuß in die Kirche zu setzen. Aus Respekt den Toten gegenüber, erklärte sie dann. Immer wenn Odile die Kinder hütete, nutzte sie die Gelegenheit, ihnen Geschichten aus der Bibel vorzulesen und ihnen von Gott zu erzählen. Sein ältester Sohn und seine Tochter interessierten sich herzlich wenig dafür, der Jüngste jedoch wollte die Bibelgeschichten immer wieder vorgelesen haben. Er liebte es, seiner Großmutter beim Erzählen zu lauschen, wobei ihn ganz besonders die Geschichte von Noah faszinierte.

Seit sie nach Gryon gezogen waren, hatten sich die Dinge jedoch gewandelt. Als der Jüngste darum bat, zum Konfirman-

denunterricht gehen zu dürfen, hatte sich Louise zur großen Erleichterung Alberts schließlich damit einverstanden erklärt. Als der Pfarrer sie aufgesucht hatte, um für ihren Sohn die Erlaubnis zu erbitten, ihn auch außerhalb des Unterrichts besuchen zu dürfen, hatte Louise dieses allerdings entschieden abgelehnt. Albert aber hatte mit der Faust auf den Tisch gehauen und sich durchgesetzt.

Seit zwei Monaten besuchte der Jüngste den Pfarrer nun jeden Freitag vor dem Konfirmandenunterricht. Die ganze Woche bereitete er sich auf diese Besuche vor und legte Listen mit Fragen an, die er dem Pfarrer stellen wollte. Nach der Schule ging er direkt ins Pfarrhaus. Die Frau des Pfarrers stellte ihm immer etwas Leckeres hin. Meist buk sie einen Kuchen, stellte Plätzchen auf einem Teller und Sirup in einer Karaffe bereit. Er genoss es, so verwöhnt zu werden. Dem Pfarrer und seiner Frau waren keine Kinder vergönnt gewesen. Für sie war dieser wöchentliche Besuch ein Geschenk des Himmels. Ein kleiner Moment, in dem sie sich wie Eltern fühlten.

Anschließend setzte der Jüngste sich mit dem Pfarrer in dessen Arbeitszimmer. Er war beeindruckt. Dort also wurden die Predigten und Gottesdienste vorbereitet. Der Pfarrer hatte ihm erzählt, dass er hier häufig bis tief in die Nacht saß, weil ihn die Stille inspirierte. Ein riesiges Bücherregal erstreckte sich über eine ganze Wand. Größtenteils theologische Schriften, hatte er ihm erklärt. Während der Pfarrer an seinem Schreibtisch saß, vertrieb er sich die Zeit damit, sämtliche Titel zu lesen. Eine Reihe Bücher mit identischen Rücken nahm ein ganzes Regalbrett ein. Sie schienen neu zu sein. »Die Kirchliche Dogmatik« von Karl Barth. Was bedeutete Dogmatik? Er war sehr wissbegierig für sein Alter. Der Pfarrer erklärte ihm, das seien die Gedanken eines Theologen über den Einfluss des Glaubens auf den Alltag der Menschen. Es beeindruckte den Jungen sehr, dass man so viel über dieses Thema schreiben konnte. Die Werke Calvins und Luthers nahmen ein weiteres Regal ein. Die Reformatoren, erklärte ihm der Pfarrer. Er hatte ihre Rolle nicht so ganz verstanden, aber sie hatten sehr viel geschrieben. Bei einem Titel hielt er schließlich überrascht inne. »Widerstand und Ergebung« von Dietrich Bonhoeffer. Er zog das Buch aus dem Regal. Der Pfarrer erklärte ihm, dass Bonhoeffer ein Pfarrer gewesen sei, der während des Zweiten Weltkrieges in Deutschland gelebt und sich aktiv am Widerstand gegen die Nazis beteiligt habe.

Er sprach mit ihm wie mit einem Erwachsenen, bemühte sich jedoch, nicht zu viele theologische und kirchliche Fachwörter zu benutzen. Wenn der Junge etwas nicht verstand, fragte er nach. Immer und immer wieder. Er hatte ihm eine Reihe Fragen über die Aufgaben eines Pfarrers gestellt. Zum Teil geistreiche, zum Teil aber auch ganz pragmatische Fragen. Manchmal naiv, häufig jedoch sehr sachbezogen. Ob Pfarrer ein Beruf sei? Ob er vom Geld der Kollekte lebe? Wer sein Chef sei? Gott?

Der Pfarrer empfand für dieses Kind eine aufrichtige Zuneigung. Es freute ihn, sein Wissen, aber auch sein Leben als Pfarrer mit ihm zu teilen, und er genoss die Zeit, die sie zusammen verbrachten.

Während dieser gemeinsamen Zeit war in dem Jungen der Wunsch erwacht, an den Gottesdiensten teilzunehmen. Bislang hatte er lediglich den Gottesdienst anlässlich der Beerdigung seines Großvaters besucht. Als er eines Tages vom Konfirmandenunterricht nach Hause kam, bat er seine Mutter um Erlaubnis, zum Gottesdienst gehen zu dürfen. Sie behauptete, dass das nur etwas für Erwachsene sei und dass der Konfirmandenunterricht völlig ausreiche. »Und warum darf dann mein Vater nicht zum Gottesdienst gehen?«, hatte er erwidert, weil er Antworten, deren Sinn er nicht verstand, nicht akzeptierte. Seine Mutter gab ihm eine Ohrfeige und meinte, dass sie Besseres zu tun habe, als seinem dummen Geschwafel zu lauschen. Zum Beispiel arbeiten, um Geld zu verdienen.

40

Mittwoch, 12. September

Andreas öffnete die Tür und betrat das »Café des Alpes«. Hinten rechts saßen zwei alte Männer an einem runden Tisch und tranken Weißwein, obwohl es noch nicht einmal neun Uhr war. Einer von ihnen hatte einen gewaltigen Bart, eine Kartoffelnase und trug einen Wollpullover und eine rote Mütze, was ihm das Aussehen eines Seefahrers verlieh. Der andere war vollständig kahl und hatte ein von Wind und Wetter gegerbtes, von Falten zerfurchtes Gesicht, das darauf schließen ließ, dass er einen Großteil seines Lebens unter freiem Himmel verbracht hatte. Sie unterhielten sich laut und in einem solch starken waadtländischen Dialekt, dass es sich ganz offensichtlich um Einheimische handelte.

Die Wände, die Decke, die Möbel, alles war aus Holz. Ein typisches Gasthaus für ein Bergdorf. Links an der Theke erkannte er Fabien Berset, der sich just in diesem Moment zu ihm umwandte. Er war ungefähr in seinem Alter. Der kahl rasierte Schädel glänzte wie eine Billardkugel. Er hatte ein rundes Gesicht, eine kleine spitze Nase und dunkle ausdrucksstarke Augen. Der große silberne, mit archaischen Ornamenten verzierte Ohrring im rechten Ohr verlieh ihm das Aussehen eines Ganoven.

Andreas nahm auf dem Hocker neben ihm Platz und schüttelte ihm die Hand. Vor Berset lag eine Ausgabe des »Le Matin«, der Zeitung, für die er arbeitete.

»Monsieur le Commissaire, guten Tag. Danke, dass Sie gekommen sind.«

»Entschuldigen Sie bitte, dass ich es gestern nicht mehr geschafft habe.«

»Das ist nicht schlimm und absolut nachvollziehbar. Dieser Tage haben wir ja alle viel zu tun.« Berset bemühte sich um ein Lächeln, doch Andreas konnte seinen Gesichtszügen entnehmen, dass ihn etwas beunruhigte. »Ich habe gestern eine sehr überraschende E-Mail erhalten, über die ich mit Ihnen reden wollte.«

Berset legte ein Blatt Papier vor Andreas auf den Tresen. Der Adressat der E-Mail war Berset selbst, doch die Adresse des Absenders ließ Andreas erschaudern.

ichbinkeinmoerder@hotmail.com

In der Betreffzeile stand: »Die Wahrheit wiederherstellen«.

Andreas spürte, wie er sich innerlich anspannte und sein Herz schneller zu schlagen begann. Der Mörder hatte sich gezeigt. Er hatte seine Anonymität verlassen.

Er war real geworden.

Er existierte.

Beim Einschlafen gestern hatten Andreas Zweifel geplagt. Dass der Mörder gekommen war, sein Verbrechen verübt hatte und anschließend einfach verschwunden sein könnte. Doch diese Mail, auch wenn sie natürlich kein Beweis war, bestätigte seinen Eindruck: Der Mörder verfolgte die Ereignisse aus nächster Nähe.

Andreas las die Nachricht.

Monsieur Berset,

aufgrund Ihres heutigen Artikels, der meiner Meinung nach unverschämt ist, erlaube ich mir, Ihnen Folgendes zu schreiben: Ich bin weder ein Mörder noch ein Psychopath. Ich bin ein Mensch, der unter den Verfehlungen anderer gelitten hat. Mein Leben war die Hölle. Die Flammen haben mir geholfen, mich zu läutern und mir ein anderes Leben aufzubauen. Im Gebet habe ich mein Heil gefunden. Heute erfülle ich lediglich den Willen Gottes und vollstrecke sein Urteil.
Die Sonne wird sich in Finsternis verwandeln und der Mond in Blut...

Unterzeichnet: das gedemütigte Lamm Gottes

PS: Unterstehen Sie sich, weitere Lügen über mich in Ihren Artikeln zu verbreiten. Dies ist der gute Rat eines Freundes!

»Was halten Sie davon, Monsieur le Commissaire?«, fragte Berset.
 Andreas schwieg. Der Kellner brachte einen Espresso. Dann las er den Text noch einmal aufmerksam durch und stolperte dabei über einen Begriff, den er beim ersten Mal überlesen hatte: »das gedemütigte Lamm Gottes«. Die Nachricht konnte nur vom Täter selbst stammen.
 »Wir haben es hier mit einem extrem dünnhäutigen Mörder zu tun«, erklärte er schließlich.
 »Dünnhäutig … und psychopathisch«, warf Berset ein.
 »Diese Mail bestätigt meine Ahnung. Er hält sich für einen Gesandten Gottes. Er glaubt, eine heilige Mission zu erfüllen. Seine ganze Welt dreht sich anscheinend um die Religion. Im Glauben hat er eine Antwort auf sein persönliches Unglück gefunden.«
 »Sein Unglück?«
 »Eine der beiden Bibelpassagen, auf die Zeichen am Fundort der Leiche verwiesen, kann als Hinweis darauf gelesen werden, dass er selbst misshandelt und gedemütigt wurde. Und er bestätigt diese Vermutung hier. Ich glaube, dass sein Motiv mit einem Ereignis aus der Vergangenheit zusammenhängt, das sein Leben massiv geprägt hat. Negativ natürlich.«
 »Ich verstehe nicht, was das mit den Flammen soll, die ihm geholfen haben, sich zu läutern.«
 Andreas war gerade dabei, sich entgegen seinen Prinzipien mit einem Journalisten offen über die laufenden Ermittlungen zu unterhalten. Denn Berset war, ohne es zu wollen, Teil der Geschichte geworden. Der Mörder hatte ihn als Adressaten seiner Nachricht auserwählt. Was versprach Andreas sich davon? Das konnte er noch nicht wirklich sagen. Ein Detail, das den Fall

in neuem Licht erscheinen ließ? Er entschied sich, auf Bersets Anmerkung einzugehen und das Gespräch fortzuführen.

»In der Bibel wird das Feuer mit der Gegenwart Gottes oder seinem Eingreifen assoziiert. Vor allem im Alten Testament. Durchaus auch im Zusammenhang mit positiven Ereignissen. Gott zeigt sich Moses in den Flammen eines brennenden Busches, um ihm einen Auftrag zu erteilen. Eine Feuersäule leitet das israelische Volk hinaus aus Ägypten. Doch das Feuer steht auch in Verbindung mit Zerstörung, mit Ereignissen, bei denen sich Gottes Zorn offenbart. Die Zerstörung Sodom und Gomorrhas durch das himmlische Feuer ist vielleicht eines der bekanntesten Beispiele.«

»Okay, aber das hat nichts damit zu tun, was er in seiner Mail schreibt, oder?«

»Das stimmt. Ich erläutere auch nur den Kontext. Im Neuen Testament finden wir vermutlich die Bedeutung der Flammen, so wie er sie versteht.«

»Ich bin ganz Ohr.«

»Im Neuen Testament symbolisieren die Flammen den Heiligen Geist. Er kann Körper und Seele reinigen. Das Feuer heilt und befreit. Es verändert die Person. Das Feuer verbrennt jedoch auch all jene von innen, die Gott nicht in ihr Leben lassen.«

»Unser Mörder sieht also die Flammen als etwas, das ihn gerettet hat. Aber wovor haben sie ihn gerettet?«

»Hm, hier können wir nur spekulieren. Ich habe das Gefühl, dass er uns einiges symbolisch mitteilt und anderes aber wortwörtlich meint. Oder vielleicht sogar beides gleichzeitig.«

»Das verstehe ich nicht.«

»Zum Beispiel die Augen. Das Bibelzitat ist ganz offensichtlich symbolisch zu verstehen. Wer das Licht Gottes nicht sieht, lebt in der Finsternis. Unser Mörder geht jedoch viel weiter als diese Auslegung. Er hat seinem Opfer die Augen herausgeschnitten, damit es nicht mehr sehen kann, sich in dunkelster Nacht befindet. Physisch wie spirituell.«

»Was wäre denn die wortwörtliche Interpretation des Feuers?«

»Keine Ahnung. Vielleicht ist es tatsächlich nur eine symbolische Auslegung. Der Mörder hat im Glauben Erklärungen gefunden für das, was ihm widerfahren ist, und einen Sinn für sein Leben.«

»Gottes Auftrag zu erfüllen und sich zu rächen?«

»Ganz genau.«

»Und der letzte Satz, hier: ›Die Sonne wird sich in Finsternis verwandeln und der Mond in Blut‹. Was sagt uns das?«

»Das ist zweifellos wieder ein Bibelzitat.« Andreas nahm sein Smartphone und gab den Text ein. »Hier. In der Tat. Das stammt aus dem Buch Joel.«

»Joel? Nie gehört.«

»Einer der Propheten, wenn auch nicht so bekannt wie Moses, Jesaja und Jeremia. Laut Google hat er ungefähr im 7. Jahrhundert vor Christus gelebt.«

»Oh. Wissen Sie, außer Moses sagt mir das alles nicht viel. Mein Konfirmandenunterricht liegt so lange zurück … Aber erklären Sie mir, warum sich ein Kriminalkommissar so gut mit der Bibel auskennt?«

»Ich merke, dass Sie Polizisten gegenüber gewisse Vorurteile hegen.«

»Das stimmt. Generell halte ich sie für Primitivlinge ohne jegliche kulturelle Bildung, die ihre Pistole als Symbol ihrer Männlichkeit verstehen.«

Beide lachten, doch Berset, von der Mail merklich erschüttert, wurde schnell wieder ernst. »Sie müssen aber zugeben, dass das ungewöhnlich ist, Monsieur le Commissaire.«

»Das stimmt. Doch ich werde Ihre Frage heute nicht beantworten. Vielleicht ein anderes Mal. Zurück zum Thema …«

»Ich rechne fest mit einer Antwort. Früher oder später. Diese Neugier ist einfach angeboren. Schließlich bin ich ja nicht ohne Grund Journalist geworden …«

»Jetzt habe ich den Faden verloren. Wo waren wir stehen geblieben?«

»Beim Propheten Joel, von dem ich bis eben noch gar nicht wusste, dass er existiert.«

»Ach ja, stimmt. Aber da muss ich passen … und brauche Hilfe.«

Berset schaute ihn zweifelnd an. Andreas nahm sein Telefon und rief Mikaël über Facetime an. Kurz darauf erschien dessen Gesicht auf dem Bildschirm.

»Ah, ihr habt euch also versöhnt«, sagte Mikaël lachend.

»Ja, das kann man so sagen«, erwiderte Berset, dem überhaupt nicht nach Scherzen zumute war.

»Wir brauchen deine Hilfe. Der Mörder hat Berset eine Mail geschickt, in der ein Zitat des Propheten Joel vorkommt, das ich allerdings nicht deuten kann.«

Mikaël hörte aufmerksam zu, während Andreas ihm die Nachricht vorlas, und dachte einige Zeit nach, bevor er antwortete. »Also, die Propheten sind die Sprecher Gottes. Ihre Aufgabe ist es, dem Volk der Gläubigen gewisse Botschaften zu verkünden. Urteilsverkündigungen gegen eine Person oder ein Volk, das den Glauben missachtet hat. Ordnungsrufe in Bezug auf die Gebote. Ihre Rolle besteht darin, den Willen Gottes in Worte zu fassen und die Gläubigen einzuladen, ihr Gewissen zu prüfen. Und sie verkünden Prophezeiungen, also Worte, die die Zukunft voraussagen. Meiner Meinung nach will der Mörder genau auf diesen letzten Punkt hindeuten.«

»Das sehe ich auch so, aber trotzdem, ich verstehe nicht, worauf er hinauswill«, sagte Andreas.

»Die Hebräer lebten in Erwartung des Tages des Herrn, an dem Gott auf die Erde zurückkehren und alles in Ordnung bringen würde. Also endgültig in Ordnung bringen würde. Eine Art Weltenumsturz, der sich in der totalen Zerstörung der Erde durch Naturgewalten manifestieren würde. Feuersäulen. Rauch. Sterne, die sich verdunkeln. Und Heere, die Feuer und Blut über die Städte bringen.«

»Ein netter Gott«, sagte Berset.

»Hinter der Idee der totalen Zerstörung steckt der Gedanke, alles Äußere zu vernichten, was den Gläubigen hindern könnte, seinen Glauben zu leben. Dass der Mensch völlig nackt dasteht, damit in seinem Inneren eine Veränderung stattfinden kann.

Eine völlige Entblößung, die eine Neuorientierung und eine Rückkehr zu Gott ermöglicht. Und wer den Weg zurück zu Gott findet, wird verschont werden.«

»Alles in allem also in etwa so wie die Vorstellung von Hölle und Paradies. Die Guten kommen ins himmlische Paradies, die Bösen in die Hölle«, sagte Berset.

»Und all jene, die sich bis zu ihrem Tod nicht klar zu einer Seite bekannt haben, müssen erst mal durch das Fegefeuer. Aber das ist eine katholische Anschauungsweise, die aus dem Mittelalter stammt«, fügte Andreas hinzu. Dann bedankte er sich bei Mikaël für die Informationen und beendete den Facetime-Anruf.

»Das ist ja alles superinteressant, Monsieur le Commissaire, aber ich sehe nicht, wie uns das bei unseren Ermittlungen weiterhilft.«

»Zunächst einmal ist dies *meine* Ermittlung. Nur weil ich ein bisschen gesprächiger geworden bin, heißt das noch lange nicht, dass es nun *unsere* Ermittlung ist.«

»Aber ...«

»Und falls ich irgendetwas aus unserem Gespräch in einem Ihrer Artikel wiederfinde, werden Sie meine primitive Seite zu spüren bekommen ...«

»Ich nehme das zur Kenntnis. Nachdem ich diese Facette Ihrer Persönlichkeit bereits letzten Sonntag kennenlernen durfte, muss ich zugeben, dass mir die Seite, die ich jetzt an Ihnen entdeckt habe, deutlich besser gefällt. Ich habe allerdings noch eine Frage. Wie interpretieren Sie seine Signatur?«

»›Das gedemütigte Lamm Gottes‹? Das ist ein Ausdruck für Jesus, der sich sowohl geopfert hat als auch gekreuzigt wurde. Ich schätze, dass sich unser Mörder für eine Art Prophet hält. Für einen neuen Jesus, der ein Urteil verkünden soll und der aber auch das ausführen muss, was er für Gottes Willen hält.«

»Sie wollen mir also erzählen, dass der Mörder den Mord an Gautier für die Erfüllung einer Prophezeiung hält?«

»Ja, vermutlich schon. Oder er kündigt uns einfach an, was noch kommen wird.«

»Ich verstehe ... Apropos, werden Sie Fournier wieder auf freien Fuß setzen?«

Andreas nickte.

»Ich habe die Mail gestern um elf Uhr erhalten. Da war Fournier doch schon verhaftet worden, oder?«

»Ja, zu diesem Zeitpunkt war ich mit ihm zusammen.«

»Das entlastet ihn also.«

»Vermutlich schon.«

»Ich bin ja von Natur aus nicht ängstlich, aber hier ... das ist schon etwas beängstigend. Das ist das erste Mal, dass mich ein Krimineller bedroht. Was soll ich machen?«

»Seinem Rat folgen, schätze ich. Haben Sie ihm geantwortet?«

»Geantwortet? Um ihm was zu schreiben? Dass ich mich entschuldige? Dass ich eine Richtigstellung veröffentliche? Nein, natürlich nicht. Ich ... ich wollte nichts unternehmen, bevor ich nicht mit Ihnen gesprochen habe.«

»Ich rate Ihnen, sich in der nächsten Zeit bedeckt zu halten und sich in Gryon nicht zu oft sehen zu lassen. Man weiß ja nie. Vor allem aber: Antworten Sie ihm nicht. Er hat keinerlei Forderung gestellt. Das war nur eine Warnung. Ich werde mit einem unserer Spezialisten darüber sprechen, um zu sehen, ob er mit der E-Mail etwas anfangen kann. Dafür müsste er Zugang zu Ihrem Computer erhalten.«

»Kein Problem. Aber haben Sie außer Fournier noch andere Verdächtige?«

»Sie wissen genau, dass ich diese Frage nicht beantworten kann, Monsieur Berset.«

Während Andreas das Café verließ, ging er im Geiste noch einmal die Nachricht des Mörders durch. Er hatte richtig gelesen. Da hatte »unter den Verfehlungen anderer« gestanden. Plural.

Wer würde das nächste Opfer sein?

41

Die E-Mail, die Fabien Berset erhalten hatte, warf zwar kein neues Licht auf den Fall, bestätigte jedoch immerhin einige Hypothesen, die Andreas aufgestellt hatte: Der Mörder war männlich. Er hatte gelitten und wollte sich nun rächen. Er selbst fühlte sich nicht als Mörder, sondern als Gesandter Gottes. Er würde vermutlich weiter töten.

Vermutlich ...

Wichtig war für Andreas jedoch die Tatsache, dass der Mörder, der sich selbst nicht für einen Mörder hielt, über einen Journalisten als Mittelsmann mit ihnen in Kontakt getreten war. Dass er Erklärungen abgab, seine Taten rechtfertigte, über sich selbst sprach – ohne sein Gesicht zu zeigen. Eine Art Coming-out, ohne dabei die Maske fallen zu lassen. Er war hier, in Gryon, mitten unter ihnen. Doch hinter welcher Maske versteckte er sich? Hinter der des Harlekin, der Colombina, des Scaramouche, des Capitanos oder der des Pantalone? Es konnte jeder sein. Andreas hatte das Gefühl, mitten im Karneval über den Markusplatz zu spazieren.

Nachdem Mikaël darauf bestanden hatte, war Andreas vor zwei Jahren trotz seiner Vorurteile mit ihm nach Venedig gefahren. Venedig, die Stadt der Liebenden ... Aus Andreas' Sicht ein nicht sehr originelles Reiseziel, wo er vermutlich zwischen den Touristenmassen ersticken würde. Andreas ertrug größere Menschenansammlungen nicht und mied daher stark frequentierte Orte. Seine Abneigung gegen all diese mit Fotoapparaten bewaffneten Menschen, die sich wie Lemminge benahmen, grenzte schon an eine Phobie. Am Ende hatte er Venedig jedoch geliebt. Wie in anderen Städten auch gab es nur an bestimmten Orten größere Menschentrauben, zum Beispiel auf dem Markusplatz, an der Rialtobrücke, vor dem Dogenpalast oder entlang des Canal Grande. Doch schon ein paar Gässchen weiter konnte man das echte Venedig entdecken, etwa das noch ursprüngliche Cannaregio-Viertel mit dem alten jüdischen Getto, wo sie auf einer Terrasse an einem der Kanäle einen Kaffee getrunken und dabei die Boote beobachtet hatten.

Dafür waren sie jetzt hier in Gryon überall von Masken umgeben. Fournier hatte sich offenbart und war, obwohl er die Maske des gerissenen Dieners Scapin aus Molières Komödie trug, nicht der, den sie suchten. Davon war Andreas nun überzeugt. Er ging im Geiste all die Personen durch, die er in den letzten vier Tagen getroffen hatte, aber bis jetzt passte niemand davon zum Profil eines Psychopaten, der sich selbst »Ich bin kein Mörder« nannte.

Ich bin kein Mörder ... Etwas simpel, sich hinter Gott zu verstecken, um eine solche Tat zu rechtfertigen, dachte Andreas. Ein Feigling! »Ich bin ein Mörder, aber ich stehe nicht dafür ein« wäre passender gewesen. Beim Gedanken an seinen Gegner spürte er eine große Wut in sich aufsteigen. Doch das durfte er nicht zulassen. Niemals durften Emotionen die Oberhand gewinnen. Er musste ruhig bleiben und all seine Energie auf die Lösung des Falls verwenden. Sich auf seine Mission konzentrieren. Und die einzige Frage, die er dabei nicht aus den Augen verlieren durfte, war folgende: Wie konnte er ihn demaskieren?

42

Andreas und Karine hatten sich an einen der hinteren Tische des Restaurants im Einkaufszentrum in Monthey gesetzt und konnten Marine Besson schon von Weitem hören, da ihre hohen Stöckelabsätze über den Fliesenboden klapperten. Sie hatte lange blonde, leicht gewellte Haare und dunkelgrüne Augen, die unter ihrem Pony hervorlugten.

Ihren eleganten und selbstsicheren Gang hatte sie sicherlich lange geübt, dachte Karine. Sie selbst hatte hohe Absätze immer abgelehnt und nie welche getragen bis zu dem Tag, an dem sie von ihrem Exfreund in die Oper eingeladen worden war. Für diesen Anlass hatte sie sich ein Abendkleid und hohe Schuhe gekauft. Im Spiegel des Geschäfts hatte sie sich kaum wiedererkannt, doch die Verkäuferin hatte sie überzeugt, diesen femininen Look anzunehmen. Als der Abend kam, scheiterte sie schon an den ersten Treppenstufen zum Eingang der Oper. Dabei hatte sie vorher geübt und war mit den neuen Schuhen in ihrem Wohnzimmer auf und ab gelaufen. Auf ebenem Boden stellte sie sich gar nicht so ungeschickt an, aber sie hatte die Treppenstufen nicht bedacht … Anstatt Bizets Oper »Die Perlenfischer« zu genießen, hatte sie sich mit einem dick geschwollenen Knöchel, dessen Farbton wunderbar zu ihrem Abendkleid passte, in der Notaufnahme wiedergefunden. Eine Woche später hatte Karine ihre Pumps in den Secondhandladen einer katholischen Hilfsorganisation gebracht.

Marine Besson setzte sich. Karine begrüßte sie und entschuldigte sich dafür, sie wegen einer so alten Geschichte befragen zu müssen.

»Keine Sorge. Das ist in der Tat eine uralte Geschichte. Auch wenn ich, als sie mich angerufen haben, zuerst erschrocken war, noch einmal über den Vorfall sprechen zu müssen. Ich konnte ihn nie vergessen und habe viel Zeit gebraucht, aber nun gehört die Sache der Vergangenheit an, und mir geht es gut. Ich bin verheiratet und habe zwei Kinder.«

»Das verstehe ich sehr gut.«

»Könnten Sie uns erzählen, was Ihnen damals zugestoßen ist?«, fragte Andreas.

Ohne zu zögern, begann Marine Besson, ihre Geschichte zu schildern. »Ich war damals siebzehn. Ich war von einer Freundin eingeladen worden, die etwas älter war als ich. Gautier war ebenfalls zu Gast. Er war damals knapp über dreißig. Ich fand ihn charmant. Er hat mich ein wenig angebaggert. Zunächst gefiel es mir, das Interesse eines reiferen Mannes geweckt zu haben. Durch ihn fühlte ich mich erwachsener, als ich eigentlich war. Am Ende des Abends bot er mir an, mich nach Hause zu bringen. Ich hatte ein wenig getrunken. Er übrigens auch.

Wenn ich daran zurückdenke ... Wie konnte ich sein Angebot nur annehmen? Jung und naiv, oder? Ich hätte mit meinen Freunden zurückfahren sollen. Auf der Heimfahrt ist Gautier unter dem Vorwand, eine Zigarette rauchen zu wollen, in einen Feldweg abgebogen. Er hielt am Waldrand und schaltete erst die Scheinwerfer und dann den Motor aus. Auf dem Weg dorthin hatte er schon ein paar unpassende Bemerkungen über meinen Körper gemacht, durch die ich mich unbehaglich fühlte. Wir sind ausgestiegen. Er hat seine Zigarette angemacht und seine Augen nicht mehr von mir abgewendet. Sein Blick hatte sich verändert. Ich habe mich gegen das Auto gelehnt. Daran werde ich mich bis in alle Ewigkeiten erinnern ... Er nahm einen letzten Zug, warf den Zigarettenstummel weg und kam auf mich zu. Er presste mich gegen die Karosserie und schmiegte sich fest an mich. Er versuchte mich zu küssen, aber ich drehte meinen Kopf weg. Daraufhin gab er mir eine heftige Ohrfeige. Er ließ seine Hände unter meine Bluse gleiten und versuchte dabei gleichzeitig, seine Zunge in meinen Mund zu schieben. Je mehr ich ihn bat, damit aufzuhören, desto heftiger machte er weiter. Er hat mich danach noch mehrfach geschlagen und mich ›Schlampe‹ genannt. Ich war wie gelähmt. Ich konnte nichts mehr machen. Unmöglich, mich zu verteidigen. Als hätten meine Muskeln meinem Gehirn nicht mehr gehorcht. Schließlich hat er mich auf die Motorhaube des Autos gedrückt. Ich konnte hören, wie er seinen Gürtel öffnete und seine Hose herabließ. Und dann hat er mich vergewaltigt.«

Sie hielt einen Moment inne, ihre Augen waren feucht. »Ich sehe mich immer noch auf dieser Motorhaube. Als ob ich die Szene von oben betrachtet hätte. Als hätte mein Verstand meinen Körper verlassen, während Gautier das machte.«

Sie schloss die Augen. Ihre Kehle war wie zugeschnürt.

Das war nicht mehr die selbstsichere Frau von eben. Karine legte ihre Hand auf ihre. »Und dann? Wie ging es weiter?«

Marine Besson hob den Kopf, und der Anflug eines befriedigten Lächelns huschte über ihr Gesicht. »Als er dabei war, seine Hose wieder anzuziehen, konnte ich meinen Verstand wieder einschalten. Meine Angst war wie weggeblasen. Ich musste fort von diesem Ort. Ich habe mich von hinten an ihn angeschlichen, und als er sich umdrehte, habe ich ihn mit voller Kraft in die Weichteile getreten. Er krümmte sich und fiel mit dem Gesicht voran auf die Erde. Ich bin daraufhin geflohen, bin durch den Wald gerannt bis zum nächsten Haus. Von dort konnte ich meine Eltern anrufen, und wir sind dann zusammen direkt zur Polizei gegangen.«

»Haben Sie nach dieser Geschichte noch mal etwas von Gautier gehört?«

»Ich habe ihn beim Gerichtsprozess wiedergesehen. Danach nie mehr. Das wollte ich auch gar nicht. Ich wollte nur noch nach vorn schauen.«

»Und Ihre Eltern?«

»Mit meiner Mutter konnte ich viel darüber reden. Ich bin ihr dafür sehr dankbar. Das hat mir geholfen, wieder auf die Beine zu kommen.«

»Und Ihr Vater?«

»Für ihn war es schwieriger. Er hatte eine riesige Wut auf Gautier. Ich bin seine einzige Tochter. Er hat immer auf mich aufgepasst. Und dann hatte er plötzlich das Gefühl, als hätte er es nicht geschafft, mich zu schützen. Aber dieser Groll ist schlecht und war genau das, was ich verhindern wollte.«

»Hat Ihr Vater etwas gegen Gautier unternommen?«

»Oh, nein! Das Einzige, was er damals tun konnte, war, Gautier zu hassen. Er konnte keiner Fliege etwas zuleide tun.«

»Und heute?«, fragte Karine.

»Heute? Mit Sicherheit nicht. Mein Vater hat Parkinson und ist an den Rollstuhl gefesselt.«

Karine und Andreas waren während des ganzen Gesprächs von Marine Bessons Bestimmtheit und ihrer Freimütigkeit überrascht.

»Wie haben Sie von Gautiers Tod erfahren?«, fragte Andreas, der sich bis dahin im Hintergrund gehalten hatte.

»Aus der Zeitung.«

»Und wie haben Sie darauf reagiert?«

»Ich war schockiert, wie brutal er umgebracht worden ist, aber es hat mich nicht sonderlich berührt. Das ändert schließlich nichts daran, was ich erlitten habe. Mir ist es egal, ob er lebt oder tot ist. Nach dem Prozess habe ich mir geschworen, dass er für mich nicht mehr existiert.«

Andreas und Karine bedankten sich.

Marine Besson stand auf und verabschiedete sich. Sie sahen ihr nach, wie sie um die Tische herum zum Ausgang ging. Ihre Selbstsicherheit hatte sie zurückgewonnen.

43

Andreas und Karine waren überzeugt, dass sie bei der Familie Besson, die ein Drama erlebt hatte, das heute schon fast vergessen war, nicht weitersuchen mussten.

Als sie den Gemeindesaal von Gryon betraten, war Nicolas bereits da. Sie setzten sich an den Tisch, und Nicolas erzählte ihnen gleich, dass er die Leute, die um die Kirche herum wohnten, und die Nachbarn Gautiers befragt hatte, aber dabei nichts Neues in Erfahrung bringen konnte. Niemand hatte irgendetwas gesehen oder gehört. Von den Leuten, die vor der Kirche gestanden hatten, habe er den ehemaligen Soldaten Éric Rivoire besucht, den er als eher kühlen Einzelgänger erlebt habe. Doch auch von ihm hatte er nichts Entscheidendes erfahren.

»Heute Morgen habe ich noch die beiden Ausländer von der Liste besucht, Holder und Albright.«

»Und?«

»John Holder ist Amerikaner. Ich musste mir mit Englisch behelfen, denn sein Französisch ist nicht sehr gut. Er hat mir gesagt, er hätte es von seiner Mutter gelernt, aber eben nur selten Gebrauch davon gemacht. Er macht hier für ein paar Monate Urlaub, um seine Wurzeln zu entdecken. Seine Großmutter ist wohl in der Schweiz geboren. Er hat ein Chalet in der

Nähe von Frience erworben, weil er nächstes Jahr mit seiner Familie wiederkommen möchte. Letzten Sonntag wollte er den Gottesdienst besuchen und stand deshalb vor der Kirche. Er will sich mit dem lokalen Leben hier vertraut machen. Der Tod Gautiers hat ihn berührt, denn über ihn hatte er das Chalet gekauft. Er kehrt demnächst in die USA zurück.«
»Und wie schätzt du ihn ein?«
»Er hat auf mich sehr distinguiert und sympathisch gewirkt. Er war kooperativ und hat meine Fragen offen und direkt beantwortet.«
»Und Albright?«
»Er ist Engländer und besitzt ebenfalls ein Chalet bei Frience. Er wirkte eher ein bisschen scheu und verschlossen, aber als er anfing, von seinem Leben zu erzählen, hörte er gar nicht mehr auf. Er spricht recht gut Französisch, wenn auch mit britischem Akzent. Er wohnt seit fünf Jahren in Gryon. In den siebziger Jahren ist er mit seiner Frau zum ersten Mal hierhergekommen, und beide hatten sich auf Anhieb in die Region verliebt. Seitdem hat er hier mit ihr, seinen Kindern und später auch mit seinen Enkelkindern jede Winterferien verbracht. Seit vierzig Jahren. Als seine Frau vor sechs Jahren an einer sehr aggressiven Form der Leukämie starb, beschloss er, London zu verlassen und sich endgültig hier in Gryon niederzulassen. Seine Kinder wohnen immer noch in England. Er geht jeden Sonntag in die Kirche und ist sehr gläubig. In der Kirche hat er das Gefühl, seiner Frau nahe zu sein. Sie besuchten übrigens früher auch gemeinsam die Gottesdienste, wenn sie in Gryon waren.«
»Das bringt uns nicht wirklich weiter«, seufzte Karine.
»Nein, zumindest nicht auf den ersten Blick. Aber wir müssen weiter alle Möglichkeiten in Betracht ziehen und werden dabei hoffentlich bald auf eine ernst zu nehmende Spur stoßen«, sagte Andreas und beschloss, Mikaël zu bitten, Nachforschungen über verschiedene Personen anzustellen, um wirklich nichts außer Acht zu lassen. »Hast du dir schon die Immobilienakten Gautiers angeschaut?«, fragte er Nicolas.

»Nein, noch nicht. Aber ich werde mich gleich daranmachen.«

»Gut!«

»Und jetzt?«, fragte Karine. »Was sind die nächsten Schritte?«

Andreas stand auf, nahm einen Filzstift und schrieb unter die Frage »Was wissen wir über den Mörder?« zwei neue Stichpunkte auf das Plakat an der Wand.

Dürstet nach Anerkennung.
Ist dünnhäutig.

Auf dem Plakat, auf dem sie Fragen in Bezug auf den Täter notiert hatten, unterstrich er den Satz »Wird er wieder töten?« und schrieb darunter:

Er wird wieder töten.

»Woher weißt du das?«, fragte Nicolas.

Andreas legte eine Kopie der E-Mail an Berset auf den Tisch und erläuterte seinen Standpunkt.

»Bist du sicher? Das ist vielleicht nur so eine Formulierung in der Mail. So eindeutig klingt das gar nicht.«

»Hör auf, Nicolas. Ich bin der festen Überzeugung, das ist alles. Er …«

»Könnte man die Mail zurückverfolgen?«, unterbrach ihn Karine und warf ihm gleichzeitig einen strengen Blick zu, um einen unnötigen Streit zu verhindern.

»Da müssen wir Christophe fragen. Ruf ihn mal an.«

Nachdem es ein paarmal geklingelt hatte, erschien Christophes strubbeliger Kopf auf dem Computerbildschirm.

»Hallo, Leute!«

»Hallo, Christophe!«, antworteten Nicolas und Karine gleichzeitig.

Andreas ergriff das Wort. »Hast du diese Sache mit der E-Mail überprüfen können?«

»Ja, das ist sehr interessant«, erwiderte Christophe und bemühte sich gleichzeitig, eine besonders widerspenstige Haarsträhne zu glätten, als hätte er gerade bei Skype gesehen, wie seine Frisur aussah. »Fabien Berset ist mit seinem Notebook hier vorbeigekommen, daher hatte ich die Originalmail zur Verfügung. Die IP-Adresse einer E-Mail befindet sich im Header der Nachricht, den man über das Menü ›Eigenschaften‹ aufrufen kann. Die IP-Adresse verweist dann auf den tatsächlichen E-Mail-Provider.«

»Wir wissen, dass du ein Computergenie bist … das musst du uns nicht beweisen. Sag uns einfach, was du herausgefunden hast«, unterbrach ihn Karine ungeduldig.

»Danke für die Blumen. Ich fahre fort. Mit der IP-Adresse habe ich auf Google nach dem dazugehörigen Server gesucht und bin fündig geworden. Es ist die Swisscom. Also habe ich sie kontaktiert und die Identität unseres Absenders in Erfahrung gebracht.« Christophe lächelte breit.

»Spuck es endlich aus!«

»Es handelt sich um Maurice Fournier. Die Mail wurde über seine private Internetverbindung versendet.«

Diese Neuigkeit stellte Andreas' Überlegungen völlig auf den Kopf.

»Das wäre ja zu schön, um wahr zu sein«, rief Karine.

»Aber Fournier kann die Nachricht nicht geschickt haben. Er war ja zu der Zeit auf der Polizeiwache«, warf Nicolas ein.

»Vielleicht hat seine Frau sie versendet?«, schlug Karine vor.

»Es gibt noch zwei andere Möglichkeiten«, sagte Christophe.

»Und die wären?«

»Auf Outlook kannst du den Zeitpunkt des Versendens einer Mail festlegen. Du schreibst sie und bestimmst dann den Tag und die Uhrzeit, zu der sie verschickt werden soll.«

»Und weiter?«

»Die zweite Möglichkeit ist, dass sich jemand anderes in das WLAN der Fourniers eingehackt haben könnte, indem derjenige mit seinem eigenen Computer ganz in der Nähe des Chalets stand und von dort die Mail versendet hat.«

»Aber dafür braucht man doch einen Zugangscode, oder?«

»Ja, wenn der Besitzer des Netzwerks ein Passwort vergeben hat. Was allerdings nicht der Fall ist, das habe ich von der Swisscom überprüfen lassen.«

»Also hätte sich jeder mit dem WLAN verbinden können?«

»Stimmt genau. Wir müssen sämtliche Geräte von Fournier überprüfen, also Smartphone, Tablet, Laptop, und schauen, ob die E-Mail von einem dieser Geräte versendet wurde. Falls nicht, können wir daraus schließen, dass jemand anderes sein Funknetz genutzt hat.«

»Dieses Mal werden wir nicht sofort losstürzen, sondern erst mal ein bisschen nachdenken, bevor wir handeln. Fournier ist heute Morgen wieder freigelassen worden«, sagte Andreas.

»Okay, einverstanden. Aber wenn wir zu lange warten, kann er die E-Mail verschwinden lassen«, sagte Nicolas.

»Das wird er bestimmt schon getan haben. Aber das ist nicht schlimm. Man kann alles wiederfinden, sogar wenn es gelöscht wurde«, sagte Christophe. »Außerdem habe ich Gautiers Smartphonedaten weiter ausgewertet. Es ist unglaublich, was man dieser Tage aus so einem kleinen Teil alles herausholen kann. Das ganze Leben einer Person ist quasi darin gespeichert. Kontakte, Fotos, Videos, Notizen, Termine ... eine wahre Goldgrube! Auf den ersten Blick habe ich nichts Auffälliges gefunden. Eine Sache vielleicht. Nur ein Eindruck. Im Gegensatz zu seinem Computer findet sich hier nicht ein einziges kompromittierendes oder mit sexuellen Handlungen in Verbindung stehendes Foto oder Video. Ich habe alle Daten in Listen erfasst, ausgedruckt und euch eine Kopie geschickt. Was Gautiers Notebook betrifft, mache ich damit weiter, sobald wir hier unser Gespräch beendet haben. Aber das dauert eine Weile.«

Andreas, der die Unterhaltung verfolgt hatte und gleichzeitig seinen Gedanken nachgegangen war, ergriff das Wort. »Danke, Christophe. Mir wäre es lieb, wenn du noch einmal in Gautiers Wohnung und in die Kirche gingest und dort alles noch ein weiteres Mal genauestens überprüfst. Wir haben mit Sicherheit etwas übersehen. Auch wenn der Mörder sehr gewissenhaft vorgegangen ist, muss er doch zumindest einen kleinen Fehler gemacht haben.«

44

Donnerstag, 13. September

Andreas und Karine stellten ihren Wagen neben den Tennisplätzen an der Route de Rabou ganz in der Nähe des Friedhofs ab. Auch Mikaël war gekommen, um gemeinsam mit ihnen der Beerdigung Alain Gautiers beizuwohnen. Die Kapelle des heiligen Franz von Assisi befand sich nur ein paar hundert Meter entfernt an der Route de Villars. Schon von Weitem konnten sie den am Straßenrand geparkten schwarzen Leichenwagen sehen. Als sie auf Höhe der Kapelle ankamen, erblickten sie auf dem Vorplatz etwas weiter unten eine Gruppe von etwa sechzig Menschen, die sich dort versammelt hatten. Die erst vor ein paar Jahren errichtete Kapelle sah von außen aus wie ein großes Haus mit einem kleinen Glockenturm auf dem Dach, doch die Front mit den drei steinernen, von Säulen getragenen Rundbogen verlieh ihr etwas Sakrales.

Sie gingen die Straße hinunter auf die Kirche zu und spürten, wie sich viele Blicke auf sie richteten. Andreas fühlte sich etwas unbehaglich. Eine Beerdigung war ein sehr intimer Moment für Angehörige und Freunde, bei dem die Polizei einfach fehl am Platze war. Das galt natürlich auch für all jene, die aus reiner Neugier gekommen waren und nicht, um einem geliebten Menschen ein letztes Lebewohl zu sagen. Dennoch hatte er kommen wollen. Er war sich sicher, dass der Mörder sich nicht davon abbringen lassen würde, ebenfalls anwesend zu sein. Dass er sich in ihrer Nähe aufhielt, sie vielleicht sogar beobachtete. Würde Andreas ihn erkennen? Das war höchst unwahrscheinlich. Wie sollte ihm das gelingen?

Als sie sich gerade unter die anderen Trauergäste mischen wollten, öffnete einer der Leichenbestatter mit ausdruckslosem Gesicht die Tür zur Kapelle, und ein Großteil der Leute ging hinein. Andreas, Karine und Mikaël hielten sich etwas abseits, um sie zu beobachten.

Andreas erkannte mehrere Personen. Marie Pitou und ihre Assistentin Julie Berthoud, beide trugen Schwarz. Bei Pitou ließ nur die Farbe darauf schließen, dass sie zu einer Beerdigung und nicht zu einer Modenschau gekommen war, während Berthoud dezent und schlicht gekleidet war. Jacques Charrier wurde von Maurice Fournier begleitet. Warum war Fournier gekommen? Natürlich hatte die Neuigkeit von seiner Verhaftung und der Entlassung bereits die Runde im Dorf gemacht, doch die Anschuldigung wegen sexuellen Missbrauchs hatten sie noch geheim halten können. Wollte er mit seiner Präsenz sein reines Gewissen beweisen? Fürchtete er, seine Abwesenheit könne bestimmte Reaktionen und Fragen hervorrufen? Oder trauerte er vielleicht ganz einfach um seinen Freund Gautier? Auf jeden Fall war seine Situation kompliziert geworden. Des Weiteren erkannte Andreas Nicole Barbey, die allein gekommen war. Erica Ferraud überraschte Andreas, weil sie plötzlich hinter ihm auftauchte. Sie begrüßte ihn und betrat die Kirche.

Andreas, Karine und Mikaël gingen als Letzte hinein und setzten sich in die hinterste Bank auf der rechten Seite. Die anderen Bänke waren bereits gefüllt. In der ersten Reihe links erkannte Andreas die Mutter von Gautier, die von einer weiteren, ebenfalls älteren Dame begleitet wurde, die er nicht kannte.

Der Innenraum der Kapelle mit dem modernen Mobiliar aus hellem Holz wirkte auf Andreas viel kühler als der der evangelischen Kirche. Er liebte alte Möbel, die eine Seele besaßen und eine Geschichte erzählen konnten. Auch die modernen Fenster gefielen ihm nicht. Das bunte Fresko an der Wand des

Chorraums erschien ihm etwas infantil. Der Raum war für ihn weder ein Ort der Besinnung noch der Meditation.

Der schlichte, schnörkellose Holzsarg war vor dem Altar aufgestellt worden. Rechts und links davon stand jeweils ein großer Kerzenleuchter mit einer brennenden Kerze. Auf dem Sarg lag ein Blumengesteck aus gelben und orangefarbenen Blüten, in der Mitte weiße Lilien. Auf einer goldfarbenen Trauerschleife, die an der Seite des Sargs befestigt war, stand »Für meinen geliebten Sohn«. Neben dem Sarg war ein weiterer, noch größerer Kranz aus roten und rosa Rosen, weißen Chrysanthemen, roten Lilien und Anthurien aufgestellt worden. Auf der Schleife stand der Name seiner Immobilienagentur »Immogryon« und »Du wirst uns fehlen!«.

Zahlreiche alte Menschen hatten sich in der Kirche eingefunden, die offenbar zum Bekanntenkreis von Gautiers Mutter zählten oder Gemeindemitglieder waren.

Plötzlich durchzuckte Andreas ein Gedanke. Warum zum Teufel hatte der Mörder die Leiche in der evangelischen Kirche abgelegt, obwohl Gautier selbst katholisch war? Orgelmusik setzte ein. Andreas erkannte Chopins Trauermarsch sofort, auch wenn es nicht der bekannteste Teil der Klaviersonate Nr. 2 war. Eine mögliche Antwort, wenn nicht sogar die wahrscheinlichste, war, dass der Mörder selbst eine Verbindung zur evangelischen Kirche hatte. War er ein Protestant? Ja, vermutlich. Half ihm das beim jetzigen Stand der Ermittlungen? Nein, vermutlich nicht.

Als die Orgel verstummte, erhob sich der Pastor von seinem Stuhl. Er trug ein weißes Messgewand mit einer violetten Stola, die Farbe der Trauer. Er war jung, um die vierzig, schätzte Andreas. Sein Blick war ernst. Er ergriff das Wort.

»Liebe Brüder und Schwestern im Namen des Herrn. Liebe Freunde. Wir haben uns heute hier versammelt, um unserem Bruder Alain Gautier, den Gott im Alter von zweiundfünfzig Jahren zu sich heimgerufen hat, die letzte Ehre zu erweisen und um seiner Mutter und allen, die ihm nahestanden, unsere tief empfundene Anteilnahme auszudrücken. Doch wir sind auch zusammengekommen, um die Worte des Evangeliums zu hören. Ich will nicht auf die besonders tragischen Umstände des Todes von Alain Gautier eingehen, doch wurde unser Bruder den Seinen zu einer Zeit genommen, da man es am wenigsten erwartete.«

»Da man es am wenigsten erwartete«? Ein merkwürdiger Einstieg in das Thema, dachte Andreas, bevor er wieder seinen eigenen Gedanken nachhing und erst daraus erwachte, als sich alle erhoben und mit lauter Stimme »Ehre sei dir, Gott« sprachen und sich dann bekreuzigten. Andreas musste feststellen, dass er als Einziger noch saß, daher stand er schnell auf und machte mit der Hand vor dem Gesicht eine Bewegung, die aussah, als versuche er eine Fliege auf der Nase zu verscheuchen.

Der Pastor schlug die Bibel auf dem Lesepult auf und las: »Wiederum nahm ihn der Teufel mit auf einen sehr hohen Berg und zeigte ihm alle Reiche der Welt und ihre Herrlichkeit und sagte zu ihm: Das alles werde ich dir geben, wenn du niederfällst und mir huldigst. Da sprach Jesus zu ihm: Hinweg, Satan! Denn es steht geschrieben: Dem Herrn, deinem Gott, sollst du huldigen und ihm allein dienen.«

Nachdem der Pastor geendet hatte, klappte er die Bibel schwungvoll zu und stimmte mit der Gemeinde den Lobgesang »Lob sei dir, Herr Jesu Christ« an, bevor alle wieder Platz nahmen.

»Höret, meine Brüder und Schwestern im Namen des Herrn und ihr, die Freunde, ob ihr nun gläubig seid oder nicht, höret die Worte des Evangeliums und ergründet ihre Bedeutung. Jeder von uns muss sich die Frage stellen, wonach er sein Leben ausgerichtet hat. Wendet sich unser Herz zum Guten oder zum Schlechten? Zu Gott oder zum Teufel? Die Frage ist einfach. Eine Antwort zu finden fällt uns fehlbaren Menschen jedoch schwer. Jesus entschied sich, nicht der Versuchung zu erliegen. Indem er sich für uns kreuzigen ließ, befreite er uns von dem Bösen und der Sünde. In diesen besonders schmerzhaften Zeiten der Trauer, an welcher Quelle wollt ihr die Leere laben, die durch die Trennung entstanden ist? Wo gedenkt ihr, Trost zu finden? Und wie glaubt ihr, die grausame Realität des Todes annehmen zu können? Bei Gott allein findet meine Seele Ruhe. Meine Hoffnung ruht in ihm und nirgends sonst. Und es ist nie zu spät. Wer bereut, wird vom Herrn mit offenen Armen empfangen. Liebe Freunde, lasst uns hoffen, dass Alain Gautier sich am Ende für die richtige Seite entschieden hat. Er ist zum Herrn, seinem Gott, heimgekehrt. Er hat sich entschieden, Gott zu vertrauen, im Leben wie im Tod. Nur bei Gott kann meine Seele friedlich ruhen. Meine Hoffnung ruht auf ihm. Meine Hoffnung ruht auf ihm!«

Diese Predigt war zumindest überraschend, und ihr Ton war anklagend und recht rüde. Eine merkwürdige Art, die Menschen in ihrer Trauer zu begleiten. Erst der Versuchung erliegen und dann wieder auf den rechten Weg zu Gott finden ... Hatte der Pastor Gautiers Lebensgeschichte erzählt?

Nach der Eucharistiefeier entzündete der Pastor das Rauchfass, hob es gen Himmel und schwenkte es um den Sarg herum, damit sich der Weihrauch verteilte. Danach hielt er vor dem Sarg inne und segnete ihn. Ein paar Sekunden später hatte Andreas den Geruch des Weihrauchs in der Nase, der ihn an eine Vesper in der kleinen Kapelle San Damiano in Assisi erinnerte, an der er teilgenommen hatte. Jenen bescheidenen und demutsvollen Ort, an dem Franz von Assisi während eines Gebets die Stimme Christi vom Kreuz gehört hatte, die ihn anwies, die Kapelle wiederaufzubauen, die in Verfall geraten war. Die vom heiligen Franziskus angepriesene radikale Rückkehr zu den eigenen Wurzeln hatte Andreas fast mit der katholischen Kirche versöhnt, die er normalerweise für eine erstarrte und machthungrige Institution hielt.

»Jesus ist gestorben, und doch ist er auferstanden. Wir glauben, dass er uns damit das ewige Leben geschenkt hat. Mit diesem Wasser, mit dem wir uns auf unsere Taufe besinnen, sind wir eingeladen, den Leichnam unseres Bruders zu segnen. Wir bitten dich, Herr, nimm ihn gnädig auf in dein Reich. Es segne uns der allmächtige und barmherzige Gott, der Vater, der Sohn und der Heilige Geist. Amen.«

Als Andreas aufstand, um den Sarg mit ein paar Tropfen Weihwasser zu bespritzen, rempelte ihn ein Mann versehentlich an, entschuldigte sich und ließ ihm dann den Vortritt. Andreas meinte, ihn schon einmal gesehen zu haben, wusste aber nicht mehr, wo. Seit er in Gryon lebte, begegneten ihm häufig bekannte Gesichter, ohne dass er die Namen dazu kannte. Er hatte noch nicht die Zeit gefunden, sich in das Dorfleben zu integrieren. Er hatte angefangen, mit der Filialleiterin des Lebensmittelgeschäfts, dem Metzger und der Inhaberin des Bahnhofsrestaurants zu schwätzen, aber er arbeitete eben auch sehr viel. Seine rare Freizeit verbrachte er am liebsten mit Mikaël und Minus in der Natur, fernab der Menschen.

Er war an der Reihe. Er übernahm den Weihwasserwedel, tauchte ihn ins geweihte Wasser und bespritzte den Sarg, indem er mit der Hand ein Kreuz nachzeichnete, so, wie er es beim Pastor gesehen hatte. Den Blick auf den Sarg vor ihm gerichtet, verharrte er einen Moment ausdruckslos. Eines Tages würde er selbst in so einer Kiste liegen. Sofort verscheuchte er diesen Gedanken wieder. Andere Bilder tauchten vor seinem inneren Auge auf.

Alain Gautier.

Wer hat dich umgebracht?

Hilf mir!

Sprich zu mir!

Ihm kam eine Idee.

Hatte Alain Gautier vielleicht mit dem Pastor gesprochen? Hatte er seine Beichte bei ihm abgelegt? Er war überzeugt, dass die Antwort Ja lautete.

Der Mann von eben klopfte ihm auf die Schulter. Andreas erwachte aus seinen Gedanken, übergab ihm den Wedel und ging zum Ausgang, wo er wieder zu Mikaël und Karine stieß.

Kurz darauf trugen sechs in Schwarz gekleidete Männer den Sarg aus der Kirche. Der Pastor hatte die Anwesenden darüber informiert, dass man dem Sarg zu Fuß bis zum Friedhof folgen könne.

Der Mann, der kein Mörder war, stand in der Menschenmenge auf dem Vorplatz und wartete auf den Beginn des Trauerzuges. Er genoss den Ausblick, der sich ihm bot. Der Grand Muveran sah von hier aus einfach majestätisch aus.

    Er hatte sich dazu entschieden, Gautier zu seiner letzten Ruhestätte zu begleiten. Als sich der Trauerzug in Bewegung setzte, reihte er sich am Ende ein. Ein paar Meter vor ihm konnte er den Kriminalkommissar und seine Kollegin sehen. Momentan waren sie meilenweit von der Wahrheit entfernt. Er hatte sich erneut verkleidet. Ein kleines Spiel, bei dem er sich sehr geschickt anstellte. Doch er musste auf der Hut sein. Er hatte großen Respekt vor diesem Kommissar, auch wenn er ihn nicht persönlich kannte.

    Der Trauerzug bahnte sich den Weg zu dem etwa einen Kilometer entfernten Friedhof. In Höhe der Tennisplätze bog der Leichenwagen auf die abschüssige, besonders steile Straße in Richtung Rabou ab.

    Ein Stück weiter unten hielt der Wagen vor dem schmiedeeisernen Tor des Friedhofs, an dem ein Schild hing, das das Mitbringen von Hunden untersagte. Dennoch würde Gautier hier ruhen, dachte der Mann, der kein Mörder war.

Die Menschen betraten den Friedhof und wurden vom Pastor ans andere Ende des Geländes geleitet, an die Stelle, wo bereits ein Loch für den Sarg von Alain Gautier gegraben worden war.

    Andreas und Karine hielten sich etwas abseits. Mikaël hatte beschlossen, nicht an der Beisetzung teilzunehmen. Andreas beobachtete aufmerksam alle anwesenden Personen. Er glaubte, dass der Mörder hier war. Er war sich beinahe sicher. Aber wie sollte er ihn identifizieren?

    Der Friedhof war von einer etwa ein Meter hohen Steinmauer umgeben. Einige Büsche und eine große Tanne schmückten die Bereiche zwischen den Gräbern, aber die Aussicht war einfach atemberaubend. Beinahe nirgends sonst im Ort hatte man einen so unverstellten Blick. Links die Alpe des Chaux, weiter hinten die Diablerets und die Tour d'Anzeindaz, der Miroir d'Argentine, die Spitze der Savoleyres, der Grand Muveran.

Der Mann, der kein Mörder war, würde dieses Ausblicks auf das Bergpanorama nie überdrüssig werden.

Es gab schlimmere Orte für die letzte Ruhestätte, dennoch wollte er selbst hier nicht beerdigt werden. Er hatte sein Testament gemacht. Er wünschte sich, dass seine Asche auf der Alp in der Nähe seines Chalets verstreut würde. Ob dieser letzte Wille erfüllt würde?

Auf dem Weg blieb sein Blick am Grab seiner Großmutter hängen. Sie fehlte ihm. Es war die einzige Person, die er geliebt hatte, abgesehen von seiner Prinzessin.

Der Pastor sprach einen letzten Segen, bevor die Sargträger den Sarg mit Hilfe von drei großen Riemen ganz vorsichtig hinabließen. Es legte sich eine drückende Stille über den Friedhof. Jeder nahm für sich Abschied von Gautier.

Der Mann, der kein Mörder war, trat vor. Er starrte in das Erdloch auf den Sarg und wünschte Gautier, dass er bis in alle Ewigkeit in der Hölle schmoren möge.

Er hatte ihn mehrere Monate lang heimlich verfolgt und überwacht, und es hatte ihm ein ungeheures Vergnügen bereitet, seine Angst zu spüren, als er ihm seine wahre Identität offenbart hatte. Den Moment, als er ihm die Augen herausgeschnitten hatte und das Messer nach einem kurzen Widerstand durch sein Fleisch bis ins Herz vorgedrungen war, hatte er als extrem intensiv erlebt.

Ihn zu töten hatte ihm Freude bereitet. Dieser Augenblick, auf den er schon so lange gewartet hatte. Den er sorgfältig vorbereitet, von dem er geträumt hatte.

Er hatte gehofft, dass dadurch sein eigener Schmerz gelindert werden würde. Doch er hatte sich getäuscht. Das Leiden war nicht geringer geworden. Die Wut war immer noch die gleiche.

Er hatte keine andere Wahl. Er würde den Weg bis zum Ende gehen.

45

Andreas stand gedankenverloren am Fenster des Gemeindesaals und betrachtete die Berge. Nicolas tat, als sei er in seinen Papierkram versunken, dabei stellte er sich vermutlich gerade vor, über das Meer zu segeln. Karine bereite den Kaffee zu.

Das Pfeifen des Wasserkessels wirkte wie ein Wecksignal. Das Meeting konnte beginnen.

»Ich habe das Gefühl, dass der Täter ganz in der Nähe ist, dass er uns umkreist und versucht, uns herauszufordern«, sagte Andreas. »Er fühlt sich stark. Unbesiegbar. Als würde er seine Energie daraus ziehen, uns an der Nase herumzuführen.«

»Was bringt dich zu der Annahme?«, fragte Nicolas.

»Seine Botschaften wirken, als würde er eine Schnitzeljagd für uns veranstalten. Die Flasche im Mülleimer. Der Anruf vom Bahnhofsrestaurant aus. Die E-Mail an Berset.« Andreas hielt kurz inne. »Es ist einfach so ein Gefühl. Heute Morgen bei Gautiers Beerdigung. Ich konnte seine Anwesenheit förmlich spüren. Ich bin mir sicher, dass er mir zu verstehen geben will, dass er in der Nähe ist.«

»Glaubst du nicht, dass du jetzt ein bisschen melodramatisch wirst?«, witzelte Karine. »Du hast stets das Gefühl, der Mittelpunkt der Welt zu sein, aber das ist eben nicht immer der Fall. Du machst daraus eine Art persönlichen Krieg, dabei solltest du dich lieber auf die Fakten konzentrieren, als gegen Windmühlen zu kämpfen ...«

Die Spannung im Raum war spürbar. Langsam wuchs die Nervosität. Obwohl sie sich voller Energie auf die Ermittlungen gestürzt hatten, war ihnen bislang noch kein nennenswerter Durchbruch gelungen.

»Danke, Sancho Panza!«

»Danke, wer?«, fragte Nicolas, der offenbar auf dem Schlauch stand.

»Sancho Panza ist ein einfacher Bauer, der nicht viel Grips in der Birne hat«, erklärte Andreas.

»Hör nicht auf ihn, Nicolas. Eigentlich ist er der treue und sehr vernünftige Begleiter von Don Quichotte, der versucht, seinen Herrn, der nicht zwischen Dichtung und Wahrheit zu unterscheiden vermag, vor schlimmerem Unheil zu bewahren. Sancho steht mit beiden Beinen auf der Erde, während Don Quichotte Luftschlösser baut …«, sagte Karine.

Nicolas verfolgte abwesend das Wortgefecht, das sich seine beiden Kollegen lieferten.

»Versuch gar nicht erst, es zu verstehen, Nicolas«, fügte Karine grinsend hinzu.

Karine spielte sich ganz schön auf, hatte den Roman aber in Wirklichkeit selbst nie gelesen oder auch nur von Nahem gesehen. Und sie hatte in etwa das gleiche Gesicht wie Nicolas gemacht, als Mikaël sie und Andreas einmal mit den beiden Helden von Cervantes verglichen hatte.

»Ich phantasiere hier nicht herum«, sagte Andreas. »All das ist sehr real. Für einige Kriminelle ist es Teil des Spiels, die Ermittler herauszufordern. Das Töten reicht ihnen nicht. Sie müssen beweisen, dass sie die Besten sind, um daraus ihr Gefühl von Allmacht zu nähren. Dafür geht unser Mörder Risiken ein. Und wenn er seinen ersten Fehler macht, werde ich zur Stelle sein!«

Karine ließ die Sache auf sich beruhen. Wenn Andreas von etwas überzeugt war, dann konnte ihn nichts und niemand umstimmen, außer vielleicht er selbst. Zu behaupten, dass er stur sei, wäre ein Euphemismus gewesen. Zu Beginn ihrer Zusammenarbeit war Karine daran beinahe verzweifelt. Mit der Zeit hatte sie jedoch realisiert, dass Andreas ihr trotz all seiner egozentrischen Allüren zuhörte und ihre Meinung schätzte, auch wenn er so tat, als würde er ihr keinerlei Beachtung schenken.

»Wie weit bist du mit den Unterlagen aus der Immobilienagentur? Sind dir Namen begegnet, die wir vielleicht bereits kennen?«, fragte Andreas.

»Also ...« Nicolas war so überrascht von dem abrupten Themenwechsel, dass er noch nicht bereit war zu antworten. Er blätterte nervös durch seine Papiere, sodass einige Blätter zu Boden fielen. Er bückte sich, um sie aufzuheben, und stieß sich dabei den Kopf an der Tischplatte. Karine gluckste, und Andreas kochte innerlich.

»Hier habe ich es. Also was die Kunden betrifft, so habe ich darunter einige bereits bekannte Namen gefunden. John Holder. Er hat letztes Jahr ein Chalet gekauft. Der Kaufvertrag wurde im November letzten Jahres in Frience unterschrieben. Und Albright, der Engländer. Er hat 2007 ein Haus in Frience erstanden, das zuvor eine Familie Santchi aus Gryon besessen hat. Die ehemalige Eigentümerin gehörte übrigens auch zu den Leuten, die vor der Kirche gestanden haben. Sie hat ihr Haus verkauft und besitzt jetzt eine Wohnung in La Barboleuse. Dann die Fourniers. Sie haben das Land erworben, auf dem Fournier selbst ein Chalet gebaut hat. Sie haben knapp eins Komma zwei Millionen Franken für ein dreitausend Quadratmeter großes Grundstück bezahlt. Außerdem Alfred und Germaine Jaccard, ein Rentnerehepaar aus Genf, das vor zehn Jahren eine Wohnung im Umland gekauft hat. Und dann habe ich auch noch die Namen Andreas Auer und Mikaël Achard gefunden«, sagte Nicolas und schaute Andreas amüsiert an.

Andreas schien das nicht witzig zu finden, begnügte sich jedoch damit, die Stirn zu runzeln. »Und ist dir sonst noch irgendetwas aufgefallen, oder kam dir etwas merkwürdig vor?«

»Nein, eigentlich nicht. Ich habe auch mal einen Blick in die Bilanzen der Agentur geworfen. Aber ich bin kein Spezialist auf diesem Gebiet. Vielleicht sollten wir das Dezernat für Wirtschaftskriminalität einschalten.«

»Erst mal nicht«, antwortete Andreas schroff.

Ein Klingelton ertönte und kündigte einen eingehenden Skype-Anruf an. Christophe berichtete, dass er die Computerdaten weiter ausgewertet und noch einige amateurhafte Pornovideos von Gautier gefunden habe, die ungefähr acht Monate alt waren. Jüngere Daten hatte er nicht gefunden.«

»Das deckt sich in etwa mit dem Zeitpunkt, an dem er Nicole Barbey kennengelernt hat«, merkte Karine an.

»Unser Don Juan hat offensichtlich den Rückzug angetreten, nachdem er die Barbey kennengelernt hat«, schlussfolgerte Andreas.

»Ich würde sogar sagen, dass er im Begriff war, sein Leben zu ändern«, fügte Christophe hinzu.

»Wieso?«

»In seinem Postfach habe ich die Korrespondenz mit einem Anwalt gefunden. Er wollte seine Anteile an der Agentur verkaufen und hatte den Anwalt beauftragt, einen Käufer zu suchen. In einer der Mails hatte er unter anderem ausdrücklich darauf hingewiesen, dass dies alles äußerst diskret ablaufen solle.«

»Sehr interessant. Damit hätte doch Marie Pitou ein Motiv, oder?«

»Vorausgesetzt, dass sie darüber in Kenntnis war und ihn daran hindern wollte, seine Anteile an jemand anderen als sie selbst zu verkaufen. Aber das glaube ich eher nicht. Von wann sind denn diese Mails?«

»Vom Mai. Ich habe außerdem seine Bankkonten überprüft. Wenn ich alles zusammenrechne – Erspartes, Rentenkasse, diverse Aktien und Fonds –, besaß er über eine Million Franken. Und seine Anteile an der Agentur hätten ihm noch ein paar hunderttausend Franken mehr eingebracht.«

»Man könnte meinen, dass er sich aus dem Staub machen wollte.«

»Ganz genau. Sein Anwalt hat mir das bestätigt. Er war dabei, ein charmantes Hotel auf einer der thailändischen Inseln zu kaufen. Auf Koh Lipe, um genau zu sein. Er hatte vor, sich im Dezember dort niederzulassen, und sogar schon ein Flugticket für den Hinflug gekauft.«

»Unglaublich. Hast du irgendwelche Informationen gefunden, dass er die Absicht hatte, mit Barbey zusammen wegzugehen?«

»Ich habe die Fluggesellschaft kontaktiert, die mir mitgeteilt hat, dass Gautier nur ein einzelnes Ticket bei ihnen gekauft hat.«

»Vielleicht sollte sie später nachkommen«, überlegte Nicolas. »Oder mit einer anderen Airline reisen.«

»Das werden wir prüfen müssen«, sagte Andreas.

»Wartet. Das war noch nicht alles. Sein Anwalt hat mir noch etwas sehr Interessantes gesagt. Gautier hat im vergangenen Mai auch noch eine neue Lebensversicherung abgeschlossen. Wollt ihr wissen, wer die Begünstigten sind?« Christophe machte eine kurze Pause, um die Spannung zu erhöhen. »Nicole Barbey, seine Geliebte, und Marine Besson, die Frau, die er vor über zwanzig Jahren vergewaltigt hat.«

46

Nach der Beerdigung war Kommissar Auer zu ihm gekommen und hatte um ein Gespräch gebeten. Der Pastor war zunächst überrascht gewesen, aber dann hatte seine Neugier die Oberhand gewonnen. Er hatte versucht herauszufinden, worüber der Kommissar mit ihm sprechen wollte, doch dieser war sehr vage geblieben.

Nach der Rückkehr vom Friedhof hatte er sich wie üblich allein mit einem Stück Brot, etwas Käse und einem Glas Rotwein an seinen Küchentisch gesetzt. Die Küche des Pfarrhauses war funktional und strahlte keinerlei Behaglichkeit aus. Er hatte die Möbel des letzten Pastors übernommen. Ein weißer Sperrholztisch und abgenutzte Holzstühle, die identisch mit denen des Pfarrgemeindesaals waren. Der Küchenschrank hatte schon einige seiner Vorgänger überlebt und war mehrere Male frisch gestrichen worden. Unter der roten Farbe schimmerte an mehreren Stellen das Hellgrün des älteren Anstrichs durch. Er hatte darüber nachgedacht, dem Schrank eine eigene Farbe zu verpassen, aber die Gemeindemitglieder nahmen ihn ganz schön in Beschlag, und er hatte noch keine Zeit gefunden, sich einem solch unnötigen Projekt zu widmen. Die Monotonie der nicht mehr ganz weißen Wände wurde lediglich durch ein Kruzifix unterbrochen, das es aber auch nicht schaffte, der Tristesse etwas entgegenzuhalten. Ihn überkam plötzlich das Gefühl, dass seine Küche der optische Ausdruck seines Seelenlebens sei. Langweilig und deprimierend. Eintönig und farblos.

Nach einem Vorkommnis in Genf, wo er als junger Priester vor lauter Enthusiasmus gewisse Grenzen überschritten hatte, war er vor fünf Jahren nach Gryon gekommen. In seinem Fall hatte die Grenze Charlène geheißen und war einer seiner Firmlinge gewesen. Der Bischof hatte ihm daraufhin zu verstehen gegeben, dass ihm etwas frische Bergluft guttäte. Er hatte sich entscheiden müssen – Charlène oder Gryon. Damals war ihm die Entscheidung logisch erschienen. Er hatte sich einfach nicht vorstellen können, außerhalb des Klerus zu leben. Was hätte er machen sollen? In gewisser Weise schien ihm die reale Welt fremd und bedrohlich zu sein. So hatte er sich für die vertraute Welt der Kirche mit all ihren Regeln und Ritualen entschieden, die ihm ein Gefühl von Sicherheit gab.

Inzwischen hatte er allerdings den Eindruck, in einem Gefängnis unter freiem Himmel zu sitzen. Und warum das alles? Um die bigotten Alten zu trösten. Um mit Gemeindemitgliedern, die nicht mal das Vaterunser auswendig konnten, um zehn Uhr morgens im Bahnhofsrestaurant Weißwein zu trinken.

An dem Tag, als er Gautier betend in der Kirche angetroffen hatte, waren die alten Dämonen wieder hervorgekommen. Ein Mann, der in Sünde gelebt und Wollust praktiziert hatte, wollte sich davon lösen … Und er selbst? Es war genau das, wovon er nachts träumte, doch wenn er morgens erwachte, fraß ihn das schlechte Gewissen wie ein Krebsgeschwür, das auf teuflische Art immer weiterwuchs, innerlich auf. Und wenn die Sonne unterging, betete er nicht mehr zu Gott, sondern zum Satan. Er wollte nicht mehr von allem Schlechten befreit werden, sondern sich der Sünde hingeben.

Während Andreas die Rampe zur Kapelle hinunterging, sah er den Pastor, der auf einer Bank unter dem Vordach saß und ins Leere starrte. Als er Andreas bemerkte, erhob er sich, begrüßte ihn und bat ihn einzutreten. Sie setzten sich nebeneinander auf die Bank in der ersten Reihe, gegenüber der Stelle, wo morgens noch der Sarg gestanden hatte.

»Was kann ich für Sie tun, Monsieur le Commissaire?«, fragte der Pastor und blickte dabei stur geradeaus, um Andreas' Blick auszuweichen.

»Herr Pfarrer, ich habe ein paar Fragen zu Ihrer Predigt.«

Diese Bemerkung überraschte den Pastor ganz offensichtlich, denn er drehte sich zu Andreas um und schaute ihm in die Augen. »Das freut mich, Monsieur le Commissaire«, erwiderte er schüchtern.

»Täuschen Sie sich nicht, ich bin nicht gekommen, um mit Ihnen über Theologie zu reden. Ich bin wegen Gautier hier. Ich glaube, dass Sie ihn gekannt haben. Nein, ich bin mir da sogar sicher.«

Der Pastor, der noch nie etwas mit der Polizei zu tun gehabt hatte, fühlte sich auf einmal unsicher und unbehaglich. Er hatte das Gefühl, dass der Kommissar ihn wie ein offenes Buch lesen konnte.

»In der Tat. Er war katholisch und gehörte zu meiner Gemeinde.«

»Herr Pfarrer, Sie und ich wissen, dass Gautier kein Engel war. Und er gehörte mit Sicherheit auch nicht zu ihren treuesten Kirchgängern. Sogar seine Mutter hat bedauert, wie sehr sich ihr Sohn von Gott entfernt hatte.«

Der Pastor schwieg einen Moment, bevor er antwortete. »Als ich vor ein paar Monaten in die Kirche kam, kniete ein Mann vor dem Altar. Das war Alain Gautier. Wir haben ein wenig miteinander geredet, und er entschloss sich zu beichten.«

»Und was hat er Ihnen gebeichtet?«
»Das unterliegt auch nach dem Tod noch dem Beichtgeheimnis. Ich schätze, das wissen Sie.«
Andreas empfand den strengen Blick des Pastors als überheblich und ärgerte sich darüber.
»Ich bin auf der Suche nach einem Mörder, der immer noch frei umherläuft«, sagte er. »Falls Sie Informationen haben, die mir hilfreich sein könnten, fordere ich Sie auf, mir diese mitzuteilen. Sie möchten doch keinen Mord auf dem Gewissen haben, oder?«
Der Pastor war irritiert. Noch nicht einmal sein weißer Kragen, der seinen Gesprächspartnern normalerweise Respekt einflößte, schien diesen Kommissar zu beeindrucken. Er ließ sich Zeit mit der Antwort. Er hatte das Gefühl, zwischen zwei widersprüchlichen Empfindungen in der Falle zu sitzen: der Angst, eines der heiligen Sakramente und das Gelübde zu verletzen, das er als Priester abgelegt hatte, und seinem Wunsch, dem Kommissar bei seinen Ermittlungen zu helfen und ihn auf die Spur des Mörders zu bringen. Hatte er überhaupt eine Wahl? Auch wenn er gern einige Regeln dieser konformistischen Kirche umgangen hätte, trug er doch ständig Schuldgefühle mit sich herum. Und er glaubte, dass er, wenn er sich Freiheiten erlaubte, jegliche Orientierung verlöre. Als würde das Wasser gegen eine Staumauer drücken. Eine winzige Schwachstelle konnte den ganzen Damm sprengen. Er hätte sich gewünscht, die Stimme Gottes würde ihm die Antwort einflüstern … Doch er wusste sehr gut, dass er, und zwar er allein, diese Entscheidung treffen musste, indem er seine Seele und sein Gewissen befragte. Er schaute dem Kommissar in die Augen. Seine Entscheidung stand fest.
»Ich verstehe, Monsieur le Commissaire. Alain Gautier hat zusammen mit mir eine regelrechte Entwicklung durchgemacht. Er hat bereut und sich sehnlichst gewünscht, ein besserer Mensch zu werden oder zumindest ›nicht mehr so schlecht zu sein‹, wie er sich selbst ausdrückte. Er war nicht glücklich in seinem Leben. Ich habe ihm geraten, sich für die

Taten, die er in den letzten Jahren begangen hatte, selbst anzuzeigen. Er hat mir versichert, dass er dies tun würde, sobald er sich bereit dafür fühle.«

»Um welche Taten handelt es sich dabei?«

»Es tut mir leid, aber das ist eine sehr schwierige Situation für mich. Ich habe das Gefühl, ihn auch jetzt nach seinem Tod noch zu verraten, wenn ich darüber spreche.« Der Pfarrer blickte zum Kreuz auf, bevor er fortfuhr. »Er hat mit mehreren minderjährigen Mädchen geschlafen …« Jetzt sprudelten die Worte aus dem Pastor heraus, als würde die Geschwindigkeit seinen Verrat erträglicher machen.

»Ja, das wissen wir bereits.«

Der Pastor schien ein wenig in sich zusammenzusinken.

»Hat er in Ihren Gesprächen etwas erwähnt, das uns auf die Spur des Mörders führen könnte?«

»Nein, ich hatte nicht so viel Einblick in sein Leben, als dass ich mir vorstellen könnte, wer dieses schreckliche Verbrechen begangen haben könnte. Ich fürchte, Ihnen in dieser Angelegenheit nicht sehr hilfreich zu sein.«

»Hat er Ihnen erklärt, warum er sich damals ausgerechnet zu diesem Zeitpunkt an Sie gewandt hat? Hatte sich in seinem Leben etwas Besonderes zugetragen?«

»Er hat mir erzählt, dass er eine Frau kennengelernt habe. Dass er das Gefühl gehabt habe, verliebt zu sein. Dass er einen Schlussstrich unter sein altes Leben ziehen wollte. Und …«

»Ja?«

»Er hat mir auch erzählt, dass ihn seine Vergangenheit einholen würde. Ich habe das damals nicht richtig nachvollziehen können, aber es schien ihn zu beunruhigen. Und er hatte eine mysteriöse Postkarte erhalten.«

»Eine Postkarte? Hat er Ihnen erzählt, was daraufgestanden hat?«

»Ja. Es war ein Satz mit religiösem Inhalt. ›Der Schuldige wird verurteilt werden‹, meine ich. Und noch ein zweiter Satz, aber da erinnere ich mich nicht mehr an den genauen Wortlaut. Sinngemäß stand dort ›Ich habe dich nicht vergessen‹ oder ›Ich habe nichts vergessen‹. Er hat mir übrigens gestanden, dass er nicht zum ersten Mal eine solche Karte bekommen hatte.«

»Wissen Sie, wo die Karte abgeschickt wurde? Und wann?«

»Nein, da habe ich keine Ahnung. Ich fand es nicht wichtig, nach solchen Details zu fragen. Und Gautier schien etwas verlegen, daher wollte ich auch nicht weiterbohren. Wissen Sie, Seelsorge ist eine heikle Angelegenheit. Ich wollte nicht, dass er sich wieder zurückzieht oder sich entschließt, sich mir nicht mehr anzuvertrauen.«

»Ja, das verstehe ich. Hatten Sie das Gefühl, dass er Angst hatte? Dass er um sein Leben fürchtete?«

»Nein, das tat er nicht. Ich glaube eher, dass er Sorge hatte, jemand könne enthüllen, was er getan hat. Er hat mir gesagt, dass er sich selbst nicht mehr im Spiegel anschauen könnte, falls einige Dinge hier im Dorf bekannt würden. Und dass seine Agentur pleitegehen würde.«

»Wusste er, wer ihm die Postkarte geschickt hatte?«

»Nein. Er schien einen vagen Verdacht gehabt zu haben. Vermutlich eine alte Geschichte, hatte er angedeutet.«

»Vielen Dank, Herr Pfarrer, dass Sie mit mir gesprochen haben. Ich weiß das zu schätzen. Ich weiß auch, dass das nicht selbstverständlich ist. Falls Ihnen noch irgendetwas einfällt, kontaktieren Sie mich bitte.«

»Das mache ich. Ich hoffe, dass ich Ihnen ein wenig helfen konnte, Monsieur le Commissaire. Ich werde für Sie beten. Ihr Beruf erfordert viel Mut.«

Nachdem Andreas gegangen war, blieb der Pastor auf der Bank sitzen und starrte die brennende Kerze auf dem Altar an.

47

Es wurde bereits dunkel, und das Gelände war menschenleer. Michel Martin ging vom Eisenbahndepot in Bex in Richtung seines Autos, das er etwa dreihundert Meter entfernt abgestellt hatte.

Seine Schicht war zu Ende. Er war Lokführer. Als Kind hatte er beschlossen, in die Fußstapfen seines Vaters zu treten, den er, so oft er nur konnte, im Fahrstand begleitet hatte. Züge waren sein Beruf und seine Leidenschaft, und er hatte es nie bereut, diese Laufbahn eingeschlagen zu haben. Inzwischen war er zweiundfünfzig und fuhr seit fast dreißig Jahren die Strecke zwischen Bex und Bretaye über Gryon und Villars.

Er freute sich darauf, den Feierabend mit seiner Frau zu verbringen, die ihm sicherlich etwas zu essen aufbewahrt hatte. Danach würde er im Keller eine neue Dampflokomotive auf seiner riesigen Modelleisenbahnanlage testen, die er erst am Morgen per Post erhalten hatte. Das seltene Modell, der Nachbau einer dänischen Lokomotive, die er im Internet aufgestöbert hatte, hatte ein kleines Vermögen gekostet. Mehr als tausend Franken. Aber gut, wenn man etwas liebte ...

Bis auf ein leises Rauschen der Bäume im Wind war es mucksmäuschenstill um ihn herum. Plötzlich meinte er jedoch, ein anderes Geräusch zu vernehmen.

Schritte?

Er hielt inne.

Drehte sich um.

Nichts.

Vermutlich ein Tier. An dieser Stelle kamen noch Rehe und Dachse in der Dämmerung hervor. Er ging weiter, beschleunigte aber seine Schritte. Das Auto war nicht mehr weit entfernt. Er holte den Schlüssel aus der Tasche und drückte auf den Türöffner. Das Licht des Fahrzeugs blinkte auf. Es war entriegelt.

Als er gerade die Tür öffnen wollte, verspürte er einen fürchterlichen Schmerz im Rücken. Alles wurde schwarz.

48

Gryon, Dezember 1970

Seine Mutter Louise wollte, dass er dem lokalen Jugendring beitrat und wie sein größerer Bruder Mitglied im Schützenverein L'Abbaye wurde. Obwohl er dafür noch zu jung war, fing sie immer wieder davon an. Als sei es ein obligatorischer Weg, eine nicht zu hinterfragende Familientradition, die ihn bedeutend weiterbringen würde als sein religiöser Schnickschnack. Sie ließ keine Gelegenheit aus, das Thema auf den Tisch zu bringen. Ein weiteres Konfliktpotenzial zwischen seiner Mutter und ihm, ihrem jüngsten Sohn. Sie hielt es für einen wichtigen Abschnitt im sozialen Leben des Ortes und für eine notwendige Erfahrung in der Persönlichkeitsentwicklung eines Heranwachsenden.

Er selbst sah das jedoch nicht so. Mit dem Blasorchester Würstchen zu grillen, ein Mittsommerfest zu organisieren mit der unterschwelligen Absicht, sich jedes Mal zu besaufen, stellte für ihn keinerlei Reiz dar. Vom Schießen ganz zu schweigen. Er weigerte sich sogar, dies als Sport anzuerkennen, denn egal ob Gewehr oder Pistole, beides war zum Töten gedacht. Und er hasste nichts so sehr wie Gewalt in all ihren Formen. Und er hasste seine Mutter! Sie verstand ihn nicht und akzeptierte ihn nicht so, wie er war. Sie wollte, dass er anders war. So wie sie. So wie sein Bruder. Daher stand er seinem Vater viel näher. Aber auch das beunruhigte ihn. Er erkannte durchaus, welchen Einfluss seine Mutter auf ihn hatte. Niemals würde er zulassen, so von seiner Frau behandelt zu werden. Niemals!

Er hatte es schon immer sehr schwierig gefunden, seinen Platz in dieser Familie zu finden, die er zum Teil hasste, für die er gleichzeitig aber auch Mitleid empfand. Wie hätte er hier Halt finden können? In ihrer Mitte fühlte er sich wie ein Fremder. Für sein Alter stellte er sich schon viele Fragen. Über den Sinn des Lebens. Über Gott. Themen, die für Erwachsene gedacht waren. Über die nicht einmal seine Eltern nachdachten, für die das Leben wie ein langer Fluss zu sein schien, der niemals seinen

Lauf änderte. Alles musste so gemacht werden, wie es immer schon gemacht worden war und wie alle Welt es machte. Nur seine Großmutter Odile war wie er.

Der Pfarrer hatte ihm von der Vorsehung erzählt und ihm erklärt, dass sie das Gegenteil von Zufall war und dass Gott einen Plan für uns bereithielte. Und diesen Plan wollte er kennenlernen und verstehen. Der Pfarrer hatte ihm gesagt, dass er nur im Glauben und im Gebet Antworten auf seine Fragen finden würde. Daher betete er jeden Abend vor dem Einschlafen im Dunkeln. Doch er erhielt keine Antwort. Gott schwieg. Warum sprach er nicht mit ihm? Mit der Zeit änderte sich der Inhalt seiner Gebete. Er wollte nicht mehr verstehen, er bat Gott lediglich darum, dass seine Familie nicht mehr da sein möge. Dass sie verschwände! Hatte er das Recht dazu? Er hatte sich nicht getraut, mit dem Pfarrer darüber zu sprechen. Er hatte alles für sich behalten und bewahrte dieses Geheimnis in seiner Seele. Ganz langsam, aber stetig verwandelte sich sein Glaube in Zorn und in Hass. Und nichts und niemand konnte das verhindern.

Doch in dieser Dunkelheit erschien ihm ein schwaches Licht. Sein Vater hatte mit Unterstützung seiner Großmutter seine Mutter überreden können, ihn den Gottesdienst besuchen zu lassen. Eine Neuigkeit, die ihn unbändig freute. Und so waren sie am ersten Sonntag im Advent in die Kirche gegangen. Seine Geschwister waren mit ihrer Mutter in der Käserei geblieben.

Sie hatten in der vordersten Bank, direkt unter der Kanzel gesessen. Er wollte dem Geschehen so nah wie möglich sein, um sicherzugehen, dass er nichts verpasste. Er hatte dem Pfarrer sehr aufmerksam zugehört, als dieser erklärt hatte, dass sich jeder darauf vorbereiten müsse, Jesus zu empfangen. Und dass man ihm einen Platz in seinem Leben einrichten müsse, als empfinge man ein Neugeborenes in der Familie.

Auch er selbst hätte sich gewünscht, sich in seiner eigenen Familie willkommen zu fühlen. Ein Wunschkind zu sein, das geliebt wurde. Er wusste, dass sein Vater ihn liebte. Doch die Boshaftigkeit seiner Mutter und die Ignoranz seiner Geschwister wogen so schwer, dass alles andere unbedeutend wurde.

Sein Vater interessierte sich nicht besonders für spirituelle Fragen und ließ während der Predigt seine Gedanken schweifen. Er hatte ihm oft erzählt, dass er sich einfach über diese gemeinsamen Momente mit seinem Sohn und seiner Mutter freute, denn das erinnerte ihn an seine eigene Kindheit. Anstatt jedoch in diesen Erinnerungen Trost zu finden, schienen sie ihn mit großer Traurigkeit zu füllen. Sein Vater war unglücklich, aber was sollte er dagegen tun? Nichts.

Beim Treffen mit dem Pfarrer in der folgenden Woche stellte er ihm sehr viele Fragen zur Predigt. Über den Ablauf des Gottesdienstes, das Abendmahl, die Lieder. Nachdem ihm der Pfarrer vieles erklärt hatte, lud er ihn ein, ihm zu helfen, die Kirche am kommenden Sonntag für den Gottesdienst vorzubereiten. Er hatte daraufhin über das ganze Gesicht gestrahlt.

Als der Pfarrer am nächsten Sonntag aus dem Haus trat, war er schon da, sprang von der Bank auf und begrüßte ihn, um dann gemeinsam mit ihm in die Kirche zu gehen. Als Erstes mussten sie die Lieder auf dem Brett an der Wand anschlagen. Der Pfarrer hatte ihm dafür eine Kiste mit Holzschildern gegeben, auf denen die Zahlen Null bis Neun standen. Fast wie Dominosteine. Er musste die Zahlen nacheinander zwischen zwei Schienen schieben, sodass sie die Nummern der Lieder ergaben. Anschließend zeigte ihm der Pfarrer, wie das Abendmahl vorbereitet wurde. Er goss den Wein in zwei große Kelche und den Rest in eine Zinnkanne. Den kleinsten Kelch füllte er mit Traubensaft und erklärte ihm, dass einige Gemeindemitglieder keinen Alkohol tranken. Die gefüllten Kelche bedeckte er mit einem kleinen Zierdeckchen. Das Brot wurde auf einen Zinnteller gelegt und mit einem etwas größeren weißen Deckchen abgedeckt. Der Pfarrer hatte ihm daraufhin erklären müssen, was es mit dem Leib und dem Blut Christi auf sich hatte, und ihm von den unterschiedlichen Sichtweisen der Protestanten und der Katholiken diesbezüglich erzählt.

Alles war vorbereitet. Sie würden im Pfarrhaus noch ein Glas Orangensaft trinken und um kurz vor zehn Uhr zurückkommen. Er sollte sich dann an den Eingang neben den Stapel mit den Gesangbüchern stellen und jedem Gemeindemitglied eines davon aushändigen.

Als es so weit war, wurde die Tür geöffnet. Als Erstes trat seine Großmutter ein, gefolgt von seinem Vater. Er begrüßte sie lächelnd und war sehr stolz.

Am darauffolgenden Freitag besuchte er gewohnheitsmäßig den Pfarrer vor dem Konfirmandenunterricht. Das Pfarrhaus war ihm eine Zuflucht geworden, aber auch ganz einfach ein Ort, an dem er das Gefühl hatte, anerkannt zu werden. Jemand zu sein.

An jenem Tag hatte im Bücherregal der Titel »Das Jüngste Gericht« seine Neugier geweckt. Sie hatten sehr lange darüber gesprochen. Der Pfarrer hatte ihm erzählt, dass sich jeder eines Tages dem Gottesgericht stellen müsse, das darüber urteile, wie man sein Leben gelebt habe. Die einen kämen ins Paradies, die anderen führen zur Hölle. Der Pfarrer erklärte weiterhin, in der Bibel stünde geschrieben, dass einige versuchten, Gott zu gefallen, ohne sich dabei um andere zu kümmern, während andere sich dazu entschieden, ihren Nächsten zu helfen. Das Wichtigste sei also, Gutes in seiner Umgebung zu tun. Und wenn man Gutes tue, lebe man, wie Jesus es gewollt habe. Auf diese Weise würde man Glück erfahren. Die Hölle und das Paradies, das sei natürlich ein Bild. Gott vergebe jedem seine schlechten Taten.

Wirklich? Er fragte sich, wie man jenen verzeihen konnte, die Böses taten. Gott war dazu in der Lage. Und er selbst? Er war davon nicht überzeugt.

49

Freitag, 14. September

Jules und Andrée Demont waren sehr schockiert gewesen, als sie letzten Sonntag erfahren hatten, dass man direkt bei ihnen gegenüber in der Kirche eine Leiche gefunden hatte. Sie stammten beide aus Gryon. Jules war sogar in dem Chalet, in dem sie lebten, zur Welt gekommen. Seine Frau Andrée war nur ein paar Schritte entfernt in La Losse groß geworden. Sie waren schon vor einigen Jahren in Rente gegangen.

Jules ging inzwischen am Stock, kaufte aber dennoch jeden Morgen einen Hefezopf im Lebensmittelgeschäft des Ortes, während seine Frau das Frühstück zubereitete. Es war ein Ritual geworden. Der Weg war nicht weit, aber immerhin musste er dafür die recht steile Vieux Chemin hinaufgehen. Auf halber Strecke hielt er stets inne und betrachtete die Kirche, den Brunnen und die Berge, um wieder zu Luft zu kommen und den Rest des Weges zu schaffen. Auch in den letzten Tagen war er nicht von dieser Gewohnheit abgewichen, obwohl der Anblick der Kirche von dem Bild der verstümmelten Leiche, die man dort gefunden hatte, gestört wurde, das ihm nicht aus dem Kopf ging. Dabei hatte er sie gar nicht gesehen, sondern nur in der Zeitung davon gelesen und gehört, wie man im Lebensmittelgeschäft darüber gesprochen hatte. Er war stets ein praktizierender Protestant gewesen. Wie konnte man einen heiligen Ort nur auf diese Weise beschmutzen?

Jules nahm seinen Mantel von der Garderobe im Hauseingang und zog ihn mühsam an. Anschließend setzte er seinen Hut auf, ohne den er niemals aus dem Haus ging. Er öffnete die Tür und spürte, wie ihm ein kalter Wind entgegenschlug. Er verließ das Haus und ging auf den Brunnen zu.

Das große rechteckige Becken wog knapp sieben Tonnen. An sonnigen Nachmittagen setzte er sich gern auf die geschützte Holzbank und lauschte dem plätschernden Wasser. Er war stolz, ein Tatchi, ein »Rucksackträger«, zu sein, wie die Bewohner von Gryon genannt wurden. Dieser Brunnen symbolisierte für ihn die Kraft der Tatchis, vor allem da einer seiner Vorfahren 1805 bei der verrückten Gemeinschaftsaktion geholfen hatte, diesen Brunnen aus dem im Tal gelegenen Steinbruch in Saint-Triphon bis hierher, mitten in den Ort, zu befördern. Ursprünglich war der Brunnen für eine Gemeinde in der Rhône-Ebene gefertigt worden, die ihn letztlich jedoch nicht haben wollte, weil er zu schwer zu transportieren war. Zunächst mit Hilfe von Pferden und schließlich nur mit der Kraft ihrer Arme hatten die Männer des Dorfes den Steinquader mit Tauen über Rundstämme gezogen. Nach zwei Tagen auf halber Strecke angekommen, waren sie völlig erschöpft, die Taue waren gerissen, die Baumstämme platt gedrückt und die Vorräte aufgebraucht. Man hatte die Frauen Gryons davon unterrichtet, worauf diese ihren Männern Nahrung bis hinab nach Les Posses brachten, um sie aufzumuntern. Auf diese Weise hatten alle geholfen, den riesigen Stein bis an den Ort zu schaffen, an dem er noch heute stand.

Jules näherte sich dem Brunnen. Alles war ruhig. Selbst der Wind, der durch das Schutzdach wehte, war kaum zu hören. Als er noch einen Schritt näher trat, blieb er mit offenem Mund stehen.

Ein vollständig unbekleideter Mann lag im Becken. Tot.

50

Andreas und Karine trafen als Erste ein. Die Dorfmitte lag merkwürdig verlassen da. Weit und breit war nicht einmal eine Katze zu sehen. Sie waren von der Polizei in Bex informiert worden, die ebenfalls unterwegs war. Außer dem leisen Plätschern des Wassers, das aus dem in den Stein eingearbeiteten Wasserhahn in das tiefe Becken des Brunnens lief, war es fast gespenstisch still.

Ein paar Sekunden lang betrachteten Karine und Andreas die Szene, die sich ihnen bot. Vor ihnen lag die Leiche eines Mannes, wobei sie das Gesicht unter der Wasseroberfläche nicht genau erkennen konnten. Karine holte ihr Smartphone hervor und machte ein paar Fotos, während Andreas, immer noch schweigend, in das Brunnenbecken blickte.

Im Herzen des Toten steckte ein Messer. Ein Plastikbeutel mit einem Zettel darin war daran befestigt. Die Augen des Mannes waren entfernt worden.

Andreas' Befürchtungen hatten sich bestätigt. Der Mörder hatte eine zweite Tat begangen.

Ein paar Minuten später trafen zwei Polizeiautos mit Blaulicht und Sirene ein. Die ursprüngliche Stille wich einer hektischen Betriebsamkeit. Um den Brunnen herum wurde eine Sicherheitszone abgesteckt und mit Absperrbändern gesichert. Ein Paravent wurde als Sichtschutz aufgestellt, um zu verhindern, dass erste Schaulustige, die sich bereits versammelten, den Toten sehen konnten.

Karine hatte Nicolas angerufen, der sich im Bed and Breakfast »Le Dahu« in der Nähe des Bahnhofs einquartiert hatte. Ein paar Minuten später war er bei ihnen und wartete nun gemeinsam mit ihnen darauf, dass Christophe und Doc eintrafen, was mindestens eine Stunde dauern würde. Vorher konnten sie nichts unternehmen.

Karine und Nicolas machten sich auf den Weg zum Haus der Demonts, um sie zu befragen.

Inzwischen hatten sich weitere Personen eingefunden. Darunter auch Erica Ferraud und ihr Mann, die nach der Identität des Opfers fragten. Andreas beantwortete ihre Fragen entschieden und wies sie anschließend an, nach Hause zu gehen. Danach bat er die Polizisten, die Schaulustigen wegzuschicken, die vom Martinshorn angelockt worden waren. Andreas beobachtete sie jedoch genau. Es waren hauptsächlich ein paar ältere Menschen aus der Nachbarschaft. Der Mörder spielte ein riskantes Spiel, aber er war vermutlich nicht so verrückt, sich heute Morgen hier irgendwo in der Nähe aufzuhalten. Vermutlich war er nicht weit weg, aber hier würde er sich nicht zeigen.

Andreas setzte sich auf die überdachte Bank neben dem Brunnen, die hinter dem Sichtschutz stand. Er wollte allein sein und in Ruhe nachdenken können.

Eine zweite Leiche.

Die gleiche Handschrift.

Ohne jeden Zweifel! Sie hatten es nun mit einem Doppelmord zu tun.

Andreas wollte unbedingt die Botschaft lesen, die sich in dem kleinen Plastikbeutel befand, doch er beschloss, auf Christophe zu warten. Er wollte das Risiko, ein Beweismittel zu zerstören, nicht unnötig vergrößern.

Er zückte sein Notizheft und schrieb: »Warum der Brunnen?« Erst die Kirche, jetzt der Brunnen. Die beiden Leichenfundorte lagen gerade mal zehn Meter voneinander entfernt. Warum hier? Im Herzen des Ortes? Und wer war das neue Opfer? Er hatte diesen Mann noch nie gesehen. Er erinnerte sich an einen Satz, den er bei seinem Aufenthalt in den Staaten gehört hatte: Die Handschrift ist nicht entscheidend für die Ausführung eines Verbrechens, für den Mörder ist sie jedoch psychologisch essenziell. Andreas war mehr denn je überzeugt, dass der Schlüssel in dem Schauplatz vor seinen Augen zu finden war.

Die zweite Inszenierung des Mörders. Eine Leiche im Brunnen.

Andreas nahm den Tatort genau unter die Lupe. Er schloss die Augen und ließ im Geist noch einmal das erste Bild entstehen, das der Mörder in der Kirche inszeniert hatte. Es zeigte nicht nur die Handschrift des von Wahnvorstellungen besessenen Täters, die auf unbewusste Weise seine dunkelsten Gedanken und sein Verlangen ausdrückte. Vielmehr war alles symbolisch und musste verstanden, analysiert und dechiffriert werden. Es handelte sich um eine Botschaft, die der Mörder sehr bewusst zusammengefügt hatte. Von diesem Szenario musste er geträumt, er musste lange darüber nachgedacht haben. Er hatte nichts dem Zufall überlassen. Das hier war nicht die Tat eines zwanghaften Psychopaten, der wahllos tötete, sondern die eines sehr gut organisierten Mannes, der sorgfältig und planvoll vorging, um sein Ziel zu erreichen.

Was war der Ursprung dieses mörderischen Prozesses gewesen? Der Täter hatte es durch die Bibelzitate kommuniziert.

Er war misshandelt und unterdrückt worden. Dieses Ereignis hatte bei ihm offenbar ein pathologisches Trauma ausgelöst, aufgrund dessen er eine neue Persönlichkeit entwickelt hatte. Dies konnte eintreten, wenn die eigene Identität zu unerträglich wurde, um sie weiterzuleben.

Er hatte sich eine neue Identität als Diener Gottes geschaffen und sich selbst zum Instrument seiner Rache gemacht. Er tötete quasi nicht auf eigene Rechnung, da er sich als Befehlsempfänger Gottes sah. Auf diese Art rechtfertigte er seine Taten. Auf eine feige Art.

Andreas hoffte, mit Hilfe der zweiten Leiche eine Verbindung zu finden, einen gemeinsamen Nenner, der es ihnen erlauben würde, die Ursache für diese mörderische Wut zu verstehen und so den Täter zu finden.

Er hatte eine Idee. Er erhob sich und ging in Richtung Kirche. Er wollte überprüfen, ob sich im Innenraum etwas verändert hatte. Vielleicht war eine weitere Botschaft hinterlegt worden. Die Kirche war bis gestern Vormittag von der Polizei versiegelt gewesen.

Er öffnete die Tür, trat ein und ging bis zum Altar. Auf dem Brett mit den Liednummern standen immer noch dieselben Zahlen. Er schaute sich die Bibel auf dem Buchständer an, die genau dort auf dem Altar lag, wo die erste Leiche gelegen hatte. Sie war bei einer Seite des Neuen Testaments aufgeschlagen, jedoch ohne die Spur eines handschriftlichen Eintrags. Auf den ersten Blick hatte sich nichts verändert. Andreas verharrte regungslos im Mittelgang und sah sich noch einmal genau um, aber nichts erregte seine Aufmerksamkeit.

Anschließend kehrte er zum Fundort zurück und ging um den Brunnen herum. Auf der einen Seite hingen drei Plakate, die auf Veranstaltungen im Dorf hinwiesen. Ansonsten nichts. Er setzte sich erneut auf die Bank. Vier Holzsäulen stützten das Dach. Auf der steinernen Umrandung des Brunnenbeckens bemerkte er ein Metallschild, auf dem eine Drei stand. Es war eines der Schilder, die den historischen Lehrpfad »Chemin Juste Olivier« kennzeichneten, der dem gleichnamigen Heimatdich-

ter gewidmet worden war und quer durch das Dorf verlief. Andreas trat näher heran, um das andere Schild zu lesen, das von dem heroischen Akt der Bürger erzählte, die den Brunnen nach Gryon transportiert hatten. Er las den Text bis zum Ende.
Ganz unten und sehr klein: eine Zahl.
Mit der Hand geschrieben.
548.
Er ging zurück in die Kirche und schlug die Bibel auf der entsprechenden Seite auf.
Ein Vers war umkringelt. Jesaja 47,3.
Jemand hatte an den Rand einen Smiley gemalt. Die Bestätigung seiner Vermutung: Der Mörder verhöhnte sie.
Andreas las:

Aufgedeckt wird deine Blöße,
man soll deine Schande sehen.
Ich nehme Rache,
und niemand soll fürbittend eintreten.

51

Als Karine und Nicolas von den Demonts zurückkehrten, die nichts Auffälliges gesehen oder gehört hatten, saß Andreas noch immer auf der Bank am Brunnen. Nicolas setzte sich neben ihn.
Karine entfernte sich ein paar Schritte, um einen Anruf zu tätigen.
»Ich habe mit der Zentrale gesprochen«, sagte sie, als sie das Gespräch beendet hatte. »Ein Mann wurde gestern gegen dreiundzwanzig Uhr in Bex als vermisst gemeldet. Sie werden mir gleich ein Foto schicken.«
Karines Handy gab einen kurzen Ton von sich, der eine neue Nachricht ankündigte. Sie berührte den Bildschirm, rief

das Foto auf und zeigte es Andreas. Dabei blickten sie immer wieder zum Toten im Brunnen. Es war der Mann auf dem Foto. Michel Martin, zweiundfünfzig Jahre.

»Wer hat ihn als vermisst gemeldet?«

Karine las sich die Informationen durch, die sie eben erhalten hatte. »Seine Frau, Christelle Martin. Er ist gestern nach der Arbeit nicht nach Hause gekommen.«

»Versuch etwas mehr in Erfahrung zu bringen. Ich werde mit der Pfarrerin reden. Nicolas, begleitest du mich?«

Andreas klingelte an der Tür des Pfarrhauses. Erica Ferraud öffnete und bat ihn und Nicolas in ihr Büro. Die beiden setzten sich auf das Sofa, während Erica Ferraud ihnen gegenüber in einem Sessel Platz nahm.

»Er hat also noch mal zugeschlagen?«

»Ja. Es handelt sich ohne jeden Zweifel um denselben Mörder«, bestätigte Andreas.

»Das ist absolut unglaublich. Erst die Kirche und jetzt der Brunnen. Wenn ich mir vorstelle, dass ein Mörder hier in meiner unmittelbaren Nachbarschaft umherstreift, läuft es mir kalt den Rücken hinunter.« Erica Ferraud musste hörbar Luft holen. Sie wirkte sehr erschüttert. »Wer ist das Opfer?«, fragte sie, nachdem sie sich wieder gefangen hatte.

»Michel Martin. Kennen Sie ihn?«

Ericas Augen weiteten sich. Andreas meinte, Angst darin zu erkennen.

»Der Lokführer? Das ist nicht wahr! Ja, ich kenne ihn. Wir waren zusammen in der Schule.«

»Genau wie auch Gautier«, bemerkte Andreas.

Erica fuhr fort, ohne dass ihr weitere Fragen gestellt worden waren. Ihr Sprechtempo glich beinahe einem Stakkato. »Wir hatten den Kontakt verloren, nachdem ich aus Gryon weggezogen bin. Er hat mich vor ein paar Wochen angerufen und hat mich sogar hier besucht. Wir haben einen Kaffee zusammen getrunken und über alte Zeiten geredet. Das ist unmöglich. Ich verstehe das nicht. Er hat mich gebeten, die kirchliche Trauung seiner Tochter zu übernehmen, die für Oktober geplant ist. Und nun ist auch er tot …«

In ihrem Kopf brodelte es. So viele Bilder schwirrten darin herum. Erinnerungen tauchten auf wie Lava, die aus dem Erdinneren hervorbricht und über die sanften Hänge des Vulkans hinabläuft, über die seit dem letzten Ausbruch schon wieder Gras gewachsen war.

Erst Gautier. Jetzt Martin. Ein Bild drängte sich ihr auf. Michel, Alain und die anderen. Kinder. Sonne. Der Pausenhof der Schule. Die Rufe der Jungen, die Spaß hatten. Plötzlich überkam sie das Gefühl, dass ihr der Boden unter den Füßen weggezogen würde.

Dann das Bild von Alains Leiche. In der Kirche. Michel. Der Brunnen. Eine Erinnerung jagte die nächste, als ob man alte, verschwommene Dias im Schnelldurchlauf betrachtete. Schließlich tauchten Fragen auf. Warum? Wie?

Gérard Ferraud betrat das Zimmer mit vier Tassen Kaffee in den Händen. Das klappernde Geräusch der Löffel und der Becher, die auf den Tisch gestellt wurden, riss Erica Ferraud aus ihren düsteren Gedanken. Er setzte sich in den einzigen noch freien Sessel und strich sich seine Haarsträhne, die sich gelöst hatte, wieder über den Kopf. Erica wollte sich an ihren Mann wenden, doch er kam ihr zuvor.

»Ich habe in der Küche alles gehört. Du musst es nicht wiederholen«, sagte er völlig emotionslos.

Andreas fiel auf, dass er dieses Mal keinen Schnaps anbot. Hatte er sein Glas schon heimlich getrunken, bevor er zu ihnen in den Raum gekommen war? Er wirkte ruhiger als bei ihrem letzten Besuch. Zumindest äußerlich.

»Madame Ferraud, zwei Ihrer ehemaligen Klassenkameraden sind ermordet worden. Was löst das in Ihnen aus?«, fragte Andreas.

»Ich verstehe es nicht. Es ist furchtbar.«

»Ist während Ihrer Schulzeit irgendetwas Besonderes vorgefallen? Ein einschneidendes Erlebnis, in das Gautier und Martin involviert waren?«

»Ich muss nachdenken.« Erica Ferraud stützte die Ellbogen auf die Knie und legte den Kopf in die Hände. Nach einem kurzen Moment richtete sie sich wieder in ihrem Sessel auf. »Nein, da fällt mir nichts ein«, erklärte sie schließlich.

Andreas überzeugte diese Antwort nicht. Sie wusste etwas, da war er sich sicher. Zwei alte Schulfreunde waren wenige Meter von ihrem Haus tot aufgefunden worden. Das konnte kein Zufall sein. Er hätte viel darum gegeben, ihre Gedanken lesen zu können. Kannte sie die Identität des Mörders? Wollte sie ihn schützen? Oder hatte sie etwa Angst?

»Bis zu welchem Alter hatten Sie Kontakt miteinander?«, fragte Nicolas, um für Andreas einzuspringen, der offensichtlich den Faden verloren hatte.

»Nach der Schule haben sie unten in der Rhône-Ebene eine Ausbildung gemacht, während ich mit meinen Eltern nach Lausanne gezogen bin und dort studiert habe. Zu dieser Zeit haben wir uns aus den Augen verloren. Wir sind nur noch sehr selten nach Gryon gekommen. Ich habe sie natürlich noch ein paarmal getroffen, aber …« Sie blickte Andreas an. »Haben Sie noch einen weiteren Bibeltext gefunden?«

»In der Tat, ja. Vermutlich sogar zwei. Der eine war in der Bibel markiert, die in der Kirche liegt. Aus dem Buch Jesaja, Kapitel 47, Vers 3. Der andere wird noch von der Spurensicherung untersucht.«

Erica Ferraud schlug die Bibel auf, die vor ihr auf dem niedrigen Couchtisch lag. Alle lauschten aufmerksam, wie sie den Text mit ausdrucksvoller Stimme las und dabei jedes Wort betonte. Dann klappte sie die Bibel zu und legte sie zurück auf den Tisch.

»Das ist aus dem Gericht über Babel.«

»Und was heißt das?«, fragte Nicolas, der abgesehen von den Geschichten von Moses und Noah von der Bibel keine Ahnung hatte.

»Babylon galt als Stadt der Dekadenz, der Korruption und

der Sünde. Die Hauptstadt des menschlichen Größenwahns und der Gottesfeindlichkeit. In der Offenbarung wird sie als ›Hure Babylon‹ bezeichnet und häufig mit dem Satan verglichen.«

»Und wie müssen wir diese neue Botschaft verstehen?«, wollte Nicolas wissen.

»Ich erlaube mir, diese Frage zu beantworten«, warf Andreas ein. »Korrigieren Sie mich, falls ich mich täusche, Madame Ferraud.«

Sie nickte.

»Meiner Meinung nach müssen wir jedes Mal zwei unterschiedliche Lesarten anwenden. Erstens erklärt der Vers unabhängig vom biblischen Kontext die Tat des Mörders. ›Aufgedeckt wird deine Blöße, man soll deine Schande sehen. Ich nehme Rache, und niemand soll fürbittend eintreten.‹ Wie auch beim ersten Mal ist die Leiche nackt, bloßgestellt, den Blicken der anderen ausgesetzt. Nacktheit wird genau wie in diesem Vers häufig mit Scham verbunden. Der Mörder weist eindeutig darauf hin, dass das Opfer seiner Meinung nach eine schändliche Tat begangen hat, die offengelegt werden muss. Und zweitens wird hier erneut auf den Satan verwiesen, der sich hinter der ›Hure Babylon‹ verbirgt. Offensichtlich hat der Mörder eine binäre Sicht der Realität. Das Gute und das Böse. Er handelt in Gottes Auftrag und für das Gute. Das Böse muss ausgemerzt werden und von der Erdoberfläche verschwinden, genau wie Babylon.«

»Ich schließe mich Ihrer Einschätzung an, Monsieur le Commissaire. Wenn auch theologisch vielleicht nicht ganz hieb- und stichfest. Alles sehr furchteinflößend.«

Erica Ferraud begleitete sie zur Tür und schaute ihnen hinterher.

Sie verharrte noch eine Weile regungslos auf der Schwelle.

52

Als Andreas und Nicolas zum Fundort der Leiche zurückkehrten, stand Karine etwas abseits und telefonierte. Schon wieder hatten sich Schaulustige hinter den Absperrbändern versammelt, was Andreas verärgerte. Er bat die Polizisten, die Sicherheitszone zu vergrößern, und wies die Leute zurecht, die sich hinter der Balustrade auf einem Balkon oberhalb des Brunnens befanden, und sagte ihnen, dass sie nach Hause gehen sollten.

Karine beendete das Gespräch und gesellte sich zu ihren Kollegen.

»Gibt es was Neues?«, fragte Andreas.

»Die Polizei hat Martins Wagen gefunden. Er stand ganz in der Nähe des Eisenbahndepots in Bex.«

»Das lässt darauf schließen, dass er von unserem Mörder angegriffen wurde, als er gerade von der Arbeit kam.«

»Das ist zumindest sehr wahrscheinlich. Ich habe mit seinem Arbeitgeber telefoniert. Er hatte gestern um einundzwanzig Uhr dreißig Dienstschluss. Laut der Polizei von Bex hat ihn seine Frau um dreiundzwanzig Uhr als vermisst gemeldet, nachdem sie zuvor immer wieder versucht hatte, ihn auf dem Handy zu erreichen.«

Andreas sah, wie sich Christophes Wagen einen Weg durch die Menschenmenge in der engen, von Chalets gesäumten Gasse bahnte. Einer der Polizisten hob das Absperrband hoch, um ihn durchzulassen. Er stellte sein Auto ganz in der Nähe des Brunnens hinter Andreas' Wagen ab, stieg aus, öffnete den Kofferraum und holte seinen Koffer heraus.

Nachdem Christophe seine Kollegen begrüßt hatte, ging er hinter den Sichtschutz und stellte seine Sachen ab. Er packte seine Digitalkamera aus und begann, die Leiche von allen Seiten zu fotografieren. Dann kehrte er zu seinem Wagen zurück, holte ein Stativ heraus und begann möglichst scharfe Nahaufnahmen zu machen. Vom Kopf unter Wasser. Vom Messer. Vom Plastikbeutel. Schließlich streifte er sich Latexhandschuhe über.

Das Messer vom Typ Rambo III entsprach genau dem Messer, das in Gautiers Leichnam gesteckt hatte. Er löste die Schnur, mit der der Plastikbeutel daran befestigt war. Es war eine verschweißte Klarsichthülle. Der Mörder hatte an alles gedacht. Er entnahm den trockenen Zettel und zeigte ihn Andreas.

Und wenn jemand seinem Nächsten einen Schaden zufügt, soll man ihm antun, was er getan hat.

Andreas las den Text ein zweites Mal.
Auge um Auge, Zahn um Zahn.
Das Vergeltungsrecht.
Die Rache.
Doc fuhr in seinem alten Renault vor, der schon darauf wartete, verschrottet zu werden. Dicht gefolgt von einem Leichenwagen. Er näherte sich der Truppe mit einem theatralischen Auftritt. »Macht Platz!«, rief er, und alle traten ein paar Schritte zurück.

Nach ein paar Minuten drehte er sich um. »Ich werde die Leiche in die Gerichtsmedizin bringen lassen, denn hier kann ich nicht mehr viel tun. Der Modus Operandi scheint mir der gleiche zu sein. Sicher ist, dass der Mann nicht hier gestorben ist.«

Nachdem er das Messer vorsichtig aus dem toten Körper herausgezogen und in einen nummerierten Plastikbeutel gesteckt hatte, winkte er die Mitarbeiter des Bestattungsunternehmens heran. Diese holten den Leichnam aus dem Wasser, legten ihn auf eine Bahre, hüllten ihn in einen Leichensack und trugen ihn davon.

Nicolas umrundete den Brunnen und blieb plötzlich stehen. »Andreas, komm und schau dir das an!«

Andreas trat zu Nicolas, der neben dem Brunnen am Straßenrand auf dem Boden kniete.

»Autoteile?«

»Ja, die kleinen roten Plastiksplitter könnten von einem Rücklicht stammen. Und an der Brunnenmauer sind schwarze und weiße Streifen zu erkennen. Schau mal! Das Auto muss den Brunnen beim Rückwärtsfahren touchiert haben.«

Der erste Fehler, den unser Mörder begangen hat, dachte Andreas erfreut. Just in diesem Moment spielte sein Handy die James-Bond-Melodie ab.

»Ja bitte? – Was? Wo? – In Ordnung!« Verblüfft beendete er das Gespräch. »Karine! Komm! Wir müssen los.«

53

Die Nachricht vom zweiten Verbrechen hatte sich wie ein Lauffeuer verbreitet. Maurice Fournier hatte die Neuigkeit von einem seiner Angestellten erfahren, der es wiederum beim Zigarettenkauf im Lebensmittelgeschäft gehört hatte. Er hatte sofort Jacques Charrier angerufen und sich mit ihm im Café Pomme verabredet.

Maurice hatte sich an einen Tisch rechts vom Eingang gesetzt und einen Espresso bestellt, während er auf Jacques Charrier wartete. Es war sein fünfter an diesem Morgen. Seit er wieder auf freiem Fuß war, hatte er das Gefühl, von allen Menschen aus dem Augenwinkel beobachtet zu werden. Er verstand, dass man sich in seiner Gegenwart unwohl fühlte. Das Unbehagen der anderen war jedoch mit Sicherheit nicht so groß wie das seine. Auch wenn offensichtlich noch nicht durchgesickert war, dass Anzeige wegen sexuellen Missbrauchs gegen ihn erstattet worden war, hatte seine Verhaftung im Zusammenhang mit dem Mord an Gautier niemanden kaltgelassen. Aber gut, er konnte sich ja schließlich nicht zu Hause einsperren.

Er hatte versucht, mit seiner Frau zu reden, ihr alles zu erklären. Er hatte sie sogar um Verzeihung gebeten. Aber momentan wiederholte sie nur immer wieder, dass er ihr Leben zerstört habe. Sie war außer sich. Er hoffte, dass sie nicht die Scheidung einreichte, denn sie war die Vermögendere von ihnen. Sie hatte das Geld von ihren Eltern geerbt. Das Haus war auf ihren Namen eingetragen, das Unternehmen gehörte zur Hälfte ihr. Er wusste, dass sie ihn in der Hand hatte. Ihre Ehe war schon seit Jahren ein Kompromiss. Er machte sich kaum noch Illusionen. Wenn er verurteilt würde und ins Gefängnis müsste, würde sie ihn verlassen.

Er beobachtete die anderen Gäste. An der Theke standen zwei Arbeiter in Latzhosen und tranken ihren Kaffee. In der linken Ecke saß eine junge Frau mit einem Baby im Arm und las die Zeitung. Ganz hinten war ein glatzköpfiger Mann um die vierzig in ein angeregtes Gespräch mit einem Bauern vertieft.

Maurice hörte die Türklingel bimmeln. Jacques Charrier betrat das Café, sah ihn und setzte sich neben ihn.

»Hallo, Maurice. Verdammt, was ist das denn für eine Geschichte?«, fragte Charrier. Dann brüllte er der Kellnerin hinter der Theke durch den ganzen Raum seine Bestellung zu. »Einen Espresso bitte! Und du, nimmst du auch noch einen?«, fragte er Maurice.

»Ja. Das Gleiche für mich.«

»Also, zwei Espressos. Und falls noch Croissants da sind ... Danke.«

Maurice senkte den Kopf und rückte näher an Charrier heran. »Als Allererstes möchte ich, dass du weißt, dass ich nichts mit dem Tod von Alain und Michel zu tun habe«, murmelte er.

Charrier legte eine Hand auf seinen Arm und schaute ihm in die Augen. »Davon musst du mich nicht überzeugen. Ich weiß, dass du unschuldig bist. Allerdings hatte ich dich immer gewarnt, dass ihr mit euren Spielchen aufhören müsst!«, sagte er und betonte dabei das Wort »Spielchen« mit seiner tiefen, sonoren Stimme so, dass es jeder im Raum hören konnte.

»Red doch nicht so laut. Merkst du nicht, dass uns alle anstarren? Danke für deine Diskretion!«

Charrier hob den Kopf und ließ seinen stechenden Blick durch das Lokal schweifen, bis sich die anderen Gäste wieder um ihre eigenen Angelegenheiten kümmerten. »Tut mir leid. Ich bin nur etwas nervös.«

»Du denkst an das, woran ich auch denke. Glaubst du, er könnte es gewesen sein?«

»Nein, das ist unmöglich. Er ist tot! Ich weiß nicht mehr, was ich denken soll. Bis heute Morgen dachte ich, dass Gautier, wie so oft, in irgendein schmutziges Geschäft verwickelt gewesen wäre. Aber das jetzt ändert alles.«

»Ich würde zu gern wissen, wer dieser dämliche Witzbold ist, der uns die Karte geschickt hat!«

»Die Frage ist: Wer wusste davon? Und wer könnte heute darüber Bescheid wissen?«

»Darüber habe ich lange gegrübelt. Irgendjemand muss mich damals verraten haben. Ich bin nicht sicher, aber ... Erica. Es ist vielleicht ein Zufall, aber seit einem Jahr ist sie wieder zurück in Gryon. Und vor sechs Monaten haben wir diese Karten erhalten ...«

»Willst du mir gerade sagen, dass du glaubst, dass Erica, die Pfarrerin, eine wahnsinnige Mörderin ist? Er könnte auch mit jemand anderem darüber geredet haben. Oder vielleicht haben die Morde auch gar nichts damit zu tun. Das kann man nicht wissen ...«

»Wenn du eine bessere Erklärung hast, dann spuck sie aus. Glaubst du, dass wir die Polizei davon in Kenntnis setzen sollten?«

»Um ihr was zu sagen? Dass wir von einem Geist heimgesucht werden? Nein! Das kommt nicht in Frage. Momentan wissen wir noch gar nichts. Absolut nichts.«

Jacques Charrier machte eine Handbewegung und hob dabei die Jacke an. Maurice erkannte ein Holster mit einem Revolver.

»Soll er nur kommen. Ich bin bereit.«

54

Andreas vollführte einen Kavaliersstart und fuhr die Chemin des Écoliers hoch in Richtung Hauptstraße. Er und Karine hatten Christophe und Nicolas am Tatort zurückgelassen, damit diese noch die restlichen Spuren sichern konnten.
»Wohin fahren wir?«, fragte Karine.
»Nach Bex, zur Polizeiwache. Ein Mann ist dort eben mit einem Lieferwagen seines Unternehmens vorbeigekommen, in dem er eine Plastikplane voller Blut gefunden hat.«
Auf der Fahrt ins Tal war die Atmosphäre im Wagen angespannt. Nach dem zweiten Leichenfund hatten sie das Gefühl, dass sich die Dinge beschleunigten. Zunächst einmal die Fahrzeugspuren am Brunnen. Und jetzt der Lieferwagen mit der Plane, in der vermutlich Michel Martin transportiert worden war.
Als sie an der Polizeiwache vorfuhren, sahen sie einen weißen VW-Kastenwagen mit der Aufschrift:

Fournier Constructions SA Gryon

Andreas und Karine blieben noch eine Weile sprachlos in ihrem Wagen sitzen. Neben dem Lieferwagen stand ein Polizist zusammen mit einem Arbeiter in Latzhose.
Plötzlich hatte Andreas eine Idee. Und wenn der Mörder immer noch keinen Fehler begangen hatte? Wenn es sich erneut um einen frei erfundenen Hinweis handelte, um sie auf die falsche Spur zu lenken?
Nachdem sie ausgestiegen waren und den Polizisten begrüßt hatten, stellte dieser ihnen den Mann neben sich vor. Er hieß João Alvares und schien extrem nervös zu sein. Sein Sprachtempo war beeindruckend.
»Monsieur Alvares, beruhigen Sie sich. Erzählen Sie einfach in aller Ruhe, was passiert ist.«
»Heute früh bin ich zur Werkstatt gegangen, um den Lieferwagen zu holen. Nach Gryon. Danach bin ich direkt nach

Fenalet gefahren. Wir renovieren da gerade ein Haus. Beim Öffnen der hinteren Wagentür habe ich das Blut gesehen. Ich bin sofort hierhergefahren.«

»Wo hat der Wagen letzte Nacht gestanden?«
»Unter dem Vordach der Werkstatt.«
»Und beim Losfahren ist Ihnen nichts aufgefallen?«
»Nein, ich bin gleich zur Baustelle gefahren.«
»Wo wurden die Fahrzeugschlüssel aufbewahrt?«
»Im Büro. Da gibt es einen Schlüsselschrank.«
»Und haben Sie den Wagen gestern auch benutzt?«
»Ja, ich fahre ihn immer.«

Der Mann war immer noch sehr aufgeregt. Schweißperlen liefen ihm die Stirn hinunter. Auch wenn er allem Anschein nach nichts mit dem Mord zu tun hatte, stand ihm doch die Angst ins Gesicht geschrieben. Er beantwortete die Fragen knapp und präzise. Kein Wort zu viel. Wovor fürchtete er sich? Vor seinem Chef? Oder war er ein illegaler Arbeiter?

»Benutzt Monsieur Fournier den Wagen auch?«
»Nein. Er fährt seinen Jeep.«
»Wann haben Sie gestern Abend die Werkstatt verlassen?«
»Ich glaube, gegen achtzehn Uhr dreißig.«
»War zu diesem Zeitpunkt noch jemand anderes im Büro?«
»Der Chef. Sonst niemand. Die anderen waren schon weg.«
»Monsieur Alvares, vielen Dank, dass Sie sofort zur Polizei gekommen sind. Folgen Sie jetzt bitte dem Polizeibeamten. Er wird Ihre Aussage protokollieren. Und wir würden auch gern Ihre Fingerabdrücke nehmen, wenn Sie damit einverstanden sind.«

»Meine? Aber ich habe doch nichts gemacht, Monsieur le Commissaire. Ich bin unschuldig.«

»Machen Sie sich keine Sorgen. Wir wollen nur überprüfen, ob sich abgesehen von Ihren Fingerabdrücken noch andere Spuren im Fahrzeug befinden. Mehr nicht.«

Nachdem er den ersten Schock überwunden hatte, konnte João Alvares seine Gedanken wieder ordnen und die Situation aus einer anderen Perspektive betrachten. »In Ordnung, ich verstehe. Sie glauben, dass es das Blut von dem ist, der heute Morgen getötet worden ist?«

»Das ist gut möglich, doch das können wir erst mit Sicherheit sagen, wenn wir die Spuren analysiert haben.«

»Aber wie kommt es denn, dass Sie bereits auf dem Laufenden sind?«, fragte Karine.

»Mein Kollege hat mich angerufen und mir von dem Mord erzählt. Er hat den Polizeiwagen und den Leichenwagen in den Ort fahren sehen und ist nachschauen gegangen.« Noch etwas anderes schien Alvares auf der Zunge zu liegen. Er öffnete den Mund, überlegte es sich dann aber anders.

»Ja? Sie wollten noch etwas sagen?«, fragte Andreas.

»Äh, ja. Glauben Sie, dass Monsieur Fournier das getan hat?«

»Monsieur Alvares, halten Sie ihn für fähig, die beiden Menschen getötet zu haben?«

Auf Andreas' Frage folgte ein nachdenkliches Schweigen.

»Monsieur le Commissaire, ich weiß es nicht, aber ich glaube nicht«, antwortete er, bevor er schnell das Thema wechselte, als wolle er die Diskussion, die er selbst angestoßen hatte, nicht weiterverfolgen. »Was soll ich denn jetzt mit dem Lieferwagen machen?«

»Den müssen wir vorerst hierbehalten. Gibt es einen Kollegen, der Sie abholen kann?«

Alvares nickte. »Und was soll ich dem Chef sagen?«

»Nichts. Darum werden wir uns kümmern.«

Andreas bedankte sich und schüttelte ihm die Hand. Als Alvares sich umdrehte, um dem Polizisten in die Wache zu folgen, rief ihn Andreas noch einmal zurück. »Monsieur Alvares?«

»Ja?«

»Jagt Ihnen irgendetwas oder irgendjemand Angst ein? Ihr Chef?«

»Nein, Monsieur, nein.«

João Alvares wandte seinen Blick ab, als er dem Kommissar antwortete. Er hatte nichts zu verbergen, aber er fühlte sich in seiner Gegenwart unwohl. Er hatte das Gefühl, dass der Polizist seine Gedanken lesen konnte. Lag das an dessen Blick? Oder seiner Stimme? Oder einfach daran, dass er selbst sich unterlegen und weniger intelligent fühlte? Genau so fühlte er sich auch gegenüber seinem Chef. Weil er nicht so gut Französisch sprach. Und auch weil er selbst in seiner eigenen Sprache kaum lesen und schreiben konnte. Seinen Beruf hatte er bei seinem Onkel gelernt, aber er hatte keinen Abschluss. Keinerlei Anerkennung. Ja, genau deswegen. Doch in Fourniers Gegenwart fühlte er sich auf andere Art unbehaglich. Das hatte der Kommissar richtig erkannt. Er machte ihm Angst …

Er folgte dem Polizeibeamten bis zur Wache.

Andreas schaute sich den Kastenwagen von allen Seiten an. Der Laderaum stand offen. Er sah eine blutbefleckte Plastikplane. Martins Leiche musste darin eingewickelt gewesen sein, bevor sie in das große Steinbecken des Brunnens geworfen worden war. Er schaute sich den rechten hinteren Kotflügel an. Das Rücklicht war zerbrochen, und es gab deutlich sichtbare Spuren eines Zusammenstoßes. Dieser Wagen hatte eindeutig den Brunnen gerammt.

Andreas rief Christophe an. Sobald er mit der Spurensicherung am Tatort fertig war, würde er sich um den Kastenwagen kümmern.

»Und was jetzt?«, fragte Karine.

»Jetzt suchen wir Madame Martin auf. Sie wohnt nur ein paar Schritte von hier entfernt. Danach statten wir unserem Freund Fournier einen Besuch ab.«

»Aber was hältst du von der ganzen Sache?«

»Wir werden die Werkstatt noch einmal komplett auf den Kopf stellen müssen. Ich habe da so eine Idee …«

55

Andreas und Karine parkten vor einem Reihenhaus mit hellgelber Fassade und grünen Fensterläden im Wohngebiet von Bex. Die Häuser ähnelten sich hier wie ein Ei dem anderen. Heute musste Andreas in einem dieser Häuser eine schreckliche Nachricht überbringen. Er hoffte, selbst nie in eine derartige Situation zu kommen. Die Tür zu öffnen und zu begreifen … zu begreifen, dass das Leben von einem Augenblick zum nächsten völlig aus den Fugen geraten war. Dass der Mensch, den man liebte, nicht mehr da war. Dass man ihn nie wieder würde sehen, hören oder berühren können.

Andreas' Mobiltelefon klingelte und riss ihn aus seinen Gedanken. Es war Viviane, seine Vorgesetzte.

»Ja. – Werdet ihr raufkommen? – Natürlich mit dem Staatsanwalt. – Einverstanden. Wir werden da sein. Und ich bringe euch dann auf den neuesten Stand.«

Der Staatsanwalt Charles Badoux, dieses Juristenmännlein, der auf einem Posten gelandet war, der seine Kompetenzen weit überschritt, war wirklich eine Plage. Als hätte Andreas nicht schon genug zu tun, musste er jetzt auch noch dessen größenwahnsinnigen Elan ertragen, jetzt, da die Ereignisse die Schlagzeilen der Medien bestimmten. Es war ein offenes Geheimnis, dass Badoux bereits nach dem Posten des Generalstaatsanwalts schielte. Die derzeitigen Umstände boten ihm einen willkommenen Anlass, sich in den Vordergrund zu spielen. Und das ärgerte Andreas an der Situation am meisten, konnte er den Staatsanwalt einfach nicht ausstehen.

Andreas und Karine öffneten das Gartentor und gingen durch den Vorgarten. Dabei konnten sie durch das Fenster eine junge Frau auf dem Wohnzimmersofa sitzen sehen. Andreas blickte sie verstohlen an. Die Tür öffnete sich, zwei Sekunden nachdem er geklingelt hatte. Beim Anblick der beiden Kommissare erstarrte Christelle Martin. Andreas wollte sich vorstellen, aber sie ließ ihm keine Zeit dafür.

»Was ist ihm zugestoßen? Michel!«

»Madame Martin, dürfen wir hereinkommen?«
»Er ist tot, nicht wahr?«
Mit einer Handbewegung bat sie sie, ihr zu folgen, und nahm selbst im Wohnzimmer neben der jungen Frau auf dem Sofa Platz. Andreas nahm an, dass es sich bei ihr um die Tochter handelte, die in Kürze heiraten wollte. Die Tochter ergriff die Hand ihrer Mutter und drückte sie fest.

Andreas und Karine setzten sich in die beiden mokkafarbenen Ledersessel ihnen gegenüber. Der ganze Raum war in Braun- und Grüntönen gehalten, mit Ausnahme einiger farbenfroher Drucke, die an der Wand hingen und unschwer als die bunten, naiven Traumwelten des katalanischen Malers Miró zu identifizieren waren. Außerdem schmückten zahlreiche grüne Zimmerpflanzen den Raum, der auf Andreas dadurch warm und gemütlich wirkte. Doch die angespannte Atmosphäre, die im Wohnzimmer herrschte, erinnerte ihn daran, warum sie hier waren.

»Madame Martin, es tut mir unendlich leid, Ihnen mitteilen zu müssen, dass Ihr Mann tot aufgefunden wurde.«

Christelle Martin schluchzte laut auf. Auch wenn sie mit diesem Ausgang gerechnet hatte, seit ihr Mann gestern Abend nicht nach Hause gekommen war. Und obwohl sie sich bereits sicher gewesen war, als die beiden Kommissare ihr Haus betreten hatten, brachte doch erst das Aussprechen der Todesnachricht ihre fröhliche Welt zum Einsturz. Alles wirkte plötzlich grau und schwarz. Düster. Angsteinflößend.

Ihre stummen Schreie hallten im Raum wider. Ihr stand eine so große Angst ins Gesicht geschrieben, dass man bei ihrem Anblick unwillkürlich an das berühmte Bild von Munch denken musste.

Die junge Frau hatte feuchte Augen, weinte aber nicht. Sie nahm ihre Mutter in die Arme. Sie würde stark sein und sie stützen. Nach ein paar Minuten ergriff sie das Wort. »Was ist ihm zugestoßen?«

»Er wurde ermordet«, sagte Andreas.

Die beiden Frauen brachten kein Wort hervor.

»Wir gehen davon aus, dass es sich um denselben Mörder handelt, der bereits Alain Gautier umgebracht hat«, fügte Karine hinzu.

Christelle Martin starrte Andreas mit roten verweinten Augen an. Sie hatte sich ein wenig gefangen. Vor ihrem inneren Auge tauchte ein Bild auf. Die Kirche von Gryon. Eine Leiche. Die Augen entfernt. Die Vorstellung, dass ihrem Mann Ähnliches widerfahren war, ließ ihr das Blut in den Adern gefrieren.

»Der Mann, der in der Kirche gefunden wurde?«, fragte sie.

Andreas nickte.

»Und wo haben Sie ihn gefunden, meinen Mann?«

»Er lag im Brunnen von Gryon.«

Fragen schwirrten ihr durch den Kopf. Der Brunnen? Warum Michel? Warum ihr freundlicher und liebenswerter Ehemann, der keiner Fliege etwas zuleide tun konnte? Hatte er ihr etwas verheimlicht? Nein, unmöglich. Das hätte er niemals getan. Doch ein winziger Zweifel begann an ihrer sicheren Überzeugung zu nagen. Und dieser Gedanke irritierte sie. Sofort fühlte sie sich schuldig. Wie konnte sie auch nur eine Sekunde an ihrem Ehemann zweifeln? All dies erschien so irreal. Und doch war da dieser kleine Zweifel …

»Kann ich ihn sehen?«, fragte sie schließlich. »Sie sagen mir, dass er tot ist, aber das kann ich nicht glauben. Ich muss ihn sehen. Bitte!«

»Madame Martin, Ihr Mann wurde nach Lausanne in die Gerichtsmedizin gebracht. Wir informieren Sie, sobald das möglich ist. Vermutlich morgen.«

Schweigen breitete sich im Raum aus. Christelle Martin ließ sich in die Arme ihrer Tochter fallen und schluchzte heftig.

»Wenn Sie möchten, lassen wir Sie jetzt allein und kommen zu einem späteren Zeitpunkt wieder«, brachte Karine mit zugeschnürter Kehle hervor. Die emotionelle Anspannung, die im Wohnzimmer herrschte, hatte ihrer sonst so festen Schale offenbar einen Knacks versetzt. »Wir sind uns bewusst, wie schwer das alles für Sie sein muss«, fügte sie hinzu.

Christelle Martin richtete sich wieder auf und ergriff mit

fester und entschlossener Stimme das Wort. »Nein! Fragen Sie alles, was Sie wissen möchten. Ich will, dass man den Mistkerl findet, der das getan hat. Ich möchte Ihnen dabei helfen.«

»Wir werden alles daransetzen, dessen dürfen Sie sich sicher sein.«

Christelle Martin nickte.

»Kannte Ihr Mann Alain Gautier?«

»Sie hatten keinerlei Kontakt mehr. Mein Mann hat mir erzählt, dass sie in Gryon und in Bex zusammen zur Schule gegangen sind. Aber danach trennten sich ihre Wege.«

»Hat er erwähnt, dass er vom Tod Gautiers wusste?«

»Ja, wir haben es in der Zeitung gelesen. Und Michel hatte schon am Tag, an dem der Leichnam gefunden wurde, gehört, wie im Zug darüber gesprochen wurde. Er hat an dem Tag gearbeitet.«

»Und wie hat er die Nachricht aufgenommen?«

»Er hat mir gesagt, dass es sich merkwürdig anfühlt, weil sie sich ja gekannt haben. Aber es hat ihn nicht wirklich berührt. Zumindest war das mein Eindruck.«

Unablässig tauchten neue Bilder vor ihrem inneren Auge auf. Wie im Zeitraffer sah sie ihr Leben mit ihrem Mann vor sich. Sie glaubte ihn in- und auswendig zu kennen. Und sie wollte dieses Gefühl, das sie nie anders gekannt hatte, auch genau so in Erinnerung behalten. Aber jetzt war sie sich nicht mehr ganz so sicher. Offensichtlich musste es da etwas gegeben haben. Einen dunklen Bereich. Hatte er ihr einen Teil seines Lebens verheimlicht? Antworten auf diese Fragen zu finden machte ihr Angst, aber sie wollte auch Gewissheit haben. Sie wollte es wissen. Um jeden Preis. Daher stellte sie jetzt selbst eine Frage.

»Wissen Sie, ob es einen Zusammenhang zwischen all dem gibt?«

»Es tut mir aufrichtig leid, dass ich Ihnen zum jetzigen Stand der Ermittlungen nichts darüber sagen darf, Madame Martin«, antwortete Andreas. »Doch genau das versuchen wir gerade herauszufinden. Hat er Ihnen irgendwelche Geschichten aus seiner Vergangenheit erzählt? Von einem Ereignis, das er bedauert hat?«

Christelle Martin ließ sich etwas Zeit mit der Antwort und starrte dabei ins Leere.

»Wenn ich jetzt darüber nachdenke, hat er mir eigentlich nie etwas über seine Jugend in Gryon erzählt. Als hätte er diese Zeit ein wenig verdrängt. Sein Vater ist auch schon Lokführer gewesen. Seine Mutter hat sich um ihn und seine Schwester gekümmert. Er hat Gryon verlassen, als er seine Ausbildung bei der Schweizerischen Bundesbahn begonnen hat. In Lausanne. Da haben wir uns übrigens kennengelernt. Ich war achtzehn.«

Bei dieser Erinnerung huschte ein Lächeln über ihr Gesicht, das sich jedoch sofort wieder verdüsterte.

»Hat er Ihnen gegenüber Freunde aus dieser Zeit erwähnt? Oder irgendwelche Anekdoten erzählt?«

»Nein, nie. Der Einzige, den er häufig erwähnte, war sein Vater, der ihm über alles ging. Der war sein Vorbild. Die Eisenbahn hatte ihn schon immer fasziniert.«

»War er Mitglied im Jugendring von Gryon? Oder in irgendeinem anderen Verein?«

»Im Jugendring nicht. Aber er war Mitglied im Blasorchester. Er hat Posaune gespielt.«

»Machte Ihr Mann in letzter Zeit den Eindruck, beunruhigt zu sein?«

»Nicht sonderlich. Zumindest hat man ihm nichts angemerkt.«

Die Tochter fiel ihrer Mutter ins Wort. »Mama, letztes Wochenende bei Tisch. Da erschien er doch etwas besorgt, oder?«

»Ja, das stimmt. Mein Mann hat uns erzählt, dass ihm unter den Passagieren im Zug jemand bekannt vorkam, der augenscheinlich von Gryon nach Bretaye und wieder zurückgefahren ist, ohne auszusteigen. Michel meinte, in seinem Blick etwas Vertrautes gesehen zu haben.«

»Haben Sie ihn gefragt, an wen er dabei gedacht hat?«

»Ja, natürlich«, antwortete die junge Frau. »Aber er hat nur gesagt, dass ihn dieser Mann an jemanden erinnert hat, den er seit ewigen Zeiten nicht mehr gesehen hat. Und hat hinzugefügt, dass er sich sicherlich vertan habe.«

»An welchem Tag war das?«

»Das weiß ich nicht mehr genau. Wir haben Sonntag bei Tisch darüber gesprochen. Ich glaube, das muss ein oder zwei Tage zuvor passiert sein.«

»Hat Ihr Mann vor einigen Monaten eine Postkarte bekommen?«, fragte Karine.

Christelle Martins Augen weiteten sich. Warum hatte sie noch nicht daran gedacht?

»Ja, in der Tat. Warten Sie.« Sie stand auf, ging zum Wohnzimmerschrank, öffnete die oberste Schublade, holte einen Stapel Postkarten heraus und setzte sich wieder. »Hier.«

Sie hielt Andreas eine der Karten hin. Das Motiv zeigte die beiden Berge Grand und Petit Muveran in Gyron. Das Foto musste vom Dorf aus aufgenommen worden sein. Er drehte sie um. Der Text war von Hand geschrieben und erinnerte an eine Kinderhandschrift. Die Buchstaben waren groß und standen weit auseinander. Der Adressat war Michel Martin. Andreas las vor: »Zum Gericht der Mensch als Schuldiger. Gewähre ihm Schonung, Gott.« Anstelle einer Unterschrift war ein Postskriptum angefügt. »Ich habe euch nicht vergessen!«

Andreas schaute sich den Poststempel an: Die Karte war am 8. März dieses Jahres in Gryon abgeschickt worden.

»Wie hat Ihr Mann auf diese Karte reagiert?«

»Ich habe Sie ihm abends gegeben, als er nach Hause gekommen ist. Er hat sie gelesen und schien sie nicht zu verstehen. Dann hat er gemeint, dass es nicht wichtig sei und man sie getrost vergessen könne. Er hat sie auf dem Tisch liegen gelassen und mich gebeten, sie zu verbrennen.«

»Aber das haben Sie nicht getan. Warum nicht?«

»Ich weiß es nicht. Mir erschien das alles merkwürdig. Und seine Reaktion hat mich überrascht. Schließlich hatte ich gesehen, dass er beim Lesen sehr komisch geschaut hat.«

»Komisch geschaut?«

»Ja. Sein Blick verriet, dass er erschrocken war.«

»Hat er noch weitere solcher Postkarten erhalten?«, wollte Karine wissen.

»Nein, nicht dass ich wüsste. Falles es so war, hat er mir nichts davon gesagt.«

»Madame Martin, wir möchten Ihnen nicht länger zur Last fallen. Falls Ihnen noch etwas einfällt, egal, was es sein möge, und wenn es Ihnen auch noch so unbedeutend erscheint, dann kontaktieren Sie uns bitte.«

»Das werde ich tun.«

56

Gefolgt von zwei Streifenwagen fuhr Nicolas bei Fourniers Bauunternehmen vor. Fourniers Jeep stand unter dem Vordach der Werkstatt.

Nicolas spürte, wie sich seine Polizistenseele wieder regte. Von Beginn der Ermittlungen an hatte Andreas ihn richtig miteinbezogen, auch wenn er nicht zu seinen engsten Mitarbeitern gehörte. Anfangs hatte er Dinge erledigen müssen, die sekundär erschienen. Die Nachbarn abklappen. Mit den Einwohnern sprechen. Aber heute würde er einen Verdächtigen festnehmen. Na ja ... eigentlich hatte Andreas ihn lediglich gebeten, ihn festzuhalten, bis er selbst käme. Doch er wollte beweisen, dass er nichts von seinem Kampfgeist eingebüßt hatte. Er würde die Gelegenheit nutzen, um Fournier selbst ein paar Fragen zu stellen.

Er betrat die Werkstatt. Fournier kam ihm aus seinem Büro entgegen. Offenbar hatte er ihn kommen sehen.

»Was ist hier los?«, fragte er. Er wirkte zugleich beunruhigt und irritiert.

Nicolas klärte ihn über die Situation auf. Fournier sagte seiner Sekretärin, dass sie für den Rest des Tages freihabe.

Nicolas postierte zwei Polizisten vor dem Eingang der

Werkstatt. Fournier hatte er befohlen, in seinem Büro auf ihn zu warten. Er nahm ihm gegenüber Platz, verschränkte die Arme und schlug die Beine übereinander. Mit ernster Miene lehnte er sich zurück gegen die Stuhllehne.

»Also, Monsieur Fournier, können Sie mir erklären, warum sich in Ihrem Lieferwagen eine Plastikplane voller Blut befand?«

Fournier schaute ihn entsetzt an. Schweißperlen bildeten sich auf seiner Stirn. »Ich habe keine Ahnung. Wirklich. Das schwöre ich. Jemand will mir was anhängen. Damit habe ich nichts zu tun.«

»Ihre Antwort scheint ein bisschen einfach. Immerhin ist es Ihr Wagen! Wo waren Sie gestern Abend?«

»Ich war noch eine ganze Weile hier im Büro. Ich musste die Kostenvoranschläge vorbereiten. Gegen zwanzig Uhr bin ich zum Abendessen nach Hause gefahren. Meine Frau wird Ihnen das bestätigen.«

Nicolas hoffte, dass es nur noch ein bisschen mehr Druck erfordere, bis sein Gegenüber zusammenbrechen würde. Mit etwas Glück legte Fournier ein Geständnis ab. Und er selbst würde Andreas den Rang ablaufen. Allein schon der Gedanke erfüllte ihn mit Stolz. Er musste lediglich gewisse Dinge erwähnen, auch wenn sie noch nicht von Christophe bestätigt worden waren, mit anderen Worten falsche Behauptungen aufstellen und den Verdächtigten damit aus der Reserve locken. Er legte los.

»Monsieur Fournier, wir haben Zeugen, die Sie gestern Abend in der Nähe des Brunnens gesehen haben.«

Fournier zog überrascht die Augenbrauen hoch. Die Reaktion ließ nicht auf sich warten. »Das sind Lügen!«

»Und wie erklären Sie sich, dass wir Plastiksplitter Ihres Wagens direkt neben dem Brunnen gefunden haben? Das sind langsam ganz schön viele Beweise, nicht wahr?«

Fournier sagte nichts. Kein einziges Wort.

»Es ist also nur noch eine Frage der Zeit, bis Anklage gegen Sie erhoben wird. Und Sie können nichts dagegen machen. Besser, Sie gestehen sofort. Das erspart allen eine Menge Arbeit.«

Dieses Mal schlug Fournier mit der Faust auf den Tisch und

brüllte sein Gegenüber mit geröteten Augen an. »Verdammt noch mal, ich bin unschuldig!« Er war so wütend, dass seine Halsschlagadern anschwollen. Er hatte sein eigenes Leben nicht mehr in der Hand. Er spürte, wie Ohnmacht und eine immer größer werdende, unkontrollierbare Angst die Oberhand gewannen.

Just in diesem Moment betraten Andreas und Karine den Raum. »Was geht hier vor?«

Nicolas war von seinem Stuhl aufgesprungen. Der Wutausbruch Fourniers hatte ihn beeindruckt. Er war froh, dass die anderen beiden nun da waren. Seine Befragung hatte nicht viel gebracht, außer dass er dafür von seinem Chef eine ordentliche Abreibung kassieren würde.

»Monsieur le Commissaire, Ihr Kollege unterstellt mir, dass ich schuldig bin. Ich habe mit der Sache nichts zu tun. Sie wissen das, oder nicht?«

»Setzen Sie sich und beruhigen Sie sich wieder, Monsieur Fournier.«

Andreas' gelassener Tonfall zeigte Wirkung. Fournier nahm wieder Platz. Andreas gab Nicolas mit einer Handbewegung zu verstehen, dass er sie allein lassen möge, worauf dieser sofort den Raum verließ. Im selben Moment wurden sie von einem der Polizisten gestört.

»Sie ist da.«

»Danke, ich komme.«

Der Polizist postierte sich vor der Glastür des Büros. Andreas verließ das Zimmer und ging direkt auf Nicolas zu, der seinem Blick auswich. Kurz angebunden befahl er ihm, Wort für Wort den Inhalt seiner Befragung wiederzugeben. Nachdem er sich Nicolas' gestammelte Antwort angehört hatte, drehte er ihm wortlos den Rücken zu und ging zu Janine Fournier, die mit dem zweiten Polizisten vor der Werkstatt wartete.

»Guten Tag, Madame Fournier. Vielen Dank, dass Sie gekommen sind.«

»Schon gut. Ich glaube nicht, dass ich die Wahl hatte«, erklärte sie hochmütig und lächelte gezwungen.

»Ich muss Ihnen eine Frage stellen. Wo war Ihr Mann gestern Abend?«

»Gestern Abend?«

Janine Fournier begriff den Zusammenhang sofort. Als sie am Morgen auf der Post gewesen war, hatte sie von dem zweiten Leichenfund gehört. Seit ihr Mann von der Polizei festgenommen worden war, vermied sie es, sich im Dorf zu zeigen, doch sie konnte sich schließlich nicht für den Rest ihres Lebens verkriechen. Sie hatte ihrem Ruf stets die allergrößte Aufmerksamkeit geschenkt und wusste daher genau, dass sie sich nicht nur Freunde in Gryon gemacht hatte. Einige Leute hatten sicherlich keine Hemmungen, es ihr mit gleicher Münze heimzuzahlen. Ja, sie war arrogant und fühlte sich den anderen Frauen überlegen. Ja, sie hatte im Dorf immer damit aufgetrumpft, wie vermögend sie war und dass ihr Mann dem Gemeinderat vorstand. Aber was konnte sie schon dafür? So spielte das Leben. Sie war erfolgreicher gewesen als andere. Sie war wütend auf ihren Mann. Niemals hätte sie sich vorstellen können, dass die Existenz, die sie sich aufgebaut hatte, auf so wackeligen Beinen stand und dass alles wie ein Kartenhaus in sich zusammenfallen konnte, sobald ein bisschen Wind aufkam.

»Ich habe ihn zum Abendessen erwartet. Er hat mir gesagt, dass er ungefähr bis zwanzig Uhr arbeiten würde, ist dann aber nicht nach Hause gekommen. Ich habe schließlich allein gegessen.«

»Und wann ist er gekommen?«

»Ich habe ihn nicht gehört, weil ich bereits schlief. Es war schon spät, ich habe mich so gegen dreiundzwanzig Uhr dreißig hingelegt.«

»Und als Sie merkten, dass er nicht wie verabredet nach Hause kam, haben Sie da versucht, ihn zu erreichen?«

»Nein, das habe ich nicht. Was mich betrifft, ist mir das völlig egal. Er kann machen, was er will. Das ist mir schnuppe.«

Andreas mochte Janine Fournier nicht. Ihre Hochnäsigkeit, ihren herablassenden Ton. Die Attitüde einer Giftschlange. Sie war genau der Typ Frau, vor dem es ihm grauste.

Gemeinsam mit Karine kehrte er zu Maurice Fournier zurück. Dieser saß auf seinem Schreibtischstuhl und verbarg den Kopf in den Händen.

»Monsieur Fournier, Ihr Alibi ist nicht stichhaltig.«

Fournier hob den Kopf und schaute ihn überrascht an. »Wieso?«

»Ihre Frau sagt, Sie seien viel später nach Hause gekommen, als Sie meinem Kollegen gegenüber behauptet haben. Nach dreiundzwanzig Uhr.«

»Dieses Miststück! Sie lügt. Das stimmt nicht.« Wütend sprang er auf, umrundete seinen Schreibtisch und wollte zur Tür hinaus. »Wo ist sie? Ich werde ...«

»Sie werden gar nichts, Monsieur Fournier«, rief Andreas.

Karine hatte dergleichen erwartet und war ebenfalls aufgesprungen. Als Fournier an ihr vorbeikam, griff sie nach seinem Arm und drehte ihn ihm auf den Rücken, was seine Bewegung abrupt beendete. Während sie ihn weiterhin fest im Griff hatte, holte sie Handschellen aus ihrer Gesäßtasche hervor. Sie legte sie ihm an und drückte ihn zurück auf seinen Stuhl.

»Herrgott noch mal! Wie oft muss ich Ihnen denn noch sagen, dass ich es nicht gewesen bin?«

»Monsieur Fournier, darüber werden wir uns in aller Ruhe auf der Wache unterhalten.«

Die beiden Polizisten flankierten den resignierten Maurice Fournier bis zum Streifenwagen. Andreas hatte keine Wahl gehabt. Der Staatsanwalt hätte es nicht akzeptiert, wenn er ihn bei dieser Beweislast nicht verhaftet hätte.

Dennoch ließ ihn das Gefühl nicht los, dass etwas an dieser Geschichte nicht stimmte. Fournier war mit Sicherheit unschuldig. Doch selbst Andreas musste anerkennen, dass immer mehr gegen ihn zu sprechen schien.

Karine und Andreas setzten sich in Fourniers Weinbar.

»Der Presse wird diese Geschichte gerade recht kommen. Und wir haben momentan nichts anderes in der Hand. Keine einzige konkrete Spur.«

Andreas reagierte überhaupt nicht auf das, was Karine sagte.

Er ließ den Blick durch den Raum schweifen und sah ein Weckglas auf der Anrichte stehen, das von anderen Gegenständen zum Teil verdeckt wurde. Auf dem Etikett stand »Rosinen in Weinbrand«. Beim ersten Mal hatte er das Glas anscheinend übersehen.

Er stand auf und nahm es in die Hand. Er schraubte den Deckel auf.

Auf dem Boden des Glases lagen vier blutige Augäpfel.

57

Der Mann, der kein Mörder war, hatte die Szene, die sich vor der Baufirma Fourniers abgespielt hatte, genüsslich beobachtet. Er saß auf einer Bank vor der Touristeninformation und tat, als lese er eine Zeitung.

Wie gewöhnlich hatte sein Tag mit einem Frühstück im Café Pomme begonnen. Gegen sieben Uhr dreißig hatte er die Polizeisirenen gehört und sich gefragt, wie lange es wohl dauern würde, bis sie zu Fournier fuhren. Höchstens drei, vier Stunden, hatte er geschätzt.

Danach hatte er im Lebensmittelgeschäft seine Einkäufe erledigt und war nach Hause zurückgekehrt, bevor er sich gegen zehn Uhr bei Charlet eingefunden hatte. Dort hatte er gemütlich die Tagespresse gelesen, mehrere Tassen Kaffee getrunken und ein Schokoladenéclair und eine Blätterteigschnitte gegessen. Erst gegen elf Uhr hatte er die beiden Streifenwagen vorbeifahren sehen. Er war daraufhin nach draußen gegangen, um das, was sich vor seinen Augen abspielte, besser genießen zu können. Er konnte beobachten, wie Fournier in Handschellen abgeführt und in einem der Streifenwagen weggefahren wurde. Er war zufrieden, dass es ihm gelungen war, die Polizei auf eine falsche Fährte zu locken, auch wenn er wusste, dass sie diese nicht lange verfolgen würde.

Er war gestern Abend ein großes Risiko eingegangen, aber es hatte sich gelohnt. Er hatte sich entschieden, an Michel Martin das gleiche Ritual zu vollziehen wie an Alain Gautier.

Punkt für Punkt. Peinlich genau. Das war notwendig.

Das Entsetzen in Michels Blick, als er das Bewusstsein wiedererlangt und seinen Henker erkannt hatte, war orgastisch gewesen. Die Angst seines Opfers hatte ihn wie einen Motor angetrieben. Nichts konnte seinen Drang, sich zu rächen, aufhalten. Als er Michel das Messer ins Herz gestoßen hatte, waren all seine Sinne hellwach und wurden durch die Intensität des Augenblicks, in dem das Blut floss, noch um ein Vielfaches geschärft. Wie beim ersten Mal hatte er sich vorher einen weißen Einwegoverall übergezogen, wie ihn Anstreicher tragen, der am Ende über und über mit dem Blut seines Opfers bespritzt gewesen war.

Als Michel seinen letzten Atemzug tat, hatte er eine extrem heftige sexuelle Erregung verspürt und eine Erektion gehabt. Er musste sich daraufhin ganz schön am Riemen reißen, sich zu konzentrieren.

Seine innere Ruhe wiederzufinden. Die Kontrolle zurückzuerlangen. Unter allen Umständen.

Auf keinen Fall das Ritual verändern.

Während er jetzt daran zurückdachte, sah er alles noch einmal genau vor sich. Sein Herz hatte so heftig geklopft, dass er sich Erleichterung verschaffen musste. Er hatte den leblosen Körper Michels betrachtet und seinen Hosenschlitz geöffnet, seinen Penis rausgeholt und ihn immer schneller gerieben. Als der Samenerguss kam, meinte er, noch nie zuvor einen solch intensiven Orgasmus erlebt zu haben, als wäre all seine innere Anspannung mit einem Mal aus ihm herausgequollen. Sein Puls hatte sich beruhigt, und er hatte sich sofort besser gefühlt. Erleichtert. Doch dann hatte ein anderes Gefühl die Oberhand gewonnen. Die Wut, auf sich selbst. Er war schwach geworden. Er hatte sich nicht ans Ritual gehalten. Und er hatte einen Fehler begangen und es zu spät gemerkt. Jetzt konnte er nichts mehr daran ändern.

Das Ritual.
Punkt für Punkt. Peinlich genau. Und nichts anderes.

58

Andreas und Karine betraten den Bürgersaal der Gemeinde. Vier Augenpaare richteten sich sofort auf sie – Christophe, Nicolas und Viviane, die Polizeihauptkommissarin, sowie der Staatsanwalt blickten ihnen entgegen. Sie saßen bereits um den großen Tisch herum. Andreas und Karine nahmen auf den zwei verbliebenen leeren Stühlen Platz, damit die Sitzung beginnen konnte.

Der Staatsanwalt ergriff als Erster das Wort. Er sprach in einem Tonfall, der auf Andreas eingebildet und hochmütig wirkte, aber das war ja nichts Neues. »Sehen Sie, Commissaire, Fournier ist eben doch der Schuldige!«

»Herr Staatsanwalt, so einfach ist das nicht.«

»Sie glauben immer noch nicht daran?«

»Nein.«

»Ich habe keine Wahl. Wir werden ein Ermittlungsverfahren gegen ihn einleiten.«

»Ich weiß.« Andreas erhob sich, ging ein paar Schritte, stellte sich hinter den Staatsanwalt und stützte sich auf die Rückenlehne des Stuhls, auf dem dieser saß. »Sicherlich sprechen alle Indizien dafür. Meiner Meinung nach jedoch zu deutlich … Ich werde Ihnen die Fakten darlegen und Ihnen meine Version schildern.«

Andreas ging noch ein Stück um den Tisch herum, bis er dem Staatsanwalt genau gegenüberstand und ihm direkt in die Augen blicken konnte. »Zunächst, was das Alibi betrifft. Fournier behauptet, zu Hause gewesen zu sein, während die beiden Verbrechen verübt worden sind. Seine Frau hat das für den ersten Mord bestätigt, bevor sie ihre Aussage widerrufen hat, indem sie plötzlich behauptete, sie könne sich dessen nicht sicher sein, weil sie eingeschlafen sei. Für den zweiten Mord macht sie das Alibi ihres Mannes zunichte, wobei sie offensichtlich ihre Meinung geändert hat, nachdem sie erfahren hat, dass ihr Mann sie betrogen und Sex mit einer Minderjährigen gehabt hatte. Ihre Zeugenaussage erscheint daher nicht glaubwürdig, denn die Ehefrau ist in beiden Fällen befangen.«

»Einverstanden«, gab der Staatsanwalt zu.

»Jetzt zu den Indizien, die Fournier belasten.« Andreas schrieb die Punkte einzeln auf den Flipchart.

– *Die Weinflasche mit Fourniers Fingerabdrücken, die in Gautiers Apartment gefunden wurde.*
– *Die E-Mail an Fabien Berset, die von Fourniers Internetzugang verschickt wurde.*
– *Die Lack- und Plastiksplitter von Fourniers Lieferwagen neben dem Brunnen.*
– *Die Plastikplane voller Blut in Fourniers Lieferwagen.*
– *Das Blut von Michel Martin (muss noch vom Labor bestätigt werden).*
– *Die Augen, die man in Fourniers Weinbar gefunden hat, lassen sich Gautier und Martin zuordnen (muss noch vom Labor bestätigt werden).*

»Nach dem momentanen Stand der Ermittlungen sind dies die einzigen handfesten Indizien, die wir haben. Aber was beweisen sie?«

»Dass Fournier zweifelsohne schuldig ist!«, sagte der Staatsanwalt.

»Nein, sie beweisen gar nichts! Maurice Fournier hat gestern bis ungefähr zwanzig Uhr in seinem Büro gearbeitet. Entgegen der Behauptung seiner Frau ist er zum Abendessen nach Hause gefahren. Als Fournier seine Werkstatt verließ, hat sich der Mörder durch die Hintertür Zutritt zur Baufirma verschafft. Ganz ähnlich wie beim ersten Mal, als er die Weinflasche gestohlen, geleert und in Gautiers Mülleimer zurückgelassen hat.

Das Schloss an der Tür ist aufgeschraubt worden, das legt die abgekratzte Farbe auf den Schrauben nahe. Er geht ins Büro, um an die Schlüssel für den Lieferwagen zu kommen. Danach fährt er mit dem eigenen Wagen runter nach Bex und wartet in aller Ruhe darauf, dass Michel Martins Schicht endet. Er setzt ihn mit einem Taser außer Gefecht und bringt ihn irgendwohin. Vielleicht zu sich nach Hause? Er tötet ihn. Nachts holt er die Leiche mit dem Lieferwagen ab, fährt damit zum Brunnen und legt sie dort ab. Um Spuren zu hinterlassen, fährt er absichtlich rückwärts gegen das Becken. Danach bringt er den Lieferwagen zurück und lässt die blutige Plastikplane vorsätzlich darin liegen. Er bringt die Schlüssel in Fourniers Büro zurück und platziert das Weckglas mit den Augen in der Weinbar. Er verlässt das Gebäude durch die Hintertür, steigt in sein Auto und fährt nach Hause.«

»Das ist absurd«, sagte der Staatsanwalt.

»Nein, das ist absolut plausibel, und Sie können das Gegenteil nicht beweisen.«

»Und Sie, Commissaire, Sie können Ihre völlig verdrehte Theorie nicht beweisen!«

»Da stimme ich Ihnen ausnahmsweise einmal zu.«

»Andreas!«, sagte Viviane.

»Genau darauf will ich hinaus: Beide Versionen sind plausibel.«

»Aber du glaubst, dass Fournier nicht der Täter ist. Dass es ein anderer ist. Aber wer?«, fragte Viviane.

»Ich bin sogar insgeheim davon überzeugt. Wenn Fournier der Täter wäre, warum hat er dann die Augen in einem Weckglas auf die Anrichte seiner Weinbar gestellt? Warum hat er eine blutige Plastikplane in einem Lieferwagen seines eigenen Unternehmens aufbewahrt? Warum hätte er eine Flasche mit seinen Fingerabdrücken bei Gautier zurücklassen sollen? Vor allem da er wusste, dass wir ihn im Visier haben. Soll er diese Fehler unfreiwillig gemacht haben? Wie erklärt es sich dann, dass er keine anderen Indizien hinterlassen hat? Keinen Fingerabdruck auf dem Messer? Nichts! Wir haben es hier mit einem gewissenhaften Mörder zu tun. Der genau weiß, was er tut. Und dem es Spaß macht, uns auf eine falsche Fährte zu locken.«

Andreas klang energisch und entschlossen. Er argumentierte sowohl leidenschaftlich als auch kompetent. Er hätte genauso gut ein hervorragender Anwalt oder Schauspieler werden können, dachte Karine.

»Der Mörder kommuniziert. Mit seinen Opfern, mit uns. Zunächst einmal der Anruf bei Gautier vom Bahnhofsrestaurant aus. Der Kellner bestätigt, dass es nicht Fournier war. Dann die E-Mail an Fabien Berset, die von Fourniers Wi-Fi-Anschluss aus verschickt wurde. Der Mörder hatte von außen Zugriff auf das ungesicherte Netzwerk. Und schließlich die Postkarte an Michel Martin. Die Schrift hat keine Ähnlichkeit mit Fourniers Handschrift, aber das muss ein Grafologe noch bestätigen.«

Der Staatsanwalt hatte sich Andreas' Plädoyer, ohne mit der Wimper zu zucken, angehört. Er hatte die Ellbogen auf der Tischplatte abgestützt und den Kopf in die Hände gelegt. Sein Schweigen konnte nur eines bedeuten: Andreas hatte die Partie vielleicht nicht gewonnen, aber er hatte mit Sicherheit gepunktet. Der Staatsanwalt richtete sich auf.

»Ich verstehe, Monsieur le Commissaire.« Seine Stimme schwankte zwischen Frustration und Resignation. Er wollte diesen Fall um jeden Preis so schnell wie möglich abschließen. Er musste es tun, denn seine politische Karriere hing davon ab. Er hatte das Gefühl gehabt, den Schuldigen bereits zu kennen, musste aber anerkennen, dass Andreas Auer es geschafft hatte, gewisse Zweifel zu säen. Und nichts fürchtete er so sehr, wie einen Fehler zu begehen und von der Presse zerrissen zu werden. Er stellte fest, dass seine einzige Möglichkeit im momentanen Stadium darin bestand, diesem bornierten und nervigen Bullen zu vertrauen, auch wenn er dafür ein Stück weit seinen persönlichen Stolz einbüßte.

»Aber was sollen wir morgen bei der Pressekonferenz sagen?«

»Die Wahrheit«, sagte Andreas, als läge diese auf der Hand.

»Welche Wahrheit?«

»Dass wir Maurice Fournier erneut festgenommen haben und dass er im Rahmen der Ermittlungen bezüglich der Morde an Alain Gautier und Michel Martin dem Haftrichter vorgeführt wird.«

59

Der Staatsanwalt und Viviane hatten den Gemeindesaal verlassen, um nach Villars zu fahren, wo sie für die Nacht jeder ein Hotelzimmer reserviert hatten.

»Mein Magen knurrt«, sagte Karine.

Christophe hatte diesen Moment erwartet und holte eine Tüte mit Sandwichs hervor, die er bei Charlet gekauft hatte. Außerdem stellte er zwei Flaschen Wasser und vier Gläser auf den Tisch.

»Christophe, ich denke, du solltest in Gryon bleiben«, sagte Andreas. »Wir werden dich hier noch brauchen.«

»In meiner Pension gibt es bestimmt noch ein Zimmer für dich«, meinte Nicolas.

Alle vier begannen schweigend zu essen. Schließlich ergriff Nicolas das Wort. »Und jetzt?«, fragte er.

Karine stand auf und ging zu dem Plakat, auf dem die »Fragen in Bezug auf den Mörder« standen. Sie strich den Satz »Er wird erneut töten« durch und schrieb stattdessen zwei weitere Punkte auf das Blatt: »Er hat erneut zugeschlagen« und »Wird er eine dritte Person töten? Oder noch mehr?«. Anschließend setzte sie sich wortlos wieder auf ihren Platz.

»Haben wir es also wirklich mit einem Serienmörder zu tun?«, fragte Christophe.

»Diese Frage ist durchaus legitim, und die Antwort lautet: Ja. Aber in zwei Aspekten unterscheidet er sich vom Typus des Serienmörders. Sowohl hinsichtlich der Handlungsweise als auch der Motivation. Ein Serienmörder wird normalerweise dadurch definiert, dass er drei oder mehr Menschen an unterschiedlichen Orten getötet hat oder im Abstand einer gewissen Zeit.«

Andreas machte eine kurze Pause, damit die anderen diese Informationen aufnehmen konnten.

»Ich sehe nicht, wie uns diese Theorien helfen, mit dem Fall voranzukommen«, sagte Nicolas.

»Zum jetzigen Zeitpunkt haben wir nicht *ein* konkretes Indiz. Das Einzige, was uns momentan voranbringen könnte, ist der Versuch, den Mörder besser zu verstehen, seine Motivation zu erahnen, die typischen Charakteristika seiner Persönlichkeit und seinen Geisteszustand zu erfassen«, sagte Andreas.

»Und was bringt uns das?«

Andreas überhörte Nicolas' Frage absichtlich.

»Momentan haben wir zwei Morde, zwei Tatorte und dazwischen einen relativ kurzen Zeitraum. Ein weiteres Charakteristikum von Serienmördern ist, dass es zwischen ihnen und ihren Opfern normalerweise keine Verbindung gibt. Hier bin ich jedoch davon überzeugt, dass bei uns das Gegenteil der Fall ist. Unser Täter kannte seine Opfer. Sogar sehr gut. Was die Fundorte der Leichen betrifft, die Kirche und den Brunnen, sind sie zwar unterschiedlich, allerdings bin ich überzeugt, dass sie nicht zufällig ausgewählt wurden. Diese Orte haben eine besondere Bedeutung für den Mörder.«

Andreas legte wieder eine Pause ein und blickte seine Kollegen nacheinander an, bevor er fortfuhr.

»Bei Serienmördern liegt dem Wahnsinn ihrer Taten häufig ein dysfunktionales Verhalten innerhalb der Familie zugrunde, manchmal gekoppelt mit einem traumatischen Erlebnis in der Kindheit. Ich glaube, ich täusche mich nicht, wenn ich behaupte, dass auch in unserem Fall hier der Schlüssel liegt. Wenn es uns gelingt, das auslösende Moment herauszufinden, finden wir auch den Mörder. Das Motiv hat er uns bereits durch die verschiedenen Bibelzitate geliefert: Rache.«

»Ja, aber wir wissen nicht, wer er ist.«

»Aber wir kennen seine Opfer. Und genau hier müssen wir tiefer bohren. Wir haben inzwischen zwei Tote und müssen Gemeinsamkeiten zwischen ihnen herausfiltern. Wir wissen, dass sie gemeinsam zur Schule gingen. Waren sie im Jugendring? Bei den Pfadfindern? Im Tennisclub?«

»Oder sind sie zusammen zum Konfirmandenunterricht gegangen?«, ergänzte Karine.

Warum hatte er selbst nicht daran gedacht?

Die Kirche.

Die Bibelzitate.

Der Katechismus!

»Aber eines der Opfer war doch evangelisch und das andere katholisch, oder?«, warf Christophe ein.

Andreas' Begeisterung ließ ein wenig nach. »Das stimmt. Ein Katholik, ein Protestant. Dennoch müssen wir in alle Richtungen ermitteln, nichts außer Acht lassen. Ich werde mit der Pfarrerin sprechen. Nicolas, ich überlasse dir die anderen Fährten.«

Er führte seine Überlegungen weiter aus: »Was Serienmörder betrifft, so unterscheiden wir diejenigen, die planvoll handeln, von denen, die intuitiv vorgehen. Unser Täter ist ganz offensichtlich gut organisiert. Nichts wird dem Zufall überlassen. Seine Handlungsweise ist überlegt und sorgfältig vorbereitet. Der Tatort wird akribisch inszeniert. Er hinterlässt keine Indizien außer jenen, die uns in die Irre führen sollen. Er erlaubt sich sogar den Luxus, mit uns zu kommunizieren und zu spielen.«

»Den Verbrechen scheint keine sexuelle Komponente zugrunde zu liegen«, bemerkte Christophe.

»Nein, zumindest nicht vordergründig. Das stimmt.«

»Aber warum diese ganze Inszenierung, wenn sein Motiv Rache ist? Warum tötet er sie dann nicht einfach?«

Oft reichte es, dass jemand etwas fragte oder eine Hypothese aufstellte, damit Andreas vor der aufmerksamen Zuhörerschaft seine Theorien ausbreitete.

»Auch wenn seine Opfer kein sexuelles Verlangen in ihm wachrufen oder er sich nicht an ihnen sexuell vergehen will, ist es sehr wahrscheinlich, dass er beim Töten eine Befriedigung seiner innersten Wünsche verspürt. Ein aus einem schweren Trauma geborener unbewusster Wunsch, der verdrängt wurde und sich jetzt in seiner Handlungsmotivation manifestiert. Indem er seine Opfer tötet, befriedigt er zwei Bedürfnisse: sich zu rächen, aber auch seine Phantasien zu befriedigen, die einen überproportionalen Platz in seinem Leben einnehmen. Ein tiefes Verlangen, das bei ihm eine so große Erregung auslöst, dass es ihn drängt, es in die Tat umzusetzen. Er tötet, und die Spannung entlädt sich. Doch er ist trotzdem nicht wirklich befriedigt. Die Phantasie gewinnt wieder die Oberhand. Die Erregung nimmt zu. Er tötet erneut. Auch wenn seine Opfer ihn nicht sexuell erregen, könnten es die Inszenierungen und die Macht sein, die er über seine Opfer hat, oder das Leid, das er ihnen zufügt, die diese Gefühle in ihm auslösen. Das zeigt sich zum Beispiel daran, dass er ihnen bei lebendigem Leib die Augen entfernt.«

Andreas öffnete sein Notizheft und stolperte über die Frage »Warum die Augen?«.

»Warum die Augen? Ich habe den Eindruck, dass alle mit den beiden Verbrechen verbundenen Puzzleteile eine doppelte Bedeutung haben. Eine Bedeutung der Entnahme der Augen ist zweifellos, dass der Täter seine Opfer in die Dunkelheit stürzen wollte, damit sie in der Finsternis enden. Das ist ihre Strafe für das, was sie in der Vergangenheit getan haben. Ich frage mich jedoch, was die vordergründige Bedeutung ist. Haben sie etwas gesehen, was sie nicht hätten sehen dürfen?«

Andreas stellte diese Fragen nicht, um eine Diskussion anzustoßen oder um Antworten von seinen Kollegen zu erhalten, sondern um seine eigenen Überlegungen voranzutreiben und seine Gedanken zu ordnen.

»Wo wird er aufhören?«, fragte sich Karine.

»Schwer zu sagen. Vermutlich wird er seinen Tötungswahn beenden, wenn er seinen Rachefeldzug abgeschlossen und alle ermordet hat, die er für seine Peiniger hält. Wenn er allerdings dem Bild entspricht, das ich mir von ihm mache, ist er dann mitnichten geheilt. Der Druck und seine Phantasien werden bleiben. Und was er dann tut? Ich weiß es nicht.«

»Wenn er in seiner Kindheit oder Jugend ein Trauma erlitten hat, warum hat er denn dann so viele Jahre gewartet?«

»Exzellente Frage.«

Andreas schrieb in sein Notizheft: »Warum hat er sein Unglück so lange geduldig ertragen, bevor er sich zeigte?«

60

Das Skype-Signal ertönte, und Docs Avatar erschien auf dem Bildschirm. Statt des üblichen Fotos von sich selbst hatte er ein Bild von einem Aasgeier gewählt, der sich über seine Beute hermachte. Karine nahm den Anruf entgegen, und Docs strubbeliger Kopf erschien.

Er lag beinahe auf seinem Tisch und stützte das Kinn auf die gekreuzten Arme. Dann richtete er sich auf, rückte seine Brille zurecht und blickte mit seinen großen, etwas hervorstehenden Augen direkt in die Kamera.

»Hallo zusammen! Die Autopsie ist zwar noch nicht vollständig abgeschlossen, aber ich denke, ich habe da etwas gefunden, das euch interessieren könnte.« Er lächelte befriedigt. Er liebte es, sich wichtig zu fühlen, und kostete diesen Moment gern aus. »Im Großen und Ganzen kann ich nur wiederholen, was ich euch über die erste Leiche gesagt habe. Exitus durch einen Messerstich ins Herz. Leichte Verbrennungen auf dem Rücken, verursacht durch einen Taser. Die Augen wurden bei lebendigem Leibe entfernt. Spuren von Chloroform und Curare. Die Tat wurde vermutlich gestern Abend verübt. Ich würde sagen, der Tod trat gegen kurz vor Mitternacht ein. Aber das lässt sich nicht mit Sicherheit sagen, da die Leiche ja in dem Brunnen abgelegt wurde. Und die Wassertemperatur verfälscht die Kalkulation. Jedoch …«

»Spuck es aus, Doc«, unterbrach ihn Karine.

»Obwohl die Leiche mehrere Stunden im Wasser lag, konnte ich Spuren von Samenflüssigkeit nachweisen, die an den Körperhaaren klebte.«

»Sperma?«

»An der Körperbehaarung?«

»Ja, an der Beinbehaarung.«

»Wie bitte?«, rief Andreas aus. »Hast du einen DNA-Abgleich gemacht?«

»Ja natürlich. Glaubst du, ich bin blöd?«, fragte Doc lachend. »Ich habe die DNA des Spermas analysiert und mit der vom Blut Fourniers verglichen. Ich nehme an, dass du das gemeint hast, oder?«

»Nein, mit der vom Weihnachtsmann.«

»Es handelt sich nicht um Fourniers DNA.«

»Womit dessen Unschuld feststeht«, warf Nicolas ein.

»Und das beantwortet unsere Frage von eben. Es gibt also durchaus eine sexuelle Komponente«, erklärte Christophe.

»Das ist wirklich erstaunlich«, sagte Karine. »Ist unser Mörder homosexuell?«

»Keine Ahnung, diese Beurteilung überlasse ich euch, meine Lieben. Allerdings habe ich überprüft, ob Spuren einer sexuellen Penetration am Opfer vorlagen. Da war aber nichts. Nur diese kleinen Spermareste an der Beinbehaarung.«

»Die kleinen?«

»Ja, der Rest wurde entweder durch das Wasser weggewaschen oder ist ganz einfach nicht auf dem Körper gelandet.«

Andreas war so in Gedanken versunken, dass er der weiteren Unterhaltung zwischen seinen Kollegen gar nicht mehr folgte. Er meldete sich erst wieder zu Wort, als Doc gerade aufgelegt hatte.

»Ja, ich glaube, dass wir Fournier endgültig von der Liste der Verdächtigen streichen können. Und ja, es gibt eine sexuelle Komponente, aber nicht eine von der Art, wie man sie üblicherweise kennt.«

»Wieso?«

»Keine Spuren einer sexuellen Handlung und trotzdem Sperma auf dem Opfer. Sperma vom Mörder.«
»Und?«
»Ich glaube, dass er beim Anblick der Leiche einen Orgasmus hatte. Ein Verhalten, das man bei einer Reihe von Serienmördern beobachtet hat. Sie masturbieren entweder noch am Tatort oder später. Seine Anspannung muss so hoch gewesen sein, dass er sich nur auf diese Weise Erleichterung verschaffen konnte. Das heißt jedoch keinesfalls, dass er homosexuelle Neigungen verspürt oder sich zu seinem Opfer sexuell hingezogen fühlte. Aber auf jeden Fall freut mich das alles.«
»Wie bitte?«
»Er hat seinen ersten wirklichen Fehler begangen. Wir haben seine DNA!«

61

Der Mann, der kein Mörder war, saß im Café Pomme. Er war in den Ort hinuntergegangen, um die Nachrichten zu schauen, denn in seinem Chalet gab es keinen Fernseher. Er war überzeugt, mit dem zweiten Verbrechen zur Meldung des Tages avanciert zu sein. Natürlich nicht er selbst, denn man hatte ihn ja bislang nicht identifizieren können. Das bedauerte er jetzt fast. Er hätte sich gewünscht, dass man über ihn sprach. Er wäre sehr stolz gewesen, seinen Namen in einer Nachrichtensendung zu hören. Endlich anerkannt zu werden.

Er hatte als Kind so darunter gelitten, nicht wahrgenommen worden zu sein. Jemand zu sein, um den sich niemand Sorgen machte. Sein Bruder und seine Schwester hatten sämtliche Aufmerksamkeit für sich in Beschlag genommen. Sein Vater war mit der Zeit immer unsichtbarer geworden, hatte keinerlei Entscheidungen mehr getroffen und sich nie durchsetzen können. Seine Mutter hatte dem Haus vorgestanden und sich um alles gekümmert. Sie hatte gekocht, geputzt und das Familienunternehmen geführt. Ihren Kindern hatte sie nur wenig Beachtung geschenkt, und ihm, dem kleinen Nachgeborenen, schon gar keine. Und außerdem hatten seine Eltern ihn verraten. Etwas, das er ihnen nie hatte verzeihen können. An jenem Tag hatte er beschlossen, niemals so zu werden wie sein Vater. Er wollte, dass man ihm Anerkennung und Respekt zollte. Aber alles zu seiner Zeit. Momentan gefiel es ihm, anonym zu sein, um in aller Ruhe sein Werk zu vollenden.

Es war voll im Café. Der zweite Leichenfund war in aller Munde, die Nervosität spürbar. Die Tatsache, dass ein Mörder ungestraft durch das friedliche Dorf spazierte, versetzte die Einwohner Gryons in Angst. Er hatte gehört, wie eine alte Frau sagte: »Vielleicht ist er ja sogar gerade unter uns, in diesem Restaurant!« Er lächelte. Er war der Auslöser für diese brodelnde Stimmung. Allerdings musste er auf der Hut sein.

Allein der Erfolg seiner Mission zählte.

Als um Punkt neunzehn Uhr dreißig die Erkennungsmelodie der Fernsehnachrichten erklang, wurde es mucksmäuschenstill im Café. Alle Köpfe drehten sich zu dem an der Wand hängenden Bildschirm um.

»In Gryon wurde heute Morgen eine zweite Leiche gefunden. Der Tote lag nackt in einem Brunnen mitten im Dorf. Bei dem Opfer handelt es sich um den zweiundfünfzigjährigen Lokführer Michel Martin, der genau wie das erste Opfer, Alain Gautier, aus dem Ort stammte. In beiden Fällen handelt es sich daher vermutlich um denselben Täter. Die Polizei hatte einen Verdächtigen festgenommen. Maurice Fournier, Unternehmer und Gemeinderat, wurde gestern Vormittag nach einer Vernehmung wieder auf freien Fuß gesetzt. Wir haben uns bemüht, mit dem Leiter der Ermittlungen, Kriminaloberkommissar Andreas Auer, zu sprechen, doch dieser wollte sich vor laufender Kamera nicht zu den Vorfällen äußern.«

Es folgten Bilder von Andreas Auer, der wütend eine Kamera wegstieß, die ein Journalist auf ihn gerichtet hatte. Anschließend hörte man seine Stimme: *»Ich kann Ihnen momentan keine Auskunft geben. Lassen Sie uns unsere Arbeit machen!«*
Danach verfolgten alle im Café sehr aufmerksam ein Interview mit zwei Personen, die ihre Sorgen angesichts der schrecklichen, noch nie da gewesenen Ereignisse in ihrem Dorf kundtaten. Kaum waren die Nachrichten vorbei, wurde auch im Café die lebhafte Diskussion fortgesetzt.

Der Mann, der kein Mörder war, winkte die Kellnerin heran, bezahlte sein Bier und erhob sich, um das Lokal zu verlassen. Beim Rausgehen blickte er einen Moment lang hinüber zu einem der Fenster der Käserei, hinter dem sich einst sein Kinderzimmer befunden hatte.

Er ging zu Fuß durch den Ort bis zu seinem Auto. Als er an dem »Café des Alpes« vorbeikam, konnte er weiter unten die Kirche und den Brunnen sehen. Er rief sich die Ereignisse ins Gedächtnis, durch die sein Leben aus den Fugen geraten war.

Zurück in seinem Chalet, setzte er sich auf die Terrasse und dachte nach. Er ließ die Existenz, die er in den letzten Jahren geführt hatte, Revue passieren und sah sich wieder in seinem Ruderboot sitzen und auf dem wunderschönen kleinen See angeln, wo er die meiste Zeit allein verbracht hatte. Weit weg von allem. Eine Insel des Friedens. Doch selbst das hatte die Wunden, die ihm in seiner Kindheit zugefügt worden waren, nicht heilen können.

Er spürte eine große Leere in sich.

Angst überkam ihn.

Sein Leben war ein einziger durchwachter Alptraum gewesen. Schlagartig besann er sich jedoch wieder. Was er erlitten hatte, hatte jegliche menschliche Gefühlsregung in ihm zerstört.

Aller guten Dinge waren drei. So sagte man doch, oder?

62

Mikaël und Karine saßen gemütlich auf dem Sofa im Wohnzimmer, während Andreas in der Küche das Essen zubereitete. Nach den Nachrichten schaltete Mikaël den Fernseher aus, und sie setzten sich an den Esstisch.

»Da hast du ja richtig Werbung für uns gemacht«, sagte Karine.

Andreas war nicht in der Stimmung, auf die humorvolle Bemerkung seiner Kollegin einzugehen. Er war außer sich. Warum war der Fernsehsender der Ansicht gewesen, diese Bilder zeigen zu müssen?

Andreas hatte heute mal das Abendessen gekocht. Ein asiatisches Gericht, Hühnchenfleisch mit Sataysoße, Reis und dampfgegartem Gemüse. Er reichte Mikaël und Karine die Schüsseln und setzte sich.

»Köstlich«, schwärmte Karine nach dem ersten Bissen.

»Es ist mir gelungen, die nach Klassen geordneten Schülerlisten der Schule von Gryon zu bekommen.« Mikaël hielt Andreas ein Blatt hin mit der Überschrift »Gryon 1971, sechste Klasse, Schüler, geboren 1960«.

Andreas las die folgenden Namen:

Erica Chollet
Charlotte Peret
Michel Martin
Martine Juget
Alain Gautier
Annette Charrier
Christian Valdes
Jean-Louis Morier
Justine Achard

»Justine Achard?«, fragte Andreas.

»Ja, das ist meine Tante«, erklärte Mikaël.

»Hast du schon mit ihr sprechen können?«

»Nein, noch nicht. Sie macht gerade eine Thailandreise, aber sie kommt Montag zurück. Ich habe ihr bereits eine Nachricht auf den Anrufbeantworter gesprochen.«

»Fournier steht nicht auf der Liste?«, fragte Karine.

»Das ist normal. 1971 war Fournier, der Jahrgang 1957 ist, schon auf der Schule in Bex. Das Gleiche gilt für Jacques Charrier, Jahrgang 1958.«

Andreas schwieg.

»Woran denkst du?«, fragte Mikaël.

»Ich suche nach der Verbindung. Es muss etwas anderes sein. Auch wenn Fournier nicht der Schuldige ist, wovon ich überzeugt bin, muss er doch eine wichtige Rolle in dieser Geschichte gespielt haben. Warum sonst sollte ihm der Mörder den Schwarzen Peter zuschieben wollen?«

»Wie kannst du von seiner Unschuld so überzeugt sein?«, wollte Karine wissen.

»Er ist nicht raffiniert genug. Er wäre nicht in der Lage, all das zu planen und auszuführen. Er ist zu einfach gestrickt, und sein psychologisches Profil passt absolut nicht zu dem Tätertyp, den ich inzwischen im Sinn habe.«

»Aber du könntest doch auch falschliegen, oder? Das alles ist schließlich keine exakte Wissenschaft. Und …«

»Ich weiß, dass ich mich schon mal vertan habe. Völlig unnötig, mich jetzt daran zu erinnern«, entgegnete Andreas.

Karine hatte eine sensible Stelle getroffen. Andreas verließ sich sehr auf seinen Instinkt und hatte damit normalerweise auch Erfolg, aber er hatte es immer noch nicht verdaut, dass er vor ein paar Jahren fälschlicherweise eine Person festgenommen und sogar ins Gefängnis gebracht hatte. Mit der Zeit hatte er es jedoch wieder geschafft, seiner Intuition zu vertrauen.

»Gibt es noch andere Verbindungen zwischen Fournier und den Opfern?«

»Fournier und Charrier waren nach der Volksschule im Jugendring von Gryon. Alain Gautier ist im Sommer 1974 dazugestoßen. Fournier, Charrier und Gautier waren außerdem Mitglieder im lokalen Schützenverein Abbaye de Gryon. Michel Martin war weder bei dem einen noch bei dem anderen dabei. Allerdings hat er sich genau wie Jacques Charrier im Blasorchester engagiert. Charrier und Gautier waren Mitglieder des Tennisclubs. Erica Chollet, die heute Erica Ferraud heißt und die Pfarrerin ist, war im Gegensatz zu den anderen bei den Pfadfindern. Zusammenfassend lassen sich also zahlreiche Verbindungen zwischen unseren verschiedenen Protagonisten feststellen. Aber keine einzige, die alle vereinen würde.«

»Und was ist mit den anderen Namen auf der Liste?«

»Ich recherchiere morgen weiter.«

»Hm, die Kirche, die Bibeltexte. Hast du die Fährte mit dem Konfirmandenunterricht weiterverfolgt?«, fragte Karine.

»Bislang habe ich dazu nichts Schlüssiges finden können. Wir wissen jedoch, dass Fournier, Martin und Charrier evangelisch sind, während Gautier katholisch ist. Auch da gibt es also keine offensichtliche Verbindung.«

»Bevor wir nicht einen gemeinsamen Nenner für all unsere Protagonisten gefunden haben, werden wir mit unseren Ermittlungen nicht weiterkommen. Denn das ist der Schlüssel.«

»Ja klar. Aber wie sollen wir den finden?«

»Unser Mörder ist laut den Bibelzitaten misshandelt und unterdrückt worden. In den meisten Fällen liegt dem Motiv eines Serienmörders ein psychischer oder körperlicher Missbrauch zugrunde. Auch wenn dies nicht der einzige Grund sein muss, so ist der fundamentale Auslöser für die Taten eines Psychopathen in dessen Vergangenheit zu finden. Meist liegt die Ursache zukünftiger Neurosen in der Ursprungsfamilie. Hat er vielleicht ein überbeschützendes Elternteil gehabt, das ihn quasi zu ersticken drohte? Eine fanatische, zu strenge Mutter? Einen Alkoholiker oder Sadisten als Vater? Einen Bruder, der ihn sexuell missbraucht hat?«

»Aber das alles macht ihn doch noch nicht zum Serienmörder, oder?«

»Allein die fehlende elterliche Liebe kann katastrophale

Auswirkungen auf die Entwicklung eines Kindes haben. Anstatt Werte und positive Charaktereigenschaften wie Selbstvertrauen, Selbstständigkeit und Sicherheit zu erfahren, statt soziale Bindungen zur Familie und seiner Umgebung aufbauen zu können, zieht sich das Kind eventuell in eine eigene Phantasiewelt zurück. Stellt euch vor, wenn dann noch Gewalt, Alkohol, Abhängigkeit oder Missbrauch mit ins Spiel kommen … Ein Kind, das in dieser brutalen Atmosphäre groß wird, glaubt irgendwann womöglich, dass Gewalt die einzige Handlungsoption ist und die einzige Möglichkeit darstellt, sich gegen die Herausforderungen der Welt zu verteidigen. Es gelingt ihm daher auch nicht, eine sexuelle Identität zu entwickeln und als Erwachsener seine Sexualität normal auszuleben. Das Kind kann in eine totale Abhängigkeit von seiner Phantasiewelt geraten, negative und gewalttätige Vorstellungen entwickeln und sich eher isolieren, anstatt normale soziale Bindungen einzugehen. Da es unfähig ist, aus den Beziehungen zu anderen Befriedigung zu schöpfen, versucht es diese zu erlangen, indem es seine Phantasien auslebt.«

»Diese ganzen Theorien sind ja schön und gut«, erwiderte Karine, »aber unser Mörder hat ja nicht Vater oder Mutter getötet, soviel ich weiß!«

»Da hast du natürlich recht, Karine. Doch in dem Fall, der uns beschäftigt, ist es durchaus legitim, davon auszugehen, dass die beiden Opfer unseren mutmaßlichen Mörder misshandelt und unterdrückt haben könnten. Ich bin immer noch überzeugt, dass wir auch sein familiäres Umfeld aufdecken müssen. Wurde er als Kind unterdrückt, so ist es gut möglich, dass ihn seine familiäre Umgebung zu einer leichten Beute gemacht hat. Mikaël, versuch doch bitte herauszufinden, ob du in alten Zeitungsberichten etwas über ein Familiendrama findest, das in Gryon oder in der nahen Umgebung stattgefunden hat. Eine Verurteilung wegen Inzest oder häuslicher Gewalt? Oder einen Hinweis darauf, dass eine Familie aus einem anderen Grund gesellschaftlich geächtet wurde? Fang mit der Suche in den sechziger Jahren an.«

Mikaël bereitete drei Tassen Kaffee zu und stellte eine Flasche Whisky auf den Tisch, während Andreas ein Kaminfeuer entfachte. Es war einer der ersten Abende, an denen die Luft richtig frisch wurde. Danach ließen sie sich wieder auf dem Wohnzimmersofa nieder.

»Warum hat er den Brunnen als zweiten Tatort gewählt?«, fragte Mikaël.

»Brunnen und Kirche befinden sich beide im Fond de Ville, dem Herzen von Gryon. Am Brunnen trafen sich früher die Frauen, um ihre Wäsche zu waschen und den neuesten Dorfklatsch auszutauschen. In der Kirche fanden unzählige Ereignisse statt, die das Dorfleben geprägt haben. Also zwei symbolische Orte.«

»Hat er sie wegen dieser symbolischen Bedeutung ausgewählt?«

»Oder vielleicht, weil sein Trauma in Verbindung mit den beiden Orten steht?«

»Vielleicht hat er dort gewohnt«, schlug Karine vor.

»Ich kümmere mich gleich morgen früh darum und finde hoffentlich etwas Neues heraus. Ich habe mich heute auch mit den letzten beiden Bibelzitaten beschäftigt.«

»Und?«

Mikaël öffnete die Bibel, die vor ihm auf dem Tisch lag, und las den Vers vor, der aus dem Buch Levitikus stammte: »›Und wenn jemand seinem Nächsten einen Schaden zufügt, soll man ihm antun, was er getan hat.‹ Auge um Auge, Zahn um Zahn. Aber das reicht dem Mörder nicht, sondern er geht weiter. Er tötet!«

»Damit sagt er nur, dass er sich für das Schlechte rächt, das ihm angetan wurde«, bemerkte Andreas.

Mikaël beugte sich vor, um sein Glas zu nehmen. Er trank einen Schluck des exzellenten sechzehn Jahre gereiften Whiskys. Er ließ die goldene Flüssigkeit in seinem Mund kreisen, um das kräftige Torfaroma voll zur Geltung zu bringen. Danach stellte er sein Glas ab. »Und wenn er es wirklich ›Auge um Auge, Zahn um Zahn‹ zurückzahlt?«

»Was willst du damit sagen?«, fragte Karine.
»Entweder glaubt der Mörder, dass er selbst tot ist und aufgrund dessen, was ihm angetan wurde, kein lebenswertes Leben mehr hat …«
»Oder?«
»Er rächt sich für den Tod einer anderen Person.«

Minus erschien mit der Leine im Maul. Andreas stand auf und ging zur Haustür, um seine Jacke von der Garderobe zu nehmen. Minus wich ihm nicht mehr von der Seite. Als Andreas seine Schuhe anziehen wollte, brachte der sperrige Hund ihn dadurch zum Stolpern, auch wenn er nur seine Hundeliebe hatte unter Beweis stellen wollen. Andreas lachte. Sie gingen hinaus in die schwarze Nacht, um an den Ufern des Avançon eine Runde zu drehen, die sie beide in- und auswendig kannten.

Andreas liebte diese einsamen Momente, wobei er nicht aufhören konnte, über das nachzudenken, was nun schon seit fast einer Woche all seine Gedanken in Anspruch nahm – den Doppelmörder von Gryon. Er war kein klassischer Serienmörder. Gab es den überhaupt? Nein. Jeder hatte seine eigene Geschichte und sein eigenes Motiv. Dieser hier musste sehr komplexe Motive haben, überdurchschnittlich intelligent sein, perfekt organisiert und genau wissen, was er tat. Der Ort und die Inszenierung seiner Verbrechen waren nicht nur Ausdruck seiner geheimsten und gewalttätigsten Phantasien, sondern auch eine Art Parabel, die eine Botschaft enthielt und zweifelsohne auch eine Erklärung für seine Motivation. Wenn es ihm doch nur gelingen könnte, in seine Gedankenwelt einzudringen.

Andreas dachte an den Satz, der auf der Postkarte an Michel Martin gestanden hatte. Handelte es sich dabei auch um einen Bibelvers, wie die Texte, die sie im Zusammenhang mit den Morden gefunden hatten? Er war sich nicht sicher, aber irgendwie riefen die Worte eine Erinnerung in ihm wach. Andreas setzte seinen Spaziergang fort und zermarterte sich dabei weiter das Gehirn.

Schließlich zückte er sein Mobiltelefon und ging seine musikalische Playlist durch. Schnell fand er, was er suchte, drückte auf »Start« und hörte kurz darauf die lateinischen Worte »Judicandus homo reus. Huic ergo parce, Deus.« »*Zum Gericht der Mensch als Schuldiger. Gewähre ihm Schonung, Gott.*«

Worte aus Mozarts Requiem. Fühlte sich der Mörder vielleicht genau wie er selbst zur klassischen Musik hingezogen?

63

Gryon, Januar 1971

Nach einem recht harmonischen Start in Gryon begann das neue Schuljahr unter sehr düsteren Vorzeichen. Am Ende der ersten Konfirmandenstunde zerstreuten sich die Kinder auf dem Hof. Seine Prinzessin fuhr mit ihrer Mutter im Auto davon, die wie immer neben dem Brunnen auf sie gewartet hatte.

Er selbst ging langsam den Vieux Chemin hinauf in Richtung Route du Village. Als er sich umdrehte, sah er vier Jungen, die ihm folgten. Zwei von ihnen besuchten mit ihm zusammen den Konfirmandenunterricht, die anderen beiden kannte er nur vom Sehen. Es waren die Raufbolde des Dorfes. Der älteste rief ihm zu: »He, Milchbubi!«

Er drehte sich nicht um und beschloss, sie wie immer zu ignorieren. Er beschleunigte seine Schritte.

»Warte auf uns, du kleiner Idiot!«, *schrie ihm einer der Jugendlichen hinterher.*

Er rannte, aber sie holten ihn mühelos ein. Der größte stieß ihn im vollen Lauf um. Er fiel mit dem Gesicht voran zu Boden. Seine Nase blutete.

»Du willst wohl besonders schlau sein, was?«

Er rappelte sich auf und wischte sich die Nase mit dem Ärmel ab. Der Junge, der offensichtlich ihr Anführer war, packte und schüttelte ihn.

»*Du hältst dich wohl für was Besseres! Kriegst nicht mal das Maul auf!*«
Er versuchte sich loszureißen, indem er um sich trat. Ein zweiter Junge kam hinzu, und sie überwältigten ihn.
»*Und wehe, du sagst etwas, dann hauen wir dir beim nächsten Mal so auf die Fresse, dass nicht nur deine Nase blutet!*«
Einer der Jungen stieß ihn gegen den Holzzaun, der an die Kirche grenzte. Es gelang ihm gerade noch zu verhindern, dass er darüberfiel und dann abgestürzt wäre. Er nahm die Beine in die Hand und rannte so schnell wie möglich davon.
Als er in Höhe der Metzgerei ankam, drehte er sich um. Sie hatten ihn nicht verfolgt.

64

Samstag, 15. September

Andreas erreichte den Parkplatz an der Barboleuse, kurz bevor die Pressekonferenz begann. Sie hatten sich dieses Mal für den großen Festsaal als Veranstaltungsort entschieden, denn der Fall hatte ein zunehmendes Interesse bei den Journalisten geweckt, weshalb mit einer hohen Besucherzahl zu rechnen war.

Nachdem Andreas die Pressekonferenz beim letzten Mal einfach mittendrin verlassen hatte und der Staatsanwalt sich daraufhin den Journalisten gegenüber allein erklären musste, hatte seine Vorgesetzte Viviane beschlossen, ihn dieses Mal außen vor zu lassen und die Aufgabe selbst zu übernehmen. Andreas störte das nicht im Geringsten, denn im Gegensatz zum Staatsanwalt verspürte er keinerlei Bedürfnis, sich in der Öffentlichkeit zu profilieren.

Als er aus dem Auto stieg, begrüßte ihn eine wohlbekannte Stimme. Er drehte sich um. »Guten Tag, Monsieur Berset.«

»Und, Monsieur le Commissaire? Werden wir gleich erneut in den Genuss Ihres großartigen Bühnenabgangs kommen?«

Andreas lächelte. Er begann Fabien Berset ein wenig zu schätzen, obwohl dieser für eine Zeitung arbeitete, die in seinen Augen reine Klatschpresse war. Aber immerhin war sie die erste, die man im Bistro beim Kaffee durchblätterte.

»Ich bin heute gar nicht erst auf die Bühne gebeten worden.«

»Ich verstehe. Dieser Staatsanwalt ist eine richtige Plage.« Berset lächelte ebenfalls.

»Sie haben sich entschlossen, meinen Rat bezüglich Ihrer eigenen Sicherheit nicht anzunehmen?«

»Ich kann gut auf mich aufpassen und glaube nicht, dass diese Drohungen ernst gemeint sind. Offensichtlich hat der Mörder ja Wichtigeres zu tun, wenn man das so sagen darf.«

»Seien Sie trotzdem auf der Hut.«

»Ich glaube nicht, dass Sie mein Schicksal ernsthaft interessiert.«

»Das tangiert mich in der Tat nicht. Es ist nur ein gut gemeinter Rat … eines Polizisten.«

»Ich nehme ihn zur Kenntnis. Gibt es etwas Neues?«

»Das werden Sie gleich hören.«

»Das, was offiziell kommuniziert wird, ist mir egal. Ich würde gern Ihre Einschätzung hören.«

»Haben Sie Lust auf einen Kaffee?«, fragte Andreas spontan.

»Nach der Pressekonferenz?«

»Nein, sofort. Die Pressekonferenz interessiert mich ebenfalls herzlich wenig.«

»Einverstanden.«

Andreas schickte Karine, die bereits im Saal war, eine SMS, »Wartet nicht auf mich«, und fügte noch ein Smiley hinzu. Sie nahmen Andreas' Wagen und fuhren in Richtung Dorfzentrum. Ins Gespräch mit seinem Beifahrer vertieft, bemerkte Andreas das Fahrzeug nicht, das ihnen folgte.

Der Mann, der kein Mörder war, saß am Steuer seines roten Land Cruisers. Er war im Morgengrauen aufgestanden und hatte bei einer Tasse Kaffee von der Terrasse seines Chalets aus den Sonnenaufgang bewundert, bevor er sich ein bisschen die Beine vertreten und frische Luft geschnappt hatte. Die letzten Stunden waren sehr anstrengend gewesen.

Höchste Konzentration. Unglaublich intensiv. Ein Wechselbad der Gefühle.

Erst ein Orgasmus und dann Wut. Jedes Mal das gleiche Schema. Die Befriedigung hielt nur kurz an, und dann gewann die Wut wieder Oberhand. Er hatte gehofft, mit der Eliminierung derjenigen, die ihm sein Leben zur Hölle gemacht hatten, seinem chaotischen und destruktiven Innenleben wieder etwas Ruhe und sich selbst eine Atempause zu verschaffen. Doch das war nur eine Illusion, eine vergebliche Hoffnung gewesen. Die einzige Hoffnung lag im Tod. Der Tag des Jüngsten Gerichts? Davor hatte er keine Angst. Sein ganzes Leben hatte er Gott treu und engagiert gedient. Nun aber war er müde und zermürbt.

Er musste sich weiter auf seine Aufgabe konzentrieren, keine Fehler machen. Nur noch ein paar Tage. Seine Mission würde bald beendet sein. Doch er würde es sich nie verzeihen, wenn dieser Kommissar ihn stellen würde, bevor er sie abgeschlossen hatte. Nicht nach all den Jahren. Aus diesem Grund interessierte er sich auch für das Bewegungsprofil des Kommissars. Dem nach zu urteilen, was er bis jetzt herausgefunden und beobachtet hatte, war sein Gegner noch sehr weit davon entfernt, ihm auf die Schliche zu kommen. Vor allem hatte die Polizei keine Indizien gegen ihn. Bis auf seine DNA natürlich. Wie hatte ihm nur dieser Fehler unterlaufen können? Das war ihm noch nie passiert. Noch nie! Er war immer so gewissenhaft gewesen. Das war sein Markenzeichen. Perfektionist und Künstler zugleich, ein Meister auf seinem Gebiet. Er hatte versagt. Aber noch hatte der Kommissar keine Spur, die zu ihm führte … Früher oder später würde das jedoch der Fall sein. Er hoffte, so spät wie möglich.

Doch auch wenn er noch genügend Zeit hatte, musste er seinen dritten Plan ohne Umschweife in die Tat umsetzen.

Andreas parkte vor der Käserei und betrat mit Fabien Berset das Café Pomme. Sie setzten sich an den einzigen freien Tisch in der hinteren rechten Ecke. Andreas bestellte einen Caffè Latte, Berset einen Cappuccino.

»Ich glaube nicht, dass Fournier schuldig ist, und ich habe doch recht, oder?«, begann Berset das Gespräch.

»Das glaube ich auch nicht.«

»Haben Sie eine andere Spur?«

»Nein.«

»Und das soll ich Ihnen glauben?«

»Das überlasse ich ganz Ihrem Urteil.« Andreas lächelte amüsiert.

»Ich würde Ihnen gern helfen, Monsieur le Commissaire.«

»Und erwarten dafür welche Gegenleistung?«

»Oh, Monsieur le Commissaire, denken Sie doch nicht so etwas ... Sie kennen mich wirklich schlecht. Ich biete hier keinen Tauschhandel an! Aber natürlich räumen Sie mir nach Abschluss der Ermittlungen ein Exklusivinterview ein. Es würde Ihnen guttun, Ihren Ruf bei der Presse und dem Staatsanwalt wieder etwas aufzuwerten.«

»Da haben Sie nicht ganz unrecht«, sagte Andreas lachend. »Und wie, denken Sie, könnte Ihre Hilfe aussehen?«

»Das müssen Sie mir sagen, Monsieur le Commissaire.«

Die Tür ging auf, und ein gut fünfzigjähriger Mann kam herein. Andreas hatte das Gefühl, ihn schon mehrfach im Dorf gesehen zu haben, wusste aber nicht, wo er ihn einordnen sollte. Er hatte kurzes graues Haar und beeindruckend breite Schultern. Vermutlich ein ehemaliger Sportler, dachte Andreas.

Während der Mann ein paar Meter von Ihnen entfernt an der Theke Platz nahm, kreuzten sich für einen kurzen Moment ihre Blicke. Der Blick des Mannes war sehr intensiv, beinahe fesselnd. Da ihm die Kellnerin einen Café renversé hinstellte, ohne dass er eine Bestellung aufgegeben hatte, musste es sich um einen Stammgast handeln.

Andreas hatte das Gefühl, dass der Mörder ganz in der Nähe war. Vielleicht war es der Mann, der allein am Tisch am Fenster saß, oder der, der gerade die Käserei auf der gegenüberliegenden Straßenseite betrat. Vielleicht hatte er sich auch in ein Chalet zurückgezogen. Nein, er war überzeugt, dass der Täter den Ereignissen und dem, was sich im Dorf zusammenbraute, folgen wollte. Den Gesprächen der Menschen lauschen. Im Zentrum der Aufmerksamkeit zu stehen und dennoch unerkannt zu bleiben bereitete ihm vermutlich ein ganz besonderes Vergnügen.

Wie er wohl aussah? War er ein so unscheinbarer und gewöhnlicher Mensch, dass die Großmutter am Nachbartisch keinen Verdacht schöpfte, auch wenn sie noch so paranoid war? Oder ein charismatischer, selbstbewusster Mann wie jener, der gerade an der Theke Platz genommen hatte?

»Er wird wieder töten, nicht wahr?«

Andreas beugte sich zu Fabien Berset hinüber und flüsterte beinahe. »Nicht so laut, Monsieur Berset. Hier gibt es viele Ohren, die mithören.«

»Aber Sie glauben doch nicht, dass er jetzt gerade hier ist, oder?«

»Nichts ist unmöglich. Behalten wir unsere Gedanken für uns, das ist sicherer.« Erneut ließ Andreas seinen Blick durch das Café schweifen, woraufhin sich sofort zahlreiche Köpfe abwandten. Mittlerweile wusste jeder im Ort, wer er war. »Um Ihre Frage zu beantworten: Es ist noch nicht vorbei.«

»Woher wissen Sie das?«

»Aus tiefster Überzeugung. Die Bibelzitate, die wir beim zweiten Opfer gefunden haben, lassen auf Rache als Motiv schließen. Aber die Geschichte ist noch nicht abgeschlossen. Es wird noch eine Fortsetzung geben.«

»Bleibt abzuwarten, ob der rätselhafte Mörder oder der charismatische Kriminaloberkommissar die Geschichte zu Ende schreibt.«

65

Andreas betrat den Gemeindesaal, begrüßte seine Kollegen und ging in die Küche, um sich einen Kaffee zu holen. Karine folgte ihm.

»Der Staatsanwalt war außer sich. Viviane hat ihn beruhigt, indem sie ihm erklärt hat, dass du gerade einer wichtigen Spur nachgehst. Aber warum bist du denn nicht gekommen?«, fragte Karine.

»Ich habe mit Berset einen Kaffee getrunken.«

»Hast du deine eigene Pressekonferenz abgehalten, oder was?«

»Wir haben nur ein wenig miteinander geplaudert.«

»Geplaudert? Ich verstehe.«

»Ich hatte nicht die geringste Lust, an der medialen Show unseres Staatsanwalts teilzunehmen. Ihr wart doch zahlreich genug vertreten, oder?«

»Es macht überhaupt keinen Sinn, mit dir darüber zu diskutieren. Du bist jedenfalls wirklich stur wie ein Muli.«

»Danke für die Blumen. Lieber ein stures Muli als ein eingebildeter Esel. Maultiere sind kräftiger und ausdauernder. Außerdem sind sie trittsicher und schwindelfrei. Tapfere Tiere, die ...«

»... dickköpfig sind und nur tun, was sie wollen und wann sie es wollen.«

»Genau. Das beschreibt mich gut«, sagte er mit einem breiten Grinsen. »Und Befehle nehmen sie nur an, wenn sie die Person, die sie erteilt, für würdig erachten.«

»Okay, das reicht, ihr Einhufexperten. *Asinus asinum fricat!*«, warf Christophe ein, um den Schlagabtausch seiner beiden Kollegen zu beenden.

»Wie bitte? Was hast du gesagt?«, fragte Karine.

»Seht an, Christophe hat im Lateinunterricht gut aufgepasst.«

»Das war eines meiner Lieblingsfächer auf dem Gymnasium.«

»Das glaube ich sofort. Aber was bedeutet dieses Kauderwelsch?«

»Hast du nie die Fabeln von La Fontaine gelesen? Der Löwe, der Affe und die beiden Esel. *Asinus asinum fricat*«, wiederholte er, indem er jede Silbe übertrieben betonte. »Übersetzt heißt das: ›Ein Esel reibt sich am anderen‹.«

»Und?«

Karine graute es jedes Mal davor, wenn Christophe und Andreas sich intellektuelle Anspielungen um die Ohren hauten, die sie nicht verstand. Sie interessierte sich für das, was gerade aktuell war und höchstens bis in die achtziger Jahre zurückreichte. Was Literatur betraf, kannte sie sämtliche Comicklassiker und einige bekannte Krimiautoren. Die klassischen Werke der Literatur würden für sie allerdings Bücher mit sieben Siegeln bleiben.

»Ein Esel, der sich an einem anderen reibt, um einen Juckreiz loszuwerden, ist genau das Gleiche wie zwei Idioten, die sich gegenseitig schmeicheln.«

»Was kümmert es die Eiche, wenn die Sau sich daran schabt?«, entgegnete Karine, die zeigen wollte, dass auch sie ein Sprichwort kannte.

»Heißt es nicht eigentlich ›Wildsau‹?«, fragte Nicolas, der dem Wortgeplänkel bis dahin nur gelauscht und gleichzeitig unablässig auf seinen Computerbildschirm gestarrt hatte.

»Eine Sau? Ich würde eher sagen, ein fesches Ferkelchen …« Christophe kicherte fröhlich.

Alle lachten, sogar Karine. Das Herumalbern half, die Spannung etwas abzubauen, die sich in den letzten Tagen angestaut hatte. Karine wischte sich ein paar Lachtränen weg. Doch dann wurden sie alle schnell wieder ernst, denn schließlich galt es, einen zweifachen Mord aufzuklären.

Andreas und Karine nahmen an dem Konferenztisch Platz, an dem Nicolas und Christophe saßen.

»Der Staatsanwalt hat die Festnahme Fourniers und die Einleitung eines Ermittlungsverfahrens gegen ihn verkündet und dabei erwähnt, dass es dafür triftige Gründe gebe«, sagte

Karine. »Viviane hat ergänzt, dass es in diesem Stadium noch keinerlei Beweise gäbe und man, solange seine Schuld nicht eindeutig bewiesen sei, keine voreiligen Schlüsse ziehen solle. Und auf die Frage, ob der Mörder immer noch frei herumlaufe, hat Viviane geantwortet, dass Fournier wahrscheinlich in die Sache verstrickt, eine Haupttäterschaft jedoch völlig ungewiss sei. Zudem hat sie die Einwohner von Gryon gebeten, weiterhin auf der Hut zu sein und uns alles sofort zu berichten, was in irgendeiner Weise verdächtig erscheint. Sie hat eine Telefonnummer genannt, unter der man uns hier im Gemeindesaal erreichen kann.«

»Perfekt. Das Klima des Misstrauens hier im Dorf wird sich weiter aufheizen … Das wird ein Spaß, wenn jetzt jeder seine eigenen Nachbarn verdächtigt.«

»Aber man weiß doch nie. Vielleicht erhalten wir dadurch irgendwelche interessanten Informationen.«

»Und wer wird die ganzen Anrufe entgegennehmen? Viviane? Der Staatsanwalt?«

»Der Anrufbeantworter …«, sagte Christophe in unverhohlen ironischem Ton.

»Ich verstehe. Dann erklärst du Viviane, dass wir die Anrufe an die Zentrale leiten, damit die uns dann die interessanten Informationen herausfiltern und an uns weitergeben. Ich bin auf jeden Fall nicht damit einverstanden, dass dafür jemand von unserem Team abgestellt wird. Und wenn dann im Ort Chaos ausbricht, ist der Einzige, der davon profitiert, unser Mörder. Er ist sehr organisiert und sehr diskret. Er wird die Situation ausnutzen, um unbemerkt zu bleiben. Es würde mich schon sehr überraschen, wenn bei dieser Hexenjagd irgendetwas Nützliches herauskäme.« Andreas trank einen Schluck Kaffee. »In einer Stunde muss ich nach Lausanne. Wir werden Fournier verhören.«

»Und was soll uns das bringen?«, fragte Nicolas, der sein Notebook nun doch zugeklappt hatte, um sich an der Diskussion zu beteiligen.

»Ich weiß es nicht. Falls er nicht schuldig ist, stellt er vielleicht ein potenzielles Opfer dar. Oder anders ausgedrückt: Dann gehört er zu denen, die unseren Mörder misshandelt und unterdrückt haben. Warum versucht der Mörder immerzu, ihm die Taten in die Schuhe zu schieben? Ich bin sicher, dass Fournier mehr weiß, als er uns bis dato gesagt hat.«

»Bevor du gekommen bist, haben wir uns die Postkarte angeschaut, die Michel Martin erhalten hatte.«

»Und was haltet ihr davon?«

Karin las den Text noch einmal laut vor:

»*Zum Gericht der Mensch als Schuldiger.*
Gewähre ihm Schonung, Gott.
PS: Ich habe euch nicht vergessen!«

»Das ›euch‹ deutet darauf hin, dass die Nachricht an mehrere Personen gegangen ist. Wir müssen Fournier fragen, ob er auch eine Postkarte erhalten hat.«

»Das mache ich. Und bei Gautier habt ihr immer noch nichts gefunden?«

»Nein. Wenn er eine erhalten hat, hat er sie vermutlich vernichtet.«

»Wir haben die Handschrift mit der von Fournier verglichen, können aber mit ziemlicher Sicherheit sagen, dass es nicht seine ist. Man könnte versuchen, sie mit der Handschrift anderer in diesen Fall verstrickter Personen zu vergleichen«, meinte Christophe.

»Das stimmt. Wir könnten mit den Leuten von der Liste anfangen, die 1971 die sechste Klasse besucht haben, und dann mit den Leuten weitermachen, die nach dem ersten Mord vor der Kirche standen. Jetzt möchte ich aber, dass wir uns erst noch mal ein bisschen Zeit nehmen, um die Opfer gegenüberzustellen.«

Andreas machte eine Handbewegung, und Karine stand auf. Auf einem Flipchart enthüllte sie eine Tabelle, die sie früh am Morgen vor der Pressekonferenz vorbereitet hatte.

Alain Gautier	Michel Marin
Mord	
Ermordet Samstag, den 8. September. Leiche wurde in der Kirche gefunden. Getötet in seiner Wohnung.	Ermordet Donnerstag, den 13. September. Leiche wurde im Brunnen gefunden. Tatort unbekannt.
Messerstich ins Herz (Modell Rambo III). Taser-Brandmale auf dem Rücken. Spuren von Chloroform und Curare.	dito
	Sperma auf der Leiche (DNA vom Mörder?)
Augen bei lebendigem Leibe entfernt.	dito
Kleidung entfernt. Nacktheit inszeniert.	dito
Matthäus 6,22-23: **Opfer wird in die Finsternis gestürzt** Das Licht des Leibes ist das Auge. Wenn dein Auge lauter ist, wird dein ganzer Leib von Licht erfüllt sein. Wenn dein Auge böse ist, wird dein ganzer Leib finster sein. Wenn nun das Licht, das in dir ist, Finsternis ist, wie groß ist dann die Finsternis!	**Levitikus 24,19:** **Auge um Auge** Und wenn jemand seinem Nächsten einen Schaden zufügt, soll man ihm antun, was er getan hat.
Jesaja 53,7: **Der Mörder wurde missbraucht und unterdrückt** Er wurde bedrängt, und er ist gedemütigt worden, seinen Mund aber hat er nicht aufgetan wie ein Lamm, das zur Schlachtung gebracht wird, und wie ein Schaf vor seinen Scherern verstummt.	**Jesaja 47,3:** **Rache** Aufgedeckt wird deine Blöße, man soll deine Schande sehen. Ich nehme Rache, und niemand soll fürbittend eintreten.
Zur Person	
geboren 1960	dito
Grundschule in Gryon	dito
weiterführende Schule in Bex	dito
katholisch	evangelisch
Jugendring Gryon	
Mitglied im Tennisclub	Mitglied im Blasorchester

Nachdem das ganze Team die Tabelle gelesen hatte, ergriff Karine das Wort.

»Die Vorgehensweise des Mörders ist in allen Punkten identisch, außer dass sich der Ort unterscheidet, an dem die Leichen abgelegt wurden. Daher lässt sich nach dem jetzigen Stand der Ermittlungen behaupten, dass es sich um denselben Mörder handelt.«

Die anderen nickten.

»Der einzige Fehler, den er offenbar bislang gemacht hat, ist das Sperma, das auf Michel Martins Leiche gefunden wurde. Wir gehen davon aus, dass die anderen Indizien absichtlich platziert wurden, um uns auf eine falsche Fährte zu locken. Die Weinflasche mit den Fingerabdrücken von Fournier, der Zusammenstoß des Lieferwagens mit dem Brunnen, die Plane voller Blut, das Glas mit den Augen.«

»Genau«, bestätigte Andreas. »Wir haben vier unterschiedliche Bibelverse. Mit diesen Botschaften liefert uns der Mörder Hinweise auf seine Motivation und erklärt die Qualen, die er seinen Opfern zugefügt hat. Er rächt sich für etwas, das entweder ihm selbst von den Opfern angetan wurde oder einer dritten Person. Tatsächlich ist es durchaus vorstellbar, dass er an denjenigen Vergeltung übt, die jemand anderem Leid zugefügt haben.«

»Vielleicht haben sie die Freundin des Mörders vergewaltigt«, sagte Nicolas.

»Oder seine Schwester«, überlegte Christophe laut.

»In diesem Stadium erscheinen alle Theorien plausibel«, fügte Andreas hinzu.

»Der Werdegang der Opfer weist mehrere Gemeinsamkeiten auf, die jedoch auf ihre Kindheit in Gryon beschränkt sind. Sie sind im selben Jahr geboren und haben zusammen erst in Gryon und anschließend in Bex die Schule besucht. Nach ihrer Schulzeit sind sie jedoch getrennte Wege gegangen und hatten keinerlei Kontakt mehr miteinander. Der eine hat ein chaotisches Leben mit beruflichen wie privaten Fehlschlägen und Problemen geführt. Der andere war ein solider Familienvater und hat seit Abschluss seiner Ausbildung den Beruf als Lokführer ausgeübt.«

»Das alles legt nahe, dass sich das Ereignis, nach dem wir suchen, in ihrer Jugend zugetragen haben muss«, meinte Christophe. »Vermutlich zwischen 1970 und 1980, oder?«

»Ja, das glaube ich auch«, bestätigte Andreas. »Wir müssen die Verbindung zwischen den beiden Opfern und Fournier finden.«

»Und klären, ob noch andere Personen zu dieser Clique gehörten, bevor unser Mörder ein weiteres Mal zuschlägt ...«, fügte Karine hinzu.

66

Andreas traf mit einigen Minuten Verspätung vor dem Gefängnis Bois-Mermet in Lausanne ein. Der Wärter in der Eingangsschleuse nannte ihm die Nummer des Verhörraums, der sich am Ende des Flurs befand. Schon durch die Glasscheibe sah er, dass Viviane und der Staatsanwalt eifrig miteinander diskutierten.

Er öffnete die Tür und betrat den Raum.

»Wir hatten uns schon gefragt, ob Sie uns überhaupt die Güte erweisen würden zu kommen!«, schnaubte der Staatsanwalt und warf Andreas einen eisigen Blick zu.

Andreas hielt es nicht für sinnvoll, auf seine Provokation zu reagieren. Sich entschuldigen? Niemals! »Ich werde das Verhör führen. Bist du damit einverstanden?«, fragte er Viviane.

Sie nickte und hielt dem Blick des Staatsanwalts stand, der keine Miene verzog.

»Wir wissen, dass Fournier nicht der gesuchte Mörder ist, aber ich bin überzeugt, dass er über Informationen verfügt, die uns nützlich sein könnten. Gut möglich, dass er sogar die Identität des Mörders kennt. Ich denke, wir sollten ihn ein paar Tage aus der Schusslinie nehmen. Könnten Sie sich darum kümmern, Herr Staatsanwalt?«

»Ja, das sollte machbar sein.«

Andreas drückte auf den Knopf der Gegensprechanlage und bat darum, Fournier in den Verhörraum zu bringen. Einige Minuten später erschien dieser in Begleitung eines Wärters, die Hände auf dem Rücken gefesselt. Andreas gab dem Wärter ein Handzeichen, ihm die Handschellen abzunehmen. Anschließend bat er Fournier, neben seinem Anwalt Platz zu nehmen, der ihm und dem Wärter vorausgegangen war. Gegenüber saßen Viviane und der Staatsanwalt.

Die Atmosphäre in dem sehr nüchternen und farblosen Verhörraum war bedrückend. Noch in der vergangenen Woche war Fournier ein Unternehmer und geachteter Gemeinderat gewesen. Der einst so stattliche Mann wirkte jetzt niedergeschlagen und verwundbar. Und das aus gutem Grund. Sein ganzes Leben schien sich plötzlich in einen einzigen Scherbenhaufen zu verwandeln. Auch wenn er nicht wegen Mordes vor Gericht käme, musste er immerhin mit einer Anklage wegen des sexuellen Vergehens an einer Minderjährigen rechnen. In Gryon würde er keinen Fuß mehr auf den Boden kriegen. Und seine Frau? Würde sie ihn verlassen? Würde er seine Firma verlieren?

Verspürte Andreas gerade Mitleid mit ihm? Vielleicht ein bisschen. Doch letztlich verdankte Fournier seine Lage der Tatsache, dass er tatsächlich Straftaten begangen hatte. Er hatte sich sicherlich stark und unbesiegbar gefühlt – doch das war niemand.

Andreas nahm zwischen seiner Vorgesetzten und dem Staatsanwalt Platz. Er stützte seine Ellbogen auf den Tisch und legte die Hände ineinander. Als er das Wort ergriff, sah er dem Anwalt direkt in die Augen, bevor sein Blick zu Fournier wanderte. Sich Zeit nehmen, um den Gegner zu taxieren. In diesem Fall schien die Partie jedoch bereits gewonnen. Sein Ziel aber war es, eine Schwachstelle bei Fournier zu finden, um so Hinweise auf den Mörder zu bekommen.

»Monsieur Fournier, Sie wissen, was Ihnen zur Last gelegt wird?«, fragte Andreas.

»Ja.«

»Bevor Sie fortfahren, verlange ich zu wissen, welche Beweise Sie gegen meinen Mandanten in der Hand haben«, gab sein Anwalt verärgert zurück.

Der Anwalt war von Anfang an hochmütig und selbstbewusst aufgetreten. Zweifellos wollte er sie dadurch beeindrucken und klarstellen, dass er sich nichts gefallen lassen würde, allerdings klang sein wütender Tonfall eher wie der Schrei einer Perserkatze, die von einem Pitbull in die Enge getrieben wird, als der einer Raubkatze, die sich über ihre Beute hermacht.

»Monsieur Bordier«, antwortete Andreas sehr ruhig, »uns liegen Beweisstücke vor, die Maurice Fournier mit beiden Verbrechen in Verbindung bringen.«

Andreas machte eine Pause und nutzte die Gelegenheit, um die beiden ihm gegenübersitzenden Männer zu beobachten. Der Anwalt schien plötzlich ein bisschen weniger selbstsicher zu sein und musterte seinen Mandanten betreten. Und wenn er ihm nicht alles gesagt hatte? Fournier hingegen starrte stur auf die Tischplatte vor ihm.

»In der Wohnung Gautiers haben wir eine Weinflasche gefunden, auf der seine Fingerabdrücke waren. Und in der Weinbar Ihres Mandanten ein Weckglas, das die Augäpfel der beiden Opfer enthielt. In einem der zur Baufirma gehörenden Fahrzeuge befand sich eine blutige Plastikplane. Das Blut stammte von Michel Martin. Derselbe Wagen hat Unfallspuren am Brunnen hinterlassen. Außerdem hat Monsieur Fournier für keine der beiden Tatzeiten ein Alibi. Das sollten doch ausreichende Gründe für diese Unterhaltung sein, finden Sie nicht?«

Der Anwalt schüttelte den Kopf.

Andreas wollte nicht sofort damit herausrücken, dass sie Fournier als Verdächtigen bereits ausgeschlossen hatten. Zum einen, weil das Sperma auf der Leiche nicht mit seiner DNA übereinstimmte, und zum anderen, weil Andreas ganz einfach nicht daran glaubte, dass er die Tat begangen hatte. Er hoffte jedoch, dass Fournier sprechen würde, um seine Unschuld zu beweisen, und sie auf diese Weise zum wahren Mörder führen würde.

»Monsieur Fournier, alles lässt darauf schließen, dass Sie Ihre beiden Freunde Alain und Michel eiskalt und mit äußerster Brutalität getötet haben.«

»Ich habe mit den beiden Verbrechen nichts zu tun. Ich bin unschuldig. Wie oft soll ich das noch sagen? Meine Frau lügt. Ich war an den beiden fraglichen Abenden zu Hause. Jemand versucht, mir die Schuld in die Schuhe zu schieben. Das ist die einzig mögliche Erklärung.«

»Wer könnte denn etwas gegen Sie haben?«

»Ich habe nicht die geringste Ahnung«, antwortete Fournier und schüttelte verständnislos den Kopf.

»Das kann ich Ihnen nicht ganz glauben, Monsieur Fournier. Es muss schon etwas geben, das Sie jemandem angetan haben, dass er sich auf diese Weise rächt. In den sechziger, siebziger Jahren? Denken Sie nach! Sie müssen mir schon helfen, wenn Sie uns Ihre Unschuld beweisen wollen. Momentan scheint jedenfalls alles auf das Gegenteil hinzuweisen!«

Fournier schien seinen Gedanken nachzuhängen. Er schwieg.

»Haben Sie in den letzten sechs Monaten eine Postkarte erhalten? Abgesendet von einer Person, die es auf Sie abgesehen hat? Mit Drohungen? Gautier hat eine bekommen, und Martin ebenfalls. Ich nehme also an, Sie auch, oder?«

»Ich lege Ihnen nahe, diese Frage zu beantworten, Monsieur Fournier«, riet ihm sein Anwalt, der gerade zu verstehen schien, dass Andreas seinen Mandanten nicht als Schuldigen, sondern als die Zielscheibe des echten Mörders sah.

Fournier hob den Kopf und stieß einen langen Seufzer aus. »Ja, in der Tat. Vor ein paar Monaten.«

»Haben Sie sie aufbewahrt?«, fragte der Anwalt dazwischen, der in der Postkarte eine Möglichkeit sah, seinen Mandanten zu entlasten.

»Nein, ich habe sie im Kamin verbrannt.«

»Was stand denn darauf?«, hakte Andreas nach.

»Das weiß ich nicht mehr genau. ›Ich habe dich nicht vergessen‹ oder so etwas in der Art.«

»Das war alles?«

»Ja.«

Andreas holte sein Notizheft hervor und blätterte darin herum. »Ah ja, hier.« Er las den Satz laut vor, den er sich notiert hatte. »›Zum Gericht der Mensch als Schuldiger. Gewähre ihm Schonung, Gott.‹ Sagt Ihnen das etwas?«

Fournier zeigte keinerlei Regung.

»Dann antworte ich mal an Ihrer Stelle. Dieser Text stand auf der Postkarte, die Sie erhalten haben, oder täusche ich mich da?«

»Nein.«

»Wessen haben Sie sich schuldig gemacht, Monsieur Fournier?«

»Nichts! Das ist dummes Zeug. Das muss ein wütender Schwachkopf gewesen sein, der mir das geschrieben hat.«

»Das glaube ich Ihnen nicht eine Sekunde. Sie müssen eine Ahnung haben, wer der Absender ist!«

Fournier versuchte Andreas' Blick auszuweichen, indem er durch das Fenster in den Himmel starrte. Schweigen breitete sich im Raum aus, nur noch sein schwerer Atem war zu hören. Er wog ab, was sein Anwalt und Andreas gesagt hatten.

»Nein, wirklich nicht. Ich habe keine Ahnung.«

»Welches Motiv zeigte die Postkarte?«, fragte Andreas.

»Den Grand Muveran.«

»Monsieur Fournier, sollten Sie etwas wissen, dann müssen Sie es sagen. Jetzt!«, sagte sein Anwalt mit Nachdruck.

»Ihnen bietet sich hier die Chance, sich selbst zu entlasten«, fügte Andreas hinzu.

»Ich kann Ihnen nichts erzählen, wenn ich nichts weiß.«

»Meinetwegen. Dann lassen wir Sie jetzt in Ihre Zelle zurückbringen. Ich kann Ihnen nur raten, überlegen Sie es sich gut, falls Sie nicht die nächsten Jahre darin versauern möchten.«

Der Wärter führte Fournier ab und brachte ihn in seine winzige, fensterlose Zelle zurück. In dem kalten grauen Raum befanden sich lediglich ein Waschbecken, ein Bett, ein Nachttisch und ein Schreibtisch. An einer Wand hing ein Regal mit ein paar abgegriffenen Büchern. Hauptsächlich Kriminalromane.

Fournier setzte sich auf sein Bett und starrte die gegenüberliegende Wand an. Er dachte an das Verhör. Er hatte beschlossen, die anderen Karten, die er während der vergangenen zwanzig Jahre erhalten hatte, nicht zu erwähnen. Eine Karte pro Jahr, die ihn daran erinnerte, was er getan hatte. Bereute er es? Sein Leben lang hatte er sich nicht mit den Konsequenzen seiner Taten beschäftigt. Das Einzige, was gezählt hatte, waren seine Begierden und Bedürfnisse gewesen. Die anderen Menschen? Mittel zum Zweck. Hatte er Freunde? Nein. Lediglich Bekannte. Mit Ausnahme von Alain, der tot war, und Jacques, der auf Abstand gegangen war. Und heute fühlte er sich als Konsequenz seiner Taten isolierter denn je …

Doch es war zu spät zurückzublicken, er würde den Lauf der Dinge rückwirkend nicht ändern können. Was würde aus ihm werden? Er dachte an den, der sein Opfer gewesen war. Diese alte Geschichte hatte ihn verfolgt. Beinahe vierzig Jahre. Konnte er es gewesen sein? Nein. Er war tot!

Was hatte es mit den Postkarten auf sich? Wer zum Teufel hatte sie ihm geschickt? Wer wusste, was sie getan hatten? Michel und Alain. Sie waren beide ermordet worden. Erica? Hatte er ihr alles erzählt? Das war gut möglich.

67

Sonntag, 16. September

Sie frühstückten gemeinsam auf der ruhigen Terrasse ihres Chalets. Auf der Speisekarte standen Waffeln, Müsli und ein selbst gebackener Hefezopf. Die gemütliche Atmosphäre des Brunchs in den eigenen vier Wänden stand in großem Kontrast zur brutalen Realität, von der das friedliche Dorf heimgesucht worden war. Eine Woche, zwei Leichen. Und ein Mörder, der immer noch auf freiem Fuß war …

Karine hatte sich vorgenommen, heute zurück nach Lausanne zu fahren. Nach einer Woche in Gryon musste sie zu Hause ein paar praktische Dinge regeln. Vor einigen Tagen war sie hinunter in die Rhône-Ebene gefahren, um sich etwas Unterwäsche und eine Zahnbürste zu kaufen, doch in Hinblick auf die Entwicklung der Ermittlungen wollte sie nun einen Koffer voll Anziehsachen holen, um noch einige Zeit in Gryon bleiben zu können.

Von den praktischen Gründen einmal abgesehen, hatte sie es genossen, bei Andreas und Mikaël zu wohnen. Es war eine willkommene Abwechslung in ihrem Alltag, den sie in letzter Zeit immer schlechter ertrug. Weiter in der Wohnung zu leben, die sie mit ihrem Ex geteilt hatte, war für sie zur Qual geworden. Zu viele Erinnerungen. Wehmut vermischte sich mit Einsamkeit. Traurigkeit mit Wut. Warum war er gegangen? Es fiel ihr schwer, es zu akzeptieren. Aber tief in ihrem Inneren hatte sie es gewusst. Am Ende lebten sie zwar noch zusammen, hatten sich aber aus den Augen verloren. Ihr Verlangen war erloschen. Die Liebe war unter der Last des Alltags erdrückt worden.

Andreas hatte beschlossen, den Gottesdienst zu besuchen. Er wollte auf keinen Fall Erica Ferrauds erste Predigt nach dem Leichenfund letzten Sonntag verpassen. Was würde sie unter den gegebenen Umständen erzählen? Wären die Kirchenbänke mit Neugierigen gefüllt? Würde auch der Mörder neugierig auf die Worte der Pfarrerin sein? Wollte er die Emotionen spüren, die er in Wallung gebracht hatte? Andreas hoffte es. Er hatte inzwischen mehrfach den Eindruck gehabt, dass er sich ganz in der Nähe aufhielt und gern mit dem Feuer spielte. Nur ein Gefühl? Ein sechster Sinn? Andreas konnte nicht wirklich beschreiben, was er empfand. Er besaß ein großes Gespür für Empathie und saugte um sich herum Emotionen auf wie ein

Schwamm das Wasser. Er glaubte, dass der Mörder sich seiner sicher war. Vielleicht ein wenig zu sehr. Das war zumindest Andreas' Hoffnung. Falls der Mörder einen Fehler machte, würde er sofort zur Stelle sein.

Er machte sich auf den Weg. Vorher erinnerte ihn Mikaël daran, dass seine Schwester mit ihren beiden Kindern später zum Grillen vorbeikommen wollte. Das hatte er völlig vergessen, doch er freute sich, sie zu sehen. Dadurch würde er heute Nachmittag einmal an etwas anderes denken können. Diese Ermittlung spannte ihn wirklich völlig ein. Er arbeitete stets sehr engagiert, aber dieser Fall kostete ihn all seine Energie. Als hätte der Mörder ihn persönlich herausgefordert. Ein Duell, das er auf jeden Fall gewinnen musste.

Andreas hatte sich entschieden, zu Fuß zur Kirche zu gehen. Das Wetter war schön, und er freute sich auf den Spaziergang. Er begleitete Karine bis zu ihrem Wagen.

»Du wirkst beunruhigt, Andreas. Bekümmert dich etwas?«, fragte Karine besorgt.

»Nein, nein, alles gut.«

»So kenne ich dich gar nicht. Man sieht es dir regelrecht an. Du kannst mit mir darüber reden, wenn du willst.«

Karines Frage überraschte ihn. Er war sogar ein wenig irritiert. Bis jetzt war es ihm stets gelungen, seine Sorgen für sich zu behalten. An seiner Gefühlswelt ließ er niemanden teilhaben außer Mikaël, und selbst der schaffte es nicht immer, seine Gedanken zu erraten. Was hatte ihn verändert? Warum konnte Karine auf einmal das Unbehagen erkennen, das er verspürte? War er dünnhäutiger geworden?

»Das ist sehr nett von dir, Karine. Momentan fechte ich das jedoch lieber mit mir selbst aus.«

Karine hakte nicht nach. Sie stieg ins Auto, während Andreas durch das Tor lief, um auf der Route de Pars in Richtung Kirche zu gehen.

Karine überholte ihn, winkte ihm noch einmal durch die Fensterscheibe zu und verschwand nach zweihundert Metern hinter der großen Kurve.

Machte er gerade eine Midlife-Crisis durch? Er kannte noch nicht mal die Symptome, die damit einhergingen. Er hatte noch nie Zweifel gehabt. Sein ganzes Leben war geradlinig verlaufen. Er wusste, was er wollte. Er wusste, wohin er wollte. Sein Beruf hatte ihn die letzten Jahre derart in Beschlag genommen und ihn offensichtlich daran gehindert, sich selbst gewisse Fragen zu stellen. Wichtige Fragen. Sollte sein Leben so weitergehen? Warum war er Kriminalkommissar geworden? In seiner Kindheit und Jugend hatte er Polizeiserien und Krimis geliebt. »Starsky & Hutch«, »Miami Vice«, »Der Profi« mit Belmondo. Außerdem hatte er sich mit den Helden identifiziert, die Clint Eastwood verkörperte, egal, ob Cowboys oder Polizisten. Doch James Bond war stets sein Favorit gewesen, und daran hatte sich bis heute nichts geändert. Vielleicht hatte sich aber sein Blickwinkel verändert?

In den drei Jahren Psychoanalyse war ihm vieles bewusst geworden. Er war er selbst geworden. Er hatte es wunderbar geschafft, seine Homosexualität zu akzeptieren und sie ganz normal auszuleben. Er hatte natürlich auch gelernt, seine dunkle Seite besser zu verstehen und mit ihr umzugehen, aber diese Seite enthielt jede Menge Ressourcen und hatte schon Erinnerungen zurück an die Oberfläche seines Bewusstseins geholt, die er lieber für immer verdrängt hätte.

Zu Beginn seiner Polizeikarriere hatte er großen Gefallen an der Autorität gefunden, die ihm seine Dienstmarke verlieh, und die Macht und die Kontrolle genossen, die er Menschen gegenüber ausüben konnte. Und heute?

Was hatte ihm an James Bond gefallen? Dass der Tod zu seinem Alltag gehörte und ihn kaltließ. Dass er im Hier und Jetzt lebte, ohne sich um Zukunft oder Vergangenheit zu scheren. Dass er keine festen Bindungen hatte. James Bond konnte zwischen Gut und Böse unterscheiden, ohne sich jemals Fragen stellen zu müssen. Er tötete vollkommen emotionslos. Er war ein Verführer, der stets Erfolg hatte und dem das Alter nichts anhaben konnte. In den letzten Filmen hatte sich das Image des Agenten 007 allerdings verändert. Er war humaner geworden. Zerbrechlicher. Er wirkte gequälter. Er litt unter der Vergangenheit und machte sich Sorgen um die Zukunft. Er war brutaler geworden, aber auch verletzlicher. Litt er unter Depressionen? Neurosen? Plötzlich konnte man erkennen, dass er ein Gewissen besaß.

In seinen ersten Dienstjahren bei der Polizei hatte Andreas alles an sich abprallen lassen. Er hatte sich stark gefühlt. Im Laufe der Zeit hatte er eine gewisse Faszination für Mörder und Kriminelle entwickelt. Ganz selten hatte er sogar eine gewisse Bewunderung für sie empfunden. Für ihre Intelligenz und ihre Entschlossenheit. Das allerdings hatte ihm Angst gemacht. Der Unterschied zwischen Gut und Böse schien etwas weniger offensichtlich geworden zu sein. Er hatte gelernt, sich in die Täter hineinzuversetzen, um sie, ihre Taten und ihre Motive besser verstehen zu können. Ein Spiel, bei dem er sehr erfolgreich war, das ihn aber auch nicht unbeschadet zurückließ. Hätte auch er ein Mörder werden können? Er glaubte nicht daran, doch die Grenze schien ein schmaler Grat zu sein. Was trieb einen dazu, eines Tages diese Grenze zu überschreiten? Äußere Umstände? Eine Neurose, die wieder zutage trat? Zahlreiche Fragen beschäftigten ihn.

Heute wollte Andreas seinem Leben einen Sinn geben. Würde er diesen in seinem Beruf finden, oder würde der Beruf ihn zerstören? Er hatte das Gefühl, dass es entweder jetzt geschah oder niemals geschehen würde. Denn am Ende lebte man eben nicht zweimal wie James Bond.

68

Als Andreas auf Höhe des Brunnens angekommen war, hörte er die Glocken läuten. Es war genau zehn Uhr. Er öffnete die Tür und trat ein. Die Kirche war zum Bersten voll, was ihn jedoch nicht überraschte. Sein Kommen blieb nicht unbemerkt.

Zahlreiche Blicke wandten sich verstohlen in seine Richtung. Die Gemeindesekretärin Marguerite Dubois reichte ihm ein Gesangbuch. Sie wohnte ganz in ihrer Nähe an der Route de Pars.

Er ging ein kleines Stück den Gang hinunter und setzte sich neben jemanden, den er sofort erkannte. Der Engländer Niklas Albright war an dem Tag, an dem man die Leiche Alain Gautiers entdeckt hatte, auch vor der Kirche gewesen. Nicolas hatte ihn anschließend in seinem Chalet in Frience besucht und befragt. Ein eleganter, distinguierter Herr, ein echter Gentleman. Er trug einen dunklen Anzug und eine dunkelblaue Krawatte.

In der ersten Reihe erblickte er Gérard Ferraud. Drei Bänke vor ihm saß Fabien Berset. Offensichtlich war Vorsicht für ihn ein Fremdwort. Er hatte sich nicht abhalten lassen zu kommen, obwohl die Botschaft des Mörders eindeutig gewesen war. Außerdem erkannte Andreas ganz außen in der dritten Reihe von hinten Jacques Charrier.

Die Orgel setzte ein. Er drehte den Kopf zum Mittelgang, den jetzt Erica Ferraud in weißem Talar in Richtung Altar entlangschritt. Dorthin, wo Gautiers Leiche gelegen hatte. Woran dachte sie wohl in diesem Moment? Welches Bild hatte sie vor Augen? Vermutlich das gleiche wie er. Es war fast so, als läge die Leiche noch dort. Das Bild vom nackten Gautier, der wie gekreuzigt, mit einem Messer im blutigen Herzen auf dem Altar gelegen hatte, erschien beinahe noch greifbar.

War der Mörder ebenfalls anwesend? Andreas suchte die Reihen mit seinem Blick ab und beobachtete die Besucher des Gottesdienstes, von denen er meist nur die Rücken sah, ganz genau. Dann drehte er sich um. Direkt hinter ihm saß ein Mann mit Hut und Brille. Es schien ihm ein wenig Unbehagen zu bereiten, so gemustert zu werden, deshalb nickte ihm Andreas nur kurz zu, als wolle er Guten Tag sagen, und drehte sich wieder um.

Am Ende des Gangs blieb Erica vor dem Altar stehen. Die Orgel spielte immer noch. Sie schloss die Augen. Das Bild der

Leiche hatte sich in ihr Gedächtnis gebrannt. Selbst mit geschlossenen Augen konnte sie den entsetzlichen Moment, als sie die Leiche gefunden hatte, nicht aus ihrem Kopf löschen. Warum hier? Warum in dieser Kirche? Und nun auch noch Michel, der im Brunnen gefunden worden war. Sie spürte, dass ihr eine Träne über die Wange lief. Als der letzte Orgelton verklang, drehte sie sich um. »Ihr seid in der Nacht gekommen, auf der Suche nach dem Licht. Das Licht möge euch umfangen! Der Herr hat uns heute Morgen hier zusammengeführt, um uns in dieser schwierigen Zeit und inmitten unseres Leids Worte des Trosts zu schenken.«

Der Mann, der kein Mörder war, saß in der vorletzten Reihe. Von hier hatte er alle im Blick. Er hatte unbedingt dabei sein wollen. Unmöglich, diesen Moment zu verpassen. Genau vor ihm saß Andreas Auer. Ihre Wege hatten sich diese Woche schon einige Male gekreuzt. Gestern im Café Pomme hatten sie sich sogar in die Augen geschaut. Ein Zufall? Nicht wirklich, dennoch wollte er das Risiko nicht eingehen, von ihm erkannt zu werden. Er hatte sich daher erneut verkleidet, was offensichtlich gut funktionierte, denn der Kommissar hatte sich zu ihm umgedreht und ihn sogar begrüßt, ohne ihn zu erkennen.

Einerseits würde er sich Andreas Auer gern vorstellen und ihm sagen: »Ich war es, der all das getan hat. Der Rächer, der das Werk Gottes vollendet, der, den Sie ergebnislos suchen, weil er Ihnen immer einen Schritt voraus ist.« Andererseits durfte er seine Chancen, sein Projekt zu Ende zu bringen, nicht gefährden. Die Mission, mit der Gott ihn betraut hatte. Momentan spielte Gott hier die Hauptrolle, aber bald wäre auch er wieder dran …

Marguerite Dubois trat vor und las den Bibeltext, den Erica für die heutige Predigt ausgewählt hatte.

»Lesung aus dem Matthäusevangelium, Kapitel fünf, die Verse eins bis zwölf.

›*Als Jesus nun die vielen Menschen sah, stieg er auf den Berg;*
und als er sich gesetzt hatte, traten seine Jünger zu ihm.
Und er tat seinen Mund auf und lehrte sie:
Selig die Armen im Geist – ihnen gehört das Himmelreich.
Selig die Trauernden – sie werden getröstet werden.
Selig die Gewaltlosen – sie werden das Land erben.
Selig, die hungern und dürsten nach Gerechtigkeit – sie werden gesättigt werden.
Selig die Barmherzigen – sie werden Barmherzigkeit erlangen.
Selig, die reines Herzens sind – sie werden Gott schauen.
Selig, die Frieden stiften – sie werden Söhne und Töchter Gottes genannt werden.
Selig, die verfolgt sind um der Gerechtigkeit willen – ihnen gehört das Himmelreich.
Selig seid ihr, wenn sie euch schmähen und verfolgen und euch das Ärgste nachsagen um meinetwillen und dabei lügen.
Freut euch und frohlockt, denn euer Lohn im Himmel ist groß. Denn so haben sie auch die Propheten vor euch verfolgt‹.«

Als die Orgel einsetzte und eine Fuge von Johann Sebastian Bach spielte, die der Atmosphäre zusätzlich etwas Dramatisches und Melancholisches verlieh, bestieg Erica die Kanzel. Sie ließ ihren Blick über die versammelte Gemeinde schweifen und spürte gleichzeitig die intensiven und durchdringenden Blicke, die auf sie gerichtet waren.

Erica hatte das Gefühl, dass sich der Druck, der auf ihr lastete, unter diesen Blicken verdoppelte. Er schnürte ihr die Brust zu und ließ sie hastiger atmen. Als Pfarrerin des Ortes trug sie eine große Verantwortung. Ihre Worte sollten Trost und Frieden spenden. Doch konnte sie die Frage beantworten, die sich alle stellten? »Warum«? Warum war der Leichnam an einem Ort des Gebets und der Anbetung gefunden worden? Und vor allem »wie«? Wie konnte man an einen Punkt gelangen, an dem man nicht nur zwei Leben auslöschte, sondern das auch noch mit einer derartigen Brutalität tat? Mit solcher Wut?

Sie selbst hätte es gern verstanden. Es gewusst. Worte für Unaussprechliches gefunden.

Erica atmete tief ein und schloss für ein paar Sekunden die Augen, um sich zu fokussieren, sich zu konzentrieren. Um die morbiden Bilder aus ihrem Geist zu verjagen. Als der letzte Ton den Orgelpfeifen entwich, öffnete sie vorsichtig wieder die Augen und legte die Hände auf die Brüstung der Kanzel.

»Stellt euch Jesus auf der Alpe des Chaux vor! Er ist umgeben von seinen Jüngern und einer Menschenmenge, die sich dort versammelt hat. Der Himmel ist blau. Weiter hinten erblickt er den Grand Muveran. Er bereitet sich darauf vor, der Menschheit das Credo seiner Botschaft zu übermitteln. Die Bergpredigt gleicht einem Rohdiamanten von ungeheurer Reinheit. Jeder ist eingeladen, ihn zu schleifen, um seine zahlreichen Facetten zum Vorschein zu bringen. Um das Maß seiner Schönheit zu entdecken, müssen wir die Augen öffnen und bereit sein zu akzeptieren, dass unsere Vision und unser Verständnis von der Welt umgestoßen wurden. Solange wir unsere Existenz nach den Parametern dieser Welt bewerten, bleiben wir in unseren Ängsten, unserer Wut und unseren Vorurteilen gefangen und hängen wie Marionetten an den Fäden einer äußeren Welt mit ihren Zwängen. Die Bergpredigt will nicht als moralische Aufforderung verstanden werden. Vielmehr muss jedes Wort interpretiert werden als das, was möglich wird für diejenigen, die Gott ihr Herz öffnen. Wer in der Lage ist, die Botschaft, die uns Jesus hinterlässt, zu verstehen, dessen Leben erfährt eine Wandlung. Wir sollten diesen Seligpreisungen lauschen wie dem Beginn einer majestätischen Symphonie, die in uns Erinnerungen an unser innerstes Wesen erweckt, das nie aufgehört hat zu existieren, das wir jedoch haben einschlafen lassen und dem manche von uns nie wirklich vertrauen wollten.«

Während sie sprach, fiel ihr Blick auf einen Mann, der ganz

hinten in einer der letzten Reihen saß. Er trug einen Hut und eine Brille und schien besonders aufmerksam zuzuhören. Sie hatte das Gefühl, ihn noch nie gesehen zu haben.

Obwohl sein Blick in ihr Erinnerungen wachrief.

Sie verscheuchte diesen Gedanken aus ihrem Kopf. Das war nicht möglich. Oder doch? Sie beobachtete ihn erneut. Auch er schaute sie prüfend an, als wolle er ihr etwas sagen. Bist du es wirklich?, dachte sie. Dieser Blick glich dem, den sie nie vergessen hat. Der Blick eines Kindes voller Hoffnung, die sich eines Tages in Wut verwandelt hatte. Der Blick, der sie in ihren schlaflosen Nächten verfolgt hatte. Der Blick, dem sie seit fast vierzig Jahren nicht mehr begegnet war. Sie dachte an Gautier und an Martin. Dann an Fournier. Die Bilder, die sich in ihrem Kopf überlagerten, wurden immer klarer. Sie verstand. Alles. Theoretisch war es unmöglich. Doch sie täuschte sich nicht, dessen war sie sich sicher.

Jetzt hatte sie also eine Antwort auf die Frage »Warum?« gefunden. Das »Wie?« konnte sie sich allerdings nicht erklären. Was war passiert? Wer war dieser Mann heute, der hinten in ihrer Kirche saß? Sie musste mit ihm sprechen. Ja, daran führte kein Weg vorbei.

Plötzlich wurde ihr bewusst, dass sie aufgehört hatte zu sprechen und alle sie anstarrten. Sie hatte mitten in der Predigt den Faden verloren. Sie konzentrierte sich. Dann schaute sie auf die vor ihr liegenden Notizen. Ach ja! Sie setzte ihre Predigt fort.

»Das Licht des Leibes ist das Auge. Wenn dein Auge lauter ist, wird dein ganzer Leib von Licht erfüllt sein. Wenn dein Auge böse ist, wird dein ganzer Leib finster sein. Wenn nun das Licht, das in dir ist, Finsternis ist, wie groß ist dann die Finsternis!«

Erica schwieg einen Moment, um die Worte des Bibelverses wirken zu lassen. Jene Worte, die man beim Leichnam Gautiers gefunden hatte.

»Einige Verse weiter liefert uns Jesus mit der Bergpredigt eine Erklärung für die menschliche Verhaltensweise. Wer das

Licht nicht einlässt, verfälscht die ganze Perspektive seiner Existenz. Es ist, als öffne man morgens die Fensterläden, um die Sonnenstrahlen in die Zimmer einzulassen. Das Tageslicht beleuchtet die Wände, lässt Spiegel glänzen, wird vom Boden reflektiert und verteilt die Wärme. So geht es auch all jenen, die sich vom Licht des Glaubens durchströmen lassen, denn diese lebendige Energie erlaubt uns, das Leben positiv und als etwas Schönes wahrzunehmen. Umgekehrt gilt, wer die Vorhänge zugezogen lässt, sieht, wie sich seine Existenz und sein Leben in die Kälte der Finsternis verkriechen. Wie bei einer Blume alles Leben und die Hoffnung schwinden, wenn man ihr das Licht vorenthält.«

Erica blickte erneut in die hinterste Reihe der Kirche. Sie wollte, dass sich ihre Blicke trafen. Sie wollte sicher sein. Er starrte sie immer noch an. Es gab keinen Zweifel. Diese Augen. Das waren seine. Sie hätte sie unter Tausenden erkannt, auch wenn sie sich seit fast vierzig Jahren nicht gesehen hatten. Sie hatten sich in ihre Erinnerung eingebrannt. Bis in alle Ewigkeit.

»Für einige von uns bedeutet das Öffnen der Vorhänge, um das Licht einzulassen, eine sehr große Anstrengung, die sich manchmal nur mit größter Mühe überwinden lässt oder vielleicht sogar nur, indem man sich Hilfe sucht. Manchmal blendet das Licht so sehr, dass man lieber im Dunkeln verweilt. Es kann in den Augen wehtun. Es kann sogar angsteinflößend sein, wenn man bis dahin sein Leben ausschließlich in der Finsternis verbracht hat. Manchmal fühlt man sich im Halbdunkel wohler, weil man sich im Licht zu exponiert fühlt. Wer zu lange in der Dunkelheit gelebt hat, riskiert einen Sonnenbrand.«

Erica schwieg erneut, um dann die letzte Seite ihrer Predigt aufzuschlagen. Allerdings zog sie es nun vor zu improvisieren.

»Ich denke hier vor allem an einen Freund … einen Freund, der in der Finsternis verschwunden ist, und das nicht freiwillig, sondern weil ihn jemand anderes hinabgestürzt hat. Er hat versucht, seine Hand auszustrecken, damit er ans Licht zurückgeholt würde. Doch man hat zugelassen, dass er von der Dunkelheit umhüllt und überwältigt wurde. Ich bete für ihn, dass er die Kraft gefunden hat, die Vorhänge einen Spaltbreit zu öffnen, damit das Licht erneut Teil seines Lebens werden kann. Amen.«

Einen Moment lang schloss Erica die Augen. Dann setzte die Orgel wieder ein, und die Gemeinde begann, einen Psalm anzustimmen:

»*Antworte mir, mein Gott, wenn ich zu dir rufe!*
Du bist es doch, der mich verteidigt und für Gerechtigkeit sorgt!
Als ich in meiner Not nicht weiterwusste,
hast du mir den rettenden Ausweg gezeigt.
Erweise mir auch jetzt deine Gnade und höre mein Gebet!
Viele sagen: ›Wer lässt uns Gutes erleben?‹
Herr, lass dein Angesicht über uns leuchten!
Ich kann ruhig schlafen, auch wenn kein Mensch zu mir hält,
denn du, Herr, beschützt mich.«

Erica war von der Kanzel hinuntergestiegen und stand nun mit ausgebreiteten Armen, die Handflächen gen Himmel erhoben, vor der Gemeinde.

»Dass der Gott des Friedens und des Lichts bei euch bleibe alle Tage. Im Namen des Vaters, des Sohnes und des Heiligen Geistes! Amen.«

Erica ließ die Arme sinken und schloss die Augen. Ihre Gedanken galten einzig ihrer Jugendliebe.

Unmittelbar nach dem Schlusssegen und bevor die letzten Orgeltöne verklangen, verließ der Mann, der kein Mörder war, still und leise die Kirche. Zum ersten Mal seit vierzig Jahren hatte er Tränen in den Augen.

69

Der Mann, der kein Mörder war, saß in seinem Land Cruiser, den er etwas weiter oben entlang des Vieux Chemin geparkt hatte, und schaute zu, wie die Menschen aus der Kirche strömten. Er sah, wie Jacques Charrier sich mit Erica unter dem Vordach der Kirche unterhielt. Charrier hatte sein Auto direkt hinter seinem geparkt.

Als Charrier losfuhr, wartete er noch einen kurzen Moment, bevor er seinen Wagen ebenfalls startete. Er kannte das Ziel, denn er wusste, dass Charrier die Sonntage in seinem Chalet in Taveyanne verbrachte.

Er fuhr in Richtung Barboleuse, wählte dort die kleine, kurvige Straße nach Les Chaux und von dort die Schotterpiste hinab zum kleinen Bergdorf Taveyanne. Ein paar Minuten später erblickte der Mann, der kein Mörder war, Charriers schwarzen Audi Q7 und parkte direkt daneben.

Das von majestätischen Bergspitzen umgebene malerische Dorf Taveyanne glich einer kleinen Oase, die sonntags jedoch recht überlaufen war. Die etwa zwanzig Chalets, aus denen der Ort bestand, standen dicht gedrängt beisammen und waren von leuchtend grünen Alpwiesen umgeben. In früheren Zeiten war hier eine der Sommerweiden für die vielen Milchkühe aus Gryon gewesen. Die wenigen Chalets der Kuhhirten in Taveyanne, in La Poreyre, in Frience und auch in Les Chaux waren von Generation zu Generation weitervererbt worden. Fournier und Charrier gehörten zu den Erben, die zwar keine Kühe mehr besaßen, trotzdem aber die Tradition aufrechterhielten, die Wochenenden auf der Alp zu verbringen.

Vor dieser idyllischen Kulisse fand auch das traditionelle Mittsommerfest statt, das ursprünglich eine Feier der ganzen Gemeinde gewesen war, um die Dorfbewohner und die jungen Kuhhirten mitten im Sommer zusammenzubringen. Inzwischen wurde das Fest vom Jugendring in Gryon organisiert. Als Kind hatte er mit der ganzen Familie daran teilgenommen.

Bevor er ausstieg, hatte er sich seiner Kostümierung entledigt. Er wollte, dass Jacques ihn erkannte, sobald er an dessen Tür klopfte. Er hatte sich schon immer gern verkleidet. Schon als Kind. Er hatte das Gefühl gehabt, in die Haut eines anderen zu schlüpfen. Sich eine neue Persönlichkeit zu erschaffen. Im Laufe der Zeit hatte er mehrere Kostümierungen entworfen, die er je nach Bedarf und Kontext anzog. Außerdem besaß er mehrere Kontaktlinsen, um seine Augenfarbe zu verändern. Im Schminken war er mittlerweile ein richtiger Experte. Besonders stolz war er darauf, sich derart zurechtmachen zu können, dass man ihn nicht erkannte. Seine Verkleidungen waren absolut realistisch, aber vor allem konnte er seine Gestik und Mimik so effektvoll verändern, dass selbst Menschen, mit denen er regelmäßig zu tun hatte, ihn nicht wiedererkannten. Seine Prinzessin hatte er jedoch nicht täuschen können. Heute Morgen hatte er in ihrem Blick gesehen, dass sie seine Maskerade durchschaut hatte. Vielleicht hatte er sich ihr auch zu erkennen geben wollen, dachte er.

Er durchquerte das Dorf und bog nach hundert Metern links auf einen kleinen Trampelpfad ab. Das Chalet lag etwas abseits, geschützt vor den Blicken der sonntäglichen Spaziergänger. Als er sicher war, dass niemand in seiner Nähe war, ging er zur Tür und klopfte.

Jacques Charrier hielt eine automatische Pistole in der Hand. Er war nach wie vor Mitglied des Schützenvereins Abbaye de Gryon und hatte sogar im vergangenen Jahr noch den Schießwettbewerb gewonnen. Obwohl er seine Waffe noch nie benutzt hatte, um sie gegen einen Menschen zu richten, würde er nicht zögern, von ihr Gebrauch zu machen. Seit er verstanden hatte, dass er auf der Liste möglicher Opfer des Doppelmörders von Gryon stand, war er auf der Hut. Und dieser klopfte jetzt gerade an seine Tür, dessen war er sich sicher. Er stieß die Tür auf.

Da war niemand.

»Ich weiß, dass du da bist! Ich weiß, wer du bist. Glaubst du, ich bin genauso naiv und blöd wie Alain und Michel?«

Er ging einen Schritt hinaus und sah nach links.
Niemand.
Er sah nach rechts.
Niemand.
Der Schweiß brach ihm aus, und sein Herz klopfte wie wild. Mit gezückter Waffe ging er außen um das Chalet herum und schaute um die Ecke des Hauses.
Niemand.
Er bekam Angst. Er ging zur Haustür zurück. Seine Selbstsicherheit hatte sich in Luft aufgelöst. Er spürte, wie ihn Panik übermannte. Er trat über die Schwelle ins Haus.
Der Mann stand direkt vor ihm.
Bevor er reagieren konnte, spürte er den Stromstoß und brach zusammen.

Der Mann, der kein Mörder war, zog den Körper Charriers in den Flur, hob die Pistole auf und schloss die Haustür hinter sich. Er war zufrieden. Er hatte Jacques' Pläne durchkreuzt. Dabei hatte dieser recht gehabt. Jacques war weniger naiv als die anderen beiden. Und er war stärker als Alain und Michel, aber nicht stark genug.

Der Mann, der kein Mörder war, hatte sich zu demjenigen entwickelt, den man am meisten fürchten musste. Einst war er der Kleinste und Schwächste gewesen. Die Zeiten hatten sich geändert.

Charrier kam wieder zu sich, war jedoch noch benommen. Der Mann, der kein Mörder war, nahm einen Lappen, tränkte ihn mit Chloroform und hielt ihm damit Mund und Nase zu. Die Dosis reichte aus, um sein Opfer für die nächsten zwanzig Minuten zu narkotisieren. Damit hatte er genug Zeit, seine Vorbereitungen zu treffen.

Er holte Latexhandschuhe aus seiner Hosentasche und streifte sie über. Dann nahm er einen weißen Einmaloverall aus seiner Sporttasche und zog ihn an. Anschließend entkleidete er Charrier, indem er dessen Kleidung mit einer Schere aufschnitt. Er packte das vollständig nackte bewusstlose Opfer von hinten unter den Armen, hatte aber trotz seiner guten körperlichen Verfassung Mühe, Charrier hochzuwuchten und auf einen Stuhl zu setzen. Er fesselte seine Arme hinter dem Rücken und die Fußgelenke an die Stuhlbeine. Dann stopfte er ihm einen Stofflappen in den Mund und klebte ein breites Klebeband darüber, damit Charrier weder reden noch schreien konnte.

Er griff erneut in seine Sporttasche, um ein großes Messer herauszuholen, an dem ein Zettel mit einer Kordel befestigt war. Außerdem nahm er ein Skalpell, das er ordentlich neben das Messer auf den Tisch legte. Zum Schluss holte er eine Ampulle, eine Spritze und zwei Glasbehälter aus der Tasche und reihte alles nebeneinander auf.

Mit einem Schweizer Taschenmesser, das er in seiner Hosentasche hatte, ging er zum Kamin und ritzte etwas in den Holzbalken, der als Kaminsims diente: *He 9,22*.

Schließlich stellte er einen Stuhl vor Charrier, setzte sich verkehrt herum darauf, stützte seine Arme auf die Lehne und das Kinn in die Hände. Er betrachtete Charrier. Er erinnerte sich.

Die Angst.
Die Wut.
Die Scham.
Der Zorn.

Auf diesen Moment hatte er vierzig Jahre lang gewartet. Vierzig Jahre, in denen ihm diese Gefühle jegliche Freude und jegliches Glück geraubt hatten. Seit jenem Tag, dem 8. September 1972, hatte er in der Dunkelheit gelebt. Das Licht hatte er nur noch von außen gesehen. Es erschien ihm angenehm und wärmend. Doch nie fand es Eingang in seinen Körper oder sein Herz. Seit jenem Tag gab es ihn nicht mehr. Physisch lebte er zwar noch, doch er existierte nicht mehr.

Im Laufe all dieser Jahre hatte er durchaus versucht, der Finsternis zu widerstehen. Er hatte sich ausgemalt, dass er, wenn er gegen sie ankämpfte, dem Licht wieder Platz verschaffen könnte. Doch er hatte sich getäuscht. Er hatte sie eliminiert, die Überbringer der Finsternis. Die Kinder wie ihn in die Hölle stürzten. Doch auch heute war alles in ihm dunkel, und er spürte nichts als Leid und Unglück. Selbst in dem Augenblick seiner ultimativen Rache verspürte er keinerlei Erleichterung. Ganz im Gegenteil, denn mit der Zeit machte sich ein Schuldgefühl bemerkbar, das sich immer weiter ausbreitete. Er wusste, dass Gott ihn legitimiert hatte. Er fühlte sich als Instrument seiner Rache. Doch auch er war ein Sünder. Er wünschte sich Vergebung, um nicht mehr in dieser ständigen Qual und mit der Angst leben zu müssen.

Erneut schaute er Jacques an. Er hatte keine Wahl. Ein unbändiger Hunger nach Rache hatte sich seiner bemächtigt.

Er musste weitermachen.

Mit ihm Schluss machen.

Charrier öffnete langsam die Augen und hob den Kopf. Als er ihn erblickte, versuchte er sich zu befreien und dann zu schreien. Doch er konnte nichts tun.

»Jacques. Ich glaube, dass du dich an mich erinnerst.«

Charrier reagierte nicht. Sein Blick war leer.

Der Mann, der kein Mörder war, erhob sich, nahm das Messer, stellte sich hinter Charrier und hielt ihm die Klinge an die Kehle.

»Jacques, ich möchte mit dir ein wenig über die gute alte Zeit plaudern. Verstehst du mich?«, raunte er mit sanfter Stimme.

Charrier reagierte immer noch nicht.

»Du willst nicht mit mir reden?«

Er zog Charriers Haare nach hinten und drückte ihm das Messer gegen die Halsschlagader.

»Verstehst du mich?« Sein Tonfall klang jetzt eisig. »Ich möchte, dass du mir antwortest. Gib mir ein Zeichen, damit ich weiß, dass du mich verstehst!«

Er lockerte seinen Griff. Charrier zwinkerte. Der Mann, der kein Mörder war, setzte sich wieder auf seinen Stuhl.

»Siehst du, so schwer ist das doch gar nicht. Erinnerst du dich an mich?«

Charrier bewegte den Kopf als Zeichen der Zustimmung.

»Erinnerst du dich an den 8. September 1972?«

Charrier schloss die Augen und nickte erneut.

»Bereust du, was du mir damals angetan hast?«

Charrier versuchte etwas zu sagen, doch aus seinem Mund drang nur ein unverständliches Brummen, da ihn der Stofflappen am Sprechen hinderte.

»An jenem Tag habt du und deine Freunde mein Leben zerstört. Und ich werde jetzt das deine ausmerzen. Verstehst du mich?«

Er schaute Charrier direkt in die Augen und nahm das Skalpell.

»Siehst du, Jacques?«, flüsterte er ihm direkt ins Ohr und hielt ihm dabei die Klinge vor die Augen. »Ich werde jetzt die Haut um deine Augen herum einschneiden. Danach werde ich die Augenmuskulatur und die entsprechenden Nerven durchtrennen. Ich möchte, dass du die dunkelste Nacht erfährst. Dass du spürst, wie sich die Finsternis in deinem Körper und deinem Geist ausbreitet.«

Jedes einzelne Wort wirkte wie ein Elektroschock. Sein Blick war wie eine Nadelspitze, bereit, sein Opfer beim kleinsten Widerspruch zu durchbohren. Charrier versuchte vergeblich, seine Fesseln zu lösen. Er wollte schreien und all die Angst, die er in diesem Moment verspürte, aus sich herausbrüllen.

»Ich sehe, wie angespannt du bist, mein lieber Freund. Ich werde dir etwas dagegen verabreichen.«

Er nahm die Spritze, die auf dem Tisch lag, führte die Nadel in die Ampulle ein, zog die Spritze auf und injizierte die Flüssigkeit in Charriers Armvene.

»Das ist Curare, ein starkes Muskelanästhetikum. Du wirst dich gleich viel entspannter fühlen.«

Der Mann, der kein Mörder war, setzte sich wieder, zündete sich eine Zigarette an und beobachtete Charrier aufmerksam.

Nach ein paar Minuten zeigte das Gift seine Wirkung. Die Muskeln reagierten nicht mehr. Die Atmung verlangsamte sich.

»Entschuldige, zwei Dinge muss ich dir noch erklären. Das, was ich dir injiziert habe, macht dich bewegungsunfähig.

Du bist gelähmt, doch deine Wahrnehmung bleibt aktiv. Das Schmerzempfinden auch.«

Er schwieg einen Moment, damit Charrier die Worte in sich aufnehmen konnte. Ein sadistisches Lächeln machte sich auf seinem Gesicht breit. »Außerdem werde ich dir deine Genitalien abtrennen, bevor ich deine Augen herausschneide«, erklärte er mit ruhiger und gleichmütiger Stimme.

Er zog ein letztes Mal an seiner Zigarette, stand auf, warf sie auf den Boden und zertrat sie mit dem Schuh. Dann nahm er erneut das Skalpell, näherte sich Charrier, kniete sich hin und blickte ihm dabei unablässig in die zugleich verschreckt und leer wirkenden Augen. Mit der linken Hand ergriff er die Genitalien seines Opfers und fuhr mit der rechten Hand ruhig und präzise wie ein Chirurg mit der Klinge in die Haut.

Nach einigen Minuten hatte er den Penis und die Hoden abgetrennt. Das Blut floss in Strömen. Er legte die Genitalien in eines der beiden Weckgläser auf dem Tisch. Charrier hatte inzwischen das Bewusstsein verloren. Anschließend durchschnitt er die Haut um die Augen, bevor er die Muskeln und Sehnerven durchtrennte. Dann löste er erst das rechte und dann das linke Auge heraus und gab sie in das zweite Weckglas. Schließlich legte er das Skalpell weg und nahm das große Messer. Er packte Charrier an den Haaren und ohrfeigte ihn.

Jacques Charrier kam zu sich. Die Schmerzen waren unerträglich. Alles war schwarz. In ihm. Um ihn herum. Er sehnte das Ende herbei. Er wollte diesen verstümmelten Körper verlassen. Sein ganzes Leben lang hatte ihn die Schuld gequält für das, was er an jenem Septembertag als gerade einmal Vierzehnjähriger getan hatte. Er hatte es sich nie verziehen. Hätte er die Gelegenheit dazu gehabt, dann hätte er um Vergebung gebeten. Die Vergebung, die Gott ihm jeden Sonntag zugestand, hatte nichts an seinen Schuldgefühlen geändert. Sie waren wie ein Krebsgeschwür, das sein Inneres zerfraß. Er würde sterben. Vielleicht fand er dann endlich seinen Frieden. Das Letzte, was er hörte, war die sanfte und zugleich eiskalte Stimme seines Peinigers.

»Ich wünsche dir einen angenehmen Aufenthalt in der Hölle.«

Er spürte, wie die Klinge in seine Haut eindrang und sein Herz durchbohrte. Bevor er das Leben aushauchte, zogen noch einmal zahlreiche Bilder an ihm vorbei. Licht. Ein letzter Seufzer. Und dann wurde alles schwarz.

In dem Moment, in dem die Messerklinge in das Fleisch seines Opfers eindrang, empfand der Mann, der kein Mörder war, ein ungeheures Glücksgefühl. Erneut verspürte er eine heftige sexuelle Erregung. Der Wunsch zu masturbieren war stark.
Nein!
Er musste widerstehen.
Nicht einen neuerlichen Fehler begehen.
Das Ritual.
Nichts anderes.
Er konzentrierte sich auf die Aufgaben, die noch vor ihm lagen. Er schraubte die beiden Weckgläser zu und steckte sie mit dem Skalpell, der Spritze und der Ampulle in seine Sporttasche. Dann holte er eine große Plastikplane hervor und breitete sie auf dem Boden aus. Er löste die Fesseln vom leblosen Körper und bettete ihn auf die Plane.

Er schaute sich um. Der Stuhl inmitten eines leuchtend roten Sees. Jacques' sterbliche Überreste, blutüberströmt. Das Messer in seinem Herzen. Die Genitalien amputiert, die Augen entfernt. Er war zufrieden. Bei Einbruch der Nacht käme er zurück, um die Leiche an den Ort zu bringen, an dem für ihn alles aufgehört hatte. Der Ort, an dem sein Leben aus den Fugen geraten war.

Er zog seinen blutbespritzten Overall aus und packte ihn zusammen mit den Handschuhen in einen Müllsack. Zu Hause würde er alles im Kamin verbrennen. Er hängte sich die Sporttasche über die Schulter und öffnete die Hintertür, durch die er zuvor ins Haus gelangt war, um Jacques zu überraschen. Dann ging er um das Chalet herum zurück auf die Hauptstraße, auf der einige Spaziergänger flanierten.

Am Ausgang des Dorfes setzte er sich in seinen roten Land Cruiser, den er bei einem Bauern um die Ecke gebraucht gekauft hatte, und machte sich auf den Rückweg nach Gryon.

70

Karine öffnete ihren Kühlschrank. Abgesehen von zwei abgelaufenen Joghurts, einer angefangenen Packung Milch, einem Stück hartem, gelb gewordenem Käse und ein paar Flaschen Bier war er – wie so oft – leer. Danach warf sie einen Blick ins Eisfach und wusste, dass sie dort immerhin ein paar Fertiggerichte und Tiefkühlpizzen finden würde. Kochen gehörte nicht zu ihren Leidenschaften. Frische Zutaten waren bei ihr Mangelware, es sei denn, sie hatte ein paar Tage frei und Zeit, auf dem Markt frisches Gemüse und beim Metzger Fleisch einzukaufen. So konnte sie immerhin ab und zu eine gesunde Mahlzeit genießen.

Musste sie arbeiten, kam sie häufig erst spät nach Hause, und dann fehlte es ihr an Zeit, ihre Einkäufe zu erledigen. Außerdem ging sie zwei-, dreimal in der Woche zum Jiu-Jitsu. Wenn sie dann heimkam, war ihr Eisfach ihr bester Freund. Nach den Tagen bei Andreas und Mikaël erschien ihr die Tiefkühlpizza in ihrer Hand allerdings wenig verlockend. Sie hatte immer geglaubt, dass sie die Stadt mit ihrem Nachtleben liebte, die ihr als Polizistin so vertraut geworden war. Sie kannte nichts anderes, da sie in Renens aufgewachsen war. Jetzt wohnte sie in dem Viertel unterhalb des Bahnhofs von Lausanne. Während die Pizza im Ofen war, setzte sie sich mit einem Bier auf ihren winzigen Balkon. Von dort konnte sie nur das gegenüberliegende Gebäude sehen. Bis heute war ihr dieser Ausblick relativ egal gewesen, denn sie kam meist nur zum Schlafen in ihre Wohnung. Den Rest der Zeit verbrachte sie auf der Arbeit beziehungsweise in den Straßen der Stadt.

Aber heute war sie in Gedanken in Gryon. Die Berge, die schönen Chalets, das Grün, die gute Luft. Sie hatte die Gesellschaft von Andreas und Mikaël genossen und darüber vorübergehend ihre Einsamkeit vergessen.

Vor sechs Monaten hatte sie sich von Serge getrennt, mit dem sie beinahe zehn Jahre zusammen gewesen war. Sie hatten beide viel zu tun gehabt und sich selten gesehen. Er war Polizist und übte wie sie eine Kampfsportart aus. Sie hatten das Gefühl gehabt, viel gemeinsam zu haben, dabei hatten sie sich ganz langsam immer weiter voneinander entfernt, ohne dass sie es bemerkt hätte. Und dann war er plötzlich von einem auf den anderen Tag gegangen. Er hatte ihr gesagt, dass sie letztendlich zu wenige Gemeinsamkeiten hatten. Er hätte gern eine Frau gehabt, die zu Hause blieb und sich um die Kinder kümmerte. Sie und Kinder? Sie mochte die Kinder anderer Leute, doch ihre Lebensweise war mit der einer Mutter unvereinbar.

Seit ihrer Trennung hatte sie das Gefühl gehabt, weder Zeit noch Energie für eine neue Beziehung zu haben, und daher beschlossen, Single zu bleiben und ihre Bedürfnisse durch One-Night-Stands zu befriedigen. Sie hatte sich damit arrangiert. Unterm Strich jedoch war sie allein. Mit ihren sechsunddreißig Jahren. In ihrer kleinen Wohnung. Auf dem kleinen Balkon.

71

Andreas hatte die Kirche nach dem Gottesdienst sofort verlassen. Die Atmosphäre war zugleich bedrückend und besinnlich gewesen. Der Mut der Pfarrerin hatte ihn beeindruckt. Wie sie nach der Tragödie, die sich in ihrer Kirche zugetragen hatte, dort einen Gottesdienst abgehalten und die richtigen Worte gefunden hatte für das, was passiert war. Diese kleine Frau strahlte Wärme und eine große innere Kraft aus. Sie hatte einen Freund erwähnt. Der in der Finsternis lebte. Jemanden, der hinabgestürzt worden war ... Hatte sie vom Mörder gesprochen?

Er machte noch einen Abstecher zur Terrasse des »Café des Alpes«, wo Christophe und Nicolas entspannt einen Frühschoppen tranken. Er bestellte sich ebenfalls ein Glas Weißwein und tauschte ein paar Eindrücke mit ihnen aus, bevor er seinen Weg fortsetzte, denn er wurde erwartet.

Kaum hatte er das Gartentor durchquert, kamen zwei Kinder auf ihn zugerannt.

»Onkel Andy!«, riefen sie im Duett.

Er ging in die Hocke, und sie warfen sich in seine ausgebreiteten Arme. »Hallo, Mélissa, hallo, Adam!«

Andreas richtete sich wieder auf. Mélissa und Adam ergriffen je eine Hand ihres Onkels und zogen ihn in die Ecke des Gartens, in der der Grill stand. Es war ein wunderschöner sonniger Sonntag. Nach dieser ersten Woche anstrengender Ermittlungsarbeit freute Andreas sich auf eine kurze Verschnaufpause. Er hatte das sichere Gefühl, dass sie noch lange nicht am Ende waren.

Mikaël und Jessica saßen unter dem riesigen weißen Sonnenschirm an dem Teich mit Schilf und Seerosen bei einem Glas Rotwein beisammen. Dieses wunderschöne Fleckchen Erde bezeichneten sie gern als ihr Wohnzimmer unter freiem Himmel. Der Grill heizte bereits vor, der Tisch war gedeckt.

Jessica erhob sich, um ihren Bruder zu begrüßen.

»Hallo, Andy!«

»Wie geht es der Frau meines Lebens?«

Sie umarmten sich innig. Seine Schwester war die einzige Person, die ihn Andy genannt hatte. Natürlich ahmten ihre beiden Kinder das jetzt nach. Er mochte diese Abkürzung seines Namens nicht sonderlich, hatte sich aber daran gewöhnt.

Jessica hatte mittellanges braunes Haar und meerblaue Augen. Mit ihrer schmalen, gebogenen Nase musste sie sich nicht hinter Kleopatra verstecken. Sie trug eine hautenge Jeans und einen schwarzen Body. Erste Fältchen verliehen ihrem Gesicht einen ganz besonderen Charme. Heute hatte sie ein strahlendes Lächeln, doch das war nicht immer so gewesen. Nach zwölf Ehejahren hatte Jessica vor ein paar Monaten eine komplizierte Scheidung hinter sich gebracht. Inzwischen fühlte sie sich jedoch von einem großen Druck befreit und genoss ihr jetziges Leben in vollen Zügen. Ihre beiden Kinder waren zehn und acht Jahre alt, und sie liebte sie über alles. Dank ihrer guten betriebswirtschaftlichen Ausbildung hatte sie einige Mandate bekommen, die sie finanziell absicherten.

Andreas und Jessica standen sich sehr nahe. Doch auch in ihrer Beziehung hatte es wegen ihres homophoben Ehemanns, der absolut nichts mit Andreas und Mikaël zu tun haben wollte, eine schwierige Zeit gegeben, in der sie sich etwas aus den Augen verloren hatten. Jessica hatte unter dieser Situation, in der sie sich ständig hin- und hergerissen gefühlt hatte, sehr gelitten. An dem Tag, an dem ihr Ehemann sie das erste Mal geschlagen hatte, war sie gegangen. Sie war sich sicher, damit die richtige Entscheidung getroffen zu haben.

Inzwischen war sie Richtung Aigle gezogen, um näher bei Andreas und Mikaël zu wohnen, denn sie wollte die verlorene Zeit aufholen und ihren Kindern möglichst viel Kontakt mit ihren Onkeln ermöglichen.

Sie setzten sich, und Mikaël schenkte Andreas ein Glas Wein ein. Adam und Mélissa spielten mit Minus, der ihnen ihren Ball immer wieder abjagte.

»Wie läuft es mit deiner Arbeit?«, fragte Andreas.

»Das sollte ich wohl eher dich fragen, Andy!«

»Die Situation ist angespannt. Wir haben bereits zwei Leichen, und ich bin sicher, dass es mindestens noch eine dritte geben wird. Gleichzeitig haben wir immer noch keine konkrete Spur. Aber ich würde jetzt lieber das Thema wechseln. Ich möchte einen entspannten Nachmittag verbringen und mir jetzt nicht weiter den Kopf darüber zermartern.«

»Das verstehe ich. Keine Sorge. Außerdem hat mir Mikaël schon lang und breit davon erzählt. Was mich betrifft, läuft alles gut. Ich habe ein weiteres Mandat bekommen. Ein Unternehmen hat mich gebeten, für sie die Rechnungsprüfung zu übernehmen und Lösungsvorschläge für die Verbesserung ihrer wirtschaftlichen Situation zu präsentieren. Wenn das so weitergeht, werde ich wohl auch langfristig als selbstständige Beraterin arbeiten können.«

»Das wäre ja genial!«, freute sich Mikaël.

»Ja, in der Tat. Denn so bleibt mir genügend Zeit für meine Kinder, und die sind mir gerade jetzt das Wichtigste.«

Mikaël erhob sich, um die beiden prächtigen Rinderkoteletts auf dem Grill zu wenden und Würstchen für die Kinder aufzulegen. Dann ging er in die Küche und kam mit einem Kartoffelsalat und einem Salat aus Bohnen aus eigener Ernte zurück.

»Andy, was habt ihr denn für die Weihnachtsfeiertage geplant?«

»Das weiß ich noch nicht. Wir hatten überlegt, vielleicht eine Safari in Botswana zu machen.«

»Ich habe beschlossen, mit den Kindern nach Gotland zu fahren. Ich habe auch schon mit den Eltern gesprochen, und sie überlegen, ob sie nicht mitfahren. Ihr solltet auch kommen. So ein Familientreffen wäre doch toll, oder? Ein prasselndes Kaminfeuer. Schnee. Ein echtes Julbord mit allem, was dazugehört. Anchovis-Gratin, eingelegte Heringe, Köttbullar mit Preiselbeeren, gegrillter Schinken und schwedischer Milchreisauflauf.«

»Ja, und dazu ein Glas Julmust … Das ist eine Superidee. Es ist ewig her, dass ich Weihnachten dort war. Was hältst du davon, Mikaël?«

»Ich bin dafür. Wir können ja auch ein anderes Mal nach Afrika fahren.«

Andreas' und Jessicas Eltern besaßen ein Haus auf einer wunderschönen schwedischen Insel in der Ostsee. Andreas hatte diesen Ort stets geliebt und als Kind dort all seine Ferien verbracht. Als Halbschwede hatte es sich für ihn immer wie eine Rückkehr zu den eigenen Wurzeln angefühlt.

Andreas holte die Koteletts vom Grill, löste das Fleisch von den Knochen und verteilte es auf drei Tellern. Mikaël öffnete eine zweite Flasche des hervorragenden neuseeländischen Syrah. Es wurde wie immer eine sehr angenehme Mahlzeit. Zum Nachtisch hatte Mikaël zur Freude der Kleinen und der Großen eine Mousse au Chocolat vorbereitet.

Nach dem Kaffee fuhren sie mit dem Auto bis Les Ernets und wanderten von dort zu Fuß in Richtung La Poreyre. Adam führte Minus stolz an der Leine, obwohl er dem großen Bernhardiner gar nicht genug Kraft entgegensetzen konnte. Doch Minus spielte das Spiel mit und zog nicht zu sehr.

Als sie La Poreyre, ein Bergchalet aus dem 18. Jahrhundert, erreicht hatten, setzten sie sich dort einen Moment auf eine Bank und genossen das beeindruckende Bergpanorama. Gegenüber konnte man durch einen leichten Nebelschleier das Bergmassiv der Dents du Midi erkennen, unterhalb von ihnen lag Gryon. Am Hang vor ihnen grasten Kühe und veranstalteten mit ihren Glocken ein richtiges Konzert. Auf ihren Spaziergängen gehörte dieser Ort zu Andreas' und Mikaëls Lieblingszielen. Anschließend stiegen sie weiter bergauf in Richtung Frience. Sie mussten sich an den Rand der schmalen Schotterpiste stellen, um Antoine, der diese Alp als Bauer bewirtschaftete, mit seinem Jeep vorbeifahren zu lassen. Als er auf gleicher Höhe war, hielt er an, um einen Moment mit ihnen zu plaudern, bevor er weiterfuhr.

Zu ihrer Rechten standen ein paar alte Chalets. Von Weitem sah Andreas einen Mann auf sie zukommen. Als er an ihnen vorbeikam, erkannte Andreas ihn, denn er hatte ihn gestern an der Theke des Café Pomme stehen sehen. Es handelte sich um diesen Amerikaner, der in der Gegend ein Chalet gekauft hatte. John Holder stand auf der Liste der Personen, die gerade zum Gottesdienst hatten gehen wollen, als man Alain Gautiers Leiche gefunden hatte. Nicolas hatte ihn befragt.

Sie begrüßten sich, musterten sich kurz und gingen dann jeder seines Weges. Zweimal in drei Tagen. Konnte das ein Zufall sein? Andreas hatte plötzlich ein komisches Gefühl. Ein Amerikaner in Gryon. Welche Verbindung hatte er zu diesem Ort? Vielleicht sollte er sich die Zeit nehmen, Anfang kommender Woche mit ihm zu sprechen.

»Können wir im Restaurant ein Eis essen, Onkel Andy?«, fragte Adam.

»Du bist ja wirklich ein Schleckermaul. Na los!«

72

Gryon, 1. September 1972

An diesem Abend hatten sie sich mit dem Gleichnis vom Sämann beschäftigt. Der Pfarrer hatte ihnen erklärt, dass jedem Gleichnis eine Geschichte aus dem Alltag der Menschen zugrunde lag. Jesus sprach in diesen Geschichten vom Brot, vom Fischfang, vom Getreide, vom Wein oder sogar von Goldstücken. Manchmal sprach er von Schätzen oder Perlen, um Träume wachzurufen. Manche Gleichnisse basierten auch auf Naturbeobachtungen wie in dem Fall vom Sämann. Jesus benutzte Gleichnisse, wenn er wichtige Dinge über Gott und sein Himmelreich erzählen wollte.

Was er aus diesem Gleichnis gelernt hatte, war, dass es gutes und schlechtes Ackerland gab. Auf einem guten Acker wuchs und gedieh das Korn prächtig. Auf einem schlechten Acker war die Erde hart wie ein viel begangener Weg, oder der Boden war steinig oder von Dornen überwuchert. Der Pfarrer hatte gesagt, der Acker sei wie das Herz der Menschen, manchmal weich und durchlässig und manchmal hart wie Stein.

All das hatte er verstanden und sogar schon am eigenen Leib bitter erfahren. Die Frage, die er sich stellte, lautete: »Warum?« Warum gab es Menschen, die ein steinhartes Herz und Spaß daran hatten, andere zu quälen? Konnten sie glücklich sein? Er glaubte, die Frage verneinen zu müssen. Und wie stand es mit ihm selbst? Er besaß ein weiches Herz, das häufig jedoch zu

durchlässig war. Er spürte eine große Liebe für seine Prinzessin, die sie erwiderte. Doch er wäre gern härter gewesen, um sich besser gegen andere verteidigen zu können und um sich den Gefühlen entschlossener entgegenzustellen, die ihn überkamen und manchmal traurig oder sogar verzweifelt stimmten.
   Gleichzeitig wollte er aber auch nicht wie die anderen werden. Michel war während des Konfirmandenunterrichts sehr ruhig und sagte nie ein Wort. Ganz im Gegensatz zu ihm selbst, der sich an allen Diskussionen beteiligte und dem Pfarrer zahlreiche Fragen stellte. Er wollte lernen. Er interessierte sich ein wenig für den Glauben, aber vor allem für die Natur des Menschen. Er hatte das Bedürfnis, zu verstehen. Michel jedoch schien wie ausgewechselt, sobald er wieder mit seinen Freunden zusammen war. Er schloss sich ihren Streichen und ihren Boshaftigkeiten an. War das sein wahres Ich? Nein, Michel war einfach schwach. Er fühlte sich nur stark, weil er mit den anderen zusammen war. Doch seine Persönlichkeit war nicht stark genug, um sich allein zu behaupten. Er gehörte zu denen, die anderen folgten, ohne Fragen zu stellen.
   Und diese Menschen hasste er genauso sehr wie Lügner. Der Hass. Ein Gefühl, das er widerwillig zu spüren begann. Er besaß ein reines Herz, ein weiches Herz, doch die Boshaftigkeit der anderen hatte in ihm ein Körnchen Hass gesät, das langsam größer wurde. Genau das war das Problem mit diesem weichen Acker. Für Unkraut und Dornensträucher war dies ein hervorragender Boden, nicht nur um zu gedeihen, sondern auch um die gute Saat zu ersticken. Er wusste nicht, wie er dagegen ankämpfen sollte. Im Gleichnis wurde ein Unkrautvernichtungsmittel, wie er es mit seiner Großmutter gegen die Dornenranken auf der Alp benutzte, nicht erwähnt.
   Während des Konfirmandenunterrichts war er so in Gedanken versunken, dass er nicht darüber nachdachte, was ihn danach wohl erwarten würde. Als er jedoch merkte, dass sich die Stunde dem Ende zuneigte, spürte er Angst in sich aufsteigen.
   Zunächst Angst. Dann Wut. Und schließlich Hass.
   Nach dem Unterricht bat ihn der Pfarrer zu sich. Er verab-

schiedete sich von seiner Prinzessin, die stets neben ihm saß. Sie schenkte ihm dafür ihr schönstes Lächeln. Sie war bezaubernd. Wunderschön. Er schaute ihr nach, während er nach vorn zum Pfarrer ging.

»Du schienst heute zwischendurch ein wenig abwesend zu sein. Als seist du in Gedanken versunken. Als würde die Welt um dich herum nicht existieren. Gibt es etwas, das dich betrübt? Hast du Sorgen?«

»Ich denke nur viel nach, das ist alles.«

»Hm. Du weißt, dass du jederzeit mit mir darüber sprechen kannst, wenn dir danach ist.«

»Ja, das weiß ich, Monsieur le Pasteur. Danke.«

Er schüttelte dem Pfarrer die Hand und verließ den Raum. Draußen war niemand. Alle anderen waren bereits gegangen. Er lief die Straße in Richtung Brunnen hinauf.

Plötzlich tauchten vier Jugendliche wie aus dem Nichts vor ihm auf. Dieselben wie beim letzten Mal. Er erkannte sie sofort: Alain, Michel, Jacques und den Großen, der ihr Anführer war. Ein Faustschlag traf ihn mitten ins Gesicht, ohne dass er Zeit gehabt hätte zu reagieren. Er fiel auf die Knie, und Blut floss aus seiner Nase.

»Na, du Schwächling, jetzt bist du nicht mehr so hochmütig, was?«

Jeweils zwei von ihnen packten ihn bei den Armen und Beinen, hoben ihn hoch und schmissen ihn vollständig bekleidet in den Brunnen.

Als er nach Hause kam, saß seine Familie schon bei Tisch.

Seine Mutter schaute ihn an und stand auf. »Was hast du denn schon wieder gemacht?« Ihr Tonfall klang hart und anklagend.

Er erzählte, dass er mit seinen Freunden beim Brunnen gespielt habe und ausgerutscht sei. Dass er sich die Nase am Rand des Beckens gestoßen habe und ins Wasser gefallen sei.

Er hatte bereits versucht, seiner Mutter zu erzählen, dass er von vier Jungen gequält wurde, doch sie hatte lediglich er-

widert, dass er sich das nicht gefallen lassen solle. Und dass man so eben lernen würde, wie es im Leben lief. Mit seinem Vater darüber zu reden hätte nichts gebracht. Er hätte sich gewünscht, von seiner Mutter in den Arm genommen und getröstet zu werden. Er hätte sich gewünscht, seine Verzweiflung laut herausschreien zu können. Doch sie war hart. Hart wie ein steiniger Boden, der keinen Platz für Zärtlichkeit ließ. Die Liebe konnte nur auf gutem, fruchtbarem Boden gedeihen, oder sie würde vertrocknen.

»Zieh dich um und wasch dir das Gesicht. Beeil dich! Du bist eh schon zu spät für das Abendessen.«

73

Montag, 17. September

Erica saß in der Küche und trank gedankenverloren einen Kaffee. Gestern meinte sie, denjenigen wiedererkannt zu haben, der sie früher immer »Prinzessin« genannt hatte. War er es wirklich gewesen? Das erschien ihr unmöglich, denn er war schon lange tot.

Doch dieser Blick. Sie kannte ihn. Konnte sie sich täuschen? Sie wollte Gewissheit haben und mit Kommissar Auer darüber sprechen. Selbst wenn er es wirklich gewesen war, der sie gestern in der Kirche besucht hatte, dann bewies dies noch lange nicht, dass er der Mörder war. Warum sollte er Alain und Michel getötet haben? Egal, wie angestrengt sie darüber nachdachte, es fiel ihr kein Grund dafür ein. Wäre Maurice getötet worden, so wäre das etwas anderes gewesen. Dann hätte sie den Grund gekannt.

Falls er wirklich noch leben sollte, wie konnte sie dann Kontakt zu ihm aufnehmen? Sie hoffte, dass er sie kontaktieren würde. Wollte er mit ihr reden? Oder täuschte sie sich? Ließ sich sein Blick auch anders deuten? Vielleicht war er auch auf sie wütend? Zahlreiche Fragen, doch die Antworten darauf kannte nur er.

Erica beschloss, eine Tour durch Gryon zu machen. Sie verbrachte häufig Zeit damit, Gemeindemitglieder an verschiedenen Orten im Dorf zu treffen. Im Bistro, im Lebensmittelgeschäft, beim Metzger. Vielleicht sah sie ihn ja zufällig.

Sie stand auf und stellte ihre leere Tasse ins Spülbecken. Dann zog sie ihren Mantel an, der an einem Kleiderhaken im Flur hing, und schlüpfte in ihre Schuhe. Sie nahm ihre Handtasche von der Kommode, hängte sie sich schräg über die Schulter und verließ das Pfarrhaus. Als sie an der Scheune neben dem Haus vorbeikam, sah sie, dass das Tor offen stand. Sie trat näher, um die Tür wieder zu schließen. Merkwürdig. Sie war sich sicher, sie gestern Abend geschlossen zu haben. Hatte sie vergessen, sie zu verriegeln? In den letzten Tagen war sie ständig mit den Gedanken woanders. Einbrüche kamen in Gryon eher selten vor, aber sie wollte sichergehen und beschloss nachzusehen, ob nichts fehlte. Die Scheune diente als eine Art Abstellkammer, aber immerhin bewahrten sie darin auch ihre brandneuen E-Bikes und Werkzeug auf, das einen gewissen Wert hatte.

Beim Eintreten schlug ihr sofort ein stechender Geruch entgegen. Ein merkwürdiges Gefühl überfiel sie, als würde ihr ganzer Körper von einer eiskalten Welle umspült. Trotz der Sonnenstrahlen, die durch die Ritzen der Bretter fielen, war es im Inneren der Scheune dunkel. Sie schaltete das Licht ein.

Auf der Werkbank in der Mitte des Raumes lag ein nackter Mann. Sie traute ihren Augen nicht. Noch eine Leiche. Die dritte. Und wieder nur wenige Meter von ihrem Haus entfernt. Sie trat noch einen Schritt näher heran und erkannte ihn sofort. Ein unerträglicher Anblick. Der Geruch schnürte ihr die Kehle zu. Übelkeit überkam sie. Sie drehte sich um und übergab sich, bis ihr Magen leer war.

Als sie ihre Sinne wieder beisammenhatte, rannte sie hinaus und schmiss mit aller Kraft die Tür hinter sich zu. Sie wühlte in ihrer Handtasche, fand aber ihr Handy nicht. Vermutlich hatte sie es im Haus vergessen. Sie schloss die Haustür auf. Ihr Telefon lag auf dem Küchentisch.

Sie ließ sich auf einen Stuhl fallen. Die Erdanziehungskraft schien sich verdoppelt zu haben. In ihrem Kopf tobte es.

Sie rief Kommissar Auer an. Als dieser drangig, wollte sie sprechen, doch ihre Zunge war wie gelähmt. Dann hörte sie sehr weit entfernt eine Stimme, die sie rief. Wie in einem Traum. Dabei war sie doch wach.

»Madame Ferraud, sind Sie es?«

»Er ist tot«, stotterte sie.

»Tot, wer?«

»Cha...rrier.«

Erica ließ das Telefon einfach aus der Hand auf den Tisch fallen, ohne den Anruf beendet zu haben. Ihre Muskeln erschlafften. Sie rutschte vom Stuhl auf den Küchenboden. Ein langer, stummer Schrei, der aus den Tiefen ihrer Eingeweide zu kommen schien. Dann weinte sie sich die Seele aus dem Leib.

74

Ein paar Minuten später fuhr Andreas vor, dicht gefolgt von Nicolas und Christophe, und stellte den Wagen mitten auf der Straße vor der Kirche ab. Er hatte bereits Karine angerufen, um sie vorzuwarnen.

Er fand Erica Ferraud, die mit angezogenen Beinen gegen die Mauer des Pfarrhauses gelehnt auf dem Boden saß, in einer Art Schockzustand vor. Sie zeigte mit der Hand auf die Scheune. Andreas sah das Schild, das dort über der Tür hing.

Das Wort ist die Wahrheit.

Die Kirche. Der Brunnen. Die Scheune.

Andreas zückte sein Heft und machte sich Notizen zum dritten Tatort. Kam er der Wahrheit näher? Er hoffte es. Er musste es.

Dann betrat er die Scheune. Er erkannte sofort, dass es sich bei dem Opfer tatsächlich um Jacques Charrier handelte, der dort nackt auf der Werkbank mitten in der Scheune aufgebahrt war. Er lag auf dem Rücken, die Beine mit einem Seil zusammengebunden. Die ausgebreiteten Arme ragten rechts und links über die Werkbank hinaus. In seinem Herzen steckte ein riesiges Messer, an dem ein Zettel hing. Seine Augen fehlten.

Ohne jeden Zweifel.

Die gleiche Handschrift.

Bis auf einen Punkt.

Andreas sah, dass im Mund des Toten etwas steckte. Er trat näher heran. Blutige Fleischstücke? Er schaute sie sich genauer an. Teile von Genitalien! Er blickte am Leichnam hinab. Die Genitalien waren amputiert worden.

Christophe, der ihm gefolgt war, stellte seinen Koffer auf den Boden, nahm seinen Fotoapparat und stellte ihn manuell ein. Er wählte eine relativ kleine Blende und eine mittlere Belichtungszeit, um im Halbdunkel der Scheune so viel wie möglich auszuleuchten. Außerdem schraubte er die ISO-Zahl ein wenig höher, damit die Bilder so hell wie möglich wurden. Mit dem Objektiv ließen sich zwar keine künstlerisch wertvollen Fotos schießen, aber es ging ihm ja auch nur darum, möglichst scharfe Bilder zu machen, auf denen man so viele Details wie möglich erkennen konnte. Zunächst fotografierte Christophe die Szene aus allen möglichen Winkeln und machte anschließend verschiedene Nahaufnahmen.

Die Szene durch seinen Sucher zu sehen schaffte eine gewisse Distanz zwischen ihm und der Realität, der er sich stellen musste. Für ihn hatte es den gleichen Effekt wie ein Film, den er sich im Fernsehen anschaute. Er guckte sich die aufgenommenen Fotos im Display noch einmal an. Er war zufrieden. Natürlich würde er die Bilder nicht in seinem Wohnzimmer aufhängen, aber die Qualität war ausreichend. Dann legte er seinen Fotoapparat beiseite und streifte sich Latexhandschuhe über.

Andreas trat einen Schritt zurück, um das Bild, das sich ihm bot, als Ganzes zu betrachten. Auch dieses Mal lag der Körper da wie der gekreuzigte Christus. Er schloss die Augen, um sich zu konzentrieren. Die Scheune. Welche Bedeutung mochte dieser Ort für den Mörder haben? Alles spielte sich um die Kirche herum ab. Alles hatte eine Verbindung zur Religion. Ein Bild erschien vor seinem geistigen Auge. Erica Ferraud. Das war der gemeinsame Nenner. Sie hatte sogar zwei der Leichen entdeckt. Sie kannte sie alle. War das vom Mörder so gewollt? Hatte dieser mit der Pfarrerin noch eine Rechnung offen?

Christophe löste den Zettel vom Messer, faltete ihn auf und las laut vor:

»*Wende dich zu mir und sei mir gnädig,*
denn ich bin einsam und elend.
Ängste bestürmen mein Herz,
führe mich hinaus aus meiner Bedrängnis.
Sieh mein Elend und meine Mühsal,
und vergib mir alle meine Sünden.«

Andreas überließ es Christophe, sich um den Tatort zu kümmern, und suchte Erica Ferraud im Pfarrhaus auf. Nicolas hatte sie ins Haus gebracht. Ihr Ehemann Gérard war nicht daheim, da er für ein paar Tage zu seiner schwer kranken Mutter gefahren war.

Nicolas kochte Kaffee, während Erica weinend auf der Küchenbank saß. Andreas setzte sich ihr gegenüber. Sie ergriff zuerst das Wort.

»Es ist so schrecklich. Warum hier? Warum ich?«

»Madame Ferraud, ich dachte, dass *Sie* mir diese Fragen beantworten könnten.«

Sein sachlicher, kühler Ton überraschte Erica. Empfand er denn in einem Moment wie diesem überhaupt kein Mitleid? Sie trocknete sich die Tränen. »Glauben Sie, dass das mit mir zu tun haben könnte?«

»Das wäre zumindest eine Möglichkeit. Was glauben Sie denn?«

Erica merkte, dass der Kommissar zu dem gleichen Schluss wie sie selbst gekommen war. Oder dachte er gar, dass sie etwas mit dieser Mordserie zu tun haben könnte? Sein bohrender Blick brachte sie aus dem Gleichgewicht. Sie hatte das Gefühl, dass er ihre Gedanken lesen konnte. Aber nein, das war unmöglich. Sie fasste sich wieder. »Ich verstehe das nicht. Alain, Michel und jetzt Jacques. Vielleicht bin nicht ich die Verbindung, sondern die Kirche«, sagte sie nicht sehr überzeugt.

»Gestern haben Sie in Ihrer Predigt einen Freund erwähnt, der ›in der Finsternis verschwunden‹ ist. Stehen diese Worte in irgendeinem Zusammenhang mit der Geschichte, die uns hier beschäftigt?«

»Nein, diese Person ist tot.«

»Warum haben Sie ihn dann gestern erwähnt? In der Predigt ging es doch um die Morde, oder?«

»Ja, das stimmt. Ich musste ja darüber sprechen. Und als ich die Predigt schrieb, habe ich an ihn gedacht. Er war genau wie der Mörder in der Finsternis gefangen.«

»Ist das eine Bestätigung?«

»Nein. Nur eine Vermutung.«

»Ich würde es sehr befürworten, wenn Sie mir von dieser Person erzählen würden.«

»Das kann ich nicht. Ich bin an die dienstliche Schweigepflicht gebunden, aber ich kann nur wiederholen, dass das nichts mit dieser Geschichte hier zu tun hat.«

Andreas war von dieser Antwort nicht überzeugt. Er musste sie dazu bringen, alles zu erzählen. »Madame Ferraud, Ihnen ist doch klar, dass Sie sich strafbar machen, falls Sie mir wichtige Informationen verschweigen, die diesen Fall betreffen? Und wenn ich mich nicht täusche, hat Ihr Freund mit Ihrem Privatleben und nicht mit Ihrer beruflichen Funktion zu tun.«

»Ich bin mir dessen voll und ganz bewusst, Monsieur le Commissaire. Sie können sich wohl denken, dass ich es Ihnen sofort sagen würde, wenn ich etwas wüsste.«

Ihr Tonfall und die Art, wie Erica Ferraud antwortete, ließen bei Andreas noch mehr Argwohn aufkommen.

Sie wusste etwas. Sie verheimlichte ihm etwas. Dessen war er sich sicher.

75

Mittlerweile waren Karine und zwei Streifenwagen vor Ort angekommen. Doc machte sich inzwischen mit Christophe zusammen am Tatort zu schaffen. Das Gebiet um die Scheune war abgesperrt, und zahlreiche Bürger hatten sich bereits in der Nähe des Brunnens versammelt. Die Gespräche waren in vollem Gange, denn die Neuigkeit hatte sich wie immer sehr schnell verbreitet. Eine gewisse Anspannung war zu spüren.

Ein dritter Mord in nicht mal zehn Tagen. Nie zuvor hatten sich solch grausame Taten in Gryon abgespielt. Fournier saß noch immer hinter Gittern. Dieses Mal blieb ihnen keine andere Wahl, als ihn für unschuldig zu erklären und ihn wieder laufen zu lassen.

Karine und Andreas fuhren gemeinsam zu Charriers Wohnhaus in Les Posses. Das prunkvolle Chalet war so imposant, dass die Häuser der Nachbarn wie kleine Hütten wirkten. Es war aus mächtigen hellen Rundbalken gebaut, wie ein kanadisches Haus an einem See abseits der Zivilisation.

Im oberen Stockwerk führte eine riesige Glastür auf eine Terrasse, von der aus man einen eindrucksvollen Blick über das Tal hatte. Der Garten war sehr gepflegt. Die Büsche waren perfekt geschnitten, die Rosen blühten in Rosa- und Rottönen. Mit Sicherheit hatte er einen Gärtner beschäftigt, überlegte Andreas. Die Garage war leer. Das Auto von Charrier war nirgends zu sehen. Wo mochte es wohl sein?

Nachdem sie einmal um das Haus gegangen waren, versuchten sie sich Zutritt zu verschaffen, doch die Tür war verschlossen. Da sie in der Scheune keinerlei persönliche Gegenstände von Charrier gefunden hatten, besaßen sie auch keinen Schlüssel. Karine ging zum Auto zurück und suchte den Bohrer, den sie sich von Christophe geliehen hatten. Sie bohrte das Schloss auf, und ein paar Minuten später konnten sie das Haus betreten.

Nach einer kurzen Tour durch sämtliche Räume stand schnell fest, dass das Verbrechen woanders verübt worden war. Alain Gautier war in seinem Apartment ermordet worden. Im Fall von Martin und Charrier hatten sie den Tatort noch nicht entdeckt.

Karine betrachtete die Fotos, die im Wohnzimmer direkt über dem Kamin hingen. Eines davon fesselte ihre Aufmerksamkeit ganz besonders.

»Andreas, schau dir das mal an. Erkennst du diesen Ort?«

»Ja, das ist Taveyanne.«

Sie sah sich das Foto noch genauer an. Etwas stand auf dem Holzrahmen. Vermutlich der Name des Chalets. »Jack's Place«.

Eine Viertelstunde später parkten sie auf dem Parkplatz am Eingang von Taveyanne. Karine sah Charriers Auto sofort. Sie ging hin, schaute durch die Scheibe, konnte aber nichts Auffälliges entdecken.

Sie gingen zu Fuß ins Dorf, das völlig menschenverlassen wirkte und eine große Ruhe ausstrahlte. Karine malte sich aus, was in einem dieser Chalets geschehen sein mochte. Ein äußerst brutales Verbrechen. Seit Anbeginn ihrer Berufslaufbahn hatte sie bereits zahlreiche Tote gesehen und war mit vielen schrecklichen Geschichten konfrontiert worden. Aber dies hier übertraf ihr Vorstellungsvermögen.

Sie hatten Charriers Chalet auf dem Foto gesehen, wussten aber nicht genau, wo es lag. Nachdem sie erfolglos die Hauptstraße abgegangen waren, beschlossen sie, jeder auf einer der beiden Seiten des Weges zu suchen. Karine ging weiter bis zur Mitte des Dorfes und folgte dann einem Pfad zu ihrer Linken. Nach zehn Metern führte ein enger Weg zwischen zwei Chalets entlang. Sie beschloss, dem Weg zu folgen, und entdeckte am anderen Ende das Chalet, das sie auf dem Foto gesehen hatte.

Es schauderte sie, denn sie war sich sicher, dass es hier passiert war.

»Andreas, ich habe es gefunden!«, rief sie.

Ohne auf eine Antwort zu warten, ging sie weiter bis zur Haustür. Fast hätte sie schon mit der Hand den Türgriff berührt, holte dann aber noch ein paar Handschuhe aus der Tasche und streifte sie über. Danach drückte sie die Klinke herunter und stieß die unverschlossene Tür auf. Sie trat ein. Sie hatte richtiggelegen.

Ein Stuhl.
Die Kleidung.
Die Fesseln.
Das Blut.

Eine Folterkammer. Nichts anderes war das hier für Charrier gewesen.

Andreas tauchte hinter Karine auf, etwas außer Atem, denn er war den Weg hierher gerannt.

Wie beim ersten Tatort sahen sie auf Anhieb nichts, was der Mörder zurückgelassen haben könnte, außer ein paar Stricken, die er zum Fesseln seines Opfers verwandt hatte. Keine Messerspuren. Kein Skalpell. Nichts. Karine zückte ihr Smartphone, um Fotos zu machen.

Andreas konzentrierte sich und schaute sich genauestens um. Die Bilder dieses Tatorts sollten sich in sein Gehirn einbrennen. Danach schloss er die Augen und stellte sich vor, was sich hier abgespielt hatte. Was hatten sie gefühlt? Der Mörder? Charrier?

Solche Bilder tauchten regelmäßig in seinen Träumen wieder auf. Doch er hatte keine andere Wahl. Um Sachen zu verstehen, musste er sie nachempfinden. Karine wusste das und ließ ihn in diesen Momenten in Ruhe. Sie wusste, dass Andreas sie wieder ansprechen würde, sobald er so weit war.

»Ich hoffe wirklich, dass der hier der Letzte ist«, sagte er nach ein paar Minuten.

»Der Letzte?«

»Der letzte Schauplatz eines solchen Verbrechens.«

»Ist das ein Wunsch oder ein Gefühl?«
»Beides.«

Andreas schaute sich weiter um. Sie befanden sich in einem großen Raum, der zugleich als Wohn-, Arbeits- und Esszimmer diente. Zu seiner Linken befand sich eine offene Küche mit einem alten Holzkohleofen. Die Regalbretter an der Wand waren mit allen möglichen antiken Objekten gefüllt, die entweder mit dem Chalet oder dem Leben in den Bergen zu tun hatten. Butterformen, Zinnkrüge, mit Kühen verzierte Teller. Ganz hinten eine alte zweigeteilte Tür, deren obere Hälfte offen stand. Dahinter lag der Raum, der früher als Stall genutzt worden war. Rechts befand sich ein alter Kamin mit einem Steinsockel und einem Rauchfang aus Holz, der vom Befeuern ganz schwarz geworden war. Auf dem Kaminsims standen Trophäen, die Charrier bei Jagdwettbewerben gewonnen hatte. An der unverputzten Mauerwand hingen mehrere ausgestopfte Köpfe von Wildtieren. Eine Gams. Ein Reh. Ein Hirsch. In der Ecke zwischen Stalltür und Kamin stand ein massiver Holztisch. An der Decke war ein runder Holzbalken befestigt, an dem Kuhglocken in allen Größen hingen. Die Halsriemen waren mit Edelweißbordüren und anderen alpenländischen Motiven bestickt.

Andreas musste an den Almauftrieb im letzten Jahr denken, an dem Mikaël und er teilgenommen hatten. Die mit Blumen geschmückten Kühe waren begleitet vom melodischen Gebimmel ihrer Glocken langsam im Tross den Berg hochgezogen. Der Aufstieg war friedlich verlaufen, denn die Tiere kannten ihren Weg auswendig. Ab und zu hatte eine Kuh versucht, sich vor dem Weitergehen zu drücken, indem sie quer zum Weg oder mitten über eine Wiese gelaufen war, um schon einmal das frische Gras zu kosten. Auf der Alp angekommen, hatten Mikaël und er ein paar Gläser Weißwein getrunken und das wunderschöne Bergpanorama genossen.

Die Atmosphäre in diesem Chalet war gemütlich. Andreas blickte erneut zur Raummitte, wo noch der Stuhl stand, auf dem Charrier gefoltert und ermordet worden war.

»Andreas, schau mal!«

Karine stand vor dem Kamin. Andreas kam näher.

Sie zeigte mit dem Finger auf eine Inschrift, die vermutlich erst kürzlich ins Holz geritzt worden war. *He 9,22.* »Was ist das denn?«

Andreas lächelte. Sie hatten jedes Mal zwei Bibelverse gefunden. Er holte sein Smartphone hervor und gab die Angaben bei Google ein. Es war ein Vers aus dem Brief an die Hebräer. Eines der Bücher des Neuen Testaments. Er las die Textstelle laut vor:

»Durch Blut wird nach dem Gesetz beinahe alles gereinigt; und ohne Blutvergießen gibt es keine Vergebung.«

»Diese Bibelverse werden ja immer obskurer«, sagte Karine.

»Da stimme ich dir zu. Der Täter sagt damit jedoch ganz direkt, dass er vor Gott rein werden will, indem er das Blut seiner Opfer fließen lässt, und dass ihm dadurch seine Taten vergeben werden. Aber die tiefere Bedeutung erschließt sich mir nicht auf den ersten Blick.«

Andreas schickte Mikaël eine SMS mit den beiden Bibelstellen. Danach drehte er sich um und entdeckte hinter sich eine Reihe von Familienfotos, die auf einer Kommode standen. Er trat näher und durchforstete die oberste Schublade, die jede Menge Papiere enthielt. Briefe. Rechnungen. In der zweiten Schublade fand er haufenweise Fotos und Postkarten. Andreas schaute sich die Motive an. Der Taj Mahal. Die berühmte Golden Gate Bridge in San Francisco. Er drehte die Karte um und sah, dass sie von einem Alain unterschrieben war. Vermutlich Gautier, dachte er.

Zuunterst fand er einen weiteren Stapel Postkarten, der mit einem Gummiband zusammengehalten wurde. Andreas löste das Band und breitete die Karten auf dem Tisch aus. Er zählte einundzwanzig Stück.

Eine Karte zeigte den Grand Muveran. Andreas drehte sie um und stellte fest, dass sie vor sechs Monaten abgeschickt worden war. Er las: »Zum Gericht der Mensch als Schuldiger. Gewähre ihm Schonung, Gott. PS: Ich habe euch nicht vergessen!« Es war die gleiche Karte, die Martin erhalten hatte und Gautier vermutlich auch. Und Fournier. Auf den zwanzig anderen Karten waren religiöse Motive abgebildet. Kirchenfenster. Kircheninnenräume. Kreuze. Er drehte sie um und sortierte sie nach dem Datum des Poststempels. Seit 1990 jedes Jahr eine Nachricht. Andreas wählte eine aus und las:

Sättigen soll sich an ihnen meine Gier.
Mein Schwert will ich zücken,
vertreiben soll sie meine Hand.

Er nahm eine weitere.

Der Gerechte wird sich freuen, wenn er Rache schaut,
seine Füße wird er baden im Blut des Frevlers.

Auf jeder Karte stand ein anderes Bibelzitat, in dem es um Rache ging. Keine Unterschrift. Andreas schaute sich den Poststempel genauer an. Die Karten waren aus den USA verschickt worden.
  Die USA?
  Holder?

76

Nach dem einschneidenden Ereignis, das ihn sein ganzes Leben lang prägen würde, hatte der Mann, der kein Mörder war, so unglaublich viel Hass und Frustration angesammelt, dass er dafür kein Ablassventil mehr fand. Er war damals noch ein kleines Kind gewesen, als ihm seine Unschuld geraubt und seine Seele befleckt worden war. Er hatte sofort gewusst, dass von da an nichts mehr so sein würde, wie es war. Er hatte gedacht, indem er sein Leben ändern würde, könnte er noch einmal bei null anfangen. Zu Beginn hatte dies sogar funktioniert, doch das war nur von kurzer Dauer gewesen. Die Schatten und die Finsternis waren immer noch da. Sie wurden immer gegenwärtiger und dunkler.

Er wusste nicht, wie er ein Ventil für diese Anspannung finden sollte, die ihn immer stärker ergriff. Es machte ihm Angst, denn er wusste weder, wie er reagieren, noch, wie er die Emotionen unter Kontrolle halten sollte, die in ihm gärten und immer stärker wurden.

Er hatte in der Folge begonnen, sich von der Welt zurückzuziehen. Es gab niemanden, mit dem er über seine Gefühle hätte sprechen können. Das alles war zu peinlich und erniedrigend. Wie sollte er all das Schlechte, das sich in ihm angesammelt hatte, ertragen? Stückchen für Stückchen begannen seine innersten Träume die Realität zu überlagern, auch wenn seine Phantasiewelt am Ende noch negativer war als die reale. Ihm war bewusst, dass daraus nichts Gutes entstehen konnte.

Lange bevor er das erste Verbrechen beging, wusste er, dass er eines Tages töten würde. Seine Phantasien waren zu stark und zu brutal geworden, als dass er sie hätte im Zaum halten können. Mit der Rache und dem Kampf gegen das personifizierte Böse hatte er gehofft, seine innere Anspannung auflösen oder zumindest verringern zu können.

Heute wusste er, dass dies nicht der Fall sein würde. Niemals. Dass es unmöglich war, dem Bösen entgegenzuwirken, das ihn von innen heraus auffraß. Es würde immer wieder in ihm bohren.

Er war müde.
Er wollte es beenden.
Bald.

77

Das gesamte Team hatte sich im Gemeindesaal versammelt. Karine fasste für alle zusammen, was sie in dem Chalet in Taveyanne entdeckt hatten.

»Hat Charrier als Einziger zwanzig Postkarten erhalten?«, fragte Nicolas.

»Zumindest scheint er der Einzige von den dreien zu sein, der sie alle aufbewahrt hat. Bei Gautier waren keine, so viel ist sicher. Bei Martin haben wir jedoch nicht alles auf den Kopf gestellt. Wir wissen nur, dass alle drei die letzte Postkarte bekommen haben und dass diese von Gryon aus versendet wurde. Martins und Charriers Karten liegen uns vor. Was Gautier betrifft, so hat uns der Pastor bestätigt, dass es eine solche Karte gegeben hat. Ich denke, wir können davon ausgehen, dass alle drei Opfer auch die zwanzig Postkarten aus den USA bekommen haben.«

»Ja, das erscheint logisch«, sagte Karine.

»Und dann gibt es noch Fournier. Auch er hat diese letzte Karte erhalten. Und bestimmt auch die anderen zwanzig Stück.«

»Dann wird er also das vierte Opfer sein!«, rief Karine.

»Ja, ich habe das Gefühl, dass sich der Mörder das Beste bis zum Schluss aufgehoben hat. Er hat versucht, Fournier die Schuld in die Schuhe zu schieben, ihn also schmoren zu lassen.«

»Schön, dass er da, wo er sich gerade aufhält, kein Risiko eingeht.«

»Nur dass er heute Nachmittag um fünfzehn Uhr freigelassen wird.«

»Kann man ihn nicht noch ein paar Tage in Untersuchungshaft belassen?«, fragte Christophe.

»Er ist offiziell für unschuldig erklärt worden. Während des letzten Mordes saß er im Gefängnis. Der Staatsanwalt hat beschlossen, ihn zu entlassen. Viviane hat ihn heute Morgen besucht und ihm unsere Befürchtung mitgeteilt, dass er das nächste Opfer sein könnte. Sie hat vergeblich versucht, ihm Informationen zu entlocken. Er schweigt weiterhin wie ein Grab.«

»Wie kann das sein?«

»Er kennt den Mörder, das ist sicher. Vielleicht will er ihm selbst die Stirn bieten. Er hat ja nicht mehr viel zu verlieren«, sagte Christophe.

»Wir müssen ihn überwachen und gleichzeitig beschützen. Nicolas, ich möchte, dass du Fournier beschattest. Und zwar rund um die Uhr! Wir werden eine Ablösung organisieren.«

Nicolas nickte, stolz, wieder mit einer wichtigen Aufgabe betraut worden zu sein. Er stand auf, zog seine Jacke an und verließ den Saal. Er war bereit. Er wünschte sich nichts sehnlicher, als am Ende derjenige zu sein, der den Mörder erwischte.

Andreas wandte sich an Christophe. »Weißt du schon etwas über die Herkunft der drei Messer?«

»Ja, ich habe heute Morgen eine E-Mail bekommen. Ich hatte den amerikanischen Hersteller kontaktiert. Der exakte Verkaufsort muss noch ermittelt werden, doch anhand der Seriennummern konnte festgestellt werden, dass alle drei Messer zu einer Charge gehörten, die an ihre New Yorker Filialen geliefert worden ist.«

»Und schon wieder führt die Spur in die USA. Die Postkarten, die Messer.«

»Holder scheint also doch ein interessanter Kandidat zu sein«, sagte Christophe.

»Ja, das glaube ich auch. Konntest du verifizieren, worum ich dich gebeten hatte?«

»*Of course, boss*. Ich habe mit dem Zoll gesprochen. Holder ist seit drei Monaten in der Schweiz. Er ist von New York nach Genf geflogen. Zuvor ist er im November letzten Jahres hier gewesen, um das Haus zu kaufen, ist aber im Dezember kurz vor Weihnachten zurück in die Staaten geflogen.«

»Wer hat dann vor sechs Monaten die Postkarten aus Gryon abgeschickt?«, fragte Karine. »Hat er einen Komplizen? Oder sind wir auf der falschen Fährte …«

»Gibt es noch weitere Amerikaner, die in Gryon oder in der unmittelbaren Umgebung leben?«, fragte Christophe.

»Oder Personen, die eine Verbindung zu den Staaten haben?«, ergänzte Karine.

»Hm, dem müssen wir nachgehen. Aber in der Zwischenzeit werde ich versuchen, Holder noch heute kennenzulernen. Ich will wissen, mit wem wir es zu tun haben.«

Andreas holte sein Mobiltelefon heraus und schickte eine SMS an Mikaël: »Wer in Gryon könnte eine Verbindung zu den USA haben?«

»Christophe, welche Schlüsse hast du aus dem dritten Leichenfund ziehen können?«, fragte er dann.

»Es handelt sich zweifellos um denselben Mörder. Die Handschrift ist identisch, mit Ausnahme der Genitalien, die in diesem Fall amputiert und in den Mund des Opfers gesteckt wurden.«

»Was sagt uns diese Veränderung?«, fragte Karine.

»Dafür gibt es mehrere mögliche Erklärungen«, antwortete Andreas. »Aber ich habe eine Theorie.«

»Wie immer.« Karine lächelte amüsiert.

»Das Neue an diesem dritten Mord ist die sexuelle Komponente. Er hat nicht statt der Augen die Genitalien entfernt, sondern beides. Es handelt sich also vermutlich um eine Art Steigerung. Er fängt mit den beiden an, denen er am wenigsten nachträgt. Er macht mit einem dritten Opfer weiter, an dem er sich noch stärker rächen will, und hebt sich Fournier für das Finale auf.«

»Woher weißt du, dass Fournier der Letzte ist?«

»Ich bin nicht sicher, aber ich denke, dass er sich für Fournier eine ganz spezielle Vorgehensweise aufgespart hat. Eine Art bevorzugte Behandlung. Er ist die Kirsche auf der Torte. Aber seine Tat macht die Torte auch erst zur Torte.«

»Was soll denn dieser Konditorenquatsch? Was willst du damit sagen?«

»Sein Werk wird erst vollendet sein, wenn er Maurice Fournier getötet hat.«

»Ich verstehe«, sagte Christophe.

»Wir haben uns gefragt, was die Opfer getan haben müssen, dass man ihnen die Augen entfernt hat. Die gleiche Frage müssen wir uns nun in Bezug auf die Genitalien stellen.«

»Könnte sexueller Missbrauch der Hintergrund sein?«, fragte Karine.

»Das müssen wir auf jeden Fall in Erwägung ziehen. Abgesehen davon hat Fournier, wenn er tatsächlich den Mörder missbraucht haben sollte, ja auch nicht damit aufgehört. Er scheint es ja nach wie vor zu tun.«

»Ja, aber in diesem Fall hatte er sich an einem jungen Mädchen vergangen. Und wir haben es hier mit einem männlichen Täter zu tun«, bemerkte Christophe.

»Das eine schließt das andere nicht aus. Der Missbrauch könnte in ihrer Jugend stattgefunden haben. In diesem Alter ist die sexuelle Identität noch nicht so ausgeprägt. Fournier könnte damals homosexuelle Erfahrungen gemacht haben, bevor er sich später den Frauen zugewandt hat.«

»Er könnte auch bisexuell sein«, ergänzte Karine.

»Das stimmt. Wir sollten daher meiner Meinung nach das Umfeld der Opfer weiter beleuchten, in dem sie sich als Jugendliche bewegt haben. Ich glaube, dass sich das alles zwischen 1970 und 1980 abgespielt haben muss, als sie zwischen zehn und zwanzig Jahre alt waren. Ich glaube sogar, dass man den Zeitraum auf etwa 1970 bis ungefähr 1975 eingrenzen kann, denn nach 1975 gingen die vier unterschiedliche Wege. Schule in Bex, Ausbildung und so weiter. Das heißt natürlich nicht, dass sie sich an Wochenenden und in den Ferien nicht weiter in Gryon getroffen haben könnten. Ich glaube jedoch, dass sich die Ereignisse, die solch einen gewaltigen Einfluss auf das Leben unseres Mörder gehabt haben, gegen Ende seiner Kindheit oder zu Beginn seiner Jugend zugetragen haben müssen. In dieser Periode formt sich die eigene Persönlichkeit, und daher kann sich ein Ereignis besonders tief und dauerhaft in die Psyche eines Menschen eingraben.«

»Warum ist dieses letzte Verbrechen so rasch verübt worden? Er hat Gautier am 8. September, Martin am 13. September und Charrier am 15. September getötet.«

»Generell gibt es für einen Serienmörder eine Latenzzeit zwischen zwei Taten. Die Dauer ist jedoch variabel und kann sich im Laufe der Zeit ändern. Häufig wird das Bedürfnis, die eigenen Phantasien auszuleben und zu töten, immer stärker und immer weniger beherrschbar. Diese Latenzzeit gleicht einer depressiven Phase. Die Durchführung der Tat entspricht nicht vollständig den Vorstellungen des Mörders. Die Phantasien sind stärker als die Realität. Die Erfahrung zu wiederholen wird zum Zwang. Ein Serienmörder hofft immer, dass mit der nächsten Tat der Drang zu töten aufhört. Aber in unserem Fall liegen die Dinge anders. Unser Täter verfolgt einen Plan. Er will vier Personen oder mehr töten. Er will sich rächen. Er muss seinen Plan also schnell in die Tat umsetzen. Wahrscheinlich hofft er, dass seine zukünftigen Opfer eine gewisse Zeit in großer Angst leben, auf der anderen Seite will er es aber nicht riskieren, vorher erwischt zu werden. Er weiß, dass wir ihm auf der Spur sind...«

»In diesem Fall muss er schnell handeln und wird versuchen, Fournier in den nächsten Tagen zu töten«, fasste Christophe die Argumentation zusammen.

»Nur dass wir dieses Mal auf der Hut sind!«, sagte Karine.

78

Als die SMS von Andreas auf seinem Mobiltelefon auftauchte, legte Mikaël den Artikel, an dem er gerade arbeitete, sofort beiseite. Vor ein paar Tagen hatte er einen der Schweizer Bundesräte interviewt, von dessen Amtszeit in der Regierung gerade die ersten zwei Jahre verstrichen waren. Ein durchaus interessantes Thema, doch die Aufklärung der Mordserie mit voranzutreiben hatte Vorrang.

Schnell hatte er den neuen Bibelvers identifiziert, den man

bei Charriers Leichnam gefunden hatte. Er stammte aus dem fünfundzwanzigsten Kapitel des Buchs der Psalmen. Einen Moment lang starrte er auf die Schlüsselwörter, aus denen er bestand.

Einsamkeit.
Elend.
Ängste.
Bedrängnis.
Mühsal.

Mikaël erhob sich und trat an das große Bücherregal, das mit zahlreichen historischen, philosophischen, psychologischen und theologischen Werken gefüllt war. Auch wenn er der literarisch Gebildetere von ihnen beiden war und eine ganze Reihe Bücher besaß, hatte auch Andreas im Lauf der Jahre eine beachtliche Zahl an Titeln zusammengetragen, von denen ein Großteil aus Platzmangel in Kartons auf dem Speicher lagerte. Andreas las sehr viel, hatte allerdings mit Sicherheit nicht einmal die Hälfte der Bücher, die er besaß, je aufgeschlagen.

Es dauerte nur ein paar Minuten, dann hatte Mikaël in Andreas' Sammlung den Kommentar zum Buch der Psalmen von Johannes Calvin gefunden. Ein altes, abgegriffenes Buch, das Andreas bestimmt auf irgendeinem Flohmarkt aufgestöbert hatte.

Auf der einen Seite interessierte sich Andreas für alles, was das moderne Leben zu bieten hatte. Er besaß stets das neueste Smartphone und wurde bei einer Kamera mit ein paar neuen Funktionen oder einem ausgeklügelten Soundsystem für das Wohnzimmer sofort schwach. Erst vor ein paar Wochen war er mit einem riesigen Karton nach Hause gekommen, der einen ultramodernen Fernseher enthielt, weil ihr alter Fernseher seiner Meinung nach angeblich bereits eine Antiquität darstellte.

Andreas musste ständig irgendetwas Neues erstehen. Nach einem impulsiven Kauf benahm er sich wie ein kleines Kind, das ganz genau wusste, dass es etwas angestellt hatte. Mikaël hatte es längst aufgegeben, dagegen anzukämpfen, und begegnete dieser Schwäche inzwischen mit Ironie. Und Andreas freute sich jedes Mal über sein neues Spielzeug, obwohl das Interesse an den neuen Errungenschaften recht schnell wieder nachließ. Glücklicherweise bezog sich dieses Bedürfnis nur auf materielle Dinge und nicht auf die Person, mit der er zusammenlebte. Auf der anderen Seite hing Andreas auch sehr an alten Dingen. An antiquarischen Büchern, seinem Oldtimer, Antiquitäten. Er hob alles auf. Etwas wegzuschmeißen hätte für ihn bedeutet, sich von einem Stück seiner selbst zu trennen. Mikaël hatte zunächst versucht, dieses Phänomen zu verstehen, und dann einfach akzeptiert, dass er mit einem sehr komplexen Menschen zusammenlebte.

Er öffnete das Buch und las das in sehr altertümlicher Sprache verfasste Vorwort. Ein Satz ließ ihn direkt aufmerksam werden: »Ich pflege das Psalmbuch nicht ohne Grund eine Anatomie aller Teile der Menschenseele zu nennen; denn es findet sich kein Gefühl im Menschen, dessen Bild nicht in diesem Spiegel zu finden ist.«

Es schien also wenig erstaunlich, dass der Mörder einen Psalm ausgewählt hatte, um seine innersten Gefühle auszudrücken, überlegte Mikaël. Dieses Buch ist eine Sammlung sämtlicher Emotionen, über die wir Menschen verfügen. Der Psalm 25 besteht aus sehr kurzen Abschnitten, die den Seelenzustand eines Menschen beschreiben, der zutiefst unglücklich und gepeinigt ist. Zugleich aber auch den eines von Reue geplagten Mörders, der Gott um Hilfe anruft.

Sei mir gnädig!
Erlöse mich!
Vergib mir!

Mikaël stellte das Buch zurück ins Regal, setzte sich wieder an seinen Schreibtisch, nahm die Bibel zur Hand, die dort lag, suchte nach dem Brief an die Hebräer, Kapitel 9, Vers 22, und las:

Durch Blut wird nach dem Gesetz beinahe alles gereinigt; und ohne Blutvergießen gibt es keine Vergebung.

Nach kurzer Recherche im Internet hatte er den historischen Kontext des Bibelverses gefunden. Im Alten Testament brachten die Juden ihre Opfergaben an die Tür des Altarraums und beichteten ihre Sünden. Die Gaben waren Tiere, die geopfert werden sollten. Indem die Juden ihre Hände auf den Kopf des Tieres legten, übertrugen sie symbolisch ihre eigene Schuld auf das zu opfernde Tier. Anschließend wurde das Tier geschächtet. Ohne dass Blut vergossen wird, gibt es keine Vergebung …

Im Altertum wurde alles durch Blut gereinigt. Im Neuen Testament wurde dieses Element symbolisch wieder aufgegriffen, denn durch das Blut Jesu kann die Menschheit gereinigt und von den Sünden befreit werden. Daher musste der Mensch keine Tieropfer mehr darbringen, denn der gekreuzigte Jesus war das letzte Opfer.

Die Frage war jedoch, wie der Mörder dies interpretierte. Er wollte, dass Gott ihm vergab. Warum? Weil er Leben genommen hatte? Gleichzeitig erachtete er seine Verbrechen vielleicht auch als notwendig. Dass er sie durchleben musste, um sich reinzuwaschen. Der Mörder schien diesen Vers jedenfalls wörtlich genommen zu haben. Er hatte ein Opfer in die Kirche gebracht: Alain Gautier. Allerdings hatte er das Tier durch ein menschliches Wesen ersetzt …

Mikaël nahm die Tabelle zur Hand, in der er sämtliche Bibelstellen eingetragen hatte, die der Mörder zitiert hatte. Was bedeuteten diese letzten beiden Verse? Dass ihm sein gepeinigter und verängstigter Geist Schuldgefühle einredete. Das war neu! Mit den vorangegangenen Bibelzitaten hatte er erklärt, misshandelt und unterdrückt worden zu sein und sich dafür rächen zu wollen, indem er seine Opfer in die Finsternis stürzte. Dass die Taten seiner Opfer die Anwendung des Gesetzes der Vergeltung verdienten. Auge um Auge. Das Töten seines dritten Opfers hatte hingegen Unbehagen und Schuldgefühle in ihm geweckt.

Das Bild des Mörders, den sie suchten, formte sich immer präziser in Mikaëls Kopf. Eine komplexe Persönlichkeit. Ein Mann mit zwei Gesichtern.

Auf der einen Seite ein Mörder, der vor nichts zurückschreckt. Jemand, der berechnend und vorausschauend agiert. Jemand von absoluter Kaltblütigkeit. Jemand, der grenzenlos grausam sein kann.

Auf der anderen Seite ein zutiefst gequälter und schuldbewusster Mensch.

Ein explosiver Cocktail.

79

Das Chalet, das John Holder bewohnte, konnte man nur zu Fuß oder mit einem Allradfahrzeug erreichen. Mangels eines Geländewagens entschied sich Andreas, zu Fuß zu gehen. Er stellte sein Auto auf dem Parkplatz von Frience ab und ging bergab in Richtung des Restaurants. Die Sennerei zu seiner Rechten hatte bereits geschlossen, die Kühe würden den Winter in der Rhône-Ebene verbringen. Auf Höhe der Gastwirtschaft bog Andreas nach links ab. Auch die Tennisplätze rechts von ihm waren bereits verwaist. Er war auf dem richtigen Weg. Man hatte ihm erklärt, dass er etwa zweihundert Meter laufen und dann links eine Weide hinaufsteigen müsse und dass er das Chalet erst sehen würde, wenn er oben angekommen sei. Nach einem fünfminütigen Aufstieg bei strahlendem Wetter musste Andreas erst einmal wieder Atem schöpfen. Gegenüber sah er den Grand Muveran. Ein außergewöhnlicher Ort.

Holders Land Cruiser parkte neben einem der beiden sehr alten Chalets, die den Bauern des Ortes über Generationen hinweg als Sommerdomizil gedient hatten. Bei dem hinteren Gebäude schien es sich um eine verlassene Scheune zu handeln, während das vordere bewohnt wirkte. Er war also zu Hause.

Andreas setzte seinen Weg fort. Er hatte die Tür des Chalets noch nicht ganz erreicht, als sich diese bereits öffnete.

»Guten Tag, Inspector! Ich habe Sie durch das Fenster kommen sehen.«

John Holder sprach Französisch mit starkem amerikanischem Akzent und einer etwas holprigen Syntax. Andreas schätzte ihn auf etwa fünfzig Jahre, vielleicht auch etwas älter. Es hätte ihn nicht gewundert, wenn er zu Collegezeiten American Football gespielt hätte, denn Holder besaß eine beeindruckende Statur. Er trug eine dunkelblaue Jeans und ein weißes T-Shirt, auf dem die Freiheitsstatue und die Bill of Rights mit den zehn Zusatzartikeln zur Verfassung der Vereinigten Staaten aufgedruckt waren, darunter auch das Recht, eine Waffe zu tragen. Die Frage nach seiner politischen Gesinnung hatte sich also erübrigt. Sein Haar war grau. Sein kantiges, vom Leben gezeichnetes Gesicht erinnerte an eine vom Wasser ausgewaschene Felslandschaft. Die Augen waren groß, dunkel und tiefgründig. Andreas erinnerte sich an diesen wachen Blick, den er schon einmal gesehen hatte – als er mit Fabien Berset im Café Pomme gesessen hatte und auch gestern auf der Wanderung nach La Poreyre.

»Ich wollte mir gerade einen Rotwein einschenken, um auf der Terrasse die Sonne zu genießen. Möchten Sie auch ein Glas?«

Andreas zögerte, entschied sich aber dennoch, die Einladung anzunehmen. Er musste auf der Hut sein. Holder besaß ein gewisses Charisma, und seine dunkle, wohlklingende Stimme verstärkte seinen geheimnisvollen Charme. Vor allem schien er weder überrascht noch beunruhigt angesichts seines unangemeldeten Besuchs zu sein. Die neuesten Ermittlungsfortschritte hatten den Täterkreis deutlich eingegrenzt, und die Verbindung zu den USA hatte Andreas zu Holder geführt. Er musste um jeden Preis etwas mehr über diese merkwürdige Person herausfinden.

»Sehr gern«, sagte er.

»Setzen Sie sich. Ich komme sofort.«

Andreas nahm auf der kleinen Terrasse vor dem Chalet Platz. Es war wirklich ein magischer Ort. Die Aussicht war perfekt, und das bei nahezu vollkommener Abgeschiedenheit. Mit Sicherheit gab es nicht viele solcher Anwesen. Andreas überkam ein merkwürdiges Gefühl. Die friedliche Umgebung und die Ruhe, die Holder ausstrahlte, standen im Gegensatz zu seiner eigenen Nervosität. Er fühlte sich plötzlich verunsichert. So als hätte ihn die Anziehungskraft seines Gastgebers hypnotisiert. Er musste sich zusammenreißen. Sich auf den Grund konzentrieren, der ihn hierhergebracht hatte. Sich auf sein Ziel fokussieren.

Ein paar Minuten später erschien Holder mit einem Tablett, auf dem zwei Weingläser, eine Flasche kalifornischer Rotwein und eine Schale mit Erdnüssen standen. Er stellte das Tablett auf dem Tisch ab.

»Ich mag Schweizer Wein, aber Wein aus Kalifornien erinnert mich an meine Heimat, *you know*?«

Er entkorkte die Flasche und füllte die beiden Gläser beinahe randvoll. Ganz offensichtlich war er noch nicht mit den lokalen Gepflogenheiten rund um das Thema Wein vertraut.

»Was hat Sie hierhergeführt, Inspector?«

Andreas hatte sich auf dem Weg gefragt, wie er das Gespräch angehen sollte. Auf die sanfte oder auf die harte Art? Die sanfte Art könnte sich als ineffektiv herausstellen. Die harte Art konnte Holder dazu veranlassen, einfach dichtzumachen. Er taxierte seinen Gesprächspartner. Er musste Einfluss auf ihn gewinnen.

Auf die harte Art. Ja. Ohne jeden Zweifel.

»Monsieur Holder, einige Ergebnisse unserer Ermittlungen haben mich zu Ihnen gebracht. Ich denke, dass Sie der Dreifachmörder von Gryon sind!«

Andreas bedauerte seine Worte sofort, als er sie ausgesprochen hatte. Aber es war zu spät. Er beobachtete Holder. Dieser schien überrascht, fing sich jedoch sehr schnell wieder. Sein intensiver Blick vermittelte Andreas das Gefühl, Holder könne seine Gedanken lesen.

»Mörder? Ich?«, sagte Holder lachend.

Dieses Lachen schien aus tiefster Seele zu kommen. So als würde man außerhalb einer Höhle ein dumpfes Echo hören.

»Wie kommen Sie auf solch eine Idee, Inspector?«

»Sie sind doch Amerikaner, oder?«

»*Yes, it's the best country in the world! Maybe Switzerland* ist auch ein sehr gutes Land.«

»Die Opfer erhielten zwanzig Jahre lang Postkarten aus den Vereinigten Staaten. Die Messer, mit denen sie erstochen wurden, sind ein amerikanisches Fabrikat und wurden sogar in New York erstanden.« Andreas schwieg einen Moment und trank einen Schluck Rotwein. »Und von dort kommen Sie doch, oder? Sie sind Amerikaner!«

»Inspector, vielleicht leben ja noch andere Amerikaner hier in der Gegend. Wissen Sie, weltweit gibt es sehr viele Amerikaner.«

»Seit drei Monaten halten Sie sich in der Schweiz auf, hier in Gryon. Und alle drei Verbrechen wurden in Gryon verübt. Soll das ein Zufall sein?«

»Inspector, es beleidigt mich nicht, dass Sie mich beschuldigen. *I understand.* Aber welchen Grund habe ich, diese drei Personen zu töten? Ich kenne sie nicht. Ich habe mein ganzes Leben *in the States* gelebt.«

»Sie kennen Alain Gautier?«

»Ja, Monsieur Alain. Er hat mir das Chalet verkauft. Aber *that's all.*«

»Was ist Ihre Verbindung zu Gryon?«

»Meine Verbindung?«

»Ja, warum haben Sie in Gryon ein Chalet gekauft?«

»Meine Großmutter ist in der Schweiz geboren. Sie ist dann für ihr Studium in die USA gegangen. Dort hat sie meinen Großvater kennengelernt und ist geblieben. Ich habe ein bisschen Französisch von meiner Mutter gelernt, aber nicht sehr viel. Früher habe ich Urlaub mit meinen Eltern in der Schweiz gemacht. Ich liebe die Berge. Die Kühe. Bin Anwalt, aber das ist vorbei. Ruhestand. Bin letztes Jahr gekommen, um ein Chalet zu kaufen. Meine Wurzeln wiederzuentdecken. Ich habe eine Anzeige im Internet gesehen. Deswegen habe ich Monsieur Alain kontaktiert.«

Zwischendurch drückte er sich immer wieder sehr gut auf Französisch aus, selbst die Betonung stimmte. Dann wieder kam ein typisch amerikanischer Akzent durch, schlichen sich Fehler und englische Wörter in seine Sätze ein, was Andreas überraschte. Versuchte er zu kaschieren, dass er die französische Sprache besser beherrschte, als es den Anschein hatte?

Andreas entschuldigte sich einen Moment, indem er ein dringendes Bedürfnis vorgab, und betrat das rustikal eingerichtete Haus. Ein echtes und typisches Schweizer Chalet. Er fand schnell, was er suchte. Auf dem Tisch lag ein Heft mit einer Einkaufsliste. Er schaute aus dem Fenster, um sicherzugehen, dass Holder immer noch auf der Terrasse saß. Dann holte er eine Kopie einer der Postkarten aus seiner Tasche und verglich die Handschriften. Die Schrift auf der Karte wirkte mit großen, weit auseinanderstehenden Buchstaben recht kindlich. Er betrachtete die Notizen im Heft. Die Neigung der Buchstaben war wichtig. Sie waren alle miteinander verbunden und schwer lesbar. Auf den ersten Blick stimmten die beiden Schriften nicht überein. Allerdings war er auch kein Grafologe. Möglicherweise hatte Holder seine Schrift verstellt. Hatte er bereits 1990 bedacht, dass die Polizei sich eines Tages dafür interessieren und die Handschriften vergleichen würde? Berücksichtigte man, wie organisiert und detailverliebt der Mörder vorgegangen war, so schien das nicht ganz unwahrscheinlich.

Er blätterte das Heft durch. Auch andere Seiten waren beschrieben. Er riss eine Seite aus der Mitte heraus, steckte sie in seine Tasche, schlug die erste Seite wieder auf und legte das Heft genau so zurück auf den Tisch, wie er es vorgefunden hatte. Dann blickte er sich noch einmal schnell um, doch nichts in diesem Raum fesselte seinen Blick. Gern hätte er noch die Scheune und die obere Etage besucht, doch dafür war jetzt nicht der rechte Zeitpunkt. Holder erwartete ihn draußen. Er ging ins Bad, um die Spülung zu betätigen, und ging zurück auf die Terrasse.

»Entschuldigen Sie, wie hieß denn Ihre Großmutter?«

Holder ließ sich mit der Antwort Zeit. Er trank einen Schluck Wein und stellte das Glas wieder ab.

»Sie hieß Violette«, sagte er schließlich.

»Und ihr Nachname?«, hakte Andreas nach.

»Den kenne ich nicht. Sie hat in den USA meinen Großvater geheiratet.«

»Und aus welchem Schweizer Ort stammte sie?«

»Aus einem Dorf im Wallis, glaube ich. Ich erinnere mich nicht an den Namen.«

John Holders Geschichte erschien kohärent, doch für jemanden, der sich für seine Wurzeln interessierte, waren seine Aussagen zur Familiengeschichte ein wenig dürftig. Oder aber er sagte nicht die Wahrheit.

Falls Holder log, würde Andreas es früher oder später herausfinden.

80

Dienstag, 18. September

Nachdem sich Mikaël einen Espresso gemacht hatte, setzte er sich wieder an den Schreibtisch, öffnete Google, gab »John Holder« ein und drückte auf Enter.

Die erste Referenz bezog sich auf einen englischen Cricketspieler. Auf LinkedIn tauchten hundertelf Profile mit diesem Namen auf. In den Vereinigten Staaten, in Kanada und in Australien. Er schaute sie sich nacheinander an, allerdings ohne Erfolg. Dann gab er den Namen auf Facebook und Twitter ein. Eine schwierige Aufgabe. Die Nadel im Heuhaufen. John Holder schien ein weitverbreiteter Name zu sein. Ein Immobilienmakler. Ein Versicherungsberater. Ein Informatiker. Nachdem er die ersten zehn Seiten durchforstet hatte, auf denen der Name auftauchte, gab er auf. Er lehnte sich zurück und verschränkte die Hände hinter dem Kopf. Plötzlich griff er nach seinem Handy und wählte Karines Nummer.

»Ja. John Holders Akte. Danke. Ruf mich zurück.«

Anschließend nahm sich Mikaël die Liste mit den Personen vor, die während der Entdeckung der ersten Leiche vor der Kirche gestanden hatten, und gab die Namen nacheinander in die Suchmaschine ein.

Nach einer Stunde intensiver Suche fand er die erste Verbindung in die USA. Gérard Ferraud, der Ehemann der Pfarrerin, hatte an einer Universität im Staat New York studiert. Genauer gesagt war er in Albany, etwa zweihundert Kilometer von New York City entfernt, von 1979 bis 1985 für den Studiengang Molekularchemie eingeschrieben gewesen. Anschließend war er für zwei Jahre in die Schweiz zurückgekehrt, bevor er zwischen 1988 und 1992 in Amerika seinen Doktor gemacht hatte. Im Anschluss daran hatte er für die Europäische Organisation für Nuklearforschung in Genf gearbeitet, bis er vor zwei Jahren im Alter von sechzig Jahren in den Vorruhestand gegangen war.

Sein Mobiltelefon klingelte. Es war Karine.

»Also, auf dem Kaufvertrag ist die Upper East Side in Manhattan als John Holders Wohnort angegeben. Ich schicke dir die genaue Adresse per Mail.«

»Und wem gehörte das Chalet vorher?«

»Es wurde von der evangelischen Gemeinde in Gryon verkauft.«

»Von der Gemeinde. Merkwürdig, oder?«

»Ja, in der Tat. Vielleicht hat sie es von einem Gemeindemitglied geerbt?«

»Das wäre zumindest eine Möglichkeit.«

»Glaubst du, dass das für unsere Ermittlungen von Bedeutung sein könnte?«

»Keine Ahnung. Aber danke für die Info. Bis später.«

Mikaël beendete das Gespräch und wählte die Nummer von Gilles Pidoux. Der Lebensmittelhändler hatte seit ein paar Jahren auch den Vorsitz des Presbyteriums inne. Nach dem dritten Klingeln nahm er das Gespräch an.

»Hallo, Gilles! Ich bin es, Mikaël.«

Nach einem kurzen Austausch von freundschaftlichen Floskeln kam Mikaël direkt auf den Grund seines Anrufs zu sprechen.

»Ja, das stimmt. Wir haben das Chalet nach dem Tod eines Gemeindemitglieds geerbt. Die alte Dame hatte keine Familienangehörigen mehr, und Erica hatte sich regelmäßig um sie gekümmert. Ich meine mich zu erinnern, dass Erica sie schon sehr lange kannte. Wie sie hieß? Odile Morier.«

Mikaël öffnete seine Suchmaschine. Karine hatte ihm John Holders genaue Adresse genannt. Mit Hilfe dieser Information gelang es ihm schließlich, einige Auskünfte über ihn einzuholen. Holder war verheiratet, seine Frau hieß mit Vornamen Kelly. Er war Anwalt und hatte an der Columbia Universität studiert, einer sehr angesehenen Hochschule im Bundesstaat New York. Mikaël präzisierte seine Suche und fand Holders Namen im Zusammenhang mit Sittlichkeitsverbrechen und sexuellen Strafdelikten, an denen er als Anwalt beteiligt war. Dank Kellys ungeschützter Facebook-Seite erfuhr Mikaël, dass das Ehepaar zwei Töchter hatte – Sharon und Shirley – und ein Haus in Saratoga Springs besaß. Er schaute sich die Lage des Ortes auf einer Karte an und fand heraus, dass er dreihundert Kilometer nördlich von New York lag. Nicht weit von Albany entfernt, wo Gérard Ferraud studiert hatte. War das ein gewaltiger Zufall oder nicht? Kannten sich Gérard Ferraud und John Holder? Das erschien wenig wahrscheinlich. Auch wenn die beiden Orte in derselben Region lagen, trennten sie immerhin sechzig Kilometer voneinander.

Er lehnte sich auf seinem Stuhl zurück. Minus nutzte die Gelegenheit und kletterte mit den Vorderpfoten an ihm hoch.

»Runter, Minus!«, befahl Mikaël.

Um diese Uhrzeit gingen sie normalerweise spazieren. Als Minus von seinem Herrchen abließ, schob er dabei einen Stapel Papiere vom Schreibtisch herunter. Mikaël kniete sich auf den Boden, um sie aufzusammeln. Es handelte sich um die Fotokopien und Dokumente, die er für seine Recherche über Gryon zusammengetragen hatte. Er hatte bisher noch keine Zeit gehabt, die Sachen näher anzuschauen. Eine Seite, die ihm dabei in die Hände fiel, war die Kopie eines Zeitungsartikels aus der »24 Heures« von 1971. Die Schlagzeile erregte seine Aufmerksamkeit: »Aufbruch in die Neue Welt«. Darunter die Schwarz-Weiß-Aufnahme einer Familie, die das Vorhaben illustrierte. Mikaël las den Artikel, der von einer Familie Valdes handelte, die in die USA auswandern wollte. Éric, der Vater, war Landwirt in Gryon gewesen und hatte eine Farm in Idaho gekauft. Zusammen mit seiner Frau Édith und ihren beiden Kindern Christian und Nicolas ließen sie die Schweiz hinter sich, um auf der anderen Seite des Atlantiks ihr Glück zu versuchen. In ihrem Heimatdorf Gryon hatte man ein Abschiedsfest für sie organisiert.

Christian Valdes. Dieser Name sagte ihm irgendetwas. Mikaël stand auf und setzte sich wieder an den Schreibtisch. Er zermarterte sich das Hirn. Christian Valdes? Er wiederholte den Namen ein paarmal in seinem Kopf, bis sich plötzlich wie in einem Kaleidoskop verschiedene bunte Splitter zu einem klaren Bild zusammensetzten. Er durchwühlte einen Stapel Blätter auf seinem Schreibtisch. »Hier hab ich es!« Er zog die Namensliste der sechsten Klasse in Gryon von 1971 hervor. Volltreffer. Christian Valdes!

Sofort begann er im Internet nach weiteren Informationen über die Familie Valdes zu suchen. Der Vater war 1985 gestorben. Die Mutter 1990. Er fand den Namen des jüngeren Bruders, der offensichtlich immer noch in Idaho lebte. Was war mit Christian geschehen? Er fand weder eine amerikanische Todesanzeige von ihm noch sonst irgendeine Spur.

Mikaël stand auf, um sich ein kaltes Bier aus dem Kühlschrank zu holen. Mit dem Bier in der Hand blieb er stehen, trank einen Schluck und blickte durch die Fensterfront nach draußen. Zwischenzeitlich hatte er Minus vergessen, der ihn erneut an seine Verpflichtung erinnerte.

»Ja, Minus. Wir gehen gleich.«

Plötzlich hatte er einen Einfall. Er ging wieder nach oben ins Arbeitszimmer, setzte sich hin, öffnete die Suchmaschine des Schweizer Telefonbuchs, gab den Namen ein und drückte auf »Suchen«. Bingo! Ein Christian Valdes tauchte auf mit einer Adresse in Les Plans-sur-Bex.

81

Andreas und Karine parkten ihren Wagen direkt vor dem Eingang des Universitätszentrums für Rechtsmedizin, wo Doc arbeitete, der mit richtigem Namen Alain Guyon hieß. Er stammte ursprünglich aus dem französischen Jura, genauer gesagt aus Longcochon in der Franche-Comté. Mit zwanzig hatte er seinen Heimatort verlassen, um in Lausanne zu studieren, und war dort nach dem Studium hängen geblieben. Mit dem ihm eigenen schwarzen Humor hatte er seinem Chef erklärt: »Ich glaube, ich werde hierbleiben. Schließlich gibt es hier ein paar richtig nette Leichen.« Warum er Gerichtsmediziner geworden war? »Weil man mehr verdient als ein Metzger.«

Andreas und Karine betraten das Institutsgebäude und waren noch nicht ganz durch die Tür, als ihnen Doc wie aus dem Nichts mit seiner leicht verdutzten Art plötzlich gegenüberstand.

»Hallo zusammen! Habt ihr Lust, euch ein paar Leichen anzuschauen? Ich hätte da ein paar ganz frische in meinem Kühlschrank.«

»Unsere reicht uns völlig«, sagte Andreas lächelnd. Er mochte den zugleich zynischen und frechen Humor des Gerichtsmediziners. Eine köstliche Mischung.

»Ich habe nur für euch Überstunden gemacht. Die Autopsie von Charrier hat bis drei Uhr heute Morgen gedauert.«

»Wir haben nichts anderes von dir erwartet«, sagte Karine spöttisch.

Gemeinsam gingen sie die Treppe hinunter und betraten Docs Refugium. Der beißende Geruch des Formaldehyds stieg ihnen in die Nase. Fünf fahrbare Totenbahren standen in einer Reihe, von denen nur eine nicht belegt war. Im hinteren Teil befanden sich die Kühlschränke aus Edelstahl, die in zwei Reihen übereinander angeordnet waren und pro Reihe fünf Kühlkammern enthielten. Auf der rechten Seite stand der Obduktionstisch.

»Der ist ganz neu. Der letzte Schrei«, erklärte der Doc. »Mit einem permanenten Wasserzulauf, Handbrause, automatischem Wasserablauf, integriertem Abluftsystem und einer stufenlosen elektrischen Höhenverstellung mit Fernbedienung.«

Er schritt die Reihe der Totenbahren ab, blieb an der dritten stehen und schaute auf das Etikett, das am rechten großen Zeh des Leichnams befestigt war.

»Jacques Charrier. Hier ist er.«

Als er das weiße Tuch wegzog, das die Leiche bedeckte, spürte Karine, wie sich ihr der Magen umdrehte. Sie war zwar nicht zum ersten Mal hier, konnte sich aber einfach nicht an die Gerüche gewöhnen. Doc holte eine Nasenklemme aus seiner Tasche und reichte sie ihr.

»Wie erträgst du bloß diesen Gestank, Doc?«

»Stell dir einfach vor, du schlenderst über eine Wiese mit wohlriechenden Blumen«, schlug er lächelnd vor.

Doc machte sich einfach über alles lustig, das war seine Art, Distanz zu wahren. Seine Methode, mit dem Tod umzugehen und das Unaussprechliche annehmbar zu machen. Sein Geruchssinn schaltete automatisch auf Pause, sobald er den Obduktionssaal betrat, und schaltete sich erst wieder nach der Arbeit ein. Das war jedoch nicht immer so gewesen. Anfangs hatten ihn die Ausdünstungen regelrecht verfolgt, und er hatte das Gefühl gehabt, dass sie an seiner Kleidung und an seiner

Haut haften blieben. Dass sie sich in der Nase festsetzten. Er hatte sich ständig umgezogen und gewaschen, auch wenn das nichts nützte. Der Gestank blieb, um ihn scheinbar unablässig daran zu erinnern, dass der Tod zu seinem Leben gehörte. Ihm wurde klar, dass die Wahrnehmung der Gerüche eng mit den Emotionen und Eindrücken verbunden war, die er angesichts der sterblichen Überreste empfand, an denen er eine Autopsie durchführen musste. Ein zehnjähriges Kind, das ertrunken war und das sein Sohn hätte sein können. Eine schwangere Mutter, die bei einem Unfall verstorben war. Jede Leiche war eine emotionelle Bürde, allerdings lernte er mit der Zeit, die Leichen als Studienobjekte zu sehen, ohne jedoch den Respekt für den jeweiligen Menschen zu verlieren. Außerdem hatte er einen Sinn in seiner Tätigkeit entdeckt. Den Verstorbenen noch ein Mal für ein paar Stunden zum Leben zu erwecken. *Mortui vivos docent* – die Toten lehren die Lebenden! Er hatte es zu seiner Mission gemacht, den Toten für kurze Zeit eine Stimme zu geben, damit sie sagen konnten, wer sie waren und unter welchen Umständen sie *ad patres* gegangen waren. Ihnen ein letztes Mal die Möglichkeit zu schenken, etwas mitzuteilen, bevor sie in einem Ofen oder in einem Erdloch endeten.

Doc räusperte sich. »Also, was Charrier betrifft ...«

Andreas stellte sich neben ihn, während Karine auf Abstand blieb. Vor ihnen lag die entblößte Leiche Charriers. Einige Verstorbene wirkten, nachdem sie gereinigt und aufgebahrt worden waren, geradezu friedlich, als sei ihnen gar nichts widerfahren und als seien sie nur in einen tiefen Schlaf gefallen. Für Charrier galt dies allerdings nicht. Die ihm zugefügten Verstümmelungen waren sichtbar und zeugten von der Brutalität seines Todes. Die Wunde in Höhe des Herzens, die leeren Augenhöhlen, die fehlenden Genitalien.

»Die Befunde des dritten Opfers decken sich mit denen der anderen beiden Leichen. Die Todesursache ist eine massive innere Blutung aufgrund des Messerstichs ins Herz. Auch hier hat die toxikologische Analyse wieder Spuren von Chloroform und von Curare ergeben. Die Augen wurden bei lebendigem

Leibe entfernt. Das Gleiche gilt für die Genitalien. Angesichts der präzisen Schnittführung glaube ich mit Sicherheit sagen zu können, dass der Mörder ein Skalpell benutzt hat und damit die Haut um die Körperteile herum aufgeschnitten hat, bevor er Augen und Genitalien vom Körper abgetrennt hat. Dabei muss viel Blut geflossen sein.«

»Und die Schmerzen müssen unerträglich gewesen sein. Ich will mir das gar nicht vorstellen«, presste Karine hervor, bei der Docs Erklärungen und seine expliziten Gesten Brechreiz verursachten.

»Auch wenn hier keine Hautverbrennungen vorliegen, die Rückschlüsse auf die Verwendung eines Tasers erlauben, habe ich zwei winzige Einstichstellen entdeckt, die bestätigen, dass er genau wie die ersten beiden Opfer einen Elektroschock erlitten hat. Allerdings befinden sich die Einstichstellen auf dem Bauch.

»Der Mörder hat also den Taser ausgelöst, als er seinem Opfer gegenüberstand«, sagte Andreas.

»Genau.«

»Wie steht es mit dem Todeszeitpunkt?«

»Die Leiche wurde gestern Morgen gegen neun Uhr entdeckt. Der *Rigor mortis* ...«

»Erspar uns dein Fachvokabular, Doc.«

»Die Totenstarre war maximal ausgeprägt, hatte allerdings noch nicht wieder begonnen, sich zu lösen, was normalerweise nach etwa zwei bis drei Tagen geschieht. Die Totenflecken konnten nicht mehr weggedrückt werden, was bedeutet, dass der Tod mindestens achtzehn Stunden zuvor eingetreten sein muss. Die Körpertemperatur der Leiche betrug zweiundzwanzig Grad, daher ist der Tod meiner Meinung nach etwa zwanzig Stunden zuvor eingetreten, also Sonntag gegen zwölf Uhr.«

»Charrier war in der Kirche. Ich habe ihn dort gesehen. Der Gottesdienst war um elf Uhr zu Ende. Er muss danach also direkt in sein Chalet nach Taveyanne gefahren sein, wo ihn der Tod erwartet hat ... Vielleicht ist ihm der Mörder sogar von Gryon aus gefolgt.«

Nach kurzem Schweigen fragte Andreas Doc: »Wir wissen, dass die Leiche umgelagert wurde, da wir sie in der Scheune des Pfarrhauses gefunden haben, und dass der Mord in Charriers Chalet in Taveyanne verübt wurde. Hast du eine Idee, wie das vonstattengegangen sein konnte?«

»Da die Totenflecken ausschließlich auf der Rückenseite des Körpers sichtbar sind, könnten drei Szenarien in Frage kommen. Erstens: Die Leiche lag auf dem Rücken oder dem Bauch, bevor sie in den ersten sechs Stunden nach Eintritt des Todes transportiert und in Rückenlage ausgerichtet wurde. Zweitens: Der Tote lag bereits auf dem Rücken und wurde sechs bis zwölf Stunden später transportiert und wieder in Rückenlage ausgerichtet. Drittens: Zwischen dem Todeszeitpunkt und dem Transport lagen mehr als zwölf Stunden, und die Totenflecken haben sich daher nicht mehr verlagert.«

»Alles in allem weißt du also nichts Genaues.«

»Das stimmt«, erwiderte der Doc. »Wenn ihr jedoch meine Meinung hören wollt, die allerdings nichts mit wissenschaftlichen Erkenntnissen zu tun hat, dann schätze ich, dass diese Leiche genau wie die anderen beiden nachts transportiert wurde.«

»Sehr scharfsichtig, Doc.«

»Stets zu euren Diensten.«

»Ist das alles?«

»Ja, das ist alles ... bis der Nächste kommt.«

82

Mit dem Auto war die Zweigstelle der Kriminalpolizei von der Gerichtsmedizin aus in fünf Minuten zu erreichen. Aus der Vogelperspektive sah das Gebäude wie eine Art Bunker oder eine Festung mit einem Innenhof aus. Die grünen Jalousien an den Fenstern des wenig ansprechenden grauen Gebäudekomplexes schienen völlig fehl am Platze zu sein. Als Andreas und Karine die Eingangshalle durch den Lieferanteneingang betraten, wurden sie von der Empfangsdame Charlène begrüßt.

»Das Schock-Team ist also wieder zurück?«

»Aber nicht für lange …«, sagte Karine.

»Du hast uns gefehlt, meine Liebe. Aber die Bergluft tut uns einfach gut«, erklärte Andreas und bemühte sich, möglichst charmant zu lächeln.

»Schon gut …«

Charlène drückte auf einen Knopf unter der Theke, woraufhin ein Klicken zu hören war, das die Entriegelung der Eingangstür zu dem Trakt vermeldete, in dem die Büros der Kriminalpolizei untergebracht waren. Über ein paar Stufen erreichten sie ein Großraumbüro, in dem ein kontinuierliches Stimmengewirr herrschte. Rechts waren zwei Kollegen von der Sitte damit beschäftigt, die Aussage eines sehr aufgeregten Individuums aufzunehmen. Auf der linken Seite saß eine Prostituierte, ebenfalls neben einem Beamten der Sitte, und tat lauthals ihre Unschuld kund. Etwas weiter hinten lehnte Christophe an einem Schreibtisch und trank in Gesellschaft von Nicolas in aller Ruhe einen Kaffee.

Am anderen Ende des Raums befand sich das verglaste Büro von Viviane, auch »Aquarium« genannt, das mit einem Schallschutz ausgestattet war. Man konnte den Diskussionen draußen von hier aus jedoch folgen, indem man Mimik und Gestik beobachtete. Viviane war eine ruhige und besonnene Chefin. Normalerweise stützte sie im Gespräch ihre Ellbogen auf und verschränkte die Hände, wenn sie mit jemandem sprach. Vollzogen ihre Arme und Hände jedoch lebhafte Bewegungen, drückte das ihren Unmut aus. Ihre wütende Stimme war dann trotz der guten Isolierung auf der ganzen Etage zu hören.

Andreas hatte diese Erfahrung schon mehrfach gemacht. Auch wenn ihre Beziehung herzlich war und von gegenseitigem Respekt zeugte, blieb Andreas ein Individualist, der lieber auf seinen eigenen Menschenverstand vertraute, als irgendwelchen Anordnungen Folge zu leisten. Dies hatte schon zu einigen lebhaften Vorstellungen im Aquarium geführt. Allerdings endeten diese leidenschaftlichen Sitzungen für gewöhnlich über kurz oder lang mit einer Zigarettenpause im Hof. Eigentlich rauchte Andreas keine Zigaretten, akzeptierte nach einer hitzigen Debatte aber das Angebot seiner Chefin, zur Entspannung gemeinsam eine rauchen zu gehen. Manchmal hatte diese Zigarette dann die Funktion einer Friedenspfeife oder eines Beruhigungsmittels. Für Viviane war das Rauchen stets eine Methode, Druck abzubauen, und eine willkommene Verschnaufpause in ihrem hektischen Arbeitsalltag.

Viviane hob den Kopf, erblickte Andreas, stand von ihrem Schreibtischstuhl auf und kam aus ihrem Büro heraus.

»Komm mit. Wir müssen reden.«

»Guten Tag, Chefin!«

»Ach ja, entschuldige. Hallo, Andreas.«

Ihr Ton verhieß, dass sie nicht zum Scherzen aufgelegt war. Ohne den Umweg über das Aquarium gingen sie gemeinsam die Treppe hinunter in den Innenhof und stellten sich abseits in eine Ecke. Viviane holte ein Päckchen Zigaretten hervor und bot Andreas eine an. Dann hielt sie ihm das Feuerzeug hin, bevor sie ihre eigene Zigarette anzündete.

Sie nahm einen Zug und seufzte. »Der Staatsanwalt hat mit dem Big Boss geredet, weil er daran zweifelt, dass du in der Lage bist, die Ermittlungen zu einem guten Abschluss zu bringen.«

»Und du, was glaubst du?«

»Andreas, du weißt sehr wohl, dass ich dir vertraue. Du bist ein exzellenter Polizist. Aber Badoux hasst dich zutiefst. Er hat nicht ertragen, was du dir bei den Pressekonferenzen herausgenommen hast. Beim ersten Mal bist du mittendrin gegangen, und beim zweiten Mal bist du erst gar nicht erschienen.«

»Ich glaube, dass er es vor allem nicht ertragen kann, im Unrecht zu sein. Er gibt eine ganz schön traurige Gestalt ab, um es höflich auszudrücken.«

»Aber das ist nicht unser Problem. Er hat das Gefühl, dass ihr dabei seid, euch in irgendetwas zu verrennen. Drei Tote und keine ernst zu nehmende Spur. Ich komme gerade aus einer Unterredung mit ihm und Commandant Verdon. Der Fall hat nun höchste Priorität, und man hat mich gebeten, das Ermittlerteam aufzustocken.«

»Wie bitte?«

»Ja, du hast mich richtig verstanden. Kommissar Bardet und sein Team werden euch ab sofort unterstützen.«

»Damit bin ich nicht einverstanden.«

»Deine Meinung ist hier gerade nicht gefragt, Andreas.«

»Was mich nicht davon abhält, sie zu äußern. Ich sage Nein, und das ist nicht verhandelbar. Unser Team funktioniert super. Von uns ist jeder bestens mit dem Stand der Ermittlungen vertraut, und mit neuen Leuten würde die Situation nur komplizierter. Mit einem kleinen Team können wir schneller handeln und die Lage effizienter reflektieren. Lieber ein Schnellboot als eine große Flotte. Und außerdem ...«

Viviane machte eine Handbewegung, um Andreas' Redefluss Einhalt zu gebieten. »Das reicht, Andreas. Ich kann dich gut verstehen, aber wir müssen verschiedenen Spuren folgen, weitere Verhöre durchführen, Informationen effizient zusammentragen und alles koordinieren, wenn wir Resultate erzielen wollen. Und daher sind ein paar Personen mehr für euch nicht nur nützlich, sondern notwendig.«

»Diese Ermittlung ist nicht wie andere. Der Mörder ist nicht wie andere. Keiner weiß etwas. Keiner hat etwas gesehen. Und der Mörder hinterlässt auch keine Spuren, außer denen, mit denen er uns bewusst in die Irre führen will. Wir müssen verstehen, wer er ist und warum er so handelt. Wenn es mir gelingt, seine Motivation herauszufinden, werde ich ihn finden. Und dabei kann mir niemand helfen.«

»Ja. Ich kenne die Geschichte vom *poor lonesome cowboy* zur Genüge.«

»Hör mir zu, Viviane. Wenn wir Hilfe brauchen, melden wir uns. Momentan möchte ich jedoch, dass unser Team so bleibt, wie es ist. Nur wir vier.«

»Das kann ich nicht erlauben.«

»Was soll das heißen, du *kannst* nicht?«

»Nein. Denn ich bin diejenige, die sich vor dem Staatsanwalt, den Politikern und der Presse dafür rechtfertigen muss, warum wir für diesen Fall nicht genug Ressourcen freigesetzt haben, falls wir scheitern.«

»Scheitern? Dieses Wort gibt es in meinem Wortschatz überhaupt nicht!«

Viviane seufzte und atmete eine große Nikotinwolke aus. »Einverstanden. Aber reiß dich zusammen. Die Dinge sind schon kompliziert genug. Und ehrlich gesagt habe ich keine Lust, dir ständig den Rücken freizuhalten.«

Sie zog noch einmal an ihrer Zigarette und blies den Rauch in Andreas' Richtung. »Also, was gibt es Neues?«

»Ich weiß inzwischen, wen ich suche.«

»Wie das?«

»Der Mörder hat drei Personen aus Rache getötet und versucht, es Maurice Fournier in die Schuhe zu schieben. Ich bin überzeugt, dass Fournier sein nächstes Ziel ist. Wir überwachen ihn rund um die Uhr. Die Lösung liegt in der Vergangenheit. Die Opfer haben offensichtlich vor langer Zeit, vermutlich als Jugendliche, unseren Täter angegriffen. Maurice Fournier und die Pfarrerin Erica Ferraud wissen mehr darüber, als sie uns sagen wollen. Ich bin überzeugt, dass sie die Identität des Mörders kennen. Momentan rücken sie aber nicht mit der Sprache heraus. Zwanzig Jahre lang hat der Täter seinen Opfern von den USA aus Postkarten geschickt.«

»Aus den USA?«

»Der Mörder war viele Jahre lang weg und ist nun zurückgekommen, um sich zu rächen. Vor ein paar Monaten hat ein Amerikaner ein Chalet in Gryon gekauft. Ich habe ihn gestern Abend aufgesucht.«

»Ist er unser Mann?«

»Gut möglich. Ja, durchaus möglich«, sagte Andreas.

83

Andreas und Karine betraten das Chalet »L'Étoile d'argent«. Minus hatte bereits ihren Wagen gehört und erwartete sie direkt hinter der Eingangstür. Bellend bekundete er seine Wiedersehensfreude. Im Haus duftete es nach Sauce bolognese.

»Mmh, lecker. Da knurrt sofort mein Magen.«

»Ich habe nur Spaghetti bolognese gemacht. Ich hoffe, das ist okay für euch. Irgendwie habe ich nicht mitbekommen, wie die Zeit verflogen ist, und das jetzt im Eiltempo gekocht.«

»Perfekt. Womit hast du dich denn beschäftigt?«, fragte Andreas, obwohl er die Antwort schon kannte, da er Mikaël ein paar Stunden zuvor eine SMS geschickt hatte. Er wusste, dass sich Mikaël sofort ans Werk gemacht und alles andere liegen gelassen hatte.

»Ich habe ein paar Recherchen angestellt ... Wollt ihr einen Aperitif, bis das Essen fertig ist? Einen Gin Tonic?«

»Gern«, antwortete Karine.

»Ich kümmere mich darum«, sagte Andreas.

Mikaël und Karine gingen hinaus auf die Terrasse und nahmen auf den Gartenmöbeln Platz. Die Temperatur war immer noch angenehm, obwohl der Herbst bereits seine ersten Fühler ausgestreckt hatte.

Andreas kam ihnen mit einem Tablett mit drei Longdrinkgläsern und einem Paket köstlicher salziger Gebäckstangen von der Bäckerei Charlet hinterher, die er leidenschaftlich gern aß.

Während Andreas und Karine ihre Cocktails schlürften und nach diesem langen Tag wieder etwas runterkamen, berichtete Mikaël von seinen Rechercheergebnissen.

»Christian Valdes ist letztes Jahr im Alter von einundfünfzig Jahren in die Schweiz zurückgekehrt. Er wohnt in Les Plans-sur-Bex. Ich habe nichts darüber gefunden, was er beruflich macht.«

»Was meinst du dazu, Andreas?«, fragte Karine.

»Das ist interessant. Jetzt haben wir schon zwei Personen

mit einer Verbindung in die USA. Beide könnten zwischen 1990 und 2009 Postkarten aus den USA geschickt haben. Holder ist erst vor drei Monaten in die Schweiz gekommen, da war Christian Valdes bereits hier. Holder hätte die Karten allerdings auch sehr gut von jemand anderem verschicken lassen können, oder? Es gibt eine Beziehung zwischen Christian Valdes und den Opfern. Er ist mit Gautier und Martin zur Schule gegangen und kannte zweifellos auch Charrier und Fournier.«
»Und Holder?«
»Holder ... gute Frage. Momentan gibt es keinerlei Verbindung zwischen ihm und den Opfern. Interessant ist jedoch, dass er ebenfalls genauso alt ist wie Gautier, Martin und Erica Ferraud. Mikaël, versuch etwas mehr über sein Leben herauszufinden. Ein Detail seiner Geschichte stört mich. Irgendetwas stimmt da nicht. Und wir müssen um jeden Preis herausfinden, was das ist!«

84

Mittwoch, 19. September

Am nächsten Morgen saß Andreas am Küchentisch und trank einen Kaffee. Eine große Tasse, gefüllt mit zwei Dritteln Kaffee und einem Drittel Milch. Ohne Zucker. Er dachte an seine Begegnung mit Holder zurück. Konnte er der Mörder sein? Die letzten Ergebnisse schienen die Ermittlungen in Richtung USA voranzutreiben, und Holder war der einzige Amerikaner, der in Gryon lebte. Doch auch Christian Valdes konnte sich als interessanter Kandidat entpuppen. Er war in die Schweiz zurückgekommen, nachdem er viele Jahre in den Vereinigten Staaten gelebt hatte. Mehr wusste Andreas allerdings nicht über ihn, deshalb würde er ihn im Laufe des Tages besuchen.

Das Telefon klingelte. Mikaël kam mit einem Handtuch um

die Hüften aus dem Badezimmer, ging zum Wohnzimmertisch und hob den Hörer ab.

»Ja? Achard.«

»Achard? Ich kannte eine Jocelyne Achard aus Gryon. Sie war Mitglied des Presbyteriums.«

»Das ist meine Mutter.«

»Ah. Dann bist du also der kleine Mikaël! Ich habe dich damals getauft.«

»Ja, ich erinnere mich. Natürlich nicht an die Taufe, aber an Sie.«

»Ich hatte eigentlich Kommissar Auer am anderen Ende der Leitung erwartet. Habe ich mich verwählt?«

»Nein, nein. Er ist da. Ich reiche Sie weiter. Einen Moment bitte.«

Mikaël gab Andreas den Hörer.

»Das ist Luc, der ehemalige Pfarrer von Gryon. Er möchte dich sprechen.«

Andreas nahm den Hörer entgegen. Nach ein paar Minuten legte er wieder auf.

»Er wohnt in Südfrankreich und ist heute Morgen in Gryon angekommen«, sagte Andreas zu Mikaël. »Er möchte mich sehen, um mir einiges zu erzählen.«

»Und mehr hat er nicht gesagt?«

»Nein, er möchte mit mir von Angesicht zu Angesicht reden.«

Erneut klingelte es. Dieses Mal war es die Haustür. Mikaël, der immer noch ein Handtuch um die Hüften trug, öffnete die Tür.

»Mein Tantchen!«

»Hallo, mein Lieblingsneffe!«

Justine Achard schloss Mikaël fest in die Arme. Sie hatte kurzes braunes Haar und wirkte beinahe jungenhaft, zumal sie niemals einen Rock oder ein Kleid, sondern immer nur Jeans trug. Viele Jahre lang war sie mit einem langweiligen Buchhalter aus der Umgebung von Bex verheiratet gewesen. Warum sie ihn geheiratet hatte? Vielleicht, weil er ihr leidgetan hatte.

In der Schule war er derjenige gewesen, mit dem niemand geredet hatte. Der Klugscheißer vom Dienst, mit dem niemand zusammen sein wollte. Vielleicht auch, weil sie stur war und keine Konkurrenz duldete? Welche Gründe es auch gegeben haben mochte, nach dreißig Ehejahren hatte sie ihn sattgehabt. Die beiden Kinder waren längst aus dem Haus, daher hatte sie ihm eines Tages verkündet, dass sie sich scheiden lassen wollte. Sie wollte reisen und die Welt entdecken. Allein. Seitdem verbrachte sie die meiste Zeit auf der anderen Seite des Atlantiks oder des Pazifiks. Mikaëls und Andreas' Kühlschranktür war bedeckt von den zahllosen Postkarten, die sie ihnen geschickt hatte. Sie waren auch die einzigen Familienmitglieder, zu denen sie noch Kontakt pflegte.

»Ich habe deine Nachricht gestern Abend bekommen. Ich bin gegen einundzwanzig Uhr in Genf gelandet. Die Rückreise hat sechzehn Stunden gedauert. Mit einem Zwischenstopp in Moskau. Ich bin dieses Mal mit Aeroflot geflogen, denn das ist billiger. Allerdings lässt der Service auch zu wünschen übrig. Einen ganzen Monat habe ich im Norden Thailands verbracht und bin danach noch nach Laos gereist. Es war unglaublich. Das muss ich euch alles noch erzählen. Aber jetzt bin ich erst mal hier. Das ist ja eine schreckliche Geschichte. Alain und Michel sind tot, das kann ich gar nicht fassen. Und Jacques Charrier auch. Das habe ich gestern in den ›20 Minutes‹ auf meinem Smartphone gelesen. Ich verstehe das nicht. Was ist denn das für eine Geschichte? Und ihr, wie geht es euch? Führst du hier die Ermittlungen, Andreas?«

»Justine, willst du nicht erst mal Luft holen? Setz dich doch. Ich ziehe mich schnell an, und dann mache ich dir einen Kaffee.«

Justine nahm neben Andreas Platz. »Dann schieß mal los, Columbo.«

Jedes Mal, wenn sie Andreas anredete, wählte sie dafür den Namen eines Polizisten oder Detektivs aus der Literatur oder dem Filmgeschäft. Rick Hunter. Hutch. Sonny Crockett. Sherlock Holmes. Wallander. Oder sogar Harry Hole. Am häufigsten benutzte sie allerdings ihren Lieblingsnamen Harry Callahan – Dirty Harry. Heute hatte also Columbo die Ehre. Anfangs hatte Andreas dieses kleine Spielchen genervt, doch inzwischen fand er es eher komisch und fragte sich jedes Mal, mit wem er wohl dieses Mal verglichen würde. Columbo? Sie besaßen weder die gleiche Hunderasse, noch trug er je einen alten, abgenutzten Regenmantel. Sie fuhren zwar beide ein altes Auto, doch vom Baujahr her lagen die Modelle mindestens eine Generation auseinander. Andreas fuhr einen 1985er BMW 635 CSi, während der Peugeot 403 von Columbo gut dreißig Jahre älter war. Außerdem war das eine ein deutsches, das andere ein französisches Fabrikat. Columbo war ein merkwürdiger Charakter, der oft leicht verwirrt wirkte und meist völlig danebenzuliegen schien, aber Andreas mochte seinen Scharfsinn und seine Hartnäckigkeit.

»Du bist mit ihnen zusammen zur Schule gegangen, nicht wahr?«

»Ja, ich kannte sie gut. Charrier übrigens auch«, sagte sie kichernd.

»Warum lachst du?«

»Ich war Mitglied im Blasorchester. Ich habe dort Trompete gespielt. Jacques die Trommel. Wir haben ein bisschen miteinander geflirtet …«

»Geflirtet?«, wiederholte Mikaël erstaunt und amüsiert, während er drei Espressos auf den Tisch stellte.

»Ja, er war in mich verknallt. Mein erster Freund. Er hat mich nach den Proben immer nach Hause begleitet und den ganzen langen Weg über meine Hand nicht losgelassen. Aber gut, das hat natürlich nicht gehalten. Es ist schon komisch zu wissen, dass er jetzt tot ist.«

»Bist du mit ihm in Kontakt geblieben?«

»Wir haben uns regelmäßig in Gryon gesehen, aber eine Verbindung konnte man das nicht mehr nennen.«

»Hast du eine Idee, wer etwas gegen die drei hätte haben können?«, fragte Mikaël.

»Darüber habe ich die halbe Nacht nachgedacht. Ich konnte

gar nicht schlafen. Aber da fällt mir niemand ein. Keine Ahnung.«

»Wir glauben, dass alles mit einem Ereignis in eurer Kindheit zusammenhängt. Der Mörder wollte sich wahrscheinlich für etwas Schwerwiegendes rächen, das er erlitten hat. Kommt dir dazu irgendetwas in den Sinn?«, fragte Andreas.

»Nein, absolut nicht.«

»Wie waren sie so?«

»Nun, sie waren typische Jungs, die sich auch nur mit ihresgleichen abgegeben haben. Alain und Michel habe ich zwar jeden Tag in der Schule gesehen, aber die haben mich nicht besonders interessiert. Ich stand eher auf die Älteren. Wie Jacques und Maurice.«

»Maurice Fournier?«

»Ja, Fournier. Ich bin oft mit ihnen durch das Dorf gestrolcht. Wir haben heimlich Zigaretten geraucht. Einmal haben wir uns mit Suze-Likör so betrunken, dass ich Enzian seitdem nicht einmal mehr riechen kann. Wir haben eine ganze Menge Blödsinn getrieben. Aber nichts Schlimmes. Aber gut ... Später habe ich mich von ihnen distanziert. Maurice fing an, einen schlechten Einfluss auf Jacques zu haben. Ihre Dummheiten wurden immer fieser und bösartiger. Ich habe versucht, mit Jacques darüber zu reden, aber er wollte nichts davon hören. Maurice war so eine Art Idol für ihn. Deswegen habe ich ihm auch einen Korb gegeben.«

»Gehörten Alain und Michel auch zu dieser Bande?«

»Das weiß ich nicht genau. Ich hatte nicht so viel mit den beiden zu tun.«

Andreas holte die Liste der Kinder hervor, die 1971 mit Justine in einer Klasse gewesen waren, und zeigte sie ihr.

Sie las den ersten Namen. »Ach ja, Erica Chollet. Sie heißt inzwischen Erica Ferraud. Das war so ein kleines blondes Püppchen. Fürchterlich. Ich frage mich, wieso die Pfarrerin geworden ist. Für mich unvorstellbar.«

Sie las weiter.

»Charlotte, damals meine beste Freundin. Ein nettes Mädchen. Michel, für einen Jungen eher etwas schüchtern. Ich kann mir nicht vorstellen, dass er jemandem irgendetwas Schlechtes hätte antun können. Er hat Posaune im Blasorchester gespielt. Annette, Jacques' Schwester. Sie trug Zöpfe und eine Brille. Sie war die Klassenbeste und nervte alle damit, weil sie sich überlegen fühlte. Martine, die mochte ich gern. Sie war häufig mit Charlotte und mir zusammen. Alain war früher schon ein kleiner Filou. Es wundert mich nicht, dass er sich in irgendwelche Geschäfte verstrickt hat. Er hat damals schon die Erstklässler betrogen, indem er ihnen Panini-Bildchen zu völlig überzogenen Preisen angeboten hat. Diese Fußballerbildchen, die alle wegen der Weltmeisterschaft 1970 gesammelt haben. Ich hatte übrigens auch ein komplettes Album davon. Brasilien hat damals mit Pelé gewonnen. Aber gut, ich schweife ab ... Christian Valdes. Er war niedlich, interessierte sich aber, glaube ich, nicht für Mädchen. Ihr wisst ja, was ich damit sagen will ...«, sagte sie kichernd. »Ich erinnere mich, dass er mit seinen Eltern nach Amerika ausgewandert ist.«

»Fällt dir zu Valdes sonst noch irgendetwas ein?«

»Hm, ich glaube, dass er für Jacques geschwärmt hat. Jacques hat mir mal erzählt, dass ihn das nervte. Er war in der Schule die Zielscheibe des Spotts, weil er die Gesellschaft von Mädchen bevorzugte. Er hatte irgendwie etwas Weibisches an sich. Die Jungs haben ihn immer wieder als ›Homo‹ oder als ›Weichei‹ verhöhnt.«

Als sie den nächsten Namen auf der Liste las, stoppte sie ihre Ausführungen, und ihre Miene wurde plötzlich sehr ernst. »Jean-Louis Morier ...« Sie schwieg einen Moment und ließ den Namen in sich nachhallen, um Erinnerungen wachzurufen. »Eine schreckliche Geschichte ... Ich glaube, das war 1971 oder 1972. Die Käserei hat gebrannt. Nachts. Seine Eltern und seine beiden Geschwister sind in den Flammen umgekommen. Vermutlich waren sie im Schlaf überrascht worden und sind nicht rechtzeitig nach draußen gekommen. Nur einer aus der Familie hat das Drama überlebt. Jean-Louis. Man hat damals gemunkelt, dass er selbst das Feuer gelegt hat.«

»Was ist aus ihm geworden?«
»Ich habe nicht die geringste Ahnung. In der Schule wurde er nie wieder gesehen. Ich glaube, er ist in eine Art Erziehungsheim oder Waisenhaus gesteckt worden.«

85

Andreas fuhr die Straße nach Béroud entlang in Richtung Les Plans-sur-Bex. Das hübsche kleine Dorf, in dem die Zeit stehen geblieben zu sein schien, lag etwa zehn Minuten von Gryon entfernt im angrenzenden Tal. Andreas musste also auf der schmalen Straße den Berg umrunden, der die beiden Täler voneinander trennte, den Wald von Frenières durchqueren und auf der anderen Seite des Berges wieder hinunterfahren.

Christian Valdes wohnte am Chemin Pierre Qu'Abotse, benannt nach dem Berggipfel, der am Ende des Tals zweitausendachthundert Meter in die Höhe ragte. Der Name hatte Andreas immer amüsiert, denn im waadtländischen Dialekt bedeutete »a botson« »vornüberfallen« oder »umgestürzt«.

Valdes' Haus stellte sich als ein hübsches Chalet aus dunklem Holz heraus. Die geöffneten Fensterläden waren innen gelb gestrichen. Die Fensterbänke des Erdgeschosses schmückten Blumenkästen voller bunter Stiefmütterchen und Geranien. An der linken Seite des Hauses führte eine Treppe auf einen Balkon im ersten Stock. Der Garten wirkte ungepflegt; das Gras wuchs überall und war schon länger nicht mehr gemäht worden.

Beim Näherkommen sah Andreas, dass sich die Haustür auf der linken Seite befand. Er klopfte, und sofort wurde die Tür geöffnet. Vor ihm stand ein gut fünfzigjähriger großer, schlanker Mann, dessen Hakennase im schmalen Gesicht an einen Raubvogel erinnerte. Sein struppeliges graues Haar betonte seine wasserblauen Augen. Er trug ein lachsfarbenes Polohemd von Ralph Lauren, eine mit kleinen Löchern übersäte Jeans und Wildledermokassins.

»Guten Tag. Monsieur Valdes? Kriminaloberkommissar Auer.«

»Ja, der bin ich«, bestätigte er und schaute sich Andreas' Dienstmarke an. Sein Blick verriet, dass ihn der Besuch überraschte.

»Dürfte ich für ein paar Minuten hereinkommen?«

Mit einer Handbewegung lud er Andreas ein, ihm in die Küche zu folgen. Andreas war überrascht, wie neu und modern sie war. Er hatte eine rustikale Einrichtung erwartet, doch die Küche war schlicht, und statt der üblichen Butterformen und Zinnkrüge standen dort Designermöbel vor der hellorangefarbenen verputzten Wand.

»Möchten Sie einen Kaffee?«

»Gern.«

Andreas spürte, dass sein Gastgeber ein wenig nervös war. Er beobachtete, wie er mit einer brandneuen Nespresso-Maschine zwei Espresso zubereitete und dabei etwas verunsichert wirkte. Oder vielleicht sogar verängstigt? Christian Valdes servierte den Kaffee in kleinen Designertassen mit modernen Löffeln, einem Tütchen Zucker und einem Stück Schokolade, wobei auf allem derselbe Markenname wie auf den Kapseln stand.

»Was verschafft mir die Ehre Ihres Besuchs, Monsieur le Commissaire?«

»Ich bin mit den Ermittlungen der drei Morde, die in Gryon begangen wurden, betraut. Ich schätze, dass Sie davon gehört haben.«

»Natürlich! Man spricht ja hier über nichts anderes mehr. Doch was hat das mit mir zu tun?«

Andreas gelang es nicht, die Gemütsverfassung seines Gegenübers zu durchschauen. Er wirkte wirklich überrascht und ließ eine gewisse Angst durchscheinen, die Andreas regelmäßig bei Menschen registrierte, die unschuldigerweise mit der Polizei konfrontiert wurden. Auch wenn sie sich nichts hatten zuschulden kommen lassen, zeigten Menschen bei Befragungen

häufig die gleichen Symptome wie diejenigen, die sich schuldig gemacht hatten. Nervosität, Zittern, Schwitzen. Doch vielleicht wollte Valdes ihn auch genau das glauben machen.
»Sie haben in den USA gelebt, nicht wahr?«
»Ja, in der Tat. Ich verstehe allerdings immer noch nicht, inwiefern mich das alles betrifft.«
»Ich bin hier derjenige, der beurteilt, ob Sie das betrifft. Ich würde Sie bitten, einfach meine Fragen zu beantworten.«
Von Andreas' kurz angebundener, bestimmter Art sichtlich überrascht, reagierte Valdes mit einem Kopfnicken.
»Nachdem Sie vierzig Jahre in den Staaten verbracht haben, sind Sie letztes Jahr in die Schweiz zurückgekehrt. Warum?«
»Das war eine private Entscheidung.«
»Monsieur Valdes, da hätte ich schon gern ein wenig präzisere Angaben.«
Andreas hatte sich entschieden, sich unverbindlich zu zeigen, in der Hoffnung, sein Gegenüber dadurch aus dem Gleichgewicht zu bringen. Er hatte keine Zeit mehr, jemanden mit Samthandschuhen anzufassen.
»Meine Frau ist 2009 verstorben. Danach wollte ich da nicht mehr bleiben. Es fiel mir zu schwer, die Farm weiterzubetreiben, auf der wir zusammen gelebt haben. Aus diesem Grund habe ich beschlossen, in die Schweiz zurückzukehren.«
»Haben Sie Kinder?«
»Nein, meine Frau konnte keine Kinder bekommen.«
Andreas sah neben ihm auf der Küchenbank eine Ausgabe des Schwulenmagazins »Têtu« liegen, dessen Cover einen Jüngling mit nacktem Oberkörper zeigte. Als Andreas sich wieder umwandte, bemerkte er, dass Valdes seinem Blick gefolgt war.
»Gab es noch einen anderen Grund für Sie zurückzukommen?«
Christian Valdes wirkte zunehmend nervös.
»Hören Sie, Monsieur le Commissaire! Ich bin schwul. Ich war es immer schon. Stellen Sie sich vor, was das in Idaho bedeutet, einem Staat, der von Landwirtschaft und den Repu-

blikanern geprägt ist. So etwas wird dort nicht gutgeheißen. Ich habe geheiratet und viele Jahre den Schein gewahrt. Aber ich hatte Lust, mein Leben neu auszurichten. In die Schweiz zurückzukehren war für mich ein Befreiungsschlag.« Valdes seufzte, als habe ihn diese Enthüllung viel Kraft gekostet.
»Das kann ich gut verstehen, Monsieur Valdes. Wovon leben Sie heute?«
»Ich habe meine Anteile an meinen Bruder verkauft. Eine beachtliche Summe. Unsere Farm war ein riesiger Betrieb. Wir besaßen ein kleines Flugzeug, um unsere Felder zu bewässern. Wir haben Kartoffeln, Weizen und Bohnen angebaut. Ich lebe also von meiner Rente. Darüber hinaus helfe ich hier und da bei Freunden aus.«
»Sie kannten die Opfer, oder?«
»Ja, das stimmt. Wir sind in Gryon zusammen zur Schule gegangen.«
»Wie haben Sie die Nachricht von ihrer Ermordung aufgenommen?«
»Ehrlich gesagt, Monsieur le Commissaire, hat mich das kaltgelassen. Nach unserem Umzug in die Staaten hatte ich nie mehr etwas von ihnen gehört. Und es ist nicht so, als hätte ich sie in sonderlich guter Erinnerung gehabt. Allerdings muss ich zugeben, dass es etwas merkwürdig ist zu wissen, dass sie tot sind.« Valdes richtete sich auf seinem Stuhl auf und schaute Andreas erstaunt an. »Ah, das ist es also. Sie glauben, dass ich sie getötet habe?«
»Und, ist das der Fall?«
»Nein. Damit habe ich nichts zu tun, das schwöre ich Ihnen, Monsieur le Commissaire. Warum sollte ich das getan haben?«
»Man hat mir erzählt, dass Sie als Kind ein etwas mädchenhafter Junge waren und daher den Spott ihrer Kameraden, wenn nicht noch mehr, ertragen mussten. Haben sie Ihnen wehgetan? Sind Sie vielleicht sogar vergewaltigt worden? Und vierzig Jahre später sind Sie zurückgekehrt, um sich zu rächen.«
»Das reicht, Monsieur le Commissaire!« Christian Valdes lief eine Träne über die Wange. »Es stimmt. Die haben mich

nicht verschont. Aber sie haben mich immer nur verbal angegriffen. Einmal hat Maurice Fournier versucht, mich zu verprügeln. Aber auch wenn ich mädchenhaft war, hatte ich ganz schön viel Kraft. Wir haben uns gehauen, und ich habe ihm eine blutige Nase geschlagen. Danach hat er mich in Ruhe gelassen. Ja, ich habe gelitten, aber doch nicht so, dass ich sie hätte töten wollen. Das müssen Sie mir glauben, Monsieur le Commissaire.«

»Sie haben sich doch sicherlich die Frage gestellt, wer sie wohl umgebracht hat, oder?«

»Und Sie glauben, dass es da eine Verbindung zu unserer Kindheit gibt?«

»Das ist sogar sehr wahrscheinlich.«

Christian Valdes schwieg einen Moment, bevor er antwortete.

»Ja, darüber habe ich in letzter Zeit häufig nachgedacht. Ich muss schon zugeben, dass mich das beschäftigt. Es gab noch einen anderen Jungen, den Fournier und seine Freunde ins Visier genommen hatten. Er hieß Jean-Louis, glaube ich. Ja, Jean-Louis.«

86

Andreas war auf dem Rückweg von seinem Gespräch mit Valdes. Er hatte den Eindruck, dass dieser überwiegend aufrichtig gewesen war, doch er durfte sich von seinen Gefühlen nicht durcheinanderbringen lassen. Er lag zwar meist richtig mit seiner Einschätzung, aber sein Instinkt hatte ihm auch schon Streiche gespielt.

Valdes.
Holder.
Zwei potenzielle Mörder.
Andreas hatte eine Vorstellung. Sein Gespür lenkte ihn in

eine ganz bestimmte Richtung. Jetzt musste er unbedingt einen Beweis finden. Sie hatten die DNA des Mörders, doch zum jetzigen Zeitpunkt gab es keinerlei Anhaltspunkte, die eine Speichelprobe bei den Verdächtigen gerechtfertigt hätten.

Er parkte seinen Wagen direkt vor dem Gemeindesaal in Gryon, stieg die Treppe hinunter und bewunderte einen Augenblick lang das Panorama, bevor er den Saal betrat. Sie befanden sich auf der Zielgeraden, doch die Ziellinie selbst war noch nicht zu sehen. Sie mussten all ihre Kräfte mobilisieren.

Er trat ein. Die Anspannung war spürbar. Es lag eine Mischung aus Euphorie ob der Ermittlungsfortschritte und der Befürchtung in der Luft, den Fall nicht zu lösen, bevor das nächste Drama geschah.

Nachdem Andreas sein Team begrüßt hatte, nahm er Platz. Die anderen ließen alles stehen und liegen und setzten sich sofort zu ihm an den Konferenztisch.

»Wir haben jetzt zwei Verdächtige. Holder und Valdes. Ich bin überzeugt, dass einer von ihnen der Täter ist. Zwischen Valdes und den Opfern gibt es eine Verbindung. Die Kindheit in Gryon. Die Schule. Er wurde gehänselt. Fourniers Rolle in der Clique scheint mir das Herzstück der ganzen Geschichte zu sein. Ich glaube, er hat die anderen angestiftet. Was Holder betrifft, so haben wir bei ihm noch keine Verbindung zu den Opfern gefunden, aber seine Geschichte überzeugt mich irgendwie nicht. Meiner Meinung nach stimmt da was nicht.«

»Hast du einen Favoriten?«, fragte Karine.

»Ja, aber ich möchte meine Ahnung erst mal für mich behalten. Ich möchte nicht, dass wir uns mehr auf den einen als auf den anderen konzentrieren. In diesem Stadium sind beide potenziell schuldig. Sie haben beide in den USA gelebt. Sie hätten also beide die Messer kaufen können, mit denen die Opfer getötet wurden. Holder hätte sie ganz einfach in New York erstehen können, weil er nicht weit davon entfernt wohnte, aber Valdes hätte sie sich sicherlich auch in Idaho besorgen können.«

Karine, die vor Ungeduld ganz zappelig war, ergriff das Wort.

»Das stimmt. Ich habe Valdes Einreisedatum in die Schweiz überprüft. Das war der 6. Oktober letzten Jahres. Er ist mit einer Maschine von American Airlines von … Newark aus geflogen!«

»Ich hab noch mehr«, fügte Christophe hinzu. »Das Unternehmen, das die Messer herstellt, hat mir bestätigt, dass die besagten Modelle mit den uns bekannten Seriennummern in einem Geschäft auf der Central Avenue in New York verkauft wurden, und zwar am 3. Oktober des vergangenen Jahres. Sie haben sogar eine Kopie des Kassenbons gefunden, auf denen die Seriennummern angegeben sind. Leider hat der Kunde in bar bezahlt.«

»Unglaublich, das kann doch kein Zufall sein!«, sagte Karine.

»Fakt ist, dass auch Holder sie hätte kaufen können. Er hat im November den Kaufvertrag für sein Chalet in Gryon unterschrieben und ist deswegen am 30. Oktober mit einer Maschine von Swiss Air von Newark nach Genf geflogen. Im Dezember ist er wieder in die Staaten zurückgekehrt, um dann im Juni diesen Jahres wieder nach Gryon zu kommen.«

»Dann sind wir also noch nicht wirklich weitergekommen«, bemerkte Nicolas.

»Ich habe auch Gérard Ferrauds Amerikareisen überprüft«, sagte Christophe. »Vor zwei Jahren ist er mit seiner Frau Erica für eine Woche nach New York gereist. Im September letzten Jahres ist er noch mal für fünf Tage hingeflogen.«

»Wir können ihn von der Liste streichen, weil er nicht zwanzig Jahre lang Postkarten von den Staaten aus hätte schicken können. Er war dort nur von 1970 bis 1975, und die Karten wurden zwischen 1991 und 2009 verschickt. Außerdem scheint er mir keine Verbindung zu den Opfern zu haben und hat auch seine Jugend nicht in Gryon verbracht«, sagte Andreas.

»Was die DNA betrifft, so sind die Spuren, die wir an dem Zigarettenstummel in Charriers Chalet gefunden haben, identisch mit denen des Spermas auf Michel Martins Leiche.«

»Warum haben wir nur auf einer der drei Leichen Spermaspuren gefunden?«, fragte Karine.

»Dafür könnte es mehrere Gründe geben. Serienmörder verspüren in der Regel eine starke Erregung, nachdem sie das Verbrechen begangen haben. Unser Mörder ist zweifelsohne sehr gut organisiert und strukturiert. In den beiden Fällen, wo wir kein Sperma gefunden haben, könnte er sich woanders erleichtert oder Papier benutzt haben, um keine Spuren zu hinterlassen. Was Martin betrifft, so könnte ich mir vorstellen, dass er dort einfach die Selbstbeherrschung verloren hat. Dass die Emotionen beziehungsweise Zwänge stärker waren als der Verstand.«

»Ich habe die beiden Schriftproben analysieren lassen. Die von Holders Einkaufsliste mit der von den Postkarten. Es ist nicht auszuschließen, dass sie von derselben Person stammen, aber sicher ist es auch nicht. Die Schriften sind unterschiedlich, aber Holder könnte seine Schrift für die Karten so verstellt haben, dass man sie nicht vergleichen kann. Einmal handelt es sich um Schreibschrift, dann um Druckbuchstaben, aber selbst daraus lassen sich Übereinstimmungen ableiten. Der Grafologe hat eine ähnliche Neigung der Buchstaben sowie einen ähnlichen Druck mit dem Stift auf das Papier festgestellt.«

»Also immer noch nichts Beweiskräftiges«, sagte Nicolas.

Christophe wandte sich an Andreas. »Hast du bei Valdes irgendeine brauchbare Schriftprobe gefunden?«

»Nein, leider nicht. Wir waren die ganze Zeit zusammen. Und ich habe auch nichts herumliegen sehen. Alles war sehr aufgeräumt. Aber gut, ich glaube auch nicht wirklich an diese Geschichte mit den …«

Karine wechselte das Thema, um Andreas nicht die Gelegenheit zu geben, eine langwierige Debatte über den Sinn und Zweck der Grafologie vom Stapel zu lassen. »Ich habe mir den Polizeibericht zu dem Brand in der Käserei besorgt«, sagte sie. »Er bestätigt, dass das Feuer gelegt wurde, indem an verschiedenen Stellen im Obergeschoss, wo sich die Schlafzimmer befanden, Benzin entzündet wurde. Der Feuerwehr zufolge hat sich der Brand rasend schnell ausgebreitet und die Treppe unpassierbar gemacht. Die Opfer sind von den Flammen eingeschlossen worden. Offensichtlich wurden sie im Schlaf überrascht und sind an einer Rauchvergiftung gestorben. Die Polizei kam zu dem Schluss, dass das einzig überlebende Kind, Jean-Louis, das Feuer gelegt hatte. Er wurde von einem Psychiater befragt, der allerdings das Motiv des Jungen nicht ermitteln konnte. Das Kind habe ohne Unterlass von einem ›Drachen des Muveran‹ gesprochen, der Feuer auf ihr Haus gespien habe.«

»Und wo ist dieser Jean-Louis jetzt?«

»Nach der Tat wurde er in ein Erziehungsheim in der Nähe von Aigle eingewiesen. Das ist alles, was ich zum jetzigen Zeitpunkt weiß.«

»Geht aus dem Kassenbon hervor, wie viele Messer gekauft wurden?«, fragte Andreas plötzlich.

»Eine gute Frage ... Das habe ich vorhin vergessen zu erwähnen. Die Antwort lautet Ja. Vier Messer.«

»Du wirst uns wieder sagen, dass du recht hattest«, sagte Karine zu Andreas.

»Das muss ich gar nicht, denn das hast du ja schon getan. Drei sind schon benutzt worden. Also bleibt noch eins übrig ... für Fournier.«

87

Andreas betrat das Bahnhofsrestaurant. In der Mittagspause war das »Buffet de la Gare« immer rappelvoll. Die meisten Gäste tranken schnell noch einen Kaffee, bevor sie wieder zur Arbeit mussten. Die Kellnerin war mit dem Kassieren beschäftigt. Gleich würde das Stimmengewirr der vielen Gespräche abklingen und dem ruhigen Rhythmus der Rentner und Stammgäste Platz machen, die hierherkamen, um den Nachmittag bei einer Tasse Tee oder Kaffee zu verbringen und ein wenig zu plaudern.

Andreas blickte sich im Thekenbereich um, doch niemand schien dem Profil zu entsprechen, das er im Kopf hatte. Daher ging er weiter in den Speisesaal, wo er sofort einen Mann entdeckte, auf den die Beschreibung passte, die er am Telefon erhalten hatte.

Der ehemalige Pfarrer von Gryon saß in der hinteren linken Ecke ganz allein an einem Tisch. Ihre Blicke trafen sich. Er schien sich für Ernest Hemingway zu halten, denn er trug einen braunen Wollpullover mit einem weiten Rollkragen. Sein volles weißes Haar war zur Seite gekämmt. Ein dichter weißer Vollbart umrahmte sein rundliches sanftes Gesicht. Sein Blick war durchdringend, und er hatte tiefe Stirnfalten. Er schien der personifizierte »alte Mann und das Meer« zu sein. Andreas schüttelte ihm die Hand und nahm Platz.

»Ich habe mir erlaubt, schon mal einen Kaffee zu trinken, während ich auf Sie gewartet habe. Ich bin vor einer halben Stunde angekommen. Zu meiner Zeit als Pfarrer von Gryon war ich oft hier, um die Leute aus dem Ort zu treffen, um einen Kaffee oder ein Glas Wein zu trinken und auch um regelmäßig hier zu essen. Das Restaurant war so etwas wie mein zweites Zuhause.« Er winkte die Kellnerin heran. »Trinken Sie auch einen Kaffee, Monsieur le Commissaire?«

»Sehr gern.«

»Dann also zwei Kaffee und ein Stück Apfelkuchen, falls davon noch etwas übrig ist. Danke. – Gefällt Ihnen Gryon, Monsieur le Commissaire?«

»Ja, ich liebe Gryon. Ich habe den Ort direkt in mein Herz geschlossen. Da ich in der Stadt groß geworden bin, weiß ich die Natur und die Ruhe zu schätzen. Und dieses Bergdorf besitzt sehr viel Charme. Ich fühle mich ausgesprochen wohl hier.«

»Das verstehe ich gut. Ich habe mein Theologiestudium in Genf absolviert. Nicht weil ich die Stadt besonders mag, sondern weil ich mir in den Kopf gesetzt hatte, in der Stadt Calvins zu studieren. Danach habe ich mein praktisches Jahr in Versoix, in der Nähe von Genf, direkt am See gemacht. Das war 1952.

Ich war zweiundzwanzig. Ich habe immer die Berge geliebt. Ein Kollege hatte mir von der freien Pfarrstelle in Gryon erzählt. Ich kannte den Ort nicht, aber habe mich dort umgehend dem Presbyterium vorgestellt. Ich erinnere mich daran, als ob es gestern gewesen wäre. Es war an einem Sonntag. Man bat mich, einen Gottesdienst abzuhalten. Ich habe mich sofort in diesen Ort verliebt. Falls ich zu viel schwätze, dann bremsen Sie mich, Monsieur le Commissaire.«

»Aber nein, ich bitte Sie.«

»Als ich die Kirche mit ihrem gemauerten Glockenturm in der Mitte des Ortes erblickte, wusste ich direkt, dass ich genau hier meiner Berufung folgen wollte. Ich bin vierzig Jahre geblieben. Gut, ich muss zugeben, dass ich kurz nach meiner Ankunft Catherine kennengelernt habe. Die Frau meines Lebens. Ich hatte so viel Liebe zu geben, das hat für die Gemeinde, den Ort Gryon und meine bessere Hälfte gereicht. Leider konnten wir keine Kinder bekommen. 1992 ist sie an Krebs gestorben.« Eine Träne rann ihm über die Wange. »Das war ein fürchterlicher Schock. Sie ist auf dem Friedhof von Gryon beerdigt. Daher komme ich immer noch ab und zu hierher. Ich bin nie wirklich über ihren Tod hinweggekommen und musste feststellen, dass ich danach nicht mehr in der Lage war, meine Liebe mit anderen zu teilen. Deshalb entschied ich mich, in den Vorruhestand zu gehen und mich in Frankreich am Meer niederzulassen. Ich brauchte einen Tapetenwechsel. Jedes Mal, wenn ich nach Gryon zurückkehre, ist mein Herz voller glücklicher Erinnerungen an die Jahre, die ich hier verbracht habe, aber auch voller Trauer, denn meine Frau fehlt mir noch immer.«

Er unterbrach seinen Redefluss und wischte sich eine weitere Träne aus seinem Gesicht, das vom Leben gezeichnet war. Andreas verspürte eine große Sympathie für diesen alten Mann. Er war mit Sicherheit ein hervorragender Pfarrer gewesen. Ein herzensguter Mann.

»Gut, aber ich bin natürlich nicht hierhergekommen, um mein Leben vor Ihnen auszubreiten. Eine Freundin aus Gryon, mit der ich in gelegentlichem Briefkontakt stehe und die zu meinen ehemaligen Gemeindemitgliedern zählt, hat mir von den schrecklichen Verbrechen berichtet, die sich hier in letzter Zeit zugetragen haben. Das ist fürchterlich. Ich kannte die Opfer gut.«

Er schwieg einen Moment und seufzte.

»Stört es Sie, wenn ich einen kleinen Stärkungstrunk zu mir nehme? Das mache ich um diese Uhrzeit für gewöhnlich nicht, aber ich spüre, dass ich jetzt einen nötig hätte.«

Die Kellnerin brachte ihnen einen weiteren Kaffee und ein Glas Schnaps, nachdem der Pfarrer ihr ein Zeichen gegeben hatte. Andreas brachte es nicht über sich, dem alten Mann seine Bitte abzuschlagen, einen Schnaps mit ihm zu trinken. Der Pfarrer erhob sein Glas und schaute Andreas dabei in die Augen.

»Ich heiße Luc.«

»Andreas. Und es freut mich, Ihre Bekanntschaft zu machen.«

»Als ich gehört habe, was geschehen ist, hatte ich das Gefühl, Sie kennenlernen zu müssen. Die Tatsache, dass die erste Leiche in der Kirche gefunden wurde, hat mich tief betroffen gemacht. Und dazu noch die Bibelverse, die der Mörder hinterlassen hat. Das hat mir sehr zu denken gegeben. Michel und Jacques haben beide meinen Konfirmandenunterricht besucht. Ich habe sie aufwachsen sehen. Ich habe sie getauft. Und jetzt sind sie ermordet worden. Ihr Tod stimmt mich unendlich traurig. Alain Gautier kannte ich natürlich auch gut, obwohl er katholisch war. Das ist ein kleines Dorf. All diese Knirpse waren ein Stück weit auch meine Kinder. Ich entsinne mich noch gut an diese Zeit. Vor allem an das Jahr 1972. Ich hatte zwei Konfirmandengruppen. Eine Gruppe für die Jugendlichen, die wie Jacques bereits die Schule in Bex besuchten, und eine zweite Gruppe für die Grundschüler in Gryon. Zu denen gehörte auch Michel. Ein netter Junge. Leider sehr leicht zu beeinflussen. Erica, die aktuelle Pfarrerin von Gryon, war ebenfalls Mitglied dieser Gruppe. Sie kennen sie ja bestimmt.«

Andreas nickte.

»Sie war ein charmantes Mädchen. Ein bisschen schweigsam. Sie hörte immer zu, beteiligte sich aber nie wirklich. Es hat mich sehr erstaunt, als ich erfuhr, dass sie Pfarrerin geworden ist. Von einem anderen Jungen in dieser Gruppe war ich hingegen überzeugt, dass er in meine Fußstapfen treten würde. Jean-Louis. Immerzu stellte er existenzielle Fragen. Er besuchte mich sogar außerhalb des Konfirmandenunterrichts, um sich mit mir über Glaubensfragen, den Beruf des Pfarrers und philosophische Aspekte zu unterhalten. Er machte sich darüber Gedanken wie ein Erwachsener. Er war anders als die anderen Jungen. Für sein Alter zeigte er ein ganz ungewöhnliches Interesse an allem, was mit Gott zu tun hatte. Er war ein schüchternes Kind. Ich würde sogar sagen, dass er sehr verschlossen war. Ich habe nie wirklich herausgefunden, wer er eigentlich war. Mit Kindern seines Alters verstand er sich nicht. Vor allem nicht mit den Jungen. Dafür hatte er eine Schwäche für Erica. Das sah man. Er hat mir übrigens auch viele Fragen zum Thema Liebe gestellt. Er wollte wissen, wie man sicher sein könnte, jemanden wirklich so zu lieben, dass man mit dieser Person sein Leben verbringen wollte. Für ihn war das Erica. Ich weiß, dass ihn einige der Jungen ständig geärgert haben. Erica ist damit zu mir gekommen und hat mir erzählt, dass Maurice und andere ihn belästigten. Sie machte sich Sorgen um ihn. Ich weiß, dass Sie Maurice festgenommen haben. Er war ein Filou, auch damals schon. Einmal habe ich versucht, mit meinem kleinen Nachfolger darüber zu sprechen, aber er hat mir versichert, dass es so schlimm nicht sei. Er wollte nicht darüber reden. Wissen Sie, Monsieur le Commissaire, das nehme ich mir bis heute übel. Ich hätte einschreiten müssen, bevor es zu spät war.«

Andreas war völlig versunken in Lucs Erzählung. Seine Stimme und seine Art, sich auszudrücken, zogen ihn in den Bann. Er stellte sich ihn im schwarzen Talar auf der Kanzel bei der Predigt vor. Er war ein überzeugter Mann, der andere überzeugen konnte.

»Und dann passierte dieses Drama. Am 17. September 1972. Dieses Datum hat sich mir eingebrannt. Mitten in der Nacht.

Um drei Uhr morgens hörte ich die Sirenen. Ich bin aufgestanden, habe mich angezogen und bin sofort los in Richtung Dorf, aber da sah ich schon, wie riesige Flammen den Himmel erhellten. Ich bin gelaufen. Die Käserei brannte. Die Feuerwehr versuchte, den Brand zu löschen. Und inmitten des ganzen Durcheinanders stand er da. Er war gerade zwölf geworden. Ich bin direkt zu ihm hin. Er hat sich zu mir umgedreht und in neutralem, beinahe gleichgültigem Tonfall verkündet: ›Das ist der Drache vom Muveran. Er hat sein Feuer auf das Haus gespien.‹ Ich werde seinen Blick nie vergessen. Er hatte sich völlig verändert. Das war nicht mehr der Blick eines Kindes. Er hatte seine Unschuld verloren. Ich konnte den Hass und den Zorn in seinen Augen sehen.«

88

Gryon, 8. September 1972

Die Konfirmandenstunde war beinahe vorbei, und der Pfarrer sprach wie immer noch ein Gebet. Normalerweise war dies für ihn ein Augenblick des Friedens, in dem er das Gefühl hatte, mit Gott in Verbindung zu stehen und seine eigene Existenz zu spüren. Doch das hatte sich geändert. Inzwischen hatte er Angst und fragte sich, ob sie draußen auf ihn warten würden. Der Pfarrer hatte ihn darauf angesprochen. Er hatte ihm die Tür geöffnet. Er wollte ihm helfen. Doch er hatte sich geweigert, darüber zu reden. Der Pfarrer beendete den Unterricht wie immer mit dem Amen. Dein Wille geschehe.

Er hatte dieses Mal nicht den Worten des Pfarrers gelauscht, sondern sein eigenes Gebet gesprochen. Er hatte Gott gebeten, jemand zu sein. Im Schoße seiner Familie Anerkennung zu erfahren. Nicht nur der kleine Nachkömmling zu sein, um den sich niemand kümmerte. Nicht derjenige zu sein, der nie wert-

geschätzt wurde. Er hatte auch für diejenigen gebetet, die ihn tyrannisierten. Der Pfarrer hatte ihm erklärt, dass alles immer einen Sinn hatte im Leben. Er suchte danach. Er wollte verstehen. Warum ließ Gott es zu, dass die anderen ihm wehtaten. Warum?

Als er gerade zur Tür hinausgehen wollte, rief der Pfarrer ihn zu sich. Er verabschiedete sich von seiner Prinzessin. Der Gottesmann bat ihn, sich zu setzen, und fragte ihn, warum er ihn diese Woche nicht wie gewöhnlich aufgesucht habe, um mit ihm zu diskutieren. Er antwortete ihm, dass er sich nicht wohlgefühlt habe. Ob ihn seine Mutter nicht darüber unterrichtet habe? Erneut ergriff er nicht die Gelegenheit. Er wusste nicht, warum, aber er hatte Mühe, über seine Sorgen zu sprechen. Er hatte immer den Eindruck, dass ihn niemand verstehen würde. Dass er all seine Probleme allein lösen musste. Er hatte sich selbst verbarrikadiert. Niemanden einlassen. Nur so glaubte er, sich schützen zu können. Er verabschiedete sich vom Pfarrer und verließ das Gebäude.

Die Nacht war bereits hereingebrochen. Angstvoll ging er ein paar Schritte. Er hörte nicht, dass sich jemand von hinten angeschlichen hatte. Er spürte einen harten Schlag im Rücken und fiel zu Boden. Sie zogen ihn bis zur Scheune neben dem Pfarrhaus. Sie trugen ihn die Stufen hinauf, warfen ihn in der Scheune auf den Boden und traten auf ihn ein. Maurice zog ihn am Kragen und zwang ihn, sich hinzuknien. Jacques fixierte seine Hände auf dem Rücken, sodass er sich nicht bewegen konnte. Michel und Alain hielten sich ein wenig zurück. Er war starr vor Schreck. Er wollte schreien, doch kein Laut kam aus seinem Mund. Maurice öffnete seinen Hosenschlitz und holte seinen erigierten Penis hervor. Er hielt ihn an den Haaren und befahl ihm, ihn oral zu befriedigen. Er war wie gelähmt. Er konnte nicht reagieren. Anschließend zog sich Maurice zurück und bestimmte, dass nun Jacques an der Reihe sei. Dieser bat Maurice, damit aufzuhören und ihn laufen zu lassen. Doch Maurice bestand darauf. Jacques leistete ihm Folge. Anschließend packte Maurice ihn beim Kragen, zog ihn hoch und

presste ihn gegen die Werkbank. Sein Gesicht wurde gegen die Arbeitsplatte gedrückt. Maurice zog ihm die Hose runter und penetrierte ihn von hinten. Er sah, dass Michel und Alain zuschauten, ohne zu reagieren. Er schloss die Augen. Er war zugleich anwesend und abwesend. Bewusst und ohne Bewusstsein. Lebendig und tot ... Im Anschluss daran flüsterte Maurice ihm ins Ohr: »Wenn du es irgendjemand erzählst, bist du tot! Hast du mich verstanden, Jean-Louis?«
 Er blieb wie erstarrt auf dem Tisch liegen. Ohne jede Reaktion. Sekunden? Minuten? Er wusste es nicht. Er fühlte sich erniedrigt.
 Auf dem Heimweg hatte er den Eindruck, keinerlei menschliche Gefühle mehr zu besitzen. Als sei er eine Art seelenloses Objekt geworden.
 Er ging nach Hause, erzählte aber niemandem davon.

89

Mittwoch, 19. September

Auf dem Heimweg dachte Andreas über das nach, was ihm der Pfarrer erzählt hatte. Wie konnte ein Kind sein eigenes Haus anzünden und seine ganze Familie töten? Ein Kind! Wie hatte es seine Unschuld so weit verlieren können, dass es zu so einer Tat fähig war? Andreas schmerzte die Vorstellung, dass so etwas möglich war. Im Alter von zwölf Jahren war das Leben dieses Jungen ins Leere gestürzt. Wie hatte er das ertragen können?
 Im Laufe seines Berufslebens war er schon häufiger mit Situationen konfrontiert worden, in denen Worte nicht ausreichten, die Tragweite eines Unglücks zu erfassen und das Grauen zu beschreiben. War dieses Kind zu einem eiskalten Mörder herangereift? War es von Gautier, Martin, Charrier und Fournier so gequält worden, dass der Groll gegen sie vierzig Jahre in ihm

gegärt hatte? Ein Hass, der sich jetzt in eine mörderische Wut verwandelt hatte?

Als er zu Hause ankam, war Mikaël dabei, für sie zu kochen. Wunderbare Aromen stiegen Andreas in die Nase. Er trat an Mikaël heran, der gerade eine Soße für das Rinderfilet zubereitete, das in der Pfanne briet. Er schloss ihn fest in die Arme, worauf Minus herbeigeeilt kam und sich an seinen Beinen rieb. Karine war nicht da. Sie hatte beschlossen, den Abend mit Nicolas und Christophe im Restaurant zu verbringen.

»Ich habe für uns einen Aperitif auf der Terrasse vorbereitet. Geh schon mal vor, ich komm gleich nach.«

»Du bist ein Schatz. Ich liebe dich«, flüsterte ihm Andreas ins Ohr. Er zog seine Jacke aus und warf sie auf das Sofa. Dann schnallte er das Holster ab, in dem seine Dienstwaffe, eine in der Schweiz produzierte Sig Sauer, steckte. Während er die Pistole sicherte, fragte sich Andreas, ob er wohl in nächster Zeit von der Waffe Gebrauch machen müsste. Er hoffte es nicht. Wenn die Situation es verlangte, würde er jedoch nicht zögern. Das hatte er schon mehrfach unter Beweis gestellt. Einmal hatte er jemanden getötet. Es hatte »entweder er oder der andere« geheißen. Auch wenn er damals keine Wahl gehabt hatte, war die Tatsache, jemandem das Leben genommen zu haben, eine Erfahrung, über die er nur sehr schwer hinweggekommen war. Ab und zu stiegen immer noch Erinnerungen an diesen Vorfall in ihm hoch. Allerdings musste er zugeben, dass ihn dabei am meisten das Gefühl beschäftigte, dem Tod nur sehr knapp entronnen zu sein. Das alles hatte sich in wenigen Sekunden abgespielt. Er hatte ein Geräusch gehört, sich umgedreht und gleichzeitig seine Pistole gezückt. Er hatte einen Mann gesehen, der seine Waffe auf ihn gerichtet hatte. Dann hatte er die Explosion gehört und einen heftigen Schmerz im Arm verspürt. Ohne darüber nachzudenken, hatte er den Auslöser betätigt, und der Mann war zusammengebrochen. Andreas hatte ihn direkt ins Herz getroffen. Er hatte gespürt, wie das Leben des Mannes erloschen war, während sein eigenes Leben weiterging.

Andreas trat auf die Terrasse hinaus. Die Sonne ging gerade unter und tauchte die Bergflanke Miroir d'Argentine in rosa- und orangefarbenes Licht. Er setzte sich, und Minus legte sich sofort zu seinen Füßen. Auf dem Tisch stand ein Teller mit Bündner Fleisch und Käse aus der Region, den Mikaël vorbereitet hatte. Kerzen brannten. Mikaël brachte eine Flasche italienischen Rotwein und füllte damit zwei Gläser. Der Sassicaia von 2008 war ein hervorragender Wein.

»Nicht schlecht für einen Aperitif! Gibt es irgendetwas zu feiern?«

Mikaël lächelte. Und sofort erinnerte sich Andreas.

»Zehn Jahre!«

»Ganz genau. Prost, mein Lieber!«

Mikaël hob sein Glas, und Andreas tat es ihm nach.

»Prost!«

Sie blickten einander zärtlich an.

»Es tut mir leid, aber das hatte ich vollkommen vergessen.«

»Das macht nichts. Ich weiß, dass du wegen der Ermittlung momentan andere Sorgen hast. Das einzig Wichtige ist doch, dass wir Tag für Tag unser Leben miteinander teilen.«

»Und ich bin überwältigt und glücklich.«

Andreas genoss noch einen Schluck des köstlichen Tropfens. Ja, er war glücklich. Absolut glücklich.

Mikaël holte Andreas zurück in die Realität. »Ich habe weitere Nachforschungen zu Holder angestellt. Und es ist mir ein wenig peinlich, zugeben zu müssen, dass er zwar natürlich existiert, ich aber nicht sagen kann, woher er stammt.«

»Wie meinst du das?«

»Er ist verheiratet, hat zwei Kinder und ist Anwalt. Er wohnt in New York. 1989 hat er seine Zulassung bekommen und ist in die Kanzlei seines Schwiegervaters eingetreten. 1979 hat er geheiratet. Erstaunlicherweise finde ich allerdings keinerlei Angaben vor diesem Datum. Keine Informationen über seine Kindheit. Als ob es die nicht gegeben hätte. Nichts über die Eltern. Ich muss jedoch gestehen, dass ich mich nur auf die Quellen beziehen kann, zu denen ich Zugang habe.«

»Ich werde James, meinen Freund vom FBI, anrufen. Vielleicht kann er uns helfen.«

»Das ist eine großartige Idee. Ich habe mich gefragt, ob er adoptiert wurde.«

»Oder seinen Namen geändert hat!«

90

Gryon, 9. September 1972

Nach dem Frühstück ging Jean-Louis von zu Hause los. Er hatte immer noch keinen Ton gesprochen, was jedoch niemanden verwunderte, da er daheim immer schweigsam war.

Er traf seine Prinzessin am Brunnen. Er nahm ihre Hand und führte sie in eine Ecke, wo sie vor den Blicken der anderen geschützt waren. Ihr konnte er alles erzählen. Sie war sanft und hörte ihm zu. Nie würde sie ihn verurteilen. Sie setzten sich auf ein Mäuerchen. Erica legte ihren Arm um seine Schultern. Jean-Louis berichtete ihr, was passiert war. Sie hatte Tränen in den Augen, aber das bemerkte er nicht. Er war abwesend. Schließlich bat er Erica, das Geheimnis für sich zu behalten und mit niemandem je darüber zu sprechen.

»Das schwöre ich bei allem, was mir heilig ist!«

Erica ging nach Hause. Ihre Mutter merkte sofort, dass mit ihr irgendetwas nicht stimmte. Es kostete sie nicht viel Mühe, ihre Tochter zu überreden, sich ihr anzuvertrauen. Nachdem Erica ihr alles erzählt hatte, schwiegen sie beide. Die Mutter nahm ihre hemmungslos weinende Tochter fest in die Arme, bevor sie ihr schließlich erklärte, dass sie die Eltern von Jean-Louis aufsuchen müsste. Erica wollte sie davon abbringen. Sie war zwischen zwei Gefühlen hin- und hergerissen. Der Schuld, das Versprechen, das sie ihrem besten Freund gegeben hatte, gebrochen zu haben. Und der Erleichterung, sich offenbart zu haben. Was geschehen war, durfte nicht ungestraft bleiben. Sie beobachtete, wie ihre Mutter sich die Jacke überzog und das Haus verließ. Erica wurde das Gefühl nicht los, verantwortlich für das zu sein, was nun geschehen würde.

Sie saßen gerade bei Tisch. Es schellte. Albert, der Vater von Jean-Louis, ging zur Tür. Als Jean-Louis sah, dass Ericas Mutter die Küche betrat, versteinerte er. Erica hatte sein Geheimnis verraten. Wut stieg in ihm auf. Sie richtete sich gegen Erica. Seine Prinzessin. Wie hatte sie ihn so hintergehen und das Vertrauen, das er in sie gehabt hatte, verraten können? Was würde nun geschehen? Sein Leben würde nie mehr so sein, wie es war. Und in diesem Moment wurde ihm klar, dass seine Existenz gerade in sich zusammenstürzte.

Albert schickte die Kinder auf ihre Zimmer. Die drei Erwachsenen setzten sich an den Tisch. Ericas Mutter fing an zu erzählen. Jean-Louis' Vater begann zu weinen, was seine Frau Louise wütend machte.

Nachdem Ericas Mutter gegangen war, blieben Albert und Louise schweigend am Tisch sitzen. Nach einer ganzen Weile erhob sich Louise und ging nach oben, um ihren Sohn zu holen. Albert schenkte sich Wein ein. Ein paar Minuten später kamen die beiden die Treppe hinunter. Nachdem Albert das erste Glas mit einem Schluck geleert hatte, goss er Wein nach. Louise fragte ihren Sohn in hartem, kaltem Ton, ob diese Geschichte wahr sei. Jean-Louis war wie hypnotisiert. Er spürte Wut und Scham in sich aufsteigen. Er würde kein Wort sagen. Seine Mutter war verärgert und befahl ihm zu reden. Albert nahm Jean-Louis in die Arme und fragte ihn mit ruhiger, sanfter Stimme, ob ihm das wirklich zugestoßen sei. Jean-Louis nickte, doch seine Lippen blieben versiegelt. Seine Kehle war wie zugeschnürt. Louise schickte ihn zurück auf sein Zimmer.

»Was sollen wir machen?«, fragte Albert.
»Nichts.«

»Wie, nichts?«
»Stell dir vor, wenn das ganze Dorf davon erfährt. Was für eine Schande das für uns wäre. Und die Kunden? Was sollen die nur denken?«
»Aber doch nicht wir sollten uns schämen! Jean-Louis kann doch nichts dafür.«
»Das weiß ich auch. Aber immerhin handelt es sich um den Sohn des Bürgermeisters.«
»Was willst du damit sagen?«
»Der Bürgermeister hat viel zu viel Einfluss. Er wird uns das Leben hier in Gryon zur Hölle machen.«
»Das ist mir völlig egal. Ich werde zur Polizei gehen!«
»Das verbiete ich dir. Sonst ...«
»Sonst was?«
»Sonst verlasse ich dich und nehme die Kinder mit.«
Albert verstummte.
Nach einer kurzen Pause beschloss Louise dann doch, die Sache in die Hand zu nehmen. »Ich kümmere mich darum. Ich werde mit dem Bürgermeister reden.«
Während des Essens wurde kein Wort gesprochen. Der ältere Bruder fragte Jean-Louis, was passiert sei, doch seine Mutter fauchte ihn an, dass das eine Angelegenheit der Erwachsenen sei. Anschließend erhob sie sich vom Tisch und verließ das Haus, um schnurstracks zum Rathaus zu gehen.
Drei Stunden später kam Louise zurück und erklärte Albert, dass alles geregelt sei. Zuerst hatte der Bürgermeister sie vor die Tür werfen wollen, doch sie hatte einen Skandal provoziert und in den Gemeindebüros herumgeschrien. Er hatte seinen Sohn Maurice kommen lassen. Louise hatte seinen verängstigten Gesichtsausdruck gesehen. Sein Vater war ein harter Mann. Unter seinem Druck hatte er beinahe sofort gestanden. Sein Vater hatte ihm ins Gesicht geschlagen, woraufhin seine Nase zu bluten begann. Anschließend war er nach Hause geschickt worden. Der Bürgermeister hatte Louise gedroht, den Mietvertrag für die Käserei, die der Gemeinde gehörte, zu kündigen, würde sie mit irgendwem darüber reden. Louise gehörte

nicht zu den Frauen, die sich leicht beeindrucken ließen, und zeigte das auch. Am Ende hatte er sich entschieden, mit ihr zu verhandeln, und sich bereit erklärt, ihr Geld zu überweisen und ein Internat für Jean-Louis zu bezahlen, denn die Jungen voneinander zu trennen sei die beste Lösung. Allerdings war es Jean-Louis, der gehen musste.

»*Stell dir das vor! Das ist ein Glücksfall. Er wird auf eine Privatschule gehen können. Das hätten wir uns niemals für eines unserer Kinder leisten können. Und außerdem kann er schon Montag dorthin. Der Vater von Maurice hat sofort alles telefonisch geregelt.*«

Albert stand auf, zog seine Jacke an und ging zur Tür.
»*Wo gehst du hin?*«
»*Zur Polizei!*«
Louise trat zu ihrem Mann, packte ihn am Arm und zwang ihn, sich zu ihr umzudrehen.
»*Fass mich nicht an!*«
Sie gab ihm eine so heftige Ohrfeige, dass er taumelte und zu Boden fiel. »*Das verbiete ich dir! Hörst du?*«
»*Du hast unseren Sohn verkauft. Du hast deine Seele dem Teufel verkauft, und unsere Seelen gleich mit. Das werde ich dir niemals verzeihen.*«
Albert fügte sich. Zur Polizei zu gehen kam jetzt nicht mehr in Frage.

Als Jean-Louis abends nach Hause kam, warteten seine Eltern bereits in der Küche auf ihn. Nachdem er sich gesetzt hatte, erklärte Louise ihm, dass er ab dem kommenden Montag ein Internat besuchen werde. Das Collège Saint-Paul. Sie bemühte sich, ihn davon zu überzeugen, dass dies eine große Chance für ihn sei. Albert schwieg und vermied es, seinen Sohn anzusehen. Er würde jedes Wochenende nach Hause kommen. Er müsste Maurice nicht mehr begegnen und sei dort sicher. Jean-Louis hörte seiner Mutter wie erstarrt zu. Nicht die geringste Gefühlsregung spiegelte sich auf seinem Gesicht wider.

Er ging auf sein Zimmer, verschloss die Tür und legte sich auf sein Bett. Erneut fühlte er sich erniedrigt und verraten, dieses Mal von seiner eigenen Familie.

91

Donnerstag, 20. September

Andreas und Karine gingen Seite an Seite den Vieux Chemin hinab, am Brunnen vorbei bis zur Kirche und dann weiter bis zur Scheune des Pfarrhauses.
 Drei Tatorte.
 Drei Tote.
 Eine Pfarrerin.
 Welche Verbindung gab es zwischen den Morden und Erica? Dass es eine gab, stand fest. Sie gingen bis zum Pfarrhaus, und Andreas klingelte.
 Erica empfing sie, wenig überrascht über ihren Besuch. »Treten Sie ein! Ich habe schon mit Ihnen gerechnet.«
 Sie setzten sich um den Küchentisch. Gérard Ferraud bereitete Ihnen einen Kaffee zu.
 »Jean-Louis. Von ihm haben Sie doch letzten Sonntag in Ihrer Predigt gesprochen, oder?«
 Erica seufzte, stand auf und verließ das Zimmer. Als sie zurückkam, legte sie einen handgeschriebenen Brief vor Andreas auf den Tisch.

Gryon, Sonntag, den 17. September 1972

An meine Prinzessin,

ich weiß nicht mehr, wer ich bin. Ich fühle mich, als wäre mein Leben zu Ende. Ich fühle mich erniedrigt und verraten. Und ich bin wütend. Auf wen? Maurice? Ja! Auf

*die anderen? Ja! Auf meine Familie? Ja! Auf dich? Auch.
Aber dir verzeihe ich. Du wirst nicht zur Hölle fahren.
Mach dir keine Sorgen. Ich aber vielleicht schon. Am traurigsten bin ich darüber, dass mein Traum, dich zu heiraten,
niemals Realität wird. Ich kann mich nicht mal persönlich
von dir verabschieden. Das würde mir zu schwerfallen.
Ich weiß, dass wir uns nie wiedersehen werden. Deswegen
verabschiede ich mich auf diese Weise von dir.*

Jean-Louis, dein Prinz, der dich über alles geliebt hat

»Ich habe diesen Brief am Tag danach, also am Montag, dem 18. September gefunden. Die Käserei war abgebrannt, und ich habe ihn nie wiedergesehen.«

Erica begann zu weinen. Ihr Mann verzog keine Miene. Er nahm die Hand seiner Frau.

»Ich habe mich immer schuldig gefühlt. Können Sie sich das vorstellen? Ich war zwölf. Mein ganzes Leben lang habe ich an diesen September 1972 zurückgedacht. Hätte ich schweigen sollen? Hätte ich es meiner Mutter nicht erzählen sollen? War dieses Drama mein Fehler? Mit der Zeit habe ich mir eingeredet, dass ich gut daran getan habe, darüber zu sprechen. Was für Jean-Louis schlimm gewesen war, war die Reaktion seiner Eltern. Der Erwachsenen. Wir waren Kinder. Ich dachte, dass die Erwachsenen die Kinder beschützen müssten. Wie hätte ich ahnen sollen, dass das Gegenteil der Fall war? Jean-Louis. Der Arme. Er traute sich nicht, etwas zu sagen. Er war von Maurice vergewaltigt worden. Er hatte sich nicht dagegen wehren können. Es war an einem Freitagabend, dem 8. September passiert. Am folgenden Montag sollte Jean-Louis auf ein Internat geschickt werden. Die Lehrerin hatte es uns morgens in der Klasse erzählt. Ich sah seinen leeren Platz. Und genau in jenem Moment verstand ich, dass er wegen mir nicht mehr da war. Ich habe nie verstanden oder gewusst, was geschehen ist. Meine Mutter hatte versucht, mit den Eltern von Jean-Louis zu reden, doch die haben nur gesagt, dass alles geregelt sei. Dass man über diese Geschichte nicht mehr reden solle. Danach habe ich mich nicht mehr getraut, Fragen zu stellen. Ich hatte Angst. Maurice wusste vermutlich nicht, dass ich Bescheid wusste. Er muss geglaubt haben, dass Jean-Louis ihn verraten hat. Am darauffolgenden Wochenende ist Jean-Louis nach Hause gekommen. Ich bin hingegangen und habe geklingelt. Ich wollte ihn sehen. Seine Eltern befahlen mir, nie wiederzukommen. Ich sollte ihn in Ruhe lassen. Sie hatten sich entschieden, sämtliche Verbindungen zu kappen.«

»Warum haben Sie uns nicht früher darüber informiert?«

»Ich habe keinerlei Verbindung zwischen dieser Geschichte und dem Tod von Alain, Michel und Jacques gesehen.«

»Und jetzt?«

»Ich weiß es nicht. Jean-Louis hatte lediglich Maurice namentlich erwähnt. In dem Brief steht zwar, dass er auch auf andere wütend gewesen ist, aber das war zu vage. Als er mir am nächsten Tag alles erzählt hatte, richtete sich seine ganze Wut gegen Maurice. Er war verwirrt. Ich hatte ihn nicht richtig verstanden. Jetzt, mit Abstand, sage ich mir, dass ich es hätte verstehen müssen. Die drei hingen häufig mit Maurice zusammen. Aber Jean-Louis ist tot.«

»Sind Sie sich da sicher?«

Erica zögerte mit ihrer Antwort.

»Nach diesem Ereignis wurde Jean-Louis in ein Erziehungsheim gesteckt. Ich habe ihn komplett aus den Augen verloren. Aber ich habe den Kontakt zu seiner Großmutter Odile gehalten. Sie war die einzige Überlebende der Familie. Ich habe mich um sie gekümmert, als sei sie meine eigene Großmutter. Ich glaube, das war für mich eine Art Wiedergutmachung. Odile ist mit der Pflegefamilie von Jean-Louis in Verbindung geblieben. Nach dem, was geschehen war, konnte er nicht in Gryon bleiben. Also hat sie sich damit einverstanden erklärt, dass die Familie ihn adoptierte. Für Odile waren Yvette und Arthur wie eine glückliche Fügung. Eine Gelegenheit, einen Schlussstrich unter die Vergangenheit zu ziehen und wieder bei null anzufangen. Das Paar konnte ihm einen neuen Start bieten. Ein paar Jahre später erfuhr Odile von Yvette, dass Jean-Louis vermisst gemeldet worden war. Niemand hat gewusst, was ihm zugestoßen ist, bis die Polizei seinen Adoptiveltern mitgeteilt hat, dass er bei einem Brand in den USA ums Leben gekommen ist.«

»Und er hat sich nie bei Ihnen gemeldet? Kein Brief? Keine Postkarte? Nichts?«

»Nein. Das letzte Mal habe ich ihn am Samstag, dem 9. September 1972 gesehen.«

»Glauben Sie, dass er noch am Leben sein könnte? Dass er zurückgekommen ist, um sich zu rächen?«

»In der Tat habe ich mir diese Frage auch schon gestellt. Wäre er noch am Leben, würde das natürlich einiges erklären. Doch er ist tot. Er wurde von der Polizei gefunden und identifiziert. Und ich glaube nicht an Gespenster.«

»In diesem Fall rächt sich vielleicht jemand an seiner Stelle …« Andreas ließ die Vermutung im Raum stehen und hielt Ericas Blick stand. »Das erscheint mir die wahrscheinlichste Möglichkeit. Aber wer? Ich dachte, dass Sie mir dabei helfen könnten …«

»Ich Ihnen helfen? Ich habe nicht die geringste Ahnung. Es muss sich dabei ja um eine Person handeln, für die Jean-Louis eine große Rolle gespielt hat.«

»Jemand, der ihn liebte, zum Beispiel?«

92

Gryon, 17. September 1972

Am Sonntagmorgen gingen sein Vater und seine Großmutter in den Gottesdienst. Jean-Louis hatte sie nicht begleiten wollen und behauptet, er fühle sich nicht wohl. Sein Vater hatte seine Mutter, die in der Käserei arbeiten musste, überredet, ihn allein zu Hause bleiben zu lassen.

Am Tag zuvor war Jean-Louis aus dem Internat zurückgekommen. Er hatte mit niemandem zu Hause auch nur ein Wort gesprochen. Er hatte beschlossen, sich in Schweigen zu hüllen. Weder seiner Mutter, die ihn verraten hatte, noch seinem Vater, der nicht den Mut gehabt hatte, ihn zu verteidigen, hatte er etwas zu sagen.

In diesem reinen Jungeninternat hatte er sich wie im Gefängnis gefühlt. Das Collège Saint-Paul sei eine großartige Chance. Von wegen! Eine Möglichkeit, eine tolle Schulbildung zu bekommen, hatten sie ihm erklärt. Nicht nur, dass sie ihn bestraft hatten anstelle eines anderen, sie hatten ihn auch noch in einer katholischen Einrichtung angemeldet. Was für ein schlechter Scherz! Angefangen vom »Gegrüßet seist du, Maria« bis hin zu allen möglichen Arbeiten. Am ersten Tag hatte er sich geweigert, die Gebete zu sprechen. Seine Lehrer hatten ihm klargemacht, dass dies keine Option sei. Am nächsten Tag hatte er sich erneut geweigert und seinen Mund nicht aufgemacht. Er wurde zum Direktor des Collège geschickt. Als Strafe musste er das »Ave-Maria« hundertmal abschreiben.

Als er wieder zum Direktor zitiert worden war, hatte er ihm das Heft gereicht, in das er das Gebet hundertmal hineingeschrieben hatte. Der Direktor schlug die erste Seite auf und las. Jean-Louis hatte das Vokabular ein wenig ausgetauscht und den Sinn des Gebets verändert.

Gegrüßet seist du, Maria, voll der Pomade ...

Der Direktor hatte ihn der Blasphemie bezichtigt, war von seinem Stuhl aufgestanden und hatte ihn in den Speisesaal geführt, wo er während der ganzen nächsten Mahlzeit auf Knien vor einer Statue der Heiligen Jungfrau verharren musste. Jean-Louis spürte die Blicke aller anderen Kinder in seinem Rücken. Er hatte die Augen geschlossen und in diesem Moment entschieden, nie wieder an diesen Ort zurückzukehren. Er hatte sich an eine Legende erinnert, die ihm seine Großmutter Odile erzählt hatte, und mit einem Mal gewusst, dass er diese Legende zur Wirklichkeit werden lassen würde.

Da er an diesem Sonntag allein war, nutzte er die Gelegenheit, heimlich aus dem Haus zu schleichen und mit dem Fahrrad zu seiner Prinzessin zu fahren, um dort einen Abschiedsbrief zu hinterlegen. Er schaute zu Ericas Fenster hinauf und vergoss ein paar Tränen. Es war schon lange her, dass er das letzte Mal geweint hatte.

Er wischte seine Wangen mit dem Ärmel seines Pullovers trocken und fuhr wieder nach Hause. In der Garage fand er einen Benzinkanister, trug ihn in sein Zimmer und versteckte ihn in seinem Schrank. Danach musste er nur noch bis zum Einbruch der Nacht warten.

Wie jeden Sonntag versammelte sich die Familie abends um den Esszimmertisch. Sein Vater hatte den Tisch gedeckt. Seine Mutter hatte einen Braten und Ofenkartoffeln zubereitet. Nacheinander blickte er jedes seiner Familienmitglieder an, die sich gerade lebhaft miteinander unterhielten. Er war derart mit seinen Gedanken beschäftigt, dass er nicht einmal mitbekam, worum es bei dieser Unterhaltung ging. Für ihn war es lediglich ein unverständliches Stimmengewirr. Er stellte sie sich als Opfer der Flammen vor. Er stellte sich vor, dass sie nicht mehr existierten. Er musste lächeln.

Nach dem Essen ging er hinauf in sein Zimmer und legte sich ins Bett. Er schlug das Buch Joel in der Bibel auf und fing an zu lesen. Es begann mit einer Heuschreckenplage, die Juda verwüstete, woraufhin das Volk Israels Gott anflehte. Danach verkündete der Prophet, dass das Zorngericht Gottes über sie kommen werde. »Und ich werde Wunderzeichen wirken am Himmel und auf der Erde: Blut und Feuer und Rauchsäulen. Die Sonne wird sich in Finsternis verwandeln und der Mond in Blut, bevor der Tag des Herrn kommt, der große und furchtbare.« Ja, der Tag des Gerichts war nah. Er las den nächsten Vers: »Jeder aber, der den Namen des Herrn anruft, wird gerettet.« Gott war manchmal sehr streng mit seinem Volk, aber er war auch barmherzig und vergab all jenen, die zu ihm zurückkehrten.

Jean-Louis bewunderte diese Stärke. Doch selbst fühlte er sich nicht in der Lage dazu. Niemals würde er verzeihen können. Niemals! Er würde seiner Familie nicht die Möglichkeit geben, gerettet zu werden. Er hörte, wie sie alle nacheinander zu Bett gingen. Als Letzte ging seine Mutter auf ihr Zimmer. Er schaute auf die Uhr. Halb eins. Und danach war es mucksmäuschenstill. Er beschloss, noch ein wenig zu warten und weiter in der Bibel zu lesen, um nicht einzuschlafen.

Gegen zwei Uhr morgens stand Jean-Louis auf, nahm den Benzinkanister und verschüttete den Inhalt auf dem Boden vor den Schlafzimmern. Danach trat er von seinem Zimmer auf den großen gemeinsamen Balkon und vergoss dort ebenfalls Benzin. Den letzten Rest verwandte er für die Holztreppe, die ins Erdgeschoss führte. Dann nahm er seine Kleidung aus seinem Schrank und verteilte sie vor den Türen, damit sich das Feuer schneller ausbreitete. Schließlich trat er mit einer Schachtel Streichhölzer auf den Balkon, entzündete eines und warf es ins Benzin, das sofort in Brand geriet. Dann ging er schnell auf den Flur zurück und machte dort das Gleiche. Zum Schluss stieg er die Treppe hinunter, entzündete ein letztes Streichholz, warf es hinter sich und verließ das Haus.

Von der Straße aus beobachtete er, wie sich das Feuer ausbreitete. Nie hätte er gedacht, dass es so schnell gehen würde. Er sah, wie Flammen aus dem Haus schlugen und dichter Rauch aufstieg. Nach ein paar Minuten hörte er seine Mutter schreien. Danach die panischen Stimmen seines Vaters, seines Bruders und seiner Schwester. Alle Ausgänge, um dieser Hölle zu entfliehen, waren durch das Feuer abgeschnitten. Die Schreie verhallten schnell. Danach war nur noch das Holz zu hören, das in den Flammen zerbarst.

Schließlich bemerkte er die Aufregung um sich herum. Sämtliche Nachbarn waren aus ihren Häusern gekommen und riefen: »Was ist passiert?« – »Wo sind die anderen?« Doch Jean-Louis schwieg. Er beobachtete weiter fasziniert die Flammen.

Die Feuerwehr erreichte den Brandort. Die Spannung vor der Käserei war spürbar.

Jean-Louis fühlte plötzlich eine Hand auf seiner Schulter. Luc, der Pfarrer, fragte ihn, was passiert sei. Jean-Louis antwortete ihm gelassen: »Der Drache vom Muveran hat Feuer auf das Haus gespien.«

93

Donnerstag, 20. September

Andreas und Karine verließen das Pfarrhaus und gingen den Vieux Chemin wieder hinauf in Richtung Hauptstraße. Unterwegs setzten sie sich auf die Terrasse des »Café des Alpes«.

Karine wandte sich an den Kellner, der an ihren Tisch getreten war, um eine Bestellung aufzunehmen. »Zwei Bier bitte.«

»Die Pfarrerin verheimlicht uns irgendetwas. Jedes Mal gibt sie uns wieder ein paar zusätzliche Informationen, enthüllt uns aber nie alles, was sie weiß. Da bin ich mir sicher«, sagte Andreas.

»Du glaubst, dass sie es gewesen sein könnte?«

»Dass sie was gewesen sein könnte?«

»Die Mörderin. Dass sich die Pfarrerin für Gott hält und die schwarzen Schafe aussortieren möchte? Die kleine Freundin von Jean-Louis, die ihn rächen will.«

»Die Idee ist mir zwischendurch tatsächlich gekommen. Aber du vergisst, dass wir auf einer der Leichen Spermaspuren gefunden haben.«

»Das stimmt.« Nachdem Karines Elan von dem klugen Einwand ausgebremst worden war, biss sie sich jetzt beim Nachdenken auf die Lippen. »Aber lass uns den Gedanken einmal weiterspinnen. Hätte sie das Sperma dort hinterlassen können, um uns auf eine falsche Fährte zu locken? Damit wir einen Mann suchen, obwohl eine Frau in aller Ruhe diese Verbrechen begeht?«

Dieses Mal setzte Andreas angesichts Karines lebhafter

Phantasie eine nachdenkliche Miene auf. »Das ist nicht unmöglich. Aber wo hätte sie das Sperma herhaben sollen?«
»Vielleicht von ihrem Mann.«
»Gut, aber stell dir das bitte mal in der Praxis vor. Sie haben Sex miteinander. Sie sorgt dafür, dass ihr Mann auf ihr ejakuliert. Dann geht sie ins Bad, füllt das Sperma in eine Dose und gießt es anschließend auf die Leiche. Und du vergisst dabei noch eine Sache. Die DNA auf dem Zigarettenstummel, den wir bei Charrier gefunden haben, entsprach der DNA des Spermas auf Martins Leiche.«
»Vielleicht ist ihr Mann ihr Komplize? Er könnte ihr auch geholfen haben, die Leichen zu den Fundorten zu bringen. Ich kann mir nicht vorstellen, dass Erica das allein geschafft hätte. Dafür ist sie nicht stark genug.«
»Und warum sollte er ihr helfen, die zu töten, die den ersten Freund seiner Frau gequält haben? Das erscheint mir nicht sehr logisch. Und ich glaube nicht, dass Gérard Ferraud raucht.«
»Keine Ahnung.«
»Nein, ich glaube eher, dass sie den Mörder schützt. Gehen wir mal davon aus, dass Jean-Louis wiederaufgetaucht ist. Dass er nicht tot ist. Und dass er Kontakt zu Erica aufgenommen hat. Vielleicht hat sie Mitleid mit ihm und will ihn nicht denunzieren.«
»Das erscheint mir in der Tat sehr viel plausibler.«
»Wir müssen die Spur von Jean-Louis weiterverfolgen. Vielleicht finden wir dort die Antwort auf all unsere Fragen.«

94

Andreas und Karine fuhren in Richtung Frasses, um Maurice Fournier mit seiner Vergangenheit zu konfrontieren.
Vor dem imposanten Chalet saß ein Polizist in einem Zivilfahrzeug und bewachte das Anwesen. Andreas ging zu ihm hin

und begrüßte ihn. Dann rief er Christophe an, der das Innere des Hauses bewachte, um ihm anzukündigen, dass sie hineinkämen.

Maurice Fournier saß auf dem Sofa im Wohnzimmer. Andreas und Karine nahmen in den beiden Sesseln ihm gegenüber Platz. Andreas kam direkt zur Sache.

»Erzählen Sie uns von Jean-Louis.«

»Jean-Louis?«

»Spielen Sie hier nicht den Unschuldigen, Monsieur Fournier.«

»Das war einer der Jungen aus Gryon. Was erwarten Sie, was ich Ihnen darüber erzähle?«

»Dass Sie ihn vergewaltigt haben. Dass Ihr Vater ihn auf ein Internat geschickt hat. Dass Sie selbst dabei gut davongekommen sind.«

»… und dass es Ihre Schuld ist, dass das Leben von Jean-Louis zerstört wurde«, fügte Karine hinzu.

»Ich verbiete Ihnen, derartige Dinge zu behaupten! Sie haben keine Ahnung, wie mein Vater war. Er war es, der das alles eingefädelt hat. Er war der Bürgermeister. Alle sind auf Knien vor ihm gerutscht. Er bekam immer alles, was er wollte. An jenem Tag hat er mich mit seinem Gürtel blutig geschlagen. Die Narben sind immer noch zu sehen.«

»Sie glauben doch wohl nicht ernsthaft, dass wir Sie bedauern? Immerhin haben Sie sich mit ihren Kameraden an Jean-Louis vergangen!« Für Karine gab es nichts Widerlicheres als Menschen, die andere vergewaltigten. Die ihre Macht über andere auslebten. In solchen Fällen gewannen ihre Emotionen manchmal die Oberhand.

Fournier ließ den Kopf sinken und verbarg sein Gesicht mit den Händen. In nur wenigen Tagen war sein ganzes Leben zerstört worden. »Ich verdiene es zu sterben«, sagte er schließlich. »Er kann kommen.«

95

Andreas, Mikaël und Karine saßen auf der Terrasse vor dem Haus. Minus lag neben Karine. Er hatte in ihr eine gute Seele gefunden, die ihn streichelte. Als Dank leckte er sie von Zeit zu Zeit sabbernd ab. Mikaël begann sofort, ihnen die neuesten Informationen mitzuteilen, die er im Laufe des Tages zusammengetragen hatte.

»Ich habe das Erziehungsheim kontaktiert, in das man Jean-Louis gesteckt hatte, und den Namen des damaligen Direktors herausgefunden. Alain Macheret. Er ist pensioniert und lebt in Aigle. Ich habe ihn heute Nachmittag besucht. Er erinnert sich sehr gut an Jean-Louis. Nach zwei Jahren im Heim bekam der Junge einen Platz in einer Pflegefamilie. Seine Großmutter konnte ihn aus gesundheitlichen Gründen nicht zu sich nehmen. Luc, der damalige Pfarrer, wollte ihn auch aufnehmen, aber Jean-Louis hatte sich kategorisch dagegen verwehrt, weil er nicht zurück nach Gryon wollte. Nach mehreren vergeblichen Versuchen kam er zu einer Bauernfamilie nach Yverdon. Zu den Bergiers. Mit sechzehn wurde er sogar adoptiert und änderte seinen Namen. Von da an hieß er Jean-Louis Bergier.«

»Und wie hat er ihn beschrieben?«

»Macheret hat von einem ruhigen und höflichen Jungen gesprochen. Jean-Louis habe im Erziehungsheim keine besonderen Probleme bereitet. Er habe sich immer geweigert, über das zu sprechen, was in Gryon geschehen ist. Dennoch konnte der Direktor lange Gespräche mit ihm führen. Er hat ihn als sehr reif für sein Alter beschrieben. Jean-Louis habe sich für alles Religiöse interessiert und jeden Tag in der Bibel gelesen. Er habe ihm anvertraut, dass er, wenn er groß sei, diejenigen verteidigen wolle, die missbraucht worden seien. Er wünschte sich, denen zu helfen, die das Gleiche erlebt hatten wie er. Was Macheret besonders erstaunt hat, war, dass ihm Jean-Louis mehrfach erklärte, die göttliche Rache werde eines Tages all jene treffen, die anderen Böses antaten.«

»Und wie ging es dann weiter?«, fragte Andreas, der ungeduldig auf die Fortsetzung des Berichts wartete.

»Ich habe Yvette Bergier angerufen, die Adoptivmutter von Jean-Louis. Anfangs wollte sie nichts sagen, doch als ich insistiert habe, hat sie mir schließlich erzählt, dass Jean-Louis mit achtzehn Jahren im Jahr 1978 eines schönen Tags auf und davon sei und sie bis zu der Nachricht von seinem Tod nie wieder etwas von ihm gehört hätten. Aber ...«

»Aber was?«

»Ich habe das Gefühl, dass sie mir nicht alles erzählt hat.«

Mikaël stand auf, um eine Flasche Weißwein aus dem Kühlschrank zu holen, einen Gewürztraminer. Andreas nutzte die Zeit, um seinen Rechner hochzufahren. Er hatte sich mit seinem amerikanischen Freund zum Skypen verabredet.

»Hi James! How are you?«

»Hallo, Andreas! Das ist ja lange her. Sehr gut, und dir?«

James war der Chef der Behavioral Analysis Unit beim FBI gewesen, der Abteilung, in der Andreas damals volontiert hatte. Er sprach sehr gut Französisch, wenn auch mit einem starken amerikanischen Akzent. Er liebte Frankreich, hatte schon häufig seinen Urlaub dort verbracht und sich irgendwann auch darangemacht, Französisch zu lernen. Andreas erzählte ihm ausführlich von den Verbrechen, die in Gryon stattgefunden hatten.

»Und du glaubst, dass dieser John Holder damit zu tun haben könnte?«

»Ich bin nicht sicher, aber wie ich schon sagte, führen mehrere Spuren in die USA. Und wo du schon mal dabei bist: Könntest du nachschauen, ob du auch etwas über einen Jean-Louis Morier oder einen Jean-Louis Bergier findest, der 1990 in den USA gestorben ist?«

»Einverstanden. Ich werde ein paar Recherchen anstellen. Eure Geschichte erinnert mich an einen Serienmörder bei uns. Wir haben ihn ›The Emasculator‹ genannt. Wir haben viele Jahre an dem Fall gearbeitet, ohne ihn jemals aufzuklären. Er amputierte seinen Opfern die Genitalien, bevor er ihnen die

Kehle durchschnitt. Auch er hat sie bei lebendigem Leibe verstümmelt, genau wie der Täter, der euch in der Schweiz beschäftigt.«

»Okay, aber unser Täter hier schneidet die Augen heraus, bevor er seine Opfer mit einem Messerstich ins Herz tötet«, mischte sich Karine ein.

»Das war nur so ein Gedanke«, sagte James. »Das war wirklich ein außergewöhnlicher Fall, dieser Mörder. Für mich als Polizist war das die frustrierendste Geschichte meiner Dienstzeit. Eine absolute Niederlage. Wenn ich daran denke, dass er mich zwanzig Jahre lang verspottet hat.«

»Wie meinst du das, verspottet?«, fragte Andreas.

»Nach jeder neuen Tat hat er mir eine Postkarte mit einem Smiley geschickt. Zwanzig Jahre lang. Stell dir das vor! Und dann plötzlich nichts mehr. Keine weiteren Morde. Und keine Postkarten mehr. Zweifellos ist er tot. Zumindest ist das meine einzige Erklärung dafür.«

»Wie bitte?«, rief Andreas. »Auch unser Mörder schreibt Postkarten ... Wie gesagt hat er unseren Opfern mehrere Postkarten von den USA aus geschickt.«

»Was für ein merkwürdiger Zufall«, sagte Karine.

»*Yes, indeed.* Wir haben die Sache mit den Postkarten nie publik gemacht.«

»Hatte er irgendetwas auf die Karten geschrieben?«

»Er hat die Koordinaten von den Orten notiert, wo er die Leichen abgelegt hatte. Und dann noch einen Satz. Immer den gleichen.«

»Einen Bibelvers?«, fragte Andreas hektisch.

»*Wait!*«

Andreas spürte, wie sein Herz im gleichen Rhythmus pochte, in dem James auf seiner Tastatur herumhackte. Die Zeit erschien ihm endlos. Während James suchte, zermarterte er sich sein Gehirn. Schließlich tauchte Wort für Wort ein Satz wieder auf, der sich in sein Unterbewusstsein eingraviert hatte. In dem Moment, wo er den Satz wieder vor sich sah, keimte eine Idee in ihm auf. War das möglich?

»Hier steht es, ich habe ihn gefunden.«

Andreas hörte aus James' Mund den Satz, der als ohrenbetäubendes Echo in ihm widerhallte.

»*The guilty man shall be judged. O God, have mercy.*«

»Ist das aus der Bibel?«, fragte Karine.

»Nicht direkt«, erklärte Andreas. »Das ist ein Textauszug aus Mozarts Requiem. Genauer gesagt aus der Sequenz ›Lacrimosa‹. Was übersetzt ›tränenreich‹ bedeutet ...«

96

Washington, D. C., Donnerstag, 20. September

Nach dem Gespräch mit seinem Freund Andreas hatte James das Teammeeting, das für den späten Nachmittag geplant war, abgesagt. Er setzte sich an seinen Schreibtisch und fuhr seinen Rechner hoch. Nachdem er die Hoffnung schon aufgegeben hatte, eines Tages den Serienmörder zu fassen, der ihm so viele Sorgen bereitet hatte, waren die von Andreas enthüllten Neuigkeiten wie ein Elektroschock für ihn gewesen. *The Emasculator* war auferstanden.

Er öffnete die Akte, die nach dem letzten Mord im Jahr 2009, den man dem berühmten Serienmörder zugeschrieben hatte, nicht geschlossen worden war. Danach war der Mörder nicht mehr in Erscheinung getreten. Als sei er aus dem Verkehr gezogen worden. Und nun diese Verbrechen in einem kleinen Schweizer Bergdorf, die auf merkwürdige Art denjenigen ähnelten, die zwischen 1991 und 2009 in mehreren Staaten im Nordosten der USA verübt worden waren ... War das purer Zufall? Zwei Mörder auf zwei unterschiedlichen Kontinenten, eine auffallend ähnliche Handschrift. Sehr unwahrscheinlich. Oder hatten sie es mit einem Trittbrettfahrer zu tun? Mit jemandem, der die Taten in den USA verfolgt hatte, die ja von der lokalen und nationalen Presse ausreichend breitgetreten worden waren, und der daraufhin beschlossen hatte, nach dem gleichen Schema Morde in der Schweiz zu verüben? Oder handelte es sich um dieselbe Person, die 2009 mit dem Töten in den USA aufgehört hatte, um damit in diesem Jahr in der Schweiz fortzufahren?

Dass John Holder in der Schweiz auftauchte, war jedoch bestimmt kein Zufall. Zweimal war er vom FBI im Zuge der amerikanischen Ermittlungen vernommen worden, auch wenn er formell nie verdächtigt worden war. James erinnerte sich an das erste Gespräch mit ihm, denn er war damals einer der beiden Kommissare gewesen, die die Vernehmung durchgeführt hatten. Zwei der Opfer waren Holders Mandanten gewesen. Aber eben nur zwei von zwanzig. John Holder war damals ein junger Anwalt von gut dreißig Jahren gewesen. Ein hübscher Kerl. Die Haare nach hinten gegelt, ein perfekt sitzender, eleganter Nadelstreifenanzug. Eine Art *Golden boy*, der stolz die amerikanische Erfolgsgeschichte repräsentierte. Er hatte sehr selbstsicher und auf ganzer Linie überzeugend gewirkt. Kein Wunder, dass er zahlreiche Prozesse gewonnen hatte. Aber wie hatte er durch sämtliche Maschen schlüpfen können?

Eine Assistentin betrat sein Büro mit einem Rollwagen, auf dem mehrere Kartons mit Archivmaterial der alten Fälle gestapelt waren. Obwohl das gesamte Material eingescannt und auf dem Computer verfügbar war, zog James es vor, die Dokumente in der Hand zu halten. Er hatte das Gefühl, die Dinge besser zu verstehen, wenn sie sozusagen fassbar waren. Wenn er sie sehen und berühren konnte. In den Kartons befanden sich sämtliche Berichte der Gerichtsmediziner, die Protokolle der Vernehmungen, diverse Expertisen und die berühmten Postkarten. Die Assistentin stapelte alles auf seinem Schreibtisch und wünschte ihm noch einen schönen Abend.

Zu diesem Zeitpunkt waren noch viele Fragen offen. Er spulte die Erinnerungen an die Ermittlungen in seinem Kopf wie einen Film im Zeitraffer ab. Sie mussten irgendetwas übersehen haben. Er war sich sicher, dass sich die Antwort darauf im Archivmaterial verbarg. Er öffnete den ersten Karton und vertiefte sich in die Lektüre.

97

Freitag, 21. September

Der diensthabende Polizist, der zur Bewachung der Fourniers abgestellt war, saß seit Stunden in einem Zivilfahrzeug vor dem Haus. Nichts regte sich, doch er wusste, dass er auf der Hut sein musste, da der Mörder immer noch frei herumlief. Er beugte sich zum Beifahrersitz hinüber, um nach seiner Thermoskanne zu greifen, als er ein Geräusch hörte. Sofort setzte er sich wieder aufrecht hin und wandte sich nach links um. Er hatte das Fenster offen gelassen. Er konnte gerade noch den stechenden Blick eines Mannes erkennen, dann wurde alles schwarz.

Der Mann, der kein Mörder war, hatte den Polizisten mühelos mit seinem Taser neutralisiert. Er setzte sich auf die Rückbank des Autos, richtete den Polizisten vor sich wieder auf und fesselte ihn mit einem Seil. Er stopfte ihm ein Tuch in den Mund und fixierte es mit reißfestem Klebeband. Er wusste, dass die nächste Wachablösung erst in zwei bis drei Stunden erfolgen würde. Am Vortag hatte er die Abläufe beobachtet. Es blieb ihm also genügend Zeit, bis Alarm geschlagen würde.

Anschließend stieg er aus und ging auf das Chalet zu. Er sprang über den Zaun und achtete dabei darauf, nicht gesehen zu werden. Er klingelte an der Haustür und drückte sich dann neben der Tür gegen die Wand.

Er hörte, dass sich von innen jemand der Tür näherte.

»Wer ist da?«

Keine Antwort. Nicolas hatte die Ablösung nicht so früh erwartet. Er spürte, wie sein Puls schneller wurde. Er zückte seine Waffe und öffnete die Tür mit einem kräftigen Stoß. Plötzlich erinnerte er sich, dass Andreas ihm gesagt hatte, er solle niemandem die Tür aufmachen, wenn er sich nicht sicher sei, dass es jemand aus dem Team sei.

Der Elektroschock des Tasers traf ihn absolut unerwartet. Nicolas hatte nicht die geringste Chance zu reagieren. Er ließ seine Waffe fallen und ging zu Boden.

Der Mann, der kein Mörder war, betrat das Chalet. Maurice Fournier stand völlig verdattert mitten im Wohnzimmer. Er drehte sich um und rannte los. Der Mann, der kein Mörder war, holte ihn ein. Noch ein Elektroschock mit dem Taser. Fournier brach zusammen.

Er zog den reglosen Körper des Kommissars nach drinnen und schloss die Haustür. Aus seinem Rucksack holte er Seile und fesselte die beiden. Danach verließ er das Chalet und ging in die Garage. In Fourniers Auto fand er eine kleine Fernbedienung, um das Garagentor zu öffnen. Er holte seinen Wagen, den er etwas weiter unten am Straßenrand abgestellt hatte, und parkte ihn neben Fourniers Auto in der Garage. Er schloss das Tor mit Hilfe der Fernbedienung und stieg die Treppe hinauf, die von der Garage ins Haus führte. Die beiden Männer hatten ihr Bewusstsein wiedererlangt.

Er sah die Angst in ihren Blicken. Er liebte das.

Die Kontrolle zu haben.

Über Leben und Tod zu entscheiden.

Wie Gott.

Der Kommissar würde leben. Maurice würde sterben.

Ein Mobiltelefon klingelte. Es lag auf dem niedrigen Wohnzimmertisch. Das Display zeigte einen Anruf von Andreas Auer an. Der Mann, der kein Mörder war, nahm das Tuch aus dem Mund des Kommissars.

»Du nimmst das Gespräch an und sagst ihm, dass alles in Ordnung ist. Falls du irgendetwas anklingen lässt, bringe ich dich um.« Er holte ein riesiges Messer aus seiner Tasche und drückte es gegen seine Kehle. »Ich werde dich am Leben lassen, denn von dir will ich nichts. Denk daran, wenn du mit ihm sprichst!« Er drückte auf Wahlwiederholung und hielt dem Kommissar das Telefon hin, damit er sprechen konnte.

»Hallo, Andreas. Tut mir leid, dass ich nicht sofort drangehen konnte. Ich war auf Toilette.«

»Okay, alles in Ordnung?«

»Ja, ja. Keine Auffälligkeiten.«

Die Stimme des Kommissars klang normal. Er schien seine Angst unter Kontrolle zu haben.

»Christophe löst dich nachher ab.«

»Falls er früher kommen will, hätte ich nichts dagegen. Ich bin hundemüde.«

»Trink noch einen Kaffee. In zwei Stunden ist er da. Das ist ja wohl kein Weltuntergang. Bis später.«

Andreas Auer beendete das Gespräch. Der Mann, der kein Mörder war, schlug dem Kommissar mit dem Messergriff gegen den Kopf, sodass dieser zu bluten anfing und das Bewusstsein verlor.

Jetzt.

Er musste handeln.

Schnell!

98

Andreas und Karine erreichten das große Gebäude, das in dem kleinen Ort Montagny bei Yverdon stand. Es war eines dieser traditionellen Bauernhäuser, bei denen sich Wohnhaus und Stall unter einem Dach befanden. Allerdings sah man auf den ersten Blick, dass die Landwirtschaft hier schon vor einiger Zeit aufgegeben worden war.

Sie parkten im Hof. Ein alter Mann war gerade dabei, die

Blumenbeete vor dem Haus zu gießen. Er drehte sich um und musterte die beiden Besucher, die auf ihn zukamen. Er stellte seine Gießkanne ab.

»Monsieur Bergier?«

»Ja, der bin ich.«

Andreas zeigte ihm seine Dienstmarke. »Wir würden gern mit Ihnen über Ihren Adoptivsohn Jean-Louis reden.«

Die Miene des alten Mannes verdüsterte sich.

»Ist Ihre Frau auch hier?«

»Ja, sie ist im Haus.«

Arthur Bergier bat die beiden Kommissare, ihm zu folgen. Er ließ sie im Wohnzimmer Platz nehmen und entschuldigte sich für einen Moment. Ein paar Minuten später kam er in Begleitung seiner Frau zurück.

Andreas stand auf, um Yvette Bergier zu begrüßen. »Madame Bergier, wir sind gekommen, um mit Ihnen über Jean-Louis zu sprechen.«

»Warum interessiert Sie Jean-Louis? Gestern hat uns wegen ihm schon ein Journalist angerufen. Was ist passiert?«

»Wir sind mit den Ermittlungen zu den Verbrechen in Gryon betraut, und in diesem Zusammenhang fiel auch Jean-Louis' Name. Die Opfer stammten alle aus Gryon und sind mit ihrem Adoptivsohn zur Schule gegangen. Wir glauben, dass ihre Ermordung in Zusammenhang mit einem Ereignis aus der Vergangenheit steht.«

»Genauer gesagt sind wir der Ansicht, dass das, was Jean-Louis 1972 widerfahren ist, mit den Verbrechen zu tun hat«, fügte Karine hinzu.

»Aber Jean-Louis ist verschwunden. Er ist tot.« Yvette hatte Tränen in den Augen. »Er war ein wunderbarer Junge. Er war so freundlich zu uns, dabei hatte er ein sehr schweres Leben gehabt.«

»Wir haben Grund zu der Annahme, dass Jean-Louis vielleicht wiederaufgetaucht ist.«

»Aufgetaucht? Wollen Sie damit sagen, dass er lebt?«

»Momentan ist das nur eine Vermutung. Haben Sie nie

wieder etwas von ihm gehört, nachdem er Ihr Haus verlassen hat?«

Yvette Bergier wollte antworten, doch ihr Mann, der neben ihr saß, legte ihr eine Hand aufs Knie, um deutlich zu machen, dass er nun das Gespräch führen würde.

»Nein, nie!«, sagte er.

Yvette Bergiers Gesichtsausdruck veränderte sich. Sie schien entschlossen zu sein. »Arthur, wir müssen die Wahrheit sagen. Ich kann nicht mehr so tun, als sei nichts gewesen.«

Dieses Mal ergriff Arthur Bergier die Hand seiner Frau und drückte sie fest, als wollte er sie dabei unterstützen, das auszusprechen, was ihr auf dem Herzen lag.

»Nach seinem Verschwinden haben wir noch Post von ihm bekommen«, sagte Yvette Bergier. Wortlos schaute sie ihren Mann an und blickte dann wieder zu Andreas. »Ungefähr einen Monat nach seinem Fortgang. Aus Paris. In diesem Brief …«, sie zögerte und atmete tief ein, »… erklärte er uns, warum er sich zur Flucht entschlossen hatte.« Erneut legte sie eine Pause ein. Ihre Augen waren feucht. »Unser Sohn Pierre war damals sechsundzwanzig Jahre alt. Er hat sich an Jean-Louis sexuell vergangen, was dieser nicht ertrug und sich deshalb entschied fortzugehen.«

»Wir waren tief bestürzt«, ergänzte ihr Mann. »Einmal hat Jean-Louis versucht, mit uns darüber zu reden, aber wir haben ihm zuerst nicht geglaubt.«

»Du kannst ruhig sagen, dass wir es nicht glauben wollten. Dabei wussten wir tief in uns drinnen, dass es stimmte.«

»Wir haben mit unserem leiblichen Sohn nie darüber gesprochen«, berichtete Arthur Bergier weiter. »Wir hätten ihn anzeigen müssen. Drei Jahre später wurde er wegen Kindesmissbrauchs unter Anklage gestellt. Jahrelang hatte er als Pfadfinderleiter Kinder aus dem Dorf missbraucht.«

»Wir hatten zwei Söhne. Der eine ist verschwunden, den anderen haben wir aus unserem Leben verbannt. Und heute sind wir ganz allein.«

Trotz des berührenden Anblicks, den das Paar bot, fiel es

Andreas schwer, Mitleid mit ihnen zu empfinden. Durch ihr passives Verhalten trugen sie eine Mitschuld am Schicksal ihres Adoptivsohnes.

»Was stand denn noch in dem Brief?«, fragte Andreas.

»Dass er ein neues Leben anfangen wolle und sich entschlossen habe, in die USA auszuwandern.«

»Haben Sie danach noch etwas von ihm gehört?«

»Ja«, antwortete Yvette Bergier seufzend. Ihre Lippen öffneten sich, doch kein Laut kam aus ihrem Mund.

Wieder übernahm ihr Mann das Gespräch. »Ich glaube, das war der härteste Tag unseres Lebens. Wir hatten uns mit dem Verschwinden von Jean-Louis abgefunden. Jeden Tag dachten wir an ihn und hofften, dass es ihm gelungen war, neu anzufangen. Wir fanden es schön, uns vorzustellen, dass er, wo auch immer er jetzt war, glücklich sei.« Arthur Bergier warf seiner Frau einen zärtlichen Blick zu, deren Hand er noch immer hielt. »Ich erinnere mich noch, als sei es gestern gewesen. Im Jahr 1990. Am 20. September. Ich hatte die Milch zur Molkerei gefahren und kam mit frischem Brot zum Frühstück zurück. Ich hatte mich gerade an den Küchentisch gesetzt, als es an der Haustür schellte. Yvette hat die Tür aufgemacht. Ich habe mitangesehen, wie sie ohnmächtig zu Boden fiel. Da standen zwei Polizisten, die gekommen waren, um uns die Nachricht von Jean-Louis' Tod zu übermitteln.«

99

Paris, 1978

Als er das Haus der Bergiers verlassen hatte, hatte er nur ein paar Kleidungsstücke und eine Postkarte mitgenommen, auf der Ferdinand Hodlers Ansicht vom Grand Muveran abgebildet war, die er als einzige Erinnerung an Gryon behalten hatte.

Sie hatte zu Hause in Gryon bei seiner Familie immer auf der Küchenanrichte gestanden. Er hatte sie damals genommen, als er das brennende Haus verließ. Um nie zu vergessen, niemals!

Mit fünfzehn war er zu den Bergiers gekommen, und am Anfang verlief alles beinahe perfekt. Alle Aufmerksamkeit richtete sich auf ihn, dennoch gewann er schnell den Eindruck, sich wieder in einer Umgebung zu befinden, in die er nicht gehörte. Eine Familie, in der man sich nicht um seine Gefühle kümmerte. Eine Familie, in der er mehr schlecht als recht versuchen musste zu überleben.

Yvette war ein sehr wohlwollender und großzügiger Mensch, allerdings wurde sie erdrückt von dem Raum, den ihr Mann Arthur einnahm, der das Kommando über die Familie hatte. Ihr Sohn Pierre war sehr verwöhnt. Erhielt er nicht, was er sich wünschte, bekam er Tobsuchtsanfälle. Seine Mutter hatte oft nachgegeben, um ihre Ruhe zu haben. Sein Vater widerstand eine Weile, musste sich am Ende aber doch häufig eingestehen, dass er verloren hatte.

Diese Umgebung hatte ihn mehr und mehr bedrückt. Als nach ein paar Monaten die Eltern eines Abends nicht zu Hause gewesen waren, verging sich Pierre zum ersten Mal an ihm. Jean-Louis war wie gelähmt gewesen und hatte weder reagieren noch sich verteidigen können. Als er das Haus seiner alten Familie angezündet und Gryon verlassen hatte, hatte er gehofft, damit alles hinter sich gelassen zu haben. Doch der Alptraum hatte von Neuem begonnen. Warum er? Würde er immer das Opfer sein, an dem man sich verging? Das sich nicht verteidigen konnte? Nach dem Vorfall hatte er mit seinen Adoptiveltern darüber gesprochen. Er hatte in ihren Augen erkennen können, dass sie Bescheid wussten. Doch sie wollten die dünne Oberfläche, unter der das Schlechte gärte, nicht zerstören. Er fühlte sich verraten. Erniedrigt. Wieder und wieder. Die Geschichte wiederholte sich.

Doch dieses Mal hatte er sich entschieden zu fliehen. So weit wie möglich wegzugehen. Er hatte seinen Adoptiveltern schon eine ganze Weile immer wieder etwas Geld gestohlen. Genug, um mit dem Zug zu fahren. Wo wollte er hin? Er wusste es nicht. Die einzige Sprache, die er beherrschte, war Französisch. Warum also nicht nach Paris? Er hatte immer davon geträumt, den Eiffelturm zu sehen ...

Zu Beginn tat er sich schwer in der französischen Hauptstadt. Er fand eine Bar, in der er schwarz kellnern konnte. Er war dort nicht wegen seiner Erfahrung angeheuert worden, sondern weil er als hübscher junger Mann ein wunderbares Aushängeschild für die kleine Schwulenbar war. Die Bar wurde vorwiegend von Gästen eines gewissen Alters besucht, die sich danach verzehrten, von einem jungen Adonis bedient zu werden.

Eines Abends sah er in dem winzigen Pariser Zimmer, das er sich mit einem seiner Kollegen teilte, einen Fernsehbericht über die USA und beschloss, dass das der Ort war, an dem er sich eine neue Existenz aufbauen wollte. Das Leben in Paris war ein Traum von kurzer Dauer gewesen. Und außerdem war er hier immer noch zu nah an seiner alten Heimat. Unentwegt plagten ihn Alpträume. Er musste weit, weit weg fahren. Er würde ein Schiff nehmen. Er hatte Lust, die Weite der offenen See zu spüren. Die Reise würde ihn persönlich wachsen lassen. »Titanic« gehörte zu seinen Lieblingsfilmen. Es war zwar ein alter Film, aber er liebte Katastrophenszenarien. Die Spannung an Bord. Wer würde sterben? Wer würde überleben? Insgeheim hoffte er, seinen eigenen Schiffbruch zu überleben. Er dachte, dass die Dauer der Überfahrt ihm erlauben würde, den Wechsel von seinem alten in sein neues Leben zu vollziehen, also in jenes, das ihn auf der anderen Seite des Atlantiks erwartete.

Er hatte es eilig wegzukommen. Doch wie sollte er es anstellen? Er besaß nicht genug Geld und würde sich mit dem, was er verdiente, diese Reise nicht leisten können. Bis zu jenem Tag hatte er die Avancen der Kunden der Bar abgelehnt. Nach dem, was er erlebt hatte, konnte er sich diese Art von Intimität nicht vorstellen. Und außerdem war er nicht schwul. Aber vorübergehend ... Warum eigentlich nicht? Auf diese Weise würde er schnell eine Menge Geld machen. So fing er an, sich zu prostituieren. Diese Zeit war furchtbar. Er nahm alle Anfragen an, auch wenn sie entwürdigend waren. Nach jeder Nummer fuhr er in sein Quartier und duschte lange. Er fühlte sich schmutzig, besudelt. Manchmal musste er sich sogar übergeben, so sehr verabscheute er das, was die Kunden von ihm verlangten. Doch letztlich war es ein notwendiges Übel.

Nach drei Monaten hatte er genug Geld zusammen. Er ging fort, ohne seinem Arbeitgeber oder zumindest seinem Mitbewohner Bescheid zu sagen. Er fuhr mit dem Zug nach Le Havre, kaufte ein Ticket für eine Überfahrt auf einem Frachter nach New York und ließ sein altes Leben hinter sich.

100

Freitag, 21. September

Erica saß ganz vorn in der Kirche von Gryon, wie sie es häufig tat, wenn sie beten oder meditieren wollte. Bevor sie sich auf die Kirchenbank gesetzt hatte, hatte sie die große Kerze auf dem Altar entzündet. Sie liebte diesen Ort und die Ruhe, die er ausstrahlte. Das sanfte Licht, das durch die Fenster schien. Den Kontrast zwischen den kalten Steinmauern und der Wärme des Holzes. Als sie jedoch heute die Augen schloss und betete, geschah nichts. Seit sie hier Alains Leiche entdeckt hatte, musste sie unablässig daran denken. Diese ganze Geschichte beschäftigte sie Tag und Nacht.

Erica entschied sich, etwas zu lesen. Vielleicht gelang es ihr, mit der Lektüre ihre Aufmerksamkeit auf etwas anderes zu lenken. Sie stand auf, holte eine der Bibeln, die am Eingang lagen, und setzte sich wieder auf die Bank. Welcher Text würde ihr Herz erleichtern? Sie blätterte ziellos herum, bis ihre Wahl auf die Offenbarung des Johannes fiel. Ein Buch, das von Hoffnung erzählte. Johannes als Bote, der in schwierigen Zeiten von Trost und Zuversicht sprach. Und beides hatte sie nötig. Sie begann ihre Lektüre mit dem einundzwanzigsten Kapitel: *Und ich sah einen neuen Himmel und eine neue Erde ...*

Erica vertiefte sich in den Text. *Und abwischen wird er jede Träne von ihren Augen ... Siehe, ich mache alles neu!* Jeder Prüfung wohnte etwas Positives inne, wenn man sich Gott öffnete. *Ich werde dem Dürstenden von der Quelle des Lebenswassers zu trinken geben, umsonst.* Genau das hatte sie auch immer gedacht. Doch in diesem Fall sah sie nicht, wie die Gemeinde gestärkt aus dem hervorgehen konnte, was geschehen war. Sie wusste, dass es ihre Aufgabe als Pfarrerin war, die Gläubigen durch diese schwierige Zeit zu lenken. Wie sollte ihr das gelingen, wo sie selbst mit ihren inneren Dämonen kämpfte? *Den Feigen ... und Mördern ... wird ihr Teil beschieden sein im brennenden Feuer- und Schwefelsee.* War Jean-Louis zum Mörder geworden? Es gelang ihr nicht, das Bild des zwölfjährigen Jungen, den sie gekannt und geliebt hatte, mit dem eines Mannes übereinzubringen, der von einer solchen Wut gelenkt wurde, dass er Menschen verstümmelte und tötete. *Keine Nacht wird mehr sein ... denn Gott der Herr wird über ihnen leuchten.* Sie hätte sich so gewünscht, dieses Licht sehen zu können, doch momentan war ihr Geist von Nacht und Finsternis erfüllt, und höchstens ein winziger Stern leuchtete am Firmament.

Amen, komm, Herr Jesus! Die Gnade des Herrn Jesus sei mit allen! Als sie den letzten Vers des Buches las, der zugleich das Ende der Bibel markierte, hörte sie, wie die Kirchentür geöffnet wurde. Sie zuckte zusammen und wandte sich um.

»Guten Tag, meine Prinzessin!«

Erica erschrak und sprang auf.

»Jean-Louis! Du bist es also wirklich?«

»Hab keine Angst, Erica, ich möchte nur mit dir reden.«

Erica blieb stocksteif stehen. Als Jean-Louis näher kam, erkannte sie ihn an seinen Augen. Kein Zweifel. Er war es. Sie konnte nicht anders, als sich in seine Arme zu werfen und aus tiefster Seele zu weinen.

»Ich habe mir solche Vorwürfe gemacht. Du hast mir so

gefehlt. Jeden Tag meines Lebens habe ich an dich gedacht. Ich dachte, du seist tot, und jetzt bist du hier!«

»Ich habe dich niemals vergessen, meine Prinzessin. Niemals!«

Sie setzten sich gemeinsam auf die Bank. Jean-Louis hatte sich ihr zugewandt und hielt ihre Hand. Er erzählte ihr seine ganze Geschichte. Erica hörte ihm regungslos zu. Es war unnötig, ihn zu fragen. Sie wusste es. Sie wusste, dass er es gewesen war. Dass er getötet hatte. Drei Mal.

Alain.

Michel.

Jacques.

»Erica, dir ist bewusst, dass ich den Weg bis zum Ende gehen muss. Dass ich keine Wahl habe. Es ist Gottes Wille.«

Erica wusste nicht, was sie empfinden sollte. Freude, ihn wiedergefunden zu haben? Trauer darüber, was aus ihm geworden war? Wut, dass Maurice ihre Zukunft zerstört hatte? Zweifellos war es eine diffuse Mischung aller Gefühle.

»Ja, Jean-Louis, das weiß ich. Doch was wird aus dir werden?«

»Ich gebe mich in die Hände Gottes.«

Jean-Louis küsste Erica auf die Stirn, stand auf und ging zum Ausgang. Erica blieb sitzen und betrachtete das Kirchenfenster. Sie faltete ihre Hände und betete.

»Vater unser im Himmel, geheiligt werde dein Name, dein Reich komme, dein Wille geschehe. Und vergib uns unsere Schuld, wie auch wir vergeben unsern Schuldigern …«

101

James stand vom Schreibtisch in seinem Büro in Washington auf. Er nahm sein Schulterholster vom Garderobenhaken, streifte es sich über und verschloss den Gürtel. Dann öffnete er eine Schreibtischschublade, holte seine Dienstwaffe, eine in Österreich gebaute Glock 23, heraus und steckte sie in die Halterung unter seinem rechten Arm, da er Linkshänder war. Er zog seine Jacke an, löschte das Licht und verließ sein Büro.

Die Wanduhr zeigte vier Uhr morgens an. Die Flure waren verwaist. Er ging die Treppe hinunter und tauschte in der Eingangshalle ein paar freundliche Worte mit den beiden diensthabenden Beamten aus. Danach fuhr er mit dem Aufzug in die riesige Tiefgarage, in der nur wenige Parkplätze besetzt waren. Er konnte den Hall seiner Schritte hören. Bevor er seinen Wagen aufschloss, betrachtete er ihn einen Moment lang. Mit Andreas teilte er die Vorliebe für Oldtimer und fuhr deswegen einen schwarz verchromten Chevrolet Impala, Baujahr 1967. Er ließ den Motor an. Er liebte dieses sanfte und zugleich imposante Dröhnen.

James nahm die Auffahrt auf die Pennsylvania Avenue. Nach zweihundert Metern bog er nach links in die 9th Street ab, um dann rechts auf die Constitution Avenue, einen großen achtspurigen Boulevard, abzubiegen. Zu Stoßzeiten brauchte man für die drei Kilometer entlang der National Mall sehr viel Geduld. Doch zu dieser frühen Morgenstunde war die Straße leer, sodass er aufs Gaspedal drücken konnte. Der Sechszylindermotor reagierte prompt. Zu seiner Linken erblickte er das Washington Memorial, jenen berühmten fast hundertsiebzig Meter hohen Obelisken, der zu Ehren George Washingtons errichtet worden war. Rechts konnte er durch die Bäume das Weiße Haus sehen. Ein Stückchen weiter vor ihm tauchten die Constitution Gardens mit dem See und der Insel auf, auf der sich das Monument der Unabhängigkeitserklärung mit den sechsundfünfzig Unterschriften der Unterzeichner befand.

Er fuhr weiter nach links auf den Henry Bacon Drive, um dann das Lincoln Memorial in Richtung Arlington Memorial Bridge zu umfahren, der Brücke, die über den Potomac River führt. Als er auf die Brücke fuhr, konnte er einen kurzen Blick auf die imposanten bronzenen Reiterstatuen zu beiden Seiten werfen. James fuhr diese geschichtsträchtige Strecke täglich zwischen seiner Arbeitsstelle und seinem Apartment hin und her. Auch wenn sein Blick auf sein Land im Laufe der Jahre kritischer geworden war, verteidigte er die Grundwerte der amerikanischen Nation immer noch voller Stolz.

Nach der Brücke bog er nicht wie üblich rechts ab, um nach Hause zu fahren, sondern folgte links dem Fluss bis zum internationalen Flughafen Ronald Reagan, wo eine Maschine für ihn bereitstand.

James zeigte den Mitarbeitern des Sicherheitsdienstes seine Dienstmarke und ging zum Hangar der Flugbereitschaft des FBI. Der Turbopropeller der einmotorigen Pilatus PC-12 drehte sich bereits. James stieg ein, schüttelte dem Piloten Kyle die Hand und machte es sich in einem der vier Sitze bequem. Zehn Minuten später waren sie schon in der Luft.

Zwei Stunden später landeten sie auf dem Flughafen von Albany im Staat New York. Beim Aussteigen wurde James bereits von Brandon Evans, einem Mitarbeiter des FBI vor Ort, mit einem Dienstwagen erwartet. Der Ort, zu dem sie fuhren, befand sich knappe hundertsechzig Kilometer weiter nördlich.

Kurz vor acht Uhr erreichten sie das Ufer des Pharaoh Lake, der mitten im Adirondack Forrest, einem riesigen Waldgebiet, lag. Der von Weißkiefern gesäumte See lag ruhig und glitzernd vor ihnen. Von dort aus folgten sie für einige Kilometer einer Schotterpiste bis nach Worthleberry Pond, einem kleinen See, dessen paradiesischer Anblick atemberaubend war. Sie fuhren ein paar hundert Meter weit um den See herum, bis sie einen typisch amerikanischen Alubriefkasten sahen, der auf einem Holzpflock montiert war. Die rote Fahne an der Seite des Kastens war hochgeklappt – ein Zeichen für den Briefträger, dass er aufzugebende Post mitnehmen sollte. Kam denn tatsächlich ein Briefträger an diesen gottverlassenen Ort?

Sie waren an ihrem Ziel angekommen. Sie bogen auf einen Weg ab, der sie mitten auf das Grundstück führte, und stellten den Wagen ab.

Das Haus stand auf einer Lichtung, umrandet von Weißkiefern. Vor ihnen, direkt am Seeufer, war eine charmante Hütte zu sehen, rechts davon ein ziemlich zerfallener Schuppen mit kaputten Fenstern und einem klaffenden Loch im Dach.

Sie stiegen die Stufen zur Terrasse hinauf, die um das ganze Haus herum verlief. James versuchte die Tür zu öffnen, doch sie war verriegelt. Er umrundete das Haus und bewunderte den Blick über den See. Etwas weiter unten sah er einen Steg, an dem ein kleines Ruderboot festgemacht war. Das hier war ein Paradies für Angler. Er drehte sich um und trat an die Terrassentür. Auch sie war verschlossen. Mit dem Knauf seiner Pistole zerschlug er die Fensterscheibe, griff mit der Hand durch die entstandene Öffnung, entriegelte den Türgriff und trat ein.

Das Wohnzimmer war rustikal möbliert und mit Jagdtrophäen und Angelzubehör geschmückt. Das Haus hatte kein Obergeschoss und war insgesamt nicht sehr groß. Das Wohnzimmer bestand aus einem Esstisch, einer Sofaecke, einem Kamin und einem Bücherregal. James trat näher heran und entdeckte auf dem obersten Regalbrett jede Menge Medizin- und Biologiebücher. Er zog ein Fachbuch für Chirurgie heraus und blätterte es kurz durch. Zahlreiche Bilder illustrierten die einzelnen Abschnitte. Er stellte das Buch zurück und schaute sich die Reihe darunter an. Einige Titel kannte er aus seiner Arbeitsbibliothek, da es sich um Fachliteratur zum Thema Serienmörder und Profiling handelte. Auf dem untersten Regalboden standen hauptsächlich theologische Werke und Religionsliteratur.

Er öffnete die Tür zu seiner Linken, die zu einem winzigen Schlafzimmer führte, in dem gerade genug Platz für ein Bett, einen Nachtschrank und einen Schreibtisch war, auf dem ein Drucker stand. Daneben befand sich ein Badezimmer mit einer Dusche und einer Toilette. Er ging zurück in den Wohnraum und öffnete die zweite Tür, hinter der sich eine Küche verbarg. Ein kleiner Kühlschrank, ein Herd, ein Spülbecken und ein paar Wandregale, in denen Geschirr stand. Gab es hier einen Keller? Er hatte weder eine Tür noch eine Falltür gesehen. Merkwürdig. Es musste doch einen Raum geben, wo man Lebensmittel kühl lagern konnte. Wonach suchte er hier? Er wusste es im Grunde selbst nicht. Er hoffte, dass er sich nicht getäuscht hatte. Er blickte durch das Fenster auf den Kiefernwald und entdeckte zwischen den Bäumen ein metallic graues Fahrzeug, das er vorher nicht gesehen hatte.

Er trat hinaus und ging zu dem Auto. Es schien fahrbereit und in gutem Zustand zu sein. Ein Chrysler Imperial. Ein älteres Modell, wenn auch nicht ganz so alt wie sein eigener Wagen. Er schätzte das Fahrzeug auf gut zwanzig Jahre. Er öffnete den Kofferraum. Leer. Er hob die Abdeckung hoch. Nichts. Er klappte den Deckel wieder hinunter und schaute in den Innenraum. Dann öffnete er eine der hinteren Türen. Die Sitzbank war mit schwarzem Leder überzogen. An der Seite befand sich eine Art Scharnier. Er klappte die Bank um. Sein Herz schlug plötzlich schneller. Unter der Rückbank befand sich ein mit Brettern ausgekleideter leerer Raum, der sich perfekt als Versteck für eine Leiche eignete …

Er ging zurück und blieb mitten auf dem Grundstück reglos stehen. Dieses Mal ließ er sich Zeit und schaute sich gründlich um. Er war sich sicher, in der Eile irgendetwas übersehen zu haben.

James betrachtete die umstehenden Bäume, dann das Haus und schließlich die baufällige Scheune. Direkt neben der Scheune stand ein alter roter verrosteter Pick-up mit vier platten Reifen. James ging näher, umrundete das Fahrzeug und bückte sich schließlich. Unter dem Pick-up erspähte er eine Art Falltür aus Metall, die zum Teil von Unkraut überwuchert war.

Er rief seinen Kollegen zu sich, der im Auto wartete. Vergeblich versuchten sie gemeinsam, den Pick-up wegzuschieben. Brandon holte seinen Wagen und stellte ihn vor dem anderen Fahrzeug ab. Dann verbanden sie beide mit einem Seil, das James in der Scheune gefunden hatte. Brandon drehte den Zündschlüssel um, während James sich hinter den Pick-up stellte, um ihn anzuschieben. Brandon drückte das Gaspedal ganz behutsam nach unten, um ein ruckartiges Anfahren zu vermeiden. Das Seil schien zu halten. Er gab ein wenig mehr Gas, und der Pick-up bewegte sich. Kurz darauf lag die Falltür frei. Sie war mit einem Vorhängeschloss verriegelt. James zückte seine Waffe, ging ein paar Schritte zurück, zielte und drückte ab. Das Schloss zerbarst unter der Wucht, mit der die Patrone einschlug.

James bückte sich. Die schwere Klappe ließ sich nur mit Mühe öffnen. Eine Leiter führte hinab in völlige Finsternis. Brandon reichte ihm eine Taschenlampe. Nachdem er sie eingeschaltet hatte, stieg James vorsichtig die knarzenden Holzsprossen hinunter. Er leuchtete den Raum vor sich mit der Lampe aus und entdeckte einen Tisch, auf dem kleine leere Ampullen und Weckgläser standen. Daneben lagen verschiedene Skalpelle. Er schaute sich um und fand einen Schalter an der Wand. Als er ihn drückte, ging eine kalte Deckenbeleuchtung an. Rechts von ihm sah er eine Untersuchungsliege, wie man sie aus Arztpraxen kannte, nur dass diese mit Armlehnen und Fixierschlaufen ausgestattet war. Auf der linken Seite stand ein großer Tiefkühlschrank in der Ecke. Daneben befand sich eine Tür. James öffnete sie und entdeckte dahinter einen engen, nur wenige Quadratmeter großen Raum, der komplett schallisoliert zu sein schien und in dem sich lediglich eine Matratze und eine Campingtoilette befanden.

Er ging zurück in den ersten Raum und öffnete den Tiefkühlschrank, der noch in Betrieb war. Auf einer kleinen Digitalanzeige konnte er ablesen, dass er auf vier Grad eingestellt war. Der Gefrierschrank war leer, doch anhand einiger roter Flecken konnte sich James ausmalen, was er enthalten haben mochte. Er schloss ihn wieder, drehte sich um und sah unter der Leiter einen zweitürigen amerikanischen Kühlschrank stehen. Noch ehe er ihn geöffnet hatte, überkam ihn eine üble Vorahnung. In den einzelnen Fächern standen etikettierte Weckgläser, auf denen jeweils ein Name und ein Datum vermerkt waren. Sämtliche Gläser enthielten in Formalin schwimmende Genitalien.

Schnell stieg James die Leiter wieder hinauf und atmete oben an der frischen Luft erst einmal tief durch. Dann holte er sein Mobiltelefon hervor und wählte die Nummer von Andreas.

102

Andreas und Karine befanden sich auf dem Rückweg nach Gryon. Beide schwiegen und ließen ihren Gedanken freien Lauf. Was sie in Yverdon erfahren hatten, ließ sie beide nicht kalt. Das Leben von Jean-Louis war eine Abfolge von Misshandlungen und sexuellen Übergriffen gewesen. Andreas verspürte Mitleid. Nicht für den Mörder, der er geworden, sondern für das Kind, das er gewesen ist. Und trotzdem handelte es sich vermutlich um ein und dieselbe Person.

Jean-Louis hatte sich auch erneut in einer Umgebung befunden, in der er nicht heranwachsen und sich entfalten durfte, wie es das Recht eines jeden Kindes war. Wieder hatte er Entsetzliches erleben müssen. Andreas musste an die sogenannten Verdingkinder denken, die man in der Schweiz bis in die achtziger Jahre Familien weggenommen und fremdplatziert hatte. Ihn hatten diese zum Teil sehr tragischen Schicksale sehr bewegt.

Das Klingeln seines Telefons ließ Andreas aus seinen Gedanken aufschrecken. Er nahm das Gespräch über die Freisprechanlage an.

»Hi, James!«

»Hi, Andy!«

»Hi, Mister FBI!«, sagte Karine.

»Hi, Karine. Ich hätte mir denken können, dass du auch da bist. Ihr beiden seid ja unzertrennlich.«

James hatte Karine im letzten Jahr kennengelernt, als er Andreas in seinem Urlaub einen Besuch abgestattet hatte. Sie waren zusammen in Gryon gewesen und hatten James dort mit einigen lokalen Bräuchen vertraut gemacht, darunter der

Genuss eines Fondues und eines Raclettes in einer typischen Schweizer Berghütte. Er hatte zugeben müssen, dass dies zu den exotischsten Erfahrungen seines Lebens gehörte. Frankreich und die Schweiz waren die einzigen Länder außerhalb der Vereinigten Staaten, die er je besucht hatte.

»Und, hast du Informationen zu Holder gefunden?«

»Ja, sogar mehr als das. Es steht außer Frage. John Holder ist unser Serienmörder beziehungsweise der leibhaftige Emasculator!«

Andreas fuhr gerade die kurvige Straße nach Gryon hinauf und hielt in einer kleinen Parkbucht kurz vor dem Dorf Fenalet an. Diese Neuigkeit erschien ihm völlig unglaubwürdig. Und doch ... Er riss sich zusammen.

»James, bist du noch da?«

»*Yes, sure.*«

»Holder, bist du dir sicher, dass er es ist?«

»Ja, absolut sicher. Aber das ist eine lange Geschichte ...«

»Ich höre. Ich will alles wissen.«

»Zwischen 1991 und 2009 wurde pro Jahr ein Mord von ihm verübt. Danach Funkstille. Als sei der Emasculator aus dem Verkehr gezogen worden. Wir waren zu dem Schluss gekommen, dass er vielleicht verstorben sei.«

»Er hat also fast zwanzig Personen getötet?«

»Neunzehn, um genau zu sein. Das erste Opfer starb im Februar 1991 in Massachusetts. Das zweite im Mai 1992 in Pennsylvania. Das dritte im Oktober 1993 in New Jersey. Das vierte im Juli 1994 im Staat New York. Und danach wiederholt sich dieses Schema mit der gleichen geografischen Logik. Ein Opfer pro Jahr aus einem der vier Staaten, aber immer in der gleichen Reihenfolge. Als die Mordserie 2010 endete, hatten wir fünf Opfer in Massachusetts, fünf in Pennsylvania, fünf in New Jersey, aber nur vier in New York. Das hat uns stutzig gemacht. Es ist, als ob ein Puzzleteil fehlen würde.«

»Unfassbar«, warf Karine ein.

»Ja, und dabei ist besonders auffällig, dass er nie von seiner Logik abgewichen ist. Zwanzig Jahre lang hat er seine Verbrechen mit systematischer Schonungslosigkeit und absoluter Unerbittlichkeit ausgeführt, ohne dabei je wirklich in Bedrängnis gekommen zu sein.«

»Und ich dachte, das FBI sei unfehlbar«, meinte Karine ironisch.

»Du schaust wohl zu viel Fernsehen. Das einzig Wahre an all diesen Filmen ist, dass sich das FBI und die Amerikaner generell viel zu überlegen fühlen. Und das ist unser größtes Problem.«

»Wie ist es möglich, dass Holder nicht entdeckt wurde? Ist er denn nie verdächtigt worden?«

»Ja und nein. Ich habe die Vernehmungsprotokolle gefunden. Die erste Befragung hatte nach dem ersten Mord an einem seiner Mandanten stattgefunden. Das war im Juli 1994, nachdem man die vierte Leiche entdeckt hatte. Bis dahin gab es keinerlei Verbindungen zu ihm. Die ersten vier Opfer hatten zwei Gemeinsamkeiten. Sie waren wegen sexueller Vergehen, Inzest oder Pädophilie angeklagt, aber im Laufe ihres jeweiligen Prozesses freigesprochen worden. Wir hatten schon vermutet, dass es sich bei dem Mörder um einen Anwalt oder einen Richter handeln könnte. Aber es hätte natürlich auch einfach jemand sein können, der sich über die laufenden Gerichtsverfahren informierte. Die Tatsache, dass die Verbrechen in vier verschiedenen Staaten verübt wurden, hat uns die Sache nicht leichter gemacht. Wir wussten nicht, in welche Richtung wir suchen sollten. Und genau das hat der Mörder zweifellos beabsichtigt. Er hat uns absichtlich auf falsche Fährten gelockt. Ich nenne euch zwei Beispiele. In Massachusetts war jedes Mal derselbe Richter in den Fall verwickelt, und in Pennsylvania war es derselbe Anwalt. Auf diese Weise haben wir John Holder zum ersten Mal kennengelernt. An den Tatorten haben wir nie auch nur das kleinste Indiz gefunden. Keine DNA-Spuren. Keine Fingerabdrücke. Nichts. Er ist mit Sicherheit einer der gewissenhaftesten Mörder, mit denen wir es je zu tun hatten, daher war es auch unmöglich, Verbindungen zu unseren potenziell verdächtigen Kandidaten herzustellen. Außerdem konnten wir in den meisten Fällen nicht mal den genauen Zeitpunkt und die Art, wie die Opfer entführt wurden, ermitteln und manchmal auch nicht den genauen Todeszeitpunkt. Wir haben übrigens auch nie herausgefunden, wo die Verbrechen verübt wurden. Das Einzige, was wir wussten, war, dass die Opfer nie bei sich zu Hause ermordet wurden. In den meisten Fällen hatte der Mörder einen Taser benutzt, um sie auszuschalten, und immer hat er wie in Gryon Chloroform und Curare benutzt. Wir haben uns gedacht, dass der Mörder die Opfer gefesselt an einen Ort gebracht haben muss, an dem er in aller Ruhe seine abartigen Taten begehen konnte. Unter anderem haben wir herausgefunden, dass zwischen dem Tag der Entführung und dem Tag der Entdeckung der Leiche vermutlich immer mehrere Tage vergangen waren. Manchmal zwei oder drei, manchmal aber auch mehr.«

»Und wo wurden die Leichen entdeckt?«

»Auch da war er sehr geschickt im Verwischen der Spuren. Alle wurden im Wald abgelegt. Jedes Mal an einem anderen Ort in einem anderen Bundesstaat. Und nie in demselben Bundesstaat, in dem er sie entführt hatte. Wir haben die Leichen in Vermont, in Maine und in New Hampshire gefunden.«

»Und welche Logik steckte dahinter?«

»Die Logik … Es gibt noch eine Karte, in der alle Orte der Entführungen der Opfer und die Fundorte der Leichen eingetragen sind. Lange haben wir weder ein Schema noch ein Motiv darin erkennen können. Erst im Laufe der Jahre konnten wir eine Systematik ausmachen. Zwei Antworten sind möglich. Erstens: Er will die Spuren verwischen. Zweitens: Er hat die Opfer in den bevölkerungsreichsten Bundesstaaten entführt, denn die vier Bundesstaaten haben mit ihren großen Städten wie New York, Boston und Philadelphia über fünfzig Millionen Einwohner und machen damit zwanzig Prozent der Gesamtbevölkerung Amerikas aus. So konnte er unentdeckt bleiben, denn ihn dort zu suchen kam einer Suche nach der Nadel im Heuhaufen gleich. Anschließend hat er die Leichen in den bevölkerungsärmsten Bundesstaaten abgelegt, wo es genügend einsame Orte gibt, um dabei nicht gesehen zu werden.«

»Ich schätze, dass es manchmal einige Zeit gedauert hat, bis die Leichen entdeckt wurden, oder?«

»Nein, im Gegenteil. Wir haben sie immer sehr schnell gefunden.«

»Wie das?«

»Dank der Postkarten, die zu meinen Händen an das FBI geschickt wurden und auf denen die geografischen Koordinaten der Fundorte standen. Längen- und Breitengrade.«

»Ach ja, stimmt. Trotzdem verstehe ich immer noch nicht, wie er euch durch die Lappen gehen konnte. Es musste doch irgendwelche Indizien gegeben haben, die auf ihn verwiesen haben, oder? Habt ihr seine Alibis überprüft? Seine Handschrift mit der auf den Postkarten verglichen? Er muss doch Hunderte von Kilometern mit einer Leiche im Kofferraum zurückgelegt haben. Wurde denn sein Auto nie untersucht?«

»Was glaubst du denn? Natürlich! Was die Handschrift betrifft, so gab es die gar nicht. Die Texte auf den Karten wurden gedruckt und aufgeklebt. Aber der Reihe nach. Als wir Holder 1994 kennengelernt haben, war er nicht verdächtiger als irgendwer sonst, dennoch haben wir sein Alibi in Verbindung mit dem Mord an seinem Mandanten überprüft. Dieser hieß Brian Jones und war wegen des sexuellen Missbrauchs seiner Tochter angeklagt worden. Man hatte ihn nicht schuldig gesprochen, aber dennoch hatte seine Frau ihn verlassen und war wieder zu ihren Eltern gezogen. Er blieb allein in dem Haus zurück, begann zu trinken und verlor einige Monate später seine Arbeit. Als er entführt wurde, war er also quasi isoliert, und deshalb ist sein Verschwinden auch niemandem aufgefallen. In mehreren anderen Fällen hatten wir eine ähnliche Situation, daher haben wir angenommen, dass der Mörder seine Opfer aus der Nähe beobachtete und einen geeigneten Moment abwartete, um zuzuschlagen. Und in diesem Fall seines Mandanten konnten wir den Todeszeitpunkt auf zwölf bis achtzehn Stunden vor der Entdeckung der Leiche eingrenzen. Holder hatte jedoch zum Todeszeitpunkt an einem Kongress in Chicago teilgenommen ... Daher schied er aus, und wir haben uns, wenn auch erfolglos, auf vielversprechendere Fährten konzentriert. Übrigens war John Holder als Anwalt bekannt dafür, Vergewaltiger und andere Sexualstraftäter vor der Verurteilung zu bewahren. Er wurde von den Familien der Opfer dafür gehasst. Er hatte also augenscheinlich überhaupt kein Motiv.«

»Und danach habt ihr euch nie wieder für ihn interessiert?«

»Doch, dazu komme ich jetzt. Es gab viele Jahre später noch eine zweite Vernehmung, die jedoch unglücklicherweise auch die letzte war. Im Jahr 2002 war erneut einer seiner Mandanten zum Opfer geworden.«

»Ich verstehe nicht, warum er seine eigenen Mandanten getötet hat. Das musste euch doch auf seine Spur bringen, oder?«, fragte Karine.

»Vermutlich wollte er genau das. John Holder ist ein höchst intelligenter Mensch. In den vier betroffenen Bundesstaaten haben wir selbstverständlich Listen von Anwälten erstellt, die mit solchen Fällen befasst waren. Und da tauchte er natürlich auch auf. Als wir uns 2002 wieder für ihn interessierten, befanden wir uns gerade in einer recht euphorischen Phase, da wir in der Wohnung des damaligen Opfers endlich Fingerabdrücke gefunden hatten. Die Möglichkeit bestand, dass es sich um die des Täters handelte. Auf einer Champagnerflasche und dem dazugehörigen Glas. Wir haben die Hypothese aufgestellt, dass der Anwalt und sein Mandant den Champagner zusammen getrunken hatten, um ihren Sieg zu feiern, denn der Prozess hatte ein paar Tage zuvor mit einem Freispruch geendet. Wir haben also die Fingerabdrücke mit denen Holders verglichen, doch sie stimmten nicht überein. Wir haben die Fingerabdrücke übrigens schließlich einem Richter aus dem angrenzenden Bundesstaat New Jersey zuordnen können. Damals haben wir uns natürlich intensiv mit dem Richter beschäftigt, doch eine Verbindung zwischen ihm und dem Opfer wurde nie gefunden. Am Ende sind wir zu dem Schluss gekommen, dass uns der Mörder auf eine falsche Fährte locken wollte, denn ein paar Wochen vor dem Verbrechen hatte es in Philadelphia eine Tagung zahlreicher Anwälte und Richter gegeben. Wir konnten den Organisator kontaktieren und in Erfahrung bringen, dass dort der gleiche Champagner serviert worden war, den wir beim Opfer gefunden hatten. Logischerweise musste der Mörder also zu den Teilnehmern gehört haben. Zwischen mehr als hundert Personen eine Flasche Champagner mitgehen zu lassen war ja ein Kinderspiel. Doch John Holder war nicht dort gewesen. Beziehungsweise: Sein Name hatte nicht auf der Teilnehmerliste gestanden, muss ich heute sagen. Wir haben sogar eine gewisse Anzahl von Leuten befragt, die vor Ort gewesen waren und die uns alle bestätigt haben, dass sie Holder während dieser beiden Tage nicht gesehen hatten.«

»Vielleicht hatte er sich verkleidet«, sagte Karine. »Diese Strategie hat er ja auch in Gryon genutzt.«

»Ja, das ist in der Tat sehr wahrscheinlich. Und ich muss zugeben, dass wir ihn vielleicht hätten überwachen sollen, aber zu diesem Zeitpunkt war er nicht verdächtiger als andere auch. Und wir verfügten auch nicht über genügend Personal für solche Aktionen. Neben den Fingerabdrücken haben wir andere Beweismittel, die wir in unserem Besitz hatten, überprüft. Unter anderem haben wir die Ausdrucke seiner Drucker in der Kanzlei mit denen der Postkarten verglichen, aber auch sie stimmten nicht überein. Ein Zeuge hatte einen alten Chrysler vor dem Haus eines Opfers stehen sehen, an dem Abend, als der Mann entführt wurde. Doch er konnte sich nicht an die Ziffern auf dem Nummernschild erinnern, nur daran, dass der Wagen in New York zugelassen worden war. John Holder fuhr damals eine recht neue Corvette und seine Frau einen kleinen Chevrolet. Auch da also nichts, was uns weitergebracht hätte. Außerdem hatte er ein Alibi. Am errechneten Todestag des Opfers war er mit seiner Familie übers Wochenende verreist.«

»Wie hat er das gemacht?«

»Inzwischen kenne ich die Antwort. Er hat die Leiche in einen Kühlschrank gelegt, der auf eine gewisse Temperatur eingestellt war, um die Leichenstarre hinauszuzögern. Damit konnte er uns in die Irre führen, was den tatsächlichen Todeszeitpunkt betraf. Wir haben die Leiche Montagnachmittag gefunden und den Todeszeitpunkt auf Sonntagmorgen oder Samstagnacht geschätzt, dabei war das Opfer vermutlich schon vor dem Wochenende gestorben. Er muss die Leiche in der Nacht von Sonntag auf Montag abgelegt haben. Und sein Plan ging auf. Er hatte ein Alibi.«

»Er ist wirklich sehr clever, und er scheint sich auch auf dem medizinischen Sektor sehr gut auszukennen.«

»Ja, er ist äußerst raffiniert. Wir haben Holder aus diesen Gründen aufgegeben und uns auf die Personen konzentriert, die an der Fachtagung teilgenommen hatten. Damit war ihm sein größter Coup gelungen. Wir haben von ihm abgelassen …«

»Aber du hast uns immer noch nicht gesagt, warum du heute sicher bist, dass Holder der Täter ist.«

»Ich habe Nachforschungen zu John Holder betrieben. Er wohnt in New York. Ich habe seine Frau kontaktiert: Ihr Mann ist ohne Ankündigung vor drei Monaten verschwunden. Seitdem hat sie nichts mehr von ihm gehört. John Holder existiert in den USA seit seiner Hochzeit im Jahr 1979. Davor: nichts! Ich habe die Ausweispapiere überprüft, mit denen er seine amerikanische Staatsbürgerschaft beantragt hat. Und ratet, was ich gefunden habe?«

»Ja?«

»Einen französischen Reisepass. Und in Frankreich gibt es diesen John Holder nicht. Das ist eine Fälschung!«

»Das erklärt, warum wir vor 1979 nichts über Holder gefunden haben.«

»Aber wer ist denn nun dieser Holder?«, fragte Karine.

»Das Beste kommt zum Schluss. Jean-Louis Bergier, euer geheimnisvoller Vermisster aus Gryon, wurde in einer völlig ausgebrannten Wohnung gefunden. Laut Polizeibericht war die Leiche vollkommen verkohlt. Er wurde damals anhand seines Reisepasses und eines sehr alten goldenen Kettenanhängers identifiziert, auf dessen Rückseite der Name ›Germaine Bergier‹ eingraviert war. Die Schweizer Polizei hat ihn von

Yvette Bergier, Germaines Tochter, identifizieren lassen. Sie hat bestätigt, ihrem Adoptivsohn den Anhänger an dem Tag geschenkt zu haben, an dem er Jean-Louis Bergier geworden war. Es gibt also keinerlei physikalischen Beweis. Das Auswerten von DNA steckte damals noch in den Kinderschuhen. Und der Polizeibericht erwähnt, dass man in der Schweiz seinen Zahnstatus angefragt habe, es jedoch keinen gab …«

»Und das Beste?«

»Das kommt ja jetzt. Das habe ich gestern auf der Liste aller Mandanten von Holder entdeckt. Auf dieser steht ein gewisser Steven Barrow. Das war sein erster Mandant. Für nicht schuldig erklärt. Drei Monate nach dem Prozess im Jahr 1990 hat er sich in Luft aufgelöst. Und er steht immer noch auf der Liste der als vermisst gemeldeten Personen. Doch bis heute haben wir keine Verbindung zwischen seinem Verschwinden und unserem berühmten Serienmörder herstellen können. Das Datum seines Verschwindens stimmt allerdings mit dem Todesdatum der Person überein, die wir für Jean-Louis Bergier hielten …«

Diese Informationen zerstreuten auch die letzten verbliebenen Zweifel. Jean-Louis Bergier und John Holder waren ein und dieselbe Person. Andreas und Karine sagten keinen Ton. James fuhr fort, ohne ihre Reaktion abzuwarten.

»Ich kann natürlich nicht beweisen, dass Steven Barrow anstelle von Bergier gestorben ist, da die Leiche so verbrannt war, dass wir keine DNA mehr nachweisen konnten. Aber alles passt zusammen.«

»Ich habe das Gefühl, dass du noch mehr interessante Neuigkeiten für uns hast, oder täusche ich mich da?«

»Da täuschst du dich tatsächlich nicht«, erwiderte James und lächelte zufrieden.

»Aber eine Sache verstehe ich nicht«, warf Karine ein. »Jean-Louis Bergier wurde 1990 für tot erklärt, lebte aber bereits seit 1979 unter dem Namen John Holder.«

»Das stimmt. Vermutlich hat er zwischen 1979 und 1990 ein Doppelleben geführt. Oder hat zumindest seine alte Identität behalten. Aus welchem Grund, kann ich nicht sagen. Aber 1990 hat er mit dem Töten begonnen. Vielleicht war es damals einfach der richtige Moment? Auch darauf habe ich keine Antwort. Doch Steven Barrow war unser fehlendes Puzzleteil.«

»Wieso?«

»Wenn man Steven Barrows Tod im Jahr 1990 zu der Liste der Opfer des Emasculators hinzufügt, macht das zusammen zwanzig Opfer beziehungsweise ein Opfer pro Jahr zwischen 1990 und 2009. Und Steven Barrow kam aus New York. Das ist die Antwort auf eine der unbeantworteten Fragen: Warum gab es in New York nur vier Opfer und in allen anderen Bundesstaaten fünf? Und die Postkarten, die du mir als Foto per E-Mail geschickt hast, bringen auch etwas ans Tageslicht. Zwischen 1990 und 2009 hat er zwanzig Verbrechen begangen und parallel die Postkarten in die Schweiz geschickt. Eine Karte pro Jahr an jedes Opfer in Gryon. Es kommt sogar noch besser. Ich habe die Poststempel der Karten, die ich vom Mörder bekam, mit den Poststempeln der in die Schweiz verschickten Karten verglichen: Es handelte sich jedes Mal um dasselbe Datum.«

»Unglaublich«, sagte Andreas. »Er begeht einmal pro Jahr ein Verbrechen in den USA und bringt sich gleichzeitig seinen Peinigern in Gryon in Erinnerung, indem er ihnen Postkarten mit einer Botschaft schickt. Damit sie nicht vergessen. Er hatte also alles von Anfang an geplant. Angefangen von seinem vorgetäuschten Tod im Jahr 1990. Er hat seine Peiniger in der Schweiz denken lassen, dass er gestorben sei, und gleichzeitig das alles losgetreten. Noch bevor er in Amerika mit dem Morden begonnen hat, wusste er, dass er eines Tages in die Schweiz zurückkehren würde, um sich zu rächen.«

»Und die vier Karten, die von Gryon aus abgeschickt wurden?«, wollte Karine wissen.

»Dank des Poststempels wissen wir, dass sie am 8. März dieses Jahres versendet wurden, also auf den Tag genau sechs Monate vor dem Mord an Gautier, der am 8. September verübt wurde«, sagte Andreas. »Und es war ebenfalls ein 8. September im Jahr 1972, an dem Jean-Louis barbarisch vergewaltigt worden war, was in der Folge sein ganzes Leben verändert hat.«

»Das verstehe ich ja. Aber wer hat die Postkarten abgeschickt? Am 8. März war Holder, oder besser gesagt Jean-Louis, noch in den USA.«

»Das hat er auf jeden Fall geschickt eingefädelt. Ein perfekt konstruiertes Alibi. Dieses Rätsel wird erst gelöst werden, wenn wir den Mistkerl erwischt haben. Vielleicht hat er die Karten durch eine dritte Person abschicken lassen, vielleicht sogar, ohne dass diese es bemerkt hat. Womöglich hat er die Karten in einen Stapel Geschäftspost gemogelt, diesen in seinem Chalet absichtlich liegen lassen und irgendeinen netten Nachbarn an einem bestimmten Datum beauftragt, die Post bitte noch unbedingt am selben Tag einzuwerfen, da er sie angeblich vergessen hatte. Auf diese Weise hätte sein Komplize wider Willen gar nichts davon mitbekommen. Aber das ist natürlich nur eine Theorie. Außerdem besteht die Möglichkeit, dass die Pfarrerin Erica Ferraud, seine erste große Liebe, die Postkarten für ihn aufgegeben hat, weil sie mit den Zusammenhängen vertraut war … Doch das möchte ich gar nicht glauben.«

»Jetzt, wo wir wissen, dass Jean-Louis Morier alias Bergier und John Holder ein und dieselbe Person sind, musst du uns trotzdem noch erklären, warum du dir sicher bist, dass es sich um euren berühmten Serienmörder handelt, James«, sagte Karine.

»Ich halte mich gerade am Ufer des Worthleberry Pond auf. Der Name des Sees sagt euch sicherlich nichts …«

James erzählte ihnen, was er gerade entdeckt hatte, und lieferte ihnen dann die letzte noch fehlende Information: Das Haus an dem charmanten kleinen See gehörte Jean-Louis Bergier.

103

Auf See, 1978

Als das Schiff aus dem Hafen von Le Havre auslief, stand er an Deck und betrachtete den endlosen Ozean, der sich vor ihm erstreckte. Bei der Ankunft würde er seinen Namen ändern. Jean-Louis würde nicht mehr existieren. Er würde sich John nennen. Er holte die Postkarte mit Ferdinand Hodlers Gemälde des Grand Muveran aus seiner Tasche und betrachtete sie aufmerksam. John Holder, dachte er. Zwei vertauschte Konsonanten. Das klang gut.
 Einen Frachter zu finden, der Passagiere mitnahm, war schwieriger gewesen, als er gedacht hatte. Doch nach einigen Verhandlungen hatte er an Bord eines Schiffes gehen können, das unter maltesischer Flagge fuhr, ohne dass man ihm weitere Fragen stellte. Vom Kai aus hatte er beeindruckt zugesehen, wie der Frachter mit zahlreichen Containern beladen worden war. Man hatte ihm eine winzige Kabine mit einem Bett, einer Dusche und einer Toilette zugewiesen. Die Kabine verfügte über ein Bullauge, was ihn beruhigte, da er manchmal Platzangst bekam. Dank dieses kleinen Fensters hatte er das Gefühl, nicht komplett eingesperrt zu sein. Das Schiff war am späten Nachmittag ausgelaufen, und nachdem er zunächst bei der Abfahrt von der Brücke aus zugesehen hatte, hatte er sich bis zum Abendessen in seine Kajüte zurückgezogen.
 Als er die Messe betrat, saßen bereits gut zwanzig Personen um den Tisch herum. Die meisten waren Matrosen, doch es waren auch noch einige andere Passagiere an Bord. Er fühlte sich unwohl, weil alle anderen ihn beim Eintreten anstarrten. Es fühlte sich genauso an wie damals an seinem ersten Schultag in Gryon. Er setzte sich auf den einzigen freien Platz neben einen jungen Matrosen, der kaum älter zu sein schien als er selbst. Er hieß Vlad und kam aus Rumänien, doch mit Händen und Füßen und ein paar englischen Brocken klappte es ganz gut mit der Verständigung.

Musste Vlad gerade nicht arbeiten, trafen sie sich und verbrachten ihre Zeit gemeinsam. Dank dieser neuen Freundschaft fühlte er sich weniger isoliert. Vlad hatte ihm eine Führung unter Deck gegeben. Die Frachträume. Den Maschinenraum. Er hatte sogar die Erlaubnis des Kapitäns erhalten, den Kommandoturm besuchen zu dürfen. Ihre Verständigungsschwierigkeiten kompensierten sie, indem sie nach dem Abendessen häufig mehrere Partien Schach miteinander spielten. Er liebte diese Momente, denn beim konzentrierten Spiel konnte er alles vergessen, was ihn quälte.

Nachts, wenn er allein in seiner Kabine war, kamen seine Ängste zurück. Er wusste nicht, was schlimmer war. Die Alpträume in der Nacht oder die düsteren Gedanken, die ihm keine Ruhe ließen, wenn er wach war. Konnte er nicht einschlafen – und das war beinahe jeden Abend der Fall –, ging er an Deck und lehnte sich an die Reling. Er lauschte dem Dröhnen der Motoren und beobachtete aufmerksam die Sterne, die den Himmel erhellten. Und er betrachtete das Meer, das nachts dunkel und beängstigend wirkte. Er dachte an die Menschen, die beim Untergang der Titanic ertrunken waren. Und wenn er von Bord spränge? Dann wäre alles vorbei. Die Alpträume. Die quälenden Gedanken. Aber er konnte einfach nicht über die Reling klettern und in den Fluten versinken. Er hatte keine Angst vor dem Tod, dennoch hielt ihn irgendetwas in seinem Innern davon ab. Sein Leben konnte sich doch nicht auf das beschränken, was er bis jetzt erlebt hatte. Sollte Gott tatsächlich existieren, würde er ihm eine zweite Chance geben. Zumindest hoffte er das. Auf der anderen Seite des Ozeans würde ihn eine neue Existenz erwarten…

Als Jean-Louis am zehnten Tag bei Sonnenaufgang aus seiner Kabine trat und auf das Hauptdeck ging, sah er in der Ferne eine Bucht, deren Eingang von einer Hängebrücke überspannt war. Die vier Kilometer lange Verrazzano-Narrows Bridge verband die New Yorker Stadtbezirke Staten Island und Brooklyn. Als sie unter der Brücke hindurchfuhren, blickte er nach oben und bewunderte diese enorme Betonmasse, die in der Luft zu hängen schien. Der Tag war gerade angebrochen, und aus dem morgendlichen Dunst ragten in der Ferne die Wolkenkratzer Manhattans empor. Und dann, als sich die Nebel gelichtet hatten, sah er sie. Die Freiheitsstatue.

Als er von Bord ging, verabschiedete sich Vlad von ihm und wünschte ihm viel Glück. Sie umarmten sich. Dann nahm er seine Tasche, die die wenigen Sachen enthielt, die er mitgenommen hatte, und ging den Anleger hinunter.

Bevor er den ersten Fuß auf den Kai setzte, schloss er die Augen und öffnete sie erst wieder, als er mit beiden Füßen auf festem Boden stand. Er war in Amerika. Am anderen Ende der Bucht ragte Manhattan empor. Er ging los, ohne sich auch nur einmal umzudrehen.

104

New York, 1978

Der Frachter hatte in Port Jersey gegenüber der Stadt New York angelegt. Nachdem Jean-Louis den Zoll passiert hatte, betrachtete er seinen Pass mit dem Stempel und dem Einwanderungsvisum. Er würde ein neues Leben beginnen. Und er hatte sich entschieden, einen neuen Namen zu tragen: John Holder.

John erkundigte sich am Schalter des Terminals, wie er nach Manhattan käme, und brach dann zu Fuß in Richtung des Liberty State Parks auf. Er ging am Liberty National Golf Course entlang bis zum Liberty Park Café und dann weiter auf dem Uferweg entlang des Hudson Rivers bis zum Freedom Way, der durch den Park führte. Menschen fuhren auf Fahrrädern oder Rollerskates die Wege entlang und schlängelten sich durch die Spaziergänger am Flussufer. Nur wenige Quadratmeter der Grünflächen waren unbesetzt. Er selbst ließ sich auf einer Bank am Fluss nieder und staunte. Die Freiheitsstatue,

Manhattan mit den Hochhäusern. Er erkannte die Zwillingstürme des World Trade Centers, das Empire State Building und das Chrysler Building, dessen Turmspitze wie ein Pfeil in den Himmel ragte. Eines Tages würde er von einem dieser Wolkenkratzer aus die Stadt unter sich bewundern.

Ihm kamen Bilder aus Filmen in den Sinn. Er stellte sich vor, wie King Kong an den beiden Zwillingstürmen hinaufkletterte und dabei die junge Frau in seiner Hand hielt, bevor er von den Kugeln aus einem Armeehubschrauber tödlich getroffen hinabstürzte. Noch lieber mochte er jedoch die Filmversion von 1933, in der King Kong das Empire State Building hinaufkletterte. Dann dachte er an Superman, der zwischen diesen riesigen Türmen aus Stahl und Beton entlangflog. Er hatte die Premiere des Films in Paris gesehen mit Christopher Reeve in der Hauptrolle. Und er sah James Bond vor dem »Oh Cult Voodoo Shop« in »Leben und sterben lassen« vor sich. Er kam sich vor wie in einem Roman, und doch war es die Realität. Er befand sich in New York.

Nach einer guten Weile erhob er sich und ging weiter bis zur Anlegestelle der Liberty II, einer Fähre, die genau so gelb wie die Taxis auf den Straßen war und die Staten Island mit Manhattan verband. Auch wenn er erst seit ein paar Stunden in New York war: Überall verfolgte ihn das Wort »liberty«, »Freiheit«.

Was würde er mit seinem Leben machen? Er hatte beschlossen, sich von seiner Vergangenheit zu befreien. Er war weggegangen. Er hatte seine alte Existenz hinter sich gelassen. War er also frei? Seine Geschichte suchte ihn jede Nacht heim. Er hatte Alpträume. Er sah die Flammen. Immer wieder durchlebte er die Ereignisse in Gryon. Die Angst. Die Scham. Die Wut. Würde er eines Tages von diesen Gefühlen erlöst werden, die ihn innerlich auffraßen?

105

Freitag, 21. September

Janine Fournier fuhr vor ihrem Chalet vor. Sie war morgens zum Einkaufen hinunter in die Rhône-Ebene gefahren und hatte sich anschließend mit einer Freundin in Bex zum Essen getroffen.

Seit ein paar Tagen wurde das Haus rund um die Uhr bewacht. Da sie sich in dieser Situation nicht wohlfühlte, zog sie es vor, die meiste Zeit außer Haus zu verbringen. Ihre Ehe war ohnehin kaputt, genau wie ihr Ruf. Vorher hatte sie sich mit ihrem Ehemann arrangiert. Sie war die Ehefrau eines Gemeinderats. Da konnte man schon mal ein paar Zugeständnisse machen. Doch seine Verhaftung und die Anschuldigung wegen sexuellen Missbrauchs hatten sie zum Gespött des Dorfes gemacht. Jeder drehte sich nach ihr um. Sie hatte das Gefühl, dass man in ganz Gryon hinter ihrem Rücken über sie sprach. Die Situation war unerträglich geworden. Was sollte sie tun? Sie wusste es nicht.

Das Tor öffnete sich automatisch. Sie parkte ihren Wagen im Hof, stieg die Treppe zur Haustür hinauf und stellte fest, dass diese einen Spaltbreit offen stand. Ihr war sofort klar, dass hier etwas nicht stimmte. Kaum hatte sie das Haus betreten, erlebte sie einen Schock. Im Wohnzimmer lag ein Mann mit gefesselten Armen und Beinen auf dem Boden. Er blutete im Gesicht, aber er lebte. Es handelte sich um einen der Kommissare. Keine Spur von Maurice. Sie eilte zu dem Mann, löste das Klebeband von seinem Mund und zog das Tuch heraus. Anschließend suchte sie ein Messer, um die Fesseln zu lösen.

Der Kommissar erhob sich, griff nach seinem Handy auf dem Tisch und rief Andreas Auer an.

106

New York, 1989

John wohnte inzwischen ganz in der Nähe des Green-Wood Friedhofs in Brooklyn und wanderte dort gern zwischen den Gräbern umher. Er hatte Mühe, sich an das ständige Gewimmel einer Großstadt zu gewöhnen, und genoss die Ruhe des Friedhofs, denn hier gab es Grünflächen, Bäume und sogar kleine Teiche. Er hatte Spaß daran, beim Spazierengehen die Namen auf den Grabsteinen zu lesen und sich vorzustellen, was für ein Leben diese Menschen wohl geführt hatten.

Eines Tages hatte er ein Familiengrab mit der Inschrift »DeCavalcante Family« entdeckt, das ihn so sehr interessierte, dass er sich bei einem Friedhofswärter danach erkundigte. Es gehörte einem Mafiaclan, der in der Geschichte Brooklyns eine gewisse Rolle gespielt hatte und dessen prominentestes Mitglied Simone Rizzo, genannt »Sam der Klempner«, gewesen war.

Er fing an, sich intensiver damit zu beschäftigen, und nachdem er erfahren hatte, dass mehrere Mafiosi auf diesem Friedhof ihre letzte Ruhestätte gefunden hatten, spürte er nach und nach deren Gräber auf und begann, sich leidenschaftlich für deren Werdegang zu interessieren. Manche dieser Gräber waren nur auf der Erde liegende Marmorplatten, die häufig von Büschen, Bäumen, Unkraut oder Laub verdeckt wurden, was ihr Aufspüren zugleich erschwerte, aber auch zu einem Spiel machte. Vincent Louis »The Chin« Gigante. Joseph »Crazy Joe« Gallo. Er wollte wissen, wie und warum sie diese sehr bildhaften Beinamen erhalten hatten. Umberto Anastasia, genannt »Lord High Executioner«, war der Pate der Familie Mangano gewesen. Sein Beiname bezog sich auf seine geschickte Art zu töten, sodass fast siebenhundert Morde auf sein Konto gingen. 1929 hatte er an der berühmten Atlantic-City-Konferenz teilgenommen und mit amerikanischen Mafiagrößen wie Al Capone, Frank Costello und vor allem Charles Lucky Luciano über die Gründung einer Mafiakommission diskutiert.

John schaute sich viele Filme zu diesem Thema an. »Cosa Nostra«, »Der Pate«, »Hexenkessel«. Er war fasziniert von diesen Männern und der scheinbaren Leichtigkeit, mit der sie menschliches Leben auslöschten. Hatten sie ein Gewissen? Fühlten sie etwas dabei? Er selbst hatte seine Familie getötet. Spürte er Reue? Nein. Doch seine Seele fand keinen Frieden. Plagten ihn Schuldgefühle? Er wusste es nicht genau.

Kürzlich hatte er im Fernsehen den Film »Ein Mann sieht rot« mit Charles Bronson in der Rolle des Anwalts Paul Kersey gesehen, dessen Frau und Tochter von zwei jugendlichen Kriminellen vergewaltigt werden. Die Frau stirbt, die Tochter ist schwer traumatisiert und leidet unter ständig wiederkehrenden Alpträumen. Er spürte großes Mitgefühl. Diese Alpträume kannte er. Paul Kersey verwandelte sich daraufhin in einen Rächer, der die Straßen von New York durchstreifte, um die Schuldigen zu finden. Doch seine Gier nach Rache fand kein Ende. Kersey wurde Richter, Geschworener und Scharfrichter. In Johns Kopf wuchs eine Idee heran...

107

Freitag, 21. September

Der Mann, der kein Mörder war, kehrte in sein Chalet in Frience zurück. Zuvor hatte er bereits Maurice Fournier hierhergebracht und war danach noch einmal zu Erica, seiner Prinzessin, gefahren. Seinen Zeitplan hatte er dabei etwas aus den Augen verloren, aber es hatte sich gelohnt.

Er hatte ihre Hand halten können. Ihr in die Augen geschaut. Sich von ihr verabschiedet.

Zum zweiten Mal in seinem Leben.

Es war nur noch eine Frage von ein oder zwei Stunden, bis die Polizei ihn aufspüren würde. Doch er würde rechtzeitig fertig werden. Seine Mission würde beendet sein. Jean-Louis dachte kurz an seine Frau und seine beiden Töchter, die er in New York zurückgelassen hatte. In den letzten Wochen hatte ihn die Ausführung seines Plans derart beschäftigt, dass er seine amerikanische Familie völlig ausgeblendet hatte. Er hatte eine gute Zeit mit seiner Frau gehabt. All diese Jahre war er als treuer Ehemann und Vater für seine Familie da gewesen, allerdings hatte er nie so etwas wie Liebe für sie empfinden können. Nicht, dass er es nicht versucht hätte, doch er hatte schlichtweg das Gefühl gehabt, unfähig zu sein, dieses angeblich natürlichste Gefühl der Welt zu verspüren.

Er hatte sein Leben und seinen Namen geändert. John Holder war jedoch eine Fassade geblieben. Darunter existierte immer noch Jean-Louis. Seine Seele war von Hass und Wut erfüllt. Da war kein Platz für etwas anderes. Nur Dunkelheit. Kein Licht. Und Erica? Hatte er sie geliebt? Liebte er sie immer noch? In seiner Erinnerung war sie die Einzige, für die er jemals wirklich starke Empfindungen verspürt hatte. Heute kam ihm dies alles wie eine Art Hirngespinst vor, das im Laufe der Zeit immer mehr verblasst war.

Er war ohne ein Wort gegangen. Er hatte seine Familie verlassen. Und bald würden sie seine wahre Identität erfahren.

Dieser Gedanke brachte ihn kurz aus der Fassung, doch in dem Moment, als er über die Schwelle seines Chalets trat, konzentrierte er sich wieder auf seine Mission.

In der Mitte des Raums hatte er Maurice Fournier nackt an einen Stuhl gefesselt. Allerdings war es diesem gelungen umzukippen, daher lag er jetzt auf der Seite. Es kostete Jean-Louis einige Mühe, Maurice samt Stuhl wiederaufzurichten.

»Guten Tag, Maurice! Ich gehe davon aus, dass du dich an mich erinnerst.«

Fournier hatte Angst. Er schwitzte stark, zeigte allerdings sonst keine Reaktion. Jean-Louis gab ihm eine kräftige Ohrfeige.

»Maurice, es ist doch wohl das Mindeste an Höflichkeit, dass du meine Fragen beantwortest. Hast du mich verstanden?«

Fournier nickte.

»Siehst du, das ist gar nicht so schwer.«

Jean-Louis öffnete seine Sporttasche und holte die Sachen heraus, die er brauchte. Die kleine Ampulle mit dem Curare und eine Spritze. Das große Messer. Er ließ sich dabei immer wieder Zeit, damit sein Opfer sehen konnte, was er auf den Tisch legte. Das Skalpell legte er ordentlich neben das Messer. Zum Schluss stellte er noch zwei Weckgläser auf den Tisch und zog sich den weißen Overall über.

»Also, Maurice. Ich bin so weit. Und du?«

Fournier, der wegen des Tuchs in seinem Mund nicht sprechen konnte, machte eine Kopfbewegung, die Jean-Louis als Verneinung deutete.

»Bedauerst du, was du mir angetan hast?«

»Mmmh!«

»Einverstanden, Maurice, ich werde dir das abnehmen. Ich würde gern deine Stimme hören. Aber ich warne dich, Maurice. Solltest du schreien, schneide ich dir einen Finger ab.«

Jean-Louis nahm das Messer in die Hand und hielt ihm die Klinge so vor die Augen, dass er sehen konnte, wie lang sie war.

»Es schneidet extrem gut.«

Er ritzte ihm damit ganz leicht die Wange ein, die unmittelbar zu bluten anfing. Dann nahm er ihm das Tuch aus dem Mund.

»Du bist nichts als Abschaum, Jean-Louis. Ich hätte dich ...«

Jean-Louis lachte aus vollem Halse. Sein Lachen erfüllte den ganzen Raum. »Du hättest *was*? Ist dir die Ironie dieser Situation bewusst? Unablässig hast du alle aus deiner Gefolgschaft leiden lassen. Wie dein Vater hast du anderen gegenüber Macht ausgeübt und sie missbraucht. Schau dich an! Jetzt bist du machtlos! Und bald wirst du nur noch ein Nichts sein, und niemand wird dich vermissen.«

»Armer Idiot. Du hältst dich für stark, dabei warst du immer ein Schwächling. Eine Schwuchtel ...«

Jean-Louis schlug ihm den Messergriff mit voller Wucht gegen die Nase, die sofort heftig blutete. Dann steckte er ihm das Tuch wieder in den Mund und fixierte es sorgfältig mit Klebeband. Als er das Messer auf den Tisch legte, kippte er versehentlich die Ampulle mit dem Curare um, die auf dem Boden zersplitterte. Nicht so schlimm, dachte er.

Er nahm einen Stuhl, drehte ihn mit der Lehne zu Fournier und setzte sich darauf. Er zündete sich eine Zigarette an und zog ein paarmal daran, um seinen Puls wieder herunterzufahren.

»Maurice, etwas habe ich noch vergessen dir zu sagen«, flüsterte er ihm dann mit sanfter Stimme ins Ohr. »Bevor ich dir die Augen entferne, werde ich deine Genitalien amputieren. Ich hoffe, du weißt diesen Moment gebührend zu schätzen …«

Er drückte seine Zigarette im Aschenbecher aus, der auf dem Tisch stand, und nahm das Skalpell in die Hand. Er kniete sich hin, drang mit der Klinge in Fourniers Haut ein und begann, die Haut um den Penis herum einzuschneiden …

»Mein Vater hat mich als Kind vergewaltigt«, schrie Maurice plötzlich.

Jean-Louis hob den Kopf und schaute ihm direkt in die Augen. Maurice war auch ein Opfer, wie er selbst. Dennoch war dies keine Entschuldigung für das, was er ihm angetan hatte. Jean-Louis machte weiter, wo er aufgehört hatte.

In diesem Moment ging die Tür auf. Jean-Louis rechnete mit dem Schlimmsten. Die Polizei. Er ließ das Skalpell fallen und sprang auf.

»Erica! Was machst du denn hier?«

Ericas Blick wanderte sofort zu Maurice. Sie war rechtzeitig gekommen. Doch er blutete bereits zwischen den Beinen.

Sie blickte Jean-Louis direkt in die Augen. »Jean-Louis, ich weiß, was du erlitten hast. Aber das alles muss aufhören.«

»Es ist zu spät, den Lauf der Dinge zu ändern. Du weißt, dass ich meine Mission vollenden muss. Ich möchte, dass du gehst, Erica! Ich muss es zu Ende bringen.«

»Nein, Jean-Louis, es ist aus!«

In der Ferne hörten sie die Sirenen der Polizeifahrzeuge.

»Verdammt!« Panik ergriff ihn. All das war in seinem Plan nicht vorgesehen gewesen. Erst Erica. Dann die Polizei. Bis hierhin hatte alles reibungslos geklappt. Er war sich bewusst, dass er heute einen Fehler begangen hatte. Es hatte ihn wertvolle Zeit gekostet, seine Prinzessin wiederzusehen ... Doch das Bedürfnis war stärker gewesen als er selbst. Er drehte sich um und blickte Erica in die Augen. »Deinetwegen kann ich meine Arbeit nicht beenden. Vierzig Jahre habe ich auf diesen Moment gewartet. Vierzig Jahre!«

Jean-Louis rannte durch die Hintertür hinaus ins Freie. Es blieben ihm nur wenige Minuten, bis die Polizei hier sein würde. Er beschloss, den kleinen Pfad über die Wiese zu nehmen. Die Kommissare würden ihn von der Straße aus, die weiter unten verlief, nicht sehen können. Und bevor sie merkten, dass er nicht mehr da war, wäre er bereits über alle Berge.

Beim Eintreten hatte Erica einen starken Benzingeruch im Chalet wahrgenommen. Offensichtlich waren sämtliche Holzbalken damit getränkt. Sie beugte sich zu Maurice hinunter, löste das Klebeband und zog ihm das Tuch aus dem Mund.

»Danke, Erica. Ich dachte schon, es wäre aus für mich.«

»Du siehst, wofür du verantwortlich bist, Maurice. Ich hätte Jean-Louis sein Werk beenden lassen sollen. Du hättest es verdient!«

Maurices Erleichterung wich der Angst. Ericas Blick hatte sich verändert. Sie schien wie verwandelt und zu allem bereit zu sein. »Erica?«, sagte er.

Sie antwortete nicht. Es war, als sei sie ganz woanders. Maurice folgte ihrem Blick, der sich auf eine Schachtel Streichhölzer richtete, die auf dem Kaminsims lag. Er beobachtete, wie Erica wie in Zeitlupe die Schachtel ergriff und auf ihn zukam. Er verstand, was geschehen würde.

»Mach dich nicht lächerlich. Du heiliges Fräulein Rühr-mich-nicht-an. Du bist nicht besser als die anderen. Ich hätte dich damals vergewaltigen sollen, aber schon da war mir deine hochnäsige und eingebildete Art zuwider.«

»Fahr zur Hölle!«

Maurice hörte, wie ein Streichholz über die Reibefläche gestrichen wurde.

Da Andreas und Karine kein Geländefahrzeug hatten, mussten sie ihr Auto in Höhe des Restaurants von Frience abstellen und das letzte Stück zu Fuß hinaufgehen. Außer Atem erreichten sie das Chalet. Flammen und Rauch schlugen ihnen aus der Tür und aus den Fenstern entgegen. Von innen drangen Schreie heraus. Karine eilte zur Tür. Andreas hielt seine Kollegin an der Schulter zurück.

»Da ist nichts mehr zu machen. Du kannst da nicht rein!«

Andreas bemerkte Erica, die ein paar Meter vom Chalet entfernt das Ganze beobachtete.

»Wo ist Jean-Louis?«, schrie Andreas.

»Er ist weg.«

»Hat er gesagt, wo er hinwill?«

»Nein.«

Karine holte ihr Handy hervor und rief die Feuerwehr an, auch wenn das Chalet bis zu ihrem Eintreffen schon völlig niedergebrannt sein würde. Andreas wählte währenddessen die Nummer der Dienststelle in Bex und wies die Polizisten an, die Straßen von Gryon und von Villars ins Tal zu sperren und nach einem roten Toyota Land Cruiser Ausschau zu halten, der auf John Holder zugelassen war.

Jean-Louis hatte es geschafft, sich aus dem Staub zu machen. Wo war er hin? Hatte er einen Rückflug in die USA gebucht? Andreas musste die Flughäfen und den Zoll benachrichtigen.

Er beobachtete, wie das Chalet brannte. Sie mussten Abstand gewinnen, denn die Hitze der Flammen wurde unerträglich. Das Chalet brannte mittlerweile lichterloh. Eine riesige Feuerglut. Die Schreie waren verstummt. Andreas drehte sich um und sah den Grand Muveran.

Ihm kam eine Idee. Ja! Er war davon überzeugt.

»Ich weiß, wo er ist.«

108

New York, 1990

John war inzwischen dreißig Jahre alt und lebte seit zwölf Jahren in den USA. Sein neues Leben auf dem amerikanischen Kontinent hatte seine Versprechungen gehalten.
   Nach seiner Ankunft im Jahr 1978 hatte er in einer etwas fragwürdigen Jugendherberge in der Bronx Unterschlupf gefunden. Ein anderer Bewohner namens Luigi hatte ihm einen Job als Tellerwäscher in einem italienischen Restaurant vermittelt. Der vierundzwanzigjährige Luigi, der vor zwei Jahren nach Amerika ausgewandert war, arbeitete ebenfalls im »Little Lady«. Luigis Traum war es, Schauspieler zu werden, allerdings war er bis jetzt noch nicht über das Stadium des Küchenjungen hinausgekommen. Sie freundeten sich an und beschlossen, sich gemeinsam eine kleine Wohnung zu mieten.
   Ein paar Monate später hatte John Kelly kennengelernt. Kelly speiste regelmäßig in dem Restaurant, in dem er arbeitete. Eine original neapolitanische Pizzeria. Nachdem John sein Englisch verbessert hatte, war er zum Kellner aufgestiegen. Schnell fühlte er sich wohl in dieser Rolle und war mit seinem Charme bei den Gästen sehr beliebt. Vor allem bei den weiblichen Gästen. Eines Tages hatte ihm Kelly zusammen mit dem Trinkgeld auch ihre Telefonnummer zugeschoben. Sie war zehn Jahre älter als er. Charmant. Intelligent. Als Journalistin bei der New York Times verdiente sie gutes Geld. Er hatte Luigi und die Bronx hinter sich gelassen und war zu ihr nach Brooklyn in ein rotes Backsteinhaus im Kolonialstil gezogen.
   Damit er leichter an eine Greencard kam, heirateten sie sechs Monate später heimlich und zum großen Kummer von Kellys Vater Spencer, der ihre Verbindung nicht guthieß. Er hatte sich für seine Tochter etwas Besseres ausgemalt. Schließlich hatte sie als Journalistin eine erfolgreiche Karriere vor sich gehabt und hätte ebenso gut einen Geschäftsmann oder einen gestandenen

Anwalt heiraten können. Aber nein, sie hatte sich für diesen Franzosen entschieden, der deutlich jünger war als sie und wer weiß woher kam und zu allem Überfluss auch noch als Kellner arbeitete. Spencer selbst besaß als Anwalt eine der angesehensten Kanzleien der Region.

In seinem Stadtpalais, das im reichen Viertel Upper West Side nur wenige Schritte vom Central Park entfernt lag, organisierte Spencer alljährlich einen Brunch, zu dem zahlreiche Prominente der New Yorker High Society geladen wurden. In diesem Jahr hatte er sich am Vorabend mit seiner Tochter gestritten und ihr verboten, mit John zu kommen. Er wollte sich vor seinen Gästen nicht für ihn schämen müssen. Doch Kelly war nicht aus der Art geschlagen, sondern genau so hartnäckig und stur wie ihr Vater. Zunächst hatte sie seine Party boykottieren wollen, doch dann war sie doch mit John hingefahren. Sie waren die Stufen zum Haus hinaufgestiegen und, ohne zu klingeln, eingetreten. Die Inneneinrichtung des Hauses war hell und modern. Kelly hatte ihm erzählt, dass ihr Vater mehr als zehn Millionen Dollar für dieses Gebäude auf den Tisch gelegt hatte.

Dann waren sie hinaus in den Garten gegangen, in dem sich schon zahlreiche Gäste versammelt hatten. Sämtliche Herren trugen dreiteilige Anzüge, während die Damen sich in eleganten und tief ausgeschnittenen Abendkleidern gegenseitig Konkurrenz machten. John hatte das Gefühl gehabt, auf einer Modenschau zu sein. Auch die Kellner waren äußerst elegant, wenn auch schlichter gekleidet. Das Büfett bestand aus zahlreichen Platten und bunten Gläsern, gefüllt mit vielerlei Speisen und kunstvoll angerichteten Canapés. Eine wahre Augenweide. Noch nie in seinem Leben hatte er etwas Vergleichbares gesehen. Als Spencer sie erblickte, hatte er seiner Tochter wütende Blicke zugeworfen. Immerhin hatte sie John zu einem Anzug überreden können, auch wenn man diesem von Weitem ansah, dass es einer von der Stange war. Kelly und John hatten die Gäste begrüßt, die um Spencer herumstanden. Auf diese Weise sah sich dieser gezwungen, sie vorzustellen. Alle Welt schien sich für den Neuankömmling zu interessieren. Für den Ehemann der Tochter von Spencer Stone! Am Ende des Tages hatte der Vater zugeben müssen, dass John insgesamt eine recht gute Figur gemacht hatte, zumal dieser seinen Wunsch, Jura zu studieren, erwähnte. So wurde John unter Kellys verblüfftem Blick von Spencer zum Ritter geschlagen.

In der darauffolgenden Woche lud Spencer seine Tochter und John in ein Restaurant ein. Er hatte einen Tisch im »Windows on the World« reserviert, das im hundertsiebten Stockwerk des nördlichen Turmes des World Trade Centers lag. Sie wurden zu einem Tisch direkt an einer der riesigen Fensterscheiben geführt. Der Blick hinunter auf die Stadt war atemberaubend. Am Ende der Mahlzeit machte Spencer seinem Schwiegersohn ein Angebot. John würde halbtags in seiner Kanzlei arbeiten und parallel an der Columbia University Jura studieren.

Endlich hatte sich das Blatt zu Johns Gunsten gewendet. Seine Zukunft war vorgezeichnet. Als er am nächsten Morgen aufgewacht war, hatte er sich gut gefühlt. Er würde Anwalt werden. Allerdings hatte er auch ein Problem. Er hatte seinen Schwiegervater belogen. Er hatte keine Hochschulzulassung. Er beschloss, seinen Freund Luigi noch einmal um Hilfe zu bitten, der ihm über seine fragwürdigen Kontakte bereits einen falschen Pass besorgt hatte. Nach ein paar Tagen hielt John ein gefälschtes Zeugnis in der Hand.

Dank Spencers großem Einfluss war die Aufnahme an der Universität reine Formsache gewesen. John hatte sein Studium mit einem Aufbaukurs in Englisch begonnen, um die sprachlichen Voraussetzungen für seinen weiteren Bildungsweg zu erlangen. Drei Jahre später hatte er sein juristisches Diplom in der Tasche gehabt und noch eine Promotion angeschlossen, um die Universität schließlich als »Doctor of the Science of Law« zu verlassen. 1989 hatte er im Alter von neunundzwanzig Jahren die Zulassung als Anwalt erhalten und war in die auf Wirtschaftsrecht spezialisierte Kanzlei seines Schwiegervaters eingestiegen, der ihm erklärte, dass in der Wirtschaft das große Geld zu holen sei. Um Praxiserfahrung zu sammeln, war er jedoch zunächst in die Abteilung für kriminelle Straftaten abgestellt worden, wo er vor allem für Sittlichkeitsdelikte zuständig war.

Wie alle New Yorker Anwälte, die etwas auf sich hielten, war er mit Kelly in ein luxuriöses Apartment in der Upper East Side umgezogen, das ihnen sein Schwiegervater geschenkt hatte, denn von seinem Gehalt konnte er sich solch eine teure Wohnung noch nicht leisten. Ein Jahr darauf hatten Kelly und John zwei Mädchen bekommen und waren damit zu einer richtigen Familie geworden.

Jetzt, mit dreißig Jahren, hatte John alles erreicht, um glücklich zu sein, aber tief in seinem Inneren wütete noch immer ein unheilbares Übel, das bei seinem ersten Prozess, den er als Anwalt führte, wieder an die Oberfläche kam. Er sollte einen Familienvater verteidigen, der beschuldigt worden war, seine achtjährige Tochter missbraucht zu haben. Als Steven Barrow freigesprochen wurde, stand für ihn außer Frage, selbst als Gottes Rächer fungieren zu müssen, denn die Gerechtigkeit dieser Welt war nichts als Augenwischerei. Gott brauchte ihn!

Richter, Geschworener und Scharfrichter ...

Eines Tages würde er zu seinen eigenen Ursprüngen nach Gryon zurückkehren, um sich an jenen zu rächen, die sich nie für ihre Taten hatten verantworten müssen. Aber noch nicht gleich. Steven Barrow wurde aus Mangel an Beweisen freigesprochen. Er sollte sein erstes Opfer werden.

Schnell hatte er eine Strategie entwickelt. Jean-Louis Bergier existierte nicht mehr. Schon vor langer Zeit hatte John Holder seinen Platz eingenommen. Und jetzt musste er endgültig sterben.

Ein paar Monate nach dem Prozess hatte er sich mit seinem Mandanten verabredet – in einer Wohnung, die er unter dem Namen Jean-Louis Bergier in der Bronx gemietet hatte. Er hatte das Treffen damit begründet, dringend Geld zu brauchen, und im Gegenzug würde er die Tonbandaufnahme, auf der sich Barrow des Missbrauchs an seiner Tochter schuldig bekannt hatte, verschwinden lassen.

Barrow war auf dem Treppenabsatz stehen geblieben. John hatte ihn hereingebeten. Als er ihm den Rücken zuwandte, hatte John ihm mit dem Taser in die Lende geschossen. Anschließend hatte er den bewusstlosen Mann auf das Bett gehievt und bis auf die Unterhose ausgezogen. Er hatte eine halbe Flasche Whisky in den Mund seines Mandanten gekippt und ihn anschließend eine ordentliche Dosis Schlafmittel schlucken lassen. Danach hatte er Barrows persönliche Sachen in eine Tasche gepackt, die Kette mit dem Medaillon, die er von seiner Adoptivmutter Yvette erhalten hatte, ausgezogen und dem bewusstlosen Mann umgelegt.

John hatte alles sorgfältig vorbereitet. Er hatte den Schweizer Pass von Jean-Louis Bergier in einer Metalldose in einen der Küchenschränke gelegt und gehofft, dass er auf diese Weise die Flammen überstehen würde. Nach dem, was er seiner Familie angetan hatte, war es nur gerecht, dass Jean-Louis bei lebendigem Leib verbrannte ...

Auf den Nachttisch hatte er einen Aschenbecher voller Kippen und die halb leere Flasche Whisky gestellt. Dann zündete er eine Zigarette an und steckte sie dem bewusstlosen Barrow in den Mund. Er wartete, bis die Bettdecke Feuer fing, und betrachtete das Ganze noch eine kurze Weile. Schließlich stieg er aus dem Fenster, nachdem er sich noch einmal versichert hatte, dass er die Haustür von innen verriegelt hatte. Er stieg die Feuerleiter hinab, entfernte sich aber nicht weit vom Gebäude. Er wollte die Flammen, die aus seinem Apartment schlugen, bewundern und den dichten Rauch, der über dem Haus emporstieg. Erinnerungen kehrten zurück an die Oberfläche.

Von diesem Tag an schickte er in jedem der folgenden zwanzig Jahre eine Postkarte mit einer biblischen Botschaft an Alain, Michel, Jacques und Maurice. Jedes Mal, wenn er wieder ein Werk göttlicher Gerechtigkeit vollbracht hatte.

109

Freitag, 21. September

Andreas rannte vom Chalet in Frience hinunter bis zu seinem Auto, vollführte atemlos einen Blitzstart und jagte über die kurvige Straße in Richtung Gryon. Das Ende stand kurz bevor. Es war ihnen gelungen, die Spur von Jean-Louis zurückzuverfolgen, die rätselhaften Morde in Gryon aufzudecken und gleichzeitig auch jene des amerikanischen Serienmörders, der »The Emasculator« genannt wurde. Allerdings hatte Jean-Louis es geschafft, seine Mission zu Ende zu bringen. Alain, Michel, Jacques und Maurice waren von der Dunkelheit eingeholt worden. Andreas war überzeugt, dass damit die Mordserie hier und in den USA beendet war.

Mit deutlich überhöhter Geschwindigkeit wurde er von einer großen Haarnadelkurve überrascht. Er schlug das Lenkrad ein, doch das Heck seines Wagens brach aus. Sein Herz raste. Er lenkte gegen, und das Fahrzeug stabilisierte sich wieder. Allerdings steuerte er schon auf die nächste Kurve ohne Leitplanken zu. Er sah sich bereits über den Asphalt hinaus in den Abgrund schießen. Er drückte das Bremspedal durch und riss das Lenkrad herum. Der Wagen geriet ins Schleudern, das Heck streifte den Fahrbahnrand, scherte jedoch wieder ein. Er atmete tief durch. Ihm war sehr heiß geworden.

Andreas fuhr etwas langsamer weiter. Als er den großen Platz der Barboleuse erreichte, bog er dort in Richtung des Bahnhofs ab. Und falls er sich täuschte? Vielleicht war Jean-Louis schon unten im Tal und setzte dort seine Flucht fort …

Im Ortskern angelangt, bog er in den Vieux Chemin ein und erblickte weiter unten Jean-Louis' roten Land Cruiser. Seine Vermutung hatte sich bestätigt.

Andreas zückte seine Waffe, öffnete die Tür zur Kirche und betrat die Vorhalle. Wieder überkam ihn das Gefühl, dass man hier vom Vorher ins Nachher trat. Was würde ihn auf der anderen Seite im Kirchenschiff erwarten? Seine Erregung und der Stress waren abgeflaut. Sein Puls schlug wieder normal. Er stieß die zweite Tür auf.

Jean-Louis saß auf der Bank in der ersten Reihe.

»Guten Tag, Monsieur le Commissaire! Ich habe Sie erwartet«, sagte er, ohne sich umzudrehen.

Andreas ging den Gang entlang, bis er auf seiner Höhe stand. Seine Waffe hatte er dabei die ganze Zeit auf ihn gerichtet. Er sah eine Spritze in Jean-Louis' Arm stecken und beobachtete, wie dieser im selben Moment den Kolben langsam und gleichmäßig hinunterdrückte, bis die Spritze vollkommen entleert war.

»Ich habe mir eine tödliche Dosis verabreicht. Kaliumchlorid. In ein paar Minuten wird mein Herz aufhören zu schlagen. Hier hat alles angefangen. Und hier endet meine Geschichte.«

Andreas steckte seine Waffe zurück ins Holster und setzte sich neben ihn.

»Wissen Sie, Monsieur le Commissaire, ich dachte, dass ich große Erleichterung verspüren würde, nachdem ich sie getötet hätte. Doch das ist nicht der Fall. Mein ganzes Leben war die Hölle. Eines Tages wurde meine Seele beschmutzt und verraten. Sie hat sich nie mehr davon erholt. Ein Leben in der Dunkelheit.«

Jean-Louis betrachtete das mittlere Kirchenfenster. Er sah die Sonnenstrahlen auf dem Gesicht Jesu. »Ich hoffe, dass ich endlich Frieden finde. In ein paar Minuten … Dass Gott mich in seinem Licht empfängt!«

Stille breitete sich aus. Andreas wusste nicht, was er sagen sollte. Er saß neben einem Menschen, der in Amerika zwanzigmal getötet und nun hier in Gryon vier weitere brutale und hinterhältige Morde begangen hatte. Was spürte er in diesem Moment? Hass? Nein. Mitgefühl? Auch nicht. Nur eine große innere Leere.

»Commissaire, eine Sache bereue ich.«

»Und die wäre?«

Jean-Louis war von der Frage überrascht, denn die Antwort schien so eindeutig. »Ich bin gescheitert. Maurice wird leben, obwohl ich vierzig Jahre auf diesen Moment gewartet habe.«

»Aber er ist doch tot. Bei lebendigem Leibe verbrannt!«
Jean-Louis wandte sich zum Oberkommissar um und schaute ihn überrascht an. »Wie bitte?«
»Das Chalet ist niedergebrannt. Maurice Fournier ist tot«, wiederholte Andreas.
Jean-Louis lächelte. Sein letzter Gedanke galt Erica. Dann hörte sein Herz auf zu schlagen.

EPILOG

Dienstag, 25. September

Andreas und Mikaël spazierten mit Minus am Ufer des Avançon entlang. An diesem Morgen kompensierten schüchterne Sonnenstrahlen die vom Wind herangewehte kalte Luft. Die ersten bunten Blätter an den Bäumen verkündeten den Herbst.

Der Staatsanwalt hatte am gestrigen Vormittag eine Pressekonferenz organisiert. Der große Festsaal an der Barboleuse hatte die über hundert Journalisten aus dem In- und Ausland kaum fassen können. Einige waren sogar aus Amerika angereist. Andreas hatte nicht an der Veranstaltung teilgenommen, sondern sich den Ablauf der Geschehnisse später von Karine schildern lassen.

Andreas' Ego hätte Grund genug gehabt, von dem internationalen Medienecho, das dieser Fall hervorgerufen hatte, geschmeichelt zu sein, aber innerlich verspürte er keinerlei Stolz. Ja, es war ihm gelungen, das Rätsel zu lösen, doch zu spät. Jean-Louis hatte seine Mission zu Ende führen können. Zumindest beinahe.

Andreas hatte lange über Erica nachgedacht und schließlich mit seiner Seele und seinem Gewissen ausgemacht, diesbezüglich zu schweigen. Mit niemandem darüber zu reden. Nicht einmal mit Mikaël. Es verstieß gegen das Berufsethos, doch er würde sich damit arrangieren. Was Erica betraf, so konnte sie diese Sache in einem Zwiegespräch mit Gott klären.

Die Ermittlungen hatten nur zwei Wochen gedauert, doch sie waren körperlich und mental äußerst hart gewesen. Andreas hatte einfach Lust, die Ruhe zu genießen und vor allem die ganze Geschichte hinter sich zu lassen und auf andere Gedanken zu kommen. Gleichzeitig fühlte er sich völlig leer und ausgelaugt.

Er drehte sich um und sah Mikaël in die Augen. »Mikaël, darf ich dir eine Frage stellen?«

»Ja?«

»Wärst du damit einverstanden, wenn wir eine Katze adoptieren würden?«

Mikaël starrte Andreas ein paar Sekunden lang an und brach dann in Lachen aus.

»Einen Moment lang habe ich gedacht, du wolltest mir einen Heiratsantrag machen …«

Als seine beiden Herrchen stehen geblieben waren, drehte sich Minus um und bellte. Sie setzten ihren Spaziergang fort.

Es war ein schöner Tag.

Danksagung

Zuallererst möchte ich mich bei meiner Mutter Brigitta bedanken, von der ich die Begeisterung für Kriminalromane geerbt habe. Sie hat meinen Roman als Erste gelesen und mir stets treu und ermunternd zur Seite gestanden. Bei meinem Vater Dieter bedanke ich mich für seine bedingungslose Unterstützung.

Mein Dank gilt auch Micheline und Roger, die mich in Gryon aufgenommen und mit der Entwicklung des Romans mitgefiebert haben.

Nicole, Micheline, Diane und Patricia danke ich dafür, dass sie sich die Zeit genommen haben, mein Manuskript zu lektorieren und mir wertvolle Tipps zu geben. Patrice Mangin, dem Leiter der Rechtsmedizin an der Universität von Lausanne, danke ich für wichtige Einblicke in sein Fach und die kompetente Unterstützung bei jenen Passagen, die sein Wissensgebiet betreffen.

Mein großer Dank gilt Marie Javet für ihre gründliche Mithilfe bei der intensiven und spannenden Phase der Manuskriptbearbeitung und der Fertigstellung des Romans.

Außerdem ein großes Dankeschön an Ivan Slatkine und Henri Bovet, die es dem »Drachen vom Muveran« ermöglicht haben, auch über die sprachlichen Grenzen hinwegzufliegen.

Last but not least bedanke ich mich aus tiefstem Herzen bei meinem Lebensgefährten Benjamin, der jeden meiner Schritte unterstützt und mit aufmunternden Worten und wohlwollenden Ratschlägen begleitet hat. Vor allem verdanke ich ihm die Entdeckung des Ortes Gryon, daher würde ohne ihn dieser Roman gar nicht existieren.